Du même auteur, aux éditions Bragelonne :

L'Apprentie du magicien – préquelle à *La Trilogie du magicien noir*

La Trilogie du magicien noir :
1. *La Guilde des magiciens*
2. *La Novice*
3. *Le Haut Seigneur*

L'Âge des Cinq :
1. *La Prêtresse blanche*
2. *La Sorcière indomptée*
3. *La Voix des Dieux*

Les Chroniques du magicien noir :
1. *La Mission de l'ambassadeur*
2. *La Renégate*
3. *La Reine traîtresse*

www.bragelonne.fr

Trudi Canavan

La Reine traîtresse

Les Chroniques du magicien noir – tome 3

Traduit de l'anglais (Australie) par Isabelle Troin

Bragelonne

Collection dirigée par Stéphane Marsan et Alain Névant

Titre original : *The Traitor Queen* – Book three of the *Traitor Spy Trilogy*

Cartes :
D'après les cartes originales

ISBN : 978-2-35294-608-3

Bragelonne
60-62, rue d'Hauteville – 75010 Paris

E-mail : info@bragelonne.fr
Site Internet : www.bragelonne.fr

Remerciements

Écrire les trois tomes de cette suite a été un dur labeur, mais du genre le plus agréable qui soit. Voilà pourquoi j'apprécie d'autant plus le travail des gens qui restent en coulisse, ainsi que le soutien de tous les merveilleux libraires et des non moins merveilleux lecteurs qui accueillent mes livres à bras ouverts lorsqu'ils sont enfin disponibles.

Merci à Anne Clarke et à l'équipe d'Orbit ; à mon agent, Fran, et à sa formidable assistante, Liz ; aux bêtalecteurs Paul, Donna et Nicole. Vous avez tous contribué à rendre ce livre aussi bon qu'il pouvait l'être.

Remerciements tout particuliers à Fran pour avoir géré l'organisation de ma grande tournée européenne, avec Rose de chez Orbit et Berit de chez Verlagsgruppe Random House ; au personnel de tous les magasins où ont eu lieu les dédicaces – j'aimerais avoir la place de vous citer tous ; à mes adorables éditeurs polonais, Galeria Książki, qui m'ont traitée comme une reine durant les deux jours fabuleux que j'ai passés à Varsovie ; au génial festival des Imaginales en France ; et à l'équipe extraordinaire réunie par Verlagsgruppe Random House pour les Nuits des auteurs en Allemagne.

Mais par-dessus tout, merci à mes lecteurs, tout spécialement à ceux qui sont venus me voir pendant ma tournée européenne ou à une dédicace n'importe où ailleurs dans le monde. C'est toujours un plaisir et un honneur de vous rencontrer. J'espère que vous avez aimé retourner dans le monde du magicien noir autant que moi, et que vous m'accompagnerez dans ma prochaine aventure au pays de l'imaginaire.

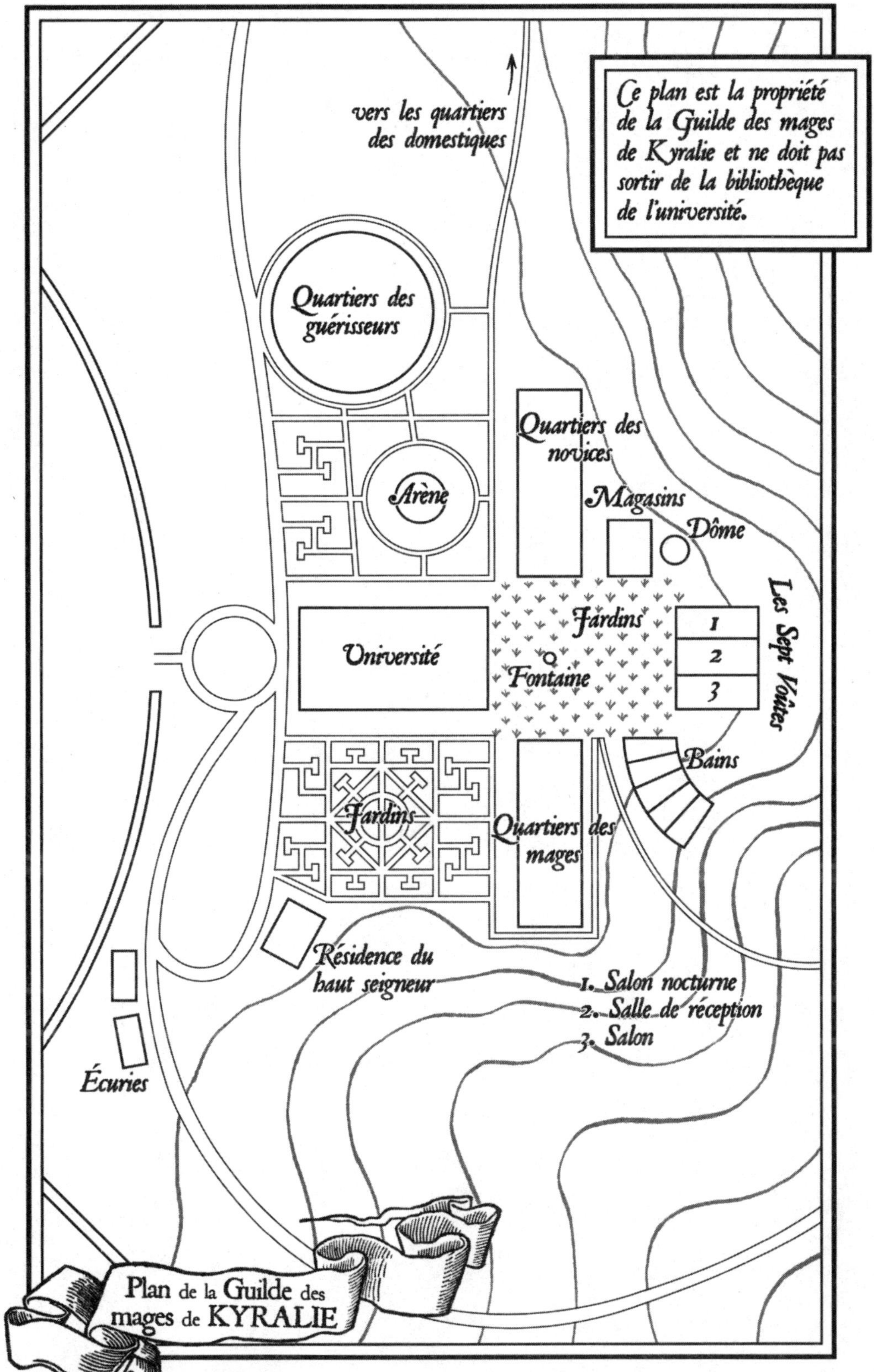
Ce plan est la propriété de la Guilde des mages de Kyralie et ne doit pas sortir de la bibliothèque de l'université.
vers les quartiers des domestiques
Quartiers des guérisseurs
Quartiers des novices
Arène
Magasins
Dôme
Les Sept Voûtes
1
2
3
Jardins
Université
Fontaine
Bains
Jardins
Quartiers des mages
Résidence du haut seigneur
1. Salon nocturne
2. Salle de réception
3. Salon
Écuries
Plan de la Guilde des mages de KYRALIE

Royaume du SACHAKA
Désert sans fin
Lac Jenna
LONMAR
Les Volcans
DUNA
Le désert de Cendres
Les Collines de Virydia
Les Collines de Rachiro
ELYNE
Les Montagnes de l'Empire
Mer d'Aduna
Capia
Terres désertes
Arvice
Les Montagnes Grises
Les Pics de la ceinture de fer
Mer d'Orita
KYRALIE
LONMAR
ELYNE
SACHAKA
KYRALIE
Îles VINDOS
LAN
ELYNE
Les Montagnes Grises
SACHAKA
Passe Nord
Le Fort
Les Pics de la ceinture de fer
Havrevent
Fortgris
Galia
Passe Sud
Sarin
Kendil
Calia
Fort Corres
Davlin
Pont-au-Froid
Ferryrest
Imardin
Fennin
Mer Corres
La Garde
Agen
Sheel
Mer Tanjin
Royaume de KYRALIE

Première partie

1

Assassins et alliés

À Imardin, on s'imagine à tort que les presses d'imprimerie ont été inventées par les magiciens. Le bruit assourdissant et les convulsions spectaculaires de la machine peuvent, il est vrai, donner à toute personne ignorante du fonctionnement des presses comme de celui de la magie l'impression que quelque alchimie est à l'œuvre. En réalité, la magie n'est pas nécessaire : il suffit d'une personne pour faire tourner les roues et actionner les leviers.

Cery avait appris la vérité de la bouche de Sonea des années auparavant. L'inventeur de la machine avait présenté des prototypes à la Guilde, qui avait sauté sur ce moyen rapide et économique de dupliquer des livres. Dès ce moment, un service d'imprimerie avait été offert gracieusement aux Maisons d'Imardin, et proposé au reste de la population contre espèces sonnantes et trébuchantes. La Guilde avait encouragé l'idée qu'il s'agissait d'un procédé magique afin de décourager des concurrents éventuels. Mais lorsqu'elle avait ouvert ses portes aux individus des classes inférieures, le mythe avait volé en éclats, et un nombre significatif de presses n'avait pas tardé à faire son apparition dans la cité.

L'inconvénient, songeait Cery, c'était l'explosion du nombre de romans d'amour et d'aventure que cela avait entraîné. L'un des plus récemment publiés avait pour héroïne une riche héritière qui s'ennuyait à mourir dans sa demeure luxueuse et sa vie de faste, jusqu'au jour où un jeune et séduisant voleur venait la sauver. Les combats, ridiculement invraisemblables, étaient presque toujours livrés à l'épée plutôt qu'au couteau, et les bas-fonds grouillaient d'hommes incroyablement beaux mais dotés d'idées très peu pragmatiques sur l'honneur et la loyauté. Tout cela peignait à la moitié féminine de la population un tableau du monde criminel assez éloigné de la réalité.

Bien entendu, Cery n'avait rien dit de tout ceci à la femme étendue près de lui et qui, chaque soir depuis qu'elle avait accepté de l'héberger dans sa cave, lui lisait ses passages favoris du fameux roman. Cadia n'était pas une riche héritière – *pas plus que je ne suis un jeune et séduisant voleur.* Simplement, elle se sentait seule et triste depuis la mort de son mari. Dissimuler un voleur constituait pour elle une distraction plaisante. Quant à Cery… il était plus ou moins à court d'autres planques.

Il se tourna vers Cadia pour la regarder. Elle dormait en respirant doucement. Croyait-elle réellement qu'il était un voleur, ou correspondait-il assez bien à son fantasme pour qu'elle ne se soucie pas de la vérité ? Il ne ressemblait guère au jeune et séduisant héros du roman – et il n'avait plus du tout l'endurance nécessaire pour vivre les aventures décrites, que ce soit au lit ou en dehors.

Je ramollis. Je n'arrive même plus à monter un escalier sans haleter ni avoir le cœur qui bat la chamade. Nous avons passé trop de temps enfermés dans des cachettes minuscules, et pas assez à nous entraîner au combat.

Un choc sourd résonna dans la pièce voisine. Cery leva la tête et tourna son regard vers la porte. Anyi et Gol étaient-ils réveillés ? Lui-même doutait fort d'arriver à se rendormir. La réclusion perturbait son sommeil.

Glissant à bas du lit, il enfila son pantalon et saisit son manteau. Puis, un bras déjà passé dans une manche, il posa la main sur la poignée de la porte et l'actionna tout doucement. Comme il poussait le battant, il découvrit Anyi penchée sur Gol. La lumière des lampes se reflétait sur la lame du couteau que la jeune femme tenait dans sa main, prête à frapper. Choqué et incrédule, Cery sentit son cœur faire un bond dans sa poitrine.

— Que… ? commença-t-il.

Entendant sa voix, la femme se tourna vers lui avec la rapidité enviable de la jeunesse.

Ce n'était pas Anyi.

Tout aussi rapidement, elle reporta son attention sur Gol et abattit son arme. Mais des mains se tendirent pour lui saisir le poignet et arrêter son coup. Gol jaillit du lit. Cery, qui s'était élancé pour lui porter secours, ralentit soudain comme une pensée traversait son esprit.

Où est Anyi ?

Il pivota et vit qu'une seconde bagarre était en cours sur l'autre couchette improvisée. Cette fois, c'était l'intrus qui se retrouvait cloué au matelas, tentant de retenir le couteau prêt à lui transpercer la poitrine. Le cœur de Cery se gonfla de fierté. Sa fille avait dû se réveiller à temps pour surprendre l'assassin et retourner son attaque contre lui.

Mais une grimace d'effort tordait son visage comme elle s'efforçait vainement de frapper. Bien que petit et menu, l'homme avait un cou et des avant-bras musclés. Anyi ne remporterait pas cette épreuve de force brute. Son principal avantage au combat, c'était sa rapidité. Cery fit un pas vers elle.

— Fous le camp d'ici, Cery, aboya Gol.

Sa concentration brisée, Anyi commença à perdre du terrain. Ses bras se replièrent peu à peu. Alors, elle bondit en arrière. Son adversaire sauta à bas du lit et, sortant de sa manche un long couteau à lame fine, adopta une posture de combat. Mais il ne fit pas mine d'avancer vers la jeune femme. Au lieu de ça, il tourna son regard vers Cery.

Celui-ci n'avait aucune intention de laisser Anyi et Cery se débrouiller seuls. Un jour viendrait peut-être où il devrait abandonner son garde du corps – mais pas aujourd'hui. Et jamais il n'abandonnerait sa fille.

Il avait glissé machinalement son autre bras dans la manche du manteau. Avec une expression faussement apeurée, il fit un pas en arrière tout en fouillant ses poches. Il y trouva ses armes préférées : deux couteaux dont le fourreau était cousu à l'épais drap de laine, si bien qu'il pouvait les dégainer d'un seul geste.

L'assassin se jeta sur Cery. Anyi se jeta sur l'assassin, et Cery aussi. De toute évidence, l'homme ne s'attendait pas à ça – pas plus qu'il ne s'attendait à ce que deux lames jumelles bloquent la sienne. Ou à ce qu'une troisième, lancée avec précision, se plante dans la chair tendre de son cou. Surpris et horrifié, il se figea.

Cery esquiva le jet de sang tandis qu'Anyi récupérait son couteau, faisait tomber celui que l'assassin tenait dans sa main et achevait ce dernier en le poignardant en plein cœur.

Très efficace. Je l'ai bien formée.

Avec l'aide de Gol, évidemment. Reportant son attention sur son garde du corps et ami, Cery fut soulagé de voir que la tueuse gisait par terre dans une mare de sang.

Gol leva les yeux vers Cery et lui adressa un large sourire. Mais il haletait. *Moi aussi*, songea le voleur. Anyi s'accroupit, palpa les vêtements et le crâne de son agresseur, puis se frotta les doigts.

— De la suie. Il est descendu par la cheminée.

Elle jeta un coup d'œil méfiant à l'escalier de pierre qui montait depuis la cave jusqu'au reste de la maison.

L'humeur de Cery vira instantanément. De quelque manière que les deux intrus soient entrés, ou aient découvert leur cachette en premier lieu, ils ne pouvaient plus rester ici. Les sourcils froncés et l'air mécontent, Cery toisa les deux cadavres en passant en revue les dernières personnes susceptibles de l'aider, et en cherchant un moyen de les joindre.

Un petit hoquet s'éleva depuis le seuil de la pièce. Pivotant, Cery découvrit Cadia qui, enveloppée d'un drap, observait les deux assassins avec de grands yeux écarquillés. Elle frissonna. Puis elle reporta son attention sur Cery, et son atterrement se mua en déception.

— J'en déduis que tu ne seras plus là la nuit prochaine ?

Le voleur secoua la tête.

— Navré pour le dérangement.

Cadia grimaça en détaillant les deux cadavres et les taches de sang sur le sol. Elle leva brusquement les yeux vers le plafond, et Anyi fit de même. Cery, lui, n'avait rien entendu. Ils échangèrent des coups d'œil inquiets, n'osant pas prononcer le moindre mot.

Puis il y eut un léger craquement, étouffé par le plancher du rez-de-chaussée.

Aussi discrètement que possible, Anyi et Gol saisirent leurs chaussures, leur paquetage et les lampes avant de suivre Cery dans la pièce voisine. Ils refermèrent la porte derrière eux et poussèrent une vieille malle devant. Cadia s'immobilisa au milieu de la cave, soupira et laissa tomber le drap pour pouvoir s'habiller. Anyi et Gol se détournèrent très vite.

— Que dois-je faire ? chuchota leur hôtesse à Cery.

Celui-ci prit le reste de ses vêtements et la lampe la plus proche. Il réfléchit quelques instants, puis répondit :

— Suis-nous.

L'air plus nauséeux qu'excité, elle obtempéra.

Ils se faufilèrent par la trappe qui conduisait à l'ancienne route des voleurs. Ici, les passages étaient remplis de gravats et pas entièrement sûrs. Cette partie du réseau souterrain avait été coupée du reste quand le roi avait fait rebâtir une avenue voisine et construire des maisons à l'emplacement des taudis d'autrefois. Même si elle ne se trouvait pas précisément à l'intérieur des frontières de son territoire, Cery avait payé un ancien mineur pour creuser un nouvel accès – mais il n'avait pas fait déblayer les décombres, de manière que personne ne soit tenté d'emprunter les tunnels s'ils venaient à être découverts.

C'était un endroit très commode pour y dissimuler de la marchandise de contrebande, voire un cadavre de temps en temps. En revanche, Cery n'avait jamais pensé qu'il devrait s'y planquer lui-même un jour. Cadia regardait autour d'elle avec un mélange de consternation et de curiosité. Cery lui tendit la lampe et pointa du doigt une direction.

— Dans une centaine de pas, tu trouveras une grille en hauteur sur la gauche. Tu pourras l'atteindre en utilisant les prises creusées dans le mur. Elle s'ouvre vers l'intérieur et donne sur une ruelle entre deux maisons. Va voir tes voisins ; dis-leur que des cambrioleurs se sont introduits chez toi. S'ils découvrent les corps, suggère que les intrus se sont disputés et entre-tués.

—Et s'ils ne les découvrent pas ?

—Traîne les corps dans les tunnels, et ne laisse personne descendre dans ta cave jusqu'à ce que l'odeur se soit dissipée.

Cadia parut sur le point de vomir, mais elle acquiesça et se redressa. Cery éprouva une bouffée d'affection pour cette femme courageuse. Il espéra qu'elle ne tomberait pas sur d'autres assassins, et qu'elle ne serait pas punie pour l'avoir aidé. Faisant un pas vers elle, il l'embrassa fermement.

—Merci, lui dit-il tout bas. Ce fut un plaisir.

Cadia sourit, et l'espace d'un instant, ses yeux pétillèrent.

—Sois prudent, lui recommanda-t-elle.

—Toujours. Maintenant, file.

Elle obtempéra d'un pas vif. Cery ne pouvait pas s'attarder pour vérifier qu'elle trouve bien la sortie. Gol prit la tête de leur petit groupe tandis qu'Anyi fermait la marche. Ensemble, ils se frayèrent un chemin parmi les tunnels encombrés de gravats. Lorsqu'un claquement retentit derrière eux, Cery s'arrêta et jeta un coup d'œil par-dessus son épaule.

—Cadia ? suggéra Gol. Elle a sans doute laissé retomber la grille en sortant dans la rue.

—Le son n'aurait pas porté aussi loin, le détrompa Cery.

—Et puis, ce n'était pas le bruit que fait du métal en heurtant de la brique ou de la pierre, chuchota Anyi. Ça ressemblait plutôt à… du bois.

Une vibration résonna dans le tunnel. Cery sentit un frisson lui parcourir l'échine.

—On se dépêche de foutre le camp, ordonna-t-il. Mais en silence.

Gol brandit sa lampe plus haut, mais les gravats qui jonchaient le sol ne leur permettaient de courir à petites foulées que sur des distances très réduites. Plus d'une fois, Cery réprima un juron et regretta de ne pas avoir fait déblayer les tunnels.

Arrivé au bout d'un long passage en ligne droite, Gol s'arrêta net. En regardant par-dessus l'épaule du colosse, Cery vit que le plafond s'était effondré récemment. Les fuyards se trouvaient dans une impasse. Ils firent demi-tour et rebroussèrent chemin jusqu'au croisement précédent.

Lorsqu'ils l'atteignirent, Anyi soupira.

—On laisse des traces.

Baissant les yeux, Cery vit des empreintes dans la poussière. Tout espoir de semer leurs poursuivants s'évanouit. Il décida de guetter une occasion de les lancer sur une fausse piste, mais aucune ne se présenta.

Le soulagement l'envahit quand ses compagnons et lui atteignirent le passage qui débouchait sur la partie principale du réseau souterrain. Une fois de plus, il regretta de ne pas avoir anticipé la situation dans laquelle il se trouvait : s'il avait bien dissimulé l'entrée des tunnels isolés, il n'avait fait aucun effort pour masquer la sortie à d'éventuels intrus qui les exploreraient de l'intérieur.

Lorsque la porte se fut refermée derrière eux, les fuyards promenèrent un regard à la ronde. Ce passage était plus propre et mieux entretenu que les tunnels dont ils arrivaient. Mais cela signifiait qu'ils n'y trouveraient rien pour bloquer la porte et barrer le chemin à leurs poursuivants.

— Par où ? demanda Gol.

— Vers le sud-est, répondit Cery.

Ils progressaient plus vite à présent. Ils avaient baissé les volets de leurs lampes de sorte que seul un mince rayon de lumière éclairait leur route. Autrefois, Cery se serait déplacé dans le noir, mais il avait entendu dire que les mystérieux Crapoteux et certains voleurs tendaient des pièges pour protéger leur territoire. Néanmoins, Gol marchait d'un pas assez vif pour avoir du mal à esquiver un danger éventuel.

Bientôt, Cery eut le souffle court, les poumons en feu et les jambes tremblantes. Gol, qui avait pris un peu d'avance, ralentit et jeta un coup d'œil par-dessus son épaule. Il fit une pause pour attendre Cery, mais ne bougea pas lorsque celui-ci le rattrapa.

— Où est Anyi ? demanda-t-il, les sourcils froncés.

Ce fut comme si Cery avait reçu un coup de couteau en plein cœur. Il fit volte-face, mais ne vit que les ténèbres derrière lui.

— Je suis là, lança une voix tout bas. (Puis un léger bruit de pas précéda la réapparition d'Anyi.) Je me suis arrêtée pour voir si j'entendais toujours nos poursuivants, expliqua la jeune femme avec une mine funeste. Malheureusement, oui. Ils sont plusieurs, et ils ne sont pas loin. (Elle rejoignit les deux hommes en leur faisant signe d'avancer.) Il faut nous dépêcher.

Gol accéléra encore, choisissant une route en zigzag. Cery et Anyi le suivirent. Mais malgré tous leurs efforts, ils ne parvinrent pas à semer leurs poursuivants – ce qui laissait penser que ces derniers connaissaient les tunnels aussi bien que Cery et son garde du corps. Ils se rapprochaient de la partie du réseau située sous la Guilde, mais de toute évidence, les hommes à leurs trousses n'étaient pas assez intimidés par les magiciens pour laisser filer leurs proies.

Bientôt, calcula Cery, ils atteindraient l'entrée secrète qu'il utilisait pour rendre visite à Sonea. *Nos poursuivants n'oseront pas pousser plus loin.* À moins qu'ils ignorent où menaient ces tunnels. *Tant pis pour eux! S'ils continuent, ils découvriront à leurs dépens que la Guilde protège son territoire, y compris sous la surface.*

Hélas, cela signifiait que Skellin l'apprendrait aussi. *Non seulement je ne pourrai plus jamais utiliser ce passage pour m'enfuir, mais je devrai prévenir la Guilde. Les hauts magiciens feront combler le passage, et nous aurons perdu notre accès le plus sûr à Sonea et à Lilia.*

Cery considérait les tunnels de la Guilde comme un dernier recours. Il chercha désespérément une alternative.

À vingt pas de la porte secrète, un bruit résonna derrière eux, confirmant que les assassins étaient tout proches. Trop proches – Cery, Gol et Anyi n'auraient pas le temps d'ouvrir la porte avant d'être rattrapés. Lorsque son garde du corps ralentit pour jeter un regard interrogateur à Cery, celui-ci le dépassa et partit dans une nouvelle direction.

Il lui restait une solution de rechange. Une solution plus risquée, qui les conduirait peut-être vers un danger plus grand que celui qu'ils fuyaient. Du moins les assassins seraient-ils exposés au même danger, s'ils osaient les suivre.

Devinant à quoi pensait son employeur, Gol jura entre ses dents, mais il ne protesta pas. Il se contenta de prendre le bras de Cery pour le faire ralentir, et de repasser devant lui.

— C'est de la folie, marmonna-t-il tandis que les fuyards couraient vers la Cité des Crapoteux.

Ça faisait presque vingt ans que des dizaines de petits voyous et de jeunes vagabonds s'étaient installés dans les tunnels après la destruction de leur quartier. Très vite, ils étaient devenus le sujet d'histoires effrayantes que l'on racontait dans les gargotes ou pour terrifier les enfants désobéissants.

On disait que les Crapoteux ne s'aventuraient jamais à la lumière du jour, qu'ils ne sortaient de leurs tunnels que la nuit pour voler de la nourriture et jouer de mauvais tours aux honnêtes gens. Certains pensaient qu'ils étaient devenus des créatures décharnées et blêmes, dont les yeux immenses leur permettaient de voir dans l'obscurité. D'autres prétendaient qu'ils ressemblaient à n'importe quels gamins des rues, jusqu'à ce qu'ils ouvrent la bouche pour révéler leurs crocs pointus. Mais tous étaient d'accord pour affirmer que se hasarder dans leurs tunnels équivalait à un suicide.

De temps en temps, quelques courageux tentaient quand même leur chance. La plupart ne revenaient jamais. Une poignée d'entre eux étaient ressortis en rampant et en saignant d'une multitude de coups de couteaux portés par des agresseurs silencieux et invisibles dans le noir.

Les gens qui habitaient au-dessus de la Cité des Crapoteux déposaient des offrandes pour eux sur le seuil de leur maison, dans l'espoir d'éviter une invasion nocturne. Cery, dont le territoire recoupait le leur dans un coin, avait pris ses dispositions afin que quelqu'un laisse de la nourriture pour eux dans l'un des tunnels, tous les trois ou quatre jours. Sur le sac était peint un ceryni, le petit rongeur dont il portait le nom. Mais ça faisait un moment qu'il n'avait pas vérifié que ses gens suivaient toujours ses instructions. *Dans le cas contraire, je n'aurai sans doute jamais l'occasion de les punir pour cette négligence.*

Bientôt, Cery repéra les marqueurs indiquant qu'ils pénétraient sur le territoire des Crapoteux. Puis il cessa d'en voir. Derrière lui, il entendait la respiration précipitée d'Anyi. Les assassins oseraient-ils les suivre ici ?

—Ne fais pas ça, haleta la jeune femme comme Cery ralentissait pour regarder par-dessus son épaule. Ils sont juste derrière nous.

Cery n'avait plus assez de souffle pour jurer. L'air lui brûlait les poumons à chaque inspiration. Tout son corps lui faisait mal, et ses jambes tremblaient sous lui. Il se força à penser au danger que courait Anyi. Si les assassins les rattrapaient, c'était elle qu'ils tueraient en premier. Cery ne pouvait pas le leur permettre.

Quelque chose lui saisit les chevilles, et il s'étala de tout son long.

Le sol n'était pas aussi plat ni aussi dur qu'il l'imaginait, mais se cabrait et ondulait sous lui en poussant des jurons étouffés. Cery avait atterri sur Gol, désormais invisible dans l'obscurité totale. Les lampes s'étaient éteintes. Cery roula sur le côté.

—La ferme, chuchota une voix.

—Obéis, Gol, souffla Cery.

Le garde du corps se tut.

Derrière eux, le bruit de pas s'amplifia dans le tunnel. Des lumières apparurent, filtrant au travers d'un rideau de tissu grossier que Cery ne se souvenait pas avoir franchi. *Quelqu'un a dû le laisser tomber après notre passage.*

Les pas ralentirent et s'arrêtèrent. Un bruit s'éleva depuis une autre direction – un bruit de course. Les lumières s'éloignèrent comme leurs porteurs se lançaient sur cette nouvelle piste.

Il y eut une longue pause. Puis plusieurs soupirs rompirent le silence. Un frisson parcourut l'échine de Cery lorsqu'il se rendit compte que Gol, Anyi et lui étaient cernés.

Un mince rayon de lumière apparut. Une lampe. Elle était tenue par un inconnu.

Cery dévisagea le jeune homme qui le toisait.

—Qui es-tu ? demanda celui-ci.

— Cery du quartier nord.

— Et eux ?

— Ce sont mes gardes du corps.

Il haussa les sourcils, puis acquiesça et se tourna vers ses compagnons. Cery compta six autres jeunes gens, dont deux étaient assis sur Gol. Anyi se tenait accroupie, un couteau dans chaque main. Les deux Crapoteux qui l'encadraient le faisaient à bonne distance, mais semblaient prêts à risquer de prendre un coup si leur chef leur ordonnait de neutraliser l'intruse.

— Range ça, Anyi, ordonna Cery.

La jeune femme obéit sans quitter les Crapoteux des yeux. Sur un signal de leur chef, les deux individus qui immobilisaient Gol le libérèrent. Le colosse poussa un grognement soulagé. Cery se leva et fit face au chef des Crapoteux en carrant les épaules.

— Nous réclamons un sauf-conduit.

Un demi-sourire releva le coin droit de la bouche du jeune homme.

— Ça n'existe plus de nos jours. (Il se désigna du pouce.) Wen. (Puis il se tourna pour parler à ses compagnons.) Je connais ce Cery. C'est l'un de ceux qui nous laissent de la nourriture. On en fait quoi ?

Les jeunes gens échangèrent des regards et marmonnèrent tour à tour :

— On le tue ?

— On le libère ?

Wen secoua la tête.

— On l'amène à Lombric ?

Il parut réfléchir et finit par acquiescer.

— On l'amène à Lombric, dit-il fermement.

Les autres hochèrent la tête. Étaient-ils d'accord avec sa décision, ou allaient-ils obéir seulement parce qu'il était leur chef ? Cery n'aurait su le dire.

Wen se tourna vers le voleur.

— Vous venez avec nous. On vous conduit à Lombric. (Il rendit sa lampe à Gol, puis se tourna vers un des jeunes gens qui s'étaient assis sur le colosse.) Va le prévenir.

L'homme disparut dans les ténèbres. Comme Wen se détournait pour partir dans la même direction, Anyi tendit la main et reprit sa lampe au Crapoteux qui s'en était saisie. Deux des jeunes gens se hâtèrent de rejoindre leur chef en tête de la petite colonne, tandis que les autres se positionnaient à l'arrière.

Ils marchèrent en silence. Au début, Cery fut juste incroyablement soulagé de ne plus devoir courir, même si ses jambes tremblaient toujours et que son cœur battait trop vite. Gol semblait aussi mal en point que lui, remarqua-t-il. Tout en récupérant, le voleur recommença à s'inquiéter. Jamais il n'avait entendu parler d'un Crapoteux appelé Lombric. À moins que… *À moins qu'il ne s'agisse pas d'un être humain, mais d'une créature qui dévore les intrus.*

Arrête, se morigéna-t-il. *S'ils voulaient nous tuer, ils n'auraient pas envoyé nos poursuivants sur une fausse piste. Ils nous auraient poignardés dans le noir ou guidés dans une impasse.*

Au bout de quelques minutes, une voix s'éleva dans l'obscurité devant eux, et Wen grogna une réponse. Un homme s'avança dans la lumière. Tout le groupe s'arrêta. Le nouveau venu dévisagea Cery d'un regard intense, puis opina du chef.

— Vous êtes bien Cery. (Il lui tendit la main.) Je suis Lombric.

Ne sachant pas trop ce que son geste signifiait, Cery lui tendit aussi la main. L'homme la serra brièvement avant de la lâcher et de lui faire signe.

— Suivez-moi.

Ils se remirent en marche.

Cery remarqua que l'air devenait humide. De temps en temps, un bruit d'eau courante s'échappait d'un passage latéral ou résonnait derrière une paroi. Puis la petite procession pénétra dans une salle caverneuse où retentissait un grondement humide, et le voleur comprit.

Une forêt de colonnes se dressait là. Chacune d'elles s'inclinait pour rejoindre sa voisine et former une arche. L'ensemble soutenait un plafond bas qui évoquait des draperies ou la toile d'un faren et qui ne surplombait pas un plancher, mais la surface réfléchissante d'une étendue d'eau.

Leur guide longea le sommet d'un mur épais qui coupait cette surface en deux. Il faisait trop sombre pour évaluer la profondeur de l'eau qui clapotait de part et d'autre de cette « passerelle ». Par chance, celle-ci était sèche et pas le moins du monde glissante.

En regardant derrière lui, Cery vit que l'eau s'écoulait dans des tunnels qui, à en juger par l'inclinaison de leur plafond, s'enfonçaient plus profondément dans les entrailles de la cité. De chaque côté, il aperçut d'autres sommets de murs, trop éloignés pour qu'on puisse les atteindre d'un bond. La seule lumière provenait des lampes qu'ils portaient.

L'eau elle-même semblait étonnamment propre. Aucun détritus n'y flottait. Parfois, Cery voyait passer une tache grasse qui sentait le savon ou le parfum. Mais il y avait de la moisissure sur les murs, et une humidité malsaine planait dans l'air.

Un groupement de lumières apparut devant eux. Bientôt, Cery put distinguer une sorte de grande plate-forme qui reliait deux des murs.

Plusieurs personnes étaient assises dessus, et un murmure résonnait dans la vaste salle. Au-delà de la plate-forme, des cercles sombres se découpaient au milieu d'une zone plus claire. Cery finit par comprendre que c'était l'entrée d'autres tunnels, situés plus haut. De l'eau s'en déversait et venait alimenter l'immense bassin souterrain.

Leur poids fit craquer la plate-forme lorsqu'ils grimpèrent dessus à la suite de Lombric. Dévisageant les personnes présentes, Cery estima qu'aucune d'elles n'avait plus de vingt-cinq ans. Deux femmes allaitaient un bébé, et un enfant de deux ou trois ans était attaché avec une corde à la colonne la plus proche, sans doute pour éviter qu'il tombe dans l'eau. Tout le monde regardait Cery, Gol et Anyi avec de grands yeux pleins de curiosité, mais personne ne disait rien.

Lombric jeta un coup d'œil à Cery, puis désigna les tunnels.

— Ils viennent des bains de la Guilde, expliqua-t-il. Au sud et au nord, ce sont des égouts, mais ici, l'eau est presque propre.

Cery acquiesça. Ce n'était pas un mauvais endroit pour s'installer, si on supportait de vivre sous terre dans une atmosphère constamment humide. En regardant autour de lui, il aperçut d'autres plates-formes occupées par des Crapoteux, et d'étroites passerelles qui les reliaient entre elles.

— J'ignorais l'existence de cet endroit, avoua-t-il.

Lombric sourit.

— Alors qu'il était juste sous votre nez.

Il avait raison, songea Cery. Cette partie du territoire des Crapoteux s'étendait sous le sien. Il fit face à Lombric.

— Vous nous avez dissimulés aux gens qui voulaient nous tuer, dit-il. Merci. Jamais je ne serais entré ici sans permission si j'avais eu le choix.

Lombric pencha la tête sur le côté.

— Vous auriez pu fuir dans les tunnels de la Guilde.

Donc, il sait que j'y ai accès.

Cery secoua la tête.

— Je ne voulais pas révéler le moyen d'y accéder à mes ennemis. J'aurais dû prévenir les hauts magiciens, et les mesures qu'ils auraient prises ne m'auraient pas arrangé du tout. J'imagine que vous n'avez aucune envie de les voir fouiller chez vous non plus.

Lombric haussa les sourcils.

— En effet. (Puis il soupira.) Si nous avions laissé le commanditaire de ces chasseurs mettre la main sur vous, il nous aurait débusqués du même coup. Après qu'il se fut emparé de votre territoire, rien ne l'aurait empêché de faire de même avec le nôtre.

Cery dévisagea Lombric pensivement. Les Crapoteux étaient beaucoup plus au courant de ce qui se passait à la surface qu'il ne l'aurait cru. Et ils avaient entièrement raison au sujet de Skellin : rien n'étancherait sa soif de pouvoir.

— Skellin ou moi, vous parlez d'un choix, grimaça Cery.

Lombric se rembrunit.

— Il ne nous ficherait pas la paix, contrairement à vous. (Du menton, il désigna les tunnels d'en face.) Il voudra les contrôler à cause de l'endroit où ils mènent.

La Guilde. Cery frissonna. Était-ce une simple déduction, ou Lombric connaissait-il les plans de Skellin ? Il ouvrit la bouche pour le lui demander, mais le chef des Crapoteux le prit de vitesse.

— Je vous ai montré ceci pour que vous soyez au courant. Mais vous ne pouvez pas rester. Nous allons vous conduire en lieu sûr. Nous ne ferons rien de plus pour vous.

Cery acquiesça.

— C'est bien davantage que je n'en espérais, répondit-il sur un ton infiniment reconnaissant.

— Si vous devez revenir un jour, vous n'aurez qu'à prononcer mon nom pour qu'on vous épargne. Mais nous ne pouvons pas vous accorder l'asile.

— Je comprends.

Lombric soutint le regard de Cery quelques instants, puis acquiesça à son tour.

— Où voulez-vous aller ?

Cery jeta un coup d'œil à Gol et à Anyi. Sa fille semblait anxieuse ; son garde du corps était pâle et à bout de forces. Où pouvaient-ils bien aller ? On ne leur devait plus que très peu de faveurs. Ils n'avaient pas de planque sûre à proximité, et pas d'alliés à qui ils puissent faire confiance – ou qu'ils puissent mettre en danger. *À une exception près.*

Cery reporta son attention sur Lombric.

— Ramenez-nous par là où nous sommes arrivés.

Le chef des Crapoteux adressa quelques mots aux jeunes gens qui avaient sauvé Cery et ses compagnons. Puis il fit signe au voleur de les suivre et, sans le moindre adieu, il s'éloigna. Partant du principe qu'il s'agissait d'une coutume des Crapoteux, Cery en fit autant.

Ils rebroussèrent chemin à une allure bien plus modérée, ce dont le voleur fut très reconnaissant. Maintenant que sa peur comme son soulagement s'étaient estompés, il se sentait las, si las… Gol aussi traînait les pieds. Au moins l'endurance juvénile d'Anyi jouait-elle en sa faveur.

Lorsque Cery commença à reconnaître les passages qu'ils empruntaient, leurs jeunes guides se fondirent dans l'obscurité. La lampe que portait le voleur crachota et s'éteignit, à court d'huile. Gol ne protesta pas lorsque son employeur s'empara de la sienne pour éclairer leur chemin jusqu'à la porte secrète.

Lorsqu'ils eurent franchi et refermé celle-ci derrière eux, Cery sentit sa tension s'évaporer en grande partie. Ils étaient enfin en sécurité. Il se tourna vers Anyi.

— Montre-moi la pièce où vous vous voyez, toi et Lilia.

La jeune femme lui prit la lampe des mains et les entraîna, Gol et lui, dans un long passage en ligne droite. Après avoir tourné à droite, ils atteignirent un complexe de salles souterraines reliées par des corridors sinueux. Malgré lui, Cery repensa à la fois où le seigneur Fergun l'avait emprisonné ici dans le noir, et il frissonna. Mais ces salles-là étaient différentes de sa cellule : plus anciennes, et disposées comme exprès en désordre.

Anyi conduisit les deux hommes à une pièce meublée de quelques caisses en bois et d'une pile de coussins élimés. Il n'y avait pas de poussière, et une cheminée murée se dressait dans un coin. Anyi posa la lampe pour allumer quelques bougies dans des alcôves creusées à même les murs.

— C'est ici, annonça-t-elle. Pas très confortable, je sais, mais je ne pouvais rien apporter de trop gros, et je ne voulais pas attirer l'attention.

— Pas de lit, se lamenta Gol.

Avec un grognement, il se laissa tomber sur une des caisses. Cery sourit à son vieil ami.

— Ne t'en fais pas. On va s'arranger.

Mais un rictus crispait le visage de Gol. Les sourcils froncés, Cery remarqua que le colosse pressait une main sur son flanc, par-dessous sa chemise. Puis il vit une tache sombre briller doucement dans la lumière des bougies.

— Gol ?

Le colosse ferma les yeux et vacilla.

— Gol ! s'exclama Anyi.

Elle bondit en même temps que son père. Ils rattrapèrent Gol avant que celui-ci s'écroule par terre. Anyi apporta des coussins.

— Allonge-toi là, ordonna-t-elle. Et fais-moi voir ça.

Cery était incapable d'articuler le moindre mot. La peur paralysait son esprit et sa langue. L'assassin avait dû frapper Gol pendant qu'ils se battaient dans la cave de Cadia. Ou peut-être avant que le garde du corps ne se réveille et ne bloque le second coup.

Anyi poussa Gol sur les oreillers, écarta sa main et souleva sa chemise, révélant sur son ventre une petite plaie qui saignait lentement. Cery secoua la tête.

— Pourquoi n'as-tu rien dit pendant tout ce temps ?

— Ce n'est pas si grave. (Gol haussa les épaules et frémit.) Ça n'a commencé à me faire mal que pendant que tu discutais avec Lombric.

— Je parie que tu dégustes maintenant, le rabroua Anyi. Tu crois que c'est profond ?

— Pas trop, non. Je ne sais pas.

Gol se mit à tousser.

— Ça pourrait être plus sérieux qu'il n'y paraît. (Anyi s'assit sur ses talons et leva les yeux vers Cery.) Je vais chercher Lilia.

— Non, protesta Gol.

— Il ne restait que deux ou trois heures avant l'aube quand nous sommes partis de chez Cadia, dit Cery à sa fille. Lilia est peut-être déjà à l'université.

Anyi acquiesça.

— Possible. Il n'y a qu'un moyen de le découvrir.

Elle haussa un sourcil interrogateur.

— D'accord, vas-y, capitula Cery.

Elle lui prit la main et la pressa sur la plaie de Gol, qui poussa un grognement de douleur.

— Appuie bien là-dessus, et…

— Je sais quoi faire, coupa Cery. Si tu ne trouves pas Lilia, rapporte au moins un chiffon propre pour faire un pansement.

— Promis, dit Anyi en prenant la lampe.

Puis elle s'en fut, et le bruit de ses pas s'estompa comme l'obscurité l'engloutissait.

2

Convoqué

— Dois-je emporter la bague de sang de Mère ? demanda Lorkin lorsque Dannyl franchit l'arche donnant sur ses appartements à la Maison de la Guilde.

L'ambassadeur baissa les yeux vers l'anneau en or serti d'une bille de verre rouge que Lorkin tenait à la main. *Si quelque chose venait à mal tourner pendant cette entrevue avec le roi sachakanien, il serait bon que nous ayons tous deux un moyen de communiquer avec la Guilde*, songea-t-il. *Mais si ça tourne vraiment très mal, on pourrait découvrir et confisquer nos deux bagues de sang, et les utiliser pour distraire Osen et Sonea, voire les tourmenter.*

Car telle était la limitation inhérente aux gemmes de sang. Elles rapportaient les pensées de leur porteur au magicien qui avait donné son sang pour les créer. En contrepartie, ce magicien ne pouvait bloquer les pensées du porteur, ce qui se révélait extrêmement désagréable si ce dernier venait à être torturé.

C'était arrivé à Rothen, le mentor de Dannyl et un de ses plus vieux amis. Un des hors-la-loi sachakaniens, connus sous le nom d'Ichanis, qui avaient envahi la Kyralie vingt ans plus tôt, avait capturé le magicien et, au lieu de le tuer, avait fabriqué une gemme à partir de son sang. Puis il l'avait mise au doigt de chacune de ses victimes afin que Rothen reçoive un flot d'impressions de Kyraliens terrifiés et mourants.

De la magicienne noire Sonea ou de l'administrateur Osen, qui serait le plus affecté si une personne malintentionnée s'emparait de sa bague ? La réponse était si évidente qu'elle fit frissonner Dannyl.

— Laisse-le ici, conseilla-t-il. J'aurai celui d'Osen. Donne-moi celui de ta mère pour que je le cache, au cas où les Sachakaniens liraient dans ton esprit et découvriraient son existence.

Lorkin dévisagea Dannyl avec une expression étrange, presque amusée.

— Ne vous en faites pas, ils ne liront rien du tout en moi.

Dannyl écarquilla les yeux, surpris.

— Tu sais… ?

— En partie. Je n'ai pas eu le temps de développer des compétences aussi poussées que celles des Traîtresses pour berner les magiciens. Si quelqu'un essaie de lire dans mon esprit, il n'y parviendra pas, mais il s'en rendra compte.

— Espérons que les choses n'en arriveront pas là, soupira Dannyl. (Il recula vers la porte.) Je vais cacher ça, et je te rejoins au grand salon.

Lorkin acquiesça.

Dannyl regagna ses appartements d'un bon pas. Il ordonna à l'esclave qui s'y trouvait de sortir et d'empêcher quiconque de le déranger. Puis il chercha un endroit où dissimuler la gemme.

Lorkin est capable de bloquer les sondes mentales ! Ashaki Achati, le conseiller du roi sachakanien qui était l'ami de Dannyl depuis son arrivée à Arvice, lui avait bien dit que les Traîtresses avaient trouvé un moyen de le faire. Sans cela, comment leurs espionnes déguisées en esclaves auraient-elles évité de se faire démasquer ?

Je me demande ce que Lorkin m'a caché d'autre. Dannyl éprouva un pincement de frustration. Depuis son retour à Arvice, le jeune magicien répugnait à parler de la société rebelle au sein de laquelle il avait vécu pendant plusieurs mois. Sans doute connaissait-il des tas de secrets qu'il ne pouvait révéler sans mettre de nombreuses vies en danger. *Mais cela donne l'impression que sa loyauté va maintenant aux Traîtresses plutôt qu'à la Guilde et à la Kyralie.*

Lorkin avait recommencé à porter des robes : il se considérait donc toujours comme un magicien de la Guilde, même s'il avait dit à Dannyl, quand ils s'étaient rencontrés dans la montagne, que leurs supérieurs devaient agir comme s'il l'avait quittée.

Les pieds de la malle de voyage de Dannyl étaient sculptés en forme de souches dont l'écorce formait des circonvolutions protubérantes. Utilisant sa magie, l'ambassadeur avait ménagé une cavité sous l'une de ces circonvolutions, au cas où il aurait besoin de dissimuler la bague d'Osen. Il souleva le petit morceau de bois, déposa la gemme de Sonea dans le trou et referma celui-ci. Puis il prit le chemin du grand salon, la pièce d'une demeure sachakanienne traditionnelle où le chef de famille recevait ses invités.

La Guilde n'avait jamais officiellement déclaré que Lorkin ne comptait plus au nombre de ses membres, malgré la gêne que cela avait créée entre le Sachaka et la Kyralie. Outre la peine que cela aurait causée à Sonea, les hauts magiciens ne voulaient pas avoir l'air de renoncer trop rapidement à chercher leurs collègues enfuis. Cela constituait un autre danger : en ne faisant rien, ils semblaient approuver l'association de Lorkin avec les rebelles – ce qui, à terme, risquait de peser sur les relations entre les Terres Alliées et le Sachaka.

Le retour de Lorkin à Arvice aurait pu tout résoudre ou presque. Le problème, c'est que le roi voulait absolument savoir ce que le jeune magicien avait découvert sur ses ennemies. Il allait être drôlement déçu, songea Dannyl.

Dès qu'il avait appris la réapparition de Lorkin, Amakira avait interdit à ce dernier de quitter de nouveau la ville. Dannyl s'attendait à ce qu'il le convoque au palais dans la foulée, mais plusieurs jours s'étaient écoulés sans autre message de sa part. Le roi en avait sans doute profité pour s'entretenir avec ses conseillers.

Dont l'ashaki Achati, à en juger par son absence.

L'ami sachakanien de Dannyl ne lui avait pas rendu visite ni envoyé de message depuis le jour où Dannyl, Tayend et lui étaient rentrés de leur expédition de recherche à Duna. En repensant à ce voyage, l'ambassadeur fulmina. Tayend avait manipulé Achati pour que celui-ci l'emmène avec eux, puis avait délibérément empêché Achati et Dannyl de devenir amants.

C'est drôle : du coup, j'ai encore plus envie d'être avec lui, alors qu'avant notre départ, j'hésitais à cause des conséquences politiques qu'une telle relation pourrait avoir.

Tayend s'était interposé pour la même raison, et la situation actuelle était justement de celles qu'une liaison entre Dannyl et Achati aurait rendue encore plus délicates à gérer. Pour autant, Dannyl avait du mal à pardonner l'intervention de son ancien compagnon. Il espérait juste que si Achati ne se montrait pas, c'était uniquement à cause du problème avec Lorkin et non parce qu'il avait renoncé à lui.

Par ailleurs, l'ambassadeur ne pouvait se défendre contre une certaine culpabilité. Qu'Achati et lui deviennent amants ou non, ils seraient toujours forcés de se cacher certaines choses – des secrets comme la proposition d'alliance ou d'accord commercial avec la Guilde faite par les Duna. Dans l'excitation provoquée par le retour de Lorkin, celle-ci avait été presque oubliée. Autrefois, la Guilde aurait été très excitée par la perspective d'acquérir une nouvelle forme de magie. Mais la possibilité d'un échange du même type avec les Traîtresses, qui feraient des alliées bien plus puissantes, éclipsait la proposition des Duna.

Dannyl ne savait pas exactement ce que Lorkin avait dit à la Guilde au sujet des Traîtresses. Osen avait décidé qu'il valait mieux que l'ambassadeur l'ignore, pour le cas improbable où quelqu'un tenterait de lire dans son esprit. Dannyl se rembrunit. *Osen doit savoir que Lorkin est capable de bloquer les sondes mentales. Et du coup, Lorkin ne me dira rien qu'il n'a pas déjà dit à Osen.*

En arrivant au grand salon, Dannyl vit que son ancien assistant s'y trouvait déjà. Assis sur un tabouret, il devisait à voix basse avec Tayend et dame Merria, sa remplaçante auprès de l'ambassadeur. Tous les trois se levèrent à l'entrée de Dannyl.

— Tu es prêt ? demanda celui-ci à Lorkin.

Le jeune homme acquiesça.

Tayend le dévisagea gravement.

— Bonne chance.

— Merci, ambassadeur, répondit Lorkin.

Du menton, Tayend désigna Merria.

— Nous avons tous deux demandé à nos amis sachakaniens ce que le roi fera à leur avis. Aucun d'eux n'a voulu faire de prédiction, mais tous espèrent qu'il ne compromettra pas les bonnes relations avec les Terres Alliées.

— Pensent-ils que je devrais enfreindre ma promesse et tout raconter au sujet des Traîtresses ? s'enquit Lorkin.

Tayend grimaça.

— Oui.

Merria opina du chef sans rien dire.

Un sourire bref releva les coins de la bouche de Lorkin.

— Je n'en suis guère surpris.

Mais son regard était dur. Dannyl ne put s'empêcher de penser à Sonea. Elle était si têtue à l'âge de Lorkin ! Du coup, Dannyl se sentit un peu rasséréné. Lorkin parviendrait à tenir tête au roi sachakanien. *Du moins, s'il se contente de lui poser des questions et de tenter de l'intimider.*

— Soyez prudent, vous aussi, dit Merria.

Dannyl vit qu'elle s'adressait à lui. Surpris, il cligna des yeux. La jeune femme le regardait de travers depuis son retour. Elle ne lui avait toujours pas pardonné de ne pas l'avoir emmenée à Duna. Dannyl ne s'attendait pas à ce qu'elle s'inquiète pour lui – d'autant plus qu'il ne voulait pas réfléchir à ce qui risquait de lui arriver si la situation dérapait.

— Ça ira, lui promit-il.

Tayend aussi le regardait d'un air anxieux, et Dannyl ne voulait pas se demander pourquoi. Aussi se tourna-t-il vers le couloir qui menait à la sortie de la Maison de la Guilde.

— Ne faisons pas attendre le roi.

— Il vaut mieux pas, murmura Lorkin.

Dannyl jeta un coup d'œil à Kai, qui était désormais son esclave personnel. Les amies de Merria lui avaient expliqué qu'une stratégie typique pour les esclaves consistait à s'échanger très souvent leurs tâches. Ainsi, en cas d'erreur, leur maître avait du mal à trouver le responsable. Plus les esclaves qui s'affairaient autour de lui étaient nombreux, plus il avait de la difficulté à retenir leur nom, et à ordonner que l'un d'eux en particulier soit puni.

Merria avait donc demandé à chacun des occupants de la Maison de la Guilde de désigner un ou deux esclaves pour s'occuper personnellement de lui. Mais même si ces esclaves s'apparentaient davantage à des valets ou à des femmes de chambre, ils n'osaient pas poser de questions, ni faire remarquer lorsque quelque chose n'allait pas. Et ils se jetaient toujours par terre à l'entrée de leur maître. Dannyl avait souvent eu affaire à des domestiques insolents, mais il préférait encore ça à l'obéissance muette et inconditionnelle des esclaves sachakaniens.

— Va dire à notre cocher que nous sommes prêts, ordonna Dannyl à Kai.

Celui-ci se précipita. D'un pas plus mesuré, Dannyl entraîna Lorkin dans le couloir qui menait à la porte d'entrée.

Lorsqu'ils émergèrent de la Maison de la Guilde, Dannyl mit une main en visière pour se protéger les yeux contre le soleil éblouissant. Le ciel était bleu et sans nuages, l'air chaud et sec comme pendant un été kyralien. Mais ici, le printemps commençait à peine.

Fidèles à leur habitude, les esclaves se prosternèrent devant Dannyl. L'ambassadeur leur ordonna de se relever. Puis Lorkin et lui montèrent à bord de la voiture qui les attendait.

Ils roulèrent en silence. Dannyl repensait à tout ce qu'Osen lui avait recommandé de dire – et tout ce qu'il lui avait recommandé de taire. Il regrettait de ne pas en savoir davantage sur les plans de Lorkin et de la Guilde. Son ignorance partielle le mettait mal à l'aise.

Bien trop vite à son goût, la voiture tourna dans la grande avenue bordée d'arbres qui conduisait au palais, puis s'arrêta devant celui-ci. Les esclaves perchés à l'arrière du véhicule descendirent pour ouvrir la portière à leur maître. Dannyl sortit et s'arrêta pour attendre que Lorkin le rejoigne.

— Très joli, commenta le jeune homme en levant un regard admiratif vers le palais.

C'est vrai : c'est la première fois qu'il vient ici, songea Dannyl.

Au-delà des murs blancs incurvés, on apercevait le sommet d'un dôme doré scintillant. Dannyl se souvint combien lui-même avait été impressionné lors de sa première visite au roi. Mais aujourd'hui, il était trop inquiet pour apprécier la beauté architecturale du lieu.

Se tournant vers l'entrée, il entraîna Lorkin à l'intérieur. Les deux hommes longèrent un large couloir, dépassèrent les gardes en faction et pénétrèrent dans l'immense pièce remplie de colonnes qui tenait lieu de salle du trône à Amakira.

Le cœur de Dannyl s'accéléra à la vue de tous les gens qui se trouvaient là – beaucoup plus nombreux que lors de ses précédentes entrevues avec le roi. Au lieu de quelques personnes qui bavardaient par deux ou par trois, une petite foule se massait dans la pièce. À en juger par leur veste courte richement brodée et leur attitude pleine d'assurance, la plupart de ces hommes étaient des ashakis. Dannyl les compta rapidement. *Ils doivent être une cinquantaine.*

Se savoir entouré d'un si grand nombre de magiciens noirs fit courir un frisson désagréable le long de son échine. Il se concentra pour garder une expression neutre et une démarche digne, espérant qu'il parvenait à dissimuler sa peur.

Le roi Amakira était assis sur son trône. Malgré son grand âge, il semblait aussi tendu et alerte que les plus jeunes des ashakis présents dans la pièce. Son regard demeura braqué sur Lorkin jusqu'à ce que les deux visiteurs s'arrêtent devant lui et mettent un genou en terre.

— Relevez-vous, ambassadeur Dannyl, ordonna-t-il alors.

Dannyl obtempéra en se retenant de regarder furtivement Lorkin, que le protocole obligeait à rester prosterné tant que leur hôte ne lui avait pas donné la permission de se redresser. Le roi reporta son attention sur le jeune homme et le scruta d'un regard pénétrant.

— Relevez-vous, seigneur Lorkin.

Celui-ci obéit et jeta un bref coup d'œil au roi avant de baisser poliment la tête.

— Je suis ravi de vous revoir parmi nous, dit Amakira.

— Merci, Votre Majesté.

— Avez-vous eu le temps de récupérer après votre voyage de retour à Arvice ?

— Tout à fait, Votre Majesté.

— C'est une bonne chose. (Le roi reporta son attention sur Dannyl, et une lueur froide brilla dans ses yeux.) Ambassadeur, je voudrais que Lorkin nous explique dans quelles circonstances il a quitté la ville, été amené à vivre parmi les Traîtresses puis à revenir parmi nous.

Dannyl acquiesça.

— C'est bien normal, Votre Majesté, répondit-il avec un sourire forcé. (Il se tourna vers son ancien assistant.) Seigneur Lorkin, racontez-lui ce que vous m'avez raconté.

Le jeune magicien le regarda avec un mélange d'amusement et de reproche avant de faire face au roi. Dannyl réprima un sourire – un sourire authentique, cette fois. *Ce qu'il m'a raconté se résume à trois fois rien. Je doute que cela satisfasse la curiosité d'Amakira.*

— La nuit de mon départ, commença Lorkin, une esclave s'est introduite dans mes appartements à la Maison de la Guilde et a tenté de me tuer. J'ai été sauvé par une autre esclave, qui m'a convaincu que d'autres assassins viendraient terminer le travail si je ne m'enfuyais pas avec elle. Comme vous le devinez sans doute, cette femme n'était pas réellement une esclave mais une des Traîtresses.

» Elle m'a expliqué que la société à laquelle elle appartenait avait été formée avant les Guerres sachakaniennes, par un groupe de femmes maltraitées qui avaient décidé de s'unir. Elles se sont réfugiées dans les montagnes où elles ont fondé un nouveau peuple, rejetant l'esclavage et l'inégalité des sexes.

— Elles sont dirigées par des femmes, intervint le roi. C'est ça qu'elles appellent l'égalité ?

Lorkin haussa les épaules.

— Ce n'est pas une société parfaite, mais elle reste plus juste que toutes celles que j'avais côtoyées ou dont j'avais entendu parler jusque-là.

— Donc, vous avez été conduit à leur base ?

— Oui. C'était le refuge le plus sûr contre les assassins qui me pourchassaient.

— Pourriez-vous en retrouver le chemin ? interrogea le roi.

Lorkin secoua la tête.

— Non. J'avais les yeux bandés.

Amakira plissa les yeux.

— Quelle taille fait leur base ? Combien de Traîtresses abrite-t-elle ?

— Je... Je ne saurais dire.

— Vous ne pouvez pas, ou vous ne voulez pas ?

— Ce n'est pas le genre d'endroit dont on peut facilement estimer la population.

— Essayez quand même.

Lorkin écarta les mains.

— Plus d'une centaine de personnes.

— Vous avez pu évaluer leur puissance de combat ? enchaîna le roi.

Lorkin fit un nouveau signe de dénégation.

—Je ne les ai jamais vues se battre. Certaines sont magiciennes – mais vous le saviez déjà. J'ignore quelle formation elles reçoivent et de quoi elles sont capables.

Un mouvement parmi les ashakis qui se tenaient près du trône attira l'attention de Dannyl, et son cœur fit un bond dans sa poitrine comme il reconnaissait Achati. Leurs regards se croisèrent brièvement, mais celui d'Achati n'exprimait aucune émotion. L'air pensif, l'ashaki se pencha vers son roi et lui chuchota quelque chose. Amakira ne quitta pas Lorkin des yeux, mais il fronça très légèrement les sourcils.

—Qu'avez-vous fait pendant que vous viviez avec les Traîtresses ?

—Je les ai aidées à soigner leurs malades.

—Elles vous ont fait confiance, à vous, un étranger, pour les guérir ?

—Oui.

—Leur avez-vous enseigné quoi que ce soit ?

—Deux ou trois choses, oui. Et j'ai appris d'elles en retour.

—Quoi, exactement ?

—Je leur ai montré comment fabriquer de nouveaux remèdes, et réciproquement... même si les leurs nécessitent des plantes qui ne poussent pas en Kyralie.

—Pourquoi êtes-vous reparti ?

Lorkin hésita. Il ne s'attendait pas à ce que le roi lui pose cette question si tôt dans leur entretien.

—Parce que je voulais rentrer chez moi.

—Alors, pourquoi ne l'avez-vous pas fait plus tôt ?

—En règle générale, les Traîtresses n'autorisent pas les étrangers à s'en aller. Mais elles ont fini par changer d'avis dans mon cas.

—Pourquoi ?

—Elles n'avaient pas de raison de me retenir. Je n'avais rien appris d'important ; donc, je ne pouvais rien révéler d'important. Et elles ont pris leurs précautions pour que je ne puisse jamais retrouver leur base.

Le roi dévisagea pensivement le jeune homme.

—Néanmoins, vous avez vu davantage de choses qu'aucun autre étranger à leur société avant vous – y compris des détails dont vous ne saisissez peut-être pas l'importance. Ces rebelles constituent un danger pour notre pays ; un jour, elles menaceront peut-être les contrées voisines du Sachaka, dont la vôtre. Accepterez-vous qu'on lise dans votre esprit ?

Lorkin se figea. Un silence absolu se fit dans la salle du trône tandis que tous attendaient sa réponse.

—Non, Votre Majesté.

— Je ferai appel au plus doué de mes magiciens. Il ne fouillera pas vos pensées, mais attendra que vous lui soumettiez volontairement vos souvenirs.

— J'apprécie cette attention, mais je me dois de protéger l'enseignement que j'ai reçu à la Guilde. Je suis forcé de refuser.

Le roi tourna son regard vers Dannyl. Son expression était indéchiffrable.

— Ambassadeur, ordonnerez-vous au seigneur Lorkin de coopérer avec un de nos magiciens pour qu'il lise dans son esprit ?

Dannyl prit une grande inspiration.

— Avec tout le respect qui vous est dû, Votre Majesté, c'est impossible. Je ne possède pas l'autorité nécessaire.

Le roi se rembrunit davantage.

— Mais vous possédez une bague de sang qui vous permet de communiquer avec la Guilde. Contactez vos supérieurs. Obtenez la permission de qui de droit.

Dannyl ouvrit la bouche pour protester, mais se ravisa. Il devait faire semblant de coopérer. Plongeant une main dans sa poche, il en sortit la bague d'Osen et la glissa à son doigt.

— *Osen ?*

— *Dannyl*, lui répondit immédiatement l'administrateur.

Il avait promis de s'arranger pour être libre au moment de l'entrevue de Lorkin et Dannyl avec Amakira, et il ne semblait pas surpris qu'on le contacte.

— *Les Sachakaniens veulent que la Guilde ordonne à Lorkin de se soumettre à une lecture de son esprit.*

— *Ah. Évidemment. Sans ça, ils ne croiront pas un mot de ce qu'il leur racontera.*

— *Que dois-je leur répondre ?*

— *Que seul Merin est habilité à donner cet ordre, et qu'il ne l'envisagera qu'après s'être lui-même entretenu avec Lorkin en personne et en privé.*

Dannyl frissonna. À moins d'oublier le protocole et de réclamer directement le retour de Lorkin, le roi de Kyralie ne pouvait pas se montrer plus clair quant à ses souhaits.

— *Autre chose ?*

— *Pas pour l'instant. Voyons d'abord comment va réagir Amakira.*

Dannyl ôta sa bague et, la gardant dans sa main, leva les yeux vers le roi sachakanien pour lui transmettre la réponse d'Osen.

Amakira le regarda pendant ce qui lui parut un très, très long moment. Les muscles de ses mâchoires saillaient, indiquant une colère contenue.

— C'est très ennuyeux, finit-il par lâcher d'une voix égale. Du coup, je me demande si je dois renoncer à mes efforts de coopération entre nos deux pays pour me concentrer sur la protection du mien – ou du moins, réduire mes efforts dans la même proportion que la Kyralie. (Faisant la moue, il se tourna vers deux des ashakis.) Veuillez escorter le seigneur Lorkin jusqu'à la prison du palais.

Tandis que les deux hommes s'approchaient de lui, Lorkin fit instinctivement un pas en arrière. Dannyl, lui, s'avança vers le roi.

— Votre Majesté, je proteste ! s'exclama-t-il. Au nom des Terres Alliées, je vous demande d'honorer l'accord qui…

— De deux choses l'une : ou le seigneur Lorkin va en prison, ou le seigneur Lorkin va en prison et l'ambassadeur Dannyl quitte le Sachaka, coupa le roi assez fort pour couvrir la fin de sa phrase.

— *Laissez-les emmener Lorkin.*

Dannyl faillit lâcher un hoquet de surprise en entendant la voix dans sa tête. Puis il se rendit compte qu'il serrait la bague très fort dans sa main, de sorte que la gemme touchait sa peau et transmettait ses pensées à Osen.

— *Vous êtes sûr ?*

— *Oui. Nous espérions que ça n'en arriverait pas là, bien entendu, mais nous préférons que vous ne soyez pas expulsé du Sachaka. Retournez à la Maison de la Guilde et harcelez Amakira pour qu'il relâche Lorkin. Nous ferons tout notre possible de notre côté.*

Le cœur de Dannyl se serra comme les deux ashakis le dépassaient et s'arrêtaient de part et d'autre de Lorkin. Le jeune magicien semblait inquiet mais résigné. Quand son regard croisa celui de Dannyl, il parvint à conjurer un faible sourire.

— Ça ira, lui dit-il.

Puis il se laissa entraîner par les deux hommes.

Dannyl reporta son attention sur le roi.

— Emprisonnez-le si vous l'estimez nécessaire, mais ne lui faites pas de mal. Sans quoi, il deviendra beaucoup plus difficile de conclure une alliance entre le Sachaka et les Terres Alliées. Ce qui serait vraiment dommage.

Amakira ne cilla pas, mais ce fut d'une voix plus douce qu'il répliqua :

— Rentrez à la Maison de la Guilde, ambassadeur. Cette entrevue est terminée.

Avant même d'ouvrir les yeux, Sonea sut qu'il était trop tôt pour qu'elle se réveille. Elle se tourna vers l'écran qui masquait la fenêtre de sa chambre. La lumière du jour se reflétait sur le mur juste derrière. Sonea fronça les sourcils. C'était la lumière d'un début de matinée, et non celle du couchant. Elle n'avait pas dormi plus d'une heure ou deux.

Puis des coups retentirent de nouveau à sa porte, et Sonea comprit ce qui l'avait tirée de son sommeil.

Avec un grognement, elle replia ses bras sur son visage et attendit. Tous les matins, à l'exception du Vaindredi, le magicien noir Kallen venait chercher Lilia pour la conduire à ses leçons. La plupart du temps, la novice se préparait sans faire de bruit. Mais avant que Kallen se décide à frapper doucement, Sonea avait dû lui rappeler plusieurs fois qu'elle assurait la garde de nuit à l'hospice.

Ce matin, il semblait l'avoir oublié.

Les coups se répétèrent, plus forts cette fois. Sonea grogna de nouveau. Pourquoi Lilia n'allait-elle pas ouvrir ?

Avec un soupir résigné, Sonea repoussa ses couvertures et se força à s'asseoir dans son lit. Elle passa les mains dans ses cheveux pour les démêler sommairement, saisit une robe de chambre et l'enfila par-dessus sa chemise de nuit. Puis elle se leva et entra dans le salon en projetant un peu de magie vers la porte de ses appartements pour en actionner la poignée.

Comme le battant pivotait vers l'intérieur, Kallen leva les yeux vers elle. Son expression mécontente s'assombrit davantage à la vue de Sonea. Après avoir jeté un coup d'œil à sa robe de chambre, il la dévisagea d'un air orageux.

— Bonjour, magicienne noire Sonea. Navré de vous déranger. Lilia est là ?

La porte de la chambre attribuée à la jeune fille, et située de l'autre côté du salon, était fermée. Sonea s'en approcha. Elle frappa d'abord doucement, puis plus fort. Ne recevant pas de réponse, elle ouvrit. La chambre était vide – mais le lit fait indiquait que Jonna, la tante et domestique de Sonea, était déjà passée ce matin.

— Non, répondit Sonea en rebroussant chemin vers l'entrée de ses appartements. Et avant que vous me posiez la question : non, je ne sais pas où elle est. Dès que je l'aurai découvert, je vous tiendrai au courant.

— Merci.

Bien que toujours aussi mécontent, Kallen la salua et s'en fut.

Sonea referma la porte et voulut retourner au lit. Mais elle s'arrêta à mi-chemin de sa chambre. C'était rare que Lilia soit absente le matin. Par nature, elle n'était pas du genre à enfreindre les règlements ou à causer des problèmes, mais il fallait quand même la surveiller car elle était facilement influençable.

Peut-être plus aussi facilement qu'autrefois, songea Sonea. *Sa meilleure amie lui a fait apprendre la magie noire à son insu pour pouvoir l'accuser du meurtre qu'elle avait elle-même commis. C'est le genre de mésaventure qui rendrait n'importe qui méfiant.*

Sans compter qu'à la même période, Lorandra, la renégate qui avait aidé Lilia à s'évader de prison, avait voulu livrer la jeune fille à son fils, le tristement célèbre Skellin, afin qu'elle lui enseigne également la magie noire.

Sonea avait confiance en Lilia pour ne plus s'attirer d'ennuis volontairement. Mais la jeune fille pouvait commettre une nouvelle erreur de jugement. Par ailleurs, Sonea était censée surveiller les autres magiciens noirs. Même si elle n'était pas la tutrice officielle de Lilia – ce rôle avait échu à Kallen –, en hébergeant la jeune fille, elle avait donné à tout le monde l'impression qu'elle acceptait d'être responsable de ses agissements.

Promenant un regard à la ronde, Sonea aperçut le coin d'un bout de papier sous le broc d'eau, sur la table de chevet. Elle traversa la chambre et s'en saisit.

> « Je suis partie de bonne heure retrouver une amie. Dites au MNK que j'irai en cours directement.
>
> Lilia »

Sonea soupira et leva les yeux au ciel. Mais son irritation ne dura pas. Le message était sans doute destiné à Jonna. La domestique n'avait pas dû le voir, ou n'avait pas pu attendre le magicien noir Kallen – à moins qu'elle l'ait cherché vainement pour le prévenir.

L'amie que mentionnait Lilia devait être Anyi, qui l'avait sauvée des griffes de Skellin. Anyi étant la fille de Cery, Sonea n'était cependant pas tout à fait certaine qu'elle n'entraînerait pas Lilia à l'écart du droit chemin.

Cery ne les laisserait pas s'attirer des ennuis, raisonna-t-elle. *Tout de même... Je me demande bien pourquoi Lilia est partie retrouver Anyi à une heure aussi matinale – et où elles se sont donné rendez-vous.*

Sonea posa le message. Elle savait qu'Anyi s'introduisait dans ses appartements de la même façon que Cery : par une porte secrète située dans le salon. Mais si Lilia était sortie pour retrouver Anyi, cela signifiait qu'elles devaient aller ensemble quelque part... ce qui était quelque peu préoccupant : en tant que nouvelle magicienne noire, Lilia avait l'interdiction formelle de sortir de l'enceinte de la Guilde.

Elle est peut-être juste descendue dans les tunnels. Seuls les hauts magiciens avaient le droit d'accéder aux passages souterrains

– officiellement parce que ceux-ci étaient instables et dangereux, officieusement parce que personne n'avait de bonne raison de s'y trouver. Mais ce n'était pas ce qui inquiétait le plus Sonea.

Skellin voulait la mort de Cery. Autrement dit, tous les alliés du voleur devenaient eux aussi des cibles. Jusque-là, Cery avait réussi à dissimuler le fait qu'Anyi était sa fille. Il la faisait passer pour sa garde du corps, mais elle était quand même en danger. Lilia pourrait sans doute se protéger avec sa magie, mais en cas d'agression par Skellin ou par sa mère, Lorandra, elle aurait affaire à forte partie puisque tous deux étaient également magiciens.

Est-elle partie parce que Cery avait besoin d'aide ? Non, elle m'en aurait parlé d'abord. Sonea fronça les sourcils. Depuis quelque temps, elle avait du mal à mettre la main sur Cery. Lors de leurs rares entrevues, le voleur semblait épuisé et nerveux. Sonea le soupçonnait d'embellir la vérité quant à l'avancement de ses recherches. Selon elle, Cery parvenait tout juste à se maintenir hors de la portée de Skellin. Il n'avait aucune possibilité de localiser lui-même le renégat.

Avec un soupir, Sonea regagna sa chambre – mais pas pour se recoucher. Elle n'arriverait pas à se rendormir, maintenant qu'elle s'inquiétait pour Cery et pour Lilia. Alors, elle se lava, s'habilla et utilisa sa magie pour chasser la fatigue.

Elle était en train de se préparer une tasse de raka quand quelqu'un frappa à sa porte. Réprimant un nouveau soupir, elle regarda par-dessus son épaule et ouvrit d'une traction magique.

L'administrateur Osen apparut sur le seuil de ses appartements. Surprise, Sonea cligna des yeux.

— Administrateur, le salua-t-elle.

— Magicienne noire Sonea, répondit Osen en inclinant poliment la tête. Puis-je entrer ?

— Bien sûr, répondit-elle en lui faisant face. Voulez-vous du raka ou du sumi ? demanda-t-elle tandis qu'il refermait la porte.

Osen secoua la tête.

— J'ai des nouvelles. Mauvaises, mais pas complètement inattendues.

Sonea eut la désagréable sensation que ses entrailles se liquéfiaient. *C'est à propos de Lorkin.*

— Très mauvaises ?

Osen pinça les lèvres.

— Ça pourrait être pire, la rassura-t-il sur un ton compatissant. Sans ça, j'irais droit au but. Lorkin a refusé qu'on lise dans son esprit. Le roi Amakira a demandé que nous lui ordonnions de se laisser faire. Le roi Merin a refusé aussi, et Amakira a envoyé Lorkin en prison.

Un frisson glacé parcourut l'échine de Sonea, dont l'estomac se retourna. Une image de son fils enchaîné dans une cellule sombre et humide s'imposa à son esprit. Elle eut un haut-le-cœur. Pour elle, il était toujours un enfant effrayé. *Mais en vérité, c'est un adulte. Il savait que ça risquait d'arriver ; pourtant, il a refusé de trahir les Traîtresses. Je dois avoir confiance en son jugement, et espérer qu'elles méritent réellement d'être protégées.*

Sonea se força à reporter son attention sur Osen.

— Alors, que fait-on ? demanda-t-elle, même si les hauts magiciens avaient déjà maintes fois discuté de cette éventualité.

— On s'efforce d'obtenir sa libération. Par « on », j'entends : la Guilde, le roi Merin et le roi d'Elyne. Si Lorkin a raison, et s'il peut empêcher les Sachakaniens de lire dans son esprit, nous devons convaincre Amakira que le libérer est le meilleur moyen d'en apprendre davantage au sujet des Traîtresses. C'est ici que vous intervenez.

Sonea acquiesça avec un soulagement tardif. La mission qu'on lui avait confiée – rencontrer les Traîtresses au nom de la Guilde – était devenue plus que compliquée lorsqu'il était apparu clairement que le roi Amakira ne laisserait pas partir Lorkin sans lui avoir soutiré autant d'informations que possible. Les hauts magiciens avaient décidé de l'envoyer également à Arvice pour négocier la libération de son fils. Mais cette aggravation de la situation de Lorkin aurait pu les faire changer d'avis.

Il leur semblait que seul un magicien noir susciterait le respect indispensable pour négocier avec le roi sachakanien. Lilia était encore une novice, et beaucoup trop jeune. En tant que femme, Sonea serait considérée comme inférieure aux ashakis ; de plus, en tant que mère de Lorkin, on risquait de la faire chanter. Quant à Kallen, son addiction au poerri le rendait peu fiable et tout aussi vulnérable à la coercition.

Au final, c'est moi qu'ils ont choisie. Peut-être parce que Amakira sait que j'ai déjà tué des Sachakaniens, et que je serais prête à recommencer pour sauver mon fils. Ça pourrait l'inciter à se montrer plus diplomate.

Bien entendu, le roi sachakanien pouvait aussi menacer de faire du mal à Lorkin afin de manipuler Sonea. Mais il n'aurait pas grand-chose à y gagner. Elle ne savait rien au sujet des Traîtresses, et elle ne pouvait pas ordonner à son fils de divulguer leurs secrets. Elle pouvait juste promettre qu'elle tenterait de l'en persuader si Amakira le libérait.

À moins, évidemment, qu'il craque d'abord sous la torture. Mais Sonea ne voulait pas y penser. Elle se tourna vers Osen.

— Alors, je pars quand ?

Une lumière légère, se déversant par une porte ouverte devant elle, apprit à Lilia qu'Anyi et elle arrivaient à destination. Évitant les gravats qui jonchaient le passage, la novice suivit son amie à l'intérieur de la pièce.

Cery était assis sur une des vieilles caisses en bois qu'Anyi avait apportées pour leur servir de sièges. De ses deux mains, il pressait sur le ventre de Gol. Le colosse était allongé sur les coussins où Lilia et Anyi aimaient tant à se prélasser ensemble, et même dans la maigre lueur des bougies, la jeune fille voyait combien il était pâle. Elle s'approcha de lui en augmentant l'intensité de son globe de lumière. Le colosse avait le front luisant de sueur et le regard fiévreux.

Lilia le toisa, paralysée par le doute. *Suis-je déjà assez calée en guérison pour le sauver ?*

— Essaie, je t'en prie, supplia Anyi.

Lilia jeta un coup d'œil à son amie et acquiesça. Elle s'agenouilla près de Gol. Sous les mains de Cery, l'abdomen du colosse était maculé de sang.

— Je relâche la pression ? s'enquit le voleur.

— Je… Je ne sais pas encore, admit Lilia. Pour l'instant, je vais juste l'examiner.

Soulevant la chemise de Gol, elle posa une main sur sa peau nue, ferma les yeux et projeta ses perceptions à l'intérieur du corps du blessé.

Au début, ce fut le chaos. Mais en se basant sur ce qu'elle avait lu ou entendu en classe, ainsi que sur les exercices conçus par ses professeurs, Lilia parvint à démêler les différents signaux. Le premier, et le plus évident, c'était la douleur, qui faillit lui arracher un hoquet. La jeune fille parvint à se ressaisir avant de perdre sa concentration, et elle s'en félicita. La douleur était facile à arrêter. C'était l'une des premières leçons qu'on enseignait à tous les guérisseurs.

Après s'en être occupé, Lilia s'attela à déchiffrer le reste des informations. Son esprit fut attiré par la partie la plus endommagée du ventre de Gol, où des fluides essentiels étaient en train de se perdre et où d'autres, plus dangereux, se répandaient hors de l'endroit où ils auraient dû rester confinés.

La lame du couteau lui a crevé l'intestin. Il serait déjà mort si la déchirure était plus large. De toute évidence, c'est ce que je dois réparer en premier.

Puisant à la source de sa magie, Lilia la dirigea vers la plaie afin d'en rapprocher et d'en ressouder les bords bien plus vite que la nature n'aurait pu le faire.

Maintenant, je dois m'occuper du poison qui s'échappe de ses entrailles et du sang qui s'est accumulé à l'intérieur. Je vais me servir de l'un pour évacuer l'autre.

Lilia espéra que ni Cery ni Anyi ne paniqueraient en voyant jaillir du liquide de la plaie. Elle rencontra plus de résistance qu'elle ne s'y attendait ; alors, elle se souvint que le voleur appuyait toujours sur la blessure de son garde du corps. Elle se focalisa sur sa propre gorge, juste assez pour pouvoir utiliser ses cordes vocales.

— Vous pouvez lâcher, articula-t-elle.

Lilia vit le sang recommencer à couler. Elle dut se concentrer très fort pour aligner, puis raccommoder la chair et la peau tranchées. Se remémorant les mises en garde de ses professeurs, elle vérifia qu'il n'y avait pas de déchirures risquant de provoquer une hémorragie interne. Quelques vaisseaux avaient besoin d'être réparés. Ce ne fut pas très difficile.

Lorsqu'elle fut certaine d'en avoir terminé, Lilia ramena ses perceptions en elle-même, prit une grande inspiration et rouvrit les yeux. Le visage de Gol n'était plus un masque de douleur. Le colosse lui sourit.

— Ça va mieux ? lui demanda Lilia.

Il acquiesça.

— Oui. Mais… fatigué. Très fatigué, articula-t-il d'une voix pâteuse. (Il fronça les sourcils.) Soif.

— C'est normal, le rassura Lilia. Vous avez perdu du sang, et le poison a pu provoquer une inflammation.

— La lame était empoisonnée ? s'alarma Cery.

— Non, mais elle lui avait crevé l'intestin. Les fluides qui permettent la digestion agissent comme de l'acide s'ils se répandent dans le reste du corps, expliqua Lilia.

Cery regarda pensivement son garde du corps.

— Tu ne pourras pas t'entraîner avant un bon moment. (Il reporta son attention sur Lilia.) Combien de temps lui faudra-t-il pour se rétablir complètement ?

La jeune fille haussa les épaules.

— Je ne sais pas trop. Mais ça ira plus vite s'il peut manger de la bonne nourriture et boire de l'eau claire. (Elle se tourna vers Anyi.) Tu m'accompagnes ? Je vais voir si Jonna a laissé quelque chose dans ma chambre. Au minimum, il y aura de l'eau.

— Tu es déjà en retard pour tes cours, fit remarquer Anyi. Tu devrais filer à l'université.

— Dans cette tenue ?

Lilia baissa les yeux vers ses robes de novice, qu'elle avait froissées et salies en se faufilant par l'étroite brèche entre les appartements de Sonea et le réseau souterrain. En temps normal, Anyi lui apportait de vieux vêtements mais cette fois, elle était arrivée les mains vides. Lilia ne pouvait pas garder de tenue « civile » dans sa chambre de crainte que Jonna la découvre. Et elle n'avait pas voulu courir le risque que Gol meure pendant qu'elle cherchait de quoi se changer.

Du menton, Anyi désigna ses robes.

— Tu ne peux pas arranger ça avec ta magie ?

Lilia soupira.

— Je peux essayer, mais ça risque de prendre plus de temps que de repasser par ma chambre.

Anyi l'examina de la tête aux pieds.

— Ce n'est pas si terrible. Tu aurais très bien pu te faire ça en trébuchant et en tombant dans une haie.

— Mais pour l'eau et pour la nourriture ? objecta Lilia.

Son amie haussa les épaules.

— Je m'en occupe.

— Sonea sera dans ses appartements toute la journée.

— Elle bosse la nuit à l'hospice, pas vrai ? Donc, elle dormira.

— Et si elle se réveille ?

— Je lui dirai que je suis passée te voir, et que j'avais faim.

— Si on a juste besoin d'eau, je sais où trouver quelques tuyaux percés, intervint Cery. (Il regarda sévèrement Lilia.) Alors qu'on sera en bien plus mauvaise posture si tu rates tes cours ou si quelqu'un se rend compte que tu passes ton temps à traîner dans ces tunnels. On va rester coincés ici un moment ; on aura besoin que tu sois libre pour nous rendre visite.

Lilia reporta son attention sur Anyi. Bien entendu, Cery avait raison. Même si ses cours lui semblaient bien peu importants comparés à la santé et à la sécurité de ses amis, sécher ne servirait qu'à éveiller les soupçons.

Une fois de plus, la jeune fille se maudit d'avoir cédé à sa curiosité et tenté d'apprendre la magie noire en suivant les instructions contenues dans le livre de Naki. Personne ne faisait attention à elle quand elle n'était encore qu'une simple novice. Elle soupira et acquiesça.

— D'accord. Mais je reviendrai ce soir vous apporter de quoi dîner.

Cery haussa un sourcil.

— Et comment comptes-tu t'y prendre ?

— Oh, Jonna me houspille toujours pour que je mange plus, et elle me laisse des tas de trucs à grignoter pendant que j'étudie. Je vais juste me montrer particulièrement difficile ce soir.

3

Questions

Quand l'inquisiteur ashaki le fit sortir de la pièce, Lorkin soupçonna que son soulagement était prématuré. L'homme parut lui faire prendre le chemin inverse de celui qu'ils avaient suivi le matin même, depuis la cellule où le jeune magicien avait été enfermé après son entrevue avec le roi jusqu'à la salle où on venait de l'interroger.

Peut-être en avaient-ils terminé pour aujourd'hui. Peut-être la nuit était-elle tombée dehors. Seul l'estomac de Lorkin lui permettait de mesurer l'écoulement des heures, et ce n'était pas un indicateur plaisant : quand il n'était pas noué par l'anxiété, il gargouillait de faim.

L'inquisiteur, qui ne s'était pas présenté, ouvrait la marche tandis que son assistant la fermait. Lorkin n'aurait même pas su que c'était un ashaki si un garde ne s'était pas adressé à lui en utilisant ce titre.

Ils atteignirent un couloir dont Lorkin se souvenait bien, parce qu'il descendait progressivement vers les geôles. Une fois de plus, le jeune homme se demanda pourquoi il n'y avait pas d'escalier. L'instant d'après, la réponse lui apparut en même temps qu'un garde qui poussait un chariot dans leur direction. Sur ce chariot gisait un très vieil homme décharné et nu, à l'exception d'un linge blanc qui le recouvrait de la taille aux genoux. Lorsqu'il le croisa, Lorkin scruta discrètement le vieillard.

Il est mort? Sa poitrine ne se soulevait ni ne s'abaissait. Ses lèvres étaient bleuâtres. *On dirait bien que oui.*

Lorkin chercha rapidement des blessures, mais n'en trouva aucune – pas même des traces de menottes sur ses poignets. *Il est peut-être mort de vieillesse. Ou de maladie. Ou de faim. À moins qu'il ait été tué par la magie noire.* Le jeune homme résista à l'envie de tendre une main pour toucher le cadavre et utiliser ses perceptions de guérisseur afin de chercher la cause du décès.

Au bout du couloir en pente, ils pénétrèrent dans une vaste pièce. Des menottes rouillées pendaient aux murs. Une pile d'objets métalliques en tout aussi piètre état gisait dans un coin, leur forme suggérant des instruments de torture à une imagination effrayée. Par contraste, les barreaux qui s'entrecroisaient devant les alcôves sur deux des côtés de la pièce étaient d'un noir terne, dépourvu de traces d'usure ou de faiblesse.

Trois cellules d'assez grande taille se découpaient dans un des murs, et cinq plus petites le long de l'autre. Deux seulement étaient occupées, la première par deux hommes d'âge mûr, la seconde par un jeune couple. Deux gardes étaient assis près de l'entrée, en compagnie d'un homme qui portait une version plus sombre de la tenue habituelle des ashakis. D'un signe de tête, ce dernier salua l'inquisiteur, qui lui rendit la pareille.

Lorkin avait été informé que les prisonniers restaient rarement ici plus de quelques semaines – y compris s'ils étaient jugés coupables. C'était trop difficile de garder un magicien sous les verrous ; quant aux non-magiciens, ils étaient tout simplement vendus comme esclaves. L'inquisiteur n'avait pas précisé si les magiciens étaient libérés ou exécutés.

Ça fait partie du jeu, songea Lorkin. *Des allusions à de terribles conséquences si je refuse de coopérer, mais pas de menaces directes… pour le moment.*

L'inquisiteur avait poursuivi en se demandant à voix haute si Lorkin pouvait être considéré comme un magicien selon l'acceptation sachakanienne, puisque ses connaissances étaient incomplètes. Ne maîtrisant pas la haute magie, il n'était, en quelque sorte, qu'un demi-magicien. Mais garder un demi-magicien prisonnier risquait quand même d'être inutilement compliqué. Cela dit, il existait au moins un précédent : le propre père de Lorkin.

S'il tentait de m'insulter, c'est raté. Il doit bien savoir que les magiciens de la Guilde ne considèrent pas l'ignorance de la haute magie comme une lacune mais, au contraire, comme un choix plus honorable. J'imagine qu'il voulait surtout me rappeler que mon père avait été esclave autrefois.

Même ce fait n'était pas aussi humiliant pour Lorkin qu'il l'eût été pour un noble sachakanien. Akkarin avait été réduit en esclavage par un Ichani, un des hors-la-loi que tout le reste du pays considérait comme une gêne et une source d'embarras. Leur existence révélait les faiblesses de la société sachakanienne – ce que Lorkin se garda bien de faire remarquer.

Mis à part quelques piètres tentatives pour piquer Lorkin au vif, l'inquisiteur avait passé la journée à lui poser des questions et à souligner combien il serait mauvais pour lui, pour la Guilde et pour la paix entre le Sachaka et les Terres Alliées que le jeune homme ne lui raconte pas tout ce qu'il savait au sujet des Traîtresses. Comme il n'existait pas une infinité de questions à poser, ni une infinité de variations sur le thème de la menace, l'inquisiteur s'était beaucoup répété.

De la même façon, Lorkin avait réitéré son refus de répondre sur un ton navré mais ferme. Il ne voulait pas se mettre à bavarder et révéler par inadvertance des informations que les ashakis pourraient utiliser contre les Traîtresses. Voyant que l'inquisiteur insistait, il avait fini par se taire complètement. Ce n'était pas aussi facile que ça en avait l'air, mais Lorkin avait pensé combien il serait plus difficile encore de résister à la torture, et cela avait raffermi sa résolution.

Pour le moment, personne n'avait tenté de lire dans son esprit, et personne ne s'était aperçu que ça ne marchait pas – ou du moins, que ça ne marcherait pas tant que la gemme de blocage incrustée dans la chair de sa paume fonctionnerait correctement. Le roi Amakira répugnait sans doute à compromettre ses relations avec les Terres Alliées en violant l'esprit d'un de leurs envoyés. Ou peut-être espérait-il que Lorkin finirait par céder aux questions et aux menaces.

L'inquisiteur s'arrêta devant la porte de la cellule de Lorkin et fit signe au jeune homme d'y entrer. La porte se referma derrière lui. En se retournant, Lorkin vit que l'ashaki en tenue sombre s'était approché.

— Vous avez fini ? demanda l'homme.

— Pour le moment.

— Il attend votre rapport.

L'inquisiteur acquiesça et se dirigea vers la porte, suivi par son assistant.

L'autre ashaki regarda Lorkin à travers les barreaux et plissa les yeux. Puis il recula d'un pas, jeta un coup d'œil à la ronde et avisa une simple chaise en bois. Celle-ci s'éleva dans les airs et flotta jusqu'à la cellule de Lorkin avant de se poser venant la porte. L'ashaki s'assit dessus et entreprit de surveiller le prisonnier.

Lorkin n'aimait pas particulièrement ça, mais il se dit qu'il finirait par s'y habituer. Sa cellule était vide à l'exception d'un seau destiné à faire ses besoins. Comme il n'avait rien mangé ni bu de toute la journée, le jeune homme n'éprouvait pas une envie de se soulager assez forte pour se résoudre à le faire en public. *Mais tôt ou tard, il faudra bien que j'en arrive là. Autant me résigner tout de suite.*

En l'absence d'autre choix, il s'assit sur le sol poussiéreux, le dos contre le mur inégal. Il devrait sans doute dormir par terre. La pierre était dure et froide ; au moins n'aurait-il pas affreusement chaud avec ses robes de magicien, comme en surface. Il était facile de réchauffer de l'air par magie, mais pour le rafraîchir, il fallait créer une brise, de préférence à proximité d'un cours d'eau.

Lorkin pensa au moment où il avait remis ses robes après plusieurs mois passés parmi les Traîtresses. Au début, il avait été soulagé de les retrouver. Il appréciait leur style, la douceur et la beauté de leur tissu. Puis le printemps sachakanien était arrivé, et avec lui, des températures supérieures. Lorkin avait commencé à trouver ses robes lourdes et peu pratiques. Quand il était seul, dans sa chambre à la Maison de la Guilde, il ne portait que son pantalon. Il regrettait les vêtements plus simples et plus confortables des Traîtresses.

… Sans doute parce qu'il aurait voulu être de retour au Sanctuaire.

À peine cette pensée avait-elle traversé son esprit que des souvenirs de Tyvara s'imposèrent à lui. Le plus récent datait de la dernière nuit qu'ils avaient passée ensemble, quand Tyvara lui avait montré comment les amants utilisaient la magie noire. En revoyant la jeune femme nue et souriante au-dessus de lui, Lorkin sentit son pouls s'accélérer. Puis il se remémora d'autres petites choses : la démarche assurée de Tyvara dans les tunnels du Sanctuaire où les femmes détenaient le pouvoir ; son regard direct, à la fois joueur et débordant d'intelligence.

Il se souvint également de leur premier voyage ensemble, quand elle l'avait guidé à travers les plaines sachakaniennes en le protégeant contre les assassins envoyés par les Traîtresses et en leur évitant d'être capturés par leurs poursuivants ashakis. À ce moment-là, elle était épuisée et peu encline à soutenir une conversation ; pourtant, elle l'avait impressionné avec sa volonté et sa débrouillardise.

Lorkin remonta encore plus loin dans le temps, à l'époque où Tyvara se faisait passer pour une esclave à la Maison de la Guilde – les épaules voûtées, les yeux baissés, perturbée par les tentatives du jeune magicien pour l'apprivoiser. Il était déjà attiré par elle, même s'il croyait que c'était uniquement dû à son apparence exotique. Mais aucune autre Sachakanienne n'avait retenu son attention de la sorte, et il en avait pourtant rencontré de très belles, à Arvice comme au Sanctuaire.

Le Sanctuaire. Je n'aurais jamais cru penser ça un jour, mais il me manque. Maintenant que j'en suis parti, je me rends compte combien j'aimais ma vie là-bas en dépit des mauvais traitements infligés par Kalia.

Il revit la fois où il avait été enlevé, bâillonné, ligoté et enfermé par les sbires de l'oratrice, qui avait alors fouillé son esprit en quête des secrets de la magie de guérison, et cela assombrit son humeur. Mais il repoussa ce souvenir. *Kalia a été destituée. Elle n'est plus oratrice, ni responsable de la salle de soins. Les Traîtresses ont leurs défauts – certaines plus que d'autres –, mais globalement, elles sont de bonne volonté.*

Condamné à travailler en salle de soins avec Kalia, Lorkin avait été si angoissé par ses machinations, si occupé à chercher un moyen de convaincre les Traîtresses de négocier avec la Guilde, que cela l'avait distrait et empêché d'apprécier pleinement leur mode de vie.

Son enlèvement avait été l'œuvre d'un petit nombre de Traîtresses moins scrupuleuses que les autres. Tous les membres de la faction de Kalia n'approuvaient pas nécessairement ses actions. Et même si elles étaient d'accord avec l'oratrice, la plupart d'entre elles auraient sans doute refusé d'enfreindre les lois de leur société comme l'avait fait Kalia. Elles n'étaient motivées que par le désir de protéger leur peuple. Après des siècles passés à se cacher dans les montagnes, la peur du monde extérieur était solidement ancrée en elles.

Même s'il n'était pas prêt à pardonner à Kalia de lui avoir volé les secrets de la guérison, Lorkin pouvait difficilement lui reprocher son désir de les utiliser pour améliorer l'existence des Traîtresses. *Mais elle avait l'intention de me tuer et de raconter que j'avais péri gelé dans la montagne en tentant de m'enfuir. Je n'ai pas fini de lui en vouloir.*

En compensation pour ce qui lui avait été pris de force, la reine Zarala avait décidé que Lorkin apprendrait à fabriquer des gemmes magiques – une magie dont la Guilde n'avait jamais entendu parler. Or, c'était justement son rêve de découvrir une magie nouvelle et puissante qui avait poussé Lorkin à devenir l'assistant de l'ambassadeur Dannyl en premier lieu. Rétrospectivement, le jeune homme sourit de sa propre naïveté. Ses chances de réussir étaient infimes – et pourtant...

Néanmoins, il n'avait pas exactement découvert une magie susceptible de rendre la magie noire obsolète, ou à tout le moins, de protéger la Guilde contre cette dernière. Les gemmes magiques pouvaient remplacer les magiciens noirs ; le problème, c'est que seul un magicien noir pouvait les fabriquer.

Lorkin sentit son sourire s'estomper et un nœud d'angoisse se former dans son ventre. *Que fera la Guilde quand les hauts magiciens se rendront compte que je connais la magie noire ? Me pardonneront-ils de l'avoir apprise, puisque c'était pour moi le seul moyen d'apprendre également à fabriquer des pierres magiques ?*

Le jeune homme avait envisagé toutes les conséquences possibles et s'était préparé à la pire d'entre elles : la possibilité que ses supérieurs le chassent des Terres Alliées comme ils l'avaient fait pour son père. D'un côté, cela lui ferait mal ; de l'autre, il serait libre de retourner au Sanctuaire et de retrouver Tyvara, ce qui n'était pas un sort si terrible. À un détail près.

Mère sera tellement déçue... Non, pas juste déçue : atterrée.

Voilà pourquoi Lorkin n'avait encore rien dit à l'ambassadeur Dannyl ou à l'administrateur Osen. C'était une nouvelle qu'il annoncerait le plus tard possible. Osen n'avait-il pas décrété que nul ne devait en savoir plus que nécessaire, au cas où les Sachakaniens se mettraient à lire dans l'esprit des personnes concernées ? Mais même ainsi, Lorkin ne pourrait pas éternellement empêcher Sonea de découvrir ce qu'il avait fait.

Et je préférerais qu'elle l'apprenne de ma bouche plutôt que de celle de quelqu'un d'autre. Ce ne sera pas facile de lui dire, mais si je m'en charge moi-même, ce sera peut-être plus facile à entendre pour elle.

Cery avait perdu le compte du nombre de fois où il s'était réveillé. Mais cette fois-ci, il sut qu'il y avait quelque chose de différent avant même de rassembler suffisamment ses esprits pour l'identifier.

De la lumière. Après qu'Anyi était revenue avec un peu de nourriture et d'eau prises dans les appartements de Sonea, et qu'ils avaient données à Gol, les trois fugitifs avaient décidé de dormir. Pour éviter que toutes leurs bougies se consument, ils les avaient soufflées – mais pas avant que Cery extorque ses allumettes à Anyi. Il espérait que cela l'empêcherait d'explorer les passages pendant qu'il dormait. Même si elle lui avait assuré qu'elle connaissait la plupart d'entre eux maintenant, la jeune femme avait dû se ranger à ses arguments : l'absence d'entretien les rendait dangereux.

Ils s'étaient partagé les coussins. Ceux-ci étaient en nombre suffisant pour isoler leur corps du plancher froid et dur, mais chaque fois que Cery changeait de position, l'un d'eux se glissait sur le côté ; le voleur devait alors tâtonner dans le noir pour le retrouver et le remettre sous lui.

Je me demande si quelqu'un s'est installé dans mes anciennes planques – s'il apprécie mes beaux meubles et mon vin, songea-t-il en se redressant. Même si son sommeil fracturé l'avait laissé tout courbatu, il était soulagé de pouvoir se lever. La lumière découpait la porte de la pièce, et elle s'intensifiait. Cery entendit une voix bien connue lancer :

— Ce n'est que moi !

Au diable le vin et les beaux meubles. Tout ce que Cery désirait à présent, c'était un bon feu et un lit confortable. Et que ses proches soient en sécurité.

Les proches d'un voleur ne sont jamais en sécurité.

Une douleur familière mais toujours aussi lancinante le poignarda. Un instant, l'image du cadavre de sa femme et de ses fils s'imposa à lui, mais il ferma les yeux et se força à la chasser. *Cesserai-je un jour d'y penser ? Ou du moins, cela me fera-t-il moins mal ?*

À cette idée, la culpabilité le submergea. *Je ne devrais pas vouloir les oublier, mais je ne peux rien changer à leur mort, et je n'arriverai pas à protéger Anyi si je laisse ma colère ou mon chagrin me distraire.* Il soupira. *Et puis, tant qu'à me souvenir d'eux, je préférerais me souvenir d'eux vivants et heureux.*

La source de lumière pénétra dans la pièce. Ébloui, Cery détourna les yeux du globe magique pour détailler la jeune fille qui se tenait derrière. Lilia lui sourit et lui tendit un panier.

— J'ai dit à Jonna qu'Anyi viendrait peut-être me voir. Elle m'a apporté des provisions pour deux. Et j'ai pris une bouteille du vin de Sonea – pas dans les plus chères, évidemment.

Anyi se leva d'un bond, embrassa Lilia sur la joue et s'empara avidement du panier.

— Tu es merveilleuse, dit-elle en s'asseyant sur une des caisses en bois pour fouiller dans le panier. Des sandwichs à la viande ! Des petits pains au lait ! (Puis elle fronça le nez.) Beurk. Des fruits.

— C'est bon pour la santé, et c'est facile à transporter. (Lilia se tourna vers Gol.) Vous avez l'air plus en forme.

Cery regarda son ami s'asseoir sur sa couche improvisée, acquiescer et s'étirer. Une expression pensive passa sur le visage du colosse.

— Mais je suis encore crevé.

Lilia hocha la tête.

— D'après mes livres, votre corps mettra environ deux jours à reconstituer le sang que vous avez perdu – ça dépendra de la quantité exacte. Si vous recommencez à souffrir, dites-le-moi. Il est possible que je n'aie pas éliminé tout le poison de votre système, mais je pourrai encore le faire en cas de nécessité.

— Donc, on est coincés ici pour quelques jours, dit Anyi en regardant Cery. Tu crois que ça va poser un problème ?

Le voleur s'empara d'un sandwich à la viande, mordit dedans et mâcha en réfléchissant. Il avait encore des alliés et des serviteurs loyaux à Imardin, des gens qui commenceraient à s'inquiéter s'il ne donnait pas de nouvelles. Ils supposeraient peut-être que Cery, Gol et Anyi étaient morts. Comment réagiraient-ils alors ? Cery ne se faisait pas d'illusions : ils ne s'en prendraient pas à Skellin. Selon toute probabilité, ce dernier s'emparerait de son territoire – oh, pas personnellement, mais il se débrouillerait pour qu'un de ses alliés s'en charge.

— Laissons-leur croire que nous sommes morts, suggéra Gol.

Surpris, Cery dévisagea le colosse. Il ne s'attendait pas à ça. *Et à quoi m'attendais-je donc ? À ce qu'il se lève en faisant semblant d'être totalement rétabli, plutôt que de me faire perdre mon territoire ? Ou à ce qu'il me dise de l'abandonner ici ? Ce serait une réaction très noble, mais suis-je égoïste au point d'attendre de mes amis qu'ils se sacrifient pour moi ?* Cery fronça les sourcils. *Non, ce n'est pas ça. Simplement, je ne m'attendais pas à ce que Gol capitule avant moi.*

— La prochaine fois, tu ne t'en tireras pas, fit valoir le colosse. Nous avons eu de la chance jusqu'ici, mais ça ne durera pas forcément. Depuis la nuit dernière, je me demande qui a dit aux gens de Skellin que tu étais chez Cadia. Qui nous a trahis ? Et cette personne a-t-elle eu le choix ? Tu ne peux pas empêcher Skellin de soudoyer ou de faire chanter tes propres gens. Il a trop d'alliés et trop d'argent. Tu as déjà…

— J'ai déjà perdu mon territoire, acheva Cery à sa place.

Il sentit l'amertume l'envahir. Mais c'était une émotion trop familière pour susciter en lui autre chose qu'une profonde lassitude. Elle le tenait sous son emprise depuis que Selia et leurs fils avaient été assassinés ; il avait fini par s'y habituer.

— Laissons-leur penser que tu es mort. Dans son triomphe, Skellin commettra peut-être l'erreur de baisser sa garde. Il se peut aussi que, si tu n'es plus là pour t'opposer à lui, d'autres gens tentent de le faire à ta place – qu'ils lui tendent un piège, ou qu'ils le vendent à la Guilde.

C'était tentant, très tentant.

— Tu veux rester ici ? demanda Cery en feignant l'incrédulité.

— Oui. (Gol regarda Anyi et Lilia.) Qu'en pensez-vous ?

Anyi haussa les épaules.

— On peut bloquer l'accès à cette partie du réseau – faire écrouler les tunnels, si tu penses que c'est plus sûr. Il existe d'autres passages qui sortent dans la forêt, donc, il nous restera des issues de secours. Je veux dire, des issues qui ne débouchent pas à l'intérieur de la Guilde. (Elle jeta un coup d'œil à Lilia.) On trouvera un moyen de faire descendre de la nourriture et de l'eau.

La jeune fille acquiesça.

— Je suis sûre que Sonea nous aidera.

— Non, on ne peut rien lui dire. (Cery marqua une pause, surpris par la conviction dans sa propre voix. *Pourquoi je ne veux pas impliquer Sonea là-dedans ?*) Ça ne lui plaira pas. Elle voudra nous faire sortir de la ville. Elle en parlera à Kallen.

Il n'avait aucune confiance en l'autre magicien noir, et pas seulement parce que celui-ci était accro au poerri.

— Elle ne ferait pas ça, protesta Lilia d'une voix qui manquait de fermeté.

— Cery a raison, intervint Gol. Sonea va bientôt partir au Sachaka. Ou bien elle nous fera déménager, ou bien elle informera un autre haut magicien de notre présence ici.

—Si vous ne voulez pas que Kallen soit au courant, vous ne pourrez plus collaborer avec lui, fit remarquer Anyi aux deux hommes.

—Non, en effet. (Cery se tourna vers Lilia.) Mais nous n'avons pas besoin de lui dire quoi que ce soit – juste qu'il est plus sûr de communiquer par messages interposés, et que Lilia se chargera de nous les transmettre.

—D'un autre côté, nous n'aurons rien du tout à lui dire si nous restons ici sans aucun contact avec tes gens, raisonna Anyi.

—Non. Mais Kallen, lui, pourra nous informer de ce qui se passe à l'extérieur… jusqu'au moment où il s'agacera de ne rien recevoir en retour et cessera de nous considérer comme une source valable. Avec un peu de chance, d'ici là, nous trouverons un autre moyen de nous rendre utiles – ce qui n'arrivera pas si Sonea nous force à quitter la ville.

Tous quatre échangèrent un regard, puis acquiescèrent.

—D'abord, Lilia et moi devons résoudre les problèmes les plus basiques, comme notre approvisionnement en eau et en nourriture, décida Anyi en se levant. Puis nous nous attellerons à rendre cet endroit plus sûr et plus confortable.

Son air déterminé fit sourire Cery. S'il la laissait faire, Anyi les prendrait tous en charge.

—Non, contra-t-il. Ce n'est pas la première chose que nous allons faire.

—Non ? répéta Anyi sans comprendre, les sourcils légèrement froncés.

Du menton, Cery désigna le panier.

—D'abord, nous allons manger.

S'il existait une règle de l'étiquette sachakanienne autorisant quelqu'un à refuser l'entrée de son domicile à un visiteur indésirable, Dannyl regrettait de ne pas la connaître. Le problème n'était pas qu'il n'avait pas envie de voir l'ashaki qui se dirigeait vers le grand salon de la Maison de la Guilde – bien au contraire. Mais il soupçonnait qu'Achati était là en tant que conseiller du roi, et il n'avait aucune envie d'aborder des questions politiques avec lui.

Être ami avec l'ennemi, ça complique drôlement les choses.

Comme l'ashaki entrait dans la pièce, Dannyl scruta son visage, guettant le signe d'une bonne nouvelle à venir – même s'il savait que les chances étaient faibles. Là où il s'attendait à une expression soigneusement neutre, il fut surpris de lire un regret sincère et non dissimulé.

—Ravi de vous revoir à la Maison de la Guilde, ashaki Achati, le salua-t-il en se rabattant sur ses bonnes manières kyraliennes.

— J'aimerais que les circonstances soient moins tendues. Ceci est une visite officielle, mais j'aimerais également vous parler en tant qu'ami, si une telle chose est encore possible.

Dannyl invita Achati à s'asseoir, se réservant le siège le plus opulent.

— Tout dépendra de la façon dont se déroulera la visite officielle, répliqua-t-il.

— Dans ce cas, commençons par évoquer la question qui m'amène. (Achati s'interrompit pour dévisager Dannyl.) Le roi Amakira veut que vous persuadiez Lorkin de lui dire tout ce qu'il sait sur les Traîtresses.

— Je doute de réussir.

— Refuserait-il si vous lui en donniez l'ordre ?

— Oui.

— Et vous trouvez ça acceptable ?

— Ce n'est pas à lui de choisir, ni à moi, d'ailleurs.

— Mais il est votre subordonné. Il devrait vous obéir.

— Tout dépend de l'ordre donné. (Dannyl haussa les épaules.) L'obéissance inconditionnelle ne fait pas partie de la culture de la Guilde, ni du reste de la Kyralie, d'ailleurs. La seule personne qui possède une autorité absolue, c'est le roi. Ses conseillers ont le droit d'émettre des objections et de faire des suggestions, mais ils doivent lui obéir même quand ils ne sont pas d'accord avec lui.

— Vous n'êtes pas seulement l'ambassadeur de la Guilde ou de la Kyralie, insista Achati. Jusqu'à l'arrivée de l'ambassadeur Tayend, vous parliez au nom de toutes les Terres Alliées – et aujourd'hui encore, vous les représentez toutes à l'exception de l'Elyne, n'est-ce pas ?

— Oui, je les représente. (Dannyl écarta les mains.) Mais je ne prends pas de décisions à leur place.

— Donc, vous dites que seul un monarque d'une des Terres Alliées pourrait ordonner à Lorkin de nous répondre ? reformula Achati.

— Seul le roi de Kyralie, rectifia Dannyl. Ceux des autres nations n'ont aucune autorité sur les magiciens kyraliens – pas plus que les membres non régnants de la famille de Merin.

Achati haussa les sourcils.

— Comment faites-vous pour maintenir l'ordre ?

Dannyl sourit.

— La plupart d'entre nous sont assez intelligents pour se rendre compte que le désordre civil entraînerait une perte de liberté et un déclin de la prospérité. Quant aux autres… nous les obligeons à marcher dans le droit chemin à l'aide de règles comme, par exemple, celle qui interdit aux magiciens de se mêler de politique. Même si elle n'est pas appliquée de manière très stricte, son existence suffit à décourager les plus ambitieux d'entre nous.

Achati médita sur ces nouvelles révélations quelques instants, et Dannyl en profita pour demander :

— Le roi Amakira a-t-il envisagé que Lorkin n'ait aucune information intéressante à rapporter ? Après tout, pourquoi les Traîtresses l'auraient-elles laissé revenir à Arvice s'il savait quoi que ce soit de potentiellement nuisible pour elles ?

Achati leva les yeux.

— Si tel est le cas, pourquoi Lorkin ne répond-il pas à nos questions ?

— C'est peut-être un test, suggéra Dannyl.

— Un test de quoi, de la loyauté de Lorkin envers les Traîtresses ? insinua Achati.

Dannyl se rembrunit face à cette suggestion que Lorkin avait changé de camp.

— Ou la Kyralie, tempéra-t-il. À moins que ce test ne concerne pas Lorkin.

Achati plissa les yeux.

— Qui, alors ? Le roi Amakira ?

Dannyl écarta les mains.

— Et la Guilde, le roi Merin et les Terres Alliées.

— Vous voulez dire qu'elles auraient semé une graine de conflit en la personne de Lorkin pour voir ce qui germerait ? (Achati opina du chef.) Nous y avons pensé.

— Il se peut également que Lorkin ait cru pouvoir rentrer en Kyralie via Arvice, parce qu'il ne pensait pas que le roi Amakira reviendrait sur sa promesse qu'aucun magicien de la Guilde ne serait emprisonné ou blessé au Sachaka, admit Dannyl.

L'expression d'Achati se durcit.

— Tant qu'il ne menacerait pas la sécurité du pays, compléta-t-il. (Il planta son regard dans celui de Dannyl.) Pensez-vous honnêtement que le refus de Lorkin de nous répondre ne nuira pas à la sécurité du Sachaka ?

Dannyl soutint le regard de son ami. Mais il ne s'attendait pas à une question aussi directe. Le mélange de culpabilité et de soupçon qu'elle éveillait en lui avait dû se lire sur son visage. Achati l'avait forcément vu. Il saurait si Dannyl lui mentait. Alors, l'ambassadeur opta pour une vérité différente.

— Je ne sais pas, avoua-t-il. Lorkin n'a parlé de son séjour chez les Traîtresses qu'à l'administrateur Osen.

Achati fronça les sourcils.

— Vous a-t-il dit pourquoi il était revenu ?

Dannyl opina du chef et se détendit légèrement.

— Il voulait rentrer en Kyralie. Il avait particulièrement envie de revoir sa mère. Sonea s'inquiète depuis des mois ; elle avait très peur qu'il ne réapparaisse jamais. Aussi attend-elle ces retrouvailles avec impatience.

— C'est bien compréhensible, acquiesça Achati en se levant. (Il semblait compatir, mais affichait une expression à mi-chemin entre l'amusement et le défi.) Plus vite Lorkin nous répondra, plus vite il reverra sa mère.

Dannyl se leva aussi.

— Que fera le roi Amakira s'il continue à refuser ?

Achati hésita.

— Je n'en sais rien, finit-il par répondre avec une franchise et une impuissance identiques à celles de Dannyl.

— Les Terres Alliées considéreraient une lecture forcée dans l'esprit de Lorkin comme un acte d'agression, le prévint l'ambassadeur.

— Mais rien qui justifie une déclaration de guerre, répliqua Achati. Le Sachaka a prospéré pendant des siècles sans commercer avec les nations occidentales, grâce à ses liens avec les royaumes situés de l'autre côté de la mer orientale. Et vos collègues de la Guilde ne connaissent pas la haute magie. Ils ne représentent donc pas une menace. En résumé, nous n'avons pas besoin de vous, et vous ne nous faites pas peur. Vous n'êtes qu'une opportunité que nous souhaitions explorer.

Dannyl hocha la tête.

— Merci pour votre franchise.

Achati eut un geste désinvolte.

— Je n'ai rien dit qui n'était pas déjà évident. (Il soupira.) Personnellement, j'espère que nous pourrons résoudre ce problème d'une façon qui ne gâchera pas notre amitié. Et maintenant, je dois y aller.

— Moi aussi, répondit Dannyl.

L'amitié entre qui : vous et moi ? Nos pays ? Les deux ?

L'ashaki acquiesça, puis disparut dans le couloir qui menait à l'entrée de la Maison de la Guilde. Dannyl se rassit et repassa leur conversation dans sa tête : *« Nous n'avons pas besoin de vous, et vous ne nous faites pas peur. »* Pourquoi s'étaient-ils imaginé que le Sachaka désirait rejoindre les Terres Alliées ?

— Alors, ça s'est passé comment ?

Levant les yeux, Dannyl vit que Tayend se tenait sur le seuil de la pièce. Il soupira et lui fit signe d'approcher. Son ancien amant traversa rapidement le salon, s'assit et se pencha en avant avec une curiosité presque enfantine. Mais son regard était perçant, et sa curiosité découlait autant de son statut d'ambassadeur, qui l'obligeait à se tenir au courant des questions diplomatiques, que de son amour des ragots.

Et puis, il s'inquiète sincèrement pour Lorkin, songea Dannyl.

Soudain, il revit son ancien amant jouer avec le fils de Sonea quand celui-ci n'était encore qu'un petit garçon, à l'époque où Tayend venait souvent à la Guilde. Il avait toujours eu un don pour distraire les enfants. Dannyl se demanda s'il avait jamais voulu en avoir. Pour sa part, l'historien n'en avait jamais eu envie, même si…

— Alors ? le pressa Tayend.

Dannyl s'arracha à sa rêverie. Prenant garde à ne pas révéler d'informations classées confidentielles par la Guilde, il entreprit de rapporter à l'autre ambassadeur ce qu'Achati avait demandé et révélé.

4

Préparatifs

Une journée entière s'était écoulée depuis l'annonce de l'emprisonnement de Lorkin. Sonea aurait eu du mal à s'endormir de toute façon, mais son brusque recadrage horaire ne l'aidait en rien. Après une nuit sans sommeil, elle avait la tête pleine de coton, et elle dut utiliser un peu de magie pour dissiper une fatigue lancinante. L'avantage de vivre le jour, découvrit-elle, c'est que lorsqu'elle sortit de sa chambre à coucher, Lilia était toujours au salon en train de prendre son petit déjeuner.

—Magicienne noire Sonea, la salua la jeune fille, visiblement surprise de la voir.

—Bonjour, Lilia. Comment vas-tu ? Le magicien noir Kallen a fini par te trouver hier ?

—Oui. Et je vais bien, merci.

Sonea se dirigea vers la console et entreprit de se faire une tasse de raka.

—Comment se passent tes cours ?

Lilia frémit mais se força à sourire.

—Bien. Mais je crois que le magicien Kallen voudrait que je sois meilleure élève. Je l'avais prévenu que je n'étais pas douée pour le combat. De toute évidence, il n'imaginait pas que ça puisse être à ce point.

Sonea eut un gloussement compatissant.

—Moi non plus, je ne me distinguais pas dans cette discipline.

Lilia écarquilla les yeux.

—Mais... pourtant, vous...

—J'ai gagné un duel et vaincu l'envahisseur sachakanien, acquiesça Sonea. C'est fou comme on apprend vite quand on n'a pas le choix. Mais je dois avouer que j'avais un merveilleux professeur.

— Vous avez gagné… ? (Lilia cligna des yeux et se redressa.) De quel professeur s'agissait-il ?

Sonea prit sa tasse de raka fumant et vint s'asseoir à la grande table avec Lilia. Elle saisit une brioche dans la corbeille.

— Le seigneur Yikmo. Il est mort pendant l'invasion.

— Oh. (Les épaules de Lilia s'affaissèrent. Mais sa curiosité reprit vite le dessus.) Un duel ?

Sonea sourit.

— Contre un autre novice qui me rendait la vie difficile.

— Il a accepté de se battre contre une magicienne noire ? s'étonna Lilia.

— C'est arrivé avant que j'apprenne la magie noire. Et comme moyen de régler ses comptes avec un camarade, je ne le recommande pas. Seulement en dernier recours, et si tu es sûre de gagner. (Une idée traversa l'esprit de Sonea.) Tu as des problèmes avec les autres novices ?

Lilia secoua la tête.

— Non. La plupart du temps, ils font comme si je n'existais pas. Ça me convient. Je comprends pourquoi ils m'évitent. Et puis, j'ai Anyi.

Sonea éprouva un élan de compassion pour la jeune fille, et de gratitude envers Cery qui autorisait Anyi à lui rendre visite.

— Si jamais certains d'entre eux essaient de devenir tes amis – pour de vrai, pas pour te jouer un mauvais tour –, ne les repousse pas trop vite. Bientôt, tu devras travailler avec eux.

— Je sais.

Lilia semblait résignée, mais pas malheureuse. Sonea finit son raka et sa brioche avant de se lever.

— Ça ne t'ennuie pas de rester seule ici pendant mon absence ?

La jeune fille leva les yeux.

— Bien sûr que non. Jonna et le magicien noir Kallen veilleront sur moi. Ça ira. (Elle se rembrunit.) C'est vous qui serez en danger, magicienne noire Sonea. Vous… Vous serez prudente, n'est-ce pas ?

Sonea sourit.

— Bien entendu. J'ai la ferme intention de revenir. Après tout, je veux assister à ta remise de diplôme. (Elle se dirigea vers la porte, puis s'arrêta et regarda par-dessus son épaule.) Je ne travaillerai plus à l'hospice jusqu'à mon départ. Du coup, je risque de faire beaucoup d'allées et venues. Je prendrai garde à frapper avant d'entrer, au cas où Anyi serait venue te voir.

Lilia acquiesça.

— Merci.

En sortant de ses appartements, Sonea trouva le couloir du quartier des magiciens grouillant de monde. Elle se fraya un chemin parmi ses collègues en rendant les signes de tête polis et les saluts qu'on lui adressait.

Dehors, la cour était pleine de magiciens et de novices. Certains allaient aux bains ou en revenaient ; d'autres se dirigeaient vers l'université, tandis que plus d'un profitait simplement du soleil printanier.

Comme toujours, les têtes se tournèrent vers Sonea sur son passage. Quelque chose dans ses robes noires attirait systématiquement l'attention. Même les robes blanches du haut seigneur ou les robes bleues de l'administrateur ne se faisaient pas autant remarquer. Les novices regardaient parfois passer Balkan ou Osen, et ils s'inclinaient respectueusement comme ils étaient censés le faire devant tous leurs supérieurs. Mais ils ne reculaient pas d'un pas devant eux, et ils ne les regardaient pas fixement comme ils le faisaient avec Kallen et Sonea.

Chaque fois que ça arrive, je pense à Akkarin. C'était la même chose pour lui. Pourtant, à part moi, personne ne savait qu'il pratiquait la magie noire. Il ne portait des robes noires que parce que c'était la couleur du haut seigneur à l'époque. Mais cela le désignait comme le plus puissant magicien de la Guilde – donc, aussi intimidant qu'un magicien noir aujourd'hui, j'imagine.

Réprimant un soupir, Sonea prit le chemin de l'université sans faire attention aux regards qu'on lui jetait.

Une fois à l'intérieur, elle choisit le passage central plutôt que les couloirs qui longeaient les côtés. En émergeant dans le Grand Hall, elle leva les yeux vers les panneaux vitrés du plafond, trois étages plus haut, puis détailla la pierre brute du hall de la Guilde originel, qui se dressait encore fièrement au milieu de ce vaste espace. *Il n'y aura pas d'autre concile avant mon départ*, songea-t-elle en ralentissant. *C'est peut-être la dernière fois que je contemple cet endroit.*

Un instant, elle regarda fixement le hall de la Guilde. Puis elle secoua la tête et allongea de nouveau le pas. *Pour ça, il faudrait vraiment que tout tourne à la catastrophe*, se raisonna-t-elle.

En atteignant l'extrémité du Grand Hall, elle s'engagea dans l'autre moitié du passage central, tourna dans le couloir de droite et s'arrêta devant la première porte. Elle n'eut qu'à toquer doucement pour que le battant pivote vers l'intérieur, lui livrant accès au bureau d'Osen.

Assis derrière sa table de travail, l'administrateur avait face à lui deux magiciens qui s'étaient tournés vers Sonea. Le haut seigneur Balkan murmura son nom et inclina respectueusement la tête. Osen fit de même. Sonea connaissait moins bien le troisième homme, mais il lui devenait rapidement plus familier.

— Conseiller royal Glarrin, dit-elle en le saluant le premier avant de se tourner vers les deux autres magiciens. Haut seigneur. Administrateur.

— Magicienne noire Sonea, répondit Glarrin.

Il avait une soixantaine d'années mais paraissait plus jeune. Bien qu'officiellement conseiller militaire du roi pour toutes les questions liées à la magie et à la Guilde, il gérait également les relations internationales en temps de paix. Un autre conseiller s'occupait des problèmes domestiques – pour la plupart, des luttes politiques entre les Maisons. *Une tâche que je ne lui envie pas.*

— Je vous en prie, asseyez-vous, dit Osen.

Il fit un geste vers trois chaises, qui se rapprochèrent en glissant sur le sol pour se disposer en demi-cercle devant son bureau. Lorsque ses visiteurs furent installés, il posa les coudes sur sa table de travail et se pencha en avant.

— Nous sommes ici pour discuter de la façon dont la magicienne noire Sonea devrait négocier la libération de son fils. Pour commencer, j'ai des nouvelles de l'ambassadeur Dannyl.

Sonea sentit son cœur manquer un battement.

— Ashaki Achati, le représentant du roi avec lequel Dannyl a établi des rapports amicaux, est venu le voir à la Maison de la Guilde hier soir, poursuivit Osen. Il lui a annoncé qu'Amakira souhaitait qu'il fasse pression sur Lorkin pour le convaincre de répondre à leurs questions au sujet des Traîtresses. Bien entendu, Dannyl a répété qu'il n'était pas en position de donner des ordres à Lorkin. Ashaki Achati n'a pas dit ce qui se passerait si Lorkin s'entêtait dans son refus, mais il a précisé que le Sachaka n'éprouverait guère de réticence à rompre ses liens amicaux avec les Terres Alliées. Dannyl m'assure qu'il ne s'agissait pas d'une menace : ashaki Achati se contentait d'énoncer un fait. Les Sachakaniens n'ont pas besoin de faire du commerce avec nous, et ils ne nous jugent pas dangereux en tant qu'ennemis.

— Vous pensez qu'ils bluffent ? demanda Balkan.

— C'est possible, répondit Glarrin. Mais cette déclaration a de forts accents de vérité. Je préférerais ne pas la mettre à l'épreuve. Il est vrai que le Sachaka et la Kyralie pourraient se passer l'un de l'autre, mais ce faisant, ils perdraient tous les deux des opportunités lucratives.

— Donc, je ne pourrai en appeler qu'à leur sens des affaires pour les convaincre de relâcher Lorkin ? résuma Sonea.

Glarrin fit une moue pensive.

— Il ne serait pas inutile de leur rappeler que les Terres Alliées ont choisi le Sachaka comme partenaire commercial plutôt que les rebelles.

À tout le moins, ça les rassurera sur le fait que nous n'avons pas l'intention de nous allier avec leurs ennemies.

— Évidemment, vous vous garderez bien de mentionner que nous cherchons aussi à conclure des accords avec les Traîtresses, gloussa Balkan.

— Évidemment, acquiesça Sonea avec un sourire. Mais je pourrais peut-être sous-entendre que nous envisagerions de le faire si le Sachaka se révélait peu coopératif... et s'il enfreignait sa promesse de ne pas attenter à la sécurité des magiciens de la Guilde.

— Non, contra Glarrin. Amakira réagirait très mal à ce type de menace. Je... (Il s'interrompit, et son regard se fit vague.) Le roi demande s'il est possible de contacter les Traîtresses, pour voir si elles sont en mesure de nous aider. Après tout, ce n'est pas dans leur intérêt que Lorkin reste en prison.

Merin et Glarrin devaient communiquer grâce à une bague de sang, comprit Sonea. *Cette petite création d'Akkarin est devenue très populaire depuis que la Guilde a décidé que, techniquement, l'utiliser n'équivalait pas à pratiquer la magie noire.*

— On peut toujours essayer, acquiesça Balkan. La nouvelle assistante de Dannyl, dame Merria, a déjà établi un canal de communication avec les Traîtresses.

— Nous ne recevrons pas de réponse avant le départ de Sonea, fit remarquer Osen. Donc, il faudra qu'elle laisse ici une de ses bagues de sang. Doit-elle emporter une des nôtres ?

— La personne qui lui donnera une bague risque de voir dans son esprit le secret de la magie noire.

— Pas si elle porte la bague de Naki.

Sonea hocha la tête. La bague dont la défunte amie de Lilia s'était servie pour empêcher qu'on lise dans ses pensées protégeait également son porteur contre les bagues de sang.

Balkan opina du chef.

— Il serait très utile que Sonea puisse nous contacter au moment de son choix. Mais Dannyl possède déjà une de vos bagues. Il vaudrait peut-être mieux que je lui donne un des miens.

Osen secoua la tête.

— Non. Parce que si les Sachakaniens s'en emparaient, ils pourraient nous perturber tous les deux. C'est moi qui vais lui en donner un.

Sonea réprima un gloussement. Si les Sachakaniens s'emparaient de la bague de sang d'Osen, ils ne se contenteraient certainement pas de le « perturber » avec. À cette pensée, toute envie de rire déserta la magicienne. *Comme ils ne se contenteraient certainement pas de me perturber s'ils s'emparaient de la bague de sang que j'ai donné à Lorkin.* Par chance,

Osen avait dit au jeune homme de ne pas l'emporter quand il se rendrait au palais pour voir Amakira. *S'ils avaient mis la main dessus, il leur suffirait de torturer Lorkin pour...*

—Quand dois-je partir? demanda Sonea, qui ne voulait plus penser à cette perspective effrayante.

—Demain soir, répondit Osen. Nous tiendrons un concile dans la journée, et nous demanderons aux volontaires de vous donner des forces. Nous avons décidé d'annoncer à toute la Guilde que Lorkin avait été emprisonné par le roi du Sachaka, et que vous vous rendiez à Arvice pour négocier sa libération.

—Amakira nous a fourni une excuse rêvée pour vous envoyer là-bas, ajouta Glarrin. Vous en profiterez pour tenter de rencontrer les Traîtresses – mais tâchez plutôt de le faire une fois que Lorkin sera libre, ou mieux encore, une fois qu'il sera revenu à Imardin, au cas où vous seriez découverte. (Il fronça les sourcils et détourna les yeux, puis sourit.) Le roi demande où en est la formation martiale de Lilia.

Balkan grimaça.

—Ce n'est pas une guerrière-née. Elle a de bons réflexes; elle comprend ce qu'on attend d'elle et elle est capable d'ériger des défenses solides, mais elle ne fait preuve d'aucune initiative au combat.

—Je connais ça, gloussa Sonea.

Glarrin la regarda en levant un sourcil.

—J'étais pareille à son âge, expliqua Sonea. Si seulement le seigneur Yikmo n'avait pas été tué pendant l'invasion ichanie! Il était très doué pour former les novices réticents.

—Dame Rol Ley a étudié les méthodes d'Yikmo, dit Balkan, l'air pensif. C'est elle qui donne la plupart des cours de base auxquels assistent tous les novices. Elle doit pouvoir nous indiquer les forces et les faiblesses de Lilia.

—En effet, acquiesça Sonea. Je vous aiderais moi-même si je n'étais pas sur le point de partir.

—Vous pourrez peut-être le faire à votre retour, suggéra Osen. Y a-t-il d'autres questions que l'on doive aborder?

—Aucune qui ne puisse être traitée par l'intermédiaire d'une bague de sang, répondit Glarrin. Nous ne devrions pas retarder Sonea plus longtemps que nécessaire.

Osen dévisagea la magicienne.

—Avez-vous des affaires à régler avant votre départ?

Sonea fit un signe de dénégation.

—Je m'en suis déjà occupée.

—Dans ce cas, allez dire à votre assistant de préparer ses bagages.

Elle se leva.

— Si nous en avons terminé, j'y vais tout de suite.

Lilia n'avait jamais eu l'intention de continuer à s'entraîner au combat pendant sa dernière année de noviciat. Selon le règlement de l'université, elle avait acquis le niveau minimum nécessaire pour obtenir son diplôme. Elle aurait dû être dans le quartier des guérisseurs, en train d'apprendre des techniques avancées. Au lieu de ça, elle se faisait systématiquement brutaliser par la prochaine génération de magiciens en robe rouge.

Ceux-ci la trouvaient fascinante. Ce n'était pas tous les jours qu'un novice, ni même un magicien diplômé, avait l'occasion de s'entraîner avec un pratiquant de la magie noire. Ils se fichaient bien que Lilia ne soit pas encore très performante dans ce domaine, parce que leurs leçons se résumaient essentiellement à des démonstrations durant lesquelles ils n'utilisaient que très peu de véritable magie. La jeune fille n'avait pas le droit d'absorber le pouvoir de ses camarades pour le stocker, pas même si ce pouvoir lui était concédé librement. Mais elle devait reconnaître que, lorsque les cours ne l'obligeaient pas à prendre l'initiative ou une quelconque décision, elle aussi les trouvait intéressants.

La magie noire changeait forcément la dynamique d'un combat. Au début, Lilia pensait que siphonner le pouvoir d'un adversaire serait la capacité la plus utile sur le plan martial, mais elle se trompait. Pour dérober le pouvoir de quelqu'un, il fallait lui entailler la peau afin d'ouvrir une brèche dans ses défenses naturelles. Le temps qu'un magicien soit suffisamment épuisé pour se laisser approcher et blesser de la sorte, il ne lui restait plus guère de pouvoir à voler de toute façon.

Non, la capacité de stocker du pouvoir était bien plus redoutable. Et plus perturbante, aussi : une fois que les non-magiciens noirs avaient cédé leur pouvoir, ils ne servaient plus à grand-chose, tandis que le magicien noir devenait la pièce maîtresse d'un combat… et une cible pour l'ennemi.

Or, lorsqu'il s'agissait de se battre, Lilia prenait presque toujours la mauvaise décision. Elle agissait trop tôt, ou hésitait trop longtemps. Comme sa dernière attaque s'écrasait sur son bouclier et se dispersait sans le moindre effet, le magicien noir Kallen ordonna une pause.

— C'est mieux, dit-il à la jeune fille.

Il promena un regard à la ronde. L'ombre des hautes colonnes qui soutenaient la barrière magique invisible isolant la zone de combat raccourcissait sur le sol de l'arène.

— Ça suffira pour aujourd'hui, déclara Kallen en reportant son attention sur ses élèves. Vous pouvez y aller.

Les novices parurent surpris, mais ne protestèrent pas. Lorsqu'ils eurent tous disparu dans le court tunnel d'entrée, Kallen emboîta le pas à Lilia qui s'apprêtait à suivre le même chemin.

— Une petite minute, dit-il à la jeune fille comme ils sortaient de l'arène.

Il attendit que le reste de ses élèves se soit éloigné. Puis il poussa un soupir. Levant les yeux vers lui, Lilia vit qu'il avait les sourcils froncés, mais lorsque le magicien noir se rendit compte qu'elle le regardait, son expression s'adoucit.

— Tu t'améliores, lui dit-il. Tu n'en as peut-être pas l'impression, mais tu apprends à réagir à différentes sortes d'attaques.

Surprise, la jeune fille cligna des yeux.

— Vous trouvez ? Vous avez toujours l'air… tellement déçu par mes résultats.

Les lèvres pincées, Kallen jeta un coup d'œil en direction de l'université.

— Je ne suis qu'agacé par mes propres défaillances.

En y regardant de plus près, Lilia décela une tension sur son visage, une crispation autour de ses yeux qui raviva douloureusement un souvenir de Naki. Quand son amie affichait la même expression de détresse, elle se précipitait généralement pour allumer son brasier à poerri.

Un frisson parcourut l'échine de Lilia comme elle comprenait tout à coup. Une ou deux fois déjà, elle avait senti une odeur de fumée de poerri émaner des robes de Kallen – jamais avant un entraînement, certes, mais ça ne lui plaisait guère de compter sur le bouclier de quelqu'un dont les facultés étaient émoussées par la drogue.

Si Kallen n'avait pas fumé avant le cours, était-il en manque à présent ? Était-ce pour cette raison qu'il avait libéré ses élèves plus tôt que prévu ?

Le magicien noir s'écarta de Lilia.

— Bon. C'est tout ce que…, commença-t-il.

— J'ai un message de la part de Cery, coupa Lilia.

Kallen se figea, et son regard se fit perçant.

— Oui ?

— Il a été attaqué, révéla la jeune fille. Quelqu'un l'a trahi. Il a dû se cacher et laisser les gens croire qu'il était mort. Vous ne pourrez pas le voir avant un bon moment. Il pense que c'est trop risqué.

Kallen fronça les sourcils.

— Il est blessé ?

Lilia fit un signe de dénégation. L'inquiétude visible du magicien noir suscita en elle un léger élan de gratitude. *Je ne m'y attendais pas. Finalement, il n'est peut-être pas aussi froid et coincé que je le pense.*

— Un de ses gardes du corps l'a été, mais il va se rétablir. Cery vous demande de ne révéler à personne qu'il est vivant, et de communiquer avec lui par mon intermédiaire et celui d'Anyi.

— Tu la vois souvent ? s'enquit Kallen.

Lilia acquiesça. Le magicien noir plissa les yeux.

— Tu ne quittes pas l'enceinte de la Guilde pour aller la retrouver, j'espère ?

— Non.

Il la dévisagea pensivement, comme s'il se demandait si elle lui mentait ou non.

— Cery aimerait savoir si vous avez progressé dans vos recherches et si vous avez espoir de trouver bientôt Skellin.

— Malheureusement, non. Nous suivons quelques pistes, mais jusqu'ici, elles ne nous ont menés nulle part.

— Vous voulez que j'en parle à Cery, au cas où il aurait des informations à ce sujet ?

Kallen ne parvint pas à masquer son scepticisme.

— Inutile. Si je découvre quelque chose d'intéressant pour lui, je l'en informerai. (De nouveau, il jeta un coup d'œil vers l'université.) Tu peux y aller.

Réprimant un soupir, Lilia s'inclina et s'éloigna. Au bout de quelques pas, elle regarda par-dessus son épaule et vit Kallen disparaître à l'angle d'un bâtiment. Elle estima qu'il se dirigeait vers le quartier des magiciens.

A-t-il refusé de me donner le moindre détail sur ses recherches parce qu'il pense que Cery et moi n'avons pas besoin de savoir ce qu'il fait, ou parce qu'il était pressé de rentrer dans ses appartements pour prendre une dose de poerri ?

Et pourquoi n'ai-je pas développé la même dépendance ?

Lilia n'avait pas fumé de drogue depuis des mois. L'odeur du poerri lui donnait parfois envie de s'y remettre, mais pas suffisamment pour la pousser à enfreindre la promesse qu'elle s'était faite à elle-même. Donia, la tenancière de gargote qui l'avait aidée à se cacher quand elle était recherchée par Lorandra et par la Guilde, lui avait dit que le poerri n'affectait pas tous les gens de la même façon.

Je suppose que j'ai eu de la chance. La jeune fille éprouva un élan de compassion envers Kallen. *De toute évidence, ce n'est pas son cas.*

— Dites-nous ce que vous savez, et nous vous libérerons immédiatement.

Lorkin ne put réprimer un gloussement. Voyant cette réaction, l'inquisiteur se redressa légèrement, les yeux brillants.

— Pourquoi riez-vous ?

— Je pourrais vous raconter n'importe quoi. Comment sauriez-vous que c'est la vérité ?

L'homme eut un sourire dénué de chaleur. *Il sait que j'ai raison.* Sous son regard perçant, Lorkin frissonna. Il y avait quelque chose d'inquiétant dans ses yeux, une patience suggérant qu'il apprécierait les heures d'interrogatoire à venir. Que ça n'était que le début, le deuxième jour d'une très longue période de captivité.

Pour l'instant, les Sachakaniens n'avaient pas tenté de lire dans l'esprit de Lorkin. Quelque chose les retenait. *Une certaine répugnance à enfreindre les accords conclus avec les Terres Alliées ?* Mais dans ce cas, pourquoi l'avoir emprisonné en premier lieu ?

Ils n'ont pas dû renoncer complètement. Si les autres méthodes échouaient, ils finiraient par recourir à la lecture dans son esprit. Une fois qu'ils auraient échoué à sonder ses pensées, ils se rendraient compte qu'ils avaient sacrifié en vain leurs bonnes relations avec les Terres Alliées. Alors, nulle nécessité diplomatique ne leur imposerait plus de retenue. Mais leur problème subsisterait : ils n'auraient aucun moyen de savoir si Lorkin leur disait la vérité ou non.

Peut-être disposaient-ils de moyens de vérification. Ou peut-être espéraient-ils que la peur et l'inconfort de la captivité pousseraient Lorkin à céder, et à leur donner la permission de lire dans son esprit.

Lorkin en venait presque à souhaiter qu'ils se décident, et qu'on en finisse. Pour un peu, il aurait accepté de les laisser lire dans son esprit afin d'accélérer la procédure. Au lieu de ça, il imagina quantité de mensonges ridicules qu'il pourrait servir à l'inquisiteur. Ça l'amuserait beaucoup de mener cet homme en bateau – un petit moment, du moins. *Mais pas encore*, se raisonna-t-il. *Ce n'est que le deuxième jour. Je peux tenir plus longtemps que ça.*

L'assistant de l'inquisiteur apparut sur le seuil de la pièce, un bol à la main. L'ashaki lui jeta un coup d'œil, sourit et reporta son attention sur Lorkin.

— Dites-nous quelque chose à propos des Traîtresses. Révélez-nous juste un détail, et nous vous donnerons à manger.

Une odeur délicieuse chatouilla les narines de Lorkin. Son estomac se noua et gargouilla. On lui avait apporté de l'eau le matin, et il l'avait bue à petites gorgées prudentes, mais il n'avait pas reçu de nourriture depuis son arrestation. Pourtant, il avait résisté à l'envie d'utiliser sa magie de guérison afin d'apaiser sa faim grandissante. Il ne voulait pas gaspiller le pouvoir que Tyvara lui avait donné : il pourrait en avoir besoin pour quelque chose de plus important par la suite.

Mais l'odeur de nourriture lui faisait tourner la tête. Pensant aux mensonges qu'il avait envisagé de dire, Lorkin sentit monter en lui une envie irrésistible de parler. Osen lui avait conseillé de tenir le plus longtemps possible avant de révéler qu'on ne pouvait pas lire de force dans son esprit. Entraîner l'inquisiteur sur une fausse piste pouvait être un bon moyen de gagner du temps.

Ne sois pas ridicule, s'exhorta Lorkin. *Ça l'occupera peut-être un moment, mais plus tu mettras sa patience à l'épreuve, plus vite il renoncera à te convaincre de parler de toi-même. Tyvara s'attend à plus de détermination de ta part.*

Elle s'attendrait aussi à ce qu'il utilise le pouvoir qu'elle lui avait donné pour se protéger. Ce pouvoir ne lui permettrait pas de s'évader, ni d'empêcher un ashaki de le torturer ou de le tuer, mais il pourrait l'aider à résister à des tentatives moins brutales pour lui extorquer des informations.

Fermant les yeux, Lorkin puisa un peu de magie qu'il utilisa pour apaiser ses vertiges et les gargouillis de son estomac.

Quand il rouvrit les yeux, l'inquisiteur l'observait attentivement. Il hocha la tête d'un air pensif, puis fit signe à son assistant. Tous deux se mirent à manger avec une satisfaction exagérée.

5

Spéculation et secrets

Le serviteur qui avait ouvert à Sonea l'avait informée que le seigneur Regin était en réunion avec le magicien noir Kallen. Elle lui avait demandé de la prévenir quand Regin reviendrait, puis s'était repliée dans ses appartements pour boire une tasse de raka bien méritée.

L'attente la torturait.

C'est ridicule. Je l'ai choisi pour devenir mon assistant. J'ai déjà travaillé avec lui. Mais depuis que Regin avait accepté de l'accompagner au Sachaka, Sonea commençait à craindre d'avoir pris une décision trop hâtive. Regin possédait toutes les qualifications nécessaires : il était intelligent, puissant, adepte du maniement des armes comme des manigances politiques, et d'une loyauté féroce envers la Guilde et la Kyralie.

Mais allons-nous nous entendre ?

Il n'y avait eu aucun problème entre eux pendant qu'il l'aidait à traquer la renégate Lorandra. Bien au contraire. Regin s'était révélé un collaborateur efficace et agréable. Mais cette fois, ils seraient ensemble nuit et jour, semaine après semaine. Ils devraient se supporter en continu.

Ce n'est pas tout à fait vrai, corrigea Sonea en son for intérieur. *Une fois arrivés à la Maison de la Guilde d'Arvice, nous aurons deux autres magiciens à qui parler, sans compter l'ambassadeur d'Elyne.*

Entre-temps, chacun devrait se satisfaire de la compagnie de l'autre. Même si Sonea ne se méfiait plus de Regin comme autrefois, elle avait du mal à oublier la douleur et l'humiliation qu'il lui avait infligées quand ils étaient tous deux novices.

C'est du passé. Depuis vingt ans, il s'est toujours montré respectueux envers moi, et il m'a soutenue plus souvent qu'à son tour. Il s'est même excusé pendant l'invasion ichanie. Suis-je incapable de pardon ? C'est idiot de ma part de continuer à nourrir ce ressentiment.

Des coups frappés à la porte de ses appartements la firent sursauter alors même qu'elle les attendait. Posant sa tasse, elle se leva et se dirigea vers la porte tout en l'ouvrant par magie. Le serviteur de Regin s'inclina sur le seuil.

— Le seigneur Regin est rentré. Il attend votre visite.

— Merci.

Passant devant lui, Sonea se dirigea vers les appartements de son confrère situés plus loin dans le couloir. Elle s'arrêta devant la porte et prit une grande inspiration avant de toquer. Le battant s'ouvrit. Regin la salua.

— Magicienne noire Sonea. Entrez, je vous en prie.

— Merci, seigneur Regin.

Le salon était meublé de façon fonctionnelle mais sommaire. Tout y semblait neuf, et Sonea ne vit aucun effet personnel. Regin lui désigna une chaise.

— Voulez-vous vous asseoir ?

Elle secoua la tête.

— Étant donné ce que je suis venue vous dire, je préfère ne pas vous retenir trop longtemps.

Regin la dévisageait d'un regard intense, comme s'il attendait quelque chose. Soudain, Sonea comprit l'austérité de ses appartements : il savait qu'il devrait partir bientôt pour le Sachaka ; à quoi bon s'installer plus confortablement ?

— Nous nous mettrons en route demain soir, annonça-t-elle.

Regin poussa un petit soupir, détourna les yeux et acquiesça. Sonea vit passer quelque chose sur son visage, et la culpabilité lui serra le cœur. *Je ne l'ai pas vu manifester la moindre appréhension depuis l'invasion ichanie.*

— Si c'est trop tôt pour vous, ou si d'autres obligations vous retiennent ici, vous pouvez encore changer d'avis, se hâta-t-elle d'ajouter sur un ton formel, pour ne pas sous-entendre qu'elle doutait de sa détermination ou de son courage.

Regin secoua la tête.

— Ce n'est pas trop tôt. Au contraire, le moment est idéal pour moi. Je n'ai pas d'autres obligations que celle de faire mon travail – autrement dit, de me rendre utile à la Guilde et à la Kyralie. Pour une fois, je vais servir à quelque chose. C'est pour ce genre de mission que sont formés les guerriers comme moi ; alors que, la plupart du temps, nous nous démenons pour qu'on n'ait pas besoin de nous.

La légère amertume qui transparaissait dans sa voix suscita la compassion de Sonea. Celle-ci détourna les yeux. « *Pas d'autres obligations* »... *Il a réellement rompu tout lien avec sa famille.* Cette réaction impitoyable aux nombreuses liaisons adultères de sa femme alimentait les ragots au sein de la Guilde depuis des semaines. Regin avait légué ses propriétés à ses filles, toutes deux mariées à des hommes riches et respectables ; puis il avait réclamé des appartements dans le quartier des magiciens. Ainsi, sa femme s'était-elle retrouvée sans domicile ni argent, forcée de rentrer dans sa propre famille.

Selon la rumeur, elle avait tenté de se suicider après que Regin avait renvoyé son dernier amant en date. De son côté, l'amant en question s'était contenté de trouver une autre femme riche à séduire. Malgré sa honte qu'on la renvoie chez ses parents telle une marchandise endommagée, Wynina n'avait plus attenté à ses jours. Sonea ne savait pas si elle éprouvait de la pitié pour elle ou non. Parfois, elle se demandait si ce n'était pas Regin qui l'avait poussée à de telles extrémités.

Si ça se trouve, il se tient bien en public, mais en privé, il redevient l'insupportable petite brute qu'il était à l'époque de notre noviciat.

Peut-être aurait-elle l'occasion de le découvrir durant ce voyage. Non que le temps qu'ils passeraient ensemble puisse être qualifié de « privé ». L'objectif qu'ils poursuivaient était trop important – et il le resterait même si Lorkin n'était pas prisonnier des Sachakaniens.

— À présent, je peux vous révéler la raison de ce voyage, dit Sonea.

Regin releva brusquement la tête.

— Demain, nous l'annoncerons à toute la Guilde. Lorkin est retourné à Arvice. Mais avant qu'il puisse prendre le chemin de la Kyralie, le roi Amakira l'a convoqué au palais, et comme Lorkin refusait de répondre à ses questions sur les Traîtresses, il l'a jeté en prison.

Regin écarquilla les yeux.

— Oh, je suis vraiment navré de l'apprendre, dit-il avec une grimace de sympathie. Donc, on vous envoie négocier sa libération ? Vous devez avoir hâte de partir. (Il fit un petit pas vers elle.) Je ferai tout mon possible pour vous aider.

Il avait l'air si navré que l'anxiété familière qui assaillait Sonea chaque fois qu'elle pensait à Lorkin revint à la charge. La magicienne baissa les yeux et s'efforça de repousser son inquiétude dans un coin de son esprit.

— Je n'en doute pas. Merci.

— Cela dit, nous avions à peine commencé à vous faire stocker du pouvoir, lui rappela Regin. Si nous partons demain, il faut hâter le processus. Voulez-vous déjà prendre le mien ?

Un nœud se forma dans le ventre de Sonea, qui sentit ses joues s'empourprer. Elle détourna les yeux.

— Non, répondit-elle très vite. Il y aura un concile demain. Osen demandera des volontaires. Attendons jusque-là.

— Que va-t-il dire au reste de la Guilde ?

— Rien d'autre que ce que je viens moi-même de vous dire.

— Rien d'autre ? (Regin eut une grimace désapprobatrice.) Vous devriez être plus prudente.

Alors, Sonea prit conscience de son erreur. Sans le vouloir, elle venait de lui révéler que négocier la libération de Lorkin n'était pas l'unique but de leur voyage. Ce qui risquait de mettre leurs deux vies en danger, si un magicien sachakanien venait à le lire dans l'esprit de Regin.

Trop tard pour rattraper ça. Je ferai plus attention désormais.

Mais l'effrayante vérité, c'était que si Regin atterrissait entre les mains d'un magicien sachakanien qu'aucune considération diplomatique ne dissuadait de violer son esprit, il y avait de grandes chances que le magicien en question s'empare également de Sonea. La bague de Naki la protégerait contre les invasions mentales, mais elle ne savait pas combien de temps elle tiendrait si on la torturait pour lui soutirer des renseignements.

Surtout si on utilisait Lorkin pour la convaincre de parler.

Même s'il ne s'était rien passé à quoi il ne se fût attendu, Dannyl bouillonnait encore de colère et d'humiliation. Il espérait que cela ne se voyait pas. Il avait tenté de rester calme et poli durant sa courte visite au palais, mais il ne savait jamais s'il arrivait ou non à dissimuler ses véritables sentiments.

Le plus ironique, c'est que sa décision de cesser de chercher Lorkin, qui lui avait coûté le respect des élites sachakaniennes, compliquait sa mission de protéger le jeune homme à présent. Plus d'un ashaki présent dans la salle du trône avait ricané lorsque le roi Amakira avait rejeté sa demande de rendre visite à Lorkin.

Si nous avions poursuivi nos recherches, les Traîtresses nous auraient sans doute tués, moi et les ashakis qui m'accompagnaient, et Lorkin n'aurait eu personne pour l'aider à son retour à Arvice.

Mais ce n'était pas tout à fait vrai. La Guilde aurait envoyé un autre ambassadeur – un ambassadeur dont la réputation n'était pas entachée de couardise et qui, de ce fait, aurait été d'un plus grand secours pour Lorkin.

Non. Si les Traîtresses avaient été forcées de tuer un magicien de la Guilde, elles n'auraient sans doute jamais libéré Lorkin. Elles ne l'auraient peut-être même pas accueilli au Sanctuaire de crainte qu'il cherche à venger ma mort, raisonna Dannyl.

D'un autre côté, l'idée que quiconque cherche à venger sa mort lui semblait aussi improbable que ridicule.

Un bruit de talons nus frappant le sol selon un rythme régulier s'approcha depuis l'entrée de la Maison de la Guilde. Dannyl cessa de faire les cent pas dans le grand salon et se tourna vers le couloir. L'esclave portier, Tav, en émergea et se prosterna d'une façon particulièrement théâtrale – une habitude que Tayend avait relevée quelques semaines plus tôt.

— L'ambassadeur d'Elyne est rentré, hoqueta-t-il.

Dannyl hocha la tête et, d'un signe de la main, indiqua à Tav qu'il pouvait se relever pour aller faire ce que faisaient les portiers quand ils n'annonçaient pas les arrivées.

Il y eut un nouveau bruit de pas dans le couloir. Tayend sourit brièvement en entrant dans le grand salon, puis secoua la tête.

— Pas de chance, dit-il.

Dannyl, qui retenait son souffle depuis quelques instants, poussa un gros soupir.

— Merci quand même d'avoir essayé.

Tayend se mordit la lèvre.

— Ce n'est que le début, dit-il sur un ton encourageant. Si nous insistons, il finira peut-être par céder. Je lui ai fait remarquer que tu aurais du mal à persuader Lorkin de quoi que ce soit si on ne t'autorisait pas à lui parler.

Dannyl fronça les sourcils.

— Était-il bien sage d'insinuer que nous l'envisagions ? Cela pourrait se retourner contre nous.

— C'est moi qui ai insinué, pas toi. Et je mettais juste en évidence la faille de son raisonnement.

— Je suis sûr qu'il te saura gré de l'avoir pris publiquement en défaut.

Tayend eut un geste insouciant.

— Oh, il n'y avait personne avec nous. Et il a eu l'air d'aimer que je le contredise.

Dannyl sentit son cœur se serrer.

— Il t'a accordé une audience privée ?

— La jalousie est un vilain défaut, gloussa Tayend. (Puis il agita la main.) Buvons un peu de vin et mangeons un bout, tu veux bien ?

Se détournant, il fit signe à un esclave auquel il donna ses instructions. Pendant ce temps, Dannyl alla s'asseoir sur un des tabourets.

Tayend n'avait peut-être pas pu voir Lorkin, mais le roi avait fait l'effort de le recevoir en privé. *Peut-être parce qu'il s'exprime au nom de son pays et de son roi, alors que je ne suis que le porte-parole de la Guilde.*

Dannyl doutait pourtant que ça fasse une grande différence. La vérité, c'est qu'Amakira en voulait à la Kyralie et à la Guilde, mais pas à l'Elyne. Il était donc logique qu'il continue à traiter Tayend avec le respect qu'il lui avait toujours témoigné.

— À boire, enfin, se réjouit Tayend comme l'esclave revenait avec une bouteille de vin et des gobelets.

S'asseyant près de Dannyl, il attendit que l'homme les ait servis tous les deux et soit sorti de la pièce. Puis il se pencha vers Dannyl.

— Ce matin, après ton départ, Merria m'a dit qu'elle avait discuté de la situation avec ses amies, murmura-t-il. Elles vont protester contre le traitement potentiellement dangereux infligé à un magicien étranger.

Dannyl sentit son humeur s'éclaircir quelque peu.

— Et… nos autres connaissances ?

— Elles vont transmettre notre message. Apparemment, elles n'étaient pas au courant du problème de Lorkin, mais elles n'ont pas précisé si elles pouvaient y faire quelque chose ou non.

Dannyl frissonna et but une gorgée de vin.

— Je ne veux même pas penser à ce qu'elles feraient si elles le pouvaient. Elles seraient bien capables de tuer Lorkin pour s'assurer de son silence.

— Elles n'en feront rien, lui assura Tayend. Elles devaient être conscientes du risque qu'il soit interrogé par leurs ennemis. Elles ne l'auraient pas renvoyé ici si c'était trop dangereux pour elles.

— Peut-être parce qu'elles avaient des agents en mesure de l'éliminer le cas échéant. Si ça se trouve, Lorkin est déjà mort, se lamenta Dannyl.

Tayend secoua la tête.

— Le roi m'a assuré qu'il allait bien et qu'il ne manquait de rien.

— Il a pu mentir, contra Dannyl.

— Certes. (Tayend soupira.) Nous ne pouvons qu'espérer le contraire. (Il fronça les sourcils.) Une idée me turlupine depuis l'arrestation de Lorkin. Mais je ne vois pas en quoi elle servirait les Traîtresses. Je dois sûrement devenir paranoïaque.

— De quoi s'agit-il ?

— Imagine que les Traîtresses se doutaient que le roi emprisonnerait Lorkin – pire, qu'elles l'espéraient.

— Pourquoi ? s'étonna Dannyl.

Tayend secoua la tête.

— C'est ce que je n'arrive pas à déterminer. Mais… peut-être veulent-elles mettre à l'épreuve la paix fragile entre la Kyralie et le Sachaka – s'assurer que les Terres Alliées n'aident pas le Sachaka en cas de conflit entre elles et lui.

Dannyl sentit un frisson lui parcourir l'échine.

— Tu crois qu'elles manigancent quelque chose de plus gros et de plus direct que l'espionnage et les assassinats en tout genre ?

— C'est une possibilité à envisager. (Tayend eut un sourire sans joie.) Là où ça coince, c'est que leur plan pourrait très bien produire l'effet inverse. Nous pourrions justement aider le Sachaka contre les Traîtresses afin d'obtenir la libération de Lorkin. (L'air grave, il but une gorgée de vin.) Si une guerre civile éclatait, à ton avis, qui l'emporterait ?

Dannyl secoua la tête.

— Je n'en ai pas la moindre idée. Nous n'en savons pas assez au sujet des Traîtresses pour établir un pronostic.

— Dans ce cas, j'espère que Lorkin en sait plus qu'il ne le dit, parce que si nous sommes entraînés dans un conflit, il se pourrait très bien que nous choisissions le camp des perdants – ou que nous n'obtenions la victoire qu'au prix de très lourdes pertes.

Un nœud glacé s'était formé dans l'estomac de Dannyl. *Lorkin a dû raconter à Osen tout ce qu'il sait au sujet des Traîtresses. Donc, si Lorkin est au courant qu'elles préparent une guerre civile, Osen l'est aussi.*

Comme Dannyl passait en revue les instructions reçues de l'administrateur jusque-là, le nœud de son ventre se resserra. Lorsque les esclaves arrivèrent avec la nourriture réclamée par Tayend, il n'avait plus faim du tout, mais il se força à se servir et à manger mécaniquement.

Pourquoi ? Parce que des gens ont préparé ces plats, des gens qui n'avaient pas d'autre choix que de le faire. Il serait honteux de gaspiller le fruit de leurs efforts. Alors, il sentit le nœud se relâcher légèrement. *Les Traîtresses désapprouvent l'esclavage. Une guerre civile pourrait aboutir à son abolition.*

Mais cette avancée aurait un prix. Tous les bouleversements historiques en avaient toujours un.

Lorsque Gol revint, Cery poussa un discret soupir de soulagement. Son ami mesurait encore ses gestes, et il grimaça de douleur en se rasseyant, mais ceci mis à part, il semblait en bien meilleure forme que deux jours plus tôt.

— Ça ne va pas tarder à puer là-dedans, grommela-t-il.

— Je sais, acquiesça Cery. Mais il faudra bien faire avec.

Ils avaient choisi une autre salle souterraine pour se soulager. Les murs et le plafond semblaient assez solides, et Cery avait apporté un monticule de terre et de gravats avec lequel recouvrir leurs déjections, mais ça ne pouvait être qu'une solution temporaire.

Après avoir demandé à Anyi de rester auprès de Gol un moment, Cery avait exploré le petit réseau de passages situé sous la Guilde. Cela faisait un bon moment que ces souterrains étaient à l'abandon. Feu le haut seigneur Akkarin les utilisait autrefois comme entrepôts, mais les seuls objets qu'ils renfermaient maintenant et qui pouvaient dater de cette époque n'avaient aucune valeur. Pour la plupart, il s'agissait de simples caisses identiques à celles qui servaient de mobilier aux fugitifs. Cery avait également trouvé des lampes qui n'auraient pas déparé dans les plus vieilles maisons d'Imardin si elles n'avaient pas été rongées par la rouille, et des éclats de poteries qui, intactes, auraient valu une fortune.

Ici, les murs étaient un mélange de pierre et de briques, celles-ci servant à boucher les trous des parois naturelles ou à diviser les espaces les plus vastes en salles distinctes. Dans l'une de ces dernières, quelqu'un avait gravé des mots dans le mur : « Tagin doit mourir » en lettres larges et profondes, « Indria doit être conquise » en plus petit. Une inscription partiellement détruite commençait par : « La haute magie est le ca… et doit être… »

Dans une autre pièce un peu plus grande, dont le plafond s'était effondré à une extrémité, une liste de noms avait été soigneusement gravée dans la pierre d'une dalle en saillie. Cery n'avait reconnu aucun de ces noms, mais tous étaient précédés par les titres « Seigneur » et « Magicien ». *Bizarre que l'auteur ait utilisé les deux*, avait-il songé. Il avait cru distinguer une date au bas de la liste, mais la lumière de sa chandelle ne portait pas si loin, et il était hors de question qu'il se couche sous une dalle aussi lourde et aussi large, qui semblait prête à tomber d'un instant à l'autre.

Lorsque Cery avait regagné leur refuge, Anyi faisait les cent pas tel un fauve en cage. Il lui avait donné la permission de continuer son exploration des tunnels pendant que lui-même resterait avec Gol. Les deux hommes avaient évoqué le passé et discuté des découvertes de Cery jusqu'à ce que Gol s'assoupisse.

Rester assis sans personne à qui parler ne gênait pas Cery autant qu'il l'aurait cru, du moment qu'il n'autorisait pas son esprit à ressasser des souvenirs pénibles. Ça avait quelque chose d'apaisant, et pour une fois, le voleur n'avait pas à craindre que des assassins les attaquent dans leur planque.

Enfin, pas trop à craindre, corrigea-t-il en son for intérieur.

Comme pour ébranler sa foi fragile en leur sécurité, des pas légers résonnèrent dans le couloir. Cery se leva, et sentit le soulagement le submerger lorsque Anyi apparut sur le seuil. La jeune femme, qui arborait un large sourire, se baissa pour ramasser leur seau à eau presque vide.

— J'ai trouvé une canalisation d'eau douce qui fuit sous l'université, annonça-t-elle. Elle est plus proche que celle que tu avais repérée, mais elle ne goutte pas plus vite. Il va falloir un moment pour remplir ça. Ce serait mieux si on avait deux seaux et qu'on pouvait en laisser un se remplir pendant qu'on utilise le contenu d'un autre. Sinon, je pourrais tenter d'aggraver la fuite.

Cery secoua la tête.

— Les magiciens risquent de s'en apercevoir et d'enquêter. Demandons plutôt à Lilia de nous apporter un autre seau, si elle peut.

Anyi acquiesça et s'en fut.

Cery se rassit et sentit son humeur s'éclaircir quelque peu. Par moments, il doutait que ses gardes du corps et lui puissent vivre dans les tunnels, et à plus forte raison confortablement. Ils manquaient de tant de choses ! Ils dépendaient de Lilia pour leur fournir à manger – mais pas à boire, par chance. En guise de mobilier, ils n'avaient qu'une pile de vieux coussins et quelques caisses en bois. Heureusement que le sol n'était pas trop froid, et que l'air ne sentait pas le renfermé.

De nouveau, un bruit de pas parvint aux oreilles de Cery. Mais la personne qui approchait ne faisait aucun effort pour être discrète. Elle portait des bottes ou un autre type de chaussures solides ; cependant, elle ne devait pas être bien lourde, car le bruit de ses pas restait léger.

Lilia. Un sourire flotta sur les lèvres de Cery. Aider la jeune fille s'était avéré très bénéfique pour lui. Oh, il ne l'aurait pas abandonnée entre les griffes de criminels de toute façon, mais en s'abstenant de la livrer tout de suite à la Guilde, il avait gagné une alliée précieuse. *Sans compter qu'Anyi l'aime beaucoup.*

Un globe de lumière brillante précéda Lilia dans la pièce. La jeune fille portait un ballot sous un bras et une grande flasque de verre. Elle salua gaiement Cery. Mais comme elle promenait un regard autour d'elle, son sourire s'évanouit.

— Anyi n'est pas là ?

— Elle est partie chercher de l'eau. Elle a trouvé une canalisation qui fuit, expliqua Cery.

— Pas un tuyau d'évacuation des eaux usées, j'espère.

Lilia déposa prudemment le ballot sur une caisse et entreprit de le défaire.

— Non ; d'après elle, c'est de l'eau douce, la rassura Cery.

Surpris par la quantité de nourriture que la jeune fille avait apportée, il cligna des yeux. Du pain. Une boîte laquée à deux compartiments – celui du bas contenait de la viande mijotée et celui du haut, des légumes assaisonnés. Pour apporter leur repas aux magiciens qui logeaient dans l'enceinte de la Guilde, les serviteurs utilisaient des conteneurs munis d'un couvercle qui conservait la chaleur. Il y avait dans cette boîte de quoi nourrir deux ou trois personnes. Jamais Lilia n'aurait mangé autant à elle seule.

— C'est ton repas ? s'étonna Cery.

— Et celui de Sonea, répondit la jeune fille. Le seigneur Rothen l'a invitée pour un dîner d'adieu, et il était trop tard pour avertir Jonna.

— Qu'est-ce qui sent si bon ? lança une autre voix.

Lilia se fendit d'un large sourire comme Anyi revenait.

— Votre repas du soir. Je vous ai également apporté de l'huile de lampe et des bougies.

— Oooh ! s'extasia Anyi.

Elle s'empara d'un des compartiments et saisit un morceau de pain. Gol, qui s'était réveillé entre-temps, réussit à se lever sans grogner de douleur et vint se pencher au-dessus de la nourriture.

— Si tu manges pour deux, Jonna ne risque pas de s'en apercevoir ? s'inquiéta Cery en se servant.

Lilia haussa les épaules.

— Elle essaie toujours de me gaver. Et puis, elle a l'habitude qu'Anyi me rende visite et qu'elle dévore tout ce qui lui tombe sous la main.

— Hé ! protesta la jeune femme.

Lilia gloussa.

— Ça lui est égal.

— Et toi ? demanda Gol avec un geste en direction de la nourriture.

— J'ai bien mangé ce midi. Et j'ai piqué du pain et des fruits que j'ai glissés dans mon sac pour plus tard, expliqua Lilia.

— Tu as dit que Rothen avait invité Sonea pour un dîner d'adieu, lui rappela Cery.

La jeune fille redevint sérieuse.

— Oui. Elle s'en va demain soir. C'est officiel. Le seigneur Lorkin est rentré à Arvice, et comme il refusait de trahir les Traîtresses en répondant aux questions, le roi sachakanien l'a fait jeter en prison.

Cery sentit son estomac se nouer. Comme ça avait dû être difficile pour Sonea d'apprendre que son fils était en prison ! *Mais au moins, il n'est pas mort, et il n'est plus prisonnier des rebelles. Il a fait un pas sur le chemin de retour à Imardin. Après tant d'années de paix et d'accords commerciaux profitables, les Sachakaniens ne vont pas compromettre leurs relations avec les Terres Alliées en tuant un magicien de la Guilde.*

Mais il devait admettre qu'il n'en savait pas assez sur eux pour se montrer catégorique.

— On a bien fait de ne pas lui dire qu'on était là, déclara-t-il. Elle n'a pas besoin de se faire du souci pour nous en plus de tout le reste.

Anyi acquiesça.

— Et ce sera plus facile pour Lilia de nous aider après son départ.

— D'un autre côté, tempéra Gol en secouant la tête, Sonea est la seule qui nous défendrait si les hauts magiciens s'apercevaient de notre présence.

— Et Kallen ? demanda Anyi en regardant Lilia.

La jeune fille haussa les épaules.

— Je préfère ne pas me fier à lui.

— Dans ce cas, tâchons de ne pas être découverts, conclut Cery. Tu as parlé à Kallen ? Il avait du nouveau pour nous ?

Lilia soupira.

— Oui, et non. Il n'a pas l'air enclin à se confier à moi.

— Il va falloir que tu l'en persuades, déclara Anyi.

Tandis que Gol lapait bruyamment les dernières gouttes de sauce dans la partie inférieure de la boîte laquée, Cery s'essuya les mains sur le tissu dans lequel Lilia avait enveloppé la nourriture.

— D'ici là, dit-il à Lilia, j'aimerais que tu examines Gol. S'il se rétablit normalement, tu m'accompagneras jusqu'à l'entrée des tunnels de la Guilde. Aucun de nous ne sera vraiment en sécurité tant que nous n'aurons pas trouvé un moyen de la bloquer pour empêcher les agents d'un autre voleur de parvenir jusqu'à nous. S'il n'y a pas d'autre moyen que faire écrouler le plafond, je n'hésiterai pas. (Il se tourna vers Anyi.) Après ça, il faudra que tu me montres les autres sorties. Elles nous rapprocheront peut-être de l'endroit où les serviteurs jettent les choses dont les magiciens n'ont plus l'utilité.

Les deux filles sourirent, ravies.

— Une mission d'exploration. Chouette, se réjouit Lilia.

— Tu n'as pas des leçons à apprendre ? s'enquit Cery.

La novice se décomposa.

— J'ai *toujours* des leçons à apprendre, soupira-t-elle avant de jeter un regard de reproche à Anyi. Ta vie est beaucoup plus marrante que la mienne.

La jeune femme haussa un sourcil.

— Tu me rediras ça quand j'aurai un bon matelas de plumes et la possibilité de prendre régulièrement des bains chauds.

Lilia écarquilla les yeux d'un air faussement contrit.

— Maintenant que tu en parles, c'est vrai que tu cocottes un peu.

Même si elle s'y attendait, elle ne réussit que de justesse à éviter le coup de poing qui visait son bras. Avec un gloussement, elle se dirigea vers Gol.

6

Permission accordée

Les deux hommes d'âge mûr étaient toujours dans leur cellule quand Lorkin revint de sa deuxième journée passée avec l'inquisiteur. En revanche, le couple avait disparu. Une fois de plus, on avait apporté de l'eau au jeune magicien, mais pas de nourriture. La nuit précédente, la faim l'avait empêché de dormir jusqu'à ce qu'il cède et utilise un peu de son pouvoir pour l'apaiser.

Impossible de dire quelle heure il était. En l'absence de fenêtre laissant entrer la lumière du jour, Lorkin ne pouvait se fier qu'aux visites de l'inquisiteur et de son assistant pour mesurer le passage du temps. À son réveil, il remarqua que l'ashaki l'observait toujours avec un regard perçant mais un visage dénué d'expression. Assis dos au mur, il tenta de se divertir avec des jeux mentaux ou en évoquant ses souvenirs.

Un bruit finit par attirer son attention. Des pas. Quelqu'un approchait. L'ashaki se détourna et se leva. Avec un petit soupir, Lorkin fit de même, s'apprêtant à subir une nouvelle journée pleine de questions mais vide de nourriture.

Au lieu de l'inquisiteur, ce fut un esclave qui apparut. Il tenait un plateau sur lequel reposaient un bol, un morceau de pain et un gobelet. L'espoir fit bondir le cœur de Lorkin comme l'ashaki examinait ces derniers, puis s'avançait pour ouvrir la porte de sa cellule.

Les yeux baissés, l'esclave entra, posa le plateau par terre et sortit à reculons. L'ashaki referma la porte et dévisagea longuement Lorkin d'un air pensif. Le jeune magicien attendit qu'il se soit rassis avant de ramasser le plateau et de l'emporter au fond de sa cellule.

Le bol contenait une soupe froide et opaque. Le gobelet était plein de vin. Il n'y avait pas de couverts. *Je n'ai aucun moyen de savoir si ce repas n'est pas empoisonné tant que je ne l'aurai pas mangé. Je n'ai encore jamais eu à utiliser la magie comme antidote. Ça consommera plus de pouvoir que le simple fait d'apaiser la faim. Dois-je courir le risque ? Ai-je tant besoin que ça de manger ?*

Les particules de la soupe se posaient dans le fond du bol, laissant un liquide clair en surface. Mais au lieu de former une couche égale, elles dessinaient un carré légèrement en relief. Lorkin sentit un frisson lui parcourir l'échine.

Conscient que l'ashaki observait chacun de ses gestes, il utilisa une infime quantité de magie pour dégager le carré. Les particules s'agitèrent dans la soupe, formant un nuage trouble. Puis elles se posèrent de nouveau, confirmant les soupçons de Lorkin.

Un morceau de papier gisait au fond du bol.

« Faites bouillir soupe avant manger. Pain bon. Vin mauvais. »

Dessous, il y avait un gribouillis qu'on aurait pu prendre pour des initiales tracées à la hâte, mais Lorkin reconnut l'un des codes que les Traîtresses lui avaient dit de guetter.

Elles savent que je suis ici, songea-t-il, le cœur gonflé de soulagement et d'espoir. *Elles vont me faire sortir.*

Mais alors même que cette pensée traversait son esprit, il comprit qu'il ne pouvait pas en attendre autant de leur part. La prison se trouvait sous le palais royal ; elle était gardée par des ashakis et par des hommes indépendants, d'une loyauté féroce unique au Sachaka.

Tout de même, c'était bon de savoir que les Traîtresses tentaient de l'aider. D'une petite décharge magique, Lorkin fit bouillir sa soupe comme elles le lui recommandaient. Voilà donc pourquoi l'ashaki avait examiné le plateau avec tant de soin… Néanmoins, Lorkin but très lentement, attentif au moindre changement susceptible de survenir à l'intérieur de son corps pour le cas où le message n'aurait été qu'une ruse élaborée. Comme le pain était rassis, il le trempa dans la soupe pour le ramollir.

En revanche, il ne toucha pas au vin. La personne qui l'avait empoisonné – l'inquisiteur, ou peut-être quelqu'un d'autre – se demanderait-elle comment il avait su qu'il ne fallait pas le boire, ou penserait-elle qu'il n'avait pas voulu émousser ses facultés intellectuelles avant le prochain interrogatoire ?

Peu après que Lorkin eut fini de manger, l'esclave revint chercher le plateau. Lorkin le lui tendit. L'homme leva les yeux vers lui.

— Le seigneur Dannyl vous fait dire que le roi Merin vous donne la permission de tout leur raconter, chuchota-t-il.

Lorkin acquiesça pour montrer qu'il avait compris et détourna la tête afin que l'ashaki ne le voie pas sourire.

Comme si j'allais avaler ça ! Ils doivent vraiment me prendre pour un idiot. Je n'obéirais que si je recevais cet ordre de la bouche de Dannyl en personne… et encore, je penserais sans doute qu'on le menace ou qu'on le fait chanter.

L'administrateur Osen avait également donné un mot de code à Lorkin, au cas où les Sachakaniens tenteraient ce genre de manœuvre. Effaçant son sourire, Lorkin se radossa au mur et attendit que l'inquisiteur vienne le chercher.

Même si le déjeuner était fini depuis un moment, le brouhaha faisait presque vibrer les murs du réfectoire. Lilia résista à la tentation de lever les yeux au ciel face à l'attitude de ses camarades. L'annonce impromptue que les cours de l'après-midi étaient annulés en faveur d'un concile avait suscité chez les novices un mélange de ravissement et de spéculations fébriles.

Lilia, elle, savait déjà pourquoi tous les membres de la Guilde étaient appelés à se réunir. Mais personne ne lui posait la question, et elle avait des préoccupations bien plus importantes – comme continuer à fournir nourriture et éclairage à Cery, à Gol et à Anyi. Elle avait décidé que Jonna était la clé. Aussi, elle cherchait comment la convaincre d'apporter ces deux choses en plus grande quantité dans les appartements de Sonea, le tout sans éveiller ses soupçons.

Il était assez facile d'introduire de petits objets dans les tunnels. Les boîtes laquées que les serviteurs utilisaient pour transporter la nourriture chaude pouvaient être magiquement descendues par l'ouverture dans le mur du salon de Sonea. En revanche, les meubles ne passaient pas. Mais Lilia avait entendu dire qu'il existait d'autres accès au réseau situé sous la Guilde. Si les fugitifs arrivaient à en découvrir un, peut-être pourraient-ils le mettre à profit.

D'un autre côté, la plupart du mobilier de la Guilde était ancien et précieux. Il y avait de grandes chances qu'on remarque sa disparition. Les serviteurs devaient bien avoir des lits, des tables et des chaises plus ordinaires, mais ils logeaient à l'écart des bâtiments fréquentés par les magiciens et les novices. Si Lilia s'aventurait dans leurs quartiers, ou se faufilait simplement dans les cuisines adjacentes au réfectoire, elle se ferait remarquer comme « un prince dans un bal de mendiants », pour reprendre une expression de sa mère.

Je dois trouver des meubles mis au rebut. Ils seront probablement cassés, mais nous pourrons toujours les réparer. De toute façon, il faudra peut-être les démonter pour les descendre dans les tunnels. Je dois me procurer du bois, des clous et des outils. Mmmmh. Dans ce cas, on pourrait peut-être se contenter de bois et fabriquer carrément nos propres meubles.

— Regardez, c'est la novice noire ! s'exclama une voix masculine.

Son propriétaire avait parlé très fort et tout près de Lilia. Celle-ci leva les yeux. C'était Bokkin, un novice de haute taille – un pouilleux qui aimait malmener les plus faibles que lui. Ses camarades ne protestaient pas trop, parce qu'il avait assez de culot pour s'en prendre également aux bêcheurs.

Bokkin s'était appuyé contre une table voisine. Sa cour habituelle l'entourait. Lilia doutait fort qu'aucun des novices qui le suivaient partout l'apprécie réellement : ils cherchaient sans doute juste à éviter que Bokkin les prenne pour cible.

— Tu as tué quelqu'un récemment ? lança le jeune homme sur un ton narquois.

Lilia pencha la tête sur le côté et fit mine de réfléchir.

— Je ne crois pas, non.

— Qu'est-ce que tu vas foutre maintenant que la magicienne noire Sonea s'en va ? (Bokkin s'écarta de la table.) Tu vas rester toute seule dans ses appartements. Tu as une nouvelle copine ? Ou tu veux voir à quoi ça ressemble de le faire avec un homme, pour une fois ? (S'approchant de la jeune fille, il se planta devant elle, le bassin en avant.) Je peux te montrer ce que tu as raté jusqu'ici.

Donc, ils sont au courant pour le départ de Sonea. Lilia recula sa chaise sans quitter Bokkin des yeux. Elle s'attendait à ce que quelqu'un tente de profiter de l'absence de sa protectrice, mais elle ne pensait pas que ça arriverait aussi vite.

— Tu ne t'étais jamais intéressé à moi jusqu'à maintenant, dit-elle en se levant sans s'écarter de Bokkin, de manière à pouvoir planter son regard dans celui du jeune homme. Ça doit être la magie noire qui t'a fait changer d'avis. C'est le danger qui t'attire, pas vrai ? On m'a mis en garde contre les gens comme toi.

Bokkin ouvrit la bouche pour répliquer, mais elle lui saisit le menton avec assez de force pour enfoncer ses doigts dans la chair de ses mâchoires. Simultanément, elle donna une petite poussée magique qui le fit tituber en arrière sans lui laisser le temps de réagir. Suivant le mouvement, elle le plaqua contre le bord de la table voisine.

— Tu sais ce qui va se passer pendant ce concile ? La magicienne noire Sonea va prendre le pouvoir de tous les membres diplômés de la Guilde. Un jour – bientôt, peut-être – j'en ferai autant avec toi. Et tu ne pourras pas protester. Ordre du roi. Tu veux vraiment me donner une raison de rendre le prélèvement aussi désagréable que possible ?

Bokkin blêmit. Lilia le lâcha et s'essuya la main sur le devant de sa robe. Autour d'eux, les novices s'étaient tus, et le silence se propageait à travers le réfectoire. Lilia n'avait pas quitté Bokkin des yeux, mais sa vision périphérique lui révélait que toutes les têtes se tournaient vers elle.

— Donc, tu ferais mieux d'espérer que la magicienne noire Sonea revienne, conclut-elle.

Puis elle tourna les talons, ramassa son sac, les fruits et les petits pains aux épices qui composeraient son repas du soir et s'en fut.

En sortant du réfectoire, elle sentit le triomphe lui faire tourner la tête.

Ça leur fournira un sujet de discussion. Et ça les poussera à s'interroger sur la raison du voyage de Sonea – ce qu'ils auraient sans doute fait de toute façon. Je ne laisserai personne penser que sans elle, je suis une proie facile.

Si elle était condamnée à ne jamais sortir de l'enceinte de la Guilde, à devenir une protectrice des Terres Alliées et la cible principale d'attaquants éventuels, Lilia voulait au minimum qu'on la traite avec respect. *À défaut, je me contenterai d'inspirer de la peur aux gens comme Bokkin – ceux qui sont trop stupides pour se rendre compte que je risquerai ma vie pour eux.*

Depuis son siège à l'avant du hall de la Guilde, Sonea regardait arriver les magiciens en luttant pour contrôler sa respiration.

Comment vont-ils réagir ? Ils ont eu vingt ans pour se faire à l'idée de la magie noire ; cela suffira-t-il pour qu'ils acceptent d'y prendre part ? Considéreront-ils la libération de mon fils comme une raison suffisante ?

Ces questions l'auraient moins tourmentée si les autres hauts magiciens n'avaient pas exprimé des inquiétudes similaires un peu plus tôt. Aucun d'eux ne pouvait prédire le résultat du concile. Tous étaient d'avis que certains membres de la Guilde refuseraient de céder leur pouvoir tandis que d'autres accepteraient, mais tous envisageaient des proportions différentes.

Les magiciens prenaient place des deux côtés de la salle toute en longueur. Comme toujours, des taches de vert, de rouge et de violet se formèrent tandis que les adeptes d'une même discipline se regroupaient entre amis. La couleur dominante restait le pourpre des alchimistes, mais le nombre de guérisseurs avait crû au cours des dernières décennies, et le vert gagnait du terrain petit à petit. Le nombre de guerriers avait augmenté lui aussi, mais les robes rouges demeuraient en minorité. Cela n'inquiétait guère Sonea : même si la plupart de ses collègues consacraient leur énergie à quelque chose de plus utile, la majeure partie d'entre eux s'entraînaient au combat pendant leur temps libre afin de ne pas perdre la main.

Les hauts magiciens attendaient à l'avant de la salle. Seul l'administrateur Osen ne se trouvait pas dans les gradins. Comme toujours, il se tiendrait debout face à l'assemblée pour diriger le débat.

Sonea jeta un coup d'œil à la rangée de sièges qui surplombait le sien. La chaise du roi restait vacante, mais les deux conseillers de Merin étaient là – chose inhabituelle. Glarrin croisa le regard de Sonea et la salua du menton ; Rolden, qui occupait déjà son poste vingt ans plus tôt quand Sonea et Akkarin avaient été jugés et exilés, se contenta de froncer les sourcils à sa vue.

Baissant les yeux, Sonea remarqua que les hauts magiciens qui occupaient les rangées inférieures ne cessaient de se retourner vers elle. Rothen, qui avait pris place dans celle du bas avec les autres chefs des disciplines, avait l'air préoccupé, mais il adressa un sourire réconfortant à son ancienne élève.

Leur dîner de la veille avait été assombri par des possibilités effrayantes. Sonea savait que son vieux mentor se demandait s'il la voyait pour la dernière fois – une inquiétude qui venait s'ajouter à sa crainte de ne jamais revoir Lorkin. Il avait proposé de l'accompagner ; Sonea lui avait rappelé qu'il en savait beaucoup trop au sujet de l'autre raison de son voyage. Le vieil homme avait acquiescé avant de se féliciter qu'elle ait, à tout le moins, choisi un assistant fiable.

Sonea chercha Regin du regard. Comme elle s'y attendait, elle le trouva assis vers l'avant, l'air grave et un peu distant. Peut-être ne s'agissait-il que d'un masque pour dissimuler ses véritables sentiments – c'était difficile à dire avec lui. Il avait toujours l'air grave et un peu distant.

J'espère que Rothen l'a bien jugé, et qu'il est réellement fiable. Bien sûr qu'il l'est : il prend ses responsabilités envers la Guilde, la Kyralie et les Terres Alliées bien trop au sérieux pour compromettre notre mission.

Ce qui signifiait que, même s'ils avaient du mal à s'entendre, Regin lui obéirait.

La plupart des magiciens avaient eu le temps de s'installer à leur place. L'administrateur Osen vint se planter face à eux, et un coup de gong signala le début du concile. Le silence se fit immédiatement.

— Le concile d'aujourd'hui a pour but de discuter d'une situation exceptionnelle, et de prendre les mesures nécessaires la concernant, commença-t-il. Des mesures uniques dans l'histoire de la Guilde. (Il marqua une pause et balaya les gradins du regard.) Comme vous le savez peut-être déjà, l'ambassadeur Dannyl s'est rendu au Sachaka il y a plusieurs mois pour officier dans la Maison de la Guilde à Arvice. Il était accompagné par le seigneur Lorkin, qui s'était porté volontaire pour lui servir d'assistant.

» Peu après leur arrivée, quelqu'un a tenté d'assassiner Lorkin, qui n'a dû son salut qu'à l'intervention d'une esclave. Cette femme était une espionne au service des Traîtresses, des Sachakaniennes qui vivent à l'écart du reste de la population depuis des siècles. Afin de prévenir d'autres tentatives d'assassinat, elle a fui avec Lorkin et l'a emmené au repaire secret de son peuple.

» Là-bas, Lorkin a découvert le fonctionnement de la société des Traîtresses. Il a appris beaucoup de choses sur elles. Par exemple, qu'elles refusent l'esclavage et mènent une existence paisible, même si elles pratiquent la magie noire. Elles disposent d'un réseau d'espions très étendu à travers tout le Sachaka. D'après ce que j'ai compris, il leur sert essentiellement à assurer leur protection.

» Récemment, Lorkin a voulu revenir à Imardin. À son arrivée à Arvice, il a été convoqué par le roi Amakira, qui lui a demandé de raconter tout ce qu'il savait sur les Traîtresses. Sachant qu'il devait d'abord en informer le roi Merin, Lorkin a refusé. Amakira, qui avait pourtant accepté que les ambassadeurs envoyés au Sachaka dépendent avant tout du souverain de leur propre pays, l'a alors fait jeter en prison.

Sonea sentit son estomac se retourner. Chaque fois qu'elle entendait cette histoire, la pensée de son fils croupissant dans une cellule humide lui donnait envie de vomir.

Un silence absolu planait dans la salle. *C'est drôle, je m'attendais à de la colère, à des protestations. Ils doivent être sous le choc. Mais qu'est-ce qui les consterne le plus : le fait qu'Amakira ait osé emprisonner un magicien de la Guilde, ou la possibilité que cela débouche sur un nouveau conflit avec le Sachaka ?*

— Le roi Merin a approuvé notre requête d'envoyer quelqu'un négocier la libération du seigneur Lorkin, poursuivit Osen. Nous avons longuement réfléchi. Nous nous sommes notamment demandé qui parmi nous serait le plus susceptible d'obtenir le respect du roi Amakira. Les préjugés des Sachakaniens envers ceux qui ne maîtrisent pas la magie noire ont dramatiquement restreint nos possibilités. (Se tournant vers les hauts magiciens, il tendit la main vers Sonea comme pour l'aider à descendre de voiture.) Au final, notre choix s'est arrêté sur la magicienne noire Sonea.

L'intéressée sentit sa peau la picoter et son visage s'empourprer comme des centaines de regards se tournaient vers elle. Un murmure de voix emplit la salle. Résistant à une forte envie de baisser les yeux, Sonea garda la tête haute malgré les battements désordonnés de son cœur. *Comment vont-ils réagir ?*

Osen lui tendait toujours la main. Ravalant un soupir, elle se leva et entreprit de descendre les marches pour le rejoindre.

— Mais l'avantage d'avoir choisi une magicienne noire comme envoyée sera réduit à néant si elle n'est pas aussi puissante que nous pouvons la rendre, reprit Osen. (Sonea s'arrêta près de lui, et il lui jeta un coup d'œil avant de reporter son attention sur l'assemblée.) Le roi a autorisé un transfert de pouvoir vers la magicienne noire Sonea en vue de cette mission. Aussi, nous avons besoin de volontaires prêts à lui céder le leur.

Le murmure de voix enfla brusquement avant de diminuer peu à peu. Jaugeant l'humeur des magiciens, Osen leva les bras, et le silence se fit de nouveau.

— C'est la première fois qu'une telle permission est accordée, et par bonheur, elle ne l'est pas pour la raison que nous redoutons depuis longtemps. Au cours des vingt dernières années, nous avons appris que la magie noire n'implique pas nécessairement de pratiquer des rituels barbares, ni même de faire couler le sang. Bien que tous les membres de la Guilde, novices ou diplômés, en aient été informés, ce n'est peut-être pas très clair pour certains d'entre vous. Aussi, je laisse la parole à la magicienne noire Sonea qui va mieux vous l'expliquer.

Sonea prit une grande inspiration et projeta de la magie dans l'air devant elle afin que sa voix porte jusqu'en haut des gradins.

— Les magiciens sachakaniens coupent leurs esclaves pour prendre leur énergie, parce que ces esclaves ne sont pas des magiciens et ne peuvent pas offrir leur énergie par eux-mêmes. Ils font la même chose à leurs victimes en temps de guerre, parce qu'il est peu probable qu'elles coopèrent volontairement. Autrefois, ce rituel de haute magie était pour nous un geste symbolique de la soumission d'un apprenti envers son maître. Mais il ne constitue pas une nécessité pratique.

Elle se força à sourire, tout en sachant que son auditoire trouverait ça sinistre plutôt que rassurant.

— Pour pouvoir absorber et stocker le pouvoir d'un autre magicien, je n'ai besoin que d'une chose : qu'il me le transmette de son plein gré. C'est tout. Une simple petite chose que tous les novices apprennent à faire pendant leur première année à l'université.

Elle balaya l'assemblée du regard. *C'est tout ce qu'il y a à savoir*, songea-t-elle. Mais comme Osen se détournait d'elle, quelque chose d'autre lui vint à l'esprit.

— Je ne vous demande qu'une journée de votre pouvoir. Et si cela devait permettre de libérer mon fils, à tout le moins, cela vous vaudrait ma gratitude éternelle – et celle de Lorkin.

Osen acquiesça.

— Sans compter que vous aurez assuré la sécurité d'un membre de la Guilde, citoyen de la Kyralie et des Terres Alliées, tout en garantissant le maintien de la paix avec le Sachaka. Ce qui n'est pas rien. (Il fit face aux gradins.) Nous allons commencer par les hauts magiciens.

Sonea sentit son cœur faire un bond dans sa poitrine comme le haut seigneur Balkan se levait et descendait vers eux, suivi par plusieurs autres hauts magiciens. Mais avant qu'il puisse les rejoindre, une voix l'appela depuis un des côtés de la salle. Tous se tournèrent vers les conseillers du roi, qui venaient de quitter leur siège tout en haut des gradins.

— Permettez-moi de passer le premier, demanda Glarrin à Balkan.

Celui-ci sourit et fit un pas de côté pour lui céder sa place.

— Le roi vous transmet tous ses vœux de réussite, dit Glarrin à Sonea en lui tendant les mains.

La magicienne noire les prit en hochant la tête.

— Transmettez-lui tous mes remerciements en retour, conseiller.

Elle sentit sa peau la picoter comme le pouvoir de Glarrin s'écoulait en elle. En l'aspirant, elle éprouva une légère pression qui l'informa que son corps recelait maintenant une quantité de magie au-delà de sa propre limite naturelle. Mais quand Glarrin se dégagea, elle fut incapable de dire quelle quantité de pouvoir il lui avait donnée.

Le conseiller du roi s'inclina devant Balkan, puis se retira. Sonea leva les yeux vers le chef de la Guilde. Celui-ci la dévisageait avec une expression surprise qu'elle connaissait bien. *Il a du mal à me considérer comme une magicienne noire – autant que j'ai du mal à le considérer comme le haut seigneur. Bien qu'il soit tout à fait compétent, Akkarin demeurera à jamais le seul magicien digne de ce titre à mes yeux.*

Sonea prit les mains et le pouvoir de Balkan, et lentement, le reste des hauts magiciens défila devant elle. Seul Kallen s'abstint. Osen avait décidé que quelques-uns des membres de la Guilde devaient conserver du pouvoir à la fin du concile. Lorsque le dernier de ses collègues se fut retiré, Sonea se tourna vers les gradins.

Elle crut que son cœur allait cesser de battre.

Tous les sièges étaient vides. Les magiciens se tenaient debout au centre du hall. Ils attendaient. *Il est possible que ceux qui ne voulaient pas se porter volontaires aient déjà filé*, se dit Sonea. Mais la foule lui semblait si large qu'ils ne devaient pas être bien nombreux.

Sonea se rendit compte qu'elle avait cessé de respirer, et elle hoqueta malgré elle quand le premier magicien s'avança.

Regin. Les yeux pétillant d'une bonne humeur très inhabituelle, il lui prit les mains.

— Vous n'avez pas la moindre idée du respect que vous portent les gens, n'est-ce pas ? murmura-t-il en lui transmettant son pouvoir.

—Quel respect ? (Sonea secoua la tête.) Ils ne font pas ça pour moi. Ils le font pour la Kyralie et pour un de leurs pairs.

—Aussi, admit Regin. Mais ce n'est pas la seule raison.

Il lui donna une grande quantité de pouvoir – du moins Sonea en eut-elle l'impression. Elle le regarda s'éloigner, guettant des signes de fatigue physique et craignant qu'il soit épuisé le soir, au moment de leur départ pour le Sachaka. Puis le volontaire suivant s'avança, et elle dut reporter son attention sur lui.

Les magiciens continuèrent à défiler devant Sonea. Guérisseurs, guerriers et alchimistes. Hommes et femmes. Jeunes et vieux. Issus des Maisons ou des classes inférieures. Chacun d'eux lui adressait quelques mots d'encouragement, lui souhaitait bonne chance et exprimait ses espoirs de voir Lorkin revenir sain et sauf. Certains lui conseillèrent même de faire attention aux Ichanis pendant la traversée du désert.

Surprise autant qu'émue, Sonea dut lutter pour garder son calme et rester digne. Une vague de tristesse la submergea comme elle se souvenait tout à coup d'une autre fois où elle s'était tenue dans ce hall pendant que ses collègues défilaient devant elle. À l'époque, ils avaient arraché sa robe et celle d'Akkarin en prononçant les paroles de bannissement rituel.

Parce que nous avions appris la magie noire pour pouvoir défendre la Kyralie. Comme les choses ont changé depuis...

Lorsque le dernier magicien s'écarta, Sonea vit qu'il ne restait personne derrière lui. Elle en éprouva un grand soulagement mêlé de lassitude qui faillit la faire éclater de rire. Absorber le pouvoir d'autrui était censé lui donner de l'énergie, pas la fatiguer. Elle se concentra sur la magie tapie en elle. Un filet brillant échappait à son contrôle. Se souvenant des instructions d'Akkarin, elle renforça la barrière sous sa peau et sentit la fuite s'interrompre. Alors, elle examina la magie qu'on lui avait donnée.

Sonea savait que son pouvoir avait été augmenté, mais dans quelle proportion ? Elle ne pouvait que l'estimer d'après le nombre de magiciens qui avait défilé devant elle. Elle n'était même pas sûre du niveau moyen de pouvoir qu'un membre de la Guilde détenait. *Une chose est certaine : je n'ai pas disposé d'autant d'énergie depuis l'invasion ichanie, au moment où les pauvres ont offert leurs forces pour nous aider à préparer la bataille imminente.*

Osen se tenait toujours près d'elle. Seuls Regin, Rothen et lui s'attardaient dans le hall. Un coup de gong indiqua la fin officielle du concile, même s'il n'y avait presque plus personne pour l'entendre.

—Quelle heure est-il ? s'entendit demander Sonea.

Osen réfléchit.

— Il me semble avoir entendu la cloche de l'université sonner il y a quelques minutes.

Sonea écarquilla les yeux.

— Si tard que ça ? (Elle se tourna vers Regin.) Il est presque temps de charger nos bagages dans la voiture.

— Il vous reste encore quelques heures, la tranquillisa Osen. Vous devriez faire un bon repas avant de partir.

Sonea sentit son estomac se nouer.

— Je ne suis pas sûre de pouvoir avaler quoi que ce soit.

— Tout le monde serait très déçu.

Elle fronça les sourcils.

— Pourquoi ?

— Parce que, révéla Osen avec un grand sourire, les hauts magiciens vous ont préparé un dîner d'adieu dans la salle de banquet. Vous ne pensiez pas que nous vous laisserions partir sans vous dire au revoir, pas vrai ?

Sonea le dévisagea, stupéfaite. Osen gloussa.

— Venez. Ils sont tous en train de boire un verre au salon nocturne en attendant que vous les rejoigniez.

7

Une approche différente

— Le tunnel est instable à cet endroit, déclara Anyi.

Levant les yeux, Cery remarqua des fissures dans le haut des murs et un léger affaissement du plafond. Celui-ci était parcouru par de fines racines, probablement celles d'un arbre qui poussait juste au-dessus en surface.

— Si nous devons nous enfuir par ici et que Lilia est avec nous, elle pourra le faire s'effondrer une fois que nous serons passés pour arrêter nos poursuivants. On pourrait aussi le faire s'écrouler par nous-mêmes, à l'aide de poids et de cordes qu'on manœuvrerait d'un peu plus loin. Lilia pourrait nous aider à les installer en soutenant la structure avec sa magie.

Cery acquiesça. *J'aime sa façon de réfléchir.*

— On lui demandera.

— Bon. Et maintenant, voyons où ça mène.

Avec un large sourire, Anyi dépassa la zone fragilisée, entraînant son père dans un passage de plus en plus décrépit. Au lieu de déboucher sur l'extérieur, celui-ci s'interrompait à l'endroit où un arbre avait crevé le plafond et bloqué le chemin. Une faible lumière grisâtre filtrait par un trou entre deux grosses racines.

Des briques et des gravats recouverts de poussière et de mousse formaient une rampe rudimentaire qu'Anyi se hâta d'escalader. Elle jeta un coup d'œil dehors, puis fit signe à Cery de la rejoindre. Le voleur obtempéra et, prenant sa place, regarda par le trou.

Il découvrit une forêt baignée par les premières lueurs de l'aube. Avec un soupir, il repensa à la fois où il l'avait traversée avec Sonea, bien des années plus tôt. C'était avant que son amie soit capturée par les magiciens. Elle voulait observer les membres de la Guilde en action et, peut-être, apprendre à contrôler ses pouvoirs. Bien entendu, ça n'avait pas fonctionné. Seul un magicien diplômé pouvait apprendre à une novice à utiliser ses pouvoirs sans danger. Mais à l'époque, Sonea et Cery l'ignoraient.

Tant de choses ont changé, songea le voleur. *Mais par chance, la forêt est toujours là.* Il éteignit sa lampe et la posa par terre, puis se faufila par le trou. Anyi le suivit.

— À quel endroit sommes-nous exactement ? chuchota la jeune femme.

Cery haussa les épaules.

— Probablement au nord des bâtiments de la Guilde. Dans la partie sud de l'enceinte, le terrain est plus vallonné.

— Le quartier des serviteurs est au nord.

— En effet.

— On y trouverait peut-être des choses que les magiciens ont jetées, suggéra Anyi. Des meubles, des couvertures...

— Peut-être, oui.

Cery s'écarta de l'arbre, puis en fit lentement le tour afin d'en imprimer l'image dans son esprit. Ni Anyi ni lui n'avaient l'habitude de se déplacer en forêt ; il leur serait facile de se perdre et de ne plus jamais retrouver l'entrée du tunnel. Par chance, l'arbre était à moitié mort, incliné et à demi enfoncé dans le sol. Il devrait être possible de le reconnaître plus tard.

Se détournant, Cery s'enfonça entre les troncs et se mit à compter ses pas comme Anyi et lui descendaient une pente. Il savait que le sol montait depuis le mur intérieur jusque derrière les bâtiments de la Guilde et au-delà ; aussi supposa-t-il qu'ils marchaient vers l'ouest. Au bout de quelques centaines de pas, il découvrit qu'il se trompait comme la pente en rencontrait une autre. Un petit ruisseau coulait au fond du pli de terrain, filant vers la droite.

Bon, au moins, ça nous fait un repère à suivre. Et qui devrait nous conduire vers le bas.

Cery marqua l'endroit à l'aide de pierres disposées en cercle et d'une ligne pointant la direction dont ils arrivaient, puis entreprit de longer le cours d'eau.

Quelque temps après, Anyi et lui aperçurent des signes d'habitation un peu plus loin. En s'avançant furtivement, ils découvrirent de simples cabanes entourées de barrières.

— Le quartier des serviteurs ? murmura Anyi.

Cery secoua la tête.

— Trop délabré.

L'apparence négligée des bâtisses le rendait perplexe. Les structures les plus grandes semblaient construites en verre, mais à en juger par la végétation qui avait envahi l'intérieur, elles devaient être à l'abandon. Le voleur ne comprit où ils se trouvaient que lorsqu'il se fut approché suffisamment pour distinguer ce que contenaient les enclos.

— La ferme.

— Ah. Évidemment. (Anyi tendit un doigt.) Et ça, là-bas, c'est un verger ?

Cery tourna la tête et acquiesça en voyant plusieurs rangées de pruniers soigneusement entretenus, ainsi que des buissons couverts de baies et taillés en forme d'arches. Ils voisinaient avec des carrés de terrain délimités par des barrières et creusés de sillons, comme si quelqu'un avait passé un râteau géant sur le sol.

— Toute la question est de savoir si c'est habité, marmonna Cery.

Anyi lui jeta un coup d'œil.

— Allons voir de plus près.

Ils s'approchèrent encore, se dissimulant d'abord derrière les arbres puis à l'abri des buissons de baies. Les cabanes se dressaient de l'autre côté du potager. À la vue de la fumée sortant d'une cheminée, le cœur de Cery se serra. Plus loin, une femme en tenue de servante sortit d'une des cabanes. Il la regarda disparaître dans ce qui ressemblait à un enclos à rassooks.

— Ça m'a tout l'air occupé, constata Anyi. Tu veux qu'on continue ?

Cery acquiesça. Rebroussant chemin jusqu'à la lisière de la forêt pour tirer parti du couvert des arbres, ils longèrent la ferme. Cery avait vu juste au sujet de l'enclos. Au-delà des bâtiments et des terres cultivées, des enkas, des rebers et même quelques gorins massifs paissaient dans des champs.

Ils ne sont pas assez nombreux pour nourrir toute la Guilde, mais les magiciens mettent à profit le peu d'espace dont ils disposent, songea Cery.

— Par ici, dit Anyi en tendant un doigt vers la dernière bâtisse.

Ce n'était pourtant pas celle-ci qu'elle désignait, mais un tas de vieux meubles. Des chaises dépareillées entouraient une planche posée sur deux souches. D'autres planches calées par des tonneaux faisaient office de bancs.

— On pourrait utiliser cette paille pour confectionner des matelas, suggéra Anyi en montrant les bottes de foin entassées sous un appentis. J'ai vu des gens faire ça au marché. Il faut des vieux sacs, une aiguille et du fil.

— Tu sais coudre ?

— Pas très bien, mais on a besoin de matelas, pas de robes de bal.

Cery gloussa.

— C'est sans doute aussi bien. Je me souviens que ta mère n'arrivait jamais à te faire porter autre chose qu'un pantalon. Même le roi n'arriverait pas à te persuader de t'habiller en fille.

— Aucune chance, convint Anyi. Pas même si c'était l'homme le plus séduisant du monde.

— Dommage. Ce serait agréable de te voir toute pomponnée, pour une fois.

— Pour le moment, je me contenterais de vêtements propres, marmonna Anyi. (Les yeux plissés, elle détailla les cabanes.) Je me demande combien de gens vivent ici et ce qu'ils portent. Sans doute des uniformes de serviteurs. Le genre de déguisement qui pourrait nous être très utile la prochaine fois qu'on voudra s'aventurer hors des tunnels. (Elle avança les lèvres en une moue pensive.) J'aimerais bien revenir plus tard et les espionner un peu, si ça ne te dérange pas.

Cery acquiesça.

— Bonne idée. Mais reste dans la forêt et n'essaie pas de voler quoi que ce soit. Pour ça, on attendra la nuit.

Dannyl regardait par la fenêtre de la voiture, mais il ne voyait rien du paysage qui défilait dehors. Il était trop préoccupé par son entrevue du matin et par le refus qu'il allait encore essuyer.

Son ancien assistant était en prison depuis trois jours seulement, mais le temps avait paru beaucoup plus long à Dannyl. *Et pour Lorkin, ce doit être une éternité.* Ashaki Achati n'était pas repassé à la Maison de la Guilde. Dannyl ne savait pas s'il en éprouvait du soulagement ou du regret. Toute rencontre entre eux serait forcément tendue, pleine de ressentiment et de gêne, mais la compagnie et les conseils de son ami manquaient à Dannyl.

C'est vraiment dommage qu'il soit si proche du roi. Si je m'étais lié avec un Sachakanien dans une position plus neutre, il aurait pu me dire comment gérer cette situation au mieux.

Mais existait-il un seul ashaki dont la position puisse être qualifiée de neutre ? D'après ce que savait Dannyl, la plupart d'entre eux étaient soit loyaux envers le roi, soit alliés avec ceux qui auraient bien aimé s'emparer du trône – même s'ils n'en auraient probablement jamais l'occasion, car Amakira jouissait du soutien de maints ashakis parmi les plus puissants.

Comme la voiture s'arrêtait devant le palais, Dannyl soupira. Il attendit que l'esclave de la Maison de la Guilde lui ouvre la portière, puis se leva et descendit. Lissant ses robes du plat de la main, il redressa le dos et se dirigea vers l'entrée.

Personne ne lui barra le chemin. La veille, il s'était demandé pourquoi on l'avait laissé entrer alors qu'on avait l'intention de le renvoyer immédiatement chez lui.

Il émergea du large couloir dans la salle du trône, et un esclave lui demanda d'attendre sur le côté.

Plusieurs ashakis se tenaient debout à travers la pièce. Cette fois, au moins, le roi était là. Dannyl pourrait lui présenter sa requête en personne. Non que cela lui garantisse une réponse favorable.

Le roi finit de parler avec deux hommes et en invita trois autres à approcher.

Du temps passa. D'autres gens arrivèrent. Amakira s'entretint avec certains presque immédiatement tandis que Dannyl et le reste des ashakis attendaient toujours. Ils devaient avoir un rang supérieur, ou venir pour une affaire plus importante. *À moins,* songea Dannyl, *que le roi me snobe délibérément pour me remettre à ma place.*

Il estima que plusieurs heures s'étaient écoulées lorsque Amakira se tourna vers lui et lui fit enfin signe.

—Ambassadeur Dannyl, le salua-t-il.

L'intéressé s'agenouilla devant lui.

—Votre Majesté.

—Relevez-vous et approchez.

Il obtempéra. L'air vibra légèrement, et Dannyl comprit que le roi – ou quelqu'un d'autre – venait de dresser un bouclier autour d'eux pour empêcher les autres personnes présentes d'entendre leur conversation.

—Vous êtes sûrement venu réclamer la libération du seigneur Lorkin, commença Amakira.

—En effet, admit Dannyl.

—Ma réponse est non.

—Puis-je au moins le voir, Votre Majesté ?

—Bien entendu, répondit froidement le roi. Si vous promettez de lui ordonner de me révéler tout ce qu'il sait au sujet des Traîtresses.

—Je ne peux pas faire ça, contra Dannyl.

Amakira ne cilla pas.

—C'est ce que vous répétez depuis le début. Mais je suis sûr que vous pourriez le convaincre que l'ordre émane de la personne possédant l'autorité pour le donner.

Dannyl ouvrit la bouche pour refuser et se ravisa. *Je pourrais faire semblant d'essayer, histoire de voir Lorkin et de m'assurer qu'il est sain et sauf.* Mais si le roi décidait qu'il avait enfreint sa promesse ? Serait-ce un crime suffisant pour l'emprisonner lui aussi ? *Osen a été très clair : je ne dois pas me faire arrêter. Les Sachakaniens risqueraient de me prendre sa bague.*

— Je ne peux pas faire cela non plus, Votre Majesté, répondit-il à regret.

Amakira se pencha vers lui.

— Alors, revenez quand vous pourrez.

Il fit un geste pour le renvoyer. Dannyl s'inclina et recula de quelques pas puis, dès que la politesse lui permit, il se détourna et sortit.

Cette fois au moins, j'ai pu voir le roi, se dit-il pour se consoler en attendant sa voiture. *Un refus émanant d'un souverain est moins humiliant qu'un refus transmis par un de ses laquais.* Il se demanda à quelle variété il aurait droit le lendemain, à supposer qu'on le laisse encore entrer au palais.

Quand la voiture arriva à la Maison de la Guilde, Dannyl ouvrit la portière sans attendre qu'un esclave le fasse pour lui. Dehors, l'air était chaud et sec, et ce fut un soulagement de s'engouffrer dans la fraîcheur de la bâtisse. Dannyl se dirigea vers ses appartements. Mais avant qu'il puisse les atteindre, Merria apparut dans le couloir devant lui.

— Comment ça s'est passé ? demanda-t-elle.

Dannyl haussa les épaules.

— Pas mieux, même si cette fois, c'est le roi en personne qui m'a dit non.

La jeune femme secoua la tête.

— Pauvre Lorkin. J'espère qu'il va bien.

— Des nouvelles de vos amies ?

— Non. Elles disent qu'elles font leur possible pour manipuler les ashakis et les pousser à protester contre l'emprisonnement d'un magicien kyralien, mais que ce genre de chose prend du temps et qu'elles ne peuvent pas aller plus vite.

Dannyl acquiesça.

— Quoi qu'il en soit, j'apprécie leurs efforts. Nous les apprécions tous.

Ils avaient atteint la porte de ses appartements. Merria leva les yeux vers lui. Elle semblait inquiète.

— Vous faites tout ce que vous pouvez, dit-elle en lui tapotant le bras. Tout ce que les Sachakaniens veulent bien vous laisser faire, du moins.

Dannyl se rembrunit.

— Donc, vous pensez qu'il n'y a rien d'autre à faire ? Rien que la Guilde m'interdise, mais qui pourrait porter ses fruits ? Rien à quoi nous n'ayons déjà pensé ?

Merria détourna les yeux.

— Non. Ou en tout cas, rien qui ne risque d'aggraver la situation en cas d'échec. Vous avez faim ? J'allais demander à Vai de me préparer quelque chose à manger.

C'est quoi, son idée risquée? se demanda Dannyl. *Devrais-je lui poser la question?*

— Oui, répondit-il. Mais pas tout de suite. Je veux d'abord contacter l'administrateur.

— Je m'en occupe.

Merria s'éloigna dans le couloir et disparut.

L'inquisiteur ne revint que plusieurs heures après le repas du matin. Cette fois, Lorkin avait reçu une bouillie de céréales. Un symbole tracé avec de l'eau sur le plateau en bois poreux l'avait informé qu'il pouvait la manger sans crainte.

Son estomac se tordit désagréablement quand, au lieu de l'entraîner dans la direction habituelle, l'ashaki et son assistant empruntèrent un autre couloir et s'arrêtèrent devant une porte différente. Mais la pièce que découvrit Lorkin ressemblait beaucoup à la première : des murs blancs dépourvus d'ornements, et pour tout mobilier, trois tabourets de bois usés.

L'inquisiteur s'assit et fit signe à Lorkin de l'imiter, puis adressa un signe de tête à son assistant. Celui-ci se glissa hors de la pièce. Lorkin se prépara à subir un nouveau feu roulant de questions.

Mais l'inquisiteur ne dit rien. Il se contenta de promener un regard à la ronde, puis de hausser les épaules et de dévisager Lorkin avec une expression lointaine. L'assistant revint, poussant une esclave devant lui. La femme se prosterna devant l'ashaki. Lorkin tenta de rester impassible, de ne pas montrer le dégoût que lui inspirait cette docilité abjecte.

— Debout, ordonna l'inquisiteur.

L'esclave obtempéra, les yeux baissés et les épaules voûtées. L'ashaki désigna Lorkin.

— Regarde-le.

La femme se tourna vers lui. Elle était belle, vit Lorkin – ou elle l'aurait été si elle n'avait pas eu aussi peur. Ses longs cheveux brillants encadraient des mâchoires bien dessinées et des pommettes hautes qui, un instant, lui rappelèrent Tyvara.

Le cœur de Lorkin se serra. Tyvara lui manquait tant ! Mais bien que gracieuses, les jambes de l'esclave tremblaient, et la terreur écarquillait ses yeux noirs. Un mauvais pressentiment assaillit Lorkin. Elle s'attendait à ce qu'on lui fasse du mal.

— Regarde-le, insista l'ashaki en voyant que la femme gardait la tête basse.

Elle obéit, et Lorkin se força à ne pas détourner les yeux : il était certain que l'inquisiteur le lui ferait regretter d'une manière ou d'une autre. Sur le visage de l'esclave, il ne put s'empêcher de chercher de la détermination, de guetter une tentative de communiquer avec lui indiquant qu'elle était une Traîtresse. Mais il ne vit que de la peur et de la résignation.

Oui, elle s'attend à ce qu'on lui fasse du mal. Les seuls autres esclaves que j'ai vus dans la prison apportaient des choses. Que fait-elle ici les mains vides ?

Puis Lorkin prit conscience que jamais une femme aussi jeune et aussi belle ne se verrait attribuer des corvées ordinaires. La nausée le gagna. De nouveau, il pensa à Tyvara et à ce qu'elle avait été forcée d'endurer pour jouer son rôle d'espionne. Elle aussi était trop belle pour ne pas avoir suscité la concupiscence de ses maîtres.

Après tout, la première fois qu'on s'est rencontrés, elle s'attendait à ce que je la mette dans mon lit.

L'inquisiteur se leva. Il prit le bras de la femme et la tira vers lui. Puis il porta sa main libre au fourreau incrusté de joyaux qui pendait à la hanche de tous les ashakis. Lentement, il en tira son couteau. Lorkin retint son souffle comme il dirigeait la lame vers la gorge de l'esclave. Celle-ci ferma les yeux mais ne se débattit pas.

Des mots se bousculèrent dans la gorge de Lorkin – et y restèrent coincés. Le jeune homme comprenait très bien ce que l'inquisiteur avait l'intention de faire, et pourquoi. *Si je parle pour la sauver, beaucoup d'autres gens périront. Et si c'est une Traîtresse, elle ne voudra pas que je trahisse son peuple.* Il déglutit péniblement.

Mais le couteau ne trancha pas la gorge de la femme. Au lieu de ça, l'inquisiteur glissa la lame sous une des bretelles de sa tunique et sectionna le tissu. Il fit de même avec l'autre bretelle et la tunique glissa à terre, révélant le corps de l'esclave – nue à l'exception d'un pagne.

La femme ne réagit pas. L'ashaki rengaina son couteau, regarda Lorkin par-dessus l'épaule de l'esclave et lui sourit.

— Quand vous voudrez parler, surtout n'hésitez pas, dit-il en fléchissant les doigts et en serrant le poing.

Son assistant gloussa.

Puis l'inquisiteur se mit au travail.

8

Trouver un accord

Reposant le livre sur lequel elle n'arrivait pas à se concentrer, Lilia promena un regard à la ronde et soupira.

Même si Sonea était absente ou endormie la plupart du temps, ses appartements semblaient étrangement vides depuis son départ pour le Sachaka. Lilia avait plus que jamais conscience de sa solitude et du fait que personne – ou du moins, aucun de ses condisciples – ne viendrait lui tenir compagnie.

Personne, excepté Kallen si je n'arrive pas en cours à l'heure. Mais il ne passera pas me voir juste pour le plaisir.

Anyi aurait pu utiliser l'ouverture secrète dans le mur pour lui rendre visite pendant la nuit, mais à présent que Cery, Gol et elle vivaient dans les tunnels sous la Guilde, il était plus sûr que ce soit Lilia qui descende. Les deux filles avaient toujours couru le risque que quelqu'un découvre Anyi dans les appartements de Sonea et se rende compte qu'il ne l'avait pas vue entrer ni sortir par la porte.

La seule autre personne qui passait régulièrement était Jonna, la tante et servante de Sonea. Deux fois par jour, elle apportait ses repas à Lilia. *Et elle doit venir pendant que je suis en cours pour faire le ménage,* raisonna la jeune fille, se souvenant que tout était toujours propre et bien rangé à son retour. D'habitude, Jonna se faufilait dans la chambre de Sonea après le dîner pour changer ses draps et prendre ses robes sales à laver, mais c'était uniquement parce que Sonea travaillait de nuit à l'hospice.

Jetant un coup d'œil à la porte ouverte de sa propre chambre, Lilia aperçut le sac dont elle se servait pour transporter ses livres et ses notes. Il contenait la nourriture prise au réfectoire ce jour-là, un morceau de savon et des serviettes propres chipées aux bains qu'elle voulait porter à ses amis. Elle avait également des nouvelles pour eux, des nouvelles fournies par

Kallen, mais elle ne pourrait pas s'échapper tant que Jonna ne lui aurait pas monté son repas du soir.

En attendant, elle essayait d'étudier. Elle baissa les yeux vers son livre. Elle n'avait jamais vraiment rattrapé les cours manqués pendant qu'elle était prisonnière au Guet. Si elle prenait davantage de retard, ses professeurs s'en apercevraient.

Une fois que Cery, Gol et Anyi seront bien installés, je pourrai me concentrer de nouveau sur mes études, se dit-elle. *Je pourrai réviser tout Vaindredi prochain. Si mon plan pour ce soir fonctionne, ça fera toujours un souci en moins.*

Sa réflexion fut interrompue par des coups à la porte. Lilia se leva au cas où ce serait un magicien, et ouvrit à distance. À son grand soulagement, ce n'était que Jonna. Bien qu'encombrée par une boîte laquée et une carafe, la servante réussit à s'incliner avant de les poser sur la table.

— Bonsoir, dame Lilia.

— Bon… soir.

En ouvrant la boîte, la jeune fille fut dépitée de n'y trouver qu'un bol de soupe épaisse, un unique petit pain et une crème sucrée. *Évidemment. Puisque Sonea est partie, elle n'a pas de raison de m'apporter à manger pour deux*. Il était d'autant plus crucial que son plan fonctionne.

— Qu'est-ce qui ne va pas ? demanda Jonna.

— Je… J'espérais qu'Anyi me rendrait visite ce soir.

Jonna savait qu'Anyi était la fille de Cery, et elle connaissait l'existence du passage secret dans le mur. Lilia avait été surprise de l'apprendre – puis elle avait découvert que Jonna était la tante de Sonea. Cela expliquait la façon dont elle rabrouait parfois cette dernière en privé, sans la moindre crainte et sans se soucier de son statut.

Avec un grand sourire, Jonna déposa le bol, le pain et la crème sur la table.

— Elle passe souvent depuis quelque temps.

Lilia acquiesça.

— Ici, au moins, elle est en sécurité.

— Et elle peut faire un repas convenable, ajouta Jonna en se redressant. Je vais lui chercher quelque chose qui restera bon même froid. Comme ça, si elle a déjà mangé, elle pourra l'emporter.

Lilia hésita.

— Vous… Vous pourriez apporter quelque chose tous les soirs ? Il n'y a pas qu'Anyi, il y a aussi… des gens qu'elle voudrait aider. Que j'aimerais aider. Oh, et… de l'huile de lampe, ce serait bien, pour qu'elle puisse s'éclairer quand elle vient.

Jonna acquiesça d'un air compréhensif.

—Entendu.

—Et… (Lilia grimaça.) Si ce n'est pas trop demander… Que fait la Guilde du linge de lit usé et des meubles cassés ?

Jonna haussa les sourcils.

—Les meubles ne cassent pas souvent. Ils sont de bonne facture, conçus pour durer des siècles. S'ils cassent quand même, on les répare, et s'ils ne conviennent plus aux magiciens, on les donne aux serviteurs. Pareil pour les draps et les couvertures. Et quand ils sont vraiment trop élimés, on en fait des chiffons. (Elle dévisagea Lilia.) Mais je dois pouvoir trouver du vieux linge plus facilement que des meubles. Laissez-moi faire.

Lilia hocha la tête.

—Merci. Je pourrais acheter toutes ces choses moi-même, mais je n'ai pas le droit de sortir de l'enceinte de la Guilde pour faire des courses.

—Je pourrai m'en charger à votre place si vous me faites une liste, offrit Jonna.

—Vous avez le temps ? s'étonna Lilia. Vous devez être très occupée.

—Pas autant que vous l'imaginez, surtout depuis le départ de Sonea. Vous apporter ce dont vous avez besoin fait partie de mon travail.

—Alors… merci, ça me rendrait un grand service.

Jonna désigna le bol.

—Maintenant, mangez avant que ça refroidisse. Je vais chercher quelque chose pour Anyi tout de suite.

Lorsque la porte se referma derrière la servante, Lilia poussa un soupir de soulagement et de triomphe. Son plan avait fonctionné, même si elle culpabilisait un peu d'avoir sous-entendu que les choses qu'elle réclamait iraient à des gens dans le besoin. *Mais Cery, Gol et Anyi sont vraiment dans le besoin en ce moment*, se raisonna-t-elle.

Baissant les yeux vers son repas, elle décida de manger ce que Jonna venait de lui monter et d'apporter aux fugitifs la nourriture prise au réfectoire. La soupe et la crème risquaient de se renverser en route. Et puis, si Jonna retrouvait le bol et le ramequin vides, elle ne craindrait pas que Lilia manque d'appétit – ou qu'elle donne toute sa nourriture aux nécessiteux.

Tout en mangeant, Lilia rumina l'importance que pouvaient prendre les choses les plus anodines du quotidien. Cery, Gol et Anyi étaient en sécurité dans les tunnels de la Guilde, surtout depuis que le passage qui reliait ceux-ci à la route des voleurs s'était effondré ; pourtant, le simple fait de les ravitailler en nourriture constituait une difficulté et un risque. Si Lilia ne devait pas constamment leur apporter à manger, il serait beaucoup plus facile de dissimuler leur présence aux magiciens.

Et puis, je ne veux pas seulement leur apporter à manger : je veux leur procurer un minimum de confort. Je ne peux pas demander à Jonna d'acheter des objets de luxe ; sinon, elle comprendra que je lui ai menti. À moins que… Je pourrais lui dire que c'est pour moi.

Finissant sa soupe, Lilia se leva, alla chercher du papier, une plume et de l'encre et s'attela à rédiger une liste.

Comme elle s'éveillait en clignant des yeux, Sonea s'émerveilla d'avoir réussi à dormir dans la voiture qui brinquebalait. Assis face à elle, Regin l'observait. Il lui sourit et détourna poliment les yeux.

Combien de temps me suis-je assoupie ? Sonea écarta l'écran qui masquait la fenêtre. Ils roulaient parmi des collines verdoyantes, teintées d'or par la lumière d'une fin d'après-midi. *Assez longtemps, dirait-on. Pauvre Regin. Il a dû drôlement s'ennuyer.*

Pendant les premières heures de leur voyage, la veille, les deux magiciens avaient surtout parlé des dispositions prises pour gérer leurs affaires en leur absence, des progrès faits par Lilia et de l'avenir qui l'attendait, des endroits où ils s'arrêteraient probablement en chemin, et des informations qu'on leur avait données sur la société sachakanienne.

Quand Regin avait commencé à bâiller, Sonea avait insisté pour qu'il tente de dormir. Ce qu'il avait fini par faire, un oreiller de voyage coincé entre sa tête et la paroi de la voiture. Près d'Imardin, les routes étaient en meilleur état qu'au beau milieu de la campagne, et peu d'ornières secouaient les passagers.

Sonea, elle, avait passé la nuit à regarder par la fenêtre, à réfléchir à sa mission et à s'inquiéter pour Lorkin. Elle se souvenait de la dernière fois qu'elle avait pris cette route – vingt ans plus tôt, pour suivre Akkarin en exil – et cela faisait resurgir de très vieilles émotions : de la peur, du chagrin, de l'espoir et de l'amour pareillement adoucis par le temps. Elle les laissa venir à elle, s'y accrocha un petit moment, puis les laissa s'estomper et reprendre leur place dans le passé.

Ce voyage suscitait bien d'autres émotions plus nouvelles et non moins intéressantes. Au-delà du souci qu'elle se faisait pour Lorkin, de son angoisse que leur mission tourne mal pour elle et pour Regin, Sonea éprouvait une curieuse excitation. Après vingt ans passés sans sortir de l'enceinte de la Guilde, elle était de nouveau libre.

Enfin, pas tout à fait. Je ne peux pas partir où ça me chante. J'ai une mission à accomplir.

— À quoi pensez-vous ?

La question de Regin l'arracha à sa rêverie. Sonea haussa les épaules.

— J'ai encore du mal à croire que nous sommes en route pour le Sachaka. Je croyais que je ne pourrais plus jamais quitter Imardin.

Regin poussa un grognement.

— Les hauts magiciens devraient vous faire davantage confiance.

Sonea secoua la tête.

— À mon avis, le problème n'est pas là. Je pense plutôt qu'ils ont peur de ce qui arriverait si nous étions de nouveau envahis et que je n'étais pas là pour défendre la Kyralie, ou si Kallen se retournait contre eux.

— Vous croyez qu'il va profiter de votre absence ? suggéra Regin.

Sonea fit un signe de dénégation. Puis elle se rappela ce qui la dérangeait chez Kallen, et elle se rembrunit.

— Qu'y a-t-il ? insista Regin.

Sonea soupira.

S'il arrive à lire en moi aussi facilement, comment vais-je réussir à bluffer face au roi Amakira et aux Traîtresses ? Disons que je suis encore mal réveillée et pas assez sur mes gardes. J'ai intérêt à faire attention si je veux libérer Lorkin et réussir à conclure une alliance.

Comment répondre ? De toute évidence, Regin sentait qu'elle nourrissait des doutes vis-à-vis de Kallen. Si elle ne lui expliquait pas pourquoi, il imaginerait tout un tas de folles raisons. Elle devait lui dire quelque chose.

La vérité, pourquoi pas ? Après tout, ce n'est pas un grand secret.

— Le poerri, lâcha-t-elle. C'est sa faiblesse. Si je voulais corrompre Kallen, je le ferais par le biais de la drogue.

Regin fronça les sourcils.

— Combien de gens sont au courant qu'il en consomme ?

— Vinara, et sans doute la plupart des autres hauts magiciens, même si nous n'en avons jamais discuté. Ou du moins, ils n'en ont jamais discuté en ma présence.

— Son revendeur le sait aussi.

— En effet.

— Lilia prenait du poerri avant son arrestation, n'est-ce pas ?

— Quand elle était avec Naki, oui. Elle ne semble pas avoir développé de dépendance à la drogue. Au contraire, le poerri et ceux qui en consomment la dégoûtent maintenant. Je crois qu'elle le tient partiellement responsable des folies qu'elle a commises avec Naki.

Regin prit un air pensif.

— Donc, la Guilde a un magicien noir qui est accro au poerri et une magicienne noire qui y est résistante.

— Plus une qui n'y toucherait pas même si on la payait très cher, ajouta Sonea en frissonnant.

Regin sourit.

—Vous êtes trop maligne pour ça. Vous ne vous laisserez pas enchaîner par quoi que ce soit.

Sonea sentit ses joues s'empourprer.

—À part la Guilde.

—Une exception honorable. (Regin détourna les yeux.) J'aurais aimé avoir votre détermination et votre capacité à défier les conventions lorsque j'étais plus jeune.

Sonea secoua la tête.

—Ma détermination ? Il m'a toujours semblé que vous étiez tout à fait sûr de vous et de ce que vous vouliez dans la vie.

—Oui, mais je n'ai jamais eu de décision difficile à prendre. On m'avait enseigné que les choses devaient être d'une certaine façon dans l'intérêt général, et je n'ai jamais remis ça en cause. Mais en vieillissant, j'ai commencé à me poser des questions. J'ai compris que ma docilité venait d'une crainte d'être rejeté par mes pairs. Que le seul intérêt que je servais, c'était celui de ma famille. Que les Maisons résistaient au changement de peur que cela diminue leur pouvoir et leur richesse – ça n'a pas beaucoup évolué depuis, d'ailleurs.

—La Kyralie a énormément changé ces vingt dernières années. Pourtant, les Maisons ne sont pas moins puissantes ni plus pauvres qu'avant.

Regin secoua la tête.

—Elles le deviendront. Ça prendra du temps, mais ça finira par arriver. Les signaux sont visibles, quand on sait où regarder. Mais vous savez quoi ? (Il dévisagea Sonea en haussant les épaules.) Ça m'est complètement égal. Qu'elles s'écroulent : de toute façon, elles sont bâties sur des mensonges et de la cupidité.

Sonea éprouva un élan de sympathie. Depuis sa séparation très publique d'avec son épouse, Regin lançait parfois des commentaires pleins de défis et d'amertume sur les habitudes et les attentes des classes supérieures. Une partie d'elle approuvait, et une autre compatissait. Pourtant, elle se demandait ce qui subsisterait du désenchantement de Regin une fois son chagrin apaisé.

—Je suis sûre que vous ne seriez pas du même avis si vous finissiez mendiant dans les rues d'Imardin, dit-elle gentiment.

Regin la dévisagea, et ses épaules s'affaissèrent légèrement.

—Sans doute pas, concéda-t-il. Mais ça ferait peut-être de moi un homme meilleur. Voire plus heureux, qui sait ? En s'ouvrant aux candidats des classes inférieures, la Guilde a abattu un certain nombre de barrières sociales. Souvent, j'entends les novices s'en vanter, et j'ai envie de les prévenir qu'il y a un prix à payer. Puis je me rends compte que ça ne s'applique pas à eux, et je me sens… jaloux, je suppose. On leur offre la richesse, le pouvoir et la magie, et en échange, ils n'ont aucune obligation de respecter des traditions ou des accords antiques, de ne fréquenter que les gens approuvés par leur Maison ou d'épouser la femme choisie par leur famille.

— Ça viendra peut-être, fit valoir Sonea.

Regin secoua la tête.

— Non. Regardez-vous. (Il leva les yeux vers elle.) Vous n'avez jamais été forcée de vous marier.

— Si j'avais décidé de le faire, je suis sûre que des tas de gens auraient eu leur mot à dire sur le choix de mon époux.

— Mais personne n'aurait osé interdire cette union.

— Pour la seule raison que je suis la première magicienne noire de la Guilde – une exception, lui rappela Sonea. Vous ne pouvez pas vous baser sur moi pour faire des généralités.

Regin la regarda bizarrement, ouvrit la bouche pour parler, puis fronça les sourcils et se ravisa. Il détourna les yeux.

— Qu'alliez-vous dire ? s'enquit Sonea, sa curiosité en éveil.

— Je… J'allais vous demander pourquoi vous ne vous êtes pas mariée, mais je suppose que c'est évident – et qu'il serait impoli de ma part de vous poser la question.

Elle haussa les épaules.

— Ça ne me dérange pas d'en parler. Et ce n'est pas ce que vous pensez. Il est vrai que l'idée ne m'a même pas effleurée pendant très longtemps après la mort d'Akkarin, mais au bout d'un moment, il m'est arrivé d'y penser. J'aurais pu épouser Dorrien s'il n'avait pas rencontré quelqu'un d'autre des années avant que je sois prête. Et c'est sans doute une bonne chose. Nous n'étions pas très compatibles. Lui qui adore la campagne, il aurait été forcé de vivre dans l'enceinte de la Guilde avec moi, puisque je n'étais pas autorisée à en sortir.

Regin l'observait à présent avec un intérêt presque coupable. *Des tas de gens ont dû se poser la même question que lui*, se dit Sonea.

— Et le temps que je sois prête, reprit-elle, plus personne n'avait l'air intéressé. Les hommes de mon âge n'avaient pas surmonté leurs préjugés vis-à-vis des magiciens issus des classes inférieures, et les seuls magiciens issus des classes inférieures étaient bien trop jeunes pour moi. Sans compter que ma magie noire les intimidait tous sans exception. Certains hauts magiciens m'ont fait comprendre qu'un époux constituerait une faiblesse, que des ennemis pourraient l'utiliser pour me faire chanter – comme s'il n'y avait pas déjà Lorkin ! Et puis, justement, il y avait Lorkin. Il a toujours été très jaloux des autres hommes dans ma vie.

Regin avait les sourcils froncés.

— Que… ?

Il s'interrompit et secoua la tête.

— Oui ? l'encouragea Sonea.

Il grimaça.

— Que ferez-vous si le roi Amakira menace Lorkin ?

Sonea, qui ne s'attendait pas à ce changement de sujet, sentit son sang se glacer. Elle prit une grande inspiration et expira lentement avant de répondre.

— Je lui ferai remarquer que c'est Lorkin qui a vécu parmi les Traîtresses et qui sait des choses sur elles, pas moi. Et que, par conséquent, il serait beaucoup plus logique de me torturer, moi, pour inciter Lorkin à parler.

Regin en resta bouche bée. Il déglutit.

— Est-il bien sage de suggérer à un roi de vous torturer ?

Sonea haussa les épaules.

— L'idée lui viendra d'elle-même à l'instant où il découvrira que je suis en route pour Arvice. S'il est capable de la mettre à exécution, nous pourrons conclure qu'il n'éprouve aucune réticence à provoquer le courroux de la Guilde et des Terres Alliées. Et que nous n'aurons donc aucune chance de récupérer Lorkin.

Elle se sentit bêtement fière d'avoir empêché sa voix de trembler sur la dernière phrase – mais de justesse. *Si j'arrive à me contrôler aussi bien une fois au Sachaka, peut-être pourrai-je dissimuler mes sentiments au roi Amakira comme aux Traîtresses.*

— Dans notre intérêt à tous, j'espère que les choses n'en arriveront pas là, dit Regin avec une sincérité palpable.

Sonea acquiesça. Si Amakira était prêt à la torturer, Regin ne serait pas en sécurité non plus.

Le magicien se déplaça légèrement sur la banquette pour se placer face à elle. Puis il lui tendit les mains.

— Une journée entière s'est écoulée depuis le concile. J'ai reconstitué mes forces. Vous devriez prendre mon pouvoir avant que nous arrivions à la pension.

Sonea le dévisagea, paralysée par l'indécision. *C'est ridicule*, se morigéna-t-elle. *Pourquoi hésiter à prendre un pouvoir qui m'est librement offert, alors que j'en ai la permission et que je pourrais en avoir besoin ?* Elle ne s'était pas sentie aussi gênée pendant le concile. User de magie noire sur autrui en privé avait quelque chose d'un peu trop… intime à son goût. *Et illicite. Peut-être parce que la seule autre fois où je l'ai fait, c'était avec Akkarin.*

Regin l'observait avec une perplexité croissante. Sonea inspira profondément et prit les mains qu'il lui tendait. Elle sentit la magie de son assistant s'écouler en elle et aller s'ajouter à ses propres réserves.

— Je suis désolée, dit-elle en secouant la tête. J'ai du mal à m'y faire.

Regin opina du chef.

— C'est bien compréhensible. On vous l'a interdit si longtemps ! Je commençais même à me demander si vous n'aviez pas oublié le mode d'emploi, après toutes ces années, la taquina-t-il.

Sonea lui rendit son sourire.

— Si seulement c'était possible...

— La voie est libre, annonça Gol.

Cery acquiesça. Il avait envoyé Gol vérifier que personne n'avait découvert leur planque. Difficile de renoncer à ses vieux réflexes de prudence.

Les fugitifs ramassèrent leurs fardeaux respectifs et se remirent en route vers la chambre souterraine où ils avaient élu domicile. Cery rapportait deux vieilles chaises branlantes ; Anyi déposa par terre les deux balles de foin qu'elle charriait sur ses épaules, et Gol jeta un paquet de sacs en toile de jute près de la caisse qui lui servait de siège.

Puis ils vidèrent leurs poches des fruits, des légumes et autres aliments ramassés du côté de la ferme. Comme Gol exhibait une bobine de fil grossier, Cery haussa les sourcils.

— Où as-tu trouvé ça ?

Le colosse haussa les épaules.

— Dans un des appentis. Il y en avait un plein panier ; j'ai pensé que personne ne s'en apercevrait si j'en prenais une. J'ai ça, aussi. (Il écarta un des pans de son manteau, révélant une longue aiguille incurvée plantée dans la doublure.) Je vais en avoir besoin pour nous confectionner des matelas.

Cery le dévisagea, sceptique.

— C'est toi qui vas t'en charger ?

— Anyi ne sait pas coudre.

— Ah bon ? (Le mensonge de sa fille fit sourire le voleur.) Et toi, oui ?

— Suffisamment pour ça. J'aidais mon père à repriser les voiles de son bateau quand j'étais gamin.

Gol enfila l'aiguille avec une dextérité éloquente.

— Décidément, tu es plein de surprises, commenta Cery.

Il s'assit sur une des chaises et, souriant, repensa à leur expédition. Il croyait que les serviteurs habitaient dans les cabanes, mais il se trompait : en arrivant, Gol, Anyi et lui les avaient trouvées vides. Du coup, ils n'avaient pas eu besoin de se cacher, mais ils avaient bien pris garde à ne pas laisser de signes de leur passage, et ils n'avaient emporté que des choses découvertes en grande quantité. Anyi avait suggéré de déplacer les autres chaises comme si quelqu'un les avait utilisées et avait ensuite oublié de les remettre à leur place, afin de dissimuler le fait qu'il en manquait deux.

La jeune femme palpa les fruits.

— Ils ne sont pas mûrs, constata-t-elle. C'est encore un peu tôt dans la saison, mais on ne pouvait pas le voir dans le noir. Et comment allons-nous faire cuire ces légumes ?

— Je n'ai ramassé que des variétés qui peuvent se manger crues, répondit Gol.

Anyi fronça le nez.

— Crues ? Je n'ai pas si faim que ça, finalement.

Gol haussa les sourcils.

— Tu as tort. Certains légumes sont bien meilleurs crus, surtout quand ils sont frais. Tu devrais goûter.

Anyi ne parut pas convaincue.

— Je vais attendre Lilia. Elle les fera cuire en utilisant sa magie.

— Elle ne pourra pas toujours venir nous voir, lui rappela Cery. Moins souvent elle descend ici, moins grand est le risque que nous soyons découverts par la Guilde.

— Dans ce cas, il faudra que je trouve un moyen discret d'accéder aux cuisines. (La jeune femme se leva.) Je vais voir si Lilia a besoin d'aide pour porter quelque chose.

Comme elle saisissait une lampe et sortait, Gol secoua la tête.

— Elle ne sait pas ce qu'elle rate, marmonna-t-il.

Cery dévisagea son ami.

— J'espérais qu'il se passerait plus de trois jours avant que vous commenciez à vous taper mutuellement sur les nerfs.

— On risque de ne pas avoir le choix si... (Gol s'interrompit en levant les yeux et en voyant l'expression de Cery. Il eut un sourire en coin.) Je vais essayer de ne pas trop l'asticoter, promis. Elle non plus, elle n'aime pas être coincée sous terre.

— En effet, acquiesça Cery.

Entendant un bruit, il se leva et s'approcha de la porte. Des voix haut perchées lui parvinrent, même s'il ne put distinguer ce qu'elles disaient.

— Apparemment, Lilia était déjà en route.

Il se rassit et attendit que les deux filles arrivent. Lilia portait la boîte laquée habituelle qui, cette fois, était pleine de petits pains fourrés à la viande épicée et de gâteaux un peu poisseux.

— Ça, c'est de la vraie nourriture, se réjouit Anyi en s'emparant d'un petit pain.

Lilia se fendit d'un grand sourire.

— Je me suis arrangée avec Jonna. Tous les soirs, elle m'apportera à manger pour Anyi et pour les nécessiteux. Elle va également me procurer des couvertures et de l'huile de lampe. Elle croit que j'ai décidé de faire la charité.

— Tu ne lui as pas parlé de nous ? s'inquiéta Cery.

— Non. (Lilia aperçut les chaises, la paille et les sacs en toile de jute que Gol était en train de coudre.) Vous avez pris tout ça à la ferme ?

Anyi avait dû lui parler de leur expédition.

— Oui.

— Personne ne va s'en apercevoir ?

— On a fait attention.

Lilia s'assit sur une des caisses.

— Tout de même, laissez passer quelques jours avant d'y retourner – le temps que je voie si quelqu'un parle de voleurs dans l'enceinte de la Guilde. Et à part ça… je vous apporte des nouvelles de Kallen.

Le cœur de Cery manqua un battement.

— Oui ?

— Il dit qu'en ville, les gens commencent à parler de votre disparition. Certains vous croient morts ; d'autres pensent que Skellin vous a enfermés ou acculés quelque part.

— Ce qui n'est pas très loin de la vérité, grommela Gol.

Lilia lui jeta un coup d'œil et sursauta légèrement en voyant ce qu'il était en train de faire. Elle haussa les sourcils, mais ne fit pas de commentaire sur ses talents en matière de couture.

— Les hommes de Skellin ont repris… (Elle agita la main.) Ce que vous faites.

— Nous prêtons de l'argent, nous protégeons les gens, nous les présentons les uns aux autres, nous concluons des affaires, énuméra Cery, nous vendons…

— Ne me dites rien, coupa Lilia. Sonea a raison : si je ne sais rien sur vos activités, personne ne pourra m'accuser d'y avoir pris part.

— Je croyais que présentées de cette façon, elles avaient l'air parfaitement légales.

Cery consulta Anyi du regard. La jeune femme leva les yeux au ciel.

— Les gens de Skellin pensent-ils que Cery est mort ? interrogea Gol.

Lilia haussa les épaules.

— Kallen n'est pas entré dans les détails. Il voulait juste savoir si Cery avait l'intention de reprendre… la direction de ses affaires.

— Dis-lui que je ne serai pas en position de le faire tant qu'il ne nous aura pas débarrassés de Skellin. A-t-il avancé dans ses recherches ?

La jeune fille secoua la tête.

— Il ne m'en a pas parlé. À mon avis, il espérait que vous lui fourniriez autant de renseignements qu'à Sonea.

Cery soupira et détourna les yeux.

— Tu ferais mieux de l'informer que je ne peux plus être utile à grand monde maintenant.

— Tu nous es utile, à nous ! protesta Anyi.

Cery lui jeta un regard incrédule.

— Sans moi, vous ne seriez pas coincés ici. Dans ces tunnels, je ne suis qu'une source de problèmes pour Lilia.

La jeune fille fronça les sourcils.

— Vous ne me posez pas de problèmes. Pas de gros problèmes, du moins.

Anyi lui mit une main sur l'épaule. Mais Cery se rembrunit.

— La seule chose productive que je suis en mesure de faire, c'est d'occuper les pensées de Skellin et de continuer à l'inquiéter. Même si certains prétendent que je suis mort, il n'y croira pas tant qu'il n'aura pas vu mon cadavre. Donc, il devra envisager la possibilité que j'aie survécu et que je sois en train de manigancer quelque chose.

Il s'emparera de mon territoire prudemment, en interrogeant tous ceux qui pourraient savoir où je suis. Cery sentit la culpabilité lui serrer le cœur. *Mes gens préféreront croire que je suis mort, parce que dans le cas contraire, ça signifierait que je les ai abandonnés. S'ils découvrent que je me cache sous la Guilde au lieu de les défendre contre Skellin, ils penseront que je me vautre dans le luxe avec mes amis magiciens. Ils n'imagineront certainement pas nos conditions de vie actuelles.*

Si seulement il pouvait tirer quelque avantage de l'emplacement de sa cachette – un avantage autre que sa survie et celle de Gol et Anyi, bien sûr…

Nous sommes isolés du reste de la ville. Les magiciens ne sont pas loin, et l'une d'entre eux est en position de nous aider. Sachant cela, peu de gens oseraient venir nous chercher ici. Cery fronça les sourcils. *Skellin en fait-il partie ?*

S'il avait une bonne raison pour ça, peut-être.

S'il venait ici, il se montrerait très prudent. Il commencerait par envoyer des éclaireurs pour vérifier si c'est sûr. Et il devrait avoir une excellente raison de se déplacer en personne au lieu d'envoyer de simples agents.

Quelle que soit la façon dont il apprendrait l'existence de ces tunnels, il soupçonnerait forcément que nous lui avons envoyé cette information et qu'il s'agit d'un piège.

Après tout, c'est comme ça que je réagirais à sa place.

Mais si Skellin pensait trouver dans les tunnels quelque chose qu'il convoitait vraiment, peut-être serait-il prêt à prendre ce risque. Donc, Cery devait trouver un appât assez séduisant pour qu'il vienne se jeter dans son piège – quelque chose d'encore plus précieux pour Skellin que des ouvrages sur la magie.

9

Amis et ennemis

Lorkin se réveilla en sursaut. Clignant des yeux, il découvrit un plafond de pierre nue au-dessus de lui, un plafond qui ne lui était pas familier. Un battement de cœur plus tard, il se rappela où il était, et pourquoi.

Il se souvint également qu'il n'était pas seul.

Il roula sur le côté pour voir la jeune femme qui gisait sur le sol de la cellule, près de la porte. Sa peau et les lambeaux de son pagne étaient couverts de sang. Elle avait les yeux levés vers l'inquisiteur, qui se tenait sur le seuil.

Comme Lorkin se redressait lentement, l'ashaki se pencha pour saisir le bras de la jeune femme et la forcer à se mettre debout. La malheureuse poussa un cri rauque et s'affaissa comme si ses jambes refusaient de la soutenir. L'inquisiteur éclata de rire.

— Tu ne tromperais pas même l'idiot du village avec cette comédie.

Il fit remonter sa main libre le long du bras de la jeune femme jusqu'à ses épaules, glissa les doigts dans ses cheveux et regarda Lorkin avec un sourire narquois.

— Belle démonstration de guérison. Avec tout ce qu'elle avait de cassé, ça a dû te pomper pas mal de pouvoir.

Lorkin soutint le regard de l'homme en haussant les épaules.

— Pas vraiment.

L'inquisiteur gloussa.

— On verra. (Il reporta son attention sur l'esclave.) Tu marches, ou je te traîne.

La jeune femme renonça à faire semblant d'être mal en point. Elle se redressa, examinant son corps d'un air stupéfait. Mais son émerveillement d'être indemne s'évanouit comme l'ashaki la tirait vers la porte.

— Viens avec moi, Kyralien, ordonna-t-il. Nous n'avons pas fini de discuter.

Lorkin envisagea de refuser de le suivre, mais il ne voyait pas ce que ça lui rapporterait. Cela forcerait l'ashaki à utiliser sa magie pour le traîner dehors, mais ne consommerait qu'une toute petite partie de ses forces – forces qu'il renouvellerait facilement en pompant celles d'un esclave. Et cela ne l'empêcherait pas de torturer de nouveau la jeune femme. Alors, Lorkin obtempéra sans rien dire. Comme toujours, l'assistant de l'inquisiteur se plaça derrière lui pour fermer la marche.

L'esclave marchait les épaules voûtées. Lorkin ne put empêcher les images et les sons de la veille de lui revenir en mémoire. L'ashaki avait pris son temps pour la torturer avec une grande brutalité, afin de lui causer autant de douleur que possible sans la tuer.

Lorkin avait dû conjurer toute sa détermination pour garder le silence. Son esprit cherchait des moyens d'arrêter l'ashaki, fût-ce temporairement, mais aucun d'eux n'aurait fonctionné bien longtemps. Néanmoins, ces idées le tentaient sans relâche. Mentir à l'inquisiteur. Lui raconter au sujet des Traîtresses des choses vraies mais inintéressantes. Voire, offrir sa vie en échange de celle de la jeune femme.

Il avait fini par atteindre une sorte de détachement désagréable, renonçant à tout espoir d'aider l'esclave ou de réussir à se tirer d'affaire lui-même. Plus tard, il avait frissonné en repensant à son absence de réaction, et il s'était interrogé : accepter le fait qu'il ne pouvait pas aider la jeune femme signifiait-il que, tôt ou tard, le sort de l'ensemble des Traîtresses lui deviendrait indifférent, et qu'il cesserait de les protéger ?

Pour renforcer sa détermination, il s'était raccroché au souvenir de Tyvara. Mais cela l'avait poussé à se demander quels traitements elle avait subis aux mains des ashakis lorsqu'elle se faisait passer pour une esclave. *Elle a dû être battue, utilisée sexuellement...* Lorkin, qui avait toujours désapprouvé l'esclavage, se mit à le haïr de tout son cœur.

La veille, il était certain que l'ashaki finirait par tuer sa victime. Il ne s'attendait absolument pas à ce que l'homme la jette dans sa cellule avec lui. Et au fil des minutes, son détachement s'était estompé. Il avait eu de plus en plus de mal à écouter la malheureuse gémir et hoqueter de douleur.

Espéraient-ils que la culpabilité saperait ma détermination à ne pas parler ? Ou juste que je m'affaiblirais magiquement en soignant cette femme ? Voire, que je la tuerais de mes propres mains pour mettre un terme à ses souffrances ?

Il avait fini par décider qu'utiliser le pouvoir donné par Tyvara pour procéder à une guérison ne lui coûterait pas grand-chose – rien qui lui eût permis de se protéger très longtemps si l'inquisiteur avait décidé de le torturer ou de le tuer. Il n'avait pensé qu'après coup qu'en soignant sa victime, il allait permettre à l'ashaki de recommencer à la torturer.

L'esclave l'avait remercié, et Lorkin s'était senti encore plus mal. Il avait eu du mal à s'endormir. Longtemps, il avait essayé de se convaincre que l'inquisiteur avait obtenu ce qu'il voulait en le forçant à utiliser son pouvoir. De son côté, Lorkin lui avait prouvé qu'il ne se laisserait pas fléchir par les tortures infligées à autrui. L'ashaki n'avait donc plus besoin de l'esclave, avait-il conclu.

À présent, il se rendait bien compte qu'il s'était leurré.

L'inquisiteur les conduisit dans la même pièce que la veille. Le sol avait été nettoyé. Poussée dans un coin, l'esclave se prosterna immédiatement, soumise et docile.

Cette fois encore, Lorkin se vit désigner un tabouret. L'inquisiteur s'adossa au mur et croisa les bras sur sa poitrine tandis que son assistant prenait un autre tabouret.

— Alors, tu as quelque chose à me dire ? lança l'ashaki. Quelque chose en rapport avec les Traîtresses, de préférence.

— Rien que vous ne sachiez déjà.

— En es-tu si certain ? Pourquoi ne me racontes-tu pas ce que tu penses que je sais déjà à leur sujet ?

— Pour voir si ça colle ? (Lorkin soupira.) Vous croyez vraiment que je vais tomber dans le panneau ? Quand allez-vous accepter le fait que je ne parlerai pas ?

L'inquisiteur haussa les épaules.

— Ça ne dépend pas de moi. C'est le roi qui décide. Je ne suis que son… (Il fit une moue pensive.) Son chercheur. À ceci près que je soutire des informations aux gens au lieu de les trouver dans des parchemins et des livres poussiéreux, en explorant des contrées lointaines ou en espionnant les pays voisins.

Lorkin eut une grimace de dégoût.

— La torture doit être la forme de recherche la moins fiable.

— Elle réclame un certain talent. (L'ashaki décroisa les bras et s'écarta du mur.) Un talent que je n'ai pas souvent l'occasion d'exercer ; aussi, tu comprendras que cette opportunité me ravit et que j'ai hâte de me remettre au travail. À moins, bien sûr, que tu aies plus intéressant à me proposer.

Lorkin se força à soutenir le regard de l'homme et à empêcher sa voix de trembler, même s'il avait envie de vomir.

— L'idée vous a-t-elle seulement effleuré que les moyens dont vous usez pour me convaincre de parler ne font que renforcer ma détermination à garder le silence ?

L'ashaki eut un sourire désinvolte.

— Vraiment ? C'est ce que nous allons vérifier tout de suite.

Lorsqu'il se tourna vers l'esclave et que celle-ci gémit, Lorkin sentit sa résolution faiblir. *Mais si je leur parle des Traîtresses, des milliers de gens risquent de subir le même sort que cette femme. Et si c'est une Traîtresse, elle doit en avoir conscience. Elle ne voudra pas que je trahisse ses sœurs.*

Il s'accrocha à cette pensée, refusant d'envisager que l'esclave puisse ne pas être une Traîtresse, tandis que l'inquisiteur s'attelait à refaire les dégâts que Lorkin avait réparés pendant la nuit.

Comme la plupart des novices, Lilia avait appris très tôt qu'un réseau de chambres et de tunnels souterrains s'étendait sous l'université, et qu'on pouvait l'atteindre en passant par certains placards. Ceux-ci n'étaient pas interdits aux novices, bien au contraire. Depuis des siècles, la Guilde comptait tant d'étudiants qu'elle avait dû mettre à profit le moindre espace disponible pour le transformer en salle de classe. Les anciens placards recevaient désormais des cours privés ou en très petit groupe.

Quant aux tunnels eux-mêmes, personne n'en faisait un grand mystère. Tout le monde savait qu'ils avaient été utilisés pendant l'invasion ichanie. Et même si, jugés désormais instables, ils étaient interdits aux novices comme aux magiciens diplômés, la menace d'un effondrement n'avait jamais suffi à retenir les plus audacieux. Aussi les accès situés dans l'université avaient-ils été scellés peu de temps après la guerre.

Lilia n'était pas la seule novice à soupçonner que les hauts magiciens en avaient peut-être préservé quelques-uns, au cas où. Mais les explorations d'Anyi avaient révélé qu'ils disaient la vérité : un mur de brique bloquait tous les passages jusqu'au dernier. Lilia espérait que son amie en trouverait au moins un encore praticable ; ce serait bien plus commode pour elle que d'utiliser l'étroite fissure située dans le mur du quartier des magiciens.

Anyi, qui n'était pas du genre à se décourager facilement, avait donc décidé de dégager un accès. La veille, elle avait annoncé qu'elle avait réussi à démonter le mur qui bouchait l'une des entrées. Lilia avait été l'inspecter. Anyi avait dû huiler les gonds de la porte dissimulée dans les lambris pour que celle-ci consente à s'ouvrir sans faire de bruit. Au-delà s'étendait l'un des tunnels souterrains de l'université. Le moment venu de quitter ses amis, Lilia était passée par là pour remonter à la surface et regagner les appartements de Sonea.

À présent, elle se dirigeait de nouveau vers le placard, en espérant qu'il était trop tôt pour qu'elle croise d'autres novices sur son chemin. Jonna lui avait apporté une grande bouteille d'huile de lampe avec son petit déjeuner. Lilia était consciente que ses amis épuisaient rapidement leurs sources de lumière, d'autant qu'Anyi avait utilisé une partie de leurs réserves d'huile de lampe pour dégripper les gonds de la porte. Mais ce nouvel accès lui faciliterait la vie : elle n'aurait plus besoin de remonter maladroitement l'échelle qui conduisait aux appartements de Sonea depuis les souterrains, et à son retour, elle serait plus près de sa salle de classe.

Pénétrant dans l'université, elle tourna dans un couloir étroit et se dirigea vers la petite pièce située au bout. Quelque part derrière elle, elle entendit l'écho d'un bruit de pas – sans doute un novice qui se rendait à un cours privé. Les couloirs intérieurs de l'université étaient moins fréquentés que le reste, mais Lilia devrait prendre garde à ce que personne ne la voie utiliser le passage secret.

L'étrange petite pièce qui donnait sur les couloirs intérieurs abritait toute une rangée de classeurs verticaux fermés à clé et adossés à un mur. Apparemment, elle avait été vide jusqu'à la mort du précédent directeur, mais le successeur de ce dernier avait décidé qu'aucun espace de rangement ne devait être négligé. Lilia poussa la porte d'en face et pénétra dans les couloirs intérieurs.

Elle n'avait fait qu'une dizaine de pas quand elle entendit l'autre porte de la petite pièce s'ouvrir et se refermer. La personne derrière elle gagnait du terrain. Lilia allongea le pas, espérant qu'elle tournerait avant que l'autre novice puisse la voir, mais le croisement était encore trop loin. La seconde porte s'ouvrit derrière elle, et quelqu'un se mit à rire.

— Hé, Lilia, appela une voix masculine. Où vas-tu comme ça ?

Le cœur de la jeune fille se serra. *Bokkin.* D'après son ton menaçant, il avait dû la suivre.

Elle s'arrêta et se retourna vers lui. *Il est complètement idiot, ou quoi ? Il n'a aucune idée de ma puissance actuelle, et il n'a même pas amené d'amis avec lui. S'il espérait me surprendre en train de faire une bêtise pour pouvoir me dénoncer, il n'aurait pas dû m'appeler avant de découvrir de quoi il s'agissait.*

Néanmoins, son camarade la gênait. Peut-être n'en désirait-il pas davantage.

— Tu es venu m'offrir ton pouvoir, Bokkin ? demanda Lilia.

Le jeune homme s'approcha, l'air rogue.

— Tu te prends pour un caïd maintenant, pas vrai ? Tu te crois supérieure à nous tous parce que tu connais la magie noire. En fait, c'est l'inverse. Tu es la lie de la Guilde, et tout le monde te déteste. C'est pour ça que tu n'as pas d'amis. Tout le monde sait que c'est ta faute si Naki est morte.

Lilia sentit quelque chose se flétrir en elle. Mais au lieu de se recroqueviller sur elle-même, elle laissa la colère remplir le vide ainsi créé.

Sois prudente, s'admonesta-t-elle. *Si tu lui montres qu'il t'a blessée en le blessant à son tour, mais physiquement, tu ne feras qu'ajouter aux raisons pour lesquelles les autres te détestent.*

Elle se força à sourire.

— Content d'avoir pu me balancer ton petit discours, Bokkin ?

Son camarade se rapprocha d'elle, tentant une fois encore de l'intimider de toute sa carrure et sa hauteur.

— Oui. Mais je n'en ai pas terminé avec toi. Je veux que tu t'excuses – non, je veux que tu me supplies…

La porte de la petite pièce se rouvrit. Il recula très vite.

— Dame Lilia.

Soulagée mais perplexe, la jeune fille reconnut la voix de Jonna. Elle se tordit le cou pour la regarder approcher derrière Bokkin. La servante s'inclina devant les deux novices.

— Un message est arrivé pour vous, dit-elle à Lilia. (Elle bouscula légèrement Bokkin.) Pardonnez-moi, seigneur.

Posant une main sur le bras de Lilia, elle l'entraîna dans le couloir, loin du jeune homme. Celui-ci ne dit rien, et Lilia ne daigna pas le gratifier d'un regard par-dessus son épaule.

Jonna et elle franchirent un coin. Lorsqu'elles furent assez loin, la servante regarda en arrière.

— Il ne nous suit pas, rapporta-t-elle. Il vous embêtait ?

Lilia haussa les épaules.

— C'est quelqu'un qui cherche toujours la bagarre, mais il n'est pas très malin.

— Méfiez-vous quand même de lui. Il pourrait revenir accompagné. Sonea avait des ennemis parmi les novices quand elle était à l'université. Ils passaient leur temps à la tourmenter.

— Vraiment ? Et qui était leur chef ?

Comme ce doit être humiliant qu'on se souvienne de vous pendant toute votre vie comme du novice qui a été assez stupide pour s'en prendre à la célèbre magicienne noire Sonea !

Jonna eut un sourire amusé.

— Le seigneur Regin.

Lilia la dévisagea, stupéfaite.

— Quoi ? Mais il n'est pas stupide !

— Non, en effet.

— J'imagine que les grosses brutes étaient plus malignes autrefois.

Jonna tapota le bras de la jeune fille.

— Ce que j'aimerais savoir, c'est où vous allez avec une bouteille d'huile de lampe dans votre sac.

Lilia baissa les yeux vers son sac et les releva vers la servante.

— Quelle bouteille ? Je l'ai laissée dans la chambre.

— Non, elle n'y était pas, et il suffit de voir la forme de votre sac pour deviner ce qu'il contient. (Jonna fronça les sourcils d'un air désapprobateur, presque maternel.) J'ai promis à Sonea de garder un œil sur vous. Je l'ai aidée à élever son fils Lorkin ; je suis capable de voir quand un novice mijote quelque chose.

Lilia la dévisagea, atterrée. Ce n'était pas qu'elle ne voulait pas lui dire que Cery, Gol et Anyi vivaient dans les tunnels de la Guilde, mais elle avait promis aux fugitifs de garder leur secret. *D'un autre côté, si je ne lui explique pas, Jonna ne me fournira plus les choses dont ils ont besoin.*

La tante de Sonea avait vécu dans les Taudis avant de devenir la servante de sa nièce. Elle compatirait à ce que vivait Cery. Et dans le cas contraire, peut-être l'aiderait-elle quand même par affection pour Anyi.

Mais je ne sais pas si je peux lui faire confiance...

— Dites-moi, insista Jonna. Ça ne me plaira peut-être pas, mais je vous promets que je ne vous dénoncerai pas. (Elle fronça les sourcils.) À moins, évidemment, que vous enseigniez la magie noire à quelqu'un. Et encore. Même si j'avais su ce que trafiquaient Sonea et Akkarin, je ne crois pas que je les aurais trahis.

— Je n'enseigne la magie noire à personne, dit Lilia sur un ton dont la véhémence la fit frémir. (Elle prit une grande inspiration et baissa la voix.) Anyi vit dans les tunnels de la Guilde.

Jonna prit un air pensif.

— Je vois. Je me doutais depuis un moment qu'elle passait par là pour vous rendre visite. Ce n'est pas dangereux ?

— Nous avons fait en sorte que non, la rassura Lilia.

— Et... pourquoi s'est-elle installée là ?

— Parce que le reste de la ville n'était plus sûr. Les gens de Skellin ont failli tuer Cery...

Jonna plissa les yeux.

— Vous voulez dire que son père est avec elle ?

Lilia soupira et hocha la tête.

— Combien y a-t-il de gens là-dedans ?

— Juste eux.

La servante parut soulagée. *Elle s'imaginait sans doute ce que dirait la Guilde en apprenant qu'un voleur avait installé son quartier général ici,* songea Lilia, *et que des tas de criminels allaient et venaient sous l'université.*

Jonna désigna le couloir.

— Ça ne m'explique pas ce que vous faites ici.

— Nous avons rouvert une des anciennes entrées, révéla Lilia.

La servante se rembrunit et secoua la tête.

— C'est beaucoup trop risqué, décida-t-elle. Quelqu'un finira par vous voir. Contentez-vous d'utiliser le passage dans les appartements de Sonea.

Lilia sourit, soulagée. Elle avait eu raison de faire confiance à Jonna.

— Vous avez remarqué combien mes robes étaient sales et pleines d'accrocs ces derniers temps ?

— Leur état ne m'a pas échappé, répliqua la servante en levant le menton d'un air hautain. Il va falloir trouver une solution à ce problème. Vous procurer des vêtements de rechange, par exemple. D'ici là… (Elle se pencha et ouvrit le sac de Lilia.) Je récupère cette bouteille, et vous allez directement en cours. Ce soir, nous discuterons du moyen le plus efficace pour aider nos invités.

La bouteille d'huile de lampe sous le bras, elle jeta un regard sévère à Lilia, puis se détourna et rebroussa chemin dans le couloir. Une légère trace de son parfum, que Lilia n'avait jamais remarqué auparavant, s'attarda derrière elle.

La jeune fille referma son sac en secouant la tête. *Je n'avais pas le choix. J'étais obligée de lui dire*, raisonna-t-elle. *Et elle n'en parlera à personne. Au fond, le fait qu'elle soit au courant nous sera très utile.* Elle soupira. *J'espère juste que Cery, Gol et Anyi ne vont pas se retrouver dans le noir jusqu'à ce soir.*

Dannyl trempa sa plume dans l'encrier et continua à écrire, mais bientôt, le bout taillé en biais gratta le papier sans plus y laisser que des traces illisibles. L'historien répéta son geste et soupira en constatant que son encrier était presque vide. *Je vais encore tomber en panne*, songea-t-il. Il se redressa et poussa un grognement comme ses vertèbres protestaient. *Depuis combien de temps suis-je en train de travailler ?*

Le lendemain de l'arrestation de Lorkin, Dannyl avait rassemblé toutes ses notes de recherche et entrepris de les retranscrire dans un grand cahier. Sa discussion avec Tayend sur les intentions potentielles des Traîtresses lui avait fait craindre de ne pas avoir le temps de tout coucher par écrit sous une forme compréhensible par d'autres, au cas où le pire lui arriverait. Il avait beaucoup de temps libre, et ses recherches avaient cessé de progresser de toute façon. Aussi rédigeait-il des paragraphes cohérents, notant au passage où ils devaient s'insérer dans son histoire de la magie.

Ce travail s'était révélé une distraction aussi apaisante que bienvenue. Elle l'avait rassuré sur un point : oui, il avait effectué des découvertes importantes sur l'histoire de la magie au lieu de perdre son temps au Sachaka. Une fois rentré en Kyralie, il pourrait considérablement enrichir son ouvrage. *Du moins, si je vis assez longtemps pour ça.* Il secoua la tête. *Ne sois pas idiot. Tayend pense comme toi que les scénarios les plus dramatiques que vous avez envisagés sont aussi les moins susceptibles de se réaliser.*

Néanmoins, il avait décidé de produire une copie supplémentaire qu'il garderait en lieu sûr, quelque part à l'extérieur de la Maison de la Guilde, pour préserver le fruit de ses travaux si cette dernière venait à être attaquée. Idéalement, il aurait voulu l'envoyer à la Guilde, mais il ne pouvait pas être certain qu'elle cheminerait sans encombre jusqu'à Imardin. Le roi Amakira devait avoir chargé quelqu'un d'examiner tout ce qui arrivait à la Maison de la Guilde ou en repartait.

Au cas où des Sachakaniens liraient son travail, Dannyl avait bien pris garde à ne pas mentionner les gemmes aux propriétés magiques, à l'exception de la fameuse pierre de réserve qui avait provoqué la création du désert. Il avait trouvé un moyen d'y faire allusion dans le passage consacré aux légendes des tribus duna, afin de ne pas trahir la confiance de ces dernières. Les pierres dont lui avaient parlé les Duna étaient devenues de puissants magiciens auxquels il se référait par leur titre. Il devrait rectifier toutes les mentions de ces personnages fictifs lorsqu'il rédigerait son futur livre.

Après avoir terminé la première version codée de ses notes, Dannyl avait détruit son carnet originel. *Si je meurs et que quelqu'un découvre la nouvelle version, je serai responsable d'énormes mensonges dans l'histoire de la Kyralie !* Ce qui serait particulièrement ironique avec tout le mal qu'il s'était donné pour reconstituer la vérité oubliée ou dissimulée.

Il était désormais tout près de finir cette copie – ou du moins, il l'avait été jusqu'à ce qu'il tombe à court d'encre. Un mouvement sur le seuil de la pièce attira son attention. Levant les yeux, il vit Kai se jeter à terre pour se prosterner.

— Ashaki Achati est là, maître.

Dannyl en éprouva un mélange d'excitation et d'appréhension qui le fit jurer entre ses dents. Il se leva. *Achati m'en veut-il encore d'avoir enfreint ma promesse de lui parler de tout ce qui pourrait menacer le Sachaka ? Et moi, pourrai-je lui pardonner d'avoir approuvé l'arrestation de Lorkin ? Avons-nous encore la moindre chance de devenir amants ?*

L'esclave détala hors de la pièce comme Dannyl faisait un pas vers la porte. Prenant une inspiration, l'historien se dirigea vers le grand salon où Achati l'attendait, très digne dans son pantalon et sa veste courte typiques des ashakis – mais entièrement noirs.

— Ambassadeur Dannyl, le salua-t-il.

— Ashaki Achati.

Dannyl décida de ne pas s'asseoir et de ne pas inviter Achati à le faire. Il craignait, s'il ne restait pas debout, de s'abandonner trop facilement à une familiarité inadaptée aux circonstances.

Achati hésita, détourna les yeux puis planta son regard dans celui de Dannyl.

— Vous avez décliné mon invitation à dîner.

L'historien acquiesça.

— Il eût été inapproprié d'accepter.

— De votre point de vue, ou de celui de la Guilde et des Terres Alliées ?

— Les deux.

Achati détourna de nouveau les yeux. Les sourcils froncés, il se dandina d'un pied sur l'autre comme s'il cherchait soigneusement ses mots.

— J'ai persuadé le roi qu'il serait bon que j'entretienne notre amitié, commença-t-il.

— Pour avoir une chance de me convaincre d'ordonner à Lorkin de parler ? railla Dannyl.

Achati frémit.

— Non. Enfin, si, en ce qui concerne le roi. Mais je n'ai pas l'intention d'insister.

— Alors, qu'avez-vous l'intention de faire ?

L'amusement plissa les yeux de l'ashaki, qui pinça les lèvres comme s'il se retenait de répliquer. La spontanéité de leurs conversations d'antan manquait beaucoup à Dannyl.

— Tenter de sauver notre amitié. Même si nous devons, pour cela, faire comme s'il ne se passait rien de déplaisant.

— Pourtant, il se passe bel et bien quelque chose de déplaisant, contra Dannyl. Vous ne pourriez pas feindre de l'ignorer s'il s'agissait de votre cousin ou de… (Un souvenir lui revint en mémoire.) De Varn. Enfin, pas de Varn, étant donné que c'est un esclave.

— Je n'aimerais pas apprendre que Varn est victime d'une injustice, admit Achati.

— Donc, vous reconnaissez que l'arrestation de Lorkin est injuste ? s'exclama Dannyl.

Achati sourit.

— Je n'ai pas dit ça. Comment réagiriez-vous si… si l'ambassadeur de l'Elyne en Kyralie protégeait un magicien renégat ?

— Pour que la comparaison soit pertinente, il faudrait que nous ignorions si cet homme est un renégat ou non. Vous n'êtes pas certains que Lorkin dispose d'informations utiles, et nous ne refusons pas de vous les transmettre le cas échéant : nous demandons juste à l'interroger les premiers. Et s'il y avait vraiment un renégat… L'alliance stipule que ce serait à la Guilde de s'en occuper.

Achati soupira.

— En effet, c'est une différence cruciale. La Kyralie et l'Elyne sont alliées. Vous vous faites mutuellement confiance. La Kyralie et le Sachaka ne sont pas alliés. Vous nous demandez bien plus de confiance que nous ne pouvons vous en accorder.

Dannyl acquiesça.

— Si vous voulez que nous devenions alliés à l'avenir, vous devrez apprendre à nous faire confiance.

— Cela n'implique-t-il pas que vous nous fassiez confiance en retour ? répliqua Achati.

— Vous partez de plus loin en la matière, fit remarquer Dannyl. Vous nous avez agressés beaucoup plus récemment.

Achati le dévisagea sans rien dire pendant un long moment. Puis il secoua la tête.

— J'espérais que nous pourrions parler en amis. Au lieu de ça, nous parlons chacun au nom de notre pays. Je ferais mieux d'y aller. (Mais il ne bougea pas, se contentant de mordiller sa lèvre.) Je peux au moins vous assurer que Lorkin va bien. Le roi n'osera pas lui faire de mal. Mais continuez à insister pour le voir. À bientôt, j'espère.

— Bonne nuit.

Dannyl regarda l'ashaki se diriger vers la sortie et disparaître. Il attendit d'avoir entendu la porte d'entrée s'ouvrir et se refermer, puis il alla s'asseoir en poussant un gros soupir.

— Je sais que ça ne va pas te plaire, mais je ne crois pas un mot de ce qu'il t'a dit.

Levant les yeux, Dannyl vit Tayend s'avancer dans la pièce. Il se rembrunit.

— Depuis combien de temps nous espionnes-tu ?

— Assez longtemps. (Tayend s'assit lui aussi.) Ne me dis pas que tu as gobé son baratin !

Dannyl réfléchit.

— Quel baratin ?

— Quand il t'a dit qu'il voulait être ton ami juste pour le plaisir.

— Je n'en sais rien.

— Tu ne lui fais quand même pas confiance ! s'exclama Tayend.

Dannyl écarta les mains.

— Ce n'est pas une question de confiance. Ça ne l'a jamais été.

L'Elyne haussa les sourcils.

— D'accord. J'aurais plutôt dû te demander s'il te plaisait toujours.

Dannyl détourna les yeux.

— Je n'arrive pas à me décider, admit-il. Mais quoi qu'il en soit, ça ne m'empêchera pas d'obéir aux ordres ni d'aider Lorkin.

Tayend acquiesça.

— Je te crois. J'avoue que je m'inquiétais un peu, mais en dessous, tu es resté le même.

Vexé, Dannyl se redressa.

— En dessous de quoi ?

Tayend se leva et agita une main dans sa direction.

— De tout ça.

— La clarté de ta description me foudroie, railla Dannyl.

L'Elyne ouvrit la bouche pour ajouter quelque chose, puis se ravisa et secoua la tête.

— Peu importe. Je retourne dans ma chambre. J'ai un accord commercial à négocier. Tu continues à copier tes notes ?

— Oui. Non, corrigea Dannyl. Je suis encore à court d'encre. Les esclaves ont dû oublier de m'en apporter ce matin.

— En fait, ils m'ont donné la fin de nos réserves hier soir. J'ai envoyé l'un d'eux en racheter ce matin, mais il est revenu les mains vides, révéla Tayend. J'ai eu du mal à lui soutirer une explication. Apparemment, quelqu'un la lui a prise – il a dit qu'il ne savait pas qui à la manière des gens qui mentent et qui veulent que tu t'en rendes compte.

Dannyl fronça les sourcils.

— « Quelqu'un la lui a prise » ? répéta-t-il sans comprendre. Un voleur ?

— Ou un agent du roi. Si ça se trouve, il veut nous empêcher de rédiger des documents, suggéra Tayend.

Un frisson parcourut l'échine de Dannyl.

— Ou de faire des copies de nos notes de recherche.

— Impossible. Comment saurait-il à quoi tu travailles ?

— Les esclaves pourraient avoir parlé.

Tayend plissa les yeux.

— C'est vrai qu'ils ne peuvent pas savoir que tu écris sur l'histoire de la magie et non sur les découvertes de Lorkin.

Dannyl soupira.

— Je n'arriverai pas à faire parvenir cette seconde copie à la Guilde, pas vrai ?

— Je pourrais me tromper en supposant que c'est un agent du roi qui a volé notre encre. (Tayend dévisagea pensivement Dannyl.) Ou pas. Tu ferais peut-être mieux de protéger tes notes magiquement, au cas où les esclaves recevraient l'ordre de te les voler. (Il fit un pas vers le couloir, puis s'arrêta et regarda par-dessus son épaule.) Je vais t'apporter mon encrier. Merria ou moi arriverons peut-être à nous ravitailler auprès de nos amis sachakaniens.

10

Aucun choix valable

Lorkin gisait sur le sol dur et froid de sa cellule, tentant de ne pas prêter attention à l'esclave qui luttait pour respirer.

Je ne connais même pas son nom, songea-t-il. Il lui semblait qu'il aurait au moins dû savoir comment s'appelait celle qui souffrait tant à cause de lui. *De moi et des Traîtresses*, corrigea-t-il. Mais il ne pouvait pas se résoudre à le lui demander, pas alors qu'il évitait délibérément de la soigner.

S'il usait de sa magie de guérison pour réparer les dégâts causés par l'inquisiteur, celui-ci recommencerait à la torturer le lendemain. S'il ne le faisait pas, elle mourrait peut-être pendant la nuit, et l'inquisiteur trouverait une autre victime.

Au début, Lorkin avait raisonné qu'il valait mieux qu'une seule personne souffre au lieu de plusieurs. Mais quand il s'était approché de la femme, elle lui avait ordonné de ne pas la toucher. Il avait tenté de lui expliquer qu'il pouvait au moins supprimer la douleur, sans réussir pour autant à la faire changer d'avis. S'il avait décidé de la soigner quand même, elle n'aurait pas pu l'en empêcher. D'un autre côté, si elle voulait échapper à son sort en mourant, il se devait de respecter son vœu. Ou d'attendre que la douleur devienne trop forte et qu'elle consente à le laisser faire.

La journée avait été très longue. Les moments horribles s'étaient succédé, tandis que le temps s'étirait au-delà de la capacité de Lorkin à juger son écoulement. Parfois, le jeune homme se sentait prisonnier d'un cauchemar qui n'aurait jamais de fin. L'inquisiteur ne semblait pas se lasser de son travail, ni tomber à court de moyens d'infliger à un être humain un maximum de douleur tout en lui causant un minimum de dégâts. Lorkin avait vu des choses qu'il n'oublierait jamais. Il avait entendu des sons qui le hanteraient jusqu'à la fin de ses jours. Il avait senti des odeurs qu'aucune personne civilisée n'aurait dû sentir.

Il savait que le sommeil lui échapperait cette nuit, mais il essaya quand même de dormir. Et quand il finit par renoncer, il décida de faire semblant.

L'esclave poussa un sifflement bizarre. Aussitôt, le cœur de Lorkin se mit à battre la chamade. Le jeune homme se dit que c'était juste une expression de douleur et non une tentative pour attirer son attention, mais le sifflement se répéta. Lentement, à contrecœur, il se tourna vers l'esclave.

Elle gisait en position fœtale, serrant contre elle son bras cassé. Ses yeux grands ouverts fixaient Lorkin. Lorsque le jeune homme croisa son regard, les lèvres de la malheureuse remuèrent, et même si aucun son n'en sortit, les mots apparurent aussi clairement à Lorkin que si elle avait parlé dans sa tête. Son sang se glaça dans ses veines.

« *Tue-moi.* »

Il la dévisagea, incrédule. *Non. Pourquoi refuserais-je d'y croire ? La mort est la seule échappatoire possible pour elle. Je peux arrêter sa douleur si elle y consent, mais ce n'est que la partie physique de la torture. Je ne peux pas empêcher l'horreur, l'humiliation et la peur.*

Pourtant…

Les entrailles du jeune homme se tordirent. *Je ne peux pas la tuer.* Il sentit sa culpabilité enfler et se détourna. *Tout ça, c'est ma faute.* Il secoua la tête. *Non, c'est faux. Mais je ne peux pas nier que je suis en partie responsable de ce qui lui arrive. Si je peux faire quoi que ce soit pour la soulager…*

Quoi que ce soit ? *Mais je n'ai jamais tué quelqu'un. Oh, je serais capable de le faire si je devais me défendre ou protéger la vie d'autrui, mais tuer quelqu'un qui n'essaie de nuire à personne, c'est mal.*

Les lèvres de la femme répétèrent sa prière muette.

Lorkin se souvint d'une chose que sa mère lui avait dite très longtemps auparavant : « *En tant que guérisseurs, nous pouvons faire beaucoup pour repousser la mort, mais ce que nous pouvons faire entre parfois en conflit avec ce que nous devrions faire. Lorsqu'une personne ne peut plus être sauvée et souhaite seulement mourir au plus vite, la maintenir en vie constitue une forme de cruauté.* »

En écoutant les inspirations douloureuses de la femme, Lorkin sut sans l'ombre d'un doute qu'il serait cruel de la laisser souffrir alors qu'elle n'avait aucun espoir de s'en sortir.

Mais à supposer que j'accepte de le faire, comment m'y prendrais-je ? Assis à l'extérieur de la cellule, le garde ashaki les observait. Quoi que fasse Lorkin, ce devrait être assez discret pour ne pas attirer son attention.

Je n'arrive pas à croire que j'envisage sérieusement de la tuer.

Tôt ou tard, on remarquerait la mort de l'esclave. Comment réagiraient ses geôliers en découvrant que Lorkin l'avait achevée ? La réponse s'imposa à lui, apportant avec elle un soulagement traître. *Cette femme appartient au roi – ou à un ashaki. J'ignore quel châtiment la loi sachakanienne prévoit en cas de destruction de la propriété d'autrui, mais c'est un acte qui ne saurait rester impuni.*

Ils espéraient peut-être que Lorkin tuerait l'esclave. Cela leur fournirait l'excuse nécessaire pour lire de force dans son esprit, ou pire. Une fois qu'il aurait été reconnu comme un criminel, ils pourraient lui faire n'importe quoi.

Plus Lorkin y pensait, plus il se sentait convaincu que tel était leur plan. Pour quelle autre raison auraient-ils enfermé la femme avec lui chaque nuit ? S'il continuait à la guérir, il aurait bientôt épuisé le pouvoir que Tyvara lui avait donné. Mais ça ne devait pas être leur seul objectif. S'ils voulaient juste saper ses forces, il existait des tas d'autres moyens de le faire. Et s'ils voulaient affaiblir sa détermination en torturant quelqu'un à sa place, ils auraient dû enfermer la femme hors de sa portée, afin qu'il soit témoin de ses souffrances sans pouvoir l'aider.

Soudain, il eut envie de la tuer pour le seul plaisir de les provoquer.

Ne dis pas n'importe quoi, se reprit-il très vite, frissonnant à la pensée qu'on pourrait si facilement le faire devenir un meurtrier.

— Tue-moi, articula faiblement l'esclave.

Un frisson parcourut l'échine de Lorkin.

Existait-il un moyen de la tuer sans qu'on puisse prouver que c'était son œuvre ? *Si l'inquisiteur l'a suffisamment amochée... Non, il a dû faire très attention à ne pas endommager d'organes vitaux.* Pourtant, à en juger par sa respiration laborieuse, la femme avait une côte cassée ou fêlée. S'il pouvait la manipuler...

Mais ça reviendrait à utiliser ses pouvoirs pour tuer ; or, les guérisseurs étaient censés soigner leurs patients, pas leur faire du mal.

Ça a toujours fait l'objet d'un débat philosophique. Après tout, entailler les chairs pour retirer une tumeur, c'est faire du mal dans le but de soigner. Sans compter le cas des patients atteints d'une maladie incurable. Et autrefois, ma mère a utilisé ses pouvoirs pour tuer des envahisseurs ichanis afin de protéger la population kyralienne.

— D-d-d-d...

Un léger grattement se fit entendre du côté de l'esclave. À contrecœur, Lorkin tourna de nouveau la tête vers elle. Elle lui tendait un bras suppliant. *Non*, comprit Lorkin. *Elle essaie d'attraper mes jambes.*

— D-de l'eau, hoqueta-t-elle.

Soulagé qu'elle lui demande juste quelque chose à boire, Lorkin se redressa. L'esclave habituel lui avait apporté sa maigre pitance. Lorkin avait tenté de la partager avec la femme, mais elle avait refusé de manger. Il voulut saisir le broc et se figea, se souvenant du glyphe qui le prévenait que son contenu était dangereux.

Je me demande à quel point...

Même si cette pensée le répugnait, Lorkin ne parvint pas à s'en défaire. Si l'eau était empoisonnée et si l'esclave la buvait, son souhait serait exaucé, et seul Lorkin saurait qu'il était responsable. *À l'exception des Traîtresses qui m'ont laissé l'avertissement.* Le jeune homme frissonna.

Si l'esclave était une Traîtresse, elle savait peut-être que l'eau la tuerait. Lorkin se tourna vers elle. Elle soutint son regard avec des yeux qui semblaient dire : « *Oui. Libère-moi.* »

Si c'était une Traîtresse, ses camarades devaient savoir qu'elle était là. Lui avaient-elles fourni à dessein un moyen de se suicider ?

D'un autre côté, Lorkin n'avait aucune certitude que l'eau tuerait cette femme. Il laissa retomber son bras. C'étaient probablement les ashakis qui trafiquaient sa nourriture. Or, ils n'avaient aucun intérêt à le tuer : à quoi leur servirait-il, mort ? S'ils avaient empoisonné son eau, c'était sans doute afin de le rendre malade et de le forcer à utiliser ses pouvoirs pour se soigner. Mais ils pouvaient aussi se dire que plus le poison serait virulent, plus Lorkin devrait dépenser de magie. Donc, ils avaient très bien pu employer une dose mortelle.

La femme émit un bruit de gorge et tendit son bras indemne vers le broc. De l'autre côté des barreaux, l'ashaki continuait à les observer tous les deux.

« *Libère-moi. Tue-moi.* »

Le regard de Lorkin faisait la navette entre l'esclave et l'eau. Il devait se décider, et il n'y avait pas de bon choix possible. Quoi qu'il fasse, les conséquences seraient terribles. Quoi qu'il fasse, il ne serait plus jamais la même personne ensuite.

D'après la façon dont elle avait avoué avoir dit à la tante de Sonea que Cery, Gol et Anyi vivaient dans les tunnels sous la Guilde, Lilia s'attendait à ce qu'ils le prennent mal. *Ce que je trouve assez touchant : c'est une magicienne, et nous sommes des gens ordinaires. Notre colère n'aurait aucun effet sur elle,* songea Cery.

Faisant les cent pas, la jeune fille avait expliqué de quelle manière Jonna l'avait suivie, et elle avait rapporté leur discussion. À présent, elle semblait surprise que la nouvelle n'alarme personne.

— Si quelqu'un doit être au courant, mieux vaut Jonna que n'importe qui d'autre à la Guilde, décréta Anyi. En fait, ça pourrait même nous être utile.

— Jonna ne m'a jamais aimé, tempéra Cery. Quand nous étions jeunes, elle pensait que j'avais une mauvaise influence sur Sonea. Mais c'était il y a longtemps. Elle sait qu'il m'arrive de m'introduire dans les appartements de sa nièce, et en vingt ans, elle n'en a jamais parlé à personne. Ce qui est plutôt bon signe.

— Si Sonea lui fait confiance, ce doit être quelqu'un de bien, acquiesça Gol.

Une lueur s'était allumée dans les yeux de Lilia.

— Vous rendez visite à Sonea depuis vingt ans ? demanda-t-elle à Cery.

Le voleur haussa les épaules.

— Bien sûr. Tu ne croyais quand même pas qu'une loi idiote interdisant aux magiciens de s'associer avec des criminels l'empêcherait de parler à ses vieux amis, pas vrai ?

— Non, je n'imagine pas que ça puisse l'arrêter, et vous non plus. Mais je me demande ce que diraient les gens s'ils savaient. Je suis certaine que ça ferait un joli scandale. (Lilia sourit et s'assit près d'Anyi.) En même temps, tout le monde comprendrait enfin pourquoi Sonea ne s'est jamais mariée.

Cery fronça les sourcils. La jeune fille se méprenait.

— Non, attends. Je ne m'intéresse pas à Sonea. Pas de cette façon.

Gol se mit à rire.

— De la façon dont tu viens d'en parler, on aurait pu jurer le contraire. Un instant, j'ai presque cru que tu avais réussi à me cacher votre liaison pendant toutes ces années.

Anyi agita son index sous le nez de Lilia.

— Mon père était marié et heureux en ménage ces vingt dernières années, s'indigna-t-elle. (Puis elle grimaça.) Enfin, il était heureux en ménage avec sa seconde femme. Avec ma mère… on ne pouvait pas trop lui en demander.

— Désolée, s'excusa Lilia. Je ne voulais pas insinuer qu'il avait été infidèle.

Gol gloussa d'un air entendu.

Il était temps de changer de sujet, décida Cery.

— J'ai réfléchi à ce que nous devrions faire, lança-t-il.

Tous les regards se tournèrent vers lui. Anyi semblait impatiente et Lilia soulagée. Quant à Gol, il plissa les yeux, prêt à chercher les failles dans le plan que son employeur allait leur exposer.

— C'est assez évident, en fait. Je m'en suis rendu compte dès que j'ai cessé de penser à la raison pour laquelle nous étions coincés ici, et que j'ai plutôt cherché comment retourner la situation à notre avantage.

Lilia prit un air inquiet.

— Nous sommes en sécurité dans ces tunnels, non pas parce que Skellin n'aura pas deviné que nous cherchions la protection des magiciens, mais parce qu'il n'osera pas s'aventurer ici. Il partira du principe que si nous sommes à la Guilde, c'est en surface, dans un des bâtiments et sous bonne garde. S'il apprend que nous nous terrons dans les tunnels et que personne n'est au courant de notre présence, il viendra tous nous tuer – et il se rengorgera de l'avoir fait sans que les magiciens s'en aperçoivent.

— Mais les magiciens s'en apercevraient, contra Anyi. Lilia sait que nous sommes ici. Elle l'arrêterait, ou à défaut, elle irait chercher de l'aide.

— Oui, mais Skellin l'ignore, fit remarquer Cery.

Gol poussa un grognement.

— Non.

Amusé par ce refus clair et net, Cery se tourna vers son ami.

— Pourquoi pas ?

— C'est notre dernière planque sûre. On ne peut pas prendre le risque de la perdre, affirma Gol.

— Il nous en reste une autre, dit Cery en tendant un doigt vers le haut. La protection dont Skellin pense que nous bénéficions. (Il fit un large geste.) Cet endroit est notre dernière et notre seule chance de l'attirer dans un piège.

— Un piège qui provoquera ta mort si ton plan tourne mal, insista Gol.

— Lilia le protégera, dit Anyi, les yeux brillants à la perspective d'un peu d'action – enfin !

La jeune fille acquiesça.

— Et Kallen aussi. Vous avez l'intention de le prévenir, n'est-ce pas ?

Cery acquiesça.

— Oui. Nous ne pouvons pas te demander de nous protéger seule contre un renégat – voire deux, au cas où Skellin amènerait sa mère.

Anyi se frotta les mains impatiemment.

— Alors, qu'est-ce qu'on utilise comme appât ?

Gol ricana.

— C'est évident, non ? Ton père compte attirer Skellin ici en se servant de quelque chose qu'il convoite plus que tout.

Lilia blêmit.

— La magie noire ?

— Non, la détrompa Gol. Skellin veut savoir s'il contrôle totalement les bas-fonds d'Imardin. S'il découvre que Cery est vivant, il craindra qu'il revienne pour tenter de les lui reprendre… avec l'aide de la Guilde. Du coup, il sera prêt à aller très loin pour l'éliminer.

Le sourire avide d'Anyi s'évanouit. Elle dévisagea Cery comme si elle espérait qu'il plaisantait. Comme il hochait la tête, elle se rembrunit et croisa les bras sur sa poitrine.

— Gol a raison. C'est trop risqué.

— Tu as une meilleure idée ? Qu'est-ce qui pourrait bien pousser Skellin à s'aventurer sous l'enceinte de la Guilde ?

Anyi jeta un coup d'œil à Lilia et hésita.

— La magie noire…

— Skellin ne sera pas assez fou pour tenter de capturer Lilia une deuxième fois. Elle aurait pu devenir beaucoup plus forte que lui entre-temps. Au contraire, pour que mon plan fonctionne, il doit être certain qu'elle ne sera pas là. Il acceptera peut-être de croire que la Guilde n'est pas au courant de ma présence ; pour Lilia, ce sera plus difficile. Il faudra qu'elle soit vue quelque part ailleurs pour qu'il se décide à venir me chercher.

— Mais vous aurez besoin d'un magicien sur place, protesta la jeune fille. Sans ça, vous ne pourrez pas l'empêcher de vous tuer tous les trois.

Cery acquiesça.

— Oui. Kallen. Dis-lui que nous avons un plan pour piéger Skellin, et demande-lui comment nous pourrons le contacter le moment venu. Mais garde-toi bien de lui révéler où ça se passera. Mon petit doigt me dit qu'il estimerait que tenir les gens à l'écart de ces passages est plus important qu'attraper Skellin.

Lilia hocha la tête tandis qu'Anyi secouait la sienne.

— Ça ne me plaît pas.

Cery croisa les bras.

— Pourquoi ?

— Je…

La jeune femme détourna les yeux, les sourcils froncés. Elle se leva brusquement, saisit une lampe et sortit à grandes enjambées.

Un grand silence plana dans la pièce pendant quelques secondes. Lilia jeta un coup d'œil à Cery et à Gol, puis s'élança sur les traces de son amie.

Cery continua à regarder la porte, le cœur serré d'une façon à la fois plaisante et douloureuse. Il ne voulait pas risquer la vie de qui que ce soit, et encore moins la sienne. Mais ils ne pouvaient pas rester là éternellement.

Il repensa à la jeune fille pleine de colère et de défi avec qui il avait tenté de rester en contact après s'être séparé de sa mère. Anyi le détestait alors, ou du moins, elle se comportait comme si tel était le cas. Savoir qu'il avait réussi à la reconquérir était une victoire douce-amère, puisqu'elle lui avait coûté la sécurité d'Anyi.

D'un autre côté, être apparenté à Cery suffisait à mettre une personne en danger depuis que les bas-fonds étaient gouvernés par un magicien renégat qui haïssait le voleur.

—Pour une fois, je suis d'accord avec ta fille, gronda Gol. C'est trop risqué.

—Voyons ce qu'en pensera Kallen, répliqua Cery.

Anyi ralentit pour permettre à Lilia de la rattraper, mais elle ne s'arrêta pas.

—Tu vas bien ? s'inquiéta son amie.

Anyi secoua la tête.

—Non. Oui. Je... J'ai besoin de réfléchir.

Le ton de sa voix suggérait qu'elle n'était pas d'humeur à bavarder, aussi Lilia garda-t-elle le silence. Elle utilisa un peu de magie pour créer un globe lumineux, et sans un mot, Anyi baissa la flamme de sa lampe pour économiser l'huile.

Elles n'allèrent pas bien loin. Au bout de quelques centaines de pas, la démarche d'Anyi se fit plus pressée. Il apparut bientôt qu'elle conduisait Lilia à des chambres souterraines situées plus près de l'université, et qu'elle avait découvertes récemment.

Elle en choisit une au hasard et, en l'absence de sièges, s'assit par terre dos au mur. En l'imitant, Lilia sentit quelque chose sous elle. Une assiette cassée, couverte de poussière, constata-t-elle. Elle l'essuya, faisant apparaître un symbole de la Guilde gravé dessous. *Ce n'est pas très vieux. Je me demande comment cette assiette est arrivée ici.*

—Je devrais m'en foutre, lâcha Anyi.

Lilia se tourna vers elle.

—Bien sûr que non. C'est ton père.

Un rictus amer tordit la bouche d'Anyi.

—Tu parles d'un père ! Pendant la plus grande partie de ma vie, il a fait comme si je n'existais pas. Il ne s'est intéressé à moi que quand son autre famille a été assassinée.

Ne sachant pas quoi dire, Lilia garda le silence.

—Non, je suis injuste, reprit Anyi d'une voix plus basse et plus douce. C'est ma mère qui l'a quitté. Elle disait que c'était trop dangereux d'être mariée à un voleur, et qu'elle ne supportait pas de devoir rester planquée tout le temps. Je ne crois pas qu'on puisse forcer deux personnes à rester ensemble si elles n'en ont pas envie.

— Comment se fait-il que Cery ait pu se remarier ? s'enquit Lilia.

Seul le roi pouvait accorder un divorce, et elle imaginait mal qu'un voleur se soit adressé à lui.

Anyi haussa les épaules.

— Il l'a fait, c'est tout.

— Mais c'est..., protesta Lilia.

— De la bigamie ? (Anyi haussa les épaules.) Pas vraiment. Personne dans les bas-fonds ne peut s'offrir un vrai mariage. Je suppose que Cery aurait pu, mais pourquoi se préoccuper d'une loi royale quand on passe sa vie à piétiner allégrement les autres ? Nous avons nos propres manières de nous déclarer mariés – ou séparés.

Lilia secoua la tête.

— C'est un tout autre monde, s'émerveilla-t-elle. Même si... je pourrais dire la même chose de la famille pour laquelle mes parents travaillaient. Nous vivions sous leur toit, mais nous ne faisions pas partie de leur monde. Oh, j'aurais bien aimé être riche et avoir des serviteurs pour faire mes quatre volontés, mais parfois, ces gens avaient encore moins de choix que nous. Ils ne pouvaient pas décider qui ils épousaient, et s'ils voulaient un divorce, ils étaient obligés de le demander au roi – en priant pour qu'il le leur accorde.

— C'est peut-être pour ça que Sonea ne s'est jamais mariée, suggéra Anyi. Elle ne vient pas d'une Maison ; donc, elle n'a pas de famille pour lui imposer un époux. Si elle voulait vivre avec un homme de son choix, elle serait obligée de se marier légalement, et de se soumettre à la loi royale au cas où elle en aurait assez de lui.

Lilia gloussa.

— J'ai du mal à l'imaginer mariée. Je ne vois pas comment un homme pourrait lui donner des ordres.

Anyi eut un large sourire.

— Je pense plutôt que ce serait l'inverse. (Puis elle redevint grave, soupira et détourna les yeux.) Il va se faire tuer, tu sais. Je vais le perdre alors qu'il vient à peine de me faire une place dans sa vie.

— Pour ça, il faudrait que les choses tournent mal – et nous ne le permettrons pas, promit Lilia.

Anyi lui jeta un regard accusateur.

— Tu trouves qu'il a raison.

Lilia secoua la tête.

— Je n'ai pas dit ça. Mais s'il a pris sa décision, nous ne pourrons rien y changer.

Son amie se rembrunit. Puis son expression se fit pensive.

— Tu pourrais lui dire que Kallen ne veut pas le faire. Ça l'arrêterait un moment.

Lilia opina du chef.

— Je pourrais, oui. Mais il risquerait d'essayer avec ou sans Kallen. (Elle repensa à ce que le voleur avait dit.) Je crois qu'il a raison au moins sur un point : Skellin finira par deviner que vous êtes ici. À quel autre endroit auriez-vous pu vous réfugier ? Il doit déjà connaître l'existence de ces tunnels : ce n'est pas un secret à l'intérieur de la Guilde, et je doute que ça en soit un à l'extérieur. Un jour ou l'autre, il viendra voir – et il vous trouvera. Si je suis en cours à ce moment-là, je ne pourrai pas l'empêcher de vous tuer.

Anyi se tourna vers Lilia, le front barré par un pli d'inquiétude.

— Vous mettre sous la protection de la Guilde est peut-être le seul moyen d'assurer votre sécurité, poursuivit la jeune fille. Je sais que ça ne vous plaît pas, mais si le piège de Cery échoue, c'est là que vous vous retrouverez de toute façon. J'imagine que ça ne plaira pas non plus aux hauts magiciens, mais ils seront plus disposés à vous protéger s'il existe des preuves que Skellin a pénétré dans les tunnels de la Guilde.

Anyi grogna et se frotta le visage de ses deux mains.

— Ton raisonnement est logique, et je déteste ça.

— Moi aussi, admit Lilia. Mais je ne peux pas être la protectrice dont vous avez besoin. Un peu parce que je ne suis pas là souvent, mais surtout parce que j'ignore la puissance exacte de Skellin. S'il vient avec Lorandra, je doute de pouvoir me protéger toute seule – alors, vous… Et même s'il vient seul, comment me ferez-vous savoir que je dois venir vous aider ? Et si je n'arrive pas à temps ?

— Nous nous enfuirons, répondit Anyi.

— Et si vous n'y arrivez pas ? À supposer que vous y arriviez, vous ressortirez dans l'enceinte de la Guilde, et si Skellin vous suit toujours, vous serez forcés de réclamer l'aide des hauts magiciens de toute façon. (Lilia soupira en sentant la frustration et l'inquiétude des dernières semaines faire monter sa voix dans les aigus.) Vous n'êtes pas en sécurité ici. En surface, vous vivriez plus confortablement. C'est si difficile de vous apporter de la nourriture, et… tu me manques.

Avec cet aveu, le torrent de paroles qui se déversait de sa bouche se tarit enfin. Elle sentit ses joues s'empourprer et jeta un regard penaud à Anyi. La jeune femme semblait surprise.

— Je veux dire, ça me manque de ne plus être seule avec toi, rectifia Lilia. C'est sans doute un peu égoïste, mais…

Avant qu'elle puisse s'excuser, Anyi se pencha en avant, lui prit le menton et l'embrassa.

— Toi aussi, tu me manques, dit-elle d'une voix rauque.

Puis elle attira Lilia dans ses bras. Un moment, elles restèrent juste enlacées, chacune tirant du réconfort de la chaleur et de la proximité de l'autre. Mais très vite, Anyi soupira et se dégagea.

— Cery doit se demander ce qu'on fabrique, murmura-t-elle.

Elle se leva et tendit une main à Lilia. La jeune fille la prit, et Anyi l'aida à se mettre debout. Dans le même mouvement, elle la tira vers elle et l'embrassa de nouveau. Cette fois, leur baiser se prolongea comme si elle avait oublié ses dernières paroles.

Un bruit de pas, suivi par une inspiration sifflante, fit sursauter Lilia et l'arracha à son ravissement. Anyi et elle s'écartèrent d'un bond et pivotèrent vers la porte. Anyi adopta une position défensive tandis que Lilia mobilisait sa magie pour former un bouclier devant elles.

Puis elle vit que c'était Cery qui se tenait sur le seuil.

La surprise figeait son visage. Comme Anyi jurait, son expression se changea en un mélange de gêne et d'amusement.

— Je ne voulais pas vous interrompre, dit-il en reculant. Revenez quand vous aurez fini.

Avec un sourire mal contenu, il se détourna et s'en fut d'un pas vif.

Anyi se couvrit le visage de ses paumes et grogna. Lilia posa une main compatissante sur l'épaule de son amie. *Je n'aimerais pas que mon père me surprenne en train d'embrasser une autre femme.* Les épaules d'Anyi se soulevèrent, et des bruits étranglés s'échappèrent de sa gorge. Le cœur de Lilia se serra. Puis son amie laissa ses mains glisser jusqu'à sa bouche, et Lilia vit qu'elle riait.

— Hum, dit-elle pendant qu'Anyi se calmait. Ce n'est pas la réaction à laquelle je m'attendais.

La jeune femme secoua la tête.

— Je suppose que non. (Elle prit une grande inspiration, faillit recommencer à s'esclaffer mais redevint sérieuse.) Ça fait des mois que je me demande comment lui dire. Le problème s'est résolu de lui-même.

— Tu comptais lui parler de nous ?

— Évidemment.

— Mais… il ne va pas se mettre en colère ?

— Non. Il sera sans doute un peu déboussolé, c'est tout. Je t'ai dit où il avait grandi ?

Lilia secoua la tête.

— C'est son histoire ; je ne la raconterai pas à sa place. Mais crois-moi, il a rencontré des gens avec des idées et des goûts très variés.

(Anyi lui prit la main.) Viens. Il faut qu'on y retourne. Sinon, il craindra qu'on soit trop furieuses ou trop embarrassées pour l'affronter. Et je veux m'assurer que son plan idiot le soit le moins possible.

11

Changement de plan

Sur la page posée devant Dannyl, les mots étaient aussi gris qu'un ciel d'orage. Tayend avait cédé à l'historien le peu d'encre qui lui restait et, comme ni les esclaves ni Merria n'avaient réussi à en ramener d'autre à la Maison de la Guilde, Dannyl s'était résolu à la couper avec de l'eau. Suivant les conseils de Tayend, il mettait désormais ses notes sous scellés magiques chaque fois qu'il avait fini d'y travailler.

Un mouvement attira son attention vers la porte. Il leva les yeux juste à temps pour voir Kai se prosterner.

— Une voiture vient d'arriver du palais, maître, annonça l'esclave.

Achati, encore... Dannyl soupira et ferma les yeux un moment. *Ça ne devient pas plus facile au fil des jours*, constata-t-il. Rouvrant les yeux, il sécha l'encre sur sa page, nettoya sa plume, rangea le tout dans un tiroir et protégea magiquement celui-ci. Puis il congédia Kai et, le dos bien droit, se dirigea vers le grand salon.

L'esclave portier sautait littéralement d'un pied sur l'autre. À la vue de Dannyl, il plongea au sol tête la première.

— Le seigneur Lorkin est rentré, maître ! s'exclama-t-il.

Le cœur de Dannyl manqua un battement.

— Lorkin ?

Il pressa le pas, mais le fils de Sonea émergeait déjà du couloir qui menait à l'entrée de la Maison de la Guilde. En le voyant, Dannyl sentit un frisson glacé lui parcourir l'échine. *Il lui est arrivé quelque chose*, songea-t-il, même s'il n'aurait pas pu expliquer comment il le savait.

Il détailla le jeune homme. Lorkin ne semblait pas blessé, mais il était difficile de se prononcer avec certitude : ses robes de la Guilde cachaient la majeure partie de son corps. Malgré de gros cernes indiquant qu'il n'avait guère dormi ces derniers jours, il paraissait indemne.

— Ambassadeur Dannyl, le salua-t-il.

— Tu es libre ! (Résistant à son envie d'étreindre le jeune homme, l'historien se contenta de lui agripper l'avant-bras à la manière kyralienne.) Que s'est-il passé ? Le roi Amakira t'a relâché ?

— Oui.

— Sais-tu pourquoi ?

Lorkin détourna les yeux.

— Il ne me l'a pas dit.

Dannyl recula. La voix du jeune homme était plate, dénuée de toute inflexion. *Il devrait être soulagé. Perplexe d'avoir été libéré sans explication. Furieux qu'on l'ait arrêté en premier lieu. Mais cette absence de réaction…*

— Viens t'asseoir. (Dannyl entraîna Lorkin vers les sièges, mais le jeune magicien resta debout.) Tu es blessé ?

— Non.

— Ils ont lu dans ton esprit, ou essayé de le faire ?

— Non.

— Lorkin ! Il me semblait bien avoir entendu ton nom !

Levant les yeux, les deux hommes découvrirent Tayend sur le seuil de la pièce. L'Elyne s'avança les bras tendus comme pour étreindre Lorkin. Mais au dernier moment, il les laissa retomber pour le plus grand amusement de Dannyl et détailla le jeune magicien d'un œil critique.

— Tu n'as pas l'air trop mal en point, pour quelqu'un qui vient de faire un séjour en prison, commenta-t-il. Mais ils n'auraient pas osé s'en prendre physiquement à toi. Comment te sens-tu ?

Lorkin haussa les épaules mais conserva son regard évasif.

— Fatigué. Affamé. Un bain ne serait pas de refus.

Tayend renifla et sourit.

— Très juste. J'imagine qu'il n'y a pas de sources chaudes dans les geôles du palais. Laisse-moi te conduire à celles de la Maison de la Guilde, qui est un endroit beaucoup plus civilisé. Je vais demander aux esclaves de te préparer quelque chose de nourrissant et d'aller te chercher des robes propres.

Lorkin acquiesça, mais avant de laisser l'Elyne l'entraîner hors de la pièce, il plongea une main dans ses robes et en tira un parchemin qu'il tendit à Dannyl sans un mot. L'historien aperçut le sceau du roi Amakira et leva les yeux vers son ancien assistant. Celui-ci avait un regard dur et désabusé.

Il se détourna et sortit.

Dannyl s'assit et brisa le sceau. C'était un ordre officiel du roi, déclarant que le seigneur Lorkin avait interdiction de quitter la Maison de la Guilde. Il ne mentionnait pas la raison pour laquelle le jeune homme avait été libéré de prison ; en fait, il ne faisait aucune allusion à son incarcération. *Qu'attendais-je donc – des excuses ?*

Tayend revint et s'assit près de Dannyl.

— Il ne va pas bien, murmura-t-il.

— C'est aussi ce que je pense, acquiesça Dannyl.

— Quoi qu'ils lui aient fait – ou qu'ils l'aient forcé à faire, il n'est pas prêt à en parler. Je vais garder un œil sur lui, et s'il me raconte quelque chose, je te le dirai – à moins, évidemment, qu'il me fasse promettre le secret.

— Évidemment.

— Et ça ? demanda Tayend en désignant le parchemin du menton.

— Le roi interdit à Lorkin de quitter la Maison de la Guilde.

— Je vois. Donc, il n'est pas complètement libre. (L'Elyne tapota le bras de Dannyl.) Mais on nous l'a rendu. C'est déjà une bonne chose. (Il se leva.) Je vais faire mon rapport. Tu devrais prévenir l'administrateur Osen.

Dannyl regarda Tayend s'éloigner rapidement et eut un sourire triste. Si Lorkin rechignait à parler de ce qu'il avait vécu en prison, ou s'il avait quelque secret honteux à avouer, Tayend serait le mieux placé pour lui tirer les vers du nez. Il était d'une perspicacité incroyable vis-à-vis des problèmes d'autrui. *Mais il n'a pas vu venir les nôtres*, se souvint Dannyl.

Je m'en veux de penser ça, mais j'espère qu'ils n'ont pas libéré Lorkin parce qu'ils avaient réussi à le faire parler. Ce serait très mauvais pour les Traîtresses – et peut-être pour nous, si le sujet des communications entre Lorkin et Osen implique une recherche d'accord avec elles.

Osen. Comme Tayend l'avait fait remarquer, l'administrateur devait être informé du retour de Lorkin. Plongeant une main dans ses robes, Dannyl en tira sa bague de sang, prit une grande inspiration et la glissa à son doigt.

— C'est une blague ? s'exclama Sonea à voix basse en apercevant l'enseigne de la pension.

— Quoi donc ? demanda Regin.

Sonea ne répondit pas, parce qu'un homme trapu venait d'apparaître sur le seuil. Il s'inclina devant eux.

— Mon seigneur, ma dame. Entrez, entrez ! Je m'appelle Fondin. Bienvenue au *Repos de Fergun*, la meilleure pension de Kyralie !

Regin gloussa mais ne dit rien tandis que Sonea entrait dans la bâtisse. Comme toujours, le rez-de-chaussée était occupé par une grande salle où l'on servait à manger et à boire. Il y avait beaucoup de monde malgré l'heure tardive, et des échos de voix se répercutaient à travers toute la pièce. D'après leur tenue, les clients étaient des gens du coin vêtus pour une occasion importante. Quelques-uns levèrent la tête à l'entrée des magiciens, et la surprise écarquilla leurs yeux.

—Je vous en prie, asseyez-vous, dit Fondin en désignant un coin plus tranquille. Vous faudra-t-il une chambre ou deux?

—Vous avez du monde ce soir, commenta Sonea.

—Oui. Nous accueillons une célébration pour laquelle beaucoup de nos clients sont venus de loin. Mais ne vous en faites pas pour le bruit: les réjouissances se termineront à une heure décente, et vous pourrez dormir en paix.

Comme obéissant à un signal, le silence se fit dans la pièce. Sonea entendit des gens chuchoter sur un ton sifflant. Ce fut alors que Fondin baissa les yeux et avisa les robes de Sonea. De toute évidence, il n'avait pas remarqué qu'elles étaient noires dans l'obscurité du dehors. Il sursauta, et Sonea le vit blêmir dans la maigre clarté des lampes.

—Quelle est la raison de cette célébration? demanda-t-elle.

—C'est un m-m-mariage, balbutia Fondin.

—Dans ce cas, transmettez mes félicitations aux jeunes époux. (Sonea sourit.) Logent-ils ici cette nuit?

—N-n-n... (Fondin prit une grande inspiration et se redressa.) Non, ils dormiront dans leur nouveau chez eux.

Mais la plupart de leurs invités resteraient à la pension, devina Sonea.

—C'est donc un grand soir. Nous n'allons pas vous retenir plus longtemps. Je suis sûre que nous pourrons nous débrouiller avec une seule chambre, du moment qu'elle a des lits séparés et un paravent. Nous y prendrons notre dîner pour ne pas vous détourner du service de la salle. Pourriez-vous nous l'indiquer?

Fondin acquiesça et, pour la bonne mesure, se fendit d'une profonde courbette avant de se détourner pour se diriger vers l'escalier. Arrivé à l'étage, il s'arrêta devant plusieurs portes en se tordant les mains puis, avec une réticence visible, entraîna les deux magiciens vers la pièce située au fond du couloir.

Quand il ouvrit la porte, Sonea se réjouit de voir que c'était une chambre toute simple, avec un seul lit à une place mais aucune trace d'un occupant. Elle avait craint que l'aubergiste jette des clients dehors pour leur faire de la place. La Guilde payait toutes les pensions situées le long des routes principales pour qu'elles gardent une chambre libre en permanence, et tout le monde s'attendait à ce qu'il s'agisse de leur meilleure. Mais les soirs d'affluence, il devait être tentant d'y loger d'autres clients.

—Ça nous ira très bien, dit-elle.

—Je vais faire apporter un autre lit et un paravent, ma dame, dit l'aubergiste avant de s'éloigner précipitamment.

Sonea entra dans la chambre, Regin sur ses talons.

—Dois-je offrir de dormir par terre ? demanda son assistant.

Sonea se retourna. Il souriait.

—Je ne gâcherai la soirée de personne en insistant pour avoir la meilleure chambre, ou une seconde chambre en plus de celle-ci. Mais de là à ce qu'un de nous dorme par terre…

Tout fut très vite arrangé. Sur une petite table, on leur servit une bouteille de vin et des assiettes généreusement remplies. Le vin était très bon, trop cher même pour un mariage de manants, soupçonnait Sonea. Il était plus plausible que la Guilde en ait fait garder en réserve pour ceux de ses membres qui seraient amenés à passer par là.

—Il vous reste encore de ce vin ? demanda-t-elle à la serveuse quand celle-ci revint débarrasser leur table.

—Oui, ma dame.

—Les nouveaux époux sont toujours là ?

—Ils s'apprêtent à partir.

—Offrez-leur une bouteille en cadeau de mariage.

La jeune femme écarquilla les yeux.

—Oui, ma dame.

Regin fit la moue. Sonea fut surprise de le voir se lever et suivre discrètement la serveuse à la cave. Quand il revint, elle lui jeta un regard interrogateur.

—Je m'assurais juste que votre cadeau parvienne bien à ses destinataires, expliqua Regin en se rasseyant. (Il fronça les sourcils.) *Le Repos de Fergun*, hein ? Je croyais qu'il s'était enfui quand les Ichanis ont attaqué le Fort.

—Il s'est caché, rectifia Sonea. Ce qui était la seule chose sensée à faire.

—C'était aussi la plus lâche. (Regin haussa les épaules.) Cela dit, nul ne peut savoir comment il réagira durant une véritable bataille. De là à donner son nom à une pension… (Il secoua la tête.) Dites-moi qu'il y a en Kyralie d'autres pensions auxquelles on a donné le nom de magiciens morts pendant la guerre, et que Fergun n'est pas le seul à avoir eu cet honneur.

—Je n'en sais rien. Je l'espère. (Sonea grimaça.) J'avoue : ça me contrarie qu'on traite en héros quelqu'un qui a enfermé mon ami pour me faire chanter. Mais c'est un grief trop personnel pour justifier de ne pas l'honorer au même titre que les autres morts.

Regin la dévisagea.

— Oh, c'est vrai. Il voulait vous faire expulser de la Guilde pour s'assurer qu'aucun autre novice issu des classes inférieures n'intègre jamais l'université.

— Oui. S'il était encore en vie, il serait horrifié par l'évolution survenue ces vingt dernières années.

— Pas forcément. Il aurait pu changer d'avis après l'invasion – comme beaucoup d'autres gens l'ont fait.

Sonea leva les yeux vers Regin, qui soutint son regard un moment. On aurait dit qu'il attendait quelque chose. *Mais quoi ? Que j'admette qu'il s'est amélioré avec le temps ? Que je lui certifie que je ne lui en veux plus ? Voire, que j'admette que j'ai confiance en lui ? Et qu'il me plaît ? Hum. Je ne devrais peut-être pas aller jusque-là.* Elle prit une inspiration pour parler.

— *Sonea ?*

La voix de l'administrateur Osen dans sa tête la fit sursauter. Elle hoqueta. C'était toujours surprenant de se faire contacter par l'intermédiaire d'une bague de sang, puisqu'on ne savait jamais quand la personne qui la détenait allait l'enfiler.

— *Osen !*

— *J'ai une bonne nouvelle à vous annoncer. Le roi Amakira a relâché Lorkin.*

Le soulagement submergea Sonea, et fut très vite remplacé par une nouvelle anxiété.

— *Il va bien ?*

— *Oui. Nous ne pensons pas qu'il ait été torturé ou blessé, même si Dannyl soupçonne que l'expérience a été très éprouvante pour lui.*

— *Va-t-il bientôt partir pour Imardin ? Dois-je aller à sa rencontre afin de l'escorter ?*

— *Amakira lui a interdit de quitter la Maison de la Guilde.*

— *Oh.*

Sonea sentit la colère flamboyer en elle avant de céder la place à une grande perplexité. Pourquoi relâcher Lorkin si c'était pour l'assigner à résidence ?

— *Au moins, c'est un pas dans la bonne direction. Nous continuerons à insister, par l'intermédiaire de Dannyl, pour qu'il soit autorisé à rentrer en Kyralie.*

— *Puis-je également intervenir dans ce sens ?*

— *Oui. Nos plans demeurent inchangés, d'autant que vous avez une seconde mission à accomplir.*

— *Entendu.*

— *Bonne chance. Je vous contacterai s'il y a du nouveau.*

Le silence qui succéda à la voix d'Osen dans la tête de Sonea apprit à cette dernière que l'administrateur avait retiré sa bague. Elle cligna des yeux en prenant de nouveau conscience de ce qui l'entourait. Regin l'observait attentivement.

— Était-ce Osen ou Lorkin ?

Sonea le dévisagea.

— Comment savez-vous que j'ai donné une de mes bagues de sang à Lorkin ?

Regin eut un sourire en coin.

— Comme si vous alliez le laisser partir aussi loin sans un moyen de communiquer avec lui !

Sonea acquiesça.

— En effet, ce n'était pas difficile à deviner. Mais en l'occurrence, il s'agissait d'Osen. Lorkin a été relâché, mais le roi Amakira lui a interdit de quitter la Maison de la Guilde.

Regin redressa le dos.

— C'est une bonne nouvelle. Donc, nous allons toujours à Arvice ?

— Oui.

Il plissa les yeux.

— Et pas seulement parce que vous voulez vous assurer que Lorkin rentre bien à la maison ?

Sonea croisa les bras sur sa poitrine.

— Vous pensez que je désobéirais à la Guilde ?

— Oui, répondit Regin en soutenant son regard. Mais seulement dans l'intérêt de votre fils.

Il souriait.

— Je ne suis pas partie au Sachaka en courant pour sauver Lorkin quand il a disparu, lui rappela Sonea. Et quoi qu'il en soit, Osen veut que nous nous en tenions aux plans initiaux.

Regin acquiesça.

— Tous les plans initiaux ?

— Oui. Lesquels pensiez-vous que nous abandonnerions à ce stade ?

Il haussa les épaules et détourna la tête.

— Je ne sais pas. Mais vous avez employé le pluriel. À ma connaissance, nous n'avons qu'une seule raison officielle de nous rendre au Sachaka.

— Et des tas de résultats possibles à envisager. (Exaspérée, Sonea leva les yeux au ciel.) Allez-vous passer tout le voyage à chercher des objectifs secrets et des mobiles cachés dans chacune de mes phrases ?

Regin grimaça.

— Probablement. Je ne peux pas m'en empêcher, avoua-t-il. C'est un automatisme. On pourrait même considérer ça comme un don. Un don agaçant, certes, mais que je tente d'employer pour faire le bien.

Sonea soupira.

— Tâchez de ne pas m'agacer sans une bonne raison, parce que ça ne nous ferait de bien ni à l'un ni à l'autre, menaça-t-elle.

— C'est certain, acquiesça Regin sur un ton emphatique, les yeux pétillants.

Sonea sentit un sourire faire frémir les coins de sa bouche. Puis elle se souvint que Regin avait raison : leur voyage avait un autre but. Elle éprouva une envie brève mais impérieuse de tout lui raconter au sujet de la rencontre avec les Traîtresses.

Pas encore.

Avec un soupir, elle finit son verre de vin.

— Dans ce cas, j'espère que vous ne ronflez pas, parce que j'ai l'habitude de travailler la nuit ; du coup, j'ai le sommeil léger. Et quand je n'ai pas assez dormi, je suis de très méchante humeur.

Regin se leva et se dirigea vers le lit situé de l'autre côté du paravent.

— Là, vous me demandez la seule chose que je ne peux pas vous promettre.

Plus tard cette nuit-là, Sonea toujours réveillée se surprit à écouter la respiration de son assistant. Celle-ci n'était pas bruyante, mais c'était bizarre d'entendre quelqu'un dormir si près d'elle.

Bizarre et étrangement apaisant, songea la magicienne.

Depuis la toute première fois qu'elle était descendue dans la cheminée dissimulée entre les lambris du salon de Sonea et le mur extérieur du quartier des magiciens, Lilia se demandait quelle était son utilité originelle. Tous les appartements possédaient ce genre de passage secret, même si la plupart des occupants devaient ignorer leur existence. Des briques saillaient de la paroi à intervalles réguliers, formant une sorte d'échelle. Ça ne pouvait pas être un hasard.

Cery pensait que ces conduits étroits avaient pu servir pour évacuer les ordures ou les déjections. Par chance, rien n'indiquait que celui-ci ait été utilisé de la sorte depuis un bon moment à tout le moins. Lilia préférait le considérer comme une cheminée, malgré l'absence de traces de suie sur les briques.

Arrivée en haut, elle regarda par l'œilleton que Cery avait percé des années auparavant. Le salon de Sonea était inoccupé.

Où est Jonna ?

La servante se trouvait peut-être dans une autre pièce. À moins qu'elle ait eu à faire ailleurs. Lilia tendit la main vers le loquet et hésita. Il était possible que Jonna soit dans l'une des chambres avec un visiteur, même si la jeune fille ne voyait à cela que des raisons scandaleuses qui ne collaient guère avec l'image qu'elle se faisait de Jonna.

Elle tapa très légèrement sur l'intérieur du panneau lambrissé, de manière irrégulière afin qu'un intrus éventuel qui ignorerait l'existence du conduit pense plutôt à un grattement d'insecte. Quelques instants plus tard, Jonna entra en hâte dans le salon, et son regard se posa immédiatement sur le panneau. Même si elle ne pouvait pas voir Lilia, elle hocha la tête et lui fit signe de la main.

Le loquet s'ouvrit sans un bruit, et le panneau pivota vers l'intérieur. Jonna tendit la main à Lilia pour l'aider à s'extraire de l'étroite cheminée : l'ouverture était pratiquée un peu trop haut dans le mur, et Lilia devait se plier en deux pour la franchir, ce qui rendait la sortie malcommode.

— Comment vont-ils ? s'enquit Jonna.

— Bien, répondit Lilia. Ils vous sont très reconnaissants pour votre aide. Le magicien noir Kallen est revenu ?

— Oui, il y a dix minutes environ.

La jeune fille se dirigea vers sa chambre pour remettre ses robes de novice.

— Dans ce cas, je ferais mieux de me dépêcher si je ne veux pas le surprendre en chemise de nuit.

Jonna gloussa.

— Ce serait un drôle de spectacle.

Lilia grimaça.

— Je n'en doute pas.

Le pantalon et la chemise toute simple que Jonna lui avait procurés pour rendre visite à Cery et à Anyi étaient bien plus confortables qu'une robe pour descendre dans les tunnels et remonter le long de la cheminée. En voyant les salissures et les accrocs récoltés ce soir-là, Lilia éprouva une vive gratitude envers la servante. Elle préférait abîmer ces vêtements plutôt que sa tenue de novice.

Elle se changea très vite et regagna le salon.

— Merci de m'avoir attendue, dit-elle à Jonna. Vous pouvez y aller maintenant. Je reviendrai tout de suite après avoir parlé à Kallen.

Jonna haussa les épaules.

— Ça ne m'ennuie pas de rester. (Elle redressa les épaules et posa les mains sur ses hanches.) J'ai promis à Sonea de garder un œil sur vous, et je ne dormirai pas à moins de savoir que vous vous êtes couchée à une heure décente.

Lilia leva les yeux au ciel et soupira.

— Personne ne s'inquiétait jamais de moi quand je vivais au quartier des novices.

Mais ça ne la dérangeait pas. Au contraire, c'était agréable que quelqu'un se soucie d'elle ainsi. *Et puis, je ne vais pas passer plus longtemps que strictement nécessaire chez Kallen.*

Se faufilant hors des appartements de Sonea, elle longea le couloir jusqu'à ceux de Kallen et frappa à la porte. Quelques instants plus tard, celle-ci pivota vers l'intérieur. Une odeur de fumée de poerri assaillit aussitôt les narines de Lilia, mais c'était une odeur ancienne et très légère, comme si elle émanait des meubles qu'elle avait imprégnés.

Assis dans un gros fauteuil, un livre à la main, Kallen leva un regard surpris vers sa visiteuse.

— Dame Lilia, la salua-t-il. Entrez.

La jeune fille obtempéra, referma la porte derrière elle et s'inclina.

— Magicien noir Kallen.

— Que puis-je faire pour vous ?

Il avait l'expression patiente d'un professeur qu'une de ses élèves dérange au mauvais moment. Lilia réprima un sourire. Elle était venue le voir en tant que messagère, pas en tant que novice, et les nouvelles qu'elle lui apportait étaient bien plus importantes qu'une simple leçon.

— Vous savez qu'il m'arrive de voir Anyi, une des gardes du corps du voleur Cery et qui est aussi mon amie, commença-t-elle en s'asseyant dans l'autre fauteuil. Sans sortir de l'enceinte de la Guilde, bien sûr, ajouta-t-elle très vite.

Kallen acquiesça.

— Je vous ai déjà dit que Cery se cachait, et qu'il ne pouvait plus entretenir ses… (Lilia agita une main, cherchant le terme approprié.) Relations d'affaires et ses contacts.

— Tout le monde en ville le croit mort.

— Mais Skellin, lui, n'y croira pas tant qu'il n'aura pas vu son cadavre.

Kallen opina du chef.

— Ou qu'il ne se sera pas écoulé assez de temps.

— Ce qui fait de Cery l'appât idéal pour attirer Skellin dans un piège. L'idée semble dangereuse, mais elle vient de lui. Il voudrait vous rencontrer pour décider du lieu et de l'endroit où elle pourrait être mise en œuvre.

— Mmmh. (Kallen fronça les sourcils et détourna les yeux.) C'est une offre généreuse de sa part. J'admire son courage, et je suis sûr que mes collègues feraient de même s'ils étaient au courant. Il se peut que nous acceptions plus tard. (Il secoua la tête.) Mais pas maintenant. Nous explorons une autre piste. Je ne peux pas vous donner de détails, mais si notre plan réussit, nous n'aurons pas besoin de risquer la vie de Cery.

Lilia fut d'abord déçue, puis soulagée, puis anxieuse.

—Combien de temps faudra-t-il attendre ? La planque de Cery est… Disons que c'est sa dernière. Si Skellin la découvre, Cery n'aura pas d'autre endroit où aller.

—Nous ne pouvons pas nous permettre de nous précipiter, répondit Kallen. Nous en avons sans doute pour plusieurs semaines, voire plusieurs mois. Combien de temps Cery pense-t-il pouvoir rester caché ?

Plusieurs semaines ! Plusieurs mois ! Lilia éprouva une flambée de colère, mais une inquiétude sincère se lisait sur le visage de Kallen. La jeune fille sentit sa colère refluer.

—Je ne sais pas, et lui non plus. Skellin pourrait le trouver ce soir ou pas avant plusieurs semaines. Il a du mal à se procurer de la nourriture sans être vu. Chaque fois qu'il sort, il prend des risques.

Kallen se pencha et posa brièvement une main sur son épaule.

—Je comprends. Nous faisons tout notre possible, Lilia. Dites à Cery que nous apprécions son offre, et que nous la saisirons peut-être si nos autres plans échouent. D'ici là, qu'il fasse le maximum pour rester caché.

Lilia soupira et acquiesça.

—Je lui dirai. Mais ça ne va pas lui plaire.

—J'imagine que non. (La mine compatissante de Kallen s'assombrit tout à coup.) Il ne va pas faire de bêtises au lieu d'attendre sagement, n'est-ce pas ?

Lilia ravala un rire amer.

—Je ne crois pas, mais c'est un voleur. Il a l'habitude de prendre l'initiative et de gérer sa propre vie. (Voyant Kallen se rembrunir davantage, elle secoua la tête.) Mais s'il essaie, Anyi et moi ferons tout notre possible pour le décourager. Et Gol sait comment le raisonner, je crois.

Kallen acquiesça.

—Tant mieux.

Lilia se leva en lissant ses robes.

—Je dois y aller. Bonne nuit, magicien noir Kallen. J'espère que votre plan aboutira.

—Merci. Bonne nuit, dame Lilia.

Comme la jeune fille se tournait vers la porte, celle-ci s'ouvrit. Lilia sortit dans le couloir et prit une grande bouffée d'air pur avec soulagement. Puis son humeur s'assombrit de nouveau.

Cery ne va pas aimer ça du tout. Pourtant, je crois qu'il a confiance en Kallen… ou du moins, qu'il le respecte assez pour attendre de voir si sa piste mène à quelque chose. Un problème demeurait cependant. *Comment vais-je faire pour continuer à les nourrir et à les cacher pendant des semaines, voire des mois ? Quelqu'un va finir par s'apercevoir de quelque chose, c'est inévitable.*

Elle ne pouvait qu'espérer empêcher ça avec l'aide de Jonna… et prier pour que le plan de Kallen réussisse.

12

Espions

— Tu ne crois pas qu'on devrait attendre Lilia ? demanda Anyi en jetant un coup d'œil au plafond du tunnel.
Cery leva sa lampe.

— Je n'ai pas l'impression qu'il soit sur le point de s'effondrer.

Le tunnel était long, et Anyi marchait vite. Trop vite. Cery avait profité de l'affaissement du plafond pour s'arrêter et reprendre son souffle, espérant faire croire aux autres qu'il se montrait juste prudent.

— D'un autre côté, c'est difficile à dire.

— Je sais, admit Anyi. J'imagine qu'il ne s'écroulera pas tant qu'on ne touchera à rien. Mais mieux vaut ne pas traîner dans les parages.

Gol poussa un grognement comme s'il les jugeait aussi fous l'un que l'autre. Les sourcils froncés, il regardait les racines qui pendaient du plafond et tapissaient les murs. Comme il faisait un pas vers elles, Cery comprit que sa grimace n'exprimait pas la désapprobation mais l'intérêt.

Puis il remarqua ce qui avait attiré l'attention de son garde du corps. La lumière filtrait derrière les racines, mais certaines se découpaient sur une obscurité impénétrable. Se rapprochant du mur, le voleur saisit doucement un faisceau de filaments blancs et les souleva avec prudence. Les racines n'opposèrent aucune résistance.

Elles ne sont attachées à rien. Et il y a un trou derrière.

— Je viens juste de vous dire qu'il valait mieux ne toucher à…, commença Anyi en voyant faire Cery. Oh.

L'entrée d'un autre tunnel béait devant eux. La même maçonnerie décrépite retenait la terre et soutenait le plafond. Cery jeta un coup d'œil à Anyi et lui sourit tandis qu'elle s'approchait pour regarder à l'intérieur, les yeux brillants.

— Ça, c'est un coup de bol, fit-elle remarquer. Si on doit se carapater, on pourra toujours se glisser là-dedans. À moins de nous avoir vus entrer, nos poursuivants ne sauront pas où nous sommes passés.

— Tu veux aller voir ? proposa Cery.

— Évidemment.

Par-dessus son épaule, le voleur jeta un coup d'œil à Gol.

— Reste ici. Si tu entends quelque chose qui ressemble à un éboulement, va chercher Lilia.

Gol eut l'air de vouloir protester, mais il se contenta de pousser un gros soupir et d'acquiescer.

Cery tint les racines pour permettre à Anyi de passer. La jeune femme s'avança, levant sa lampe pour examiner les murs, le sol et le plafond. Ce tunnel n'était pas en plus mauvais état que celui dont ils venaient. Il semblait détérioré à certains endroits, mais globalement encore assez solide.

Tandis qu'ils progressaient lentement, Cery se demanda comment s'était déroulée l'entrevue de Lilia avec Kallen. Ils n'auraient pas de nouvelles avant le lendemain matin. Aussi avait-il décidé de passer la nuit à explorer le réseau souterrain pour chercher l'endroit où ils tendraient leur piège.

Anyi pensait qu'ils devraient attirer Skellin dans les chambres souterraines les plus proches de l'université, afin de pouvoir s'échapper dans le bâtiment rempli de magiciens en cas de problème. C'était justement dans l'une de ces chambres souterraines que Cery avait surpris Anyi et Lilia. À ce souvenir, le voleur sentit son visage s'empourprer. Il avait grandi dans un bordel, et connu des femmes qui recherchaient les caresses d'autres femmes – voire, qui formaient des relations de couples durables entre elles. Ce n'était qu'une façon parmi beaucoup d'autres de trouver du plaisir, de la compagnie et de l'amour. Mais il se rendait compte qu'il vivait dans un milieu particulièrement tolérant. La plupart des gens désapprouvaient tout ce qui s'écartait trop de leurs propres goûts et de leur propre expérience. Et pas seulement au sein des Maisons : les bas-fonds grouillaient de préjugés eux aussi.

Je me demande si sa mère est au courant. Vesta a toujours aimé se sentir supérieure aux autres. Elle a toujours cherché ce qu'elle pouvait désapprouver chez ses voisins. Parfois, il me semble que la seule raison pour laquelle elle s'est intéressée à moi, c'est que j'étais un voleur et que ça lui donnait un certain statut. Même si elle a fini par s'en lasser.

Il se demanda si Anyi avait eu beaucoup d'autres maîtresses, puis se souvint de l'histoire du compagnon qui l'avait trahie. *Ah ah. Ça doit être pour ça que je n'ai jamais réussi à le trouver. Ce n'était pas un homme, mais une femme.*

Soudain, Anyi hoqueta.

— Regarde ! chuchota-t-elle.

Le tunnel se terminait par un mur de brique, mais un mur qui n'avait rien d'ordinaire. Un mécanisme familier saillait de la maçonnerie – celui d'une porte secrète. Cery ne tarda pas à repérer le cache en laiton d'un œilleton. Le métal était verdi par le temps, et Cery dut forcer pour l'ouvrir. En regardant par le petit trou, il ne vit que du noir.

— Tu veux essayer d'ouvrir ? suggéra Anyi.

Cery réfléchit. S'il laissait vagabonder son imagination, celle-ci faisait surgir des prisonniers dangereux ou des monstres redoutables n'attendant qu'une chance de s'échapper – en tuant au passage tous ceux qui se trouveraient sur leur chemin.

Mais ce n'est probablement qu'une vieille réserve. Et puis, d'après ce que je peux voir, il n'y a pas de verrou pour empêcher quelqu'un de l'ouvrir depuis l'autre côté.

Il acquiesça.

Anyi saisit le levier et tira dessus, mais la porte ne bougea pas. En regardant le mécanisme de plus près, Cery vit qu'il n'était pas rouillé, mais qu'il y avait des traînées noires en relief autour des joints. Il en toucha une du bout du doigt : elle était molle. Sans doute de l'huile ou de la graisse qui s'était épaissie avec le temps et la poussière. À son tour, Cery tenta d'actionner le levier ; puis Anyi et lui joignirent leurs efforts, mais sans résultat.

— Va chercher Gol, ordonna Cery.

Il regarda de nouveau par l'œilleton, essayant même d'en approcher la lampe pour mieux voir. Mais de l'autre côté de la porte, il ne distingua que des ténèbres. Il lui vint à l'idée que le trou avait peut-être été bouché. Il sortit une pique de sa poche et la glissa à l'intérieur pour vérifier. Non, rien ne bloquait l'autre extrémité.

C'est peut-être un piège tendu par Akkarin ou par quelqu'un d'autre il y a très longtemps, dans le même but que nous : lancer des poursuivants sur une fausse piste, et les arrêter si possible. Après tout, qui sait pour quelle raison la Guilde a fait creuser ces tunnels autrefois ?

Des bruits de pas correspondants à deux personnes s'approchaient derrière lui. Cery se retourna. À la vue de la porte, Gol leva les yeux au ciel.

— Tu es incapable de laisser un mystère irrésolu, pas vrai ? grommela-t-il.

Cery haussa les épaules. Avec un soupir, Gol saisit le levier. Il tira une fois, s'interrompit pour examiner le mécanisme et fit une deuxième tentative.

— Sois prudent, lui conseilla Anyi. Il ne faudrait pas que tu rouvres ta blessure.

Gol recula et regarda autour de lui. Il revint légèrement en arrière dans le passage et ramassa quelque chose. Lorsqu'il se rapprocha, Cery vit que c'était une brique.

— Ça va faire beaucoup de…

Un grand fracas résonna dans le tunnel comme Gol frappait le mécanisme.

— … bruit, acheva Anyi.

Mais le choc parut produire le résultat escompté par Gol : rompre le sceau d'huile figée. Le levier joua enfin, et Cery sentit son cœur battre un peu plus vite comme la porte pivotait sur ses gonds. Elle était plus lourde qu'elle ne l'aurait dû, car une couche de fines briques et de mortier recouvrait son autre côté pour la camoufler. Et elle formait le fond d'une alcôve.

La lumière des lampes dissipa l'obscurité, révélant de vieux placards en bois et quelques tables. Les épaules de Cery s'affaissèrent. Quelle déception ! Mais que s'attendait-il donc à trouver : un trésor caché ? Une meilleure planque ?

Les fugitifs s'avancèrent dans la pièce, et une vague appréhension gagna Cery. Tout était propre ici. Il n'y avait ni poussière ni gravats. Le voleur s'approcha d'une des tables. Elle était couverte de petits récipients, dont chacun contenait un peu de terre et une plante minuscule.

— Vous croyez qu'on est à la fer… ? commença Gol.

— Chut ! hoqueta Anyi.

Cery et Gol pivotèrent. La jeune femme regardait un escalier étroit, tenant sa lampe à l'écart pour que sa lumière ne pénètre pas dans le puits. Comme ils la rejoignaient, ils entendirent des voix en provenance du dessus, puis le craquement d'une poignée qu'on actionne.

Sans un mot, ils battirent en retraite dans le tunnel, et Gol referma la porte derrière eux. Le cœur de Cery battait si vite que sa poitrine lui faisait mal. Anyi regarda par l'œilleton tandis que Gol collait son oreille au battant. Amusé, Cery écarta Anyi, qui protesta tout bas, afin de prendre sa place.

La pièce voisine n'était plus plongée dans le noir. Quelque chose de brillant descendait l'escalier. Cery fut soulagé de voir apparaître un globe lumineux suivi par deux magiciens : une vieille femme et un jeune homme.

— Qu'est-ce qui se passe ? souffla Anyi.

— Des magiciens viennent d'arriver. Ils regardent partout. Tu entends ce qu'ils disent, Gol ?

— À peu près. Le type croit avoir entendu quelque chose. La femme est d'accord avec lui.

Les deux magiciens secouèrent la tête et se dirigèrent vers les tables. L'homme prit une plante, puis la reposa brutalement d'un geste coléreux.

— La femme demande quelque chose au jeune. Il répond qu'il n'est pas sûr, rapporta Gol.

Il marqua une pause, et Cery distingua un faible bruit de voix. Faisant signe à ses compagnons de garder le silence, il colla lui aussi son oreille au battant.

— Donc, on s'est joué de nous, déclara la femme.

Elle ne semblait pas surprise.

— Comme vous le soupçonniez, acquiesça le jeune homme. Si vous fumiez ces… ces mauvaises herbes, vous n'obtiendriez pas d'autre résultat qu'une migraine.

— Nous nous doutions qu'il serait difficile de nous procurer du poerri.

Du poerri ? Cery sentit son sang s'enflammer dans ses veines. *La Guilde veut cultiver le poerri ?*

— Il faut continuer à essayer, reprit la femme. Skellin doit le faire pousser quelque part – et en grande quantité. Quelqu'un finira bien par le trahir, si nous proposons assez d'argent.

— Il ne nous faut que quelques graines.

— Je préférerais qu'il ne nous en faille pas du tout.

Les voix diminuèrent. Regardant de nouveau par l'œilleton, Cery vit les magiciens remonter l'escalier, précédés par leur globe lumineux. Quand le noir revint brusquement, il devina qu'ils avaient refermé la porte du palier. Il s'écarta de l'œilleton, remit son cache en place et rapporta ce qu'il avait entendu à ses acolytes.

— Pourquoi la Guilde veut-elle se procurer du poerri ? s'étonna Anyi, les sourcils froncés.

— Il y a peut-être moyen d'en tirer un remède, suggéra Gol.

— Peut-être, acquiesça Cery. À moins qu'un nombre significatif de magiciens soient accros, et qu'ils ne veuillent plus s'en remettre à Skellin pour les approvisionner.

— Et si la Guilde essayait de l'évincer ? avança Gol. Si elle arrivait à prendre le contrôle du marché, il lui suffirait de ne plus distribuer de poerri pour que les gens cessent d'en consommer.

Anyi se tourna vers lui, horrifiée.

— Et tous les manants qui sont déjà accros ? Ils deviendraient fous si on les sevrait brutalement !

— La Guilde n'a jamais pu empêcher les criminels de se procurer ce qu'ils voulaient, lui rappela Cery sur un ton apaisant.

Mais Anyi ne parut guère rassurée.

— On ne s'en débarrassera jamais, pas vrai ? lança-t-elle, les yeux écarquillés. Cette saloperie continuera à circuler jusqu'à la fin des temps.

— C'est possible, acquiesça Cery à regret.

— Mais si la Guilde en vendait aussi et l'étudiait, elle aurait peut-être une chance d'en limiter les effets négatifs, fit remarquer Gol. De la rendre moins addictive.

Anyi avait toujours l'air aussi sombre.

— En tout cas, question issue de secours, ça ne vaut pas mieux que de débouler à l'intérieur de l'université.

Cery regarda la porte.

— On ne sait pas si le bâtiment dans lequel se trouve cette pièce est occupé en permanence. J'imagine qu'il sera gardé par quelqu'un, si les magiciens arrivent à se procurer d'autres semences pour réessayer, mais ça pourrait n'être qu'un ou deux serviteurs.

— Et Skellin hésitera moins à nous suivre là-dedans qu'à l'intérieur de l'université, ajouta Gol. Donc, c'est peut-être un bon endroit pour tendre notre piège.

— Possible. Mais tant que rien ne nous y obligera, évitons de dire aux magiciens que nous savons qu'ils tentent de cultiver le poerri.

— Perdue dans de mauvais souvenirs ?

Surprise, Sonea dévisagea Regin. *C'est si évident que ça ?*

Depuis qu'ils avaient entamé la lente ascension des montagnes, elle luttait contre la morosité et l'accablement. Au début, elle avait pensé qu'elle était juste fatiguée et inquiète pour son fils. Puis elle s'était mise à remarquer quelque élément du paysage – un arbre, une pierre – et à se convaincre qu'elle l'avait déjà vu la dernière fois qu'elle était passée par là. Mais son esprit devait lui jouer des tours. *Ma mémoire ne peut pas être si bonne.*

Ne sachant pas trop comment répondre à la question de Regin, elle haussa les épaules. Son compagnon hocha la tête et détourna le regard. Sonea avait d'abord cru que leurs conversations s'étaient taries parce qu'il était distrait par la vue du dehors. Contrairement à elle, c'était la première fois qu'il empruntait cette route. À présent, elle se demandait si le silence était sa faute. Elle n'avait plus envie de bavarder depuis un bon moment déjà.

Est-ce ici que nous nous sommes arrêtés ? Une trouée venait de s'ouvrir entre les arbres, révélant des champs divisés par des rivières, des routes qui s'étiraient à perte de vue et autres séparations construites par la main de l'homme. Mais les arbres semblaient un peu petits, alors qu'ils auraient dû pousser depuis vingt ans.

D'un autre côté, on dit bien que les choses sont toujours plus grandes dans notre souvenir... mais je croyais que ça ne s'appliquait qu'à la période de l'enfance, celle où nous n'avons pas encore atteint notre taille définitive.

— Qu'y a-t-il ? demanda Regin.

Sonea se rendit compte qu'elle s'était penchée en avant et qu'elle se tordait le cou pour mieux voir l'extérieur. Se radossant à la banquette, elle haussa les épaules.

— J'ai cru reconnaître quelque chose. (Elle secoua la tête.) Un endroit où nous nous étions arrêtés la dernière fois.

— Il... Il s'est passé quelque chose ici ?

— Pas vraiment. Ça n'a pas été un voyage bavard. (Elle ne put s'empêcher de sourire.) Akkarin refusait de me parler. (*Mais il n'arrêtait pas de me regarder.*) Il était en colère contre moi.

Regin haussa les sourcils.

— Pourquoi ?

— Parce que j'avais fait en sorte qu'on m'envoie en exil avec lui.

— Et pourquoi cela le contrariait-il ?

— Parce que son plan – du moins, c'est ce que je pensais à l'époque – consistait à se faire capturer par les Ichanis pour les espionner au nom de la Guilde, expliqua Sonea.

Regin écarquilla légèrement les yeux.

— C'était très courageux de sa part.

— Oui, très honorable, acquiesça sèchement Sonea. Choquer suffisamment ses pairs pour qu'ils prennent conscience du danger qu'ils couraient, tout en sacrifiant le seul magicien parmi eux capable d'affronter le danger en question.

— Akkarin n'était pas le seul. Il y avait vous, fit remarquer Regin.

Sonea fit un signe de dénégation.

— Je n'en savais pas suffisamment. Je n'étais même pas capable de fabriquer une bague de sang. Si Akkarin n'avait pas survécu, jamais nous n'aurions pu vaincre les Ichanis. (*Mais ce n'est pas pour ça que tu l'as suivi*, se rappela-t-elle. *Tu l'as suivi parce que tu ne pouvais pas le laisser mourir. L'amour est égoïste.*) En l'obligeant à me protéger, je l'obligeais aussi à rester en vie.

— Ces semaines ont dû être terrifiantes, compatit Regin.

Sonea acquiesça, mais soudain, elle pensa aux Traîtresses. Elle avait toujours soupçonné Akkarin de ne pas lui avoir raconté tout ce qui lui était arrivé au Sachaka.

Une fois, alors qu'il effectuait des vérifications pour son ouvrage sur la magie, le seigneur Dannyl avait demandé à Sonea si la rumeur qui disait qu'Akkarin était capable de lire les pensées superficielles de quelqu'un sans le toucher était exacte. Sonea ne se souvenait pas qu'il lui en ait parlé. Avant même que l'on sache qu'il avait appris la magie noire, les gens prêtaient toute sorte de pouvoirs extraordinaires à Akkarin.

Si ça se trouve, il pouvait réellement le faire, mais il gardait le secret. Comme il gardait le secret de l'accord conclu avec les Traîtresses – ou du moins, avec leur reine, même si elle ne l'était pas encore à l'époque. Je suis certaine qu'il m'a dit que la personne qui lui avait enseigné la magie noire était un homme. Était-ce un mensonge délibéré pour dissimuler l'existence des Traîtresses ?

Je suis un peu blessée qu'il n'ait pas eu suffisamment confiance pour me dire la vérité... mais d'un autre côté, je n'aurais pas voulu qu'il brise la promesse faite à quelqu'un qui lui avait sauvé la vie.

Avec un soupir, elle tourna la tête vers la fenêtre et regarda le soleil qui se couchait à l'horizon. Dans son souvenir, la fin de l'ascension jusqu'au Fort n'était que roche quasiment nue. Or, même si des étendues rocailleuses étaient visibles çà et là, les arbres restaient encore bien trop touffus. *Nous allons arriver plus tard que je ne le pensais – sans doute après la tombée de la nuit.*

Un virage serré la força à se retenir pour ne pas basculer sur le côté. Surprise, elle se pencha vers la fenêtre en se demandant pourquoi le cocher avait changé de direction. Puis un grand mur incurvé, d'un jaune éblouissant dans la lumière du crépuscule, apparut juste devant eux. Sonea cligna des yeux.

Nous sommes déjà arrivés, songea-t-elle. *La végétation a dû conquérir le sol stérile dont je me souvenais.*

— Nous y sommes, annonça-t-elle à Regin.

Celui-ci s'assit près d'elle pour pouvoir regarder par l'autre fenêtre. Sonea l'observa et vit sur son visage des échos de l'émerveillement qu'elle avait ressenti vingt ans plus tôt en découvrant le Fort pour la première fois. C'était un énorme cylindre taillé à même le roc, qui occupait l'espace entre deux hautes falaises quasiment verticales.

Reportant son attention sur sa propre fenêtre, Sonea vit que la façade n'était plus la surface lisse et immaculée dont elle se souvenait. Une pierre de couleur différente avait été utilisée pour combler de larges brèches et d'énormes trous – probablement les dégâts causés durant l'invasion ichanie. Sonea frissonna en se remémorant la bataille à laquelle tous les magiciens de la Guilde avaient assisté : le seigneur Makin, le guerrier qui dirigeait les renforts, l'avait retransmise mentalement jusqu'à ce qu'il succombe aux mains des envahisseurs.

La voiture s'arrêta devant la tour. Un magicien en robe rouge, accompagné du capitaine de la garde du Fort, s'avança à la rencontre des visiteurs. Sonea ouvrit sa portière par magie et, avant de descendre, se tourna vers Regin. Son excitation le faisait paraître plus jeune, presque comme un adolescent. Sonea le revit sous les traits d'un jeune homme souriant, mais il devait s'agir d'un faux souvenir fabriqué par sa mémoire. À cet âge-là, le sourire de Regin était toujours entaché de cruauté ou de triomphe.

Mais je ne l'ai plus vu sourire du tout depuis très longtemps, se dit Sonea en descendant de voiture. *Un an, au moins. Ou alors, de manière forcée, par politesse ou par compassion.* À sa grande surprise, cette pensée l'attrista. *C'est un homme profondément malheureux*, comprit-elle.

— Salutations, magicienne noire Sonea, lança l'homme en robe rouge. Je suis la sentinelle Orton, et voici le capitaine Pettur.

Celui-ci s'inclina.

— Bienvenue au Fort.

— Sentinelle Orton. Capitaine Pettur, dit Sonea en inclinant la tête. Merci pour votre accueil chaleureux.

— Avez-vous l'intention de passer la nuit ici ? interrogea Orton.

— Oui.

Le titre de sentinelle avait été créé pour le chef des magiciens qui veillaient désormais sur le Fort avec les guerriers ordinaires. Au départ, la Guilde craignait qu'aucun de ses membres ne se porte volontaire pour ce poste, aussi l'avait-elle voulu prestigieux et rémunérateur. Elle n'avait pas à s'inquiéter. Orton et son prédécesseur avaient tous deux combattu les Ichanis, et ils étaient déterminés à ce que plus aucun envahisseur n'entre en Kyralie sans se voir opposer une résistance digne de ce nom.

— Venez par ici, dit Orton en désignant les portes ouvertes à la base de la tour.

Sonea éprouva un frisson à la vue du tunnel qui s'étendait au-delà. Elle connaissait bien cet endroit. Des lampes éclairaient l'intérieur, révélant d'autres réparations, ainsi que des pièges et des obstacles ajoutés après la fin de la guerre.

— Nous avons dédié un mémorial à ceux qui sont morts ici au début de l'invasion, dit Orton en désignant un mur devant eux.

En s'approchant, Sonea vit qu'une liste de noms était gravée là. Elle s'arrêta devant pour la lire. Elle aperçut le nom du seigneur Makin, mais les autres lui étaient étrangers. La plupart des victimes étaient de simples gardes. Les premiers noms – les plus longs – incluaient une Maison et une famille ; c'était ceux des hommes de la haute société qui avaient voulu faire une carrière militaire et qui recevaient automatiquement un rang élevé.

Mais en ce temps-là, le plus gros des occupants du Fort se composait de ratés ou de fauteurs de troubles qu'on avait envoyés là pour se débarrasser d'eux. Ainsi, s'ils causaient des problèmes, personne ou presque n'en souffrait, et personne ou presque n'était là pour le voir.

Tout en haut de la liste figurait le nom des magiciens. À l'époque, Sonea était trop jeune et encore trop nouvelle à la Guilde pour les avoir rencontrés… à une exception près.

« Fergun. »

Voir les six lettres gravées dans la pierre suscita en elle un mélange désagréable d'antipathie, de pitié et de culpabilité. Fergun était mort à la guerre, et malgré ses agissements, il n'avait pas mérité qu'un magicien sachakanien le tue en le vidant de toute son énergie.

Mais ça ne change rien au fait que ce n'était pas quelqu'un de bien.

À cette pensée, les émotions conflictuelles de Sonea se dissipèrent. Elle comprit tout à coup qu'il était possible de trouver horrible la mort d'une personne sans avoir à se convaincre que cette personne possédait une noblesse qu'elle ne lui connaissait pas de son vivant.

Et puis, on a donné son nom à une pension. Sonea se détourna. *Ce qui, j'en suis certaine, lui aurait déplu pour de toutes autres raisons qu'à moi.*

La sentinelle les entraîna dans un couloir sombre et étroit. S'ensuivit une procédure compliquée durant laquelle Orton déclina son identité, celle du capitaine et celle des visiteurs. Puis une série de sons se fit entendre comme quelqu'un actionnait le mécanisme de verrouillage.

Lorsque la porte s'ouvrit, Sonea s'amusa de voir qu'elle était en fer, et épaisse de la largeur d'une main. Ils traversèrent une pièce, et la procédure se répéta devant une seconde porte tout aussi robuste que la précédente. Les occupants du Fort ne voulaient plus courir le moindre risque.

Un passage incurvé montait en pente raide vers les hauteurs de la bâtisse. Les extrémités de tuyaux qui sortaient des murs suggéraient qu'on pouvait verser quelque chose dans cet espace. *De l'eau, ou pire ?* Les défenses physiques n'arrêteraient pas nécessairement un magicien, mais elles pourraient consumer ses réserves de pouvoir, l'obliger à baisser sa garde ou le surprendre avant qu'il puisse trouver la riposte appropriée. Les passages étaient conçus comme un labyrinthe destiné à désorienter les envahisseurs pour laisser aux occupants du Fort le temps de s'échapper.

Lorsqu'ils eurent atteint le bout du couloir, Orton s'arrêta pour regarder Sonea.

— Vous n'escomptiez pas que votre arrivée passe inaperçue auprès des Sachakaniens, j'espère ?

Sonea le dévisagea et sentit un frisson lui parcourir l'échine.

— Pourquoi ?

—Nous sommes certains que la route est surveillée. Nos patrouilles ont trouvé des traces du côté kyralien des montagnes. Bien entendu, nous ne pouvons observer le côté sachakanien que de loin, mais nos guetteurs ont vu de petits groupes de gens se déplacer dans les parages.

—Des Ichanis ?

Orton fronça les sourcils.

—Je ne pense pas. Leurs rations sont de moins bonne qualité que celles dont nous avons découvert des reliefs. En tout cas, qui que soient ces gens, ils ne se soucient guère de dissimuler leurs traces quand ils s'aventurent de notre côté de la frontière. Et je pense que c'est parce qu'ils n'ont pas conscience de le faire. Après tout, nous n'avons pas précisément tracé une ligne à la peinture sur le sol.

La pensée que, à dessein ou non, des Ichanis franchissent régulièrement la frontière n'était pas très rassurante. Mais les hors-la-loi qui vivaient dans les montagnes avaient toujours formé un groupe très désorganisé. Ils s'en prenaient plus souvent les uns aux autres qu'aux rares et infortunés voyageurs. Le plus impressionnant, c'est que les envahisseurs qui avaient failli s'emparer de la Kyralie n'avaient pu le faire que parce que l'un d'eux avait eu la volonté d'unir une poignée de ses semblables – et cela lui avait pris des années.

Une armée sachakanienne disciplinée aurait été impossible à arrêter. Elle le serait peut-être encore. Et Sonea, l'une des rares armes défensives de la Kyralie, se dirigeait droit vers le cœur du pays pour sauver son fils. *Je dois espérer que Kallen et Lilia suffiraient à repousser les Sachakaniens s'ils cherchaient à tirer parti de mon absence. Un accro au poerri et une jeune fille naïve.* Soudain, elle fut prise de nausée et de vertige.

Je ferais mieux de ne plus y penser.

—Donc, à votre avis, qui sont ces gens ? interrogea-t-elle.

—Des espions.

—Envoyés par le roi Amakira ?

Orton hocha la tête.

—Qui d'autre ?

Qui d'autre, en effet.

Après avoir enfilé plusieurs passages sinueux, ils atteignirent une salle à manger assez vaste pour accueillir une dizaine de personnes. La table était mise avec de la belle vaisselle et de l'argenterie. Deux hommes et trois femmes se tenaient debout, attendant d'être présentés aux visiteurs – des capitaines mineurs, leurs épouses et celle d'un de leurs collègues absents. Orton les invita tous à s'asseoir, fit de même et demanda à un serviteur d'apporter le repas.

La nourriture se révéla étonnamment savoureuse. Orton expliqua que c'était bon pour le moral des troupes, qui vivaient loin d'Imardin et dans la menace permanente d'une invasion. Sans compter que les chasseurs et les fermiers locaux bénéficiaient de leurs achats.

Pourtant, le repas ne fut pas placé sous le signe de la détente. À plusieurs reprises, il fut interrompu par des gardes qui apportaient des messages ou venaient au rapport. Au début, Sonea les écouta attentivement, supposant qu'il se passait quelque chose de grave, mais elle comprit vite qu'il s'agissait d'une simple routine qui n'était jamais suspendue, pas même en présence d'une magicienne de haut rang.

Les autres convives semblaient habitués à ces interruptions ; ce fut à peine s'ils marquèrent une pause dans leur conversation. Sonea se rendit compte qu'elle-même avait cessé de prêter attention aux rapports des gardes lorsque Orton la coupa pendant une discussion avec le capitaine Pettur.

— Magicienne noire Sonea, dit-il sur un ton formel.

Elle se tourna vers lui et vit que, malgré son air calme, ses yeux trahissaient de l'inquiétude.

— Oui, sentinelle Orton ?

— Un message étrange vient d'arriver. (Il lui tendit un morceau de papier plié bizarrement, selon des lignes convergentes.) Les sentinelles qui l'ont reçu disent qu'il glissait dans les airs comme un oiseau, et qu'il s'est posé à leurs pieds.

Sonea déchiffra l'écriture très nette, et son cœur manqua un battement – sous le coup de l'excitation ou de l'anxiété, elle n'aurait su le dire.

> « Nous conseillons à la magicienne noire Sonea de rester au Fort jusqu'à ce que nous puissions lui obtenir un sauf-conduit. D'autres instructions suivront. »

En guise de signature, il n'y avait qu'un symbole : une spirale entourée par un cercle. Lorkin l'avait décrit à l'administrateur Osen comme le signe que les Traîtresses utiliseraient pour s'identifier. Sonea décida qu'elle était plus excitée qu'anxieuse. Bientôt, elle jugerait par elle-même les gens qui avaient tant impressionné son fils, et qui avaient jadis aidé Akkarin à échapper à l'esclavage.

Sonea fit léviter le message dans les airs et l'enflamma. Un murmure de surprise parcourut la table comme le papier se changeait en cendre. Sonea se tourna vers Orton et sourit.

— Je pense que ces fameux espions ne vous embêteront plus très longtemps.

Après plusieurs nuits passées sur un sol de pierre dure et froide, je ne devrais pas avoir de mal à dormir dans un lit douillet. Alors, pourquoi je n'y arrive pas ?

Lorkin sentait que son corps était raide. Il avait beau s'étirer, faire des exercices de respiration et tenter de détendre ses muscles, il ne parvenait pas à s'assoupir. Chaque fois que son esprit commençait à vagabonder, ses souvenirs de l'esclave lui revenaient en mémoire.

Il ne voulait pas penser à elle, mais il ne pouvait pas s'en empêcher.

Elle avait bu l'eau avidement, comme si elle la savait empoisonnée. Peut-être était-ce une Traîtresse, en fin de compte. Au début, elle avait lutté pour dissimuler ce qui lui arrivait – un signe qu'elle était consciente de ce qu'elle faisait, sûrement. Mais au bout d'un moment, elle n'avait plus pu se taire. Si l'ashaki n'était pas intervenu pour la traîner hors de la cellule, Lorkin aurait craqué, et il aurait utilisé sa magie pour la soigner. Poussé par la frustration et le dégoût de soi, Lorkin avait jeté le broc en direction de l'homme, mais la poterie avait heurté les barreaux et éclaté en mille morceaux.

Peu de temps après, l'inquisiteur était venu. Lorkin s'attendait à ce qu'il lui révèle sur un ton triomphant qu'il était tombé dans le panneau, que les Sachakaniens cherchaient depuis le début à lui faire tuer cette femme. Au lieu de ça, il avait examiné la défunte en silence, et il était reparti le front barré par un pli d'inquiétude sans avoir adressé la parole à Lorkin.

Le lendemain matin, des hommes que le jeune magicien voyait pour la première fois l'avaient sorti de sa cellule et emmené dans une petite cour. Quand la voiture dans laquelle ils l'avaient fait monter s'était arrêtée devant la Maison de la Guilde, Lorkin s'était demandé s'il faisait un rêve particulièrement réaliste.

Mais non, ce n'était pas un rêve. Le roi l'avait bien libéré. Aucune explication ne lui avait été fournie. Aucune excuse ne lui avait été présentée. Il avait juste reçu l'ordre de ne pas bouger de la Maison de la Guilde.

Pourquoi ?

Lorkin roula sur le flanc. Son globe lumineux brûlait doucement au-dessus de lui, et il avait dressé une barrière en travers de la porte. Les deux sorts consumaient lentement ce qui lui restait de la magie donnée par Tyvara. Même s'il dormait dans une autre chambre que celle où Riva avait tenté de le tuer, le souvenir de quelqu'un grimpant sur son lit dans le noir restait vivace et déplaisant – bien que l'expérience ait été plutôt agréable à l'origine. Il ne pouvait s'empêcher d'imaginer un assassin tapi dans le noir… ou un cadavre allongé près de lui, ses yeux fixant le plafond sans le voir. Comme ceux de l'esclave dans la prison.

Le regard braqué sur le globe lumineux, Lorkin renonça à tout espoir de dormir.

Puis il rouvrit les yeux, et alors que rien n'avait changé, il eut conscience que du temps s'était écoulé. Le sommeil était venu le prendre au moment où il renonçait à le trouver. Mais pourquoi s'était-il réveillé ? Il ne se souvenait pas d'avoir rêvé ou fait un cauchemar.

Un choc sourd en provenance de la pièce voisine glaça son sang dans ses veines. Lorkin se figea. Se forçant à tourner la tête vers la porte, il vit de la lumière dans le salon.

Il y a quelqu'un.

Laissant se dissiper la barrière en travers de la porte, Lorkin en créa une autre autour de lui. Puis il se leva et fit quelques pas prudents vers la lumière. Celle-ci éclairait deux esclaves : un jeune homme qui gisait sur le dos, et une femme d'âge mûr accroupie au-dessus de lui, une main posée sur sa tête. De l'autre, elle brandissait un couteau.

Oh, non. Ça ne va pas recommencer !

Puis le jeune homme cligna des yeux. Il était vivant. Lorkin comprit alors que la femme était en train de lire dans son esprit. Quand elle leva les yeux vers lui, il la reconnut comme une des esclaves de cuisine.

— Lorkin, le salua-t-elle. (Ôtant sa main de la tête du jeune homme, elle se redressa.) Je suis Savi. La reine t'envoie ses amitiés.

Lorkin acquiesça.

— Comment va-t-elle ? demanda-t-il automatiquement.

Puis il se dit qu'il aurait d'abord dû la remercier, car l'homme qu'elle avait neutralisé était sans doute venu pour le tuer.

— Elle est morte, grimaça la dénommée Savi. Il y a deux jours.

— Oh. (Lorkin revit les yeux pétillants de malice de Zarala ; il repensa à son sens de l'humour, et la tristesse l'envahit.) Je suis navré de l'apprendre. Je l'aimais bien. (Une idée lui traversa l'esprit.) Elle n'a pas été… ? Comment est-elle… ?

— Elle était arrivée au terme naturel de sa longue existence, déclara Savi. Savara a été élue pour lui succéder.

Lorkin se contenta de hocher la tête, car il ne savait pas s'il était poli de se réjouir de l'identité de la nouvelle reine alors que l'ancienne était morte si récemment. Le ton pragmatique sur lequel Savi lui avait annoncé la nouvelle suggérait qu'elle n'attendait aucun commentaire. Pourtant, Lorkin était satisfait du choix des Traîtresses. Un peu parce que Savara était la supérieure de Tyvara et qu'elle l'avait aidée de nombreuses fois, mais surtout parce qu'elle était intelligente, ouverte d'esprit et juste.

Savi se tourna vers la porte des appartements de Lorkin. Elle avait dû entendre quelque chose, car un moment plus tard, Dannyl entra, suivi par une autre esclave. Il regarda l'homme allongé par terre. Bien que conscient, celui-ci ne bougeait pas – mais il les observait. Dannyl reporta son attention sur Lorkin et Savi.

— Que se passe-t-il ?

Lorkin haussa les épaules.

— Je n'en suis pas certain, dit-il en se tournant vers Savi.

— Il y a eu beaucoup de remplacements d'esclaves ces derniers jours, expliqua celle-ci. Je trouvais ça louche. (Elle désigna sa victime.) Cet homme est un magicien de rang inférieur. On lui a proposé des terres et un titre d'ashaki s'il se faisait passer pour un esclave et qu'il participait à l'enlèvement de Lorkin.

— Encore ? s'exclama Dannyl. C'est une manie de vouloir enlever Lorkin !

Les yeux de Savi pétillèrent d'amusement.

— Cette fois, nous n'y sommes pour rien. La proposition a été transmise par un ami de cet homme. Il pense qu'elle émane du roi, mais il n'en a aucune preuve.

— Bien sûr que non. (Dannyl regarda l'esclave qui était arrivée avec lui.) Elle est…

— Digne de confiance ? acheva Savi. Oui.

— Tant mieux. Peux-tu aller réveiller l'ambassadeur Tayend et lui dire de nous rejoindre ? demanda Dannyl à la femme.

Celle-ci acquiesça et s'en fut d'un pas rapide. Elle ne s'était pas prosternée, remarqua Lorkin, ni même inclinée devant Dannyl. L'historien était trop absorbé par sa réflexion pour s'en apercevoir. Il s'approcha du magicien immobile et le toisa.

— Il n'est pas attaché, murmura-t-il.

— J'ai sapé toutes ses forces, révéla Savi. Voudriez-vous que je le tue ?

— Non. Du moins, pas encore. Mais mieux vaut ne discuter de rien en sa présence.

La Traîtresse haussa les épaules. Un dôme de lumière blanche recouvrit la tête de l'homme.

— Voilà, il ne peut plus nous voir ni nous entendre. Au fait, je m'appelle Savi.

— Merci d'être intervenue, Savi. Donc, cet homme pense que le roi est derrière tout ceci ? demanda Dannyl.

— Oui. Amakira comptait sans doute mettre l'enlèvement de Lorkin sur le dos des Traîtresses.

— Après ça, il aurait lu dans l'esprit de Lorkin…

— Il aurait tenté de le faire, corrigea Savi.

— Il lui aurait soutiré toutes les informations qu'il désirait sous la torture, puis il l'aurait tué et il aurait maquillé son crime afin de donner l'impression qu'il avait été commis par les Traîtresses.

Lorkin sentit un frisson glacé lui parcourir l'échine. Des images de l'esclave torturée s'imposèrent à son esprit. *Je ne suis pas sûr que j'aurais tenu aussi longtemps qu'elle.*

Un mouvement dans l'entrée attira l'attention de tous les occupants de la pièce. Tayend arriva, suivi par l'esclave qui avait été le chercher. Il balaya du regard l'homme immobile, Savi, Lorkin et Dannyl, puis écouta sans rien dire tandis qu'on lui rapportait les derniers événements.

— L'important, c'est la manière dont le roi va réagir en apprenant que son plan a échoué, déclara-t-il à la fin. Nous n'avons aucune preuve de sa culpabilité, et suggérer qu'il a organisé tout ceci serait une grave insulte. Il pourrait également décider que, dans son propre intérêt, Lorkin ne peut pas rester à la Maison de la Guilde. Et l'emmener dans un endroit où personne ne le retrouvera.

Lorkin frémit.

— On ne pourrait pas faire comme s'il ne s'était rien passé ?

Dannyl et Tayend échangèrent un coup d'œil.

— On pourrait, répondit l'Elyne, s'il n'y avait pas cet homme. Nous ne pouvons pas le tuer, puisqu'il est censé appartenir au roi.

Dannyl considéra le fauteur de troubles en plissant les yeux.

— Puisqu'il se fait passer pour un esclave… Nous n'avons qu'à dire que nous l'avons surpris en train d'utiliser de la magie, et demander qu'il soit remplacé. Bien sûr, il faudrait attendre qu'il ait regagné ses forces – sans ça, le roi se demanderait comment nous avons réussi à les lui pomper.

— On ne peut pas le renvoyer, objecta Lorkin. Il sait que Savi est une Traîtresse. S'il le dit à Amakira, elle sera en danger.

Dannyl se tourna vers l'esclave.

— Vous pouvez disparaître ?

Elle secoua la tête.

— Cette Maison est étroitement surveillée, de jour comme de nuit. On nous livre la nourriture et le reste. Les esclaves qui ont tenté de sortir pour faire d'autres courses ces derniers jours ont tous été arrêtés. (Elle baissa les yeux vers l'homme immobile.) Le roi risque en effet de l'utiliser comme prétexte pour déplacer Lorkin ailleurs. Je soupçonne que beaucoup des autres esclaves qui travaillent ici sont des espions à sa solde.

Tous échangèrent des regards inquiets. Dannyl soupira et dévisagea Lorkin.

— Il faut te faire quitter le Sachaka.

— Je n'aurais pas dit mieux, murmura Tayend. (Il se tourna vers Savi.) Je suppose que la surveillance dont vous parliez à l'instant signifie que vos amies ne peuvent pas organiser son départ en douce ?

— Si elles le pouvaient, ce serait déjà fait.

Dannyl secoua la tête.

— Je regrette de n'avoir pas été informé plus tôt. Je ne tiens pas à tout savoir, mais plus j'en sais, plus il m'est facile de prendre des décisions.

— Je ne pouvais pas vous parler sans vous révéler qui j'étais, fit remarquer Savi.

— Mais vous avez fini par le faire, et cela pourrait bien se révéler avantageux, déclara Dannyl. Seriez-vous capable de lire dans l'esprit de tous les esclaves ici présents ? De nous dire lesquels nous espionnent pour le compte d'Amakira, et lesquels sont magiciens ?

La femme acquiesça lentement.

— Oui, dit-elle à contrecœur

Lorkin fronça les sourcils. *Ça va la forcer à révéler qui elle est à tous les autres esclaves. Mais c'est notre seul moyen de déterminer lesquels sont dangereux.* Puis une autre possibilité lui traversa l'esprit, et il frissonna.

Savi n'était pas la seule personne à la Maison de la Guilde capable de lire dans les esprits.

D'un autre côté, en faisant usage de son nouveau pouvoir, Lorkin dévoilerait beaucoup d'autres choses qu'il aurait voulu garder secrètes encore quelque temps. *Un jour ou l'autre, je devrai m'y résoudre*, se raisonna-t-il. *Et je refuse qu'une autre femme soit torturée et tuée à cause de moi.*

— Je vais le faire, lança-t-il.

Dannyl et Tayend le dévisagèrent, incrédules.

— Depuis quand… ? commença l'Elyne. (Il haussa brusquement les sourcils.) Oh.

Lorkin vit Dannyl se rembrunir, et il se prépara à recevoir un savon. Mais l'historien se contenta de secouer la tête.

— Ne saute pas aux conclusions, Tayend, recommanda-t-il à celui-ci. Sonea savait lire dans les esprits avant d'apprendre la magie noire.

L'Elyne parut soulagé.

— Vraiment ? Je croyais que seuls les magiciens noirs pouvaient lire dans l'esprit d'un sujet non consentant.

Dannyl eut un sourire pincé.

— C'est ce que nous laissons croire aux gens, à cause des risques d'abus.

Tayend reporta son attention sur Lorkin et le scruta d'un regard aussi perçant que songeur. *Il se demande ce que j'ai appris d'autre. Devrais-je leur dire la vérité sans attendre ? Si je la dissimule trop longtemps, ils pourraient trouver ça louche.*

— Encore une information que tu m'as cachée pour ne pas que je puisse la révéler si on m'interrogeait ? demanda Dannyl.

Lorkin acquiesça. *Il a raison. Je ne peux rien leur dire pour le moment.*

— Bon. (Dannyl se tourna vers Savi.) Je vais bloquer toutes les issues pour m'assurer que personne ne tente de fuir. Pendant ce temps, réveillez l'esclave en chef et envoyez-le au grand salon, où Lorkin lui ordonnera d'amener tous les autres afin qu'on lise dans leur esprit. (Il toisa le ravisseur manqué et soupira.) On devrait l'enfermer quelque part en attendant. Ce n'est pas terrible comme plan, mais ça nous laissera le temps d'en élaborer un meilleur.

13

Une aide inattendue

— C'est encore un peu… nouveau pour moi, s'excusa Lorkin comme Dannyl s'asseyait près de lui. Ça risque de prendre un moment.

L'historien haussa les épaules.

— Ne te presse pas. J'ai des tas de choses auxquelles réfléchir. Par exemple, comment te sortir de ce guêpier.

— Espérons que nous aurons le temps de faire les deux.

Lorkin fit signe à un esclave d'approcher. L'homme se jeta par terre. Lorkin lui dit de se mettre à genoux, puis posa les mains des deux côtés de sa tête et ferma les yeux.

Dannyl examina les autres esclaves qui attendaient. Hormis quelques sourcils haussés par la surprise, ils ne manifestaient aucune émotion, rien qui permette de deviner lesquels d'entre eux étaient des espions à la solde du roi. Dannyl reporta son attention sur Tayend, assis de l'autre côté de Lorkin. L'Elyne croisa son regard et hocha la tête, peut-être pour indiquer que lui aussi gardait les esclaves à l'œil.

Savi lui avait assuré qu'il y avait d'autres Traîtresses parmi les esclaves, et qu'elles les aideraient si un espion craignant d'être démasqué tentait de les attaquer. Mais mieux vaudrait qu'elles ne soient pas forcées de révéler leur identité. Quant au ravisseur manqué, il avait été enfermé dans une réserve en pierre sous la cuisine. Merria et Savi le surveillaient.

Bon. Réfléchissons, se dit Dannyl. *Si c'est le roi qui a organisé l'enlèvement, il saura que son plan a échoué en ne voyant pas le ravisseur revenir avec Lorkin. Si cet homme était censé le lui amener tout de suite, il est peut-être déjà au courant. Toute la question est de savoir comment il va réagir.*

Il ne peut rien faire tant que nous n'aurons pas annoncé qu'il s'est passé quelque chose… sauf s'il avait dans la place un autre espion qui s'est déjà échappé pour « réclamer de l'aide » – le prévenir, donc. Supposons que ce soit le cas. Si nous affirmons que Lorkin a lu dans l'esprit du ravisseur et découvert la vérité, Amakira insistera pour qu'on lui livre l'homme afin de vérifier. L'homme sera victime d'un accident quelconque, et lorsque Amakira affirmera qu'il a été dupé – qu'on lui a fait croire à tort qu'il travaillait pour le roi –, personne ne pourra prouver le contraire. Puis Amakira utilisera ce prétexte pour emmener Lorkin ailleurs.

Si nous prétendons qu'il ne s'est rien passé, le roi saura que nous mentons. Le ravisseur vendra la mèche. Dannyl ne voulait pas tuer cet homme. Non seulement parce qu'il n'était pas un meurtrier, mais parce que si on apprenait qu'un Kyralien avait tué un Sachakanien – à plus forte raison, un Sachakanien libre –, cela affaiblirait la paix déjà fragile entre leurs pays. *Et je finirai dans la prison du palais pour avoir détruit la propriété du roi.*

De quelle autre façon pouvait-il se débarrasser de cet homme? En l'emmenant ailleurs? La Maison de la Guilde était si étroitement surveillée que même une Traîtresse ne pensait pas pouvoir s'en échapper. *Et si nous le tuons, nous devrons faire disparaître complètement son corps, ou nous débrouiller pour que quelqu'un d'autre soit accusé de son meurtre. Même si j'ignore comment m'y prendre, la première solution semble moins risquée que la seconde.* Il secoua la tête. *Je n'arrive pas à croire que j'envisage une chose pareille.*

Un léger martèlement l'arracha à ses réflexions. Lorkin avait envoyé le premier esclave à l'autre bout de la pièce. Il regarda Dannyl.

—Je crois que quelqu'un frappe à la porte d'entrée.

Tous les serviteurs de la Maison de la Guilde étant réunis dans le grand salon, il n'y avait personne dehors pour accueillir les visiteurs.

—Eh bien, il n'aura pas fallu longtemps, marmonna Dannyl.

—Selon la coutume sachakanienne, il n'est pas trop tard pour passer à l'improviste, fit remarquer Tayend.

Dannyl soupira et se leva.

—Je vais voir qui c'est.

Lorkin ne parut pas rassuré.

—Vous voulez que je... débarrasse la pièce?

—Oui, mais...

Où mettre tous les esclaves?

—Emmène-les dans mes appartements, suggéra Tayend. Tu pourras continuer à lire dans leur esprit là-bas.

Dannyl regarda le seul homme dont Lorkin avait déjà examiné les pensées.

—Il est fiable?

Le jeune magicien haussa les épaules.

—Ce n'est pas un espion, si c'est ce que vous voulez dire.

—Ça suffira. (Dannyl fit signe à l'homme, qui s'avança et se jeta à terre devant lui.) Attends que tout le monde à l'exception de moi ait quitté la pièce, puis amène-moi notre visiteur, lui ordonna-t-il.

Très vite, il se retrouva seul au grand salon. Il prit une grande inspiration, expira lentement et se prépara à voir débarquer toute une armée de magiciens sachakaniens. Mais un seul bruit de pas parvint à ses oreilles, et un seul homme hésitant apparut sur le seuil de la pièce.

—Achati ! (Le nom de son visiteur avait échappé à Dannyl.) Ashaki Achati, corrigea-t-il très vite comme l'étiquette l'exigeait.

Des plis soucieux barraient le front du Sachakanien. Il s'avança vers Dannyl en le scrutant d'un regard pénétrant. *Il a l'air anxieux. Je ne rêve pas : il se tord les mains !*

—Ambassadeur. Dannyl. (Achati s'arrêta à deux pas de lui sans le quitter des yeux.) Je dois vous mettre en garde contre un complot. Je ne m'attends pas à ce que vous me croyiez, mais je dois au moins tenter de vous prévenir. Le roi a implanté un espion parmi vos esclaves. Probablement un homme, puisqu'il y a très peu de femmes magiciennes et que nous ne leur faisons pas confiance. Au cours des jours prochains, il essaiera d'enlever Lorkin. Vous devez instaurer des tours de garde et limiter le nombre d'esclaves autorisés à s'approcher de lui. Et puis, pour débusquer l'espion, vous pourriez peut-être interroger vos serviteurs comme vous l'avez fait quand nous cherchions Lorkin.

Dannyl le dévisagea avec un mélange d'amusement et de méfiance. *Que mijote-t-il ? Pourquoi nous mettre en garde contre un événement qui s'est déjà produit ? Cherche-t-il à gagner notre confiance ? Le roi l'a-t-il envoyé vérifier si son espion avait déjà agi ? Mmmh. Jouons le jeu et voyons où ça nous mène.*

—Lorsque nous aurons déjoué cette tentative d'enlèvement, que devrons-nous faire de l'espion ? Le tuer ?

Achati secoua la tête.

—Non, ce serait détruire la propriété du roi.

—Seulement si l'espion est bien un esclave, et si le roi admet qu'il lui appartient.

—Oh, il n'admettra rien du tout. Il affirmera qu'il n'était pas au courant, et dira que l'homme a été acheté par les Traîtresses. Et lorsqu'il apparaîtra que c'était un magicien, pas un esclave, vous serez accusé de meurtre.

—Malgré le fait que je n'étais pas au courant ? Donc, c'est un piège ? interrogea Dannyl.

Achati fit un signe de dénégation.

— Pas particulièrement. Mais si vous étiez assez stupide pour tuer cet homme, Amakira disposerait d'une excuse de rêve pour vous renvoyer en Kyralie.

— Dans ce cas, quel est son objectif ? Ah. Créer un prétexte pour dire que Lorkin n'est pas en sécurité ici, et de l'emmener ailleurs.

Achati eut un sourire approbateur mais sans joie.

— Je savais que vous comprendriez le danger.

— Alors, que faire ? lança Dannyl. Nous ne pourrons pas prétendre qu'il ne s'est rien passé : l'espion informera le roi de son échec. Il recommencera, à moins que le roi envoie quelqu'un d'autre enlever Lorkin. Il a peut-être déjà plusieurs hommes en place, au cas où le premier échouerait.

Achati grimaça.

— Si vous avez le moyen de faire sortir Lorkin du pays pour le ramener en Kyralie, n'attendez pas.

Il me suggère de désobéir au roi ? Je ne m'attendais pas à ça.

Pinçant sa lèvre inférieure entre deux doigts, Achati poursuivit, les sourcils froncés :

— S'il y a des Traîtresses parmi vos esclaves, on doit pouvoir arranger ça.

— Alors que la Maison de la Guilde est si étroitement surveillée ? J'en doute, répliqua Dannyl. Est-ce un plan pour capturer des Traîtresses ?

Achati ouvrit la bouche pour répondre, mais une autre voix l'interrompit.

— Tiens, tiens ; ashaki Achati. Qu'est-ce qui vous amène à la Maison de la Guilde à cette heure tardive ?

Dannyl et Achati se tournèrent vers Tayend, qui venait d'entrer. Les lèvres pincées, l'Elyne jeta un coup d'œil à Dannyl.

— Merria nous donne un coup de main, lui dit-il afin de le rassurer.

Ainsi, Lorkin n'était pas seul pour gérer les esclaves.

Achati salua Tayend d'un signe de tête.

— On m'a envoyé faire une nouvelle tentative pour persuader Lorkin de parler, mais… (Il répéta son avertissement.) Ceci est la véritable raison de ma visite.

— Vous pensez que Dannyl devrait interroger les esclaves ? s'enquit Tayend.

— Oui, pour découvrir lequel d'entre eux est un espion.

— Ne serait-ce pas dangereux ? Vous venez de dire que cet homme était un magicien. Quelle est sa puissance exacte ?

— Je l'ignore, admit Achati. Probablement assez grande. Il a reçu l'ordre de ne tuer personne, mais…

Il tourna légèrement la tête vers la porte. Dannyl fut surpris de voir entrer Lorkin. Quand il l'aperçut, le jeune homme détourna les yeux. Il était blême et avait le regard sombre. Redressant le dos, il adressa un sourire forcé à Achati.

— Ashaki Achati. Qu'est-ce qui nous vaut une visite si tardive ? demanda-t-il sur un ton jovial mais d'une voix tendue. Vous êtes venu me ramener à la prison du palais ?

Une expression peinée passa sur le visage d'Achati. Mais celui-ci se ressaisit très vite.

— Non, non. Au contraire : j'essaie de vous éviter d'y retourner.

Pourquoi a-t-il fait cette tête ? se demanda Dannyl. Puis il identifia les émotions fugitives qu'il venait de déceler chez Achati : du chagrin et de la compassion. Il sentit sa méfiance envers le Sachakanien diminuer quelque peu.

— Achati vient de nous prévenir qu'un espion s'est mêlé à nos esclaves, et qu'il tentera bientôt de t'enlever, révéla Tayend.

Lorkin écarquilla les yeux.

— Vraiment ? demanda-t-il, son regard faisant la navette entre Tayend et Dannyl.

— Vraiment, confirma ce dernier. Demain soir, ou après-demain.

Soulagé de voir Lorkin prendre une mine pensive, il reporta son attention sur Achati.

— Pourquoi nous aidez-vous ? s'enquit-il tout de go.

— Je… (Le Sachakanien soupira et baissa les yeux, puis releva la tête pour dévisager tour à tour Tayend, Lorkin et Dannyl.) Je n'aime pas la façon dont le roi vous traite. Nous n'avons peut-être pas besoin de la Kyralie comme alliée, mais nous n'avons pas non plus besoin d'un ennemi supplémentaire. Voici quelques mois, nous avons reçu une nouvelle qui a divisé l'opinion. Les… (Il s'interrompit, fronça les sourcils et secoua la tête.) Je ne vois aucun moyen de vous expliquer sans vous le dire : notre espion chez les Duna nous a révélé que les Traîtresses leur avaient proposé de s'allier pour prendre le contrôle du Sachaka.

Dannyl sentit un frisson glacé lui parcourir l'échine.

Je me demande…

— Unh ? lança-t-il.

Achati sourit.

— Je ne peux quand même pas vous révéler l'identité de nos espions.

— Non, convint Dannyl. Mais quand j'ai mentionné le nom de Unh devant d'autres gens de son peuple, j'ai obtenu des réactions…

intéressantes. Si c'est bien lui, les Duna le soupçonnent déjà d'être un espion.

— Ils ont rejeté la proposition des Traîtresses. La plupart d'entre nous pensent que les Traîtresses ne se seraient pas adressées à eux à moins d'avoir vraiment besoin de leur aide. Du coup, ils sont convaincus que seules, les Traîtresses ne remporteraient pas une confrontation.

Est-ce pour ça que les Traîtresses ont détruit les cavernes gemmifères des Duna ? songea Dannyl. *Pour les punir d'avoir refusé de les aider ?*

— Le roi est de cet avis, poursuivit Achati. Et il ne craint pas la Guilde. Il dit que vous n'êtes que deux ici. Pour lui, il est plus important de débarrasser le Sachaka de la menace des Traîtresses avant qu'elles deviennent assez fortes pour nous battre, que d'éviter d'offenser la Kyralie et les Terres Alliées. Seule la voix des ashakis qui, comme moi, ne veulent pas renoncer à la paix et au commerce avec les Terres Alliées, l'a empêché jusqu'ici d'arracher par la force les informations que détient Lorkin.

Un silence tendu suivi cette déclaration. Lorkin regardait le plancher. Soupirant, il leva les yeux vers Achati.

— Vous ne seriez pas venu ici si vous n'étiez pas prêt à enfreindre les ordres de votre roi. Jusqu'où êtes-vous disposé à aller ?

Achati hésita.

— Je ne sais pas, avoua-t-il. Il y a une grosse différence entre empêcher mon roi de faire quelque chose de stupide, et le trahir carrément. À quoi pensez-vous ?

Lorkin ouvrit la bouche pour répondre mais n'en eut pas le temps.

— Emmenez l'espion, intervint Tayend. Faites-le disparaître.

Dannyl se rembrunit. Ce n'était pas un bon moyen de tester la fiabilité d'Achati. Si celui-ci conduisait l'espion chez le roi, Amakira dirait que Lorkin n'était pas en sécurité à la Maison de la Guilde – et il découvrirait que Savi était une Traîtresse.

— Non, contra Lorkin. Emmenez-moi.

Surpris, Dannyl cligna des yeux. *Il ne se rend peut-être pas compte que ça pourrait être une ruse pour nous forcer à faire confiance à Achati.* Tayend secoua la tête et posa une main sur le bras du jeune homme, mais ce dernier leva les mains pour faire taire toute protestation.

— Je ne suis pas idiot. Je sais qu'il y a un risque. (Il regarda calmement Achati.) Il pourrait me livrer au roi, mais à en juger par le nombre de nos esclaves qui n'en sont pas – et je ne veux pas dire par là que ce sont des Traîtresses –, je ne tarderai pas à retourner au palais de toute façon.

Le sang de Dannyl se glaça dans ses veines. *Combien sont ces espions, exactement ? Et combien d'entre eux sont magiciens ?*

— Tout ce que vous avez à faire, c'est m'aider à quitter la Maison de la Guilde en douce et m'emmener chez vous, dit Lorkin à Achati. Les Traîtresses se chargeront du reste, et elles feront en sorte que le roi n'apprenne jamais le rôle que vous avez joué dans mon évasion. En retour, mais seulement lorsque je serai libre et en sécurité… (Lorkin soupira, puis son expression se durcit.) Je répondrai à la question la plus importante pour votre roi. Je vous dirai où se trouve la cité des Traîtresses.

Achati le dévisagea, sa surprise initiale se changeant en réflexion, puis en approbation. Il acquiesça.

— Je peux faire ça. Ce ne sera pas facile de vous faire monter dans ma voiture sans que personne ne vous voie, mais…

— Lorkin, coupa Dannyl. Tu n'es pas obligé de trahir la confiance des…

— Laisse-le, dit Tayend.

Il planta son regard perçant dans celui de Dannyl et hocha la tête. L'historien éprouva un élan de colère qui se dissipa très vite.

Tayend ne risquerait pas la vie de Lorkin sans nécessité. Il doit penser que ça marchera. Ou que c'est la seule chance de Lorkin. En d'autres termes, Tayend pensait qu'Achati disait la vérité. *Comme c'est étrange qu'il lui fasse confiance maintenant, alors que moi-même, je ne suis plus du tout sûr de lui.*

Dannyl voulait bien croire qu'Achati n'approuvait pas les agissements du roi, mais il en faudrait bien davantage pour le convaincre que l'ashaki était prêt à désobéir à son souverain et à risquer qu'on découvre sa trahison. Il ne perdrait pas seulement la confiance d'Amakira, mais aussi sa position, sa réputation et peut-être sa vie.

Mais comme Dannyl ne voyait pas d'autre solution, il écouta en silence Achati et Lorkin sceller leur engagement par un vœu. Lorsqu'ils eurent fini, Tayend leur adressa un sourire rayonnant.

— Parfait ! Maintenant, il ne nous reste plus qu'à trouver un moyen de faire monter Lorkin dans la voiture d'Achati sans qu'aucun de ces foutus guetteurs s'en aperçoive.

Lilia finit sa tasse de raka et poussa un soupir de soulagement. Depuis la veille, elle se sentait un peu usée, comme les vieux vêtements que Jonna lui avait donnés pour rendre visite à Anyi, à Cery et à Gol. Toutes ces soirées passées à veiller tard dans les souterrains, couplées à des leçons fort matinales avec Kallen, commençaient à saper son énergie.

À l'idée de devoir bientôt affronter celui-ci, la jeune fille réprima un grognement. Anyi lui avait parlé de la cave qu'elle avait découverte sous la Guilde avec Cery et Gol, et de la conversation qu'ils avaient surprise. D'après sa description, elle soupçonnait que les deux magiciens qu'ils avaient vus étaient dame Vinara et le guérisseur en charge de cultiver les plantes médicinales.

La nouvelle qu'ils voulaient faire pousser du poerri l'avait d'abord choquée, mais à bien y réfléchir, ça semblait logique. Lilia n'était pas d'accord avec la théorie de Cery selon laquelle la Guilde cherchait à évincer Skellin du marché de la drogue, ou du moins, à l'empêcher de devenir l'unique fournisseur des magiciens. Elle pensait plutôt que la Guilde voulait développer un remède contre l'addiction au poerri, ainsi qu'explorer le potentiel de cette plante pour soigner d'autres maladies. Après tout, les meilleurs remèdes contre les effets nocifs d'une plante étaient généralement tirés de la plante en question.

Mais le fait que la Guilde cherchait à se procurer des graines de poerri éveillait d'autres soupçons. Voilà pourquoi Lilia n'avait pas hâte de retrouver Kallen. Une partie d'elle voulait l'interroger au sujet de ce qu'elle avait appris. *Est-ce pour cette raison qu'il ne veut pas aider Cery à tendre un piège à Skellin ? Lui et les autres magiciens accros au poerri craignent-ils de perdre leur fournisseur ?*

Cery lui avait demandé de garder ça pour elle, à moins d'avoir une bonne raison de le révéler. Lilia devrait faire semblant de n'être au courant de rien en présence de Kallen, et se débrouiller pour agir comme si elle ne le soupçonnait pas d'avoir des motifs égoïstes de refuser son aide à ses amis.

— Vous avez l'air bien pensive aujourd'hui, commenta Jonna en s'approchant de la table pour débarrasser la vaisselle sale du petit déjeuner.

Comme elle se penchait, Lilia huma une odeur étrange mais agréable.

— Vous portez du parfum, Jonna ? demanda-t-elle.

La servante hésita, l'air vaguement coupable.

— Oui.

Lilia fronça les sourcils.

— C'est bizarre. D'habitude, vous n'en mettez pas. Est-ce interdit par le règlement de la Guilde ?

Jonna agita une main.

— Oh, non, les magiciens ne sont pas si pointilleux. C'est juste que Sonea n'aime pas ce parfum-là. Il était à elle, mais après avoir découvert ce qu'il y avait dedans, elle m'a dit de le jeter. Or, il me plaisait beaucoup, et… on ne peut pas reprocher à une plante d'être ce qu'elle est, non ? Bien entendu, j'évite de le porter en sa présence.

Lilia hocha la tête.

— C'est pour ça que je ne l'avais jamais remarqué. J'aime beaucoup. Qu'y a-t-il donc dedans ?

Une fois de plus, Jonna prit une mine penaude.

— Des fleurs de poerri.

Surprise, Lilia renifla l'air, tentant de trouver un lien entre cette odeur et celle de la fumée de poerri.

— Difficile de croire que ça vient de la même plante, murmura-t-elle. (Puis elle eut une idée.) Où les parfumeurs se procurent-ils ces fleurs ?

Jonna haussa les épaules.

— Ils doivent les acheter aux gens qui font pousser la plante pour la vendre comme drogue.

Repensant à ses leçons de guérison sur la source des remèdes de la Guilde, Lilia réfléchit à ce qu'elle savait sur les plantes. Les fleurs ne contenaient généralement pas de graines ; or, c'était bien de graines de poerri que la Guilde avait besoin.

D'après ce qu'avait dit Anyi, les plantes que dame Vinara et son assistant avaient fait pousser n'étaient pas du poerri. Ils avaient été roulés. Cery pensait qu'aucun cultivateur n'oserait vendre des graines de poerri à des magiciens – même si ça ne les dérangeait pas d'arnaquer ces derniers en leur vendant des graines d'une autre plante à la place. Si Skellin découvrait que quelqu'un avait fait une chose pareille, l'imprudent n'aurait pas très longtemps à vivre.

Cery était d'avis que le poerri n'était pas cultivé en Kyralie même, mais plutôt dans un autre pays où on le récoltait et où on le faisait sécher avant de l'expédier à Imardin. En allait-il de même pour le parfum ? La plupart des parfumeurs étaient basés en Elyne. Avaient-ils besoin de plantes fraîches, ou pouvaient-ils se contenter de plantes séchées ?

Lilia se leva.

— Je ferais bien d'y aller. Kallen devient nerveux quand je suis en retard.

Jonna sourit.

— À ce soir.

Tout en se dirigeant vers l'arène, Lilia réfléchit à tout ce qu'elle savait, et au peu qu'elle pouvait révéler pour obtenir des réponses à ses questions.

Durant les brefs instants de repos que Kallen lui laissa pendant la leçon, elle soupesa les risques et les bénéfices potentiels. *Plus vite la Guilde se procurera des graines de poerri, plus vite Kallen sera en mesure d'aider Cery. Je dois juste trouver comment dire à Kallen que je sais que la Guilde essaie de le cultiver, sans lui révéler comment je le sais...*

La leçon terminée, la jeune fille ne reprit pas immédiatement le chemin de l'université. Au lieu de ça, elle s'approcha de Kallen. Il avait déjà cet air distrait et ce regard perdu dans le lointain. Voyant qu'elle ne s'en allait pas, il fronça les sourcils et pinça les lèvres.

—Nous avons fini pour aujourd'hui, répéta-t-il.

—J'ai compris. Mais j'ai entendu une rumeur qui vous intéressera sûrement. Il paraît que la Guilde tente d'acheter des graines de poerri. C'est vrai ?

Cette fois, Kallen braqua toute son attention sur elle. Ses pupilles se dilatèrent. *Évidemment, dès qu'on parle de poerri…*, songea Lilia.

—Vous ne devriez pas croire tout ce que racontent vos amis.

—Mais c'est vrai, n'est-ce pas ? insista Lilia en plissant les yeux. C'est pour ça que vous refusez d'aider Cery ? Vous avez peur de tomber à court de drogue si votre fournisseur est capturé ?

La colère fit étinceler les yeux de Kallen, qui serra les dents.

—Vous avez eu tellement de chance ! Vous ne vous rendez pas compte.

Surprise, Lilia cligna des yeux.

—De la chance, moi ? Ma meilleure amie m'a embobinée pour me faire apprendre la magie noire et endosser la culpabilité du meurtre de son père ; puis elle a tenté de me tuer. Et les gens que j'aime sont tous loin de moi ou en danger de mort.

L'expression de Kallen s'adoucit.

—Désolé. Je voulais seulement dire… (Il détourna les yeux en grimaçant comme s'il souffrait.) Vous avez eu de la chance de ne pas devenir accro au poerri. Nombreux sont les magiciens qui aimeraient avoir votre résistance.

Vous, par exemple, songea la jeune fille. Mais elle n'arrivait pas à lui en vouloir. Sa réputation d'intégrité infaillible était essentielle à son rôle de magicien noir. Devenir l'esclave d'une simple drogue de plaisir devait être profondément humiliant. Cela avait dû entamer sa confiance en lui, et rendre les autres magiciens drôlement nerveux vis-à-vis de lui. À vrai dire, il était effrayant de penser à ce qui arriverait si un assez grand nombre de magiciens, même ordinaires, devenaient ainsi les esclaves de Skellin.

—Combien ? demanda Lilia sans pouvoir masquer l'inquiétude dans sa voix.

Kallen se rembrunit.

—Je ne peux pas vous le dire. Mais… nous essayons de les aider.

—En faisant pousser du poerri ?

—Nous souhaitons au minimum contrôler l'approvisionnement, et si possible, trouver un remède ou manufacturer une drogue moins addictive. (Kallen soupira.) Vous avez partiellement raison. Si Skellin est tué, nos chances d'acquérir des graines se trouveront compromises. Nous ne pouvons pas nous permettre de tenter de le capturer. Pas encore. (Il soutint le regard de Lilia, les yeux brillant d'une détermination féroce.) Je vous promets qu'une fois que nous aurons obtenu ce que nous désirons, nous trouverons Skellin, et nous le neutraliserons. Peut-être accepterons-nous l'offre de votre ami, s'il est toujours prêt à courir ce risque.

Lilia acquiesça. Elle réfléchit à ce qu'il venait de lui dire. C'était un raisonnement assez logique, et Kallen paraissait sincère. Aussi estima-t-elle opportun de lui faire part de son idée.

— Saviez-vous qu'on vend en ville un nouveau parfum fabriqué à partir de fleurs de poerri ?

Kallen haussa les sourcils, et la lueur d'intérêt à laquelle s'attendait la jeune fille s'alluma dans ses prunelles.

— Non.

— Il faut bien que les fleurs viennent de quelque part, fit valoir Lilia. La Guilde devrait peut-être enquêter. Bref. Je dois me rendre à mon prochain cours.

— Oui, ne soyez pas en retard, acquiesça distraitement Kallen.

Lilia le laissa planté là. Quand elle regarda en arrière, elle vit qu'il contemplait de nouveau le vide. Mais cette fois, il semblait surpris, comme s'il venait enfin de comprendre quelque chose.

Il faisait une chaleur étouffante dans la voiture. C'était presque intenable, et Lorkin avait perdu le compte du nombre de fois où il avait dû se pincer le nez pour ne pas éternuer. Comme les autres esclaves qui l'accompagnaient, il était couvert d'une poudre grise censée tuer la vermine. Pour la même raison, ses cheveux avaient été rasés. Ses chevilles étaient enchaînées l'une à l'autre, et à un anneau de métal serti dans le plancher du véhicule.

Son dos le brûlait et le démangeait là où il avait reçu des coups de fouet, et il devait résister à l'envie constante de guérir ses plaies. Il avait été puni pour la simple raison que le cocher voulait établir son autorité, après que le maître des esclaves d'ashaki Achati l'avait prévenu que « celui-ci était un fouteur de merde ».

Il s'efforçait de ne pas regarder ses compagnons d'infortune, et de dissimuler la colère et l'horreur que lui inspirait leur sort. Les malheureux étaient des déchets humains, trop vieux, trop abîmés, trop laids ou trop indisciplinés pour que leur ancien maître souhaite les garder. Pour ce qu'ils en savaient, on les envoyait travailler dans une mine au sud de la ceinture de fer.

Le marchandage avait été rapide. Pour hâter la vente, personne n'avait posé beaucoup de questions. Certains Sachakaniens pensaient que les propriétaires d'un esclave né chez eux et qui avait travaillé dur à leur service devaient s'occuper de lui s'il tombait malade ou devenait infirme. Parfois, ils suivaient la voiture en huant les propriétaires qui revendaient leurs esclaves au cocher. Mais ce jour-là, aucun d'eux ne s'était manifesté, et la voiture avait cahoté jusqu'à la lisière de la ville sans attirer l'attention.

À présent, elle roulait lentement dans la campagne. Lorkin ferma les yeux et repensa à son évasion de la Maison de la Guilde.

C'était Tayend qui avait trouvé la solution pour faire sortir Lorkin sans que les guetteurs s'en aperçoivent. Ces derniers avaient sans doute compté le nombre d'esclaves qu'ashaki Achati avait amenés avec lui ; aussi Achati était-il ressorti dire à l'un de ces derniers qu'il le prêtait à la Maison de la Guilde pour garder un œil sur Lorkin – en réalité, pour espionner les magiciens.

Une fois que l'homme l'avait remercié et était entré dans le bâtiment, Lorkin avait enfilé les vêtements d'Achati, rembourrant sa chemise pour donner l'impression qu'il avait un torse plus développé. De son côté, Achati avait enfilé un simple pagne d'esclave. Regarder Tayend montrer au digne ashaki comment marcher les épaules voûtées eût été très amusant s'ils n'avaient pas tous craint que leur plan échoue.

Comme toujours, la cour de la Maison de la Guilde était éclairée par une seule lampe. Les deux hommes avaient fait attention à tourner la tête de l'autre côté. Conformément aux suggestions de Tayend, Lorkin s'était dirigé droit vers la voiture dans laquelle il était monté, tandis qu'Achati grimpait rapidement à l'arrière du véhicule.

Ils avaient quitté la Maison de la Guilde sans être inquiétés. Pendant tout le trajet jusqu'à la maison d'Achati, Lorkin était resté crispé, attendant qu'une voix leur ordonne de s'arrêter. Mais rien de tel n'était arrivé. Dès que la voiture avait franchi le portail de son domaine, l'ashaki avait rejoint Lorkin, et tous deux avaient rapidement échangé leurs tenues.

Le sauveur de Lorkin lui avait dit de ne pas bouger ; puis il était parti discuter à voix basse avec un homme dont Lorkin devait apprendre plus tard que c'était le maître des esclaves de la maisonnée. En revenant, Achati avait expliqué son plan au jeune magicien. Une fois de plus, Lorkin se ferait passer pour un esclave – mais il devrait endurer un traitement bien plus rude, et espérer qu'il y avait des Traîtres parmi les esclaves exclusivement masculins d'Achati.

Espérer aussi qu'ils m'ont reconnu, qu'ils ont appris que je partais avec la voiture, qu'ils ont pu faire passer le mot et que les Traîtresses arrivent à nous rattraper, à nous arrêter et à me libérer sans révéler nos identités respectives.

Quand il y pensait, Lorkin devait admettre que c'était un plan un peu tiré par les cheveux, qui pouvait tourner mal d'une multitude de façons.

Au pire, qu'est-ce qui pourrait m'arriver ? Je me retrouverais dans la mine. La ceinture de fer court le long de la frontière entre le Sachaka et la Kyralie. Serait-ce bien difficile de m'évader en utilisant ma magie et de rentrer chez moi tout seul ?

Cela dépendrait si la mine était dirigée par des magiciens, ou si des Ichanis rôdaient dans la cordillère.

Je devrais quitter la voiture avant d'arriver à destination, pendant qu'il n'y a pas de magiciens sachakaniens pour m'arrêter, mais alors que nous serons déjà suffisamment près des montagnes. Si seulement je savais à quoi ressemble le coin sud du pays ! Le désert s'étend-il jusqu'à la mer ? Les Ichanis s'aventurent-ils si loin ?

La voiture commença à ralentir. Ouvrant les yeux, Lorkin regarda autour de lui et vit un mélange de peur et d'espoir sur le visage de ses compagnons. Il entendit un estomac gargouiller. Peut-être allait-on leur donner à boire et à manger.

La voiture s'arrêta, et des voix résonnèrent dehors.

— Il y a de grandes chances que le puits s'écroule. Je ne veux pas risquer un des miens. Ils sont forts et en bonne santé, lâcha un homme sur un ton hautain.

Le cocher répondit d'une voix basse et nasillarde, si bien que Lorkin ne put distinguer ses paroles.

— Donne ton prix, réclama son client.

Il y eut une pause, puis la voiture oscilla et deux bruits de pas se dirigèrent vers l'arrière. Le cadenas cliqueta ; la porte s'ouvrit. Une vive lumière se déversa à flots, éblouissant Lorkin.

— Celui-ci fera l'affaire.

— C'est un fauteur de troubles.

— Dans ce cas, tu devrais être content de te débarrasser de lui. S'il survit et qu'il fait le malin, je te le revendrai la prochaine fois. Tiens.

Lorkin entendit un tintement de pièces. Ses yeux commençaient à s'habituer à la clarté du jour. Il vit un ashaki debout près du cocher, qui se penchait pour défaire les chaînes d'un esclave. Le cœur du jeune homme fit un bond dans sa poitrine. Les chaînes étaient les siennes !

Un moment, il envisagea de forcer le passage à l'aide de sa magie et de s'enfuir. Il ne se retint qu'au prix d'un gros effort de volonté. *Où que tu ailles, il y aura des Traîtresses*, raisonna-t-il. *Elles te trouveront. Elles te libéreront.*

Le travail que lui réservait cet ashaki semblait dangereux ; du moins Lorkin pourrait-il utiliser ses pouvoirs pour se protéger. *Et aucun de ces malheureux n'aura à risquer sa vie.*

— Viens, ordonna le cocher en lui agrippant la cheville et en tirant.

Lorkin se mit debout, enjambant les autres esclaves assis entre lui et la porte ouverte. Il dut sauter à terre, et les chaînes qui l'entravaient l'empêchèrent de garder son équilibre. Il tomba face contre terre.

Ce qui m'épargne l'humiliation de me prosterner devant mon nouveau maître.

— Ne bouge pas, dit l'homme hautain.

Il attendit en silence que la voiture s'éloigne. Lorkin en profita pour regarder discrètement autour de lui, et voir que deux esclaves costauds encadraient l'ashaki.

— Maintenant, lève-toi et suis-moi, ordonna ce dernier.

Lorkin obéit. Ses chaînes cliquetèrent et raccourcirent ses enjambées comme il franchissait un petit portail et pénétrait dans une cour sur les talons de l'ashaki. Un autre esclave attendait là avec un gros marteau.

— Enlève-lui ça, réclama l'ashaki en désignant les chaînes de Lorkin.

L'esclave fit signe à Lorkin de s'asseoir sur un banc. Le jeune homme s'exécuta et positionna docilement ses jambes de la manière qu'on lui indiquait. Après quelques coups bien placés, mais qui lui mirent les nerfs à vif, les chaînes tombèrent de ses chevilles.

L'ashaki avait observé toute la scène avec un air de suprême ennui. De nouveau, il ordonna à Lorkin de le suivre et l'entraîna à l'intérieur d'un bâtiment. De l'air humide et parfumé enveloppa le jeune homme comme ils pénétraient dans une maison de bains. L'ashaki montra un tas de vêtements pliés sur un banc de bois.

— Lave-toi et enfile ça. Dépêche-toi ; nous n'avons pas beaucoup de temps.

Jetant un coup d'œil derrière lui, Lorkin vit que les deux esclaves costauds ne les avaient pas accompagnés. L'ashaki sourit, son expression hautaine envolée, et quitta la pièce. Intrigué, Lorkin le suivit des yeux.

Quelque chose cloche.

Il s'approcha du banc et saisit le premier vêtement de la pile. Son cœur fit un bond dans sa poitrine et se gonfla de joie tandis qu'un immense sourire éclairait son visage.

C'était une simple et confortable tunique de Traître.

14

Nouveau changement de plan

— Faites bon voyage, leur souhaita la sentinelle Orton tandis que la voiture s'ébranlait.

Au-dessus de lui, un éventail de petites fenêtres se découpaient sur la façade du Fort côté sachakanien – certaines brillamment éclairées de l'intérieur, d'autres plongées dans le noir et presque invisibles. Sonea continua à regarder l'immense construction jusqu'à ce que la nuit l'engloutisse.

Puis elle éteignit le petit globe lumineux qu'elle faisait léviter à l'intérieur de la voiture. L'obscurité lui semblait plus appropriée pour discuter de secrets ; pourtant, elle hésita.

— C'est un soulagement d'apprendre que Lorkin s'est échappé d'Arvice, lança Regin.

— Oui, acquiesça très vite Sonea, saisissant cette occasion de gagner du temps. Dannyl doit être ravi. Je ne sais pas comment il s'est débrouillé, mais il a dû prendre de gros risques… à supposer que le message ait bien été envoyé par les Traîtresses, et qu'il dise la vérité.

— Vous pensez qu'elles pourraient vous mentir ?

— Pas les Traîtresses, non. Mais je crains que tout ceci soit une ruse imaginée par le roi Amakira. Pour ça, il faudrait que Lorkin aussi se soit laissé berner, car je n'ai pas senti de duplicité lorsque nous avons discuté par l'intermédiaire de ma bague de sang.

Elle se rembrunit. *En fait, je n'ai rien senti du tout – aucune de ses pensées ou de ses émotions. C'est bizarre. La bague aurait dû me permettre de les percevoir. C'est comme si… Ah, mais bien sûr.* Une barrière protégeait l'esprit du jeune homme, de la même façon que la bague de Naki protégeait celui de Sonea.

Lorkin portait-il une gemme similaire ? *La bague de Naki provenait-elle des Traîtresses à l'origine ? Si oui, comment est-elle arrivée en Kyralie ?*

Elle a dit que les femmes de sa famille se la transmettaient d'une génération à l'autre. L'une d'elles appartenait-elle aux Traîtresses?

—Il a la bague en ce moment?

Sonea reporta son attention sur Regin.

—Oui.

—Donc, c'est comme ça que vous avez su que les messages venaient des Traîtresses, murmura-t-il, pour lui davantage que pour elle.

Sonea le dévisagea – pour autant qu'elle pouvait le faire dans la pénombre. Ils avaient deux heures de voyage devant eux. Elle repensa à son hésitation à lui révéler l'autre but de leur mission. Les Traîtresses lui avaient assuré que la passe était sûre, même si elles lui avaient recommandé de se déplacer de nuit et le plus discrètement possible. Si elle parlait à Regin, il poserait des questions. Si elle attendait qu'ils soient arrivés, elle n'aurait pas le temps de lui répondre avant qu'ils soient obligés de garder le silence tous les deux.

Oui, je dois lui dire maintenant.

—Seigneur Regin, commença-t-elle. (Et dans la pénombre, elle le vit tourner très vite la tête vers elle.) Libérer Lorkin n'était pas notre seul objectif. Il y en a un autre.

—C'est bien ce que je pensais, acquiesça lentement Regin. De quoi s'agit-il?

—Nous devons rencontrer les Traîtresses. Elles veulent discuter de la possibilité d'une alliance et de l'établissement d'échanges commerciaux.

Par-dessus le cahotement de la voiture, Sonea entendit Regin hoqueter.

—Ah.

—Le cocher s'arrêtera dans une heure ou deux. Nous descendrons et nous marcherons en direction du nord. Les Traîtresses m'ont laissé des instructions à suivre. Elles nous rejoindront dans quelques jours, et Lorkin sera avec elles.

—Vous avez attendu le dernier moment pour me le dire.

—Oui, et si j'avais pu, j'aurais attendu plus longtemps encore. Je ne pouvais pas vous en parler avant de crainte que nous soyons arrêtés par les hommes du roi Amakira et qu'ils lisent dans votre esprit.

—Et le vôtre?

—Il est protégé.

Sonea attendit que Regin lui demande comment, mais la question ne vint pas. Un silence plein de reproche s'installa dans l'habitacle.

—Ce n'est pas que nous… que la Guilde n'avait pas confiance en vous, commença Sonea. Nous…

— Je sais, coupa Regin. Peu importe. (Il soupira.) Enfin, si. Me faites-vous confiance, vous ?

Sonea hésita, ne sachant comment interpréter le ton de sa voix qui contenait, non pas une accusation, mais une certaine exigence. Esquiver la question risquerait de compliquer inutilement les choses entre eux.

— Oui, répondit-elle.

Et au moment où elle le disait, elle sut que c'était la vérité. Néanmoins, Regin lui avait un peu forcé la main, et elle se sentait autorisée à faire de même en retour.

— Et vous, me faites-vous confiance ?

Elle l'entendit expirer lentement.

— Pas tout à fait, admit-il. Je ne doute ni de votre compétence ni de votre loyauté envers la Guilde, mais... je sais que vous ne m'aimez pas.

Le cœur de Sonea fit un léger bond dans sa poitrine.

— Ce n'est pas vrai, se récria-t-elle très vite, avant que de vieux souvenirs redressent la tête et retiennent sa langue. Je ne vous ai pas toujours apprécié, et vous savez pourquoi. Inutile de revenir là-dessus ; il y a prescription.

Regin garda le silence un instant.

— Je m'excuse. Je n'aurais pas dû en reparler. Parfois, j'ai du mal à croire que vous ayez pu me pardonner, et à plus forte raison que vous puissiez m'apprécier aujourd'hui.

— C'est pourtant le cas. Vous êtes devenu... quelqu'un de bien, dit Sonea. Un homme bon.

— Grâce à vous. (Le ton de Regin était plus chaleureux à présent.) Grâce à ce que vous avez fait ce jour-là, pendant l'invasion.

Sonea retint son souffle comme une vague de tristesse la submergeait. *Un autre homme bon est mort ce jour-là.* Incapable de parler, elle sentit – et non pour la première fois – l'angoisse la gagner à la perspective des souvenirs qui l'assailliraient quand elle marcherait dans le noir sur la pierre nue des montagnes. *Mais avec un autre compagnon, cette fois.*

— Qu'est-ce qui ne va pas ? demanda Regin.

Sonea cligna des yeux, surprise. Comment savait-il qu'elle était préoccupée ? Puis elle se rendit compte que la paroi rocheuse avait disparu d'un côté de la voiture, et qu'un léger clair de lune filtrait dans l'habitacle. Elle prit une grande inspiration et expira lentement pour se ressaisir.

— Nous avons tous deux changé ce jour-là. Vous en bien, moi en mal.

— Il faudrait être idiot pour penser ça de vous, protesta Regin, se méprenant sur le sens de ses paroles. Vous avez sauvé la Guilde. Je vous admire depuis lors.

Sonea le regarda, mais son visage était presque entièrement plongé dans l'ombre. Comment pourrait-il comprendre l'amertume et le dégoût d'elle-même qui avaient surgi après la mort d'Akkarin ? *Mon esprit a beau savoir que ça n'était pas ma faute, mon cœur refuse d'y croire complètement.*

Puis, à la faveur d'un tournant, le clair de lune révéla une expression que Sonea avait rarement vue sur les traits de Regin. À bien y réfléchir, elle avait entendu l'ébauche d'un sourire dans sa dernière phrase. Qu'avait-il dit ? « Je vous admire depuis lors. »

Sonea détourna les yeux. Leur vieille rivalité et la haine que Regin lui vouait à cause de ses origines s'étaient muées en un sentiment diamétralement opposé. *Et tout aussi immérité. Mais il serait ingrat de ma part de le lui faire remarquer. Je préfère largement l'admiration à la méfiance.*

L'admiration et l'amitié étaient deux choses très différentes – autant que l'amitié et l'amour. *J'ai vu des novices qui se détestaient devenir amis une fois diplômés. Ça n'a pas été notre cas. J'ai également vu des gens qui se détestaient sauter l'étape de l'amitié et tomber directement amoureux.* Son cœur manqua un battement. *Une minute… Non. Non, c'est impossible. Ce n'est pas ce qu'il a voulu dire par « admiration ».*

Elle reporta son attention sur Regin mais n'eut pas le loisir de déchiffrer son expression. Le magicien avait le regard fixé sur un point au-dehors de la voiture. Il se pencha en avant comme pour mieux voir.

— Alors, voilà ce fameux désert, chuchota-t-il.

Sonea jeta un coup d'œil par la fenêtre. Le léger clair de lune soulignait les reliefs du paysage en contrebas ; la crête d'innombrables dunes dessinait d'étranges motifs sinueux.

— Oui, acquiesça Sonea. Il s'étend jusqu'à l'horizon.

— Si loin que ça ? Comment avons-nous fait pour le créer ? s'émerveilla Regin. Qu'est devenu ce savoir ?

— D'après ce que m'a dit Osen, l'ambassadeur Dannyl a découvert des archives intéressantes.

— Une idée sur la façon de rendre ces terres de nouveau fertiles ?

Sonea secoua la tête.

— Si un magicien y parvenait, ce serait l'acte de guérison le plus extraordinaire qui ait jamais été accompli.

Regin contempla la vue un petit moment encore, puis se radossa à la banquette.

— Dans quelques heures, dites-vous ?

— Oui. Le cocher connaît le repère à chercher. Il nous y déposera, puis poursuivra son chemin jusqu'à la Maison de la Guilde à Arvice avec le courrier et les fournitures. Je lui ai dit que nous n'avions plus besoin de nous rendre au Sachaka maintenant que Lorkin est libre, mais que nous voulions voir le soleil se lever sur le désert et que nous regagnerions le Fort à pied après coup.

— Il est courageux d'avoir accepté de continuer sans magiciens à bord, commenta Regin. J'imagine qu'aucun de nous ne serait en sécurité si le roi Amakira décidait de s'en prendre à nous. Ou les Ichanis. Ou les Traîtresses.

— Non, mais nous devons espérer que les Traîtresses sont de notre côté. Elles nous ont promis qu'elles nous préserveraient des Ichanis et des espions du roi.

— Vraiment ? J'ai hâte de les rencontrer.

Sonea acquiesça. *Moi aussi. Et pas seulement parce que je reverrai enfin Lorkin et pourrai m'assurer qu'il rentre sain et sauf à la maison. Je brûle de faire la connaissance des gens qui l'ont suffisamment impressionné pour qu'il accepte de les suivre dans leur repaire secret, sachant qu'il risquait de ne jamais en repartir.*

Depuis le départ d'Anyi et de Lilia, seul un bruit de respiration troublait le silence qui s'était abattu dans la chambre souterraine. Gol était assis dos au mur, sur l'un des matelas qu'il avait confectionnés. Cery, pour sa part, occupait l'une des chaises volées à la ferme. Il réfléchissait à ce que Lilia lui avait dit au sujet de Kallen et de la raison pour laquelle la Guilde voulait se procurer des graines de poerri.

« Selon lui, ils se débarrasseront de Skellin après, et ils accepteront peut-être votre aide pour le piéger, si vous êtes toujours d'accord », avait rapporté la jeune fille.

— Peut-on leur faire confiance ? lança tout à coup Cery à voix haute.

Gol poussa un grognement.

— C'est moi qui devrais te poser la question. Tu connais les magiciens mieux que moi. À ton avis ?

Cery prit une grande inspiration et soupira.

— Ils se préoccuperont en premier lieu d'eux-mêmes et des Maisons, et du peuple kyralien seulement ensuite.

— Sachant que leur définition du peuple n'inclut pas les voleurs et autres criminels.

— Sauf si les voleurs en question les ont aidés, et s'ils peuvent collaborer avec eux discrètement.

— Ils se sentiront une obligation envers nous – même si nous ne leur servons à rien pour le moment, et même si Sonea n'est plus là. Parce que nous leur avons été utiles par le passé.

— Espérons-le. (Cery secoua la tête.) Plus vite Sonea rentrera, mieux ça vaudra, maugréa-t-il entre ses dents. Si Kallen est aussi accro au poerri que l'affirme Lilia, ça ne me plaît pas de devoir m'en remettre à lui.

— Mmmh. Mais s'il voulait nous livrer à Skellin, il aurait accepté ton plan au lieu de nous demander d'attendre. Il aurait arrangé un rendez-vous, et c'est Skellin qui serait venu à sa place.

— Exact. Néanmoins, je préfère être ici, d'où l'on peut s'enfuir en cas de besoin, plutôt que coincé dans une chambre à la Guilde.

Gol acquiesça.

— Au moins, on peut garder un œil sur cette fameuse cave. Comme ça, on saura quand ils auront réussi à se procurer des graines de poerri. Faut-il attendre que les plantes aient atteint la même taille que celles que nous avons vues – autrement dit, qu'elles soient assez grandes pour que les magiciens sachent si c'est bien du poerri ou non ?

— Tu sais à quoi ça ressemble, un pied de poerri ? répliqua Cery.

Gol se rembrunit et fit un signe de dénégation.

— Anyi le sait peut-être, elle. Son petit ami en fumait, non ?

— En fait, c'était sans doute une petite amie, contra Cery.

Dans la pénombre, son garde du corps s'empourpra et détourna les yeux. *Je rêve, ou il a rougi ?* Cery ne put réprimer un sourire.

— Les magiciens pourraient essayer d'autres moyens de trouver Skellin avant de se rabattre sur notre plan, fit remarquer Gol en pianotant sur le matelas. S'ils rechignent vraiment à travailler avec un voleur.

— S'ils rechignent vraiment à travailler avec un voleur, ça ne leur posera pas de problème d'en utiliser un comme appât, contra Cery.

Gol gloussa.

— Très juste.

— S'ils acceptent d'essayer notre plan… (Cery réfléchit.) On devrait faire en sorte d'être prêts à agir. Avoir un piège déjà tendu, qu'il ne restera plus qu'à amorcer.

— S'ils décident de ne pas travailler avec nous, ce sera une perte de temps et d'énergie, répliqua Gol.

— Tu as mieux à faire, peut-être ? railla Cery. Nous sommes juste sous la Guilde. C'est forcément un avantage. J'aimerais… j'aimerais trouver un moyen de conduire Skellin entre leurs mains, qu'ils le veuillent ou non.

— Un piège double.

— Dont ils ne comprendraient l'existence que lorsque Skellin viendrait farfouiller par ici.

Les yeux de Gol brillèrent.

— Je crois que je sais comment faire. En tout cas, je suis certain que ça attirerait l'attention des magiciens. (Il prit un air pensif.) Je dois me rendre en ville pour acheter du matos. Et il faudrait installer ça dans un tunnel costaud, pour ne pas risquer de nous ensevelir tout seuls. Quelle est la zone la plus solide du réseau ?

Cery saisit une lampe à huile.

— Viens avec moi.

Gol se leva sans même un grognement d'effort et le suivit hors de la pièce. *C'est bon de le voir complètement rétabli*, songea Cery. *Entre lui et Anyi, je me sens deux fois plus vieux que je ne le suis. Si je retrouve mon ancienne vie un jour, je ne m'entourerai plus que de vieillards pour avoir l'impression d'être toujours jeune !*

Bientôt, les deux hommes atteignirent le groupement de salles où Cery avait surpris Anyi et Lilia. Gol lui prit la lampe des mains et, la tenant à bout de bras, entra dans la première de ces salles pour examiner ses murs de brique et son plafond voûté.

— C'est en bien meilleur état que là où nous nous sommes installés, commenta-t-il. Pourquoi ne vivons-nous pas ici ?

— Anyi n'a découvert ces chambres que récemment.

Et quelque chose d'autre tracassait Cery, faisant battre son cœur un peu trop vite. Lorsque Gol baissa la lampe, la lumière tomba sur une assiette cassée et poussiéreuse. Cery en ramassa un morceau. Un symbole de la Guilde était gravé dans le vernis.

Le voleur frissonna comme ses souvenirs remontaient à la surface telles des volutes de fumée. *Est-ce ici que Fergun m'a enfermé autrefois ? Je n'ai pas pu voir grand-chose : il m'a laissé dans le noir complet pendant des jours.*

— Ici, nous sommes plus près des bâtiments de la Guilde. Nous aurons moins à courir pour nous échapper en cas de besoin, et Lilia aura moins de chemin à faire pour venir nous voir. Déplaçons nos affaires, suggéra Gol.

Avec un soupir, Cery repoussa ses souvenirs et son malaise pour acquiescer.

— Oui, mais installons-nous dans une autre pièce. Celle-ci est la première qu'on traverse en arrivant. J'aimerais avoir un peu de temps pour me préparer si quelqu'un approche.

Comme les derniers esclaves qui avaient apporté la nourriture quittaient le grand salon, Tayend se tourna vers Dannyl.

— Maintenant que Lorkin est en sécurité, que vas-tu faire de notre invité indésirable ?

Dannyl regarda son repas et soupira. Tout à coup, il n'avait plus très faim. Il déploya un bouclier magique autour de lui, de Tayend et de Merria pour empêcher quiconque d'espionner leur conversation.

— Tu as une idée ? demanda-t-il.

Une journée entière s'était écoulée depuis l'enlèvement raté. Savi s'occupait de vider régulièrement le faux esclave de ses forces. Comme elle était en charge des cuisines, aucun des vrais esclaves ne trouvait étrange qu'elle soit la seule autorisée à pénétrer dans l'une des réserves.

— Je ne vois que deux possibilités : on le tue, ou Savi s'en va.

Les derniers vestiges de l'appétit de Dannyl s'envolèrent.

— Comme Savi ne peut pas s'en aller, ça ne nous laisse qu'un seul choix.

Merria se rembrunit.

— Mais que le roi prétende que cet homme est son esclave, ou qu'il admette qu'il ne l'est pas, vous enfreindriez la loi.

Tayend opina du chef.

— Mieux vaut être accusé de destruction d'un bien du roi plutôt que de meurtre. Tu pourrais peut-être maquiller ça en accident ?

Pourquoi est-ce à moi de le faire ? se demanda Dannyl. *Parce que je suis le plus gradé dans cette maison.* Un espoir insidieux se fit jour en lui. *En tant qu'ambassadeur d'une nation plutôt que de la Guilde, Tayend ne m'est-il pas supérieur ?*

— Si Savi s'en charge en utilisant sa magie noire, il sera évident qu'aucun de nous ne peut être coupable, suggéra Merria.

— Mais il sera tout aussi évident qu'une Traîtresse ou un Traître se cache quelque part dans les environs, contra Tayend.

— Savi peut bloquer les sondes mentales, n'est-ce pas ?

— Si le roi est persuadé qu'aucun esclave n'a pu entrer ou sortir de la maison, et qu'il est déterminé à trouver lequel d'entre eux est un Traître, il pourrait les faire torturer, fit valoir Dannyl.

— Ou les tuer tous, ajouta Tayend.

Un esclave apparut sur le seuil de la porte. C'était Tav. Il se jeta à terre.

— Attention à ce que vous dites, prévint Dannyl avant de dissiper son bouclier. Qu'y a-t-il, Tav ?

— Quelqu'un à la porte, hoqueta l'homme.

— Va voir qui c'est.

Il s'éloigna hâtivement, et les occupants du grand salon attendirent son retour en silence. Un bruit de pas doux et rapide s'amplifia dans le couloir, puis Tav réapparut.

— C'est un message, annonça-t-il.

— Donne-le-moi, réclama Dannyl avant que l'esclave puisse se prosterner de nouveau.

Tav s'avança en tenant un parchemin à deux mains. Dannyl le prit et congédia l'homme d'un geste.

— Laisse-nous.

Il déroula la missive. Tayend et Merria se penchèrent de part et d'autre de lui pour lire en même temps.

— Vous êtes convoqué au palais, murmura la jeune femme.

— Sur-le-champ, ajouta l'Elyne.

Dannyl lâcha le bas du parchemin, qui s'enroula tout seul.

— Quoi que nous fassions, nous devons le faire maintenant. Kai !

Son esclave personnel apparut sur le seuil de la porte.

— Va chercher Savi.

Dannyl attendit que Kai se soit éloigné pour murmurer :

— Ça me semble normal de lui demander ce qu'elle préfère.

Ils n'eurent pas à attendre longtemps. La Traîtresse arriva et, jouant son rôle à la perfection, se jeta par terre aussi promptement qu'une esclave ordinaire.

— Le repas ne vous plaît pas, maître ? demanda-t-elle.

Dannyl regarda l'assiette à laquelle il avait à peine touché. Avec un soupir, il dressa de nouveau son bouclier autour d'eux.

— Je suis convoqué au palais, révéla-t-il. Nous devons décider ce que nous allons faire de l'espion du roi. Que préférerais-tu ?

Savi grimaça.

— Un échange de vêtements ne fonctionnera pas cette fois.

Tayend se redressa brusquement.

— Oh !

Tous les regards se tournèrent vers lui.

— Quoi ? demanda Dannyl.

L'Elyne leva une main.

— Attends. Laisse-moi une seconde. J'ai une idée. (Il ferma les yeux, et ses lèvres remuèrent en silence. Puis il hocha la tête avant de promener un regard à la ronde.) Dis-moi : pourrais-tu te faire passer pour un esclave de voiture, même si tu es une femme et même s'il ne s'agit pas de ton travail habituel ?

Savi fronça les sourcils.

— Si ça a marché pour ashaki Achati, ça pourrait marcher pour moi.

— Y a-t-il, sur la route du palais, un endroit où Dannyl pourrait te déposer ?

Les yeux de la femme brillèrent.

— Oui.

Tayend reporta son attention sur Dannyl.

— Je pense que c'est la meilleure solution. Si nous arrivons à éloigner Savi, nous n'aurons pas besoin de tuer le ravisseur.

Dannyl acquiesça, le cœur gonflé de soulagement… jusqu'à ce qu'il se souvienne que le ravisseur avait beaucoup de choses à révéler, outre le fait que Savi était une Traîtresse. *Mais le roi n'avouera pas en public que cet homme était un espion à sa solde. Et après tout ce que nous avons traversé, ça va beaucoup m'énerver. À moins que…*

— On l'emmène avec nous, décida-t-il.

Merria écarquilla les yeux, mais Tayend se contenta de glousser.

— Tu vas tout raconter au roi.

— Excepté la façon dont Lorkin s'est enfui.

— Dans ce cas, je t'accompagne. Je veux voir ça.

— Tayend…

— Non, Dannyl. Je veux et je dois voir ça. Mon roi serait très déçu si je n'assistais pas à cette entrevue.

Dannyl ne pouvait pas prétendre le contraire. *Et puis, mieux vaut qu'il y ait d'autres témoins que moi, Osen et la cour sachakanienne,* raisonna-t-il. Il dissipa sa bulle de silence.

— Merria, allez chercher l'espion avec Savi. Kai !

L'esclave se précipita à l'intérieur de la pièce.

— Fais amener la voiture devant l'entrée.

Lorsque Savi, Merria et Kai eurent disparu, Dannyl restaura son bouclier. Tayend se frotta les mains, puis s'interrompit brusquement. Son sourire se flétrit.

— J'espère que le roi ne découvrira pas qu'ashaki Achati nous a aidés.

L'estomac noué, Dannyl soupira en repoussant son assiette du bout du pied. La veille, il avait eu du mal à s'endormir : il craignait trop qu'Achati ait livré Lorkin au roi, ou qu'il soit de bonne foi et qu'il se fasse prendre en essayant d'aider le jeune homme.

Malgré la barrière de silence, ce fut à voix basse que Tayend poursuivit :

— Hier soir, j'ai pensé… Et si le roi ordonne à ashaki Achati de mettre une de ses bagues de sang ? Ça permet au créateur de lire dans les pensées du porteur, pas vrai ? Je suis certain qu'Achati communiquait avec Amakira pendant notre voyage à Duna. Or, je doute que le roi accepte de mettre la bague de sang de quelqu'un d'autre, au risque que cette personne lise dans ses pensées. Donc, c'est Achati qui devait porter une des siennes. L'a-t-il gardée depuis ? Comment expliquera-t-il son refus de la porter désormais ?

Dannyl secoua la tête.

— Je l'ignore. Mais j'imagine qu'il savait ce qu'il faisait.

— En tout cas, j'espère qu'il ne s'est pas sacrifié pour nous. Il est meilleur que je ne m'y attendais. Je crois que je l'aime bien.

Surpris et reconnaissant, Dannyl dévisagea Tayend. *Le fait qu'il soit capable d'apprécier Achati le fait monter d'un cran dans mon estime. Et sa bonne opinion d'Achati fait également monter ce dernier d'un cran dans mon estime.* Tout ça parce que le Sachakanien avait aidé Lorkin. *Mais à quel prix ?*

Un bruit de pas annonça le retour de Savi, qui poussait le ravisseur ligoté et bâillonné devant elle. Dannyl nota que l'homme titubait comme s'il était épuisé. Elle avait dû le vider de ses forces juste avant de le lui amener.

Un silence tendu s'installa entre eux comme ils longeaient le couloir jusqu'à la porte d'entrée. La voiture n'était pas encore là, mais bientôt, les portes de l'écurie s'ouvrirent, et l'attelage émergea du bâtiment. Dannyl ordonna à Savi de grimper à l'arrière, à côté de l'esclave habituel, puis fit monter l'espion dans l'habitacle et s'installa près de lui, suivi par Tayend.

— Bonne chance, dit Merria à voix basse avant de refermer la portière.

Au signal de Dannyl, la voiture sortit de la cour. Ses passagers gardèrent le silence : Dannyl et Tayend ne pouvaient pas discuter de leurs plans devant l'espion, et le moment n'était pas aux bavardages oiseux. Pelotonné sur la banquette d'en face, le ravisseur regardait tour à tour Dannyl et Tayend d'un air effrayé.

Soudain, le cocher poussa un cri, et les trois hommes sursautèrent.

La voiture ralentit. Dannyl ouvrit la fenêtre et se pencha à l'extérieur.

— Qu'y a-t-il ?

— L'esclave, maître. Elle a sauté et elle s'est enfuie.

Dannyl regarda en arrière, mais Savi avait déjà disparu.

— Nous n'avons pas le temps de la chercher, dit-il au cocher. Continue vers le palais.

Peut-être rassuré de connaître leur destination, le ravisseur manqué cessa de dévisager Tayend et Dannyl. Soulagé, ce dernier passa le reste du trajet à réviser et à polir son plan, ainsi qu'à rassembler son courage. Une fois la voiture arrêtée, il tira l'homme dehors, le força à passer devant lui et se dirigea vers le palais au pas de charge, laissant Tayend courir pour le rattraper.

Les gardes l'observèrent attentivement, mais ne lui barrèrent pas le chemin. Dans la salle du trône, Dannyl se réjouit de constater que le roi avait fait venir de nombreux ashakis pour assister à leur entrevue.

Parmi eux, il s'en trouvait quelques-uns qui, selon Merria, désapprouvaient le traitement infligé à Lorkin. *Parfait.* Achati se tenait près du trône, et Dannyl fut soulagé de voir qu'il ne semblait pas inquiet.

Lorsque son visiteur poussa l'espion à terre, Amakira haussa les sourcils. Dannyl s'agenouilla conformément à l'étiquette, et Tayend, qui venait juste de le rejoindre, s'inclina profondément.

— Relevez-vous, ambassadeur Dannyl, ordonna le roi. (Il désigna l'espion.) Que se passe-t-il ?

— Je vous ramène simplement cet espion dont je me suis laissé dire qu'il travaillait pour vous, Votre Majesté, répondit Dannyl en se redressant.

Le roi sursauta.

— Pour moi ?

— Oui, Votre Majesté. La nuit dernière, il a tenté d'enlever mon ancien assistant, le seigneur Lorkin. Une Traîtresse l'en a empêché. Elle a également lu dans son esprit et découvert qu'il agissait sur vos ordres. (Dannyl promena un regard à la ronde. Les ashakis semblaient amusés, mais guère choqués.) Je demande qu'un des magiciens ici présents lise dans son esprit pour le confirmer.

Les têtes se tournèrent de gauche et de droite ; des regards furent échangés ; quelques mots furent marmonnés. Sans prêter attention à personne d'autre, le roi continua à dévisager Dannyl.

— Très bien. Ashaki Rokaro, voulez-vous bien accéder à la requête de l'ambassadeur Dannyl et nous dire si cette accusation est vraie.

Nul ne protesta comme un homme aux cheveux grisonnants s'avançait, et tous le regardèrent attentivement poser ses deux mains de part et d'autre de la tête de l'espion. Ashaki Rokaro dut procéder avec soin et méticulosité, car jamais Dannyl n'avait vu un magicien mettre aussi longtemps pour lire dans les pensées de quelqu'un. Quand il finit par le lâcher, l'espion s'affaissa sur le sol, une main tendue vers le roi comme le faisaient les esclaves pour implorer le pardon de leur maître.

— Alors, ashaki Rokaro ? le pressa le roi.

L'interpellé regarda d'abord l'espion, puis Dannyl, puis les autres ashakis rassemblés là.

— C'est vrai, répondit-il simplement.

Dannyl en fut quelque peu surpris. Il s'attendait à ce que l'ashaki nie, ou dise que l'espion avait très bien pu être dupé quant à l'identité de son commanditaire. Levant les yeux vers le roi, il ne vit ni culpabilité ni inquiétude sur son visage, et son estomac se noua.

— Vous dites qu'une Traîtresse vous a aidés, lança Amakira.

Dannyl hésita, et un frisson glacé le parcourut tel un avertissement.

— Nous n'étions pas en position de refuser.

— Où est-elle maintenant ?

— Je l'ignore. Plus à la Maison de la Guilde.

— Et Lorkin ?

— Il est parti.

— Où ça ?

— Je ne le sais pas non plus. J'imagine qu'il a rejoint les Traîtresses.

— Elles semblent être ses compagnes de prédilection désormais. (Le roi se tourna vers Achati et lui adressa un sourire approbateur.) Du moins avons-nous obtenu ce que nous désirions tous : la liberté du seigneur Lorkin contre des informations.

« Des informations ? » Brusquement, Dannyl se souvint de la promesse que Lorkin avait faite à Achati : *« Je répondrai à la question la plus importante pour votre roi. Je vous dirai où se trouve la cité des Traîtresses. »*

Sur le coup, il n'avait pas cru que Lorkin tiendrait parole, supposant que le jeune homme avait quelque échappatoire en tête. Mais… et si Lorkin avait réellement indiqué à Achati où vivaient les Traîtresses ? Et si Achati l'avait livré au roi au lieu de l'aider à s'enfuir ? Les Traîtresses avaient-elles menti en disant qu'elles avaient récupéré le jeune homme, parce qu'elles voulaient se venger de lui ? Ou ignoraient-elles encore ce qu'il avait fait ?

Amakira jeta un coup d'œil méprisant à son espion.

— Je devrais sans doute vous remercier de me l'avoir ramené, même s'il ne s'est pas révélé très efficace dans sa mission. (Il reporta son attention sur Dannyl et Tayend.) Vous pouvez regagner la Maison de la Guilde, ambassadeurs.

15

Dans le désert

Dans le désert, la nuit était étonnamment froide après la chaleur torride de la journée. Lorkin tira sur les rênes de sa robuste petite monture qui, une fois de plus, tentait de rattraper le cheval de devant. L'animal rejeta la tête en arrière en signe de protestation, et Lorkin entendit de l'eau clapoter dans les tonneaux fixés sur ses flancs.

Ils étaient partis la veille au crépuscule. Le faux ashaki des Traîtresses avait emmené Lorkin à la lisière du désert dans sa voiture, et l'y avait déposé en compagnie de deux esclaves mâles d'un domaine voisin. Ceux-ci avaient dit au jeune homme qu'ils ne l'escorteraient que jusqu'aux collines, où un groupe de Traîtresses prendrait le relais. Même s'ils avaient un cheval supplémentaire pour les aider à porter leurs provisions, ils n'avaient pas pu emporter assez d'eau et de vivres pour traverser les montagnes et revenir : cela aurait immanquablement attiré les soupçons.

Regardant par-dessus son épaule en direction de l'est, Lorkin vit que le ciel commençait à s'éclaircir. Il n'avait pas dormi cette nuit-là, et il avait passé les deux précédentes roulé en boule sur la banquette d'une voiture. Même s'il pouvait dissiper sa fatigue à l'aide de sa magie de guérison, cette fuite en avant et cette peur constante d'être découvert l'épuisaient. Il aurait aimé s'arrêter pour se reposer, mais doutait fort d'en avoir le loisir avant un bon moment.

Mais il espérait que Tyvara serait parmi le groupe de Traîtresses qui l'attendait, et cela lui donnait un regain d'énergie chaque fois qu'il pensait à elle – ce qu'il faisait dès qu'il commençait à s'affaisser dans sa selle. Il pensait à son sourire chaleureux, au son de sa voix, à la douceur de sa peau nue, et il se disait : *Bientôt.*

Si la jeune femme ne se trouvait pas là, il serait très déçu mais pas vraiment surpris. Pour avoir tué Riva, Tyvara avait été condamnée à ne pas quitter le Sanctuaire pendant trois ans. *Au moins, elle est en sécurité là-bas. Et penser à elle m'aidera à tenir jusqu'à ce que je puisse la revoir pour de bon.*

Un claquement de dents ramena son attention vers sa monture. Celle-ci s'était suffisamment rapprochée du cheval de devant pour tenter de le mordre. Lorkin tira de nouveau sur ses rênes. *Vilaine petite bête agressive,* songea-t-il en marmonnant un juron. *Heureusement qu'elle ne s'en prend pas aux humains.*

Sa monture ralentit docilement, mais le cheval de devant fit de même. Lorkin ouvrit la bouche pour prévenir l'esclave qui le montait, puis la referma comme l'homme levait la main afin de lui intimer le silence. Ils s'arrêtèrent. Même la monture de Lorkin s'immobilisa, les oreilles frémissantes.

Lorkin n'entendait rien, mais un des esclaves se laissa glisser à terre et gravit en courant une dune voisine. Il resta accroupi un moment près du sommet, petite forme sombre se découpant contre le sable pâle, puis revint en courant vers eux.

— Un groupe de huit, murmura-t-il.

L'autre homme hocha la tête et se tourna vers Lorkin.

— Probablement des Traîtresses. Les Ichanis voyagent seuls, ou seulement avec quelques esclaves.

Lorkin opina du chef. Son cœur battait très vite. Il voulut mettre pied à terre, mais son guide fronça les sourcils et secoua la tête.

— Ne bougez pas. Juste au cas où nous nous tromperions.

L'homme qui était parti en éclaireur remonta en selle. Ils continuèrent à avancer dans l'ombre de la dune qui ne les dissimulait qu'à moitié, mais qui les rendrait un peu plus difficiles à repérer avec le ciel qui s'éclaircissait derrière eux.

Et si c'était quand même un Ichani ? Lorkin sentit le froid de la nuit traverser ses vêtements. *Et s'ils étaient plusieurs ? On pourrait s'enfuir, mais on n'irait probablement pas loin… Arriverais-je à le retenir assez longtemps avec ma magie pour qu'on réussisse à leur échapper ? Je doute qu'il me reste beaucoup de l'énergie de Tyvara, et même si je l'avais conservée entièrement, ça ne suffirait pas pour battre plusieurs Ichanis.*

Des silhouettes apparurent dans la vallée entre les dunes, droit devant eux. Le soleil levant les baignait d'une lumière dorée, de sorte que même si elles portaient toutes tunique et pantalon, il était facile de distinguer les hommes des femmes. Un fourreau pendait à la ceinture de chacun des nouveaux venus. Contrairement à celui des ashaki, il était droit et non incurvé, et le manche de couteau qui en dépassait n'était serti d'aucun joyau.

Lorkin reconnut la personne qui se tenait à l'avant du groupe, et il poussa un soupir de soulagement. *Savara!*

La nouvelle reine des Traîtresses se dirigea vers eux sans se presser, mais d'un pas déterminé. Lorkin scruta le reste du groupe en quête du visage qu'il voulait désespérément voir, et son pouls s'accéléra alors même qu'il se préparait à être déçu.

Quand leurs regards se croisèrent, il crut d'abord qu'il se méprenait. Puis Tyvara lui sourit, et son cœur fit un bond dans sa poitrine. Il fut saisi par une envie irrépressible de la prendre dans ses bras et de la serrer contre lui. Mais il mit pied à terre en même temps que les esclaves et se força à attendre Savara sans bouger.

— Gal, Tika. Exactement là où nous vous attendions, les salua la nouvelle reine des Traîtresses en les rejoignant. (Puis elle se tourna vers Lorkin.) C'est bon de vous revoir, seigneur Lorkin. Nous craignions de devoir nous introduire par effraction dans le palais pour vous libérer – une chose que nous n'avons pas eu à faire depuis des siècles.

Lorkin posa une main sur son cœur et attendit. Savara lui sourit tristement et hocha la tête.

— Moi aussi, je suis heureux de vous revoir, Votre Majesté. (Toujours ignorant du protocole relatif à la mort d'une souveraine des Traîtresses, il décida de parler franchement.) J'ai été chagriné d'apprendre la disparition de la reine Zarala, mais ravi que vous ayez été élue pour lui succéder.

Savara baissa les yeux.

— Nous ne l'oublierons pas.

Les lèvres pincées, elle se tourna de nouveau vers les esclaves. Tandis qu'elle les remerciait, Lorkin regarda Tyvara et se reput de cette vision en réprimant son impatience. *J'ai l'impression de l'avoir quittée il y a des mois!*

Les esclaves remontèrent en selle; l'un d'eux prit les rênes de la monture de Lorkin, et ils repartirent en direction de l'est. Ils disparurent derrière une dune, dans la lueur orangée du soleil qui annonçait une chaleur accablante pour la journée à venir.

— Maintenant, nous devons aller aussi vite que possible, dit Savara en se tournant vers le reste des Traîtresses et en invitant Lorkin à les rejoindre d'un bras tendu. Votre mère nous attend dans les montagnes.

Lorkin éprouva un pincement d'appréhension et d'excitation mélangées. Il oublia très vite les deux comme Tyvara s'avançait à sa rencontre avec un large sourire.

— Je suis tellement soulagée que le roi t'ait relâché! Savara disait qu'il n'oserait pas te faire de mal, mais ça ne m'empêchait pas de m'inquiéter.

Elle lui prit les mains, lui donna un baiser rapide, mais se déroba quand il tenta de la serrer contre lui. Elle jeta un bref coup d'œil aux autres avant de reporter son attention sur Lorkin, l'air de dire : « Pas maintenant. » Le jeune homme déçu voulut protester, mais se ravisa. Tyvara était là. C'était tout ce qui comptait pour le moment.

— Je ne suis pas le seul qui ait été relâché, fit-il remarquer.

La jeune femme haussa les épaules.

— J'ai plus important à faire que m'occuper des égouts. Et je suis sûre que la punition reprendra dès mon retour.

Tous les membres du groupe se détournèrent d'un même mouvement et repartirent dans la direction d'où ils étaient venus. Quelqu'un confia un paquetage à Lorkin en lui murmurant qu'il trouverait une gourde pleine à l'intérieur. Le jeune homme enfila les bretelles et leva les yeux vers Tyvara qui l'observait, les sourcils froncés.

— Qu'y a-t-il ?

— C'était dur, dans la prison du roi ? demanda-t-elle à voix basse.

L'estomac de Lorkin se souleva. Sa bonne humeur s'envola instantanément, et sa lassitude revint à la charge. Il détourna les yeux.

— Ce n'était pas une partie de plaisir, répondit-il avec un haussement d'épaules.

Dois-je lui parler de cette esclave ? Que pensera-t-elle de moi si elle sait que je l'ai aidée à mourir ? Si ça n'avait pas été une Traîtresse, peut-être... Non, je ne pense pas que ça fasse beaucoup de différence pour elle. Mais j'imagine qu'elle a dû, elle aussi, être confrontée à des choix difficiles en tant qu'espionne.

Lorkin prit une grande inspiration.

— Tu as dû vivre bien pire quand tu te faisais passer pour une esclave.

Tyvara ne répondit pas. Il se força à lever les yeux vers elle. La jeune femme soutint son regard à contrecœur et baissa la tête.

— Si c'était le cas, ça te poserait un problème ?

C'était une drôle de réponse, mais lorsque Lorkin comprit ce qu'elle voulait dire, il en éprouva un mélange de consternation et d'affection.

— Non, affirma-t-il. Je sais... enfin, j'imagine ce qu'on a dû exiger de toi. Ce n'est pas comme si tu avais eu le choix.

— Si, je l'ai eu. J'aurais pu choisir de ne pas devenir espionne.

— Tu l'as fait pour le bien de ton peuple, et pour secourir d'autres gens.

Alors que moi, je n'avais aucune raison noble d'aider cette fille à mourir. Pourtant, il n'avait pas choisi d'être placé face à ce dilemme.

— Assez bavardé, coupa Savara en regardant les deux jeunes gens par-dessus son épaule. Les Ichanis étaient loin la dernière fois que nous avons vérifié, mais ils sont parfois imprévisibles. Nous devrions avancer en silence.

Tyvara se rembrunit et se mordit la lèvre.

Tout en marchant, elle jetait des coups d'œil à Lorkin de temps à autre. Comme elle tournait le dos au soleil levant, le jeune homme distinguait à peine son expression. De toute évidence, elle voulait lui dire quelque chose.

Frustré par la nécessité de se taire, Lorkin se concentra jusqu'à ce qu'il puisse détecter sa présence. Il s'imagina qu'il pouvait entendre ses pensées comme un bourdonnement à la limite de ses perceptions, pas tout à fait assez fort ou distinct pour qu'il puisse le déchiffrer.

Finalement, il n'y tint plus. Il se rapprocha de Tyvara et lui prit la main.

— *Qu'y a-t-il ? Qu'est-ce qui te tracasse ?*

La jeune femme parut surprise ; puis elle sourit et lui pressa la main.

— *Tu sais où nous allons ?*

— *Dans les montagnes. Pour retrouver ma mère. Je suis censé négocier un traité ou une alliance.*

— *C'est ça.*

Lorkin vit le regard interrogateur de Tyvara, et il entendit des mots qu'elle n'avait sans doute pas eu l'intention de projeter mentalement vers lui.

Que fera-t-il ensuite ?

Le jeune homme se rembrunit. Il évitait de se poser cette question depuis un petit moment déjà. Que ferait-il une fois les négociations terminées ? Retournerait-il en Kyralie avec sa mère ? Resterait-il au Sachaka avec Tyvara ? La réponse serait encore plus importante s'il échouait à conclure un accord entre les Traîtresses et les Terres Alliées.

La Guilde voudrait qu'il rentre à Imardin, et sa mère aussi. Mais s'il faisait ça, il ne reverrait peut-être plus jamais Tyvara.

Que veut-il ? se demandait la jeune femme sans parvenir à dissimuler son appréhension.

— *Je veux être avec toi*, répondit Lorkin à la question qu'elle ne lui avait pas posée.

Surprise, Tyvara cligna des yeux et tourna la tête vers lui pour le dévisager. Lorkin perçut sa perplexité et un peu d'embarras. Il sentit sa main commencer à lâcher la sienne, puis la serrer un peu plus fort comme si la jeune femme avait changé d'avis.

— *La Guilde te laissera-t-elle rester avec nous ?*

— *Les hauts magiciens n'aimeront pas ça, mais ils seront bien forcés d'accepter ma décision.*

Tyvara acquiesça et détourna les yeux en dégageant sa main de celle de Lorkin. Le jeune homme se concentra sur elle, tentant d'interpréter son expression, et entendit de nouveau des mots à la lisière de ses perceptions.

Il changera d'avis quand il découvrira que nous sommes sur le point d'entrer en guerre.

Choqué, Lorkin sentit ses muscles se raidir, et il faillit trébucher. Il secoua la tête. Non, il avait dû imaginer cette phrase. Il n'était pas possible d'entendre les pensées de quelqu'un d'autre sans le toucher – à moins que la personne projette délibérément les pensées en question.

Regardant autour de lui, Lorkin vit qu'aucune des autres Traîtresses ne faisait attention à lui ou ne semblait alarmée, ce qui aurait sûrement été le cas si elles avaient su que Tyvara venait de lui révéler leur plan.

Non, j'ai dû l'imaginer. Après tout, durant son séjour au Sanctuaire, Lorkin avait remarqué des signes indiquant que les Traîtresses prévoyaient peut-être d'attaquer les ashakis. Son esprit lui faisait simplement remarquer, d'une façon inattendue, qu'un tel conflit compliquerait sa position. Tyvara devait se demander s'il préférerait ne pas se trouver impliqué dans une guerre.

Évidemment que je préférerais ! Les guerres font des victimes. Tyvara pourrait mourir. À moins que… Et si je trouvais une raison de l'emmener en Kyralie avec moi ? Je pourrais peut-être convaincre Savara que les Terres Alliées ont besoin d'une ambassadrice traîtresse. Mais Tyvara accepterait-elle de m'accompagner ? J'en doute.

Donc, il devait décider s'il resterait avec Tyvara ou s'il rentrerait en Kyralie pour transmettre le secret de la fabrication des pierres magiques ; comment dire à sa mère qu'il avait appris la magie noire ; comment parler à Tyvara de l'esclave empoisonnée ; et ce qu'il ferait si les Traîtresses entraient en guerre. Par chance, il avait plusieurs heures de marche devant lui jusqu'aux montagnes – tout le temps nécessaire pour réfléchir.

Même si ce n'était encore que le début du printemps, dans les jardins de la Guilde, les bourgeons s'ouvraient déjà sur les branches des arbres, et leur parfum annonçait un redoux imminent. Lilia s'en remplit les poumons, savourant ce moment de paix et de promesse. Elle était vivante, sortie de prison, acceptée par la Guilde, et personne n'avait encore découvert Cery, Anyi et Gol.

Bien entendu, ce moment ne pouvait pas durer. Ses amis n'étaient pas réellement en sécurité ; les conditions imposées par la Guilde restreindraient les mouvements de Lilia jusqu'à la fin de sa vie, et la jeune fille allait rejoindre le magicien noir Kallen pour une nouvelle leçon. Mais ce qui acheva de gâter sa bonne humeur fut le trio de garçons planté devant le quartier des novices. Ils l'observaient, et l'un d'eux était Bokkin.

Lilia ne leur accorda qu'un bref regard, mais même si elle ramena très vite son attention sur le chemin, elle continua à surveiller leurs ombres du coin de l'œil. Et, pour la bonne mesure, elle dressa un bouclier léger autour d'elle, afin de se prémunir contre un éventuel mauvais tour.

Rien ne se produisit. Mais, occupée à guetter les ennuis, Lilia ne remarqua pas tout de suite que Kallen l'attendait seul devant l'arène. Comme toujours, il arborait une expression à la fois renfrognée et distraite – mais aujourd'hui, elle semblait un peu plus prononcée que d'habitude, et son regard était également plus vif.

— Magicien noir Kallen, le salua Lilia en s'inclinant devant lui.

— Dame Lilia. Le cours de ce matin aura lieu à l'université, lui annonça son professeur.

Le cœur de la jeune fille fit un bond dans sa poitrine, et elle dut se retenir pour ne pas sauter de joie.

— Donc… pas d'entraînement au combat aujourd'hui ?

— Non.

Kallen lui fit signe de le suivre et se dirigea vers l'université. Lilia constata avec soulagement que Bokkin avait disparu. Elle envisagea de demander à son professeur ce qu'ils allaient étudier ce jour-là, mais l'expérience lui avait appris que lorsqu'il ne parlait pas de lui-même, elle ne parvenait jamais à lui soutirer d'informations utiles.

Une fois à l'intérieur, elle l'entendit prendre une grande inspiration et soupirer. En lui jetant un coup d'œil, elle vit qu'il avait les lèvres pincées.

Quelque chose le contrarie, songea-t-elle. *Enfin, le contrarie encore plus que d'habitude.*

Kallen l'entraîna dans les couloirs intérieurs du bâtiment, jusqu'à une des petites pièces réservées aux cours privés. Il lui désigna une des deux chaises, s'assit sur l'autre et la regarda par-dessus l'unique table.

— La Guilde a décidé qu'il était temps que vous appreniez à utiliser la magie noire.

Lilia éprouva une décharge de peur et de culpabilité, qui se muèrent très vite en amusement.

— Mais je sais déjà l'utiliser.

— En théorie, rectifia Kallen. Hormis votre seule expérimentation, vous ne vous en êtes jamais servi de manière consciente et délibérée, et vous n'avez jamais eu besoin de stocker du pouvoir. Par ailleurs, il existe d'autres tâches dont les magiciens noirs doivent se charger, et qui n'impliquent pas de prendre le pouvoir d'autrui.

— Par exemple ?

— Lire dans les esprits. Fabriquer des bagues de sang.

Le pouls de Lilia s'accéléra. Elle pensait qu'on ne lui enseignerait ni l'un ni l'autre avant qu'elle reçoive son diplôme et devienne officiellement une magicienne noire.

— Pourquoi maintenant ? s'étonna-t-elle.

Kallen se renfrogna davantage.

— En l'absence de Sonea, la plupart des hauts magiciens préfèrent vous savoir opérationnelle plutôt que de disposer d'un seul magicien noir ayant achevé sa formation.

Pas étonnant qu'il fasse la gueule ! En gros, ça veut dire que les autres n'ont pas confiance en lui, et qu'ils préfèrent que quelqu'un soit en mesure de le surveiller.

Lilia éprouva un sentiment de triomphe à la pensée que Kallen faisait l'objet de la même suspicion qu'elle. *Bien que les raisons en soient très différentes. La Guilde se méfiait de moi parce que j'avais enfreint une règle en apprenant la magie noire, même si je pensais n'avoir aucune chance de réussir. Mais elle se méfie de Kallen parce qu'il est accro au poerri.*

Son triomphe s'estompa, remplacé par de la compassion. *Et il pensait probablement que ça n'arriverait pas non plus.*

Elle acquiesça.

— D'accord. On commence par quoi ?

Kallen redressa le dos et sortit quelque chose des poches de sa robe. La lumière se refléta sur la lame polie d'un petit couteau. Levant son autre main de façon que sa large manche descende jusqu'à son coude, Kallen posa son avant-bras sur la table et regarda Lilia.

— Je vais me couper. Posez votre main sur la plaie et tentez de vous rappeler ce que vous avez fait à… Prenez assez de pouvoir pour sentir que le vôtre a augmenté.

À Naki, acheva Lilia en son for intérieur. Elle repoussa le souvenir de la scène dans la bibliothèque, et des paroles qui l'avaient poussée à apprendre un art interdit : « Je ferais n'importe quoi pour toi. »

Kallen fit courir la lame sur le dos de son bras. Docilement, Lilia posa sa paume sur la coupure superficielle et ferma les yeux.

Le truc, c'est de visualiser la magie contenue par ma propre peau, se remémora-t-elle. La conscience lui en revint lentement, mais avec une étonnante clarté. Elle était en train de s'en émerveiller lorsqu'une présence extérieure se manifesta.

Reportant son attention sur sa main, Lilia détecta Kallen et la brèche dans ses défenses. Elle hésita. Pomper le pouvoir de Kallen, qu'elle avait craint presque toute sa vie et qui était l'un des hauts magiciens de la Guilde, lui semblait présomptueux. Mais c'était lui-même qui lui avait enjoint de le faire. Aussi, Lilia banda sa volonté et commença à aspirer.

Le pouvoir de Kallen s'écoula à l'intérieur de son propre corps. Très vite, Lilia en ralentit le flux. Kallen devait sentir ce qu'elle faisait ; si elle lui prenait trop de magie, il s'en rendrait sûrement compte. Il lui avait dit de continuer jusqu'à ce qu'elle sente que son propre pouvoir avait augmenté. En se concentrant, la jeune fille prit conscience que c'était déjà le cas.

Elle cessa d'aspirer la magie de Kallen. Puis elle ouvrit les yeux en retirant sa main.

Son professeur la dévisageait intensément.

— Prenez-en davantage, lui ordonna-t-il.

Cette fois, Lilia perçut aussitôt la brèche de ses défenses, sans avoir à discerner d'abord le pouvoir contenu en elle-même. Elle oublia de fermer les yeux et s'aperçut qu'elle n'en avait pas besoin.

En revanche, elle nota que le visage de Kallen était devenu étrangement flasque. Le magicien noir semblait triste et fatigué. Quand elle interrompit le flux, il s'anima de nouveau et hocha la tête.

— Très bien, dit-il, les lèvres pincées mais l'air approbateur. Je sens que vous stockez du pouvoir en ce moment. Chaque fois que le pouvoir d'un magicien dépasse son niveau normal, il en laisse échapper un peu. Concentrez-vous sur la barrière naturelle de votre peau jusqu'à ce que vous perceviez l'origine de la fuite, et tâchez de la colmater.

Cette fois, Lilia ferma les yeux. Elle ramena son attention à l'intérieur et sentit que son pouvoir avait augmenté. En suivant les instructions de Kallen, elle localisa les endroits où sa peau laissait suinter une plus ou moins grande quantité d'énergie. Puis elle usa de sa volonté pour renforcer magiquement sa barrière à ces endroits. La fuite s'interrompit aussitôt.

Quand elle rouvrit les yeux, Kallen hocha la tête.

— Je ne sens plus rien. (Il faillit sourire.) Maintenant, sachez qu'un autre magicien peut également percevoir que vous absorbez du pouvoir – à cause du même phénomène de fuite, mais au niveau de la plaie. Donc, vous devez étendre votre barrière de façon à y inclure le, euh, votre donneur.

Lilia y parvint au bout de quelques tentatives. Après ça, Kallen lui ordonna de lui prendre du pouvoir assez lentement pour qu'il ne s'aperçoive de rien, puis aussi vite que possible. Il réussit à lui parler dans le premier cas, mais parvint tout juste à ne pas s'écrouler dans le second.

— Vous devez faire l'expérience de l'affaiblissement induit par un drainage de pouvoir. La magicienne noire Sonea s'est imprudemment laissé couper durant un combat contre les Ichanis, parce qu'elle ne se rendait pas compte à quel point c'était débilitant. Croyez-moi, quand ça vous est arrivé une fois, vous n'avez pas envie que ça recommence. (Kallen agita la main.) Mais ça pourra attendre une autre leçon.

— Il me semble l'avoir déjà éprouvé quand Naki a essayé la magie noire sur moi, révéla Lilia. Elle a dit que ça n'avait pas marché, mais je crois qu'elle mentait.

L'expression de Kallen s'assombrit, puis il hocha la tête d'un air compatissant.

— Selon les descriptions des rituels antiques de haute magie, les apprentis s'agenouillaient devant leur maître. Ils devaient être capables de rester droits. Peut-être finissaient-ils par être immunisés contre cet affaiblissement.

— Ou peut-être leurs maîtres savaient-ils absorber leur pouvoir sans que ça les affecte, suggéra Lilia.

Kallen opina du chef.

— On pourrait se livrer à quelques petites expériences, si vous voulez. Nous ignorons encore beaucoup de choses sur la magie noire, et je crains que nos collègues sachakaniens ne retournent cette ignorance contre nous.

Lilia réprima un frisson d'appréhension. Elle ne brûlait pas précisément d'envie de faire une chose pareille, mais elle était d'accord avec Kallen : la Guilde ne pouvait pas se permettre trop de lacunes dans sa connaissance de la magie noire.

Kallen passa une main sur sa coupure, désormais refermée et réduite à une ligne rosâtre.

— Bien entendu, vous ne devrez procéder ainsi que pour prendre du pouvoir à des non-magiciens ou à des magiciens ennemis. Si le donneur est volontaire, le transfert peut s'effectuer sans qu'il s'entaille la peau. L'affaiblissement induit vous donnera l'avantage au combat. Je ne vois guère de situations où prendre du pouvoir de force sans affaiblir la victime pourrait être utile.

— Par exemple… si vous deviez vider de son pouvoir un vieux magicien mourant, mais incapable d'initier le transfert lui-même parce qu'il est inconscient ou sénile, suggéra Lilia.

Kallen grimaça.

— Oui, ce serait sans doute plus miséricordieux de ne pas saper ses forces en même temps.

Lilia baissa les yeux vers le couteau.

— Comment faire si on n'a rien de tranchant sous la main ? Peut-on utiliser la magie pour entailler quelqu'un ?

Kallen secoua la tête.

— Même lorsqu'un magicien est trop faible pour dresser un bouclier autour de lui, tant qu'il est vivant, il conserve un peu d'énergie, et sa peau fait toujours office de barrière et de protection contre la volonté d'autrui – une protection qui doit être brisée physiquement.

— Mais si vous formiez une lame d'énergie et que vous la propulsiez avec suffisamment de force pour rompre cette barrière, cela fonctionnerait-il ? insista Lilia.

Kallen haussa les sourcils.

— Peut-être. (Il se rembrunit.) Mais c'est une théorie difficile à tester. Il faudrait que le sujet accepte d'être blessé, peut-être gravement. Encore que… si, au préalable, vous vous exerciez à créer un petit couteau d'énergie dont la lame ne s'enfoncerait pas trop, j'imagine que ça ne serait pas pire qu'une entaille normale. (Il plissa pensivement les yeux, puis dévisagea Lilia d'un air approbateur.) C'est une idée intéressante. Elle mérite d'être explorée.

Lilia acquiesça avant que la perspective de laisser Kallen la couper magiquement surpasse sa satisfaction d'avoir eu une idée qui n'avait jamais effleuré son professeur.

— Bon, ce sera tout pour aujourd'hui, déclara ce dernier. Demain, nous commencerons votre formation à la lecture dans les esprits. Nous aurons besoin d'un volontaire sur lequel vous vous exercerez. Quand vous maîtriserez cette compétence, je vous montrerai comment fabriquer une gemme de sang.

Une gemme de sang ! Lilia réprima un sourire : elle ne voulait pas avoir l'air trop impatiente d'apprendre ce qui, quelques mois plus tôt, était pour elle une magie interdite. Elle se leva en même temps que Kallen et le suivit jusqu'à la porte.

— On se retrouve ici ? demanda-t-elle.

Son professeur acquiesça et lui fit signe de passer devant elle.

— Oui. À demain, donc.

Lilia s'inclina et se dirigea vers les salles extérieures de l'université où devait se dérouler son cours suivant. Malgré elle, la jeune fille se sentait très excitée.

Pour la première fois, connaître la magie noire ne me semble plus être une… une punition ou une maladie. La Guilde veut que j'apprenne à m'en servir. Et mieux encore, c'est intéressant !

Comme le soleil grimpait dans le ciel en brillant de plus en plus fort, les couleurs du désert s'estompèrent peu à peu. Sonea entoura ses genoux de ses bras en regrettant l'époque où elle pouvait les serrer contre sa poitrine. Ça faisait belle lurette qu'elle n'était plus assez souple pour ça. La vie de magicienne, et les imposantes robes qui allaient avec, réclamaient une posture assise plus digne. C'était à ce genre de détails que Sonea se rendait compte qu'elle vieillissait.

Regin se leva et se dirigea vers leurs paquetages, beaucoup moins pleins que deux nuits auparavant quand ils étaient arrivés au point de rendez-vous fixé par les Traîtresses.

J'ai suivi leurs instructions à la lettre, se dit Sonea pour se rassurer. *Et elles étaient parfaitement logiques. Regin est d'accord avec moi. Nous devons être au bon endroit.*

Pourtant, jusqu'ici, ils n'avaient pas aperçu la moindre Traîtresse.

Sonea regarda vers la droite, où les montagnes s'incurvaient en direction du sud-est. Lorsque Akkarin et elle étaient venus au Sachaka vingt ans plus tôt, ils étaient passés par là. Ils avaient bravé les versants de la cordillère sans provisions ni équipement, et avec des Ichanis aux trousses.

Cette fois, Regin et elle avaient cheminé en direction du nord-ouest, à travers un paysage non moins rude, mais avec tous les vivres nécessaires et sans avoir à se soucier des hors-la-loi. Et puis, Akkarin et elle étaient en exil ; aujourd'hui, Regin et elle étaient attendus à la Guilde après la fin de leur mission.

C'est fou la différence que peuvent faire quelques nécessités basiques et le fait de ne pas avoir à craindre pour sa vie.

Néanmoins, le désert restait un endroit éprouvant. Plus bas, les pentes rocheuses plongeaient vers les dunes qui s'étendaient jusqu'à l'horizon. La veille, Sonea et Regin avaient vu une tempête de sable traverser le paysage en direction du nord, obscurcissant tout sur son passage. Ils avaient craint qu'elle vienne jusqu'à eux, mais elle s'était éteinte au pied des montagnes.

Tournant la tête vers la gauche, Sonea détailla les sommets qui se découpaient dans le lointain, chacun d'eux tapi derrière son prédécesseur et un peu plus pâle que lui.

Quelque part au-delà de ces montagnes se trouve le Sanctuaire, la cité des Traîtresses. D'après ce que Lorkin m'a raconté, elles traitent leurs prisonniers bien mieux que le roi Amakira.

Non que quiconque lui ait décrit l'incarcération de son fils au palais. Sonea se réjouissait presque de n'avoir pas réussi à lire dans les pensées de Lorkin à travers sa gemme de sang. D'un côté, elle voulait savoir ; de l'autre, elle se disait qu'il valait peut-être mieux qu'elle l'ignore à jamais. Si Lorkin avait beaucoup souffert, comment réagirait-elle en l'apprenant ? Pas bien, elle en était sûre.

Il est libre à présent. Libre et vivant. Je dois prendre garde à ce qu'aucune de mes actions ne puisse compromettre ça.

— Sonea ?

Elle s'arracha à sa contemplation du paysage pour regarder Regin.

— Oui ?

Son compagnon lui désigna leurs paquetages.

— On continue à se rationner ?

Sonea acquiesça. Elle savait que sa question ne portait pas seulement sur leurs provisions. Il lui demandait si elle voulait rester là ou renoncer et rebrousser bientôt chemin vers le Fort.

On pourrait chercher de la nourriture sur place, comme Akkarin et moi autrefois. Le souvenir d'un repas ainsi constitué, préparé et savouré dans une petite vallée lui revint à l'esprit. Elle sourit en se rappelant ce qu'Akkarin et elle avaient fait d'autre dans cette vallée.

— Au moins, nous avons toute l'eau nécessaire, dit Regin en se tournant vers le ruisseau. Et elle est potable maintenant.

Sonea suivit la direction de son regard. Le petit filet d'eau jaillissait d'une fissure dans le sol rocheux et s'accumulait dans un creux lisse, dont il débordait pour former un ruisseau minuscule. De toute évidence, la présence de cette eau attirait les animaux. À leur arrivée sur le site, Regin et Sonea avaient dû nettoyer les fientes d'oiseaux accumulées. Le ruisseau ne coulait que sur une toute petite distance avant d'être de nouveau avalé par une crevasse.

Si nous nous cachons, d'autres oiseaux viendront peut-être boire. Nous pourrons les attraper et les manger.

Sonea se leva et s'approcha du ruisseau. Visiblement, il y avait encore de l'eau dans le désert, mais même à ses abords, aucune vie ne se développait. Sonea s'accroupit et trempa sa main dans le petit cours d'eau. Elle se concentra, cherchant à percevoir l'énergie éparse des formes de vie minuscules toujours présentes dans l'eau.

Rien.

Sonea fronça les sourcils. À leur arrivée, elle avait vérifié si l'eau était potable. Malgré les fientes d'oiseaux, elle l'avait trouvée pure, ce qui était pour le moins bizarre.

Peut-être qu'une Traîtresse est passée par ici juste avant nous et a aspiré toute l'énergie. Plus une forme de vie était petite et peu sophistiquée, plus sa barrière naturelle contre les interférences magiques était faible. Il était possible de drainer un arbre sans entailler son écorce, même si son énergie s'écoulait lentement et s'il en contenait beaucoup moins qu'un animal ou une personne.

Tuer les formes de vie minuscules rend l'eau propre à la consommation, mais de l'eau courante devrait très vite en développer de nouvelles. Sonea leva la main vers le filet d'eau qui alimentait le ruisseau. Mettant sa paume en coupe pour en recueillir un peu, elle se concentra de nouveau.

Là. On dirait d'infimes points lumineux.

Elle laissa l'eau retomber dans le bassin. Il ne pouvait y avoir qu'une seule explication. Quelque chose annihilait toute forme de vie une fois que l'eau s'écoulait dans le bassin.

Une brusque appréhension noua son estomac. La pierre était-elle empoisonnée à cet endroit ? Regin et elle buvaient au ruisseau depuis deux jours. Qu'est-ce qui pouvait bien éliminer toutes les petites formes de vie sans affecter les humains pour autant ?

La cuvette était lisse. Elle aurait aussi bien pu être modelée par le temps que par la main de l'homme ou la magie. Plongeant de nouveau sa main dans l'eau, Sonea la fit courir doucement sur la surface de la pierre. Pour détecter un poison dans un corps, on cherchait à repérer ses effets. À l'intérieur d'un minéral, c'était plus difficile.

Les doigts de Sonea rencontrèrent une protubérance qu'ils palpèrent avec curiosité, pendant que la magicienne projetait son esprit vers elle. Quelque chose se manifesta à ses perceptions. Sonea laissa filtrer au bout de ses doigts un mince filet de magie qui fut aussitôt absorbé.

Son sang se glaça dans ses veines. Elle s'assit en fixant du regard la petite bosse dans le fond par ailleurs lisse du bassin. *Ça ne fait pas partie de la pierre. Si c'est bien ce que je crois, ça a été mis là pour purifier l'eau. Mais dans ce cas…*

— Regin.

Elle sentit la fraîcheur d'une ombre dans son dos.

— Oui ?

— Vous pourriez me trouver un couteau, ou un autre petit instrument qui me permettrait de creuser tout en faisant levier ?

— Pourquoi ne pas utiliser votre magie ? Oh, bien sûr. Vous ne voulez pas la gaspiller.

Regin se dirigea vers les paquetages. Pendant qu'il fouillait dedans, Sonea utilisa bel et bien sa magie, mais pour dévier le filet d'eau du bassin, puis vider celui-ci en le balayant à l'aide d'un champ de force. Le fond se mit à sécher immédiatement. Lorsque Regin revint, on pouvait voir que la bosse était plus foncée que le reste de la pierre.

Regin tendit une plume en argent à Sonea.

— C'est tout ce qu'on a ?

— Je le crains. Personne ne s'attend jamais à ce que des magiciens aient besoin d'un couteau.

Sonea prit la plume en soupirant.

— D'un autre côté, nous avons réclamé des provisions pour quelques jours, pas de la vaisselle pour faire un pique-nique. Espérons que ça suffira.

Elle se mit à gratter autour de la bosse avec l'extrémité taillée de la plume. Par chance, ce qui la maintenait en place était plus tendre que de la pierre, d'une consistance proche de celle de la cire. Bientôt, Sonea eut creusé une sorte de canal. Elle y enfonça le bout de ses doigts et tira sur la bosse. Comme cette dernière refusait de bouger, elle se remit au travail.

— Je peux vous demander ce que vous faites ?

— Oui.

La bosse bougea légèrement. Sonea tenta à nouveau de la dégager, mais en vain. Les dents serrées, elle recommença à gratter la substance cireuse.

— Alors… qu'est-ce que vous faites ?

— J'essaie de détacher cette chose.

— Je le vois bien, répliqua Regin sur un ton plus amusé qu'agacé. Mais pourquoi ?

L'extrémité de la plume n'était pas assez fine pour passer entre la bosse et le bord du trou dans lequel elle était logée. Sonea recommença à tirer sur la protubérance.

— C'est bizarre… Ah !

Enfin, la bosse se détacha. C'était un caillou que Sonea leva pour l'examiner, tout en le nettoyant des derniers vestiges de matière cireuse.

Regin se pencha pour mieux voir.

— C'est un cristal ?

Sonea acquiesça. Des facettes lisses reflétaient la lumière du soleil.

— Mais un cristal naturel. Même si je veux seulement dire par là qu'il n'a pas été taillé.

— Parce que pour le reste, vous le jugez surnaturel ? (Regin baissa les yeux vers le trou au fond du bassin vide.) De quelle sorte de pierre s'agit-il ?

— Sans doute une des pierres magiques des Traîtresses, répondit Sonea en se levant. Ça m'étonnerait beaucoup que les Duna descendent si loin dans le sud, et si les Ichanis connaissaient leur existence, ils les auraient utilisées contre nous il y a vingt ans.

Elle pensa à la façon dont le cristal avait aspiré sa magie, et de nouveau, son sang se glaça dans ses veines. Elle dévisagea Regin en hésitant. Pouvait-elle lui faire part de ses soupçons ? Et si quelqu'un lisait dans son esprit ? Et s'il en parlait de son plein gré ? Et si… ?

Quand les Traîtresses arriveraient – si elles finissaient par arriver un jour ! –, Sonea devrait avoir envisagé toutes les implications de sa découverte. Elle n'avait peut-être pas besoin de s'en ouvrir à Regin ou de solliciter son opinion, mais elle avait envie de le faire.

Le magicien la regardait, perplexe et un peu inquiet. Elle prit une grande inspiration.

— Je crois qu'il s'agit d'une pierre de magie noire, lâcha-t-elle à voix basse au cas où quelqu'un les espionnerait.

Regin hoqueta et la dévisagea, horrifié. Puis il baissa les yeux vers la pierre.

— Voilà donc pourquoi le désert n'est jamais redevenu fertile, dit-il lentement.

Malgré la chaleur grandissante, Sonea frissonna et regarda autour d'elle. *Ça expliquerait tout. Si les Traîtresses peuvent fabriquer une pierre comme celle-ci, elles peuvent en fabriquer des centaines. Voire des milliers. Éparpillées à travers cette région, les pierres aspirent sa vie lentement mais en continu. Aucune plante ne peut plus pousser ; du coup, les animaux meurent de faim ou s'en vont vivre ailleurs.*

Autrement dit, les Traîtresses empêchaient délibérément le désert de redevenir fertile.

Depuis des siècles.

— Pendant tout ce temps, les gens ont cru que l'aridité de cette région était l'œuvre de la Guilde désireuse d'affaiblir le Sachaka, lâcha Sonea. En réalité, les coupables étaient les Traîtresses.

Regin fronça les sourcils.

— Nous ne pouvons pas en être sûrs, tempéra-t-il. Elles auraient pu mettre une seule pierre ici afin que l'eau reste potable.

Sonea leva les yeux vers lui.

— S'il y a d'autres pierres identiques dans les environs, je vous parie que je peux les trouver.

Le regard de Regin se fit perçant.

— Très bien ; essayez.

Sonea lui remit la pierre, qu'il accepta avec une répugnance visible. Elle s'éloigna de quelques pas et scruta le sol qui descendait en pente douce vers les dunes. Fermant les yeux, elle étendit la barrière naturelle de sa peau pour en faire un globe. Dans la partie qui s'enfonçait sous le sol, elle l'affaiblit afin que sa magie puisse suinter au travers. Puis elle se remit à avancer lentement.

Elle n'avait fait qu'une cinquantaine de pas lorsqu'elle sentit une très légère traction. C'était une illusion, une absence de résistance alors qu'il y en avait partout ailleurs. Sonea s'arrêta, se retourna et, après avoir perdu cette impression fugitive plusieurs fois, parvint à déterminer que la traction venait d'une zone de quatre ou cinq pas de diamètre : une fissure remplie de cailloux entre deux parois rocheuses.

Regin la rejoignit tandis qu'elle farfouillait à l'intérieur. Elle commença par balayer la fissure à l'aide de son champ de force, mais elle n'avait pas encore terminé que Regin poussa un petit cri de triomphe et brandit quelque chose.

C'était un autre cristal noir et luisant. Sonea le prit pour le tester. Il absorba la magie qu'elle lui envoyait.

— Deux pierres, ça peut encore être une coïncidence, commenta Regin. Trois pierres, par contre…

Sonea acquiesça et partit dans une autre direction. Elle trouva facilement un autre cristal au fond d'un creux ensablé. *Tous ont été placés dans des endroits abrités où de l'eau pourrait couler ou s'accumuler ; des endroits où la vie serait susceptible de prendre racine.*

Regin et elle regagnèrent le point de rendez-vous. Sonea avait dissipé le champ de force qui déviait le filet d'eau, et le bassin était de nouveau plein. Plongeant sa main dedans, elle vérifia qu'il contenait désormais des particules d'énergie scintillantes.

Elle leva les yeux vers Regin.

— Il faut prévenir Osen.

Son compagnon eut un sourire en coin.

— Vous m'ôtez les mots de la bouche.

Et Lorkin, songea Sonea. *Même s'il est peut-être déjà au courant. Ah. S'il ne l'est pas, je risque de le mettre en danger en le lui disant. De la même façon, il serait sans doute plus prudent de ne pas révéler aux Traîtresses que nous avons découvert leur petit secret.*

Néanmoins, une fois que la Guilde serait au courant, les Traîtresses n'auraient plus rien à gagner en les tuant, Regin et elle. Aussi, Sonea prit la bague d'Osen dans sa poche, s'assit dos à un rocher et l'enfila à son doigt.

— *Osen ?*

— *Sonea !*

— *Vous avez un moment ? Vous n'allez pas croire ce que je viens juste de découvrir.*

Deuxième partie

16

Plans et négociations

Cery soupira.

— Reprenons depuis le début.

— Nous nous débrouillons pour que Skellin apprenne que nous vivons dans les tunnels sous la Guilde, mais sans la protection des magiciens, commença Gol.

— Il se doutera que Lilia, au moins, est au courant de notre présence, poursuivit Anyi. Donc, nous devons lui faire croire qu'elle n'est pas constamment avec nous, et lui permettre de déterminer son emploi du temps pour qu'il sache à quel moment nous ne pouvons pas compter sur elle.

— Il enverra d'abord des agents pour vérifier si c'est vrai, voire pour tenter de me capturer, enchaîna Cery. C'est pourquoi nous devons tendre notre piège de façon que seul un magicien puisse nous atteindre. Une barrière magique dressée par Lilia ferait sans doute l'affaire.

— Cela ne risque-t-il pas de prévenir Skellin que Lilia est avec nous ? objecta Anyi.

— Non, parce qu'elle pourrait l'avoir mise en place avant de partir. Skellin est bien placé pour savoir qu'un magicien n'est pas tenu de rester à côté d'une de ses créations.

— Tout de même, ça risque de le dissuader d'aller plus loin.

— C'est pourquoi nous ferons en sorte que la barrière soit tout près de nous. Si Skellin peut nous entendre ou voir de la lumière droit devant lui, la tentation sera trop forte pour qu'il fasse demi-tour.

— Et s'il envoie sa mère à sa place, on active le piège quand même, ajouta Gol. Comme ça, la Guilde détiendra un des deux renégats, et elle pourra utiliser Lorandra pour attirer Skellin dans un autre piège.

— À condition de ne pas la laisser s'échapper de nouveau, grimaça Cery.

— Une fois que Skellin aura franchi la barrière, il voudra agir vite, reprit Anyi, parce que Lilia sentira qu'il l'aura fait tomber. S'il est suffisamment près pour nous voir ou nous entendre, nous n'aurons guère le temps de nous préparer à le recevoir.

— On pourrait mettre une lampe dans le virage suivant pour donner l'impression qu'on est à côté, même si ce n'est pas le cas, suggéra Gol. Et en disposer d'autres ici et là comme pour notre propre usage.

— Ce qui veut dire que Lilia va devoir nous en apporter encore, et avec de l'huile en prime, soupira Anyi.

— Et si Skellin vient accompagné ? lança Gol.

Cery réfléchit.

— Tant que ses hommes et lui resteront ensemble, ça ne posera pas de problème.

Gol se rembrunit.

— Ça ne sera pas forcément le cas. À la place de Skellin, une fois la barrière franchie, je les enverrais en éclaireurs pour m'assurer qu'il n'y a pas de pièges.

Cery haussa les épaules.

— Peu importe qu'ils nous trouvent les premiers. Ou bien ils rebrousseront chemin pour en informer Skellin, ou bien ils attendront qu'il les rejoigne pour leur donner des ordres.

— Et à ce moment-là, nous actionnerons notre piège, acheva Gol.

Cery opina. Gol et lui n'avaient pas parlé à Anyi de leur plan pour révéler Skellin à la Guilde en utilisant des moyens non magiques. À vrai dire, Cery n'était pas certain de comprendre les explications de son garde du corps. C'était une méthode employée dans les mines, capable de provoquer un effondrement assez conséquent pour ouvrir un trou dans les jardins de la Guilde. Gol était certain que ça fonctionnerait. Skellin et ses hommes seraient soit ensevelis, soit exposés à tous les magiciens qui se trouveraient dans les parages.

Il existait toutefois un danger non négligeable que Cery, Gol et Anyi soient ensevelis avec eux. Cery avait dit à sa fille que si Skellin les trouvait avant que la Guilde accepte de mettre leur plan en œuvre, elle devrait courir chercher Lilia. La jeune femme avait rechigné à accepter, jusqu'à ce qu'il lui fasse remarquer que sa présence dans les tunnels ne changerait rien – tandis que si elle les laissait, Gol et lui, elle aurait une chance de ramener Lilia à temps pour arrêter Skellin.

— Je doute que Skellin se laisse capturer sans combattre. Et je préférerais ne pas être enterré vivant, déclara Cery. On devrait demander à Lilia de renforcer les chambres souterraines, pendant qu'on y est.

Anyi opina du chef.

— Elle a des tonnes de pouvoir en ce moment. Kallen lui apprend à utiliser sa magie noire pour prendre celui d'autrui et le stocker.

Cery la dévisagea, les sourcils froncés.

— Vraiment ? C'est inquiétant.

Anyi haussa les épaules.

— Pourquoi ? Il est censé y avoir deux magiciens noirs à la Guilde en permanence, pour que l'un des deux puisse arrêter l'autre si jamais… Oh, je vois. (Elle écarquilla les yeux.) Tu ne crois quand même pas… C'est Kallen son professeur. S'il mijotait quelque chose, il ne lui donnerait pas les moyens de le contrer !

— Qui d'autre pourrait bien servir de professeur à Lilia ? répliqua Cery. Sonea est au Sachaka.

— Si Kallen a l'intention d'abuser de son pouvoir, il lui apprendra peut-être de travers, suggéra Gol.

— Mmmh. (Anyi se renfrogna.) Nous savons tous pour quelle raison il n'est pas fiable. Je n'aurais jamais cru dire ça, mais je me sentirai plus tranquille quand la Guilde aura réussi à cultiver du poerri.

Cery acquiesça, puis leva sa lampe et se mit debout.

— Maintenant que notre plan est au point, nous devons nous assurer qu'il fonctionnera à cet endroit précis.

— Et nous ménager une ou deux échappatoires au cas où il foirerait, ajouta Gol. Peut-être installer quelques pièges à l'intention d'éventuels poursuivants.

— Et nous entraîner au combat. (Anyi regarda sévèrement Cery.) C'est valable pour toi aussi.

Le voleur soupira. Sa fille avait raison, mais rien que d'y penser, il avait mal partout.

— Quand tout ça sera terminé. Des couteaux ne nous serviront à rien contre la magie de Skellin.

Anyi poussa un grognement.

— Mais ce serait très humiliant de ne pas pouvoir neutraliser au moins ses hommes.

Gol regarda Cery, puis se tourna vers Anyi.

— Je crois que je suis d'attaque pour me bouger un peu. À condition d'y aller doucement.

Anyi le jaugea, puis hocha la tête.

— D'accord. On fera ça un peu plus tard.

— Pour l'instant, jetons encore un coup d'œil aux passages voisins. Anyi, tu vérifies nos issues de secours et tu t'assures que Skellin ne pourra pas nous contourner pour nous prendre à revers. Gol et moi, on va chercher où mettre la barrière de Lilia.

Dannyl fronça les sourcils en voyant une ombre s'arrêter sur le seuil de son bureau. Il leva les yeux, s'attendant à trouver un esclave venu lui demander s'il voulait quelque chose à boire ou à manger. Au lieu de ça, il découvrit son assistante.

— Dame Merria, la salua-t-il. Quelque chose ne va pas ?

La jeune femme secoua la tête.

— Non, au contraire. C'est idiot, pas vrai ? (Elle eut un sourire ironique.) Lorkin est en sécurité, et tout est rentré dans l'ordre. Je devrais m'en réjouir, mais pour être honnête... je m'ennuie.

Dannyl haussa un sourcil.

— Je ne dirais pas que tout est rentré dans l'ordre. Nous devrions recevoir des visites ou des invitations. Mais même Tayend semble être devenu un paria.

Merria baissa les yeux.

— En fait, mes amies m'ont proposé d'aller les voir hier, avoua-t-elle.

Dannyl se força à sourire.

— C'est bon signe.

Il ne manque plus que Tayend vienne m'annoncer qu'il part à un dîner ou à une fête, et qu'Achati redevienne le seul ashaki à ne pas me traiter comme un pestiféré, et tout sera vraiment rentré dans l'ordre. Mais il soupçonnait que rien ne serait plus jamais pareil entre lui et son ami sachakanien.

Merria baissa les yeux vers son bureau.

— Vous avez fini de retranscrire vos notes ?

Dannyl suivit son regard jusqu'au tas de feuilles et acquiesça.

— Oui. Les esclaves ont enfin pu m'acheter de l'encre hier.

— C'est bien, non ? (Merria marqua un arrêt.) Qu'est-ce qui ne va pas ?

Dannyl se rendit compte qu'il avait les sourcils froncés et la mine préoccupée.

— Eh bien... j'ai fait deux copies pour pouvoir en envoyer une à la Guilde, mais je n'ai pas trouvé de moyen sûr de la lui faire parvenir.

— Mmmmh. (Merria réfléchit.) À votre place, je ne prendrais pas le risque de la confier à un messager ordinaire. Comment communiquez-vous avec la Guilde, d'habitude ?

— En utilisant la bague de sang d'Osen.

— Vous n'envoyez jamais de documents à Imardin ?

Dannyl secoua la tête.

— Nous connaissons quelques marchands qui font le voyage entre le Sachaka et l'Elyne ou la Kyralie deux fois par an. Quand nous avons des choses à transporter, ils s'en chargent pour nous. Mais en général, ce n'est rien d'important – juste des biens de luxe comme des épices ou du raka.

Un pli d'intense réflexion barra le front de Merria.

— Le mieux, ce serait que vous réécriviez tout en code, et que vous envoyiez plusieurs copies à Osen en utilisant différents porteurs, de manière à vous assurer qu'il en reçoive au moins une. Puis vous lui donnerez la clé au moyen de sa bague de sang.

Dannyl la dévisagea, admiratif. *Une solution magnifiquement simple. Pourquoi n'y ai-je pas pensé le premier ?* À vrai dire, il avait déjà usé d'une sorte de code pour dissimuler les informations les plus secrètes.

— Bien entendu, ça ne conviendra pas si vous êtes pressé de faire parvenir ces documents à Osen, ajouta Merria.

— Lentement, ça vaudra toujours mieux que pas du tout, répliqua Dannyl. (Il pianota sur son bureau.) À qui pourrais-je bien m'adresser pour le transport ? s'interrogea-t-il tout haut.

— Mes amies connaissent sans doute des marchands qui doivent se rendre dans l'est.

— Vous pourriez leur demander de ma part ?

La jeune femme hocha la tête.

— Bien sûr. Mais… selon vous, est-il possible que les ashakis soient sur le point d'attaquer les Traîtresses ? Ou l'inverse ?

Surpris par ce brusque changement de sujet, Dannyl cligna des yeux.

— Pourquoi cette question ? Vous avez entendu des rumeurs ?

— Rien de spécifique. Mais mes amies évoquent souvent cette possibilité, et le roi Amakira semblait si déterminé à soutirer des renseignements à Lorkin…

Le sang de Dannyl se glaça dans ses veines. *Et Lorkin lui a peut-être révélé l'information la plus importante de toutes.*

— Je l'ignore.

— Ce serait tout de même très ironique que les Traîtresses attaquent et qu'elles battent les ashakis. Tous les efforts du roi pour faire parler Lorkin, et tous les efforts de Lorkin pour refuser de parler n'auront servi à rien, parce que peu importera alors que tout le monde sache où se trouve le Sanctuaire.

Dannyl secoua la tête.

— Les Traîtresses ne prendront pas l'initiative d'une attaque. Ce serait trop risqué. Supposez qu'elles soient vaincues : elles perdraient tout.

Merria opina du chef.

— Oui, vous avez raison. Bref. Un long travail de copie vous attend. Si vous avez besoin d'aide, faites-moi signe. J'en apporterai un exemplaire à mes amies demain, s'il est prêt d'ici là.

— Merci.

Comme la jeune femme sortait de la pièce, ses paroles résonnèrent dans l'esprit de Dannyl. « Peu importera alors que tout le monde sache où se trouve le Sanctuaire. » Était-ce pour cette raison que Lorkin avait fini par céder et par dire au roi ce qu'il voulait savoir ? *Mais ça signifierait que...*

Frissonnant, Dannyl sortit les deux carnets qui contenaient ses notes, un carnet encore vierge, et il s'attela à la rédaction d'une nouvelle copie.

Regin fut le premier à repérer les Traîtresses qui se dirigeaient vers eux.

Depuis leur perchoir, Sonea et lui regardèrent le petit groupe traverser les dunes et gravir les contreforts rocheux tandis que le soleil couchant faisait grandir les ombres sur le sol. Celle des montagnes s'étendit vers les Traîtresses, et lorsqu'elles y pénétrèrent, les rebelles devinrent de plus en plus difficiles à distinguer comme la lumière du jour déclinait. Bientôt, Regin et Sonea ne virent plus que de petits points de lumière qui se rapprochaient à ras du sol.

Lorsque les premiers bruits de pas parvinrent à leurs oreilles, Sonea informa Osen que les Traîtresses arrivaient, puis se leva pour les saluer.

En tête du groupe marchait une femme d'âge mûr dont l'attitude digne et le pas décidé la désignaient comme la chef. Elle devait faire la même taille que Sonea, mais son menton fièrement levé lui donnait l'air plus grande. Ses traits étaient si typiquement sachakaniens qu'un instant, le sang de Sonea se glaça dans ses veines. Cette femme avait le même front large, les mêmes pommettes hautes et les mêmes yeux en amande que les Ichanis qui avaient envahi la Kyralie autrefois. Mais les hors-la-loi, qui comptaient une seule femme parmi eux, étaient robustes et larges d'épaules, tandis que les Traîtresses semblaient plus menues et plus gracieuses.

Si Sonea voyait juste, cette femme devait être leur reine : Savara. Pourtant, elle n'était pas vêtue différemment de la dizaine de personnes qui l'accompagnaient, et elle portait elle aussi un paquetage. Scrutant le reste du groupe, Sonea nota qu'il se composait de huit femmes pour quatre hommes. À la vue du plus grand d'entre eux, son cœur fit un bond dans sa poitrine. *Lorkin !*

Son fils lui sourit. Elle résista à son envie de courir vers lui pour le serrer dans ses bras, craignant que les Traîtresses interprètent ça comme une agression. De plus, Lorkin n'apprécierait pas forcément qu'elle soit aussi démonstrative devant ses nouveaux amis. Aussi Sonea se contenta-t-elle de l'examiner attentivement.

Il a l'air fatigué, mais en bonne santé. Lorkin jeta un coup d'œil à la femme qui marchait près de lui, puis reporta son attention sur Sonea d'une façon très éloquente. *Ce doit être Tyvara, la Traîtresse qui lui a sauvé la vie,* en déduisit sa mère. Celle pour qui il avait accepté de se laisser enfermer au Sanctuaire.

Elle est très séduisante, songea Sonea. La jeune femme lui rendit son regard avec curiosité, d'un air légèrement calculateur. *Elle doit me jauger autant que je la jauge.* Mais ce n'était pas la seule chose qu'exprimait son attitude. De Tyvara exsudait quelque chose de plus fort que l'assurance ou la confiance en soi – une sorte de détermination funeste.

Elle a vu beaucoup plus de choses que la plupart des filles de son âge, et je parierais qu'elle en a également vécu davantage. Mais elle se faisait passer pour une esclave quand elle a rencontré Lorkin, ce qui implique forcément son lot de douleurs et d'humiliations.

Sonea reporta son attention sur la chef du groupe, qui ralentit en s'approchant d'elle et de Regin. Dès qu'elle s'arrêta, les autres en firent autant derrière elle.

— Magicienne noire Sonea ? demanda-t-elle en souriant.

— Oui.

— Je suis Savara, la reine des Traîtresses.

Elle pivota pour présenter ses compagnons. Aucun d'eux ne portait de titre. *Lorkin m'avait prévenue que les Traîtresses mettaient tout le monde sur un pied d'égalité – en apparence, du moins.*

— Évidemment, vous n'avez pas besoin que je vous présente votre fils, conclut Savara. Je suis enchantée de vous réunir tous les deux et de vous rencontrer enfin.

— Tout le plaisir est pour moi, Votre Majesté, répliqua Sonea. (Elle désigna Regin.) Voici le seigneur Regin, mon assistant.

L'intéressé inclina la tête en plaçant une main sur son cœur.

— Je suis très honoré de faire votre connaissance et celle de vos gens, Votre Majesté.

Savara haussa les sourcils, puis inclina gracieusement la tête à son tour.

— Asseyons-nous. (Elle désigna la portion de sol plate près du ruisseau.) Nous venons de faire une longue marche ; nous avons besoin de nous sustenter et de nous reposer.

Elle fit signe à ses compagnons, dont certains se dirigèrent vers le ruisseau. Sonea adressa un remerciement muet à Regin, qui avait pensé à remettre en place la pierre magique au fond du bassin. Osen avait suggéré qu'elle garde sa découverte pour elle tant qu'elle n'aurait rien à gagner en la révélant.

Les Traîtresses ôtèrent leur paquetage et formèrent un cercle, en laissant une place parmi elles à Sonea et à Regin. Lorkin s'assit près de sa mère, et Tyvara s'installa de l'autre côté de lui. Quelqu'un créa un petit globe de lumière et le plaça au centre du groupe, juste au-dessus du sol. De la nourriture fut disposée tout autour : du pain plat et dur, de la viande et des fruits séchés, des fruits à coque et des légumes confits à étaler sur le pain.

Sonea sortit le reste des provisions que Regin et elle avaient emportées : du pachi, des graines et des haricots secs à faire bouillir dans de l'eau, des épices, du sumi et des bonbons. Elle les offrit aux Traîtresses, qui les prirent sans remercier mais en souriant et en hochant la tête d'un air approbateur.

Intriguée, Sonea regarda un des hommes poser sur une pierre plate un disque de métal au centre duquel était sertie une gemme. Il toucha la pierre, puis posa sur le disque de métal une large gamelle pleine d'eau. Bientôt, le liquide se mit à bouillir, et l'homme jeta les graines et les haricots dedans.

De toute évidence, les hommes ont le droit d'utiliser la magie. Du coup, la loi qui leur interdit d'apprendre la magie n'est pas si restrictive qu'elle en a l'air, même s'ils dépendent des femmes pour fabriquer les pierres. Je me demande s'ils doivent réclamer la permission de s'en servir.

Une des Traîtresses examinait la bourse contenant les feuilles de sumi avec une mine perplexe.

— Ça permet de préparer une boisson chaude, expliqua Sonea. Je vous montrerai plus tard.

— Comme le raka ? demanda quelqu'un d'autre.

— Le principe est le même, mais il s'agit d'une plante différente.

Au grand regret de Sonea, l'économe du Fort n'avait pas fourni de raka aux deux envoyés de la Guilde.

— Nous, on a du raka, annonça une Traîtresse.

Sonea se redressa brusquement.

— C'est vrai ?

Savara gloussa.

— C'est idéal pour boire en bavardant. Ou en négociant.

Chacun se servit et fit passer la nourriture à son voisin. Quand les graines et les haricots furent cuits, Sonea y ajouta des épices. Les Traîtresses apprécièrent particulièrement les bonbons. Savara prépara un pot de raka, et on lui présenta des tasses minuscules pour qu'elle les remplisse. En sirotant le contenu de sa propre chope dans laquelle clapotaient seulement deux doigts de liquide brun et fumant, la magicienne comprit pourquoi : ce raka était si fort qu'il en devenait presque sirupeux. Au bout de quelques gorgées, ses oreilles se mirent à bourdonner.

Après avoir reçu une tasse pleine, chacune des Traîtresses se leva et s'éloigna jusqu'à ce qu'il ne reste plus que Savara. La nuit était tout à fait tombée, et d'autres globes lumineux apparurent comme les Traîtresses se rassemblaient en petits groupes à quelque distance du ruisseau. Savara se rapprocha de Sonea.

— Nous sommes arrivées plus tard que prévu, et vous devez avoir hâte de rentrer en Kyralie. Commençons sans plus attendre. (Elle tourna son regard vers Lorkin.) Feu notre reine Zarala souhaitait que Lorkin arbitre ces négociations. Êtes-vous d'accord ?

Sonea dévisagea son fils, qui semblait réprimer un grand sourire.

— Oui, Votre Majesté. J'ai avec moi la bague de sang du seigneur Osen, qui est l'administrateur de la Guilde. Voyez-vous une objection à ce que je la porte ?

— Non. (Savara adressa un signe de tête à Lorkin.) Allez-y.

Sonea mit l'anneau à son doigt.

— *Osen ?*

— *Sonea.*

— *Nous sommes sur le point d'entamer les négociations.*

Lorkin prit une grande inspiration.

— La reine Zarala m'a demandé d'organiser une rencontre entre les Traîtresses et les représentantes des Terres Alliées, dans l'espoir de parvenir à une alliance.

Sonea hocha la tête.

— Quel genre d'alliance exactement ? Les Traîtresses souhaitent-elles rejoindre les Terres Alliées ? Cela nécessite d'observer un certain nombre de règles fondamentales qui s'appliquent à tous les membres, ainsi que quelques règles spécifiques à certains des membres.

— Quelles sont ces règles fondamentales ? s'enquit Savara.

— Interdiction d'agresser les autres membres de l'alliance, et obligation de les soutenir militairement s'ils sont attaqués par des nations extérieures, énuméra Sonea. Adhésion à un ensemble de lois relatives au commerce, au crime et à la magie. Suppression de l'esclavage.

— Sur le premier et le dernier point, nous sommes entièrement d'accord. (Savara pinça les lèvres.) Parlez-moi de ces fameuses lois.

Avec l'aide d'Osen, Sonea en dressa la liste. Lorsqu'elle se tut, Savara entrelaça ses doigts devant elle.

— Certaines de ces lois ressemblent aux nôtres, et d'autres pas. Mon peuple risque de ne pas être d'accord avec votre façon de contrôler la magie, et notamment, de restreindre la connaissance et l'usage de la haute magie.

— Vous avez vos propres limitations que nous n'approuverions pas non plus. Il me semble que chez vous, les hommes ne peuvent pas apprendre la magie, à moins de posséder un don naturel.

— Certes, mais les restrictions basées sur le sexe des pratiquants ont déjà cours au sein de l'alliance. Les Lonmars n'enseignent la magie qu'aux hommes. Si les Terres Alliées peuvent tenir compte de leurs traditions, elles peuvent bien tenir compte des nôtres.

— Probablement. La magie noire, en revanche, est un sujet plus délicat.

Savara sourit et désigna Sonea.

— Pourtant, la Guilde compte des magiciens noirs dans ses rangs.

— Aussi peu que nous l'estimons nécessaire pour notre défense.

La reine des Traîtresses prit un air grave.

— Vous pensez vraiment que trois, c'est suffisant ?

Sonea soutint son regard. Ce n'était pas le moment d'admettre les doutes qu'elle nourrissait.

— Oui.

Savara haussa les sourcils.

— J'espère que votre conviction ne sera jamais mise à l'épreuve. Mon peuple répugnerait à placer sa sécurité entre les mains d'une poignée d'individus. Nous ne pourrions adhérer à une alliance qui nous interdirait d'enseigner la haute magie à nos filles.

— Nous nous y attendions. (Sonea sourit en voyant son interlocutrice plisser les yeux.) Nous sommes prêts à négocier une exception dans le cas des Traîtresses, à une condition.

— Laquelle ?

— Vous ne voyez pas d'objection à notre loi stipulant que tous les magiciens doivent être formés à la Guilde ?

— Non. (Savara parut amusée.) C'est une opportunité que nous serions folles de refuser.

— Notre condition serait donc la suivante : vos filles ne devraient se voir enseigner la magie noire qu'une fois diplômées de la Guilde, et uniquement au Sachaka, par des gens de votre peuple.

Un pli vertical se forma entre les sourcils de Savara, qui acquiesça lentement.

— Ça devrait être acceptable.

— Bien entendu, fit valoir Sonea, si le roi Amakira a vent d'un accord entre vous et les Terres Alliées, il tentera de nous mettre des bâtons dans les roues – par exemple, en empêchant vos novices de nous rejoindre.

Savara eut un geste désinvolte.

— Je ne pense pas que ce soit un problème.

— Une fois que vos filles seront en Kyralie, il sera plus difficile de cacher ce que nous faisons. Nous pourrions les déguiser en Elynes.

— Ça ne sera pas nécessaire.

— *Elle semble un peu trop sûre d'elle*, commenta Osen.

— *Je trouve aussi.*

— Vous pensez peut-être que, parce qu'il ignore l'emplacement du Sanctuaire, le roi Amakira ne représente pas une menace pour vous. Mais si vous voulez garantir la sécurité de vos novices, vous feriez bien de ne pas oublier qu'il sait exactement où se trouve Imardin, dit Sonea sur un ton d'avertissement.

Savara sourit.

— Nous n'aurons pas besoin d'agir en secret. Le temps que nous soyons prêtes à vous envoyer des magiciennes – si nous décidons de rejoindre les Terres Alliées –, le problème posé par le roi Amakira et ses ashakis sera résolu depuis longtemps.

Sonea entendit Regin prendre une inspiration sifflante. Elle-même se surprit à dévisager son interlocutrice avec des yeux écarquillés. Un frisson d'excitation et de peur mêlées la traversa.

— *Elles comptent attaquer les ashakis !* s'exclama Osen.

Savara se pencha en avant.

— Vous avez dit tout à l'heure que les membres de l'alliance devaient se soutenir mutuellement en cas d'attaque par une nation extérieure. J'imagine que cette obligation ne s'étend pas aux conflits qu'ils déclenchent eux-mêmes. Néanmoins, vous êtes de vieux ennemis de l'Empire sachakanien. Par conséquent, j'invite l'ensemble des Terres Alliées à se joindre à nous pour débarrasser le Sachaka des ashakis et de l'esclavage. Vous ne pourrez sans doute pas nous fournir beaucoup de combattants, puisque la plupart d'entre vous n'apprennent pas la haute magie, mais votre puissance et vos connaissances en matière de guérison nous seraient d'une aide précieuse. (Elle se redressa et haussa un sourcil.) Nous aiderez-vous ?

17

Un aveu

Lorkin observait sa mère attentivement. Même si le regard de Sonea était toujours braqué sur Savara, il ne se focalisait pas sur cette dernière mais sur un point situé au-delà. Lorkin baissa les yeux vers la bague que sa mère portait au doigt. Elle était en train de communiquer avec Osen. À sa main, le jeune homme remarqua une autre bague ornée d'une gemme, mais dont la monture décorative suggérait qu'il s'agissait d'un simple bijou.

— Nous avons besoin de temps pour en discuter, finit par répondre Sonea. Il y a beaucoup d'autres monarques à contacter.

Savara opina du chef.

— Vous avez jusqu'à demain soir. Je vous laisserais bien plus longtemps, mais mon peuple est vulnérable à l'extérieur du Sanctuaire. Je sais que je me comporte comme si nous ne pouvions pas perdre, mais il serait inutile d'envisager une relation future basée sur la situation actuelle.

— N'y a-t-il donc aucun espoir de relation future si vous perdez ? demanda Sonea.

La reine prit une expression funeste.

— Une toute petite, peut-être. En cas de défaite, le Sanctuaire serait probablement découvert. Sans lui, nous n'aurions ni nourriture ni abri et, temporairement, plus de cavernes où faire pousser des gemmes. Nous serions donc plus préoccupées par notre survie et par la reconstruction d'une cité que par une alliance avec vous.

Sonea se rembrunit.

— Si vos cavernes tombaient entre les mains des ashakis, pourraient-ils s'en servir pour faire pousser leurs propres pierres ?

— À condition de connaître le processus. Ils pourraient le découvrir au fil du temps ou, plus probablement, forcer une prisonnière à le leur enseigner. Mais ils ne pourraient obtenir tout notre savoir de la bouche d'une seule Traîtresse, ni même d'une dizaine. Nous avons pris soin de le diviser entre nos fabricantes, de sorte qu'aucune d'elles ne sait comment créer tous les types de pierres. Donc, le danger posé par les ashakis dépendrait du nombre et de l'identité des Traîtresses qu'ils auraient capturées.

Comme les deux femmes s'abîmaient dans un silence pensif, Lorkin se racla la gorge.

— Que les Traîtresses gagnent ou perdent, un échange de savoir entre la Guilde et elles serait quand même profitable.

Savara se tourna vers lui.

— Mais cet échange a déjà eu lieu, lui rappela-t-elle sur un ton d'excuse.

— Oui et non. (Lorkin haussa les épaules.) Comme la fabrication des gemmes magiques, la guérison est un art trop vaste pour pouvoir être communiqué en l'espace d'une seule sonde mentale. Vous développerez vos connaissances au fil du temps, mais en faisant beaucoup d'erreurs en chemin. Or, si la manipulation de gemmes magiques peut être dangereuse pour le fabricant, celle du corps humain est risquée pour le sujet. Mieux vaut donc que les guérisseurs soient formés par des adeptes expérimentés.

Sonea fronçait les sourcils.

— Les Traîtresses connaissent déjà la guérison ?

Savara soupira.

— Oui. L'une des nôtres a enfreint nos lois et dérobé ce savoir dans l'esprit de Lorkin. Nous l'avons punie, et pour dédommager Lorkin, la reine Zarala a décidé que nous lui enseignerions le secret de la fabrication des pierres.

Lorkin observa attentivement sa mère. Plusieurs émotions se succédèrent sur le visage de Sonea : le choc, la colère, puis la gratitude. Elle lui jeta un coup d'œil pensif. Lorkin se concentra sur sa présence en se demandant s'il parviendrait à capter ses pensées superficielles. Un léger sentiment de fierté lui parvint, mais peut-être son imagination lui jouait-elle des tours. Au moins, ce n'était ni de la désapprobation, ni de la déception. *Pas encore. Elle ignore ce qu'implique la fabrication de gemmes.*

— Donc…, reprit Sonea. L'une des vôtres connaît déjà les bases de la guérison, et mon fils possède un niveau de compétence similaire en fabrication de gemmes. Mais comme il vient de le dire, ça ne vaut pas une formation complète et dans les règles, dispensée par un professeur expérimenté. Par conséquent, nous avons toujours quelque chose à échanger.

— Mais…, commença Lorkin. (Sonea se tourna calmement vers lui.) Les deux savoirs n'ont pas la même valeur.

Savara haussa les sourcils.

—Lequel est le plus précieux, selon vous ?

—La guérison.

—Et pourquoi ça ?

—Parce que des connaissances et de la magie suffisent pour la mettre en œuvre, alors que la fabrication de pierres nécessite l'accès à une caverne gemmifère.

—Une caverne gemmifère ? C'est quoi, exactement ? s'enquit Sonea.

—Une caverne où les pierres appropriées se forment naturellement, expliqua Lorkin. On les modèle pendant qu'elles poussent. Mais je n'ai jamais entendu parler de cavernes semblables dans les Terres Alliées. (Il écarta les mains.) Cela dit, je n'ai pas vraiment cherché. Il se peut très bien qu'il en existe. Mais tant que nous ne disposerons pas de nos propres cavernes gemmifères, nous ne pourrons pas mettre à profit le secret de la création de pierres magiques.

—Les alchimistes pourraient trouver un autre moyen de les produire, intervint Regin. Ils fabriquent déjà certains types de cristaux. Nous pourrions peut-être appliquer vos connaissances aux cristaux en question.

Les yeux de Savara brillèrent.

—Vos alchimistes savent faire ça ? (Puis elle eut un sourire en coin.) Il reste un problème à résoudre. Vous devrez assouplir vos règles concernant l'usage de la haute magie, puisqu'elle est nécessaire à la fabrication de gemmes. Sans compter que vos magiciens noirs actuels ne possèdent peut-être pas les dispositions requises pour cette tâche. Elle réclame une patience et une concentration qui ne sont pas à la portée de tout le monde et qui, en outre, mobiliseraient l'attention de vos défenseurs de manière très déraisonnable. Dans le meilleur des cas, à vous trois, vous ne pourriez fabriquer qu'une poignée de pierres par an.

Lorkin retint son souffle tandis que sa mère tournait la tête vers lui pour le dévisager. Bien qu'assailli par la culpabilité et la peur, il se força à soutenir son regard. Sonea reporta son attention sur Savara, et son visage se changea en ce masque de calme trompeur derrière lequel elle dissimulait ses véritables sentiments.

—Je vois, dit-elle. Cela rendrait cet échange plus… coûteux pour nous que pour vous.

Le seigneur Regin s'était lui aussi tourné vers Lorkin, mais son regard s'attardait sur le jeune homme. Même s'il plissait les yeux, son expression était plus pensive que désapprobatrice. Curieusement, Lorkin fut agacé qu'il n'ait pas l'air plus surpris.

— Dans ce cas, nous pourrions peut-être échanger des soins contre des pierres, suggéra Savara. Vos guérisseurs travailleraient pour nous, et nous les paierions en gemmes magiques.

Une fois de plus, Lorkin étendit ses perceptions pour entendre les pensées superficielles de sa mère. Mais ce qu'il capta ne lui parut pas coller du tout avec le caractère de cette dernière. Sonea n'était pas du genre à lâcher un tel chapelet de jurons.

— Nous pourrons garantir leur sécurité, affirma Savara en réponse à une question que Sonea ou Regin avait dû lui poser pendant que Lorkin était distrait. La personne qui a attaqué Lorkin l'a fait par désir de procurer la magie de guérison à notre peuple, une chose que beaucoup de Traîtresses souhaitaient – même si très peu d'entre elles étaient prêtes à enfreindre la loi pour y parvenir. Engager des guérisseurs afin qu'ils nous soignent me paraît un moyen tout à fait acceptable. Lorkin vous a-t-il parlé de la promesse faite par le seigneur Akkarin ?

— Oui. Akkarin lui-même ne s'en était jamais ouvert à moi.

— Beaucoup de choses ont été tenues secrètes dans cet accord. La reine Zarala a elle aussi pris un engagement qu'elle n'a pas tenu, même si elle a œuvré dans ce sens jusqu'à la fin de sa vie.

Lorkin dévisagea Savara en se souvenant de ce que lui avait dit l'ancienne souveraine des Traîtresses. « Moi non plus, je n'ai pas été en mesure de tenir une des promesses que je lui avais faites. Comme lui, je me suis retrouvée dans une situation plus compliquée que prévu. »

— De quoi s'agissait-il ? interrogea Sonea.

— Elle s'était engagée à faire ce en quoi la Guilde avait échoué sept siècles plus tôt : détruire les ashakis et abolir l'esclavage au Sachaka.

Comme Tayend entrait au grand salon, Dannyl fronça les sourcils.

— Achati voudra peut-être me parler seul à seul.

— Tant pis pour lui. Que ça lui plaise ou non, les actions du roi ont un impact sur les relations du Sachaka avec l'ensemble des Terres Alliées, répliqua l'Elyne. Ambassadeur, ajouta-t-il pour bien marquer qu'il s'agissait d'une discussion professionnelle, et qu'il estimait avoir le droit de se comporter ainsi.

Dannyl soupira.

— Je sais.

Mais sa résistance n'était qu'un réflexe. En vérité, il se réjouissait que Tayend lui tienne compagnie. Avoir une cause commune et travailler ensemble avait changé leurs relations. Ils n'étaient plus en froid, surtout depuis que Tayend avait émis un jugement positif au sujet d'Achati. Le ressentiment engendré par leur séparation semblait s'être évaporé, ou du moins, avoir été relégué au rang de souvenir. Dannyl avait l'impression de pouvoir désormais considérer Tayend comme son ami, sans que ce terme soit une insulte pour l'un ou pour l'autre.

Et puis, la présence de l'Elyne lui permettrait de donner à cette entrevue un caractère officiel, et de mettre plus facilement de côté ses sentiments personnels – comme le fait qu'il se sentait trahi par Achati.

Même s'il a tenu parole et effectivement aidé Lorkin à quitter Arvice.

— Lorkin est avec Sonea, murmura Dannyl. J'étais en train de communiquer avec Osen quand Kai m'a annoncé l'arrivée d'Achati.

Tayend haussa les sourcils.

— C'est une bonne nouvelle.

Entendant un bruit de pas dans le couloir, ils se tournèrent vers la porte. Tav, l'esclave portier, entra le premier et se jeta par terre. Achati le suivit en souriant.

— Bienvenue, ashaki Achati, lança Dannyl. Comme toujours, vous semblez épargné par la disgrâce que toute fréquentation de la Maison de la Guilde semble engendrer.

Achati écarta les mains.

— C'est l'un des nombreux avantages de ma position, ambassadeur Dannyl. (Il salua Tayend d'un signe de tête.) Ambassadeur Tayend. Je suis ravi de vous rendre visite dans des circonstances plus plaisantes que la dernière fois.

— Si vous voulez dire, en présence d'espions du roi, je crains que ces circonstances n'aient guère évolué, railla Dannyl.

Achati opina d'un air compatissant.

— Le roi a beaucoup moins de scrupules que vous ne vous y attendiez au sujet de ces choses-là.

— En général, il est de bon ton de ne pas espionner ses invités, ou à tout le moins, de faire semblant de ne pas les espionner, même si la vérité se voit comme le nez au milieu de la figure, dit Dannyl sur un ton de reproche.

Achati secoua la tête.

— Vraiment ? Vous les Kyraliens, vous avez une drôle de conception de la politesse. Mais ce n'est pas de ça que je suis venu vous parler.

Dannyl croisa les bras sur sa poitrine.

— De quoi, alors ?

— Je suis venu vous expliquer pourquoi j'ai raconté à mon roi le rôle que j'avais joué dans l'évasion de Lorkin.

— Je pense que nous l'avons deviné, intervint Tayend. Vous y avez vu une opportunité de soutirer des informations à Lorkin.

Achati opina du chef.

— Sans recourir à un enlèvement, à une incarcération ou pire encore. Toutefois, je courais le risque qu'il ne tienne pas parole. Le roi trouvait ça imprudent de ma part, mais j'ai réussi à le persuader que c'était la meilleure chose à faire. (Il fit quelques pas vers les deux ambassadeurs.) Vous comprenez sûrement qu'à partir du moment où j'enfreignais les ordres du roi, ma désobéissance aurait été connue tôt ou tard.

Dannyl acquiesça.

— Dès que vous auriez remis sa bague de sang.

— Exactement. Les monarques ont du mal à accepter que ceux qui les servent prennent des initiatives. Où commence l'insubordination ? Et puis, savoir ce dont un roi a besoin peut vite conduire un homme à présumer de ce qu'il désire.

— En l'occurrence, votre roi a-t-il eu ce qu'il désirait ?

Achati haussa une épaule.

— Non. Il a eu ce dont il avait besoin. Pas tout ce que savait Lorkin, mais assez.

Incrédule, Tayend secoua la tête.

— Lorkin a trahi les Traîtresses ?

— Il a dû penser que non, répondit Achati avec un mince sourire. Il a cru nous rouler dans la farine, mais en réalité, il nous en a dit bien davantage qu'il n'en avait l'impression.

— Quoi, au juste ?

Dannyl ne s'attendait pas à ce qu'Achati le lui révèle. Si ces informations étaient assez importantes pour qu'Amakira ait laissé partir Lorkin…

— Il nous a indiqué l'emplacement de la base des Traîtresses, comme promis.

Tayend plissa les yeux.

— En restant dans le vague : « dans les montagnes », ou quelque chose de ce genre ?

— Non. Il a dit « au Sachaka ».

Perplexe, Tayend se tourna vers Dannyl, qui soutint son regard et hocha la tête. Il comprenait.

— Par sa réponse, Lorkin a révélé que les Traîtresses considèrent l'ensemble du pays comme leur foyer, expliqua-t-il. Ce qui signifie qu'elles ne comptent pas rester cachées, ni devenir un peuple tout à fait distinct. (L'historien reporta son attention sur Achati.) Elles espèrent régner un jour sur le Sachaka.

— Ah, lâcha Tayend. Mais pas avant des années, peut-être. Et elles ne réussiront pas forcément à prendre le pouvoir.

— Oh, c'est certain, affirma Achati. Elles ne peuvent pas être aussi nombreuses dans les montagnes que les Sachakaniens des basses-terres. Nos forces surpassent les leurs, et de loin. C'est pourquoi d'ordinaire, elles se contentent d'intervenir dans nos affaires par l'espionnage et l'assassinat. Et c'est pourquoi nous avons nous aussi des espions partout, y compris à la Maison de la Guilde – même si nous n'en avions pas beaucoup avant l'enlèvement de Lorkin, parce que nous ne pensions pas que les Traîtresses s'intéresseraient à des Kyraliens.

Cet aveu de surveillance fit froncer les sourcils à Dannyl.

— Nos espions sont là pour garantir votre sécurité, lui assura Achati. Lorkin... c'était un autre problème, mais qui est résolu désormais. Le roi ne vous veut pas de mal. Il espère bien maintenir des relations cordiales entre le Sachaka et les Terres Alliées. Et moi aussi, car j'apprécie votre compagnie, ajouta-t-il avec un regard qui engloba à la fois Dannyl et Tayend. Je vous considère tous les deux comme mes amis.

Tayend jeta un coup d'œil à Dannyl et haussa imperceptiblement les sourcils, les prunelles pétillantes de malice. Il reporta son attention sur Achati.

— Dans ce cas, voulez-vous rester prendre un verre ? J'ignore ce qu'il en est de Dannyl, mais je suis curieux d'entendre vos plans pour déjouer le soulèvement des Traîtresses.

Surpris, Dannyl ne put qu'acquiescer. Que mijotait Tayend ? Essayait-il de glaner des informations, de repérer des incohérences dans l'histoire d'Achati, ou de mettre à l'épreuve sa déclaration d'amitié ?

Dannyl savait qu'il aurait dû agir de même, mais son cœur n'y était pas. *C'était plus simple à l'époque où je n'avais pas besoin de faire confiance à Achati.* Pourtant, le Sachakanien avait habilement manœuvré tout le monde – Dannyl, mais aussi Tayend, Lorkin et même son roi – vers une solution acceptable pour chacun. Et Dannyl devait admettre qu'il ne l'en admirait que davantage.

L'architecture était l'un des sujets que tous les novices étudiaient, même si la plupart d'entre eux ne dépassaient jamais les bases. Lilia avait toujours pensé que c'était un terme bien pompeux pour une tâche somme toute subalterne du point de vue des magiciens. Très peu d'entre eux concevaient encore des bâtiments : depuis la fin de l'invasion ichanie, la popularité des maisons qui tenaient debout grâce à la magie avait grandement diminué. Désormais, la plupart des magiciens n'utilisaient leurs connaissances en la matière que pour réparer des structures existantes ou accélérer la construction de nouvelles bâtisses.

Ces deux tâches requéraient une certaine maîtrise des techniques de maçonnerie ordinaire. Faire léviter des matériaux pour les mettre en place ne servait à rien si on était incapable de les disposer de manière correcte pour ne pas que tout s'écroule. Et dans le cas d'une construction menacée d'effondrement, un magicien devait savoir où et comment la renforcer.

Lilia aurait parié que ça faisait belle lurette qu'aucun membre de la Guilde n'avait travaillé dans les souterrains. Les murs que Cery voulait consolider étaient en brique plutôt qu'en pierre. Même en l'absence de mortier, ils n'atteindraient pas le niveau de cohésion de la pierre, car ils étaient incapables d'absorber et de retenir la magie aussi bien que cette dernière. La magie envoyée dans de la pierre se dissipait très lentement, tandis que celle qui imprégnait les briques s'évaporait très vite. Donc, Lilia avait décidé de créer une barrière à la surface des murs pour les renforcer.

Elle commença par faire apparaître un dôme de force à l'intérieur de la pièce ; puis elle l'agrandit jusqu'à ce que le bas touche les murs, et elle le modela pour lui faire épouser les coins du plafond. Enfin, elle ménagea des ouvertures pour la porte originelle et pour celle qu'elle venait de créer vers la pièce voisine en défonçant une partie de la maçonnerie.

— Il faudra que je l'alimente constamment – comme le bouclier qui bloque le passage, expliqua-t-elle. Ça ne sera pas trop difficile si je reste dans les parages. Ça suffira à empêcher un effondrement, mais ça ne résistera pas à une attaque magique. Toutefois, si quelqu'un exerce une pression par-dessus ou par-dessous, je devrais le sentir. (La jeune fille soupira et secoua la tête.) Heureusement que Kallen m'a appris à siphonner du pouvoir, et que je n'ai pas eu à l'utiliser pendant mes entraînements au combat, parce que ça va en saper une bonne partie.

Cery acquiesça.

— Encore merci.

Sa gratitude provoqua un nœud d'anxiété dans l'estomac de Lilia.

— Visiblement, vous avez peur que Skellin vous débusque avant que la Guilde soit prête à vous aider.

— Oui, reconnut Cery. S'il nous découvre avant que nous soyons prêts à déclencher notre piège, et s'il craint que toi ou d'autres magiciens vous trouviez dans les parages, il pourrait choisir de faire écrouler le plafond sur nos têtes et de s'éclipser discrètement.

Lilia imagina Anyi en train de suffoquer sous un monceau de terre et de brique. Elle frissonna. Elle aurait du mal à dormir, sachant que ses amis risquaient de mourir si elle ne percevait pas une attaque éventuelle contre sa barrière.

— Si je sens quoi que ce soit, je viendrai le plus vite possible, promit-elle.

Cery acquiesça.

— Et si nous découvrons des signes indiquant que quelqu'un est entré dans les passages, Anyi ira te chercher dans ta chambre. Ou elle demandera à Jonna de te prévenir. Jonna est souvent là ?

— Elle passe plusieurs fois par jour. Vous voulez que je lui demande de venir plus souvent ?

— Ce serait sans doute une bonne idée.

Lilia opina du chef.

— Autre chose ?

— Je crois que c'est tout.

Cery consulta du regard Gol et Anyi, qui hochèrent la tête.

— Dans ce cas, je vais vous laisser. Je dois étudier, grimaça la jeune fille.

— Je te raccompagne jusqu'à ta chambre, offrit Anyi.

— Ne la distrais pas trop longtemps, lui recommanda Cery avec un demi-sourire.

Anyi se détourna en levant les yeux au ciel. Faisant signe à Lilia de la suivre, elle l'entraîna vers le quartier des magiciens.

— Parfois, j'aimerais qu'il ne soit pas au courant pour nous deux, marmonna-t-elle.

— Mais c'est bien que ça ne le dérange pas, fit remarquer Lilia.

— Ouais, convint Anyi avec un haussement d'épaules.

— Alors, pourquoi voulais-tu que je parte plus tôt ce soir ?

La jeune femme regarda derrière elle.

— Je te le dirai quand on y sera.

Comme toujours, l'ascension jusqu'au panneau dans le salon de Sonea fut assez pénible. Lilia passa la première, puis fit léviter jusqu'à elle la boîte laquée désormais vide dans laquelle elle avait apporté le repas des fugitifs. Anyi la rejoignit, et les deux filles époussetèrent leurs vêtements.

— Mon pauvre vieux manteau, se lamenta Anyi en examinant les éraflures du cuir.

Lilia baissa les yeux pour s'examiner.

— Je ferais mieux de me changer.

Elle fit un pas vers sa chambre. Au même moment, quelqu'un frappa à la porte des appartements de Sonea. Les deux filles se regardèrent, consternées.

— Ce n'est pas Jonna, chuchota Lilia. Elle ne frappe pas comme ça.

— Va remettre ta robe pendant que je retarde ton mystérieux visiteur, lui intima Anyi.

Lilia obtempéra en hâte. Mais plus elle tentait de se presser, moins elle arrivait à enfiler ses manches, et plus elle se prenait les pieds dans l'ourlet de sa longue robe. Des voix lui parvenaient depuis le salon, mais Anyi ne semblait pas inquiète.

Une fois habillée, Lilia ouvrit la porte de sa chambre et soupira de soulagement.

— Seigneur Rothen, dit-elle en s'inclinant devant le vieux magicien.

Une expression gênée passa sur le visage d'Anyi comme celle-ci se rendait compte qu'elle avait manqué de respect au visiteur. La jeune femme s'inclina très vite et maladroitement. Rothen eut l'air amusé.

— Je suis venu voir comment tu allais, Lilia. Je suis déjà passé plusieurs fois le soir, mais tu étais sortie.

— Oh. Désolée.

La novice écarta les mains.

— Je crois deviner où tu étais, mais tu peux me faire confiance pour garder ton secret. Sonea m'a parlé des visites de Cery. (Rothen sourit à Anyi, puis reporta son attention sur Lilia et redevint sérieux.) Alors, comment vas-tu ?

— Hum… (Lilia lui désigna une chaise.) Asseyez-vous donc. Je vous offre une tasse de sumi ?

— Oui, volontiers.

Le vieil homme s'installa dans un des fauteuils, et Anyi l'imita.

— Je vais… bien, dit Lilia tout en faisant léviter le service à sumi jusqu'à la table. (Après une hésitation, elle rapprocha également le raka en poudre.) Vous savez que Cery se cache ?

Rothen acquiesça.

— Kallen nous l'a dit.

Nous, songea Lilia. *Je suppose que ça désigne l'ensemble des hauts magiciens.*

— Eh bien… je m'inquiète pour lui. (Elle tendit une tasse de sumi fumante à Rothen.) Et pour Anyi.

Et pour Gol, mais il ignore peut-être jusqu'à son existence.

— C'est bien compréhensible. (Les sourcils froncés, Rothen dévisagea Anyi.) Il est en sécurité ?

La jeune femme haussa les épaules.

— Pour le moment. Quant à savoir combien de temps ça durera… (Elle secoua la tête.) Nos ennemis pourraient nous trouver ce soir, ou jamais.

Lilia lui tendit une tasse de raka en grimaçant à cause de l'odeur si forte.

— Si nous pouvons faire quoi que ce soit pour vous aider à rester cachés, n'hésitez pas à me le dire, offrit le vieux magicien.

Anyi hésita avant d'acquiescer.

— Merci.

Rothen sirota une gorgée de sumi et se tourna de nouveau vers Lilia.

— Et où en sont tes études ?

Ce fut au tour de la jeune fille d'hésiter. Devait-elle se montrer honnête ou retarder l'inévitable ?

Rothen gloussa.

— Apparemment, tu es consciente de ton grand retard. Entre autres choses, je suis venu te dire que nous t'autorisons à abandonner quelques matières pour le moment. Nous te laisserons un peu plus de temps pour les terminer – tu pourrais, par exemple, obtenir ton diplôme six mois après le reste de ta promotion. Entre les leçons de Kallen qui sont venues s'ajouter à un emploi du temps déjà chargé et les mois d'absence que tu dois rattraper, il est bien compréhensible que tu aies du mal à t'en sortir. Nous préférons que tu maîtrises l'ensemble des sujets, quitte à finir un peu plus tard que prévu.

Lilia se sentit d'abord très soulagée. Puis elle pensa : *Mais ça veut dire que je resterai une novice six mois de plus !* La déception et la fatigue l'assaillirent. Néanmoins, cela lui laisserait plus de temps libre à passer avec Anyi. Elle acquiesça lentement.

— D'accord.

Rothen lui sourit.

— Souviens-toi que je suis toujours disponible si tu as besoin de me parler. Même après le retour de Sonea. Je ferai tout mon possible pour t'aider.

Lilia opina du chef.

— Merci beaucoup, seigneur Rothen.

Pendant une minute, ils sirotèrent leurs boissons chaudes en silence. Puis Lilia demanda à Rothen s'il avait des nouvelles de Sonea. Il lui répondit que celle-ci avait retrouvé Lorkin. *C'est une bonne chose. Elle ne devrait donc pas tarder à rentrer.*

Lorsque leurs tasses furent vides, Rothen se leva et prit congé. Lilia le raccompagna à la porte. Après son départ, elle se tourna vers Anyi. La jeune femme avait les coudes sur la table et la tête entre les mains.

— Qu'est-ce qui ne va pas ? s'inquiéta Lilia.

Anyi soupira et leva vers elle des yeux cernés.

— Tu pourrais demander à Kallen si la Guilde accepterait de cacher Cery ici ? Nous avons toujours pensé que les hauts magiciens seraient d'accord, mais nous ne leur avons pas posé la question parce que… par fierté, je suppose. Je sais, c'est idiot. Je dois convaincre Cery d'abandonner les souterrains.

—Je verrai ça avec Kallen demain, promit Lilia. Sauf si tu veux que j'y aille dès ce soir.

Son amie secoua la tête.

—Demain, ça ira. De toute façon, il me faudra du temps pour persuader Cery.

—De quoi as-tu peur ? demanda Lilia. Que Skellin vous trouve avant que les hauts magiciens soient disposés à vous aider ?

Anyi fronça les sourcils.

—Que Cery fasse une bêtise. Ce piège qu'il a tendu… Je ne suis pas sûre qu'il ait l'intention d'attendre Kallen.

—Il ne pense quand même pas que, puisque Kallen m'apprend à développer ma maîtrise de la magie noire, je suis désormais assez forte pour affronter Skellin toute seule, pas vrai ?

—Non, il n'était même pas au courant jusqu'à ce soir. Il a commencé ses préparatifs bien avant.

Lilia en éprouva un élan de sympathie. Si Anyi, qui se sentait tellement frustrée par leur confinement souterrain, s'inquiétait que l'impatience grandissante de son père le pousse à commettre une erreur fatale, la situation devait vraiment être en train de dégénérer dans les tunnels.

Elle ouvrit ses bras à Anyi et la serra contre elle.

—Je vais parler à Kallen. Je me charge de convaincre la Guilde pendant que tu convaincras Cery. Et si l'un des deux refuse d'entendre raison, nous recourrons à la ruse pour parvenir à nos fins.

18

Choix

Le ciel nocturne était dégagé, et la lune brillait au-dessus de leur tête. Cery poussa un soupir de soulagement. Même si le clair de lune les rendait plus faciles à repérer, il faciliterait leur progression à travers la forêt. Ni lui, ni Gol, ni Anyi n'avaient l'habitude de se déplacer parmi des arbres et des buissons touffus.

Même si, avec l'aide de Jonna, Lilia parvenait à leur fournir l'essentiel de ce dont ils avaient besoin, il restait quelques objets qu'elle n'avait pu leur procurer. Ils étaient déjà retournés deux fois à la ferme pour voler des chaises, des sacs en toile et de la paille afin de fabriquer des matelas. Ce soir-là, ils avaient une liste de courses bien précise.

— Un seau ou un baquet, et d'autres sacs de toile. C'est tout ? demanda Anyi.

— Oui, répondit Cery. Et ne t'avise pas de chercher d'autres choses à emporter juste parce que tu es là.

— Bien sûr que non.

Comme la jeune femme s'éloignait furtivement entre les arbres, Cery se tourna vers Gol.

— Sois prudent. Contente-toi de faire ce qu'on a dit.

Son garde du corps acquiesça. Cery le regarda partir d'un pas pesant dans la direction opposée, et frémit comme un craquement de branche résonnait dans la nuit. *Si Anyi l'entend… Bah, il n'aura qu'à lui raconter ce que je lui dirai de toute façon quand, à son retour, elle s'apercevra qu'il a disparu : qu'il cherche le meilleur moyen de semer des poursuivants si jamais nous devons fuir par là.*

Battant en retraite dans le trou, Cery ramassa la lampe et rebroussa chemin dans le tunnel. Anyi avait décrété qu'il suffisait que l'un d'eux se rende à la ferme, qu'y aller à trois représentait un risque inutile. Cery avait accepté de la laisser partir seule, mais uniquement parce qu'il voulait vérifier où en étaient les expériences botaniques de la Guilde.

J'espère juste que les hauts magiciens n'ont pas déplacé leur laboratoire après que Lilia leur a révélé qu'elle en connaissait l'existence.

Cery trouva le rideau de racines et l'écarta. Il longea le tunnel en prenant garde à faire le moins de bruit possible comme il approchait de la porte secrète de la cave. Tout était exactement tel qu'ils l'avaient laissé. Le voleur regarda par l'œil-de-bœuf et ne vit que des ténèbres.

Un instant, il eut l'impression qu'un tissu recouvrait désormais l'ouverture pour donner l'impression que la pièce était plongée dans le noir, mais qu'en réalité, des magiciens se tenaient de l'autre côté. Il pressa son oreille contre le battant et écouta. Rien. Alors, il referma le volet de la lampe de manière à ne plus laisser filtrer qu'un mince filet de lumière. Puis, lentement, il poussa la porte.

Une odeur de renfermé l'assaillit tandis qu'un léger grincement résonnait dans la pièce. Cery rouvrit le volet de sa lampe. La lumière se déversa dans la cave déserte. Les mêmes tables se dressaient aux mêmes endroits que la fois précédente. Cery s'en approcha. Elles étaient couvertes de petits récipients – moitié moins qu'avant, remarqua-t-il. Un tas de pots brisés et de terre éparse avait été balayé sur un côté. Certains fragments semblaient brûlés. En y regardant de plus près, Cery vit que les pots posés sur une des tables étaient noircis sur un côté, tout comme la table elle-même.

Les sourcils froncés, Cery examina les pots. Ils ne contenaient que de la terre. *À moins que...* En se penchant, le voleur aperçut des pousses minuscules. Il sourit. *Grandissez vite, petites plantes.* Puis il secoua la tête. *Jamais je n'aurais cru souhaiter une chose pareille à propos du poerri.*

Il ressortit de la cave et referma la porte secrète derrière lui. Cela fait, il rebroussa chemin vers le réseau principal ; mais avant de regagner la pièce dans laquelle ils vivaient désormais, il alla vérifier que l'accès à la route des voleurs était toujours bloqué par le bouclier de Lilia. Ce qui était bien le cas.

Il s'attendait à ce qu'Anyi soit rentrée avant lui. Mais lorsqu'il atteignit leur nouvelle planque, la jeune femme ne s'y trouvait pas. Il s'assit pour l'attendre. Bientôt, l'anxiété le gagna. En l'absence de lumière naturelle, il était difficile de jauger le passage du temps – donc, facile pour un esprit inquiet d'imaginer que des heures s'étaient écoulées et qu'il était arrivé quelque chose à sa fille.

Au moins, si elle est découverte, ce sera probablement par des serviteurs ou des magiciens. Ils ne lui feront pas de mal.

Un vieux souvenir lui revint en mémoire. Debout au milieu d'une place, une Sonea beaucoup plus jeune contemplait le corps brûlé d'un jeune homme. Les magiciens aussi pouvaient commettre des erreurs.

Ils n'ont réagi ainsi que parce qu'ils se croyaient attaqués. Anyi est une jeune femme seule et, contrairement à Sonea, elle n'a aucun pouvoir.

Pourtant, le cœur de Cery battait trop vite, et une douleur lancinante grandissait dans sa poitrine.

Anyi est maligne, se raisonna-t-il. *Elle ne se fera pas prendre.*

Mais si ça arrivait quand même, elle ne voudrait pas révéler la présence de son père dans les tunnels. Les magiciens la jetteraient hors de l'enceinte de la Guilde et dans les rues de la cité où Sachaka attendait.

Arrête ça, s'admonesta Cery en se massant la poitrine. *C'est inutile de…*

Un bruit résonna à l'extérieur de la pièce. Le sang du voleur se figea dans ses veines. Retenant son souffle, il tendit l'oreille. Rien.

Cery venait juste de décider que son imagination lui avait joué un tour quand un murmure étouffé lui parvint. Il se leva, certain que quelqu'un approchait en se donnant du mal pour ne pas être entendu. Gol s'était-il fait prendre dès qu'il avait mis les pieds en ville ? Skellin lui avait-il déjà soutiré la cachette de son employeur sous la torture ?

Cery regarda autour de lui. *Nous n'avons même pas eu le temps d'amorcer le piège. Qu'est-ce que je peux faire ?* Il pivota vers le trou qui donnait dans la pièce voisine – leur issue de secours.

Puis cinq petits coups résonnèrent dans le tunnel. *Le signal !* Cery poussa un soupir de soulagement et se laissa retomber sur sa chaise, oubliant presque de frapper une fois sur une caisse en guise de réponse.

Des pas se rapprochèrent. De la lumière éclaira le mur du couloir, oscillant au gré d'une démarche qui ne pouvait être que celle d'Anyi. La jeune femme passa la tête dans l'encadrement de la porte et adressa un sourire triomphant à Cery. Elle entra, un seau dans chaque main.

— Où est Gol ? demanda-t-elle en les posant par terre.

— Parti en reconnaissance dans la forêt, au cas où on devrait s'enfuir par là, mentit Cery. (Il regarda à l'intérieur des seaux, qui ne contenaient pas que des sacs de toile.) C'est quoi, ça ?

— Des fruits. Ils avaient déjà été cueillis ; ç'aurait été dommage de ne pas se servir.

— Je t'avais dit de ne rien prendre d'autre que ce qu'on avait convenu.

— Oui, et tu sais combien je suis têtue. Et affamée.

Cery dévisagea sa fille, les yeux plissés.

— Je croyais que tu n'aimais pas les fruits.

Anyi détourna le regard.

— La plupart d'entre eux.

Elle s'assit et bâilla.

— Menteuse.

— Tu veux que je les ramène ?

Cery émit un bruit grossier.

— Couche-toi.

— Mais Gol n'est pas encore revenu.

— Il en a encore pour un moment. Il est tard ; plus vite tu dormiras, plus vite tu te réveilleras pour prendre ton tour de garde, et plus vite je pourrai dormir aussi.

— Bon, d'accord.

La jeune femme alla s'allonger sur un des matelas qu'ils avaient confectionnés. Elle ne tarda pas à s'assoupir, laissant Cery seul face à son anxiété qui revenait à la charge.

Sois prudent, Gol, mon vieil ami. Et pas seulement dans notre intérêt. Je te connais depuis trop longtemps pour te perdre ce soir.

Comme Tyvara s'éloignait pour voir ce que voulait Savara, Sonea hocha la tête.

— Elle est maligne, cette petite. Je parie qu'elle ne s'attendait pas à ce que tu fasses irruption dans sa vie.

Lorkin grimaça.

— Elle a beaucoup résisté au début, confirma-t-il. Pendant longtemps, j'ai cru que je me faisais des idées et qu'elle n'était pas du tout intéressée.

— Mais maintenant, tu en es sûr ?

— Oui.

Saisi par un doute pernicieux, le jeune homme tempéra :

— Je crois.

Sonea gloussa, puis redevint sérieuse.

— Alors comme ça... tu as appris la magie noire.

Lorkin détourna les yeux, puis se força à reporter son attention sur sa mère. Si Sonea arborait une expression indéchiffrable, ses yeux, eux, exprimaient quelque chose. Mais pas de la désapprobation. *De la tristesse*, comprit Lorkin. Et cela le fit culpabiliser davantage.

— J'étais obligé pour apprendre le secret de la fabrication des pierres.

Sonea haussa les sourcils.

— L'apprendre et le rapporter à la Guilde, précisa Lorkin.

— Je croyais que tu avais accompagné Dannyl au Sachaka parce que tu voulais trouver une alternative à la magie noire, fit remarquer sa mère.

Le jeune homme soupira.

—C'est vrai. Et j'espérais que les pierres des Traîtresses seraient cette alternative.

—Est-il vraiment impossible de les fabriquer sans recourir à la magie noire ?

—Impossible, non, mais ce serait comme... tenter de construire une maison les yeux bandés. La façon dont la haute magie altère les perceptions permet de mieux contrôler le pouvoir ; du coup, la formation des pierres devient plus facile et plus précise.

—« La haute magie » ? répéta Sonea. (Elle sourit et détourna les yeux.) C'est le terme utilisé par les gens qui approuvent l'usage de la magie noire.

Lorkin haussa les épaules.

—Et « magie noire », c'est le terme utilisé par les gens qui désapprouvent l'usage de la haute magie. Que ce soit justifié ou non.

—À ton avis, est-ce que ça l'est ? interrogea Sonea.

Lorkin repensa à son ami Evar, vidé de toute son énergie par vengeance. Il se revit drainé de ses propres forces durant son enlèvement. Mais même sans la magie noire, les sbires de Kalia auraient trouvé un autre moyen de punir Evar et de neutraliser Lorkin pour le garder prisonnier.

—Oui et non. On peut abuser de n'importe quelle forme de magie ou, plus généralement, de pouvoir. Les Traîtresses sont la preuve vivante qu'une culture ayant adopté l'usage de la magie noire ne devient pas forcément comme le Sachaka – la partie du pays gouvernée par les ashakis, du moins.

Sonea acquiesça.

—De la même façon que Kallen et moi sommes la preuve vivante que tous les magiciens noirs ne deviennent pas fous et ne tentent pas nécessairement de prendre le contrôle de la Guilde.

—Je pensais que Père avait déjà établi ce fait, fit remarquer Lorkin.

Sonea haussa les épaules.

—Il s'est servi de la magie noire pour accéder au poste de haut seigneur. Il n'est donc pas le meilleur exemple qui soit.

—Exact, concéda Lorkin. Il gardait tellement de secrets ! J'ai l'impression d'en découvrir de nouveaux chaque jour.

Sonea partit d'un rire amer.

—Et moi donc. Après ce que tu as découvert... je me demande ce qu'il cachait d'autre.

—Alors... (Lorkin prit une grande inspiration.) D'après toi, la Guilde voudra-t-elle encore de moi maintenant que je connais la magie noire ?

Sonea fit une moue pensive et ne répondit pas tout de suite.

— Probablement, finit-elle par lâcher. La fabrication de pierres est une nouvelle forme de magie qui possède un grand potentiel. Les hauts magiciens voudront l'ajouter au répertoire de la Guilde.

— Même si elle nécessite d'employer la magie noire ?

— Oui… mais j'imagine que seul un petit nombre d'entre nous seront autorisés à la connaître. Kallen. Moi. Lilia.

— Lilia ? Oh, la novice qui a appris la magie noire dans un livre. C'était plutôt inattendu.

— En effet. Je soupçonne qu'elle a des dispositions particulières, et que rares sont les personnes qui auraient pu piger le truc à partir d'une simple description. Mais je me berce peut-être d'illusions.

— Était-ce encore un tour de Père ? Espérait-il réduire le danger en nous faisant croire qu'il était impossible d'apprendre la magie noire dans un livre, de façon que personne n'essaie ? suggéra Lorkin.

— Je ne crois pas. (Sonea fronça les sourcils.) Il existe une autre possibilité. Et si Zarala lui avait dit qu'elle ne pouvait être enseignée que d'un esprit à un autre, pour ne pas que l'ensemble de la Guilde risque de l'adopter ? Il…

Elle se redressa, les yeux écarquillés. Devinant qu'Osen communiquait avec elle, Lorkin attendit en silence.

Le cri d'un oiseau l'arracha à ses ruminations, et il vit que le soleil déclinait vers l'horizon. Soudain, il se rendit compte qu'ils n'étaient qu'un petit groupe isolé, vulnérable et insignifiant.

Ce n'est pas tout à fait vrai. Nous sommes des magiciens, dont deux personnages importants au sein de leurs peuples respectifs. Et nous sommes ici pour prendre des décisions importantes, des décisions historiques.

Sa mère soupira. Elle le regarda, puis reporta son attention sur Regin. Comme s'il l'avait senti, ce dernier leva la tête. Sonea lui fit signe d'approcher. Il se leva et s'éloigna des deux Traîtresses avec lesquelles il était en train de converser.

— J'ai une réponse, lança Sonea quand il les rejoignit.

Elle voulut se lever. Regin lui tendit une main. À la grande surprise de Lorkin, elle la prit et laissa son confrère l'aider à se mettre debout.

— Lorkin, tu peux aller prévenir la reine ?

Le jeune homme obtempéra. Il trouva Savara en train de parler à voix basse avec Tyvara. Toutes deux parurent agacées par cette interruption, jusqu'à ce que Lorkin leur annonce que sa mère avait reçu une réponse de la Guilde.

Savara se leva et épousseta ses vêtements tandis que Sonea s'approchait d'eux. Ils s'assirent en cercle au même endroit que la veille.

— Votre Majesté, commença Sonea, les dirigeants des Terres Alliées ont examiné votre requête. Tout d'abord, ils m'ont chargée de vous transmettre leurs remerciements. Ils se sentent très honorés que vous nous invitiez à nous battre à vos côtés. Toutefois, nos chances d'influer sur l'issue de ce conflit sont assez minces au regard des conséquences potentielles de notre implication en cas de défaite. Comme vous l'avez fait remarquer vous-même, nous n'avons actuellement pas grand-chose à offrir à une armée telle que la vôtre. Certains pensent même que nous vous gênerions plus qu'autre chose.

L'ombre d'un sourire fit frémir sa bouche. Savara parut tout aussi amusée.

— D'autres, moins pessimistes, ont rappelé que nous avions, à maintes reprises par le passé, fait preuve de plus de force et d'ingéniosité qu'on ne nous en prêtait. Malheureusement, les premiers sont plus nombreux que les seconds, et il a été décidé que nous ne nous joindrions pas à vous pour affronter le roi Amakira.

Le cœur de Lorkin se serra. Regardant autour de lui, le jeune homme vit que les Traîtresses semblaient dégoûtées mais guère surprises.

— Tous nos dirigeants approuvent votre désir de mettre un terme à l'esclavage au Sachaka, poursuivit Sonea. Si vous retardez l'exécution de votre plan, nous pourrons peut-être devenir plus utiles à votre entreprise. Dans le cas contraire, nous vous souhaitons de réussir et, à défaut d'une alliance militaire, nous espérons conclure des accords commerciaux avec vous dans le futur. D'ici là, si votre offre tient toujours, nous sommes prêts à échanger les services de nos guérisseurs contre des pierres magiques, et je suis chargée de négocier les détails de cet arrangement tout de suite si cela vous convient.

Savara acquiesça.

— Dites à vos dirigeants que je les remercie d'avoir examiné notre proposition. Puisque nous n'avons pas besoin d'attendre l'arrivée de vos forces, nous ne retarderons pas l'exécution de notre plan. Toutefois, nous sommes toujours prêtes à échanger les services de vos guérisseurs contre des pierres magiques. (Elle se rembrunit.) Combien de temps leur faudrait-il pour atteindre Arvice ? Attendez ! Avant de répondre… (Elle se tourna vers Lorkin.) Vous voulez bien demander à Tyvara de nous apporter du raka ?

Le jeune homme opina du chef, se leva et se dirigea d'un pas vif vers Tyvara qui, assise un peu plus loin, observait les pourparlers.

— Savara réclame du raka, lui annonça-t-il. Tu veux que je t'aide à le servir ?

Le nez levé vers lui, Tyvara le dévisagea sans répondre.

— Qu'y a-t-il ? demanda Lorkin en baissant la voix.

— Que vas-tu faire ? Où comptes-tu aller ?

Il jeta un coup d'œil à sa mère, puis reporta son attention sur Tyvara.

— Je... Je n'en sais rien, avoua-t-il.

Malgré le fait qu'il avait appris la magie noire, Sonea voudrait qu'il rentre à Imardin avec elle. Et Lorkin lui-même souhaitait rentrer – ou être en mesure de le faire –, mais quitter le Sachaka signifiait laisser Tyvara derrière lui. *Et le reste des Traîtresses. Je veux les voir gagner. Partir maintenant, ce serait comme m'en aller au beau milieu d'une histoire.*

À ceci près qu'écouter un conteur n'était pas aussi dangereux que participer à une guerre. Si Lorkin restait avec les Traîtresses, il serait pris au beau milieu du conflit. Les ashakis le considéreraient comme une cible. Même s'il appartenait à la Guilde, ils n'hésiteraient pas à le tuer.

Les hauts magiciens ne voudraient pas non plus que Lorkin s'implique dans cette guerre. Les Terres Alliées refusaient de s'attaquer directement aux ashakis de peur que les Traîtresses perdent et que le roi Amakira cherche à se venger. Un magicien de la Guilde se battant au côté des Traîtresses donnerait l'impression que la Guilde tout entière soutenait les rebelles.

Pourtant, ils vont leur envoyer des guérisseurs. En quoi est-ce différent ?

Lorkin répondit à sa propre question. Ces guérisseurs seraient engagés pour leurs services. Ils ne prendraient pas part aux combats. Sans doute se débrouilleraient-ils pour arriver à la fin de ceux-ci, puisqu'on n'aurait pas besoin d'eux avant ou pendant. Et en cas de défaite des Traîtresses, ils pourraient se replier en Kyralie très vite si nécessaire.

Lorkin pourrait peut-être se porter volontaire pour les accompagner. Il n'était pas guérisseur, mais il connaissait l'art de la guérison, et il pourrait servir de médiateur entre les magiciens de la Guilde et les Traîtresses. *Mais ça veut quand même dire que je ne serais pas ici pendant la bataille. Pas avec Tyvara.* Il savait que jamais la jeune femme n'abandonnerait son peuple pour le suivre en Kyralie, et qu'il était prêt à tout pour assurer sa survie – y compris à se battre avec les Traîtresses. Ce qu'il ne pouvait pas faire en tant que magicien de la Guilde.

Il dévisagea Tyvara.

— Et toi, qu'est-ce que tu veux ?

Elle le regarda intensément.

— Je te veux, toi. Mais pas si tu dois être malheureux, et pas si tu dois être en danger.

Lorkin sourit. *C'est exactement pareil pour moi. Mais nous ne pouvons pas être tous les deux heureux et en sécurité.* Ce qui rendait sa décision d'autant plus facile.

— Je serai forcément malheureux si je n'essaie même pas de te rendre heureuse et de te protéger, répondit-il. Donc, je vais devoir rester avec toi pour m'assurer que tu ne te fasses pas tuer.

Tyvara écarquilla les yeux.

— Mais… la Guilde… À quoi bon avoir appris la fabrication des pierres magiques si… ?

— Seigneur Lorkin, appela Savara. Nous commençons à avoir soif.

Il se pencha et embrassa Tyvara.

— Ne t'en fais pas pour la Guilde. Les hauts magiciens se débrouilleront.

La jeune femme acquiesça.

— Je m'occupe du raka. Retournes-y.

Lorkin se détourna pour rejoindre sa mère et la reine. Son cœur battait la chamade, mais il ne savait pas si c'était l'effet de la panique ou de l'excitation. *Probablement un peu des deux. Suis-je vraiment prêt à quitter la Guilde pour devenir un Traître – et risquer ma vie au combat ?*

Tout en se rasseyant, il jeta un coup d'œil à Tyvara. La jeune femme lui rendit son regard, visiblement tiraillée entre la joie et l'inquiétude. Il lui sourit, et son visage s'éclaira.

Oui. Oui, je suis prêt.

Lorsque la voiture de la Maison de la Guilde franchit le portail de la demeure d'Achati, tous les esclaves décampèrent – à l'exception du portier, qui se jeta aux pieds de Dannyl. Regardant autour de lui, ce dernier ne se souvint pas avoir vu la moindre femme parmi eux. Était-ce parce que Achati préférait se faire servir par des hommes, ou parce qu'il espérait que cela réduirait le risque d'abriter une Traîtresse au sein de sa maisonnée ?

— Conduis-moi à ashaki Achati, réclama Dannyl.

L'esclave se leva d'un bond avec l'agilité de la jeunesse et entraîna le visiteur au-delà de la simple porte de bois poli, dans le couloir sombre et frais qui menait au grand salon.

L'invitation d'Achati était arrivée le matin même. Dannyl s'était torturé pour savoir s'il devait l'accepter ou la décliner jusque vers midi ; alors, il avait capitulé et demandé l'avis de Tayend.

— Bien sûr que tu dois y aller, avait répondu l'Elyne en levant à peine le nez de son bureau. Un ambassadeur doit entretenir de bonnes relations dans son pays d'accueil, et Achati est la seule personne ici qui accepte encore de te fréquenter.

Voilà pourquoi Dannyl se dirigeait vers le grand salon d'Achati, le cœur battant un peu trop vite et l'estomac émettant des gargouillis aussi agaçants que déconcertants. Arrivé au bout du couloir, il prit une grande inspiration, la relâcha lentement et se composa un sourire poli pour l'homme qui l'attendait.

— Ambassadeur Dannyl.

Achati s'avança et lui serra l'avant-bras à la manière kyralienne.

— Ashaki Achati.

— Je suis ravi que vous ayez accepté mon invitation, dit-il avec un large sourire. Venez vous asseoir. J'ai ordonné aux esclaves cuisiniers de se surpasser en votre honneur. Regardez, je me suis même procuré du vin kyralien.

Il fit signe à Dannyl de le suivre et se pencha pour prendre une bouteille dont il lui montra l'étiquette.

— Du rouge d'Anuren ! s'exclama Dannyl, impressionné. Comment avez-vous fait ?

— J'ai mes sources. (Achati lui désigna un tabouret.) Asseyez-vous, je vous en prie.

Apparemment, il avait l'intention de se conduire comme s'il ne s'était rien passé depuis la visite précédente de Dannyl. Et d'une façon perverse, cela mit ce dernier mal à l'aise. L'ashaki aurait dû mentionner les épreuves que leur avait imposées son roi. Les passer sous silence ne réparerait pas leur amitié.

Dannyl sentait grandir son agacement quand Achati le surprit en disant :

— Je ne vous demande pas de me pardonner.

Il lui versa un deuxième verre de vin.

Interloqué, Dannyl hésita.

— Je ne sais pas quoi répondre à ça, finit-il par lâcher.

— Alors, ne répondez rien. Inutile de mentir pour vous montrer diplomate.

— Si vous ne vous attendez pas à ce que je vous pardonne, j'imagine que vous ne comptez pas vous excuser.

Achati sourit.

— Non. De la même façon que vous ne comptez pas me remercier d'avoir aidé Lorkin à quitter Arvice, même si c'est moi qui ai tout arrangé.

— Je pourrais au moins vous remercier de ne pas l'avoir livré au roi, tempéra Dannyl.

— Jamais je n'aurais accepté de faire une chose pareille, répliqua Achati.

— Accepté ? (L'estomac de Dannyl se noua.) C'est le roi qui vous a envoyé nous prévenir au sujet de l'espion, n'est-ce pas ? Vous n'êtes pas venu parce que vous vous inquiétiez pour nous.

— Il était au courant. Mais je m'inquiétais bel et bien pour vous tous. (Achati haussa les épaules.) Je l'ai persuadé de me laisser vous prévenir dans l'espoir de gagner la confiance de Lorkin. Je ne pensais pas pouvoir lui soutirer beaucoup d'informations, pas après ce qu'il avait fait en prison, mais j'y ai vu une opportunité d'acquérir *certaines* informations, ce qui m'a semblé mieux que rien.

Dannyl fronça les sourcils. Qu'avait donc fait Lorkin en prison ?

Achati gloussa.

— Ce jeune homme est beaucoup plus coriace qu'il n'en a l'air. Nous ne nous attendions pas à ce qu'il se montre aussi impitoyable – d'autant qu'il ne pouvait pas deviner que son geste forcerait le roi à le libérer. (Son sourire s'estompa.) Tous les gens que j'ai interrogés ont un avis différent sur la provenance du poison. Le roi nie que ça vient de lui. Les Traîtresses ne vont bien évidemment pas avouer quoi que ce soit. S'il s'agit d'une tierce personne, il y a peu de chance qu'elle révèle avoir agi à l'encontre des ordres du roi – ou, au contraire, en accord avec ceux-ci. Bref, quel que soit le responsable, il est devenu évident que quelqu'un avait tenté d'assassiner un magicien de la Guilde, et cela a provoqué l'inquiétude de trop d'ashakis.

Quelqu'un a tenté d'assassiner Lorkin ? En l'empoisonnant ? Dannyl espéra qu'il arrivait à masquer sa stupéfaction.

— Donc, le roi a libéré Lorkin, et a essayé de lui remettre la main dessus dans la foulée, résuma-t-il. Mais cette fois, pour le mettre à l'abri d'une nouvelle tentative de meurtre ?

— C'est bien ça.

— Dans ce cas… ça ne peut pas être lui qui a voulu empoisonner Lorkin.

— Je ne le pense pas non plus, puisqu'il m'a permis d'aider Lorkin à s'échapper.

— Pourquoi ?

— Il a accepté de me laisser faire ce que je jugerais juste, à partir du moment où j'arrivais à lui soutirer quelque information que ce soit au sujet des Traîtresses.

Achati ricanait presque.

— Présenté comme ça, on dirait un pari, fit remarquer Dannyl. Et Amakira n'a pas l'air d'un très bon perdant.

— Il tient toujours ses promesses.

— Qu'aviez-vous offert en gage ?

L'air très content de lui, Achati fit un geste circulaire.

— Ma maison.

— Vraiment ? (Dannyl regarda autour de lui.) Vous avez une autre propriété ?

— Non.

L'enjeu était donc très élevé. Comme toujours, en politique ou à la guerre, songea Dannyl. Assailli par un mélange familier de gratitude, d'affection et d'admiration, il résista. Il pensa aux mises en garde de Tayend, et fut surpris d'éprouver les mêmes sentiments. Là encore, il résista. *Tayend est juste… un ami, désormais. Si Achati n'était pas là, peut-être nous rapprocherions-nous de nouveau.* Mais Achati était bel et bien là.

L'ashaki regardait le vin d'un air approbateur. Dannyl ne put s'empêcher de penser combien il était différent de Tayend. Bien que moins costaud que la plupart des Sachakaniens, Achati était mat de peau et large d'épaules, tandis que Tayend avait le teint clair et une silhouette élancée.

Comment puis-je être attiré par de tels opposés ? Ah, mais ils ont quand même des points communs. Ils sont tous les deux perspicaces et malins. Je suppose que j'aime les hommes intelligents. Par contre, je me demande ce qu'Achati peut bien me trouver…

Sentant que Dannyl l'observait, Achati se tourna vers lui pour le regarder en face. Son expression se fit calculatrice.

— Vous vous souvenez de ce moment, pendant notre expédition à Duna ? Le soir où Tayend nous a interrompus ?

Des souvenirs et des émotions mélangées se bousculèrent dans la tête de Dannyl : désir, gêne, anxiété, colère…

— Comment aurais-je pu l'oublier ? grommela-t-il. Je déteste les gens qui se mêlent de ce qui ne les regarde pas.

Achati éclata de rire.

— Je suis sûr que ses intentions étaient bonnes. Mais je crains aussi que de telles opportunités deviennent rares pour nous à l'avenir. Resterions-nous amis si nous étions confrontés à un problème comme celui qui s'est posé récemment, ou y aurait-il dès lors trop de méfiance et de rancœur entre nous ? Je voudrais… (Il soupira.) Je sais que c'est égoïste, mais j'aimerais que nous soyons plus que des amis – du moins, un petit moment, jusqu'à ce que les circonstances nous forcent à nous comporter en ennemis.

Dannyl prit une grande inspiration. Son cœur battait de nouveau la chamade, et son estomac palpitait nerveusement. *Comme tout à l'heure quand je suis arrivé.* Mais cette fois, de l'excitation se mêlait à sa nervosité. Que se passerait-il s'il s'y abandonnait ?

Il n'y a qu'un moyen de le découvrir.

— Tayend n'est pas là ce soir, fit-il remarquer sur un ton lourd de sens.

Achati retint son souffle. Quelque chose passa brièvement sur son visage avant d'être remplacé par un intérêt prudent. De l'espoir.

Alors, Dannyl comprit que, malgré tout son pouvoir et sa richesse, Achati était seul. Même s'il l'avait voulu, jamais il n'aurait pu tirer parti de cette solitude : ce n'était pas une faiblesse, mais une des caractéristiques du mode de vie que l'ashaki avait choisi.

— Même si, le connaissant, je dirais qu'il est bien capable de faire irruption d'un instant à l'autre, ajouta Dannyl.

Achati éclata de rire.

— Nous ne pouvons pas à ce point jouer de malchance deux fois de suite !

— C'est une théorie qui mérite d'être mise à l'épreuve. Reste à savoir dans quelle mesure nous devons reproduire les circonstances de la fois précédente.

— Je pense que nous avons déjà les ingrédients principaux sous la main. (Achati se leva, et Dannyl fit de même.) Et si je ne me trompe, nous pourrons toujours compter sur mes esclaves pour ne pas le laisser entrer. (Le Sachakanien s'immobilisa pour dévisager Dannyl.) Regardez-vous.

L'historien cligna des yeux.

— Quoi ?

Achati leva une main et lui toucha la mâchoire.

— Si grand, si anguleux, si élégant... C'est sans doute une bonne chose que les Kyraliens refusent d'apprendre la haute magie. Vous deviendriez bien trop intimidants.

Dannyl eut un petit rire.

— C'est vous autres Sachakaniens qui êtes intimidants avec votre magie noire et...

Achati le fit taire en secouant la tête et en posant un doigt sur ses lèvres. Puis la main qui caressait la mâchoire de Dannyl se glissa sur sa nuque et lui fit incliner la tête pour un baiser.

Lorsque leurs lèvres se séparèrent, Achati souffla à l'oreille de Dannyl :

— Ne dites rien. Ne pensez pas à notre réputation de brutalité. Laissez-moi plutôt vous montrer que nous ne sommes pas tous cruels et sans cœur.

Puis, s'écartant de Dannyl, il lui fit signe de le suivre hors du grand salon.

19

Un accord

Avant même que le soleil ait franchi l'horizon, les Traîtresses se préparaient déjà à partir. Elles n'avaient visiblement pas l'intention de petit-déjeuner avant de se mettre en route, remarqua Sonea. *Après leur départ, nous mangerons le reste de nos provisions. Puis nous prendrons le chemin du retour.* Elle ignorait toutefois si ce « nous » comprendrait deux ou trois personnes.

Elle jeta un coup d'œil à Lorkin, qui avait dormi près de Tyvara les deux nuits précédentes. Elle l'avait bien écouté pendant les négociations. Plusieurs fois, il avait dit « nous » en parlant des Traîtresses, et « elles » en parlant des Terres Alliées et de la Guilde. Une angoisse sourde fit frissonner Sonea.

Lorkin avait changé. Oh, pas complètement. Il était toujours son fils. Mais il avait mûri. Et ce n'était pas tout. Sonea décelait en lui la même fragilité qu'après son premier chagrin d'amour, mais aussi une résilience nouvelle qui la contrebalançait. Elle n'en était pas surprise : Lorkin avait beaucoup vécu durant les six mois écoulés depuis son départ de la Guilde. Et il portait désormais le fardeau de la magie noire.

Je devrais être consternée, mais je n'éprouve que de la tristesse. Il n'a aucune idée de ce qu'il vient de s'infliger. Il ne se rend pas compte qu'on se méfiera toujours de lui désormais, même si on accepte son choix parce que c'était le prix à payer pour connaître le secret de la fabrication des pierres.

« On », c'était les magiciens de la Guilde et le reste des Kyraliens. Sonea ne pensait pas qu'ils rejetteraient Lorkin. Comment le pourraient-ils, alors qu'ils avaient réintégré Lilia dans leurs rangs ? *Mais pour chaque nouveau magicien qui apprend la magie noire, il semble que nous perdions quelque chose. Peut-être notre innocence. Ou notre prudence.*

Lorkin était revenu après avoir rempli sa gourde d'eau. Sonea pensa aux pierres magiques qu'elle avait dans la poche, et dont elle n'avait pas encore parlé aux Traîtresses. Tyvara sourit à Lorkin comme il lui tendait la gourde pleine. C'était celle de la jeune femme, pas la sienne. La façon dont Tyvara regardait Lorkin fit de nouveau frissonner Sonea. Saisie d'un mauvais pressentiment, elle fronça les sourcils.

Pour un couple si visiblement amoureux, ils ne se comportent pas comme s'ils allaient bientôt se séparer.

Lorkin avait dû sentir que sa mère l'observait, car il se tourna vers elle. Leurs regards se croisèrent. Le sourire de Lorkin s'estompa. Il reporta son attention sur Tyvara et hocha la tête. La jeune femme prit un air grave. Compatissant, même. Hochant la tête en retour, elle regarda Lorkin s'approcher de Sonea.

— On peut parler en privé ?

— Bien sûr.

Sonea se leva, promena un coup d'œil à la ronde, puis choisit une direction au hasard et se mit à marcher. Lorkin la suivit sans rien dire. Vingt pas plus loin, elle s'arrêta et créa autour d'eux une barrière destinée à bloquer les sons. Puis elle attendit qu'il prenne la parole.

Soudain, Lorkin se trouva incapable de la regarder en face.

— Je, euh… Nous…

Sonea soupira et capitula.

— Tu comptes rentrer à Imardin avec moi ?

Lorkin carra les épaules et redressa la tête.

— Non.

Sonea le dévisagea, luttant contre une panique grandissante. *Je pourrais lui ordonner de m'accompagner. Je pourrais contacter Osen et lui faire exiger de Lorkin qu'il rentre.* Mais elle soupçonnait que cela pousserait son fils à faire quelque chose de plus extrême encore.

— Ce n'est pas à cause de Tyvara, dit Lorkin. Enfin, pas seulement à cause d'elle. (Son regard se mit à briller d'excitation et d'espoir.) Je crois que les Traîtresses vont gagner, et qu'elles mettront fin à l'esclavage comme elles en ont l'intention. Elles se préparent depuis des années – des siècles, même.

— En cas de victoire, penses-tu vraiment qu'elles gouverneront mieux que les ashakis ? interrogea Sonea.

— Oui, répondit fermement Lorkin.

— Et en cas de défaite ?

L'expression du jeune homme se durcit. Soudain, Sonea entrevit à quoi il ressemblerait dans dix ans ou plus. *S'il survit aux prochaines semaines. Non, je ne dois pas penser à ça.*

— Certaines causes valent la peine qu'on risque sa vie pour elles, déclara Lorkin. Si tu avais vu ce dont les ashakis sont capables, si tu en avais fait l'expérience… toi aussi, tu voudrais débarrasser le monde de leur présence.

La colère et l'horreur qui faisaient frémir sa voix serrèrent le cœur de Sonea. *Que lui ont-ils fait ?* Elle voulait savoir. Elle voulait retrouver les responsables et les punir. *Pour lui avoir fait du mal, et pour lui avoir donné envie de risquer sa vie de cette façon.*

— Les hauts magiciens ne vont pas aimer ça… mais je suis sûre que tu t'en doutes.

Lorkin acquiesça.

— Dis-leur de me bannir officiellement. Comme ça, si nous perdons, la Guilde ne sera pas tenue responsable de mes agissements.

Sonea sentit son cœur se briser. *Je devrais me réjouir qu'il ait pensé à tout, mais je n'y arrive pas. Si seulement je pouvais prendre sa place… mais je ne crois pas que ça l'empêcherait d'aller à la guerre quand même.*

Et soudain, elle sut ce qu'elle devait faire. Si Lorkin refusait de rentrer à Imardin, elle ne rentrerait pas non plus. Elle le suivrait, et elle ferait tout son possible pour le protéger.

— Donc, tu te considères désormais comme un Traître. (Elle hocha la tête.) Dans ce cas, il est quelque chose que tu dois savoir.

Plongeant une main dans sa poche, elle en sortit une des pierres magiques et la lui tendit. Lorkin la prit et l'examina soigneusement. Au bout de quelques secondes, il écarquilla les yeux.

— Je me doutais que c'était possible, souffla-t-il.

Comme il scrutait la pierre avec une fascination avide, Sonea éprouva une joie et une fierté douces-amères. Son fils comprenait une forme de magie qu'aucun membre de la Guilde n'avait jamais explorée avant lui. *Et il adore ça.*

— Où as-tu trouvé ça ? demanda-t-il.

Sonea fit un large geste.

— Dans le sol. Il y en a également une dans le ruisseau, qui garde l'eau propre. Je soupçonne que les Traîtresses en ont mis partout dans le désert. Il est possible de les détecter, si tu es un magicien noir et que tu sais ce que tu cherches.

Lorkin ouvrit la bouche, la referma et balaya du regard le paysage aride.

— Tu veux dire que… ?

— Oui. Cette région aurait dû redevenir fertile depuis des siècles, et c'est la faute des Traîtresses si elle ne l'a pas fait. (Sonea toucha le bras de son fils.) Es-tu certain de vouloir quitter la Guilde pour te joindre à elles – à un peuple aussi impitoyable ? Tu peux les aider à provoquer la chute des ashakis sans changer d'allégeance.

Lorkin baissa les yeux vers la pierre, les sourcils froncés. Puis il referma ses doigts sur l'artefact et hocha la tête.

— Oui, j'en suis certain. (Il eut un sourire en coin.) Les Traîtresses ne sont pas parfaites, mais elles valent mieux que les ashakis. (Se tournant vers Sonea, il lui posa une main sur l'épaule.) Je t'aime, mère. Je n'ai aucune intention de mourir pendant cette guerre. Quand tout sera fini, je reviendrai à la Guilde. La reine Zarala m'a confié le secret de la fabrication des pierres pour que je puisse le transmettre, et c'est ce que je ferai si la Guilde m'y autorise. Nous nous reverrons.

Puis il la serra très fort dans ses bras. Sonea lui rendit son étreinte, et elle dut faire un gros effort de volonté pour ne pas le retenir quand il s'écarta d'elle. Lorkin lui sourit une dernière fois, puis se détourna et rejoignit les Traîtresses.

Clignant des yeux pour chasser ses larmes, Sonea soupira et lui emboîta le pas.

Lilia sortit du quartier des magiciens et, plissant les yeux dans la vive lumière du jour, se dirigea vers l'université. Il y avait beaucoup plus de novices dehors que d'habitude à cette heure-ci, remarqua-t-elle. La plupart se massaient autour de l'entrée de l'université. Comme Lilia pénétrait dans l'ombre du bâtiment, elle les vit tourner la tête vers elle.

Un frisson glacé parcourut son échine. Elle ralentit.

Scrutant la petite foule, elle reconnut quelques-uns des amis de Bokkin. Deux d'entre eux s'écartèrent. Lilia crut d'abord que c'était pour la laisser passer, mais une silhouette familière emplit aussitôt la brèche. Bokkin regarda Lilia s'approcher de l'escalier avec un large sourire.

— Qu'est-ce que tu fiches ici ? l'interpella-t-il. (Il tendit un doigt vers la colline.) Le Guet est par là.

Quelques-uns des novices ricanèrent et resserrèrent les rangs. Lilia allait devoir se frayer un chemin parmi eux ou faire le tour de l'université pour entrer par une autre porte.

— On ne va pas te laisser passer, l'informa Bokkin.

Lilia réprima un sourire. *Idiot. C'est évident ; tu n'avais pas besoin de le dire à voix haute. Et maintenant, vous ne pouvez plus prétendre que vous ne faisiez rien de mal.*

Elle monta les premières marches et s'arrêta.

— Vous êtes bien sûrs de vous ? lança-t-elle en regardant tour à tour chacun des novices qui lui barraient le passage. Le magicien noir Kallen m'attend à l'intérieur pour m'apprendre toutes sortes de secrets ténébreux. Il ne sera pas content si vous m'empêchez d'arriver à l'heure.

Certains de ses camarades se rembrunirent et échangèrent des regards hésitants.

—Kallen ne peut t'apprendre qu'à faire semblant de te battre avec de la magie noire, répliqua Bokkin. Il ne peut rien t'enseigner d'autre. Tu n'es même pas encore diplômée.

—J'ai entendu dire que tu ne le serais pas, d'ailleurs, ajouta une fille qui se tenait près de Bokkin. Que les hauts magiciens ne t'en donneraient pas la permission, et que tu resterais une novice à jamais.

Lilia haussa les épaules.

—Je recevrai mon diplôme l'an prochain. J'ai plus de choses que vous à apprendre.

Pour que ce soit bien clair, elle plongea une main dans sa poche et en sortit le petit couteau à lame fine qu'elle s'était procuré sur le conseil de Kallen. Sur le coup, elle n'avait pas compris pourquoi il lui en fallait un alors qu'elle n'était pas censée utiliser la magie noire. Elle soupçonnait Kallen d'avoir insisté pour pouvoir approuver son choix. Il lui avait dit d'acheter un couteau tout simple, mais de bonne qualité. Quelque chose de plus raffiné qu'un couteau de cuisine, mais de moins outrancièrement criard que les couteaux des Sachakaniens.

Lilia avait rencontré plusieurs fabricants et fini par choisir un couteau élégant, dont la lame se repliait à l'intérieur de son manche d'ébène et d'argent. Elle s'était entraînée à le fermer et à l'ouvrir d'une seule main. Elle exécuta le geste maintes fois répété en privé, et se retint de rire comme plusieurs des novices hoquetaient de stupeur.

Mais elle ne pouvait pas rester plantée là et leur brandir un couteau sous le nez. Si un magicien la voyait, elle aurait autant d'ennuis qu'eux – voire davantage. Au fond de son sac, parmi ses manuels de cours et ses notes, reposait un pachi. Jonna l'y avait fourré quand elle avait compris que Lilia n'aurait pas le temps de finir son petit déjeuner. La jeune fille le sortit et commença à le couper en tranches qu'elle fourra une à une dans sa bouche.

—Kallen va venir voir ce qui me retient, dit-elle en mâchant. Je n'aimerais pas être à votre…

—Qu'est-ce qui se passe ici ? lança une nouvelle voix.

Levant les yeux, Lilia vit la tête d'un magicien apparaître derrière les novices.

—Trouvez un autre endroit où vous réunir, et cessez de bloquer cette entrée !

Les novices s'éparpillèrent aussitôt, les plus proches du magicien s'inclinant hâtivement devant lui. Bokkin fut le seul à avoir l'air déçu, remarqua Lilia. Les autres semblaient soulagés. Mais le meneur du groupe ricana comme elle le dépassait en montant l'escalier.

Le magicien qui était intervenu était un alchimiste d'âge mûr que Lilia avait eu comme professeur en deuxième année.

— Bonjour, seigneur Jotin, le salua-t-elle avec une courbette.

— Dame Lilia.

Il lui fit un signe de tête, puis jeta un coup d'œil à la ronde pour s'assurer que les autres novices ne revenaient pas à la charge, avant de battre en retraite dans le couloir.

Lilia se dirigea vers la salle où Kallen lui donnait cours en continuant à manger son pachi. Elle ne pensait déjà plus à Bokkin : elle cherchait le meilleur moyen de poser la question d'Anyi à Kallen. Arrivée à destination, elle s'arrêta pour essuyer son couteau et rassembler ses pensées avant de pousser la porte.

— Bonjour, dame Lilia, lança Kallen avec un demi-sourire.

— Magicien noir Kallen.

Lilia s'inclina et s'assit face à son professeur. Elle ouvrit la bouche pour parler, mais se ravisa à la vue des objets posés sur la table entre eux : un bol en céramique, et plusieurs des tubes de verre que les alchimistes utilisaient pour modeler des récipients ou des tuyaux dont ils voulaient faire un usage spécifique.

— Aujourd'hui, je vais vous apprendre à confectionner une gemme de sang, annonça Kallen.

Un frisson d'excitation parcourut Lilia. C'était une utilisation de la magie noire que la plupart des gens considéraient comme sûre et acceptable. Kallen prit un tube et lui fit signe de l'imiter.

— Le processus est plus facile à transmettre mentalement. L'ancien haut seigneur l'a découvert en examinant une vieille bague de sang. J'ai eu l'occasion de tenir cet artefact entre mes mains, et j'avoue que je me réjouis de n'avoir pas eu à résoudre cette énigme moi-même. Tout d'abord, il faut faire fondre du verre dans les airs, en lui imprimant un mouvement circulaire pour lui donner une forme sphérique…

Remettant son interrogatoire à plus tard, Lilia suivit les instructions de son professeur. Lorsque chacun d'eux eut créé une bille de verre fondu devant lui, Kallen ordonna à son élève de lui prendre la main et de se concentrer sur ses pensées. Lilia le regarda modeler sa magie et imposer sa volonté au verre pour altérer sa structure avant de le laisser refroidir. Puis Kallen la regarda tenter de faire de même.

Ils répétèrent le processus plusieurs fois avant que Kallen trouve Lilia assez habile pour essayer d'ajouter du sang au verre. La jeune fille fut très surprise de constater que cela laissait seulement une empreinte – que cela conférait une identité à la bille de verre, mais rien d'autre.

— Une gemme de sang ne fonctionne que lorsque quelqu'un la touche, expliqua Kallen. Connaissez-vous la différence d'effet pour son créateur et pour son porteur ?

— Le créateur voit par les yeux du porteur, même s'il ne le désire pas. Le porteur ne voit pas par les yeux du créateur, mais il peut recevoir des communications mentales qu'il sera le seul à entendre.

— Exact, à un détail près. En plus de montrer au créateur ce que voit le porteur, la gemme lui permet de lire dans ses pensées, à moins que le porteur ait une pierre de blocage sur lui.

Surprise, Lilia cligna des yeux. C'était la première fois qu'elle entendait parler de ça.

— Une pierre de blocage ? Qu'est-ce que c'est ?

— Un artefact fabriqué par les Traîtresses, et dont il se peut que nous disposions bientôt nous aussi. Ces gemmes-là ne sont pas des billes de verre, mais des cristaux que des magiciens noirs forment à exécuter une tâche précise pendant leur croissance. Les pierres de blocage empêchent qu'on lise dans l'esprit de leur porteur, et permettent à celui-ci de projeter les pensées qu'il veut faire voir au magicien sondant son esprit.

Lilia frissonna.

— Comme la bague de Naki.

Kallen parut surpris, puis un peu gêné.

— Désolé. J'oubliais que vous aviez déjà eu affaire à l'un de ces artefacts.

Lilia secoua la tête.

— Ce n'est pas grave. Ces cristaux – que peuvent-ils faire d'autre ?

— Tout ce dont un magicien est capable, répondit Kallen.

— Y compris un magicien noir ?

— Dans la mesure où ils peuvent aspirer et stocker du pouvoir, oui. Mais je vous demande de garder ça pour vous jusqu'à nouvel ordre.

Lilia émit un petit sifflement.

— Dites-moi qu'on va conclure une alliance avec ces fameuses Traîtresses. Elles n'ont pas l'air du genre de personnes qu'on veut avoir pour ennemies.

Kallen se rembrunit.

— Nous y travaillons, et nous espérons bien trouver quelque chose à leur échanger contre le secret de la fabrication de ces pierres. (Il eut un geste insouciant.) Mais nous en reparlerons une autre fois. La chose importante à savoir, c'est que le processus nécessite d'utiliser la magie noire.

Lilia sursauta.

— Donc, je vais apprendre à fabriquer des pierres magiques ?

Cela signifierait qu'elle serait l'un des premiers membres de la Guilde capable d'employer un nouveau savoir.

— Peut-être.

— Devrai-je me rendre au Sachaka ?

— Non.

Mais l'hésitation de Kallen et son air pensif firent deviner à Lilia que la réponse n'était pas aussi tranchée. Son professeur secoua la tête.

— Ce sera tout pour ce matin. Vous avez des questions ?

Le cœur de la jeune fille manqua un battement comme elle se souvenait de la requête d'Anyi.

— Oui. La Guilde accepterait-elle d'accueillir Cery et ses deux gardes du corps ?

Kallen fronça les sourcils.

— Sa situation a empiré ?

— C'est possible. Alors ?

— Il faudrait que j'obtienne l'accord des hauts magiciens, mais j'estime probable qu'ils me le donnent. Quand Cery voudrait-il venir s'installer ici ?

— Bientôt.

Comme cela ne voulait rien dire en soi, Lilia précisa :

— Dans quelques jours.

Kallen acquiesça.

— Je vous donnerai une réponse dès que possible. (Il eut un mince sourire.) Grâce à vous, nous avons réussi à nous procurer des graines auprès d'un fabricant de parfum. Les plantes ne sont pas encore assez grandes pour déterminer avec certitude s'il s'agit bien de poerri, mais ça ne devrait plus tarder. Si Cery est toujours disposé à nous aider à capturer Skellin, nous devrions pouvoir passer bientôt à l'action.

Lilia acquiesça. *« Bientôt », hein ?*

— Oh, il est plus que jamais disposé à le faire, j'en suis certaine.

Comme Anyi et Lilia disparaissaient dans le couloir obscur qui menait vers le quartier des magiciens et les appartements de Sonea, Gol regarda Cery en haussant les sourcils.

— Vas-y, répondit le voleur à voix basse. Dis-moi ce que tu as trouvé.

Gol se pencha en avant.

— Tout a changé. Les autres voleurs… ils ne s'appellent même plus comme ça. Ils se donnent le nom de « princes », et Skellin est devenu leur roi.

Cery leva les yeux au ciel.

— Évidemment. Roi des bas-fonds. Et qu'en pense le peuple ?

— Le peuple pense qu'ils ont pris la grosse tête. Mais personne n'ose le dire tout haut. Les gens ont peur. Ils savent que Skellin est un magicien renégat et que sa mère est le Traque-voleurs. Tous deux ont la réputation de faire passer un très sale quart d'heure à ceux qui les contrarient. (Gol grimaça.) L'avantage, c'est que du coup, tout le monde les déteste.

— Et moi ? Qu'est-ce que les gens pensent de moi ?

— Ils pensent que tu es mort.

— Et s'ils savaient que je me planque seulement ?

— Je l'ai suggéré, et quelques personnes m'ont dit qu'elles l'espéraient. Qu'elles espéraient que tu cherchais un moyen de te débarrasser de Skellin.

— Elles ne pensent pas que j'ai abandonné mes gens ?

— Si c'est le cas, aucune d'elles ne me l'a dit. Mais dans une gargote, les clients auxquels je parlais ont commencé à se disputer pour savoir si tu te planquais à la Guilde ou non. Et celui qui en doutait a dit que c'était impossible parce que la Guilde collaborait avec Skellin. Intéressant, non ?

Cery fronça les sourcils.

— Ce n'est peut-être qu'une rumeur.

— Destinée à renforcer la peur que Skellin inspire au peuple.

— Si les gens savaient que c'est faux, ils auraient beaucoup moins la trouille.

Gol secoua la tête.

— Ils l'auraient encore trop pour nous aider de quelque façon que ce soit.

Cery saisit le bord de son siège à deux mains et se mit à pianoter sous l'assise.

— Et le fournisseur ?

— Saski est toujours là. Il vend toujours du feu de mine, et il essaie de lancer un nouvel instrument pour l'utiliser – une sorte de pipe qui, d'après ce qu'on m'a dit, a autant de chances d'exploser que de fonctionner. Son produit le plus populaire, ce sont de petits paquets que les gens lancent dans le feu et qui produisent une détonation et un éclair. Les gens aiment bien les pétards, mais ils ne voient guère d'autre utilité au feu de mine puisque les magiciens sont capables d'en reproduire tous les effets.

— Ils ne comprennent pas que ça pourrait permettre aux gens ordinaires de se passer des magiciens pour certaines choses ?

— Pas pour les choses les plus importantes, comme la guérison ou la lévitation. Qui a besoin de faire exploser des trucs en ville ? Et Saski fait peur à tous ses clients en les prévenant que le feu de mine est aussi dangereux qu'imprévisible. Du coup, la magie leur paraît beaucoup plus sûre.

Cery acquiesça.

— C'est vrai. Le problème du feu de mine, ce n'est pas seulement qu'il risque d'exploser quand on ne veut pas, mais qu'il risque aussi de ne pas exploser quand on voudrait. Tu es sûr que notre piège fonctionnera ?

— Relativement sûr. Du temps où j'étais ami avec Saski, il me racontait toujours comment on utilisait le feu de mine dans les mines du grand nord. Nous emploierons la même méthode.

— Comment allons-nous faire pour acheter ces pétards ? Tu crois qu'on pourrait demander à un gamin des rues de le faire pour nous ?

Gol hocha la tête.

— Ce serait plus sage. Je ne crois pas que Saski soit du genre à courir rapporter à Skellin, mais qui sait ? Il serait probablement tenté. Il ne doit pas se faire des masses de fric.

— Cela dit, nous avons besoin que Skellin découvre où nous sommes.

— Pas par l'intermédiaire de Saski. Il saurait que nous nous sommes procuré du feu de mine, et il se demanderait ce que nous mijotons. Il ne lui faudrait pas longtemps pour se rendre compte que nous lui tendons un piège.

— Exact. (Cery regarda autour de lui.) Il va falloir que tu arranges tout sans qu'Anyi soupçonne rien.

— Une fois en place dans les murs, les tubes ne seront pas très visibles, surtout si on les cale dans les interstices et les trous du mortier.

— Mais tu devras t'en occuper quand Anyi ne sera pas là.

— Tu ne préfères pas attendre que les magiciens soient sûrs d'avoir bien fait pousser du poerri ? Une fois le piège amorcé, il y aura toujours un danger qu'il se déclenche avant qu'on soit prêts, fit remarquer Gol.

Cery secoua la tête.

— Tu as entendu ce qu'a dit Lilia. Les hauts magiciens seraient probablement d'accord pour nous laisser vivre dans l'enceinte de la Guilde jusqu'à ce qu'on capture Skellin. Et tu as vu la réaction d'Anyi : elle voulait absolument accepter leur offre. Elle était même prête à se disputer avec moi pour ça. Mon petit doigt me dit qu'elle arrive au bout de sa patience, ou qu'elle sait quelque chose que nous ignorons.

— Par exemple, que ces plantes ne sont pas du poerri ?

— Peut-être.

Gol haussa les épaules.

— Mais elle a raison. Ça ne sert à rien qu'on vive comme des rats, ou qu'on risque d'attirer des ennuis à Lilia pour nous avoir aidés à nous cacher.

— Réfléchis. Si les rumeurs que tu as entendues étaient fondées, et qu'un ou plusieurs membres de la Guilde collaborent avec Skellin, ça reviendrait à nous jeter dans la gueule du loup, fit valoir Cery. Ces magiciens saboteraient nos efforts de collaboration avec le reste de la Guilde, ou ils feraient en sorte que l'opération tourne mal et que nous soyons tués. Sans ça, nous risquerions de révéler leur noir secret.

Gol leva les yeux vers le plafond.

— Si les estimations d'Anyi sont correctes et que nous sommes réellement sous les jardins entre l'université et le quartier des magiciens, notre piège ne manquera pas d'exposer Skellin à la vue de la Guilde.

Cery sourit.

— Absolument. Faisons juste en sorte qu'il ne nous tue pas au passage.

20

Première rencontre

Le soleil à son zénith déversait chaleur et lumière vive sur le désert, qui les lui renvoyait en signe de protestation. Assailli par le ciel et par la terre, Lorkin traînait les pieds dans la colonne des Traîtresses en essayant de ne pas s'imaginer affrontant un ashaki au combat.

Au lieu de ça, il pensait à la gemme dans sa poche. La veille au soir, alors que tous ses compagnons dormaient ou montaient la garde, il avait tenté de percevoir d'autres pierres enfouies à proximité, mais ce sondage mental n'avait produit aucun résultat. Ce qui ne prouvait nullement que sa mère avait tort. Elle avait dit qu'il fallait connaître la magie noire pour sentir les pierres ; or, Lorkin ne l'avait pas utilisée dans ses recherches.

J'aurais dû lui demander de m'expliquer comment faire. Mais il n'avait eu qu'un dernier moment à passer avec elle, la veille au matin, et il en avait profité pour l'interroger au sujet d'un autre mystère. Le regard de Sonea s'était fait plus perçant comme il lui demandait si elle avait entendu parler de magiciens capables de lire les pensées superficielles d'autrui.

— Ton père était censé pouvoir le faire, avait-elle répondu. J'ai toujours pensé qu'il alimentait cette rumeur pour continuer à inspirer du respect et de la crainte au peuple – et aussi pour s'en servir comme exemple de toutes les âneries que les gens racontaient sur lui au cas où on l'interrogerait sur d'autres capacités qu'il n'aurait pas dû avoir.

— Ce n'était peut-être pas un mensonge, avait déclaré Lorkin.

Comme toujours, la surprise initiale de sa mère avait très vite cédé la place à une réflexion intense. Lorkin ne s'attendait pas à ce que Sonea réagisse comme elle l'avait fait : en lui conseillant de garder ça pour lui.

— Ça mettrait même tes proches mal à l'aise, avait-elle argué. Fais bien attention à ne pas en apprendre davantage que tu ne veux savoir sur eux.

Bonne remarque. Les situations dans lesquelles il serait très embarrassant d'entendre les pensées fugitives de quelqu'un ne manquaient pas. Par chance, Lorkin ne captait que les plus claires d'entre elles, et seulement quand il se concentrait.

— Lorkin.

Tyvara l'avait rejoint. Elle venait de passer un long moment avec Savara, qui l'avait appelée pour lui parler.

— Oui ?

La jeune femme sourit.

— Dis-m'en davantage au sujet du seigneur Regin. A-t-il un statut important au sein de la Guilde ? À ton avis, pourquoi accompagnait-il ta mère ?

Lorkin fronça les sourcils.

— Ce n'est pas quelqu'un de haut placé, non. Enfin, il est issu d'une grande Maison, mais il n'a pas de pouvoir particulier au sein de la Guilde.

— Donc, il fournit juste de la magie à ta mère ?

Le jeune homme tenta d'imaginer Regin agissant comme un esclave-source sachakanien, et n'y parvint pas. *Mais il n'a pas besoin de procéder ainsi. Il lui suffit d'envoyer son pouvoir à Mère pour qu'elle l'absorbe et le stocke.* Bien sûr, un contact physique serait nécessaire, mais il suffirait que Regin et Sonea se touchent la main.

— Peut-être, répondit Lorkin. Probablement, oui.

— Alors, quel est le lien qui les unit ? Sont-ils amis ? Amants ?

— Ni l'un ni l'autre. Au contraire, ils se haïssaient du temps de leur noviciat. Regin menait la vie dure à ma mère jusqu'à ce qu'elle le défie en duel. Elle lui a fichu une raclée, et après ça, il l'a laissée tranquille.

— En duel ? (Tyvara haussa les sourcils, et son sourire s'élargit.) Quelle coutume intéressante.

Lorkin plissa les yeux.

— Tu te moques des coutumes de mon peuple ?

— Pas du tout, mentit la jeune femme en s'efforçant de reprendre son sérieux.

— Si, insista-t-il sur un ton accusateur. (Puis il grimaça.) J'admets que c'est une coutume idiote. Pour ce que j'en sais, le duel précédent remontait à des siècles plus tôt, et aucun magicien de la Guilde n'en a plus lancé depuis lors.

— Donc, ta mère a dû agir ainsi en dernier recours, déduisit Tyvara, l'air pensif. Sont-ils devenus bons amis après s'être battus, comme c'est souvent le cas ?

— Non. Mère n'a toujours pas pardonné à Regin.

En vérité, Lorkin ne se souvenait pas que Sonea lui ait rien dit de pareil. Au contraire, elle répétait souvent – mais à contrecœur – combien Regin s'était montré courageux pendant l'invasion.

Comme Tyvara ne disait rien, Lorkin se tourna vers elle. La jeune femme avait les sourcils froncés.

— Pourquoi me demandes-tu ça ?

Elle leva les yeux vers lui.

— Eh bien… Savara et moi trouvions toutes deux étrange que la Guilde ait choisi, pour cette mission, deux émissaires qui de toute évidence tiennent autant l'un à l'autre. S'ils étaient capturés, ce serait plus difficile pour eux. Leurs geôliers pourraient en menacer un pour faire chanter l'autre.

— Regin et ma mère, tenir l'un à l'autre ? (Lorkin secoua la tête.) Impossible. Vous vous méprenez.

Tyvara haussa les épaules.

— Peut-être. Mais il est possible que la Guilde ait fait un mauvais choix, justement parce que de tels sentiments semblaient improbables entre eux. Et il est également possible que Sonea et Regin eux-mêmes ne s'en soient pas rendu compte.

Lorkin soupira.

— Quoi ?

— Quelle honte. Vous êtes les femmes les plus puissantes du Sachaka, et vous perdez votre temps à colporter des ragots sur la vie amoureuse des gens. Aïe !

Il se frotta le bras à l'endroit où Tyvara venait de lui donner un coup de poing.

— Les hommes aussi colportent des ragots, se défendit la jeune femme. Plus que nous, même. Ce n'est pas une perte de temps quand ça a des conséquences politiques et militaires.

— Parce que ça a des conséquences politiques et militaires ?

— Ça en aura. (Tyvara leva la tête et plissa les yeux.) Ah.

Lorkin pivota pour regarder dans la même direction qu'elle. Savara et le reste des Traîtresses qui les précédaient venaient d'atteindre le sommet d'une dune. De l'autre côté de celle-ci s'étendait une plaine couverte de végétation clairsemée. À quelques heures de marche se dressait une poignée de bâtiments.

— Tu peux encore changer d'avis, dit Tyvara à Lorkin. Personne ne t'empêchera de rentrer en Kyralie, et il n'y a pas d'Ichanis dans la passe.

Suis-je vraiment assez courageux – ou assez stupide – pour m'intégrer à un peuple avec lequel je n'ai aucun lien de sang, et livrer bataille aux légendaires magiciens noirs que les miens redoutent depuis des siècles ?

Lorkin regarda Tyvara en souriant.

— Où tu iras, j'irai.

La jeune femme le dévisagea, puis secoua la tête.

— Chaque fois que je me surprends à penser que je ne mérite pas quelqu'un d'aussi bien que toi, je me dis que, pour vouloir me suivre, tu dois quand même être légèrement cinglé.

— Tu penses que ma mère et Regin sont amoureux. Ce n'est pas pour mon équilibre mental que je m'inquiète le plus, répliqua Lorkin.

Tyvara eut un sourire en coin et détourna les yeux.

— Nous verrons bien.

Comme ils continuaient à marcher en silence, les mots de sa compagne résonnèrent dans l'esprit de Lorkin : *« quelqu'un d'aussi bien que toi »*. La bonne humeur du jeune homme s'estompa. Le tiendrait-elle toujours en si haute opinion si elle savait ce qu'il avait fait à cette esclave ? Il ne lui en avait pas encore parlé. Jusqu'ici, il n'avait eu aucune raison de le faire.

Non, ce n'est pas tout à fait vrai. J'ai eu plein d'occasions, mais chaque fois, j'ai décidé que ça gâcherait le moment ou la conversation. Je devrais arrêter de remettre à plus tard. Les Traîtresses ont peut-être besoin de savoir ce qui est arrivé à cette fille, si c'était l'une d'entre elles.

Et dans le cas contraire ? Au fond, c'était bien de ça que Lorkin avait peur : découvrir que la fille ignorait que l'eau était empoisonnée. Il culpabilisait beaucoup moins tant qu'il pouvait penser qu'elle avait choisi de se suicider.

Si je me sens comme ça après avoir tué quelqu'un qui voulait mourir, qu'est-ce que ça va être quand la guerre commencera et que je devrai tuer des gens qui veulent vivre ? Ce ne serait peut-être pas si difficile, étant donné que les ashakis avaient réduit des gens en esclavage, torturé et massacré des tas de victimes.

Lorkin regarda les Traîtresses qui l'entouraient. Elles avaient une expression sombre mais déterminée. Tout bavardage avait cessé au sein du groupe, à l'exception de murmures occasionnels. Lentement, ils descendirent le flanc de la dernière dune et entamèrent la traversée de la plaine en direction des bâtiments.

Les premières personnes qu'ils rencontrèrent furent deux esclaves en train de surveiller un petit troupeau de rebers – deux jeunes garçons qui accoururent pour se jeter aux pieds de Savara. Celle-ci leur ordonna de se relever et de ne plus jamais se prosterner devant quiconque, homme ou femme.

— Le moment est venu ? demanda un des gamins en levant vers elle un regard plein d'espoir.

— Oui, répondit-elle. (Du menton, elle désigna les bâtiments.) Vous savez quoi faire ?

— Ne pas nous en mêler. Rester à l'écart. Mais nous ne pouvons pas nous éloigner beaucoup plus.

— Inutile. Contentez-vous de ne pas retourner au domaine jusqu'à ce que nous ayons fini.

L'enfant fronça les sourcils.

— Je pourrais y retourner juste pour prévenir les autres et leur dire de s'en aller.

— Ce serait très courageux de ta part. Mais les ashakis ne doivent pas soupçonner que nous arrivons.

— Nous serons très prudents. Nous nous préparons depuis des années.

— Alors, vas-y.

L'enfant s'élança. Savara fit signe au reste des Traîtresses et se remit en marche. Elles allongèrent le pas.

Un frisson d'excitation et de peur parcourut Lorkin. Certains de ces domaines isolés étaient gérés par des contremaîtres de confiance ; l'ashaki auquel il appartenait n'y habitait pas nécessairement. Il pouvait également être sorti pour rendre visite à quelqu'un ou s'occuper de ses affaires. Mais si tel était le cas, l'enfant l'aurait dit à Savara.

Selon toute probabilité, c'est ici qu'aura lieu notre premier combat.

Bien trop vite à son goût, ils arrivèrent à quelques centaines de pas des bâtiments. Puis ils franchirent le portail qui s'ouvrait dans le muret d'enceinte. Alors que les Traîtresses se déployaient par petits groupes de deux ou trois pour approcher les bâtiments de tous les côtés, les esclaves sortirent en courant, les dépassèrent et s'enfuirent dans la plaine.

Ils ne restent pas ensemble, remarqua Lorkin. *Ils s'éparpillent pour donner du fil à retordre à l'ashaki. Comme ça, même s'il tente d'utiliser sa magie pour les ramener, certains d'entre eux réussiront quand même à s'échapper.*

Tyvara prit la main de Lorkin et l'entraîna vers ce qui ressemblait à une écurie.

— Reste avec moi. (Elle tira sur son gilet.) Je suis bardée de pierres magiques, mais nous devons éviter de les utiliser avant la bataille. Notre propre pouvoir se reconstitue automatiquement, alors que la plupart des pierres sont à usage unique. (Elle jeta un coup d'œil à Lorkin.) Je t'en fournirai un jeu pour la bataille finale.

À l'intérieur de l'écurie, chaque box contenait un banc sur lequel était posée une couverture. Lorkin fut choqué de comprendre que les esclaves logeaient là. Plusieurs d'entre eux se cachaient à l'intérieur, l'air effrayé. Tyvara leur ordonna de décamper le plus loin possible et de ne pas revenir avant plusieurs heures. Une femme très enceinte se recroquevilla sur elle-même en secouant la tête.

— Viens, dit Tyvara en lui tendant la main et en lui souriant. Nous te protégerons. Il n'y en a pas pour longtemps.

— Que se passe-t-il ? lança une voix.

Pivotant, ils découvrirent un esclave coiffé d'un turban rouge qui venait de sortir d'un autre bâtiment. À en juger par la fumée qui s'échappait d'un conduit de cheminée, celui-ci devait abriter les cuisines – et peut-être d'autres pièces de service. L'estomac de Lorkin se retourna à la vue du fouet court que l'homme tenait à la main.

Une explosion retentit à l'intérieur du bâtiment à la cheminée. Tous sursautèrent et levèrent les yeux tandis qu'une pluie de fragments de tuiles s'abattait sur le sol.

L'homme au turban rouge reporta son attention sur Lorkin et Tyvara en écarquillant les yeux.

— Le moment est venu ? demanda-t-il.

— Oui, répondit Tyvara.

Avec un large sourire, il jeta son fouet sur une pile de bûches.

— Enfin !

Se détournant, il s'en fut à grandes enjambées. Lorkin s'attendait à ce que Tyvara le retienne, mais elle se contenta de grimacer.

— Dans la mesure du possible, nous avons informé les contremaîtres que s'ils ne se montraient pas trop cruels, nous envisagerions de leur attribuer une partie du domaine de leur ashaki après notre victoire.

D'autres esclaves jaillirent des bâtiments. Certains avaient l'air terrifiés. Tyvara jeta un coup d'œil à la femme enceinte et se tourna vers Lorkin.

— Nous allons rester ici et monter la garde au cas où l'ashaki s'en prendrait à eux.

Lorkin acquiesça. Mais la personne suivante qui sortit d'un bâtiment fut Adiya, une des Traîtresses de leur groupe. Elle regarda autour d'elle et, apercevant Lorkin et Tyvara, vint à leur rencontre.

— C'est fait, annonça-t-elle.

Tyvara acquiesça et, par-dessus son épaule, lança à la femme enceinte :

— Tu es libre maintenant. Notre travail ici est terminé. Les autres ne tarderont pas à te rejoindre. Ils veilleront sur toi.

La femme la dévisagea sans rien dire, mais elle semblait un peu moins effrayée à présent.

Tyvara se dirigea vers le bâtiment dont Adiya était sortie. Lorkin lui emboîta le pas. Ils suivirent le chemin familier et pénétrèrent dans ce qui avait dû être le grand salon. Le toit avait été soufflé par l'explosion, et les murs penchaient vers l'extérieur ou s'étaient déjà écroulés.

Un Sachakanien d'âge mûr gisait sur le sol, du sang gouttant d'une coupure peu profonde sur son bras.

Il est mort ? On dirait bien que oui. Lorkin détailla le cadavre en se souvenant de l'ashaki qui les avait accueillis, Dannyl et lui, à leur arrivée au Sachaka. Il s'était montré amical et généreux. Le défunt était peut-être un brave homme lui aussi, quelqu'un qui avait des esclaves pour la seule raison que c'était la coutume chez les nobles de son pays. Il se serait peut-être rendu si on lui en avait laissé la possibilité.

Méritait-il vraiment de mourir ainsi ? C'était impossible à savoir. Les Traîtresses ne pouvaient pas capturer tous les ashakis et les faire passer en jugement pour déterminer si la mort était un châtiment approprié ou non. Cela aurait consumé trop de leur temps et de leur énergie.

Elles combattent un mode de vie plutôt que des individus, mais ce sont les individus qui en paieront le prix. Lorkin soupçonnait que, de toute façon, la plupart des ashakis refuseraient de changer de mode de vie même si on le leur proposait.

Regardant autour de lui, il vit que Tyvara s'était approchée d'un des murs effondrés. Il la rejoignit et l'aida à escalader la pile de gravats pour passer dans la cour qui s'étendait de l'autre côté. Là, une femme richement vêtue, au visage baigné de larmes, foudroyait Savara du regard.

— L'épouse de l'ashaki, murmura Tyvara. Nous espérons qu'il ne sera pas nécessaire de tuer les femmes et les enfants.

— Ils ne vous obéiront plus, disait Savara. Vous feriez mieux de vous y habituer. Mes gens feront leur possible pour vous protéger, mais ils ne pourront pas monter la garde jour et nuit. Le reste dépendra de vous.

Deux Traîtresses se tenaient derrière leur reine. Comme Savara se détournait, elles l'encadrèrent. Tyvara et Lorkin les rejoignirent.

— Nous en avons terminé ici, dit Savara. Rassemblons tout le monde et remettons-nous en route. (Par-dessus son épaule, elle regarda le bâtiment détruit avec un air sombre.) C'est trop espérer que de penser que tout se passera aussi facilement dans les autres domaines.

D'autres Traîtresses arrivèrent. L'une des deux dernières du groupe s'approcha d'un pas vif.

— Je viens d'apprendre que le groupe de Chiva a dû combattre quatre ashakis – un père et ses trois fils. Vinyi a été tuée.

Savara la dévisagea, atterrée.

— Déjà une victime ! lâcha-t-elle, consternée.

Avec un soupir, elle se dirigea vers le portail. Mais avant de l'atteindre, elle s'arrêta net. Lorkin se tordit le cou pour voir ce qui l'avait surprise.

Une vingtaine d'esclaves – *d'anciens esclaves*, corrigea mentalement le jeune homme – se massaient dehors. Voyant Savara, ils s'avancèrent très vite, puis s'immobilisèrent à quelques pas d'elle. Ils la dévisageaient avec une telle adoration que Lorkin crut qu'ils allaient se jeter à ses pieds. Ils n'en firent rien, mais quelques-uns parurent avoir du mal à résister, se pliant en deux avant de se redresser brusquement.

Personne ne dit rien. Les esclaves libérés s'entre-regardèrent, puis l'un d'eux tendit ses poignets à la reine.

— Nous voulons vous remercier, mais nous n'avons rien à vous offrir… Avez-vous besoin de pouvoir ?

Savara prit une inspiration sifflante.

— Pas encore, mais…

— Prenez-le, murmura Tyvara. Ça leur donnera l'impression de jouer un rôle dans notre combat pour la libération des leurs.

Savara sourit.

— J'en serai très honorée. (Elle baissa les yeux vers le couteau qu'elle portait à la ceinture.) Mais pas avec ça. Ça, c'est pour nos ennemis.

Un des anciens esclaves fit un pas vers elle.

— Alors, utilisez celui-là.

Il lui tendit un petit couteau visiblement destiné à un usage domestique tel que découper le tissu ou sculpter le bois. Savara le prit et testa le tranchant de la lame. Satisfaite, elle hocha la tête et le rendit à l'homme. Celui-ci eut l'air perplexe.

— À vous de vous couper, dit Savara. Je ne blesserai pas intentionnellement mes propres gens.

L'homme passa la lame en travers de son pouce et lui offrit sa main. Savara toucha la plaie en fermant les yeux et en inclinant la tête. Le donneur fit de même.

Quelques instants s'écoulèrent. Puis Savara retira sa main et regarda le reste des esclaves affranchis.

— Nous ne pouvons pas nous attarder. Je ne peux pas prendre votre pouvoir à tous.

— Dans ce cas, nous le donnerons à vos combattantes, déclara l'homme qui avait parlé le premier.

Les autres acquiescèrent et tournèrent leur attention vers les autres Traîtresses. Lorkin remarqua que, en l'absence d'un nombre suffisant de couteaux de cuisine, ces dernières utilisaient les leurs, qu'elles tendaient à leurs donneurs. Quand une femme lui présenta ses poignets, Lorkin cligna des yeux sans comprendre.

— Euh… Tyvara ?

Sa compagne gloussa.

— Tu es l'un d'entre nous maintenant. Tu ferais bien de t'y habituer.

— Le problème n'est pas là. (Lorkin porta une main à sa ceinture dépourvue de fourreau.) Je n'ai pas de couteau.

Tyvara sourit.

— Nous tâcherons d'y remédier à la première occasion. En attendant, dit-elle en se tournant vers l'ancien esclave qui lui tendait sa main, il faudra partager.

Le soleil était bas au-dessus des montagnes quand Sonea et Regin atteignirent le premier domaine. Une lumière dorée baignait les murs, leur donnant la couleur du vieux parchemin. Par contraste, le trou dans le toit était d'un noir funeste.

La propriété grouillait d'agitation.

— Des esclaves, constata Regin. En train de piller, peut-être ?

Sonea secoua la tête. Elle voyait des gens en ligne déblayer les gravats du bâtiment effondré.

— Non : de nettoyer.

Regin fronça les sourcils.

— Ils auraient dû s'enfuir quand les Traîtresses ont attaqué, et ne pas revenir puisqu'ils étaient désormais libres.

— Il faut bien qu'ils vivent quelque part, fit remarquer Sonea. Ici, ils ont un abri et de quoi manger. Je me demande… si les Traîtresses gagnent, s'empareront-elles des domaines, ou leur en feront-elles cadeau ?

— Mmmmh, fut la seule réponse de Regin. Ils nous ont vus.

Et de fait, un groupe d'une dizaine d'esclaves venait de sortir du domaine et se dirigeait vers eux. Sonea pensa au spectacle qu'ils devaient offrir, avec leurs robes qui les désignaient clairement comme des magiciens kyraliens. Ils ne seraient sans doute pas bienvenus à cause de leur nationalité, mais Sonea doutait que même des esclaves récemment libérés et encore ivres de triomphe osent s'attaquer à eux.

— Que voulez-vous faire ? s'enquit Regin.

Sonea s'arrêta.

— Leur parler. Mieux vaut savoir à quel genre d'accueil nous pouvons nous attendre, pendant que nous sommes encore tout près de la frontière.

Arrivés à une vingtaine de pas d'eux, les esclaves ralentirent.

— Qui êtes-vous ? Que faites-vous ici ? lança l'un d'eux.

— Je suis la magicienne noire Sonea, et voici le seigneur Regin, de la Guilde des magiciens de Kyralie. Nous sommes ici en tant que représentants des Terres Alliées.

— Qui vous a invités ?

— Nous avons rencontré la reine Savara il y a deux jours et trois nuits.

— Pourquoi la suivez-vous à plusieurs jours de distance ?

— Pour éviter d'être pris dans les combats.

Les esclaves commencèrent à discuter entre eux. Osen avait accepté que Sonea et Regin suivent les Traîtresses jusqu'à Arvice, en maintenant une distance raisonnable par rapport à elles. Ainsi, la Guilde serait immédiatement informée de la progression des rebelles.

Osen avait suggéré à Sonea de prétendre qu'elle vérifiait que la voie était sûre pour les guérisseurs envoyés par la Guilde – mais seulement en dernier recours. Moins il y aurait de gens au courant, plus faible serait le risque que l'accord parvienne aux oreilles du roi Amakira. Si les Traîtresses perdaient, mais survivaient en assez grand nombre et désiraient quand même échanger leurs pierres magiques contre les services de guérisseurs, il serait plus facile à ces derniers de les atteindre dans la mesure où le roi sachakanien ignorerait tout de cet accord.

L'esclave qui avait parlé s'avança, suivi par le reste du groupe. Regin redressa les épaules et croisa les bras sur sa poitrine, mais l'homme ne lui prêta aucune attention. Il s'arrêta face à Sonea et la dévisagea attentivement, les yeux plissés.

— Nous devons vérifier que vous dites vrai.

Sonea acquiesça.

— Bien entendu.

Intérieurement, elle jura. S'ils arrivaient à contacter Savara, la reine saurait que Sonea et Regin la suivaient. Elle tenterait peut-être de les en empêcher.

L'homme leva le menton.

— En attendant, vous logerez ici. La nuit tombera bientôt, et les Sachakaniens sont fiers de leur sens de l'hospitalité.

Sonea inclina la tête.

— Nous sommes très honorés. Qui nous accueille ainsi ?

L'homme hésita et baissa les yeux, sa belle assurance s'évaporant comme s'il venait de se rendre compte que son attitude avait été inutilement agressive.

— Je m'appelle Farchi.

Il pivota pour présenter ses compagnons. Ils étaient trop nombreux pour que Sonea se souvienne de tous. Aussi se contenta-t-elle de mémoriser les noms des plus audacieux, et de la seule femme du groupe.

D'un geste gracieux, Farchi invita Sonea et Regin à l'accompagner à l'intérieur. Comme ils se dirigeaient vers le portail, Sonea décida d'en profiter pour découvrir ce qui s'était passé.

— Si je peux me permettre de poser la question, ces dégâts ont-ils été causés par une attaque des Traîtresses ?

Farchi acquiesça.

— La reine et ses combattantes ont tué l'ashaki et libéré ses esclaves.

— Qu'allez-vous faire maintenant ?

— Essayer de diriger le domaine nous-mêmes, avec l'aide des Traîtresses.

— Donc, elles ne comptent pas se l'approprier ?

— Elles garderont une partie des domaines, mais la plupart d'entre eux reviendront à d'anciens esclaves. Certains seront partagés.

— Et les esclaves qui ne deviendront pas propriétaires terriens ?

— Ils seront payés pour leur travail. Et libres de vivre là où ils veulent, d'épouser qui ils veulent et de garder leurs enfants.

Sonea sourit.

— J'espère de tout mon cœur que vous réussirez.

Farchi redressa le dos et leva le menton.

— Ça ne fait aucun doute. Les Traîtresses sont sachakaniennes. Elles ne renonceront pas, contrairement à la Guilde.

Sonea le dévisagea, intriguée.

— La Guilde ? Nos archives ne mentionnent aucun engagement de la Guilde ou de la Kyralie à tenter de mettre fin à l'esclavage au Sachaka.

L'homme fronça les sourcils.

— C'est ce que tout le monde raconte.

— On raconte aussi que la Guilde a créé le désert pour affaiblir le Sachaka, mais des documents historiques découverts dans votre pays indiquent qu'il s'agit de l'œuvre d'un fou solitaire, et que de nombreux magiciens kyraliens sont morts en tentant de l'arrêter.

Et nous savons désormais que c'est la faute des Traîtresses si le désert n'est jamais redevenu fertile. Mais Sonea résista à l'envie de le lui dire. Les Traîtresses avaient délivré les esclaves. Même si ceux-ci croyaient Sonea, cela minerait les efforts des rebelles pour empêcher la société sachakanienne de sombrer dans le chaos une fois que les ashakis ne seraient plus là pour la contrôler.

Mais un jour, la vérité éclatera. Je me demande ce que les anciens esclaves penseront des Traîtresses à ce moment.

— Ce fou, il était kyralien ou sachakanien ?

— Kyralien.

— Donc, ça reste votre faute.

Sonea soupira.

— Certes. Même s'il s'agissait d'un accident et non d'un acte délibéré, ça reste la faute de la Kyralie. Tout comme c'est la faute du Sachaka si les Ichanis nous ont attaqués et ont assassiné une partie de mon peuple. (Elle planta son regard dans celui de l'homme, qui détourna très vite les yeux.) Je ne vous tiens pas responsable des crimes commis par les Ichanis il y a vingt ans ; pouvez-vous essayer de me pardonner les agissements d'un fou il y a six siècles ?

Farchi la dévisagea longuement avant d'acquiescer.

— Ce n'est que justice.

Sonea sourit et, à sa suite, franchit le portail pour découvrir un spectacle de destruction et d'espoir, de chagrin et de liberté toute nouvelle.

Cery rejoignit Gol en se remplissant les poumons de l'air pur de la forêt.

— Ça sent le printemps.

— Oui, acquiesça son garde du corps. Il commence à faire chaud la nuit aussi.

— Plus chaud qu'avant, corrigea Cery. C'est-à-dire, juste assez pour ne pas que tes yeux gèlent dans tes orbites.

Gol gloussa.

— Il va falloir contourner la ferme pour atteindre la partie du mur la plus proche du lieu de rendez-vous.

— Je te suis.

Les ombres projetées par les arbres dissimulaient la plus grande partie du sous-bois, de sorte qu'il était impossible de marcher sans faire de bruit ni trébucher. Même dans l'obscurité la plus complète, il était bien plus facile de se déplacer dans les passages souterrains.

Le temps qu'ils atteignent le mur d'enceinte de la Guilde, Cery était certain qu'ils avaient dû attirer l'attention de quelqu'un à force de faire craquer des brindilles ou d'étouffer des jurons. Ils attendirent un moment pour s'assurer que personne ne viendrait voir, mais aucun magicien, serviteur ou garde n'émergea de l'obscurité. Satisfaits, ils escaladèrent le mur en s'aidant d'une branche d'arbre toute proche.

Depuis le sommet, on pouvait voir l'extrémité orientale du quartier nord. Des maisons s'adossaient à l'enceinte de la Guilde ; elles étaient séparées les unes des autres par des murs de brique surmontés de tessons de verre pour décourager l'escalade. Celle que surplombaient les deux hommes avait un joli petit jardin.

Gol jeta un bout d'une échelle de corde par-dessus la branche d'arbre dont ils s'étaient servis pour grimper, et il fit un nœud solide.

La corde avait été volée à la ferme comme les chaises et les fournitures à matelas, et le garde du corps avait utilisé des branches trouvées dans la forêt pour confectionner des échelons. Il descendit le premier, la corde grinçant sous son poids. Cery le suivit. Ils contournèrent les massifs de fleurs, s'arrêtèrent devant le portail le temps d'en huiler les gonds avant de l'ouvrir, puis se coulèrent dans les ombres de la rue au-delà.

Cette balade nocturne avait un goût de liberté retrouvée. Cery était partagé entre l'excitation et l'inquiétude. Ils prenaient de gros risques pour se rendre à ce rendez-vous. Du moins Anyi était-elle en sécurité à la Guilde avec Lilia. Cery ne lui avait pas fait part de ses plans pour la soirée : il savait qu'elle essaierait de le dissuader, ou qu'elle insisterait pour venir. Même s'il avait pu la convaincre de rester en arrière, elle aurait voulu connaître la raison de cette sortie, et il n'en avait aucune à lui fournir.

Aucune autre que la vérité, du moins. Qu'elle aurait jugée tout à fait insatisfaisante. Elle préférerait que je m'installe à la Guilde et que je laisse les magiciens capturer Skellin. Anyi avait beaucoup trop confiance en eux. *Et moi ?* Cery secoua la tête. *Non. Pas alors que Sonea est absente et que c'est Kallen qui est chargé de diriger les recherches.*

Il n'avait pas complètement perdu foi en la Guilde. Les hauts magiciens voudraient forcément retrouver et neutraliser les deux renégats. Mais ils prendraient leur temps, et Cery en avait assez d'attendre.

Pour leur forcer la main, j'ai besoin de feu de mine. Pour acheter du feu de mine, j'ai besoin d'argent, et les seules de mes planques que Skellin n'a pas encore découvertes sont entre les mains de mes agents. Des agents qui refusaient de croire que Cery était toujours en vie et de donner l'argent à Gol pour qu'il le lui transmette.

Évidemment, il y avait un gros risque qu'il s'agisse d'un piège. Aussi Cery et Gol avaient-ils choisi de rencontrer celui de leurs agents qui était le moins susceptible de les trahir. Il s'appelait Perin. Gol avait engagé comme guides trois gamins des rues dont chacun devait lui faire suivre un chemin compliqué à travers un quartier différent de la ville. Les dernières instructions étaient couchées par écrit, de sorte que même les gamins ne connaîtraient pas sa destination finale. Le lieu de rendez-vous se trouvait à une centaine de pas du mur d'enceinte de la Guilde ; ainsi, en cas de problème, Cery et Gol auraient une chance d'arriver à se replier en lieu sûr.

Atteignant un carrefour, les deux hommes s'arrêtèrent et regardèrent autour d'eux. Ici, les portes n'avaient pas de renfoncement, et les lampadaires répandaient une lumière vive. Il n'y avait aucune cachette à proximité immédiate, si bien qu'il serait difficile de leur tendre une embuscade.

Un homme se tenait de l'autre côté du carrefour, à l'angle d'une rue. Il les observait. Même si Cery ne voyait qu'une partie de ses traits, il le reconnut aussitôt.

— Perin, murmura Gol.

Cery acquiesça. Il traversa la rue et s'approcha de l'homme. Perin le dévisagea attentivement, et quand il le reconnut, ses yeux s'écarquillèrent.

— Ça alors ! Tu es bien vivant.

— Comme tu peux le voir, dit Cery en s'arrêtant face à lui.

— Tiens. (Perin lui tendit un paquet enveloppé.) Envoie-moi un messager si tu veux le reste.

— Merci. Je t'en dois une.

L'agent grimaça un sourire.

— Pas du tout. J'ai ma commission, et le plaisir de savoir que le salopard qui se fait appeler roi n'a pas réussi à tous vous éliminer.

Il tendit une main. Cery hésita, puis se rapprocha pour qu'il puisse lui serrer l'avant-bras et fit de même en retour.

— Bonne chance et bonne santé, lui souhaita Perin. (Comme il détaillait Cery, ses sourcils se froncèrent.) Apparemment, tu en auras besoin.

Puis il lâcha le bras de Cery, lui adressa un sourire las et s'en fut. Cery entendit Gol se rapprocher discrètement derrière lui.

Besoin de quoi, de chance ou de santé ? Des deux, peut-être. Ai-je l'air aussi vieux et aussi fatigué que je me sens ces derniers temps ?

Gol lui toucha le coude. Secouant la tête, Cery se détourna et suivit son garde du corps jusqu'à la maison près du mur. Remonter l'échelle de corde fut plus ardu que de la descendre, mais tandis que les deux hommes rebroussaient chemin à travers la forêt, Cery sentit son humeur s'éclaircir. Leur expédition avait porté ses fruits. Ils avaient de l'argent pour acheter du feu de mine. Ils étaient plus proches que jamais de réussir à attirer Skellin dans leur piège.

Et c'était bon de savoir que quelqu'un, fût-ce un simple agent, se réjouissait qu'il soit toujours en vie.

21

Intrus

Assis à son bureau, Dannyl sortit la bague d'Osen de sa poche. *Comme j'aimerais pouvoir temporiser encore !* Mais il ne le pouvait pas. L'administrateur s'attendait à ce qu'il lui fasse un rapport tous les deux ou trois jours. Si Dannyl ne le contactait pas, il se fâcherait ou s'inquiéterait.

Pourtant, l'historien hésitait. *Je n'ai jamais su quelle partie de mes pensées Osen arrivait à lire pendant nos communications. J'ai toujours supposé que, connaissant mes préférences, il ne fouillerait pas trop – et qu'il m'aurait déjà dit quelque chose s'il trouvait dangereux que je devienne si proche d'Achati.* Il supposait également qu'Osen ne pouvait lire que ses pensées actives pendant qu'il portait la bague de sang, et pas ses souvenirs enfouis.

Donc, éviter de se remémorer la nuit passée avec Achati pendant sa conversation avec Osen devrait suffire. Mais bien entendu, le sujet qu'on cherchait à éviter était justement celui sur lequel l'esprit humain avait tendance à se focaliser. Outrepasser cette tendance demandait de la concentration et du contrôle, deux qualités que Dannyl avait péniblement développées en tant que novice.

Fermant les yeux, il effectua quelques exercices mentaux pour se calmer. Lorsqu'il lui sembla être maître de ses pensées, il enfila la bague de sang. La voix mentale d'Osen s'adressa immédiatement à lui.

— *Dannyl. Parfait. J'ai des nouvelles urgentes pour vous. Sonea a rencontré les Traîtresses il y a quelques jours. Leur reine, Savara, lui a révélé leur intention de renverser Amakira et les ashakis pour libérer tous les esclaves.*

Dannyl n'avait aucune raison de s'inquiéter de ce que l'administrateur risquait de lire dans son esprit : il devait être bien trop préoccupé par cette nouvelle. Le cœur de l'historien manqua un battement comme Osen l'informait que les monarques des Terres Alliées avaient refusé de se joindre aux Traîtresses dans leur entreprise, mais qu'ils avaient quand même conclu un marché avec elles.

— Lorkin a rallié les Traîtresses. Sonea et Regin se dirigent actuellement vers Arvice sur leurs traces.

— Les Traîtresses sont déjà passées à l'action ?

— Oui. Elles ont attaqué les premiers domaines hier. J'ignore combien de temps il leur faudra pour atteindre la capitale, si tant est qu'elles arrivent jusque-là.

— Vous croyez qu'elles vont gagner ?

Si Lorkin les accompagnait, c'est sûrement parce qu'il les en jugeait capables. D'un autre côté, si sa loyauté allait désormais aux Traîtresses, il avait pu choisir de les aider justement parce que leurs chances ne lui semblaient pas bonnes.

— C'est impossible à dire. Sonea pense qu'elles se préparent depuis très longtemps. Que rien ne les force à affronter les ashakis, et qu'elles ne prendraient pas autant de risques si elles n'étaient pas convaincues de gagner.

Pourtant, Achati pensait qu'elles n'avaient aucune chance. Le visage de son ami sachakanien s'imposa à l'esprit de Dannyl. Avec un pincement d'appréhension, il le mit de côté.

— Je suis navré, Dannyl. Je sais que vous considérez Achati comme un ami, mais vous ne pouvez pas le prévenir. Amakira se rendrait compte que nous étions au courant de l'attaque avant lui. Ne faites rien qui puisse l'amener à soupçonner une telle chose.

— Je comprends. Que devons-nous faire, alors ?

— Restez où vous êtes. Restez ensemble – vous, Merria et Tayend. Et restez à l'écart. Les Traîtresses ne vous feront pas de mal, et les ashakis ne devraient pas s'en prendre à vous non plus, tant qu'ils ne vous soupçonneront pas d'être du côté des rebelles. Faites en sorte que Merria et Tayend comprennent bien tout ce que je vous ai dit.

— Entendu. Des messages pour eux ?

— Non. Sonea et Regin vous rejoindront dès que possible, mais je doute que ce soit avant la fin du conflit.

— Nous ne bougerons pas. Au moins, ils savent où nous trouver.

— En effet. À partir de maintenant, je veux un rapport par jour, ou chaque fois que vous apprendrez quelque chose de nouveau. Prenez soin de vous, Dannyl. Contactez-moi s'il se passe quoi que ce soit.

Ôtant la bague, Dannyl le regarda fixement. *Le Sachaka est en guerre*, songea-t-il. *Une armée approche – une armée de magiciennes noires. Qui se trouvera très probablement confrontée à l'armée des magiciens noirs du roi Amakira. Le monde n'a pas connu ce genre de bataille depuis plus de six siècles.*

Il empocha la bague, se leva et sortit de la pièce. Les esclaves s'égaillèrent devant lui. Il n'avait fait que vingt pas dans le couloir quand une voix de femme appela :

— Ambassadeur !

Pivotant, Dannyl vit Merria se hâter de le rejoindre.

— Hier soir, j'ai entendu quelque chose qui devrait vous intéresser, dit-elle.

— Et qui devrait intéresser Tayend aussi ?

Elle acquiesça. Dannyl lui fit signe de le suivre. Ils traversèrent le grand salon, longèrent le couloir qui s'étendait au-delà et atteignirent bientôt la porte des appartements de Tayend. L'esclave en faction à l'intérieur se jeta par terre.

— Tay… L'ambassadeur Tayend est là ? s'enquit Dannyl.

La femme acquiesça.

— Dis-lui que nous voulons le voir.

Elle se leva et disparut dans l'une des pièces. Quelques instants plus tard, il y eut un grognement suivi d'un juron.

— Dehors !

L'esclave ressortit précipitamment.

— Ne fais pas ça, dit Dannyl comme elle allait se prosterner de nouveau.

— L'ambassadeur s'habille, dit la femme avant d'aller se placer dos au mur, les yeux baissés.

Osen a dit que les Traîtresses comptaient libérer tous les esclaves, songea Dannyl. *Si elles réussissent, où iront-ils ?* Peut-être continueraient-ils à travailler, mais contre rémunération. Dannyl l'espérait. Ça le soulagerait beaucoup qu'ils cessent de se conduire de manière aussi soumise.

Je changerai peut-être d'avis s'ils deviennent aussi insolents que certains domestiques kyraliens. Dannyl cligna des yeux comme une idée lui traversait l'esprit. *Si les Traîtresses gagnent, mettent fin à l'esclavage et rejoignent les Terres Alliées, se pourrait-il que certains de ces anciens esclaves deviennent magiciens un jour ?*

Il pensa au mal que Fergun s'était donné pour empêcher Sonea d'intégrer la Guilde. S'il jugeait qu'une gamine des Taudis était indigne de devenir magicienne, qu'aurait-il pensé des esclaves sachakaniens ?

Cette idée mit Dannyl en joie, mais sa bonne humeur se dissipa lorsque Tayend apparut, échevelé dans ses vêtements enfilés à la hâte.

— Ambassadeur. Dame Merria, les salua-t-il en leur désignant les tabourets disposés au milieu de la pièce centrale.

Puis il s'assit sur un très gros coussin en se frottant les yeux.

— Tu t'es couché tard hier soir ? demanda Dannyl.

Tayend grimaça.

— Tard et bien imbibé. Mes amis sachakaniens étaient très déterminés à noyer leurs soucis dans l'alcool. (Il se tourna vers l'esclave.) Apporte-nous de l'eau et du pain.

Lorsqu'elle fut partie, Dannyl créa une barrière de silence autour d'eux et se pencha vers Tayend.

— Ils ont de bonnes raisons pour ça.

L'Elyne écarquilla les yeux et redressa le dos.

— Ah bon ?

Comme Dannyl leur rapportait les paroles d'Osen, Tayend et Merria acquiescèrent avec un bel ensemble.

— Tout s'explique, dit la jeune femme. Hier soir, mes amies m'ont dit que les ashakis torturaient et tuaient les esclaves soupçonnées d'être des Traîtresses. (Elle fit une pause et fronça les sourcils.) Et puis, elles étaient en train de s'organiser pour aller passer l'été dans un domaine de campagne. Elles m'ont invitée à les accompagner, mais j'ai dit que je devais rester avec vous. (Du menton, elle désigna Dannyl.) Et elles m'ont répondu que Tayend et vous pouviez venir aussi, en cas de besoin.

— En cas de besoin ? répéta l'Elyne. Mmmh.

— Elles sont sans doute déjà parties. J'imagine que je pourrais trouver où elles sont allées.

Merria semblait inquiète.

Dannyl secoua la tête.

— Nous ne pouvons pas les rejoindre.

— Mais est-il bien sage de rester ici ? objecta Tayend en le dévisageant. Il y a toujours des erreurs et des accidents regrettables pendant les guerres. Des gens se font tuer juste parce qu'ils sont au mauvais endroit, ou parce qu'un sort égaré a manqué sa cible. (Il fit la moue.) Serait-il envisageable de lancer une nouvelle expédition de recherche avec Achati ?

Cette suggestion provoqua gratitude et anxiété chez Dannyl. *Il aime bien Achati, mais sans moi, il ne proposerait pas de l'emmener.*

— Si nous lui soumettons l'idée, il devinera que nous étions au courant pour l'invasion, contra l'historien.

— Pas s'il ignore qu'elle a lieu. Nous pourrions le mettre en sécurité. Mais il ne nous pardonnerait sans doute jamais de l'avoir empêché de faire son devoir, ajouta Tayend en détournant les yeux.

Il avait raison. La loyauté d'Achati allait à son roi et à son peuple. *Il ne quittera jamais le Sachaka. Pas pour moi.* Dannyl l'avait toujours su.

— Que feront les Traîtresses des femmes libres et de leurs enfants ? interrogea Merria.

Ils échangèrent des regards préoccupés.

— Je ne pense pas qu'elles tueront les non-magiciens, dit lentement Tayend.

— Ça dépendra peut-être de la façon dont ils traitaient leurs esclaves, ajouta Dannyl.

Merria haussa les épaules.

— Même si elles prétendent ne pas aimer les Traîtresses, mes amies semblent entretenir des liens avec elles. Ce qui signifie sûrement qu'elles seront épargnées. (Elle regarda Dannyl.) C'est pour votre ami que je m'inquiète.

Le retour de l'esclave épargna à Dannyl la peine de chercher une réponse. L'historien se leva pour laisser Tayend manger en paix, et Merria l'imita.

— Tu restes un peu, Dannyl ? réclama Tayend. (Il attendit que Merria et l'esclave soient sorties avant de parler.) Tu te fais du souci, je le vois. Mais souviens-toi que les Traîtresses pourraient perdre.

— Lorkin est avec elles, révéla Dannyl.

Tayend grimaça.

— Ah. Je vois. D'une façon comme d'une autre, ça ne peut pas bien se terminer, n'est-ce pas ?

Dannyl secoua la tête.

— Tout ce que nous pouvons espérer c'est que, quel que soit le vainqueur, nos amis réussissent à s'échapper et à survivre.

Il se détourna et se dirigea vers la porte.

— Tu tiens à lui, pas vrai ? lança Tayend.

Dannyl s'arrêta et regarda par-dessus son épaule. Tayend s'était levé. Il repensa à ce qu'avait dit Achati : « J'aimerais que nous soyons plus que des amis – du moins, un petit moment, jusqu'à ce que les circonstances nous forcent à nous comporter en ennemis ». Il soupira.

— Je ne suis pas amoureux de lui, Tayend.

— Non ? (L'Elyne s'approcha et lui posa une main sur l'épaule.) Tu en es sûr ?

— Oui. Je n'ai jamais pensé que ça durerait. Je m'attendais juste à ce que ça se termine pour des raisons politiques moins sanglantes.

— Tu as peur pour lui.

— Comme j'aurais peur pour n'importe lequel de mes amis.

Tayend haussa les sourcils, incrédule.

— Vous êtes plus que de simples amis.

— Comme toi et moi sommes plus que de simples amis, répliqua Dannyl. Nous sommes restés trop longtemps ensemble pour qu'il en soit autrement. Si tu étais à la place d'Achati, j'aurais peur pour toi aussi.

Tayend sourit et lui pressa l'épaule.

— Et réciproquement. La seule différence, c'est que je me remettrais avec toi sans aucune hésitation. Pas toi.

Sur ces mots, il alla se rasseoir.

Dannyl le dévisagea, la gorge serrée. Comme Tayend lui rendait son regard, il se força à se détourner et à sortir de la pièce. Mais ce ne fut qu'une fois arrivé dans ses propres appartements que, l'effet de surprise passé, il commença à réfléchir à tout ce qu'il venait d'apprendre et à tout ce qu'il redoutait.

Lilia poussa la porte qui donnait sur les couloirs intérieurs de l'université et fit quelques pas avant d'apercevoir les novices devant elle. Ils ne s'écartèrent pas comme elle s'approchait d'eux ; au contraire, ils lui firent face en lui bloquant le chemin.

Lilia ralentit. Derrière elle, elle entendit la porte se rouvrir et quelqu'un s'exclamer : « Ha ! » sur un ton triomphant. Pivotant, elle vit approcher Bokkin et deux autres novices, un grand sourire aux lèvres.

— Lilia, appela Bokkin. Justement, on te cherchait. Pas vrai, les gars ?

Ses camarades acquiescèrent. Lilia secoua la tête. *Je ne peux pas croire qu'ils soient aussi stupides. Ne pensent-ils pas du tout à l'avenir ? Croient-ils que je les oublierai une fois diplômée ?* Mais ils devaient se dire que ça n'arriverait pas avant longtemps. Et ils savaient qu'on ne l'autoriserait à utiliser sa magie noire que dans des circonstances exceptionnelles. Sans doute ne voyaient-ils pas par quel autre moyen elle pourrait se venger d'eux.

— Tu sais ce que j'ai entendu dire, Lilia ? reprit Bokkin. Ça fait des années que les novices ne se sont pas unis contre quelqu'un comme toi – quelqu'un qui ne sait pas rester à sa place. Mais il paraît que la dernière fois, ça avait très bien marché.

Il parle de Sonea.

— Très bien marché ? répéta Lilia sur un ton méprisant. Le quelqu'un dont tu parles a battu son rival en duel avant de devenir une haute magicienne. Si c'est ce que tu appelles « très bien marché », je devrais vous encourager à vous unir contre moi.

Elle se retint de rire en voyant l'air surpris de ses camarades.

Bokkin se rembrunit.

— Avant ça. Avant…

La porte derrière eux se rouvrit, et un magicien en robe noire s'avança dans le couloir. Soulagée, Lilia se ressaisit très vite pour ne pas le montrer. Si son expression l'avait trahie, elle espérait que les autres novices étaient trop occupés à regarder Kallen pour la voir.

Kallen détailla le petit groupe d'un air sombre. Les novices s'inclinèrent devant lui. Il plissa les yeux.

— Dame Lilia, dit-il. Nous n'avions besoin que d'un seul volontaire. (Il parcourut les novices du regard.) Lequel d'entre vous sollicite cet honneur ?

Toutes les têtes se tournèrent vers Bokkin. Kallen acquiesça.

— Seigneur Bokkin. Vous ferez l'affaire. Suivez-moi.

Les novices se plaquèrent contre les murs pour le laisser passer. Ne voulant pas fermer la marche, Lilia précéda Kallen et Bokkin jusqu'à la petite pièce où le magicien noir lui faisait cours. Arrivée devant la porte, elle se retourna. Elle s'attendait à ce que Bokkin se soit enfui, mais il avait docilement suivi Kallen. Il était blême, et il semblait plus qu'inquiet. Lilia réprima un sourire. *Je le serais aussi, à sa place. Je me demande ce que Kallen peut bien lui vouloir.*

Le magicien noir ouvrit la porte et poussa Bokkin à l'intérieur. Lilia entra à leur suite. Kallen désigna un siège. Bokkin s'assit, les yeux baissés.

— Merci de vous être porté volontaire, dit Kallen en prenant la seconde chaise. Lilia vous a expliqué que ça ne ferait pas mal ?

— Nnnn..., commença Bokkin, les yeux écarquillés.

— Pas encore, intervint la jeune fille. Je n'en ai pas eu le temps.

Kallen leva les yeux vers elle. Il arborait une mine désapprobatrice, mais Lilia vit briller une lueur étrange dans ses prunelles. *Que mijote-t-il ?*

Le magicien noir reporta son attention sur Bokkin.

— À vrai dire, si c'est fait correctement, le sujet ne sent même pas qu'on lit dans son esprit.

Les yeux du jeune homme devinrent aussi grands que des soucoupes, mais Kallen ne parut pas s'en rendre compte.

— Bien. Comme je suis arrivé un peu en retard et que je ne voudrais pas vous empêcher d'être à l'heure à votre premier cours, nous ferions bien de commencer sans attendre. (Il fit signe à Lilia.) Placez-vous derrière lui.

La jeune fille se réjouit qu'il lui ait donné une bonne raison de sortir du champ de vision de Bokkin, car elle n'aurait pas pu réprimer son large sourire beaucoup plus longtemps. Comme elle obtempérait, son camarade tenta de se tourner vers elle.

— Ce n'était pas... Je ne voulais pas...

Kallen se pencha en avant.

— Vous avez changé d'avis ? demanda-t-il sur un ton de défi. On pourrait toujours réclamer un autre volontaire.

Bokkin se figea. Lilia l'imagina soupeser les choix qui s'offraient à lui. Passer pour un lâche, ou laisser Lilia et un redoutable magicien noir s'introduire dans son esprit. Au grand amusement de la jeune fille, il opta pour la seconde solution.

— Vous ne fouillerez pas dans mes souvenirs ? demanda-t-il.

Kallen secoua la tête.

— Bien sûr que non.

Bokkin acquiesça.

— Alors, d'accord.

Kallen se leva et fit signe à Lilia.

— Vous établissez le contact avec son esprit, et j'établis le contact avec le vôtre.

Prenant une grande inspiration, la jeune fille plaça ses mains des deux côtés de la tête de Bokkin et, tandis qu'elle sentait Kallen faire de même avec elle, elle effectua un exercice mental très simple pour focaliser son esprit.

— *Lilia*, dit Kallen dans sa tête.

— *Kallen.*

Elle ne percevait que sa présence et sa voix mentale. Durant d'autres leçons télépathiques, Kallen lui avait déconseillé de visualiser son esprit comme une pièce. Parfois, cela rendait l'enseignement plus difficile, mais du coup, sa maîtrise des concepts était moins consciente, plus instinctive. Et elle utilisait sa magie comme elle aurait bougé un de ses membres – par réflexe autant que de manière délibérée.

— *Bokkin nous dénoncera si tu fouilles ses souvenirs, mais je doute qu'il contrôle beaucoup son esprit. Il nous montrera probablement de lui-même ce qu'il veut nous cacher. Si tu restes vigilante, tu verras peut-être quelque chose qui te permettra de l'arrêter, pour qu'il ne te harcèle plus.*

Lilia ne put dissimuler combien elle était choquée par cette suggestion.

— *Mais… nous ne devrions pas utiliser ses souvenirs !*

— *Non. Toutefois, la Guilde permet d'enfreindre les règles dans certains cas exceptionnels. Nous avons découvert qu'il valait mieux procéder ainsi pour empêcher que l'on harcèle des novices, plutôt que de laisser faire et courir le risque que les novices en question enfreignent la loi plus tard.*

— *À cause de Sonea ?*

— *Et des conflits suscités par l'ouverture de la Guilde aux postulants des classes inférieures.*

— *Je ne suis pas certaine de réussir à utiliser des informations privées contre Bokkin.*

— Vous n'en aurez peut-être pas besoin. Que vous soyez en position de le faire suffira peut-être à le décourager.

— Je l'espère.

— Maintenant, concentrez-vous sur son esprit. Percevez sa résistance instinctive à une sonde mentale.

Lilia s'exécuta, mais ne sentit que la jubilation de Bokkin comme elle échouait.

— Non, regardez-moi.

La présence de Kallen enfla et s'affaiblit tout à la fois, tel un rayon de lumière qui s'adoucit en passant à travers un rideau en voile. Ne percevant aucun effort d'intrusion focalisé, l'esprit de Bokkin ne résista pas. Quelques instants plus tard, la présence de Kallen se fit de nouveau plus vivace.

— À vous. Faites le vide dans votre esprit. Ne pensez plus qu'à une chose : vous introduire dans celui de Bokkin comme un nuage de fumée.

Fumée ou lumière. Ça semblait assez facile, mais Lilia dut s'y reprendre à plusieurs fois avant de devenir indétectable. Bokkin avait dû se rendre compte qu'elle modifiait son approche au fur et à mesure, car le temps qu'elle réussisse à pénétrer son esprit, il commençait à s'inquiéter.

— *Ce n'est pas juste*, pensait-il. *Elle a enfreint la loi. Elle ne devrait pas être autorisée à apprendre ces choses.*

Un souvenir remonta à la surface de sa mémoire. Un visage. Lilia sut aussitôt que c'était celui de son père. *Quelqu'un deviendra toujours plus fort que toi, si tu le laisses faire. Tu dois te débarrasser de tes rivaux pendant qu'ils sont encore faibles. Empêche-les de devenir puissants.*

Bokkin se ressaisit et bloqua le souvenir, mais pas avant que Lilia ait perçu trois brèves images chargées d'émotions. De l'amour. De la douleur. Des raclées. De la colère. Du chagrin.

Alors, elle comprit que Bokkin croyait totalement et ardemment à ce que lui avait dit son père. Il pensait que c'était le meilleur conseil qu'il ait jamais reçu. Son père ne le lui avait-il pas prouvé en le rossant pour le forcer à le craindre et à lui obéir ? Puis il avait été tué par un homme dont il avait toujours dit qu'il aurait dû se montrer plus dur avec lui.

C'est ce que Bokkin essaie de faire avec moi, comprit Lilia. *Il pense bel et bien à l'avenir. Je vais devenir plus puissante que lui ; donc, il tente de m'affaiblir pendant qu'il le peut encore.* Elle frissonna en pensant au genre de magicien que serait son camarade. *Une fois diplômé, il sera plus fort que n'importe quelle personne ordinaire. Il n'aura plus à craindre que les autres magiciens – moi, par exemple.*

— *Lilia ?* appela Kallen.

La jeune fille sortit de l'esprit de Bokkin.

— *Oui ?*

— *Tu t'es bien débrouillée. Ça suffira pour aujourd'hui.*

Elle sentit les mains de Kallen quitter sa tête ; aussi ouvrit-elle les yeux en lâchant Bokkin. Kallen alla se rasseoir dans sa chaise. La porte s'ouvrit derrière lui.

— Vous pouvez y aller, seigneur Bokkin. Merci pour votre concours. Dites à l'un de vos camarades de se présenter ici demain matin à la même heure.

— Oui, magicien noir Kallen.

Bokkin s'inclina et sortit précipitamment.

La porte se referma derrière lui. Lilia s'appuya contre le dos de la chaise qu'il venait de quitter, retardant le moment de s'asseoir pour ne pas sentir la chaleur résiduelle du jeune homme.

— Alors, qu'avez-vous découvert ? lui demanda Kallen.

Lilia grimaça.

— Il croit que toute personne susceptible de devenir plus forte que lui est une menace, et qu'il doit trouver un moyen de la dominer avant qu'elle le domine. (Puis elle songea que Kallen l'interrogeait sans doute au sujet de la lecture dans les esprits.) Ce qui est l'opposé du fonctionnement d'une sonde mentale. On ne peut pas réussir en essayant de dominer le sujet.

Kallen opina.

— En effet. (Puis il secoua la tête.) C'est à cause des gens comme Bokkin que nous n'enseignons pas ce niveau de lecture dans les esprits à tous les magiciens.

— Attendez… Vous voulez dire que n'importe qui pourrait apprendre ?

— Malheureusement, oui. Le haut seigneur Akkarin fut le premier magicien de la Guilde qui apprit à lire dans l'esprit d'un sujet non coopératif ; aussi a-t-on toujours supposé que cette capacité nécessitait de connaître la magie noire. Mais votre protectrice a découvert que c'était faux quand il lui a enseigné la sonde mentale avant de lui montrer comment absorber et stocker la magie d'autrui. Elle a accepté de garder ça pour elle, et vous devez faire de même.

— Bien entendu.

La pensée de ce que Bokkin pourrait faire d'une telle compétence fit frissonner Lilia.

— Vous avez une approche des choses nouvelle et intéressante, reprit Kallen. Comme cette idée d'utiliser une frappe magique rapide et concentrée en guise de couteau pour entailler un sujet. C'est très ingénieux. J'en ai parlé à dame Vinara, et nous avons discuté ensemble des moyens d'essayer en toute sécurité.

Surprise et ravie par ce compliment, Lilia sentit ses joues s'échauffer. Elle baissa les yeux.

— J'espère que ça fonctionnera.

— Même si ça devait échouer, ça mérite d'être tenté. Bon. Eh bien, ce sera tout pour aujourd'hui. Vous feriez mieux d'aller à votre cours suivant.

Comme la porte se rouvrait, Lilia s'inclina en prononçant le nom de Kallen. Elle s'éloigna en proie à un mélange de fierté et d'inquiétude. *J'apprends beaucoup de choses avec Kallen, et il me semble moins hostile depuis qu'il m'enseigne autre chose que le combat.*

Mais même si elle savait désormais pourquoi Bokkin la harcelait, la jeune fille ne voyait pas comment l'en dissuader. *Il complotera toujours contre moi, parce que je serai toujours plus puissante que lui. Par chance, il est trop stupide pour représenter une menace réelle ; donc, je suppose que ça pourrait être pire.*

Elle allait quand même devoir le garder à l'œil, ce qui s'annonçait très irritant.

Dès que le bruit des pas d'Anyi se fut estompé au loin, Gol se leva et récupéra ses outils sous son matelas.

Comme il se remettait au travail, Cery inspecta les trous que son ami avait déjà percés dans une portion de mur un peu plus tôt, à travers le mortier et la terre au-delà. Anyi ne les avait pas remarqués. Les briques étaient mal ajustées et craquelées par endroits, et Gol avait choisi des emplacements sur lesquels la lumière des lampes projetait des ombres épaisses.

Cery dut se pencher pour voir l'extrémité des tubes que Gol avait insérés dans les trous. Une petite languette de papier huilé dépassait de chacun d'eux.

— Combien d'autres veux-tu en faire ?

Gol s'était approché du mur d'en face.

— Tout dépendra de la vitesse à laquelle tu penses qu'on peut les allumer. Il ne faut surtout pas que les premiers pétards éclatent pendant qu'on allume le reste. Si j'en mets cinq dans chaque mur et qu'on fait un mur chacun, ça devrait être bon. Apporte-moi un tube, s'il te plaît.

Se dirigeant vers le saladier de fruits que Lilia leur avait apporté la veille au soir, Cery le vida et souleva le sac dans le fond. Il avait caché le feu de mine dessous, puisque Anyi n'aimait pas les fruits et ne risquait pas de le découvrir là.

Alors qu'il apportait le premier tube à Gol, Cery remarqua un mince filet de poussière qui s'échappait d'un pli du papier, à une extrémité.

— Il est cassé. Ça posa un problème ?

Gol se tourna vers lui et écarquilla les yeux.

— Tiens-le avec le trou en haut, dit-il sur un ton pressant.

Cery obtempéra, et la fuite cessa.

— C'est dangereux ? demanda-t-il.

— Oui, répondit Gol, l'air grave. Si trop de poudre se répand dans l'air, une bougie ou une lampe suffira à la faire exploser. (Il examina le tube, puis versa un peu de poudre dans sa paume avant de le fourrer dans le mur.) Je vais te montrer. Va dans le couloir avec une bougie, et pose-la par terre à une vingtaine de pas.

Cery prit une chandelle allumée et obtempéra. Son garde du corps le suivit. Il dit à Cery de se mettre derrière lui et de se boucher les oreilles. Une fois de plus, le voleur s'exécuta.

— Regarde ça.

Il n'y avait pas plus d'une pincée de poudre dans la paume de Gol. Celui-ci la projeta vers la bougie. Un éclair éblouit Cery en même temps qu'un son pareil au bruit d'une main géante giflant une table se répercutait dans le passage. De la poussière et de la terre s'échappèrent en nuage ou en filet du mur le plus proche. Quant à la bougie, elle se trouva soudain réduite de moitié et entourée par une flaque de cire fondue.

Cery ôta ses mains de ses oreilles. *Et il n'en a utilisé qu'une pincée. Ces tubes contiennent une quantité de poudre bien plus grande.*

— Tu es sûr de vouloir mettre autant de pétards dans les murs ?

Gol haussa les épaules.

— Il faut bien les mettre quelque part. Mieux vaut qu'ils soient dans les murs plutôt que dans la pièce avec nous.

Évidemment. Même si nous les laissons dans le saladier, ils pourraient exploser avec le reste. Mieux vaut qu'ils carbonisent l'intérieur du mur plutôt que nous.

— Combien de temps tes languettes retardatrices mettront-elles à brûler ?

— Une vingtaine de secondes. (Gol ramassa la bougie, la donna à Cery et rebroussa chemin dans la chambre souterraine.) Si nous sommes vraiment pressés, nous nous contenterons d'allumer un pétard de chaque côté. Ça devrait suffire pour provoquer une explosion en chaîne.

— Donc, on en allume un chacun, et on prend nos jambes à notre cou, résuma Cery.

Gol fronça les sourcils.

— C'est déjà Anyi qui revient ?

Cery tendit l'oreille. Un léger bruit de pas résonnait dans le couloir d'en face. Il bondit vers le saladier pour remettre le sac et les fruits en place par-dessus les pétards restants, tandis que Gol dissimulait ses forets. Et au cas où ça ne serait pas Anyi, ils gardèrent leurs bougies.

Un instant plus tard, un sifflement discret se fit entendre. Ils se détendirent. Cery siffla en retour et Anyi entra d'un pas vif, sa lampe à la main. Il avait cru qu'elle était plus loin, parce que le bruit de ses pas était si léger. À la vue des deux hommes, Anyi poussa un soupir de soulagement.

— Un des murs s'est écroulé près de la barrière de Lilia. Ou quelqu'un l'a démoli, allez savoir. Quoi qu'il en soit, il existe désormais un autre moyen de nous atteindre sans franchir la barrière.

Le cœur de Gol manqua un battement.

— Tu as trouvé des traces ?

Anyi haussa les épaules.

— Je n'ai rien pu voir. J'ai fermé le volet de ma lampe pour ne pas me faire repérer par des intrus éventuels, et je suis revenue ici tout de suite. Mais je n'ai rien entendu.

Cery regarda Gol. Son garde du corps ne chercha pas à masquer son inquiétude.

— Tu devrais aller chercher Lilia, dit-il.

— Elle doit être en cours, protesta Anyi. Je ne peux pas débarquer…

— Monte chez Sonea, coupa fermement Cery. Dis à Jonna d'aller chercher Lilia.

— Vous devriez m'accompagner et vous planquer dans les appartements de Sonea.

— Si nous entendons quoi que ce soit, nous te suivrons. Maintenant, vas-y.

Anyi hésita en se mordant la lèvre. Puis elle s'éloigna précipitamment.

Cette fois, Gol n'attendit pas que le bruit de ses pas se soit tu. Il plongea vers sa perceuse et attaqua rageusement le mur tandis que Cery renversait le contenu du saladier et l'apportait à son ami. Il restait quatre pétards dans le fond. Les paroles de Gol résonnèrent dans la tête du voleur comme il tendait l'oreille pour guetter un bruit dans les tunnels : *« Mieux vaut qu'ils soient dans les murs plutôt que dans la pièce avec nous. »*

Il ne savait pas si c'était l'excitation ou la peur qui faisait battre son cœur si fort. Skellin arrivait-il ? Allaient-ils enfin pouvoir déclencher leur piège ? Le feu de mine ouvrirait-il un cratère béant dans les jardins de la Guilde, exposant le renégat à la vue des magiciens comme prévu ? Ou Skellin se laisserait-il prendre par surprise, et mourrait-il dans l'explosion ?

Quoi qu'il arrive, au moins, Anyi est en sécurité. Je n'ai aucune intention de mourir avec Skellin, mais moins nous serons nombreux autour de lui, plus faible sera le risque que l'un de nous soit blessé.

22

Un vieil ennemi

Les yeux plissés, Lorkin détailla la tache noire sur la route devant eux sans réussir à distinguer autre chose qu'une impression de mouvement. *On dirait un groupe de gens à cheval.* Il jeta un coup d'œil à Savara. La reine regardait la route, de sorte qu'elle les avait forcément remarqués. Pourtant, elle ne semblait pas inquiète.

Lorkin se tourna vers Tyvara qui chevauchait à côté de lui. Elle se dandinait sur sa selle en grimaçant. Voyant qu'il l'observait, elle lui sourit.

— On est partis depuis quelques heures à peine, et je suis déjà irritée.

Leurs montures leur avaient été offertes par les anciens esclaves d'un des domaines qu'ils avaient libérés le matin. « Libérés » signifiait que les Traîtresses étaient entrées dans la place et qu'elles avaient exécuté le propriétaire ashaki ainsi que tous les autres magiciens éventuels. Dans la plupart des cas, ils ne s'attendaient pas à une attaque, même s'ils avaient remarqué la brusque disparition de leurs esclaves.

Ils avaient tous résisté, mais visiblement, beaucoup d'entre eux ne se souciaient pas de maintenir leur réserve de pouvoir à un niveau élevé. *Et pourquoi s'en soucieraient-ils ? Ce ne sont pas des Ichanis, constamment menacés par d'autres magiciens noirs. Ils ne doivent absorber le pouvoir d'autrui que quand ils ont besoin d'effectuer une tâche particulière.* Du coup, leur mort ressemblait moins à un fait de guerre qu'à un meurtre pur et simple.

J'ai l'impression d'entrer chez des gens par effraction pour assassiner des maris, des pères et des fils, pas de faire la guerre à un puissant ennemi. Si nous les affrontions sur un champ de bataille, nous tuerions quand même des maris, des pères et des fils, mais ça me semblerait plus justifié.

Pourtant, les Traîtresses n'étaient pas le genre de vainqueurs qui massacraient la famille de leurs ennemis avec désinvolture ou une joie cruelle, et jamais elles ne pillaient ni ne torturaient. Dans le cas contraire, Lorkin aurait sans doute regretté de s'être joint à elles. Mais elles se montraient miséricordieuses…

… *Bien que d'une efficacité impitoyable*, songea Lorkin, repensant à la gemme que sa mère lui avait donnée.

Il se remémora que son père avait extorqué à Zarala la promesse que les Traîtresses mettraient fin à l'esclavage. Akkarin souhaitait ardemment ce qui était en train de se passer. Chaque fois que Lorkin doutait ou perdait courage, il regardait les Sachakaniens nouvellement libres, et il se disait que c'était pour une bonne cause.

Passé le tout début de l'invasion, il s'attendait à ce que les Traîtresses affrontent des ashakis mieux préparés à les recevoir. Mais chacun d'eux semblait surpris au moment où son domaine était attaqué. Peut-être les premières victimes des Traîtresses avaient-elles été trop occupées à se défendre pour envoyer un avertissement à leurs semblables. Peut-être comptaient-elles sur leurs esclaves pour porter des messages – mais les esclaves qui soutenaient les rebelles faisaient en sorte que ceux qui étaient loyaux envers leur maître ne puissent pas aller bien loin.

Lorkin savait que tôt ou tard, la nouvelle finirait par se répandre. Un des ashakis enverrait une mise en garde télépathiquement, ou par l'intermédiaire d'une bague de sang. Même si le groupe de Savara les éliminait tous avant qu'ils aient une chance de le faire, ce ne serait pas nécessairement le cas des autres groupes de rebelles. D'une façon ou d'une autre, Arvice serait prévenue. Alors, les Traîtresses n'auraient plus affaire à un ou deux magiciens isolés, mais à toute une armée. Voilà pourquoi le cœur de Lorkin battait la chamade face à l'ombre sur la route devant eux.

Le jeune homme se concentra sur Tyvara. De l'esprit de sa compagne n'émanait que de l'excitation teintée d'une pointe d'inquiétude. *Pour l'instant, il n'y a pas eu d'autre victime dans nos rangs*, pensait-elle. *Mais bientôt…* Voyant que Lorkin l'observait, les sourcils froncés, elle lui sourit.

—Ne t'en fais pas. Ce n'est qu'un autre groupe. Nous allons tous nous rejoindre aux abords de la ville.

Soulagé, Lorkin regarda les Traîtresses approcher. Les ombres se changèrent en silhouettes à cheval. Les cavaliers devinrent des hommes et des femmes. Les visages se précisèrent. Lorkin entendit Tyvara jurer au moment où lui-même reconnaissait l'une des nouvelles arrivantes.

—Que fait-elle ici ? marmonna-t-il.

Tyvara soupira.

—Le châtiment de Kalia a été suspendu pendant la durée de l'invasion – tout comme le mien. Ce serait vraiment trop bête que nous perdions faute du pouvoir de deux magiciennes.

Kalia balaya du regard le groupe de Savara, et se renfrogna à la vue des jeunes gens.

—Nous sommes tous du même côté, dit Tyvara. Mais j'aurais préféré que Kalia soit affectée à un des groupes qui attaqueront la cité par l'autre côté, ajouta-t-elle à voix basse.

Savara se tourna vers eux.

—Je garderai un œil sur elle, promit-elle. Et une oreille.

Elle reporta son attention sur les Traîtresses qui approchaient et talonna son cheval pour s'avancer à leur rencontre. Au grand soulagement de Lorkin, la femme qui la salua au nom de tout le groupe ne fut pas Kalia mais l'oratrice Halana, qui dirigeait les fabricantes de pierres magiques.

—Au moins, elle n'est pas chef d'équipe, commenta-t-il.

Tyvara gloussa.

—Nous ne sommes pas idiotes à ce point.

Halana posa brièvement une main sur son cœur, puis saisit de nouveau ses rênes pour guider son cheval et le faire s'arrêter près de celui de Savara.

—Des nouvelles ? s'enquit cette dernière.

—Nous avons perdu Vilanya et Sarva, rapporta Halana. Elles sont tombées dans une embuscade.

—Donc, les ashakis sont prévenus.

—Très probablement. Vous avez eu des ennuis ?

—Quelques esclaves se sont un peu lâchés, soupira Savara. Dans un domaine, ils ont tué une famille entière et le contremaître, qui était notre allié. Je leur avais bien expliqué que ce n'était pas le but, mais ils ne m'ont pas écoutée.

Halana acquiesça.

—Nous aurons d'autres problèmes de ce genre. Du coup, j'ai laissé entendre que nous nous occuperions des familles nous-mêmes, plus tard.

—Ça pourrait marcher, du moment qu'ils n'adoptent pas le rôle de geôliers avec trop de zèle. (Savara regarda autour d'elle.) Continuons.

Les deux groupes se mélangèrent pour n'en former plus qu'un. Lorkin remarqua que Kalia se positionnait de l'autre côté de Savara et d'Halana. Les deux femmes discutaient de ce qu'elles feraient si les esclaves affranchis n'étaient pas en mesure de fournir aux Traîtresses de la nourriture en quantité suffisante. Au bout de quelques minutes, Savara éleva la voix afin que tous puissent l'entendre.

—Que viens-tu de dire, Kalia ?

Lorkin vit cette dernière lui jeter un coup d'œil venimeux, puis reporter son attention sur la reine et redresser le dos.

— Il y a un non-Traître parmi nous. Je conseillais juste à Cyria de faire attention.

— Cyria n'a à se méfier de personne ici. Nous appartenons tous au même peuple.

— Lorkin est kyralien.

— Il est né en Kyralie, mais désormais, c'est un Traître. Nous comptons dans nos rangs d'anciennes esclaves, ainsi que des femmes et des sœurs d'ashakis. Toutes ont choisi de se joindre à nous. Et nous aurons besoin de la force de chacune d'entre elles pour faire triompher notre cause.

— Lorkin est un magicien de la Guilde, et un homme! insista Kalia.

Savara sourit.

— Si mon entrevue avec sa mère avait porté ses fruits, nous marcherions à présent vers Arvice au côté de centaines de magiciens de la Guilde, dont environ une moitié d'hommes. Tant de compagnie masculine t'effraierait-elle ?

— Bien sûr que non ! Même si je ne suis pas aussi prompte que vous à leur faire confiance. (Kalia jeta un regard en biais à Savara.) Donc… la Guilde refuse d'entrer en guerre avec les ashakis. Et Lorkin est toujours là. Vous êtes bien certaine qu'il ne nous espionne pas pour le compte des Terres Alliées ?

— Oui, j'en suis bien certaine.

— Et vous croyez vraiment que… ?

Kalia se tut comme un des Traîtres qui fermait la marche appelait Savara. Toutes les têtes se tournèrent vers l'homme, qui tendait un doigt vers la partie de la route située derrière eux. Un cavalier galopait vers la petite colonne, soulevant un nuage de poussière sur son passage. Il ne se trouvait qu'à quelques centaines de pas.

— Halte ! ordonna Savara. Boucliers !

Peu de temps après, le cavalier les atteignit. Il fit ralentir son cheval, qui avait le souffle court et les flancs luisants de sueur. C'était un jeune homme richement vêtu, mais dont la carrure et le teint le désignaient comme un ancien esclave.

— Reine Savara, dit-il en posant une main sur son cœur. On m'a envoyé vous prévenir que deux Kyraliens vous suivaient : la magicienne noire Sonea et l'ash… le seigneur Regin. Nous avons tenté de les retenir au domaine, mais ils nous ont désobéi et se sont échappés en usant de leur magie.

Lorkin réprima un soupir. Il aurait dû s'y attendre. *Si je n'ai pas pu laisser Tyvara partir à la guerre sans moi, comment ma mère pourrait-elle me laisser partir à la guerre sans elle ?*

— Y a-t-il des blessés ?

L'homme secoua la tête.

Kalia marmonna quelque chose. Savara la toisa, les yeux plissés. Puis elle se tourna vers Lorkin en levant les sourcils d'un air interrogateur. Le jeune homme haussa les épaules.

— Je ne suis pas au courant. Elle ne m'a pas dit qu'elle comptait me… nous suivre.

— Espion, siffla Kalia.

Savara se rembrunit.

— Ça suffit. (Elle jeta un coup d'œil à la ronde, et son regard s'arrêta sur deux membres de son groupe – une femme et un homme.) Saral, Temi. Allez à la rencontre de la magicienne noire Sonea et demandez-lui de s'expliquer. (Glissant une main dans une bourse qu'elle portait à la ceinture, elle en sortit une bague qu'elle jeta à la femme. Le métal renvoya un éclat doré dans la lumière du soleil.) Servez-vous de ça pour me rapporter ce qu'elle vous aura dit.

Bien que visiblement contrariés, Saral et Temi acquiescèrent, tournèrent bride et rebroussèrent chemin en compagnie du messager. Savara mit son cheval au pas, le regard fixé sur la route droit devant elle. Dans un silence funeste, les Traîtresses se dirigèrent vers le prochain domaine et la prochaine bataille.

Lilia prit une grande inspiration et la relâcha, la plume en suspens au-dessus du papier. Elle tentait, sans beaucoup de succès, de déchiffrer les notes prises le matin même pendant les travaux pratiques de guérison. Même si elle étudiait moins de sujets à présent et avait plus de temps pour boucler chaque matière avant l'obtention de son diplôme, la jeune fille avait encore du mal à se concentrer dans des moments comme celui-là.

C'était plus facile de me motiver du temps où je pensais me spécialiser en guérison. Maintenant, je sais que je ne pourrai pas choisir ma discipline – alors, à quoi bon ?

Lilia serait une magicienne noire. Savoir se battre serait plus important pour elle que savoir guérir. *Non que les leçons de combat m'enthousiasment plus qu'avant. Mais les nouveaux cours que me donne Kallen… ça, c'est intéressant. Peut-être parce qu'il reste encore beaucoup à découvrir sur la magie noire. Ce n'est pas comme si la Guilde l'étudiait depuis des siècles et savait déjà tout ce qu'il était possible de savoir en la matière.*

Les travaux pratiques du matin avaient pour sujet un homme blessé durant une leçon de combat. Son épée d'entraînement en bois avait transpercé son armure de cuir bouilli, sans pénétrer trop profondément dans sa chair. Ce genre d'accident était rare. Les coups de taille glissaient généralement sur le plastron, et les coups d'estoc devaient être retenus. Mais le blessé avait bondi vers son partenaire qui, en colère, avait frappé plus fort que nécessaire.

Une frappe vive et efficace comme un coup de poignard. C'est exactement ce que je veux faire avec la magie, au lieu d'utiliser un couteau pour briser la barrière naturelle de la peau afin d'absorber le pouvoir de quelqu'un.

Sentant qu'on l'observait, Lilia leva les yeux. Effectivement, son professeur la regardait. La jeune fille se rendit compte qu'elle avait les yeux perdus dans le vague, et qu'elle ne prenait plus de notes depuis un moment. *Au lieu de ça, je cherche un moyen de tuer quelqu'un avec de la magie noire. Bravo.*

D'autres visages étaient tournés vers elle. Lilia n'y fit pas attention. Quand elle était arrivée à l'université ce matin-là, puis plus tard au réfectoire, les autres novices l'avaient dévisagée en chuchotant presque autant qu'après la fin de sa captivité au Guet et son retour parmi eux.

Bokkin avait dû leur parler de la leçon avec Kallen. Oh, il ne leur avait probablement pas dit la vérité : il ne voudrait pas admettre qu'on avait lu dans son esprit. Donc, il avait sans doute inventé autre chose. Lilia regretta que Kallen n'ait pas annoncé ce qu'ils allaient faire à Bokkin devant les autres novices. Tous leurs camarades sauraient qu'elle avait vu dans ses pensées, et si elle révélait un de ses secrets, le jeune homme ne pourrait pas nier.

Non que j'aie l'intention de raconter ce que j'ai lu dans son esprit. Ce serait mal. Certes, personne n'avait forcé Bokkin à se soumettre à la sonde mentale. Il était libre de partir quand il voulait. *Mais il pourrait prétendre le contraire. D'un autre côté, il ne peut pas nous accuser de quoi que ce soit, Kallen et moi, parce qu'il devrait laisser un autre magicien lire dans son esprit pour confirmer ses propos. Tout de même, il pourrait insinuer qu'il s'est passé quelque chose d'autre.*

Lilia repensa au plan de Bokkin, à son besoin d'affaiblir les autres avant qu'ils deviennent plus puissants que lui. S'il ne supportait pas de côtoyer des gens plus forts, il serait malheureux toute sa vie : en tant que magicien, il ne possédait qu'un talent très moyen.

Peut-être quittera-t-il la Guilde une fois diplômé, pour aller dans un endroit où il sera le plus puissant. Elle frissonna. Que serait capable de faire Bokkin pour s'assurer qu'il était le plus fort, et pour le faire savoir à tout le monde ? *Il faut que quelqu'un le garde à l'œil.* Kallen, peut-être, ou un autre haut magicien. Ou elle. Un jour, elle serait une haute magicienne. Ce serait peut-être à elle qu'il incomberait de surveiller Bokkin.

— Dame Lilia.

Son cœur fit un bond dans sa poitrine. De nouveau, elle avait laissé ses pensées vagabonder. Mais son professeur ne la foudroyait pas d'un regard désapprobateur : elle tendait un doigt vers la porte. Tournant la tête, Lilia découvrit un visage familier, et son cœur fit un nouveau bond dans sa poitrine.

Jonna !

La servante lui fit signe. Lilia se leva, s'inclina devant son professeur puis se faufila entre les pupitres et sortit de la salle.

— Qu'y a-t-il ? demanda-t-elle tandis que Jonna regardait de droite et de gauche pour s'assurer qu'elles étaient seules dans le couloir.

— J'ai trouvé Anyi dans les appartements de Sonea, répondit la servante. Elle m'a dit qu'il y avait peut-être un intrus… là où tu sais. En bas.

Lilia retint son souffle.

— C'était quand ?

— Elle attendait depuis un petit moment, mais je ne sais pas combien au juste, admit Jonna. Et j'ai mis du temps à trouver où tu avais cours.

— Il faut que je me dépêche. (Lilia fit un pas, puis s'arrêta net.) Non, je devrais passer de l'autre côté : ce sera plus rapide. Vous pouvez remonter le lui dire ?

Jonna secoua la tête.

— Elle est redescendue tout de suite. (Elle fronça les sourcils.) Si vous avez l'intention d'utiliser le chemin que je pense, il vaudrait mieux que je vous accompagne pour m'assurer que personne ne vous voie.

— Merci, Jonna.

Lilia s'engagea dans un passage latéral et entraîna la servante vers le cœur de l'université. Lorsqu'elles atteignirent la porte secrète qu'Anyi avait débloquée, Jonna poursuivit jusqu'au croisement suivant et jeta un œil dans le couloir perpendiculaire. Puis elle acquiesça.

— La voie est libre. Soyez prudente, chuchota-t-elle.

— Promis.

Lilia tira sur le levier qui ouvrait le battant et disparut dans les ténèbres au-delà.

— C'est incroyable de penser que tous ces gens étaient des esclaves, dit Regin.

— En effet, convint Sonea.

Ils venaient de franchir une colline longue et basse. Devant eux, la route s'étirait presque en ligne droite, encombrée de gens à pied, de carrioles et même de quelques voitures luxueuses.

Au début, Sonea s'était demandé pourquoi les anciens esclaves arpentaient ainsi le royaume, sinon pour exercer leur liberté toute nouvelle d'aller où ils voulaient. Il aurait sûrement été plus logique de rester au domaine où ils travaillaient, pour bénéficier au moins du gîte et du couvert.

Puis Regin et elle avaient assisté aux retrouvailles entre deux femmes, l'une âgée et l'autre beaucoup moins, et compris que c'était la mère et la fille. Deux jeunes gens avaient couru l'un vers l'autre en criant : « Mon frère ! » Une femme s'était mise à pleurer de joie en recevant un bébé des mains d'un homme. Partout, des couples de tous les âges se tombaient dans les bras, marchaient et parlaient ensemble.

Leurs maîtres leur interdisaient peut-être de se marier, songea Sonea. *Ils les forçaient à se reproduire comme des animaux domestiques, mais ils ne pouvaient les empêcher d'éprouver les liens de l'amour et de la famille, malgré les chaînes de l'esclavage qui les entravaient depuis plus d'un millénaire.*

— J'ai toujours pensé que l'esclavage était une mauvaise chose, et toujours été fier que la Kyralie l'ait aboli dès que possible, reprit Regin. Mais c'était il y a des siècles. Nous n'avons jamais vraiment compris de quoi il retournait, parce que nous ne l'avons jamais vu de nos propres yeux.

Sonea acquiesça. Dévisageant Regin, elle fut assaillie par une bouffée d'affection inattendue. *Si les Traîtresses perdent, à tout le moins, ce périple m'aura permis de découvrir sa compassion et son humilité.*

— Peut-être est-ce pour cette raison que nous n'avons pu y mettre un terme au Sachaka lorsque nous avons conquis le pays, poursuivit Regin. Cela faisait trop longtemps que nous ne l'avions pas enduré nous-mêmes.

Sonea secoua la tête.

— Quelques siècles à peine s'étaient écoulés depuis que la Kyralie comme l'Elyne avaient repris leur indépendance et aboli l'esclavage, objecta-t-elle.

— C'est bien suffisant pour que tous ceux qui l'avaient connu soient morts de vieillesse, et que le concept devienne une idée abstraite pour leurs descendants.

— Pourtant, cette « idée abstraite » continue à nous inspirer de l'aversion sept cents ans plus tard.

— Seulement parce que nous l'associons aux Sachakaniens, répliqua Regin.

Sonea eut un gloussement sans joie.

— Exact. Parce que ça les rend haïssables et que, par contrecoup, nous leur devenons moralement supérieurs. Ne sous-estimons pas le plaisir de pouvoir condamner autrui.

Regin se tourna vers elle, les sourcils froncés.

— Vous ne pensez pas que l'esclavage est… ?

— Bien sûr que si. J'aurais juste préféré qu'on fasse ça quand on en avait l'occasion. (Sonea désigna les gens devant eux.) Et que les Terres Alliées acceptent l'invitation des Traîtresses.

— Vous auriez voulu que nous allions à la guerre, alors que la plupart d'entre nous sont trop faibles pour faire une différence ?

— Oui… mais à notre façon.

Regin la dévisagea un moment, puis ses yeux s'écarquillèrent.

— En vous donnant, à Kallen et à vous, tout le pouvoir de la Guilde.

— Moi, je l'ai déjà pris. Il aurait suffi que Kallen en fasse autant et qu'il nous rejoigne, fit valoir Sonea.

— Ou Lilia. Non, elle est trop jeune, se ravisa Regin.

— Pas beaucoup plus jeune que moi quand je me suis battue pour la première fois, lui rappela Sonea. Mais, en effet, je ne lui souhaiterais pas ça, et il ne serait de toute façon pas judicieux de risquer la mort de tous ceux d'entre nous qui connaissent la magie noire.

Regin sourit.

— Même s'il semble finalement qu'on peut l'apprendre dans un livre.

— Certes. (Sonea soupira.) Je soupçonne que la Guilde perdra cette bataille-là très bientôt. Si les Traîtresses gagnent, il deviendra encore plus difficile de…

Elle s'interrompit en voyant deux cavaliers se diriger vers eux. Ils portaient la tenue simple des Traîtresses, et leur visage lui semblait familier – sans compter qu'ils les regardaient, Regin et elle.

— On dirait qu'ils viennent à notre rencontre, commenta Sonea.

Regin plissa les yeux dans la vive lumière du jour.

— Et ils n'ont pas l'air surpris de nous voir. Quelqu'un a dû les prévenir que nous n'étions pas rentrés en Kyralie.

Ils regardèrent les deux cavaliers s'approcher. *Un homme et une femme,* remarqua Sonea. *Est-elle la magicienne et lui, sa source de pouvoir ? Ou les Traîtresses ont elles aussi entraîné leurs hommes à utiliser la magie pour qu'ils puissent se battre efficacement ?*

Arrivés à quelques pas d'eux, les cavaliers firent pivoter leurs montures pour barrer la route des deux Kyraliens.

— Magicienne noire Sonea, lança la femme. Seigneur Regin. Je suis Saral, et voici Temi. La reine Savara désire savoir pourquoi vous n'êtes pas rentrés chez vous.

Sonea fit mine de réfléchir. Elle s'attendait à cette question, mais elle ne voulait pas que sa réponse semble trop préméditée.

— La Guilde est tenue de s'assurer que ses membres seront en sécurité lorsqu'ils se rendent dans d'autres pays. Je dois vérifier que nos guérisseurs ne courront aucun danger au Sachaka.

Le regard de la femme se fit vague, puis se focalisa de nouveau sur Sonea.

— Nous veillerons sur eux.

— Vous pensez donc avoir le temps de patrouiller sur les routes, ou de leur assigner une escorte, alors même que vous êtes en guerre contre les ashakis ? Je préférerais que vous consacriez toutes vos ressources à l'atteinte de votre objectif.

Sonea s'avança vers Saral, mais ce ne fut pas à celle-ci qu'elle s'adressa : ce fut à la femme qui, elle le savait, l'observait par l'intermédiaire de la bague que portait Saral.

— Essentiellement parce que mon fils est avec vous, ajouta-t-elle d'une voix plus basse et plus dure. Vous attendiez-vous vraiment à ce que je tourne bride ? Je ne suis qu'une magicienne seule, reine Savara, et je ne constitue pas une menace pour vous ou votre peuple. (Elle sourit.) Que Lorkin soit avec vous ou non.

Saral leva le menton. De nouveau, son regard se fit lointain, et elle fronça les sourcils. Puis elle se décomposa et baissa les yeux vers Sonea.

— Vous pouvez continuer jusqu'à Arvice, à condition de ne pas entrer en ville avant nous et de ne pas vous ranger du côté des ashakis. Je ne pourrai pas garantir votre sécurité si vous vous trouvez dans nos pattes, et si vous ou votre amant agissez contre nous, vous serez tués tous les deux.

Sonea inclina la tête.

— Je vous donne ma parole que nous respecterons ces conditions.

Saral pinça les lèvres, et ses épaules s'affaissèrent.

— Temi et moi vous escorterons, dit-elle.

Près d'elle, son compagnon poussa une exclamation consternée.

Sonea acquiesça de nouveau.

— Merci. Néanmoins, pour dissiper tout malentendu, je tiens à préciser que vous vous trompez sur un point.

— Lequel ?

— Le seigneur Regin n'est pas mon amant.

Saral haussa les sourcils d'un air incrédule mais ne dit rien, se contentant de faire volter son cheval dans la direction d'où Temi et elles étaient venus. Son compagnon l'imita et, avec un sourire en coin, se positionna de l'autre côté de Sonea. Regin s'avança pour se mettre au niveau de cette dernière et croisa brièvement son regard.

— Les Traîtresses aiment les ragots autant que n'importe qui, murmura-t-il, les coins de la bouche frémissants.

Sonea haussa les épaules et se remit en marche. Ces ragots-là pouvaient se révéler dangereux. Un ennemi qui les prendrait pour un couple pourrait torturer Regin afin de faire chanter Sonea. Mais, comme celle-ci l'avait subtilement fait remarquer à Savara par l'intermédiaire de Saral, si les Traîtresses voulaient la manipuler, elles détenaient déjà Lorkin. Néanmoins... *Regin ferait une meilleure cible, si Tyvara est amoureuse de Lorkin et que Savara souhaite la ménager.*

Elle jeta un coup d'œil à l'intéressé, qui tourna la tête vers elle. S'il s'inquiétait, il le cachait bien. Il haussa les sourcils d'un air interrogateur et eut un petit sourire mystérieux. Sonea baissa très vite les yeux. *Si quelqu'un le regardait, il penserait bel et bien que nous sommes un couple.*

Elle se remémora le temps qu'ils avaient passé ensemble depuis leur départ d'Imardin. Quel soulagement de découvrir qu'ils se supportaient au quotidien, voire qu'ils s'entendaient bien ! Mais qu'est-ce que les autres pouvaient bien voir de plus pour s'imaginer qu'il y avait quelque chose entre eux ?

Moi, je ne fais rien de spécial, décida Sonea. *Donc, ce doit être Regin. Il n'est quand même pas...* Elle secoua la tête. *Non, il ne peut pas être amoureux de toi. Ne sois pas ridicule.*

Et s'il l'était quand même ? Elle tenta de se rappeler tout ce qu'il lui avait dit, la façon dont il lui parlait, dont il se comportait vis-à-vis d'elle, dont il la regardait. Elle se souvint qu'elle s'était déjà posé cette question dans la voiture, après leur départ du Fort. Pourquoi, déjà ? Ah, oui : parce que Regin lui avait dit qu'il l'admirait depuis des années.

Essayait-il de me faire passer un message ? Elle secoua de nouveau la tête. *Non, ce doit être juste une impression.*

Elle ne pouvait pas le lui demander, parce que Saral et Temi entendraient. Par contre, si elle avait l'occasion de parler avec lui en privé... À cette idée, sa gorge se noua. *Je ne peux pas faire ça. Et si je me trompais ? Ce serait embarrassant pour lui comme pour moi. Cela dit, si j'avais raison, ce serait peut-être pire. Du moins suis-je certaine de ne pas être amoureuse de lui.*

Cette pensée suscita en elle un tourbillon de sentiments contradictoires. Sonea dut faire appel à toute sa maîtrise d'elle-même pour garder une mine impassible et une allure régulière. Puis, aussi vite qu'il était apparu, son conflit interne se dissipa, la laissant surprise et atterrée.

Alors comme ça, je le suis... Non, je pourrais l'être. C'est différent. Il y a un potentiel, mais qui ne s'est pas réalisé. Pas encore.

Pourtant, elle résolut de ne pas en parler à Regin. Et s'il sous-entendait qu'il avait des sentiments pour elle, Sonea serait forcée de l'éconduire.

Ce n'est pas que je lui en veuille encore. Il est devenu bien meilleur que le novice que je haïssais autrefois. Ce n'est pas non plus que je n'aie pas tourné la page. Je pense toujours à Akkarin, mais mon cœur est désormais assez disponible pour se donner à quelqu'un d'autre. Et ce n'est pas non plus que ça mettrait Regin en danger si quelqu'un cherchait à faire pression sur moi. C'est juste que…

Agacée, Sonea secoua la tête. Pourquoi les seuls hommes qui s'intéressaient à elles étaient-ils ceux qui n'en avaient pas le droit ? Non qu'elle ait la moindre preuve de Regin s'intéressait à elle. Ce qui était tout aussi bien, parce que même s'il vivait séparé de sa femme, sur le plan légal, il était toujours marié.

23

L'ultimatum

Dannyl faisait les cent pas dans ses appartements.

Il doit bien y avoir un moyen de prévenir Achati sans révéler que nous savons que les Traîtresses arrivent. Il s'écoulerait encore quelques jours avant que les rebelles atteignent Arvice ; en attendant, ils devaient se comporter comme s'il ne se passait rien d'extraordinaire. Aussi Tayend était-il parti rendre visite à un marchand ashaki, tandis que Merria passait l'après-midi au marché avec une de ses amies qui n'avaient pas encore quitté la ville.

Resté seul, Dannyl ruminait son dilemme. *Je pourrais prétendre qu'une des esclaves m'a informé de l'arrivée des Traîtresses, ou qu'elle m'a transmis un message. Mais je crains que, du coup, les ashakis torturent d'autres esclaves...*

Un mouvement sur le seuil de la pièce attira son attention. Il pivota, et Kai se jeta par terre.

—Ashaki Achati est là pour vous voir.

Il est là ! Le cœur de Dannyl se gonfla, puis se serra de nouveau. *Et je n'ai pas encore trouvé de solution.* Il secoua la tête. *D'un autre côté, ça ne fait qu'une demi-journée. Même si j'avais une idée, je devrais d'abord la soumettre à Tayend. Donc, je dois me comporter comme si je ne savais rien pour cette fois.*

—Apporte du vin et une collation.

L'esclave se leva et s'en fut hâtivement. Dannyl sortit dans le couloir et le longea jusqu'au grand salon. Une vague d'affection l'assaillit comme Achati se tournait vers lui et souriait.

—Ambassadeur Dannyl.

—Ashaki Achati. (L'historien inclina la tête.) C'est un plaisir de vous revoir.

Le sourire du Sachakanien s'évanouit.

— J'espère qu'il en sera toujours ainsi. (Il soupira.) J'apporte des nouvelles.

— Bonnes ou mauvaises ?

Dannyl lui désigna un tabouret et s'assit à sa place habituelle.

Achati réfléchit.

— Pas bonnes. Mais pas non plus trop mauvaises. Profitables, peut-être.

— Vous faites bien des mystères.

— Je me contente de répondre à votre question.

Le coin des yeux d'Achati se plissa, puis redevint lisse en même temps que l'ashaki reprenait son sérieux.

Deux esclaves apparurent avec le vin et la nourriture. Achati attendit qu'ils soient partis pour continuer.

— Les Traîtresses sont sorties de leurs montagnes et ont commencé à attaquer des domaines à travers tout le pays, dit-il à voix basse. Elles ont tué tous les magiciens qu'elles rencontraient, et elles se dirigent maintenant vers Arvice. Apparemment, elles ont l'intention de prendre le contrôle du pays.

Le soulagement submergea Dannyl, qui s'efforça de le cacher de son mieux. *Il est au courant ! Je n'ai pas besoin de le prévenir ! Mais je ne peux pas lui dire que nous savions déjà.* Il but une gorgée de vin en se demandant comment réagir. *Je ne dois pas avoir l'air trop surpris. Il a déjà mentionné l'éventualité d'un soulèvement des Traîtresses.*

— Vous pensiez que ça arriverait peut-être, mais doutiez que les Traîtresses soient assez fortes pour constituer une menace, se rappela-t-il.

— J'en doute toujours. (Achati haussa les épaules.) C'est pourquoi, même s'il ne s'agit pas d'une bonne nouvelle, la situation peut encore s'avérer profitable. Il est peu probable que les Traîtresses survivent. Ainsi avons-nous une chance d'être enfin débarrassés d'elles. Malheureusement, nous perdrons beaucoup d'hommes de valeur durant ce conflit. Le roi ne veut pas envoyer une armée à la rencontre des Traîtresses. Elles attaquent depuis toutes les directions ; si nous tentions de les arrêter, cela éclaircirait nos rangs. Amakira a envoyé des messages ordonnant à tous les ashakis et à leur famille de venir se réfugier en ville.

— Lui obéiront-ils ? s'enquit Dannyl.

Achati acquiesça.

— La plupart d'entre eux le feront. Quant à savoir s'ils réagiront assez vite, c'est une autre histoire. Et il reste un problème que nous n'avions pas anticipé. (Il marqua une pause pour promener un regard à la ronde.) Les esclaves en ont profité pour se rebeller. Beaucoup d'entre eux s'enfuient des domaines juste avant l'arrivée des Traîtresses, mais quelques-uns ont attaqué leurs maîtres.

— Et réussi à les tuer ?

— Dans quelques cas seulement, avec du poison. C'est l'une des raisons pour lesquelles je vous raconte tout ceci. Méfiez-vous de vos esclaves, ambassadeur Dannyl.

L'historien regarda le verre de vin dans la main d'Achati. Celui-ci n'y avait pas touché. Avait-il peur des esclaves de la Maison de la Guilde ? Ils appartenaient au roi, mais ça n'avait pas empêché les Traîtresses d'implanter des espions parmi eux. Dannyl lui-même n'avait bu que très peu de vin et pas du tout touché à la nourriture. Il tourna ses perceptions vers l'intérieur, mais son organisme n'émettait aucun signal de détresse.

— Je devrais pouvoir contrer un poison éventuel avec ma magie de guérison, dit-il à Achati.

Celui-ci gloussa et porta son verre à ses lèvres.

— C'est drôlement pratique, comme compétence.

Dannyl acquiesça.

— L'ambassadeur Tayend, dame Merria et moi avons-nous quelque chose à craindre des Traîtresses ?

Achati secoua la tête.

— Je ne vois pas pourquoi elles s'en prendraient à vous, du moment que vous n'intervenez pas. Si par malheur les Traîtresses atteignaient la ville et réussissaient à prendre l'avantage… (Il soupira, et ses épaules s'affaissèrent.) Je vous l'avoue : je crains que vous n'ayez plus à redouter de mon peuple que du leur. Le roi vous a traités comme si vous étiez de mèche avec elles. Si elles font beaucoup de dégâts, certains ashakis pourraient venir ici pour se venger. Ou pour reconstituer leurs réserves de pouvoir.

Dannyl dévisagea Achati. Pour que le Sachakanien admette une chose pareille, le danger devait être bien réel.

— Que devons-nous faire ?

Achati soutint son regard.

— Un navire appelé *Le Kala* est ancré dans le port. Le capitaine a reçu l'ordre de vous prendre à bord tous les trois si vous le demandez. Il vous ramènera en Kyralie.

Mais Osen nous a ordonné de rester… ce que je ne peux pas dire à Achati sans lui révéler que nous étions déjà au courant de l'attaque des Traîtresses. Néanmoins, Osen changera peut-être d'avis quand je lui rapporterai les craintes d'Achati.

— Merci. Je dois demander aux autorités de la Guilde ce qu'elles souhaitent que nous fassions. Nous… (Dannyl hésita, se demandant ce qu'Osen penserait d'une telle proposition. *Si ça pouvait garantir notre sécurité, il accepterait sûrement.*) Nous accompagneriez-vous ?

Le Sachakanien écarquilla les yeux. Puis il sourit et toucha le bras de Dannyl en un geste affectueux, réconfortant.

—Ma place est ici, auprès de mon roi et de mon peuple. (Il agita son autre main, celle qui tenait toujours le verre de vin.) De toute façon, il est très peu probable que les Traîtresses atteignent la ville. Le navire est une simple précaution. (Il pressa doucement le bras de Dannyl avant de retirer sa main.) Et une excellente excuse pour vous rendre visite.

—J'apprécie la mise en garde. Et la visite. (Dannyl reposa son verre de vin.) Mais vous avez manqué Tayend et Merria.

—Quel dommage. Je risque de ne plus avoir beaucoup de temps libre jusqu'à la fin de cette petite crise.

Le cœur de Dannyl se serra. *S'il se trompe au sujet des Traîtresses, c'est peut-être la dernière fois que je le vois.*

—Mais j'ai la Maison pour moi tout seul ce soir. Ne pouvez-vous pas rester un peu ?

Achati haussa les sourcils et sourit.

—Peut-être une heure ou deux.

La lumière des bougies dansait sur les murs. Et Cery savait que ce n'était pas seulement à cause du mouvement naturel des flammes. Sa main tremblait. Il sentit de la cire chaude lui couler sur les jointures et baissa les yeux. Même s'il avait l'impression d'être debout là depuis une heure, sa chandelle ne lui semblait pas plus courte.

Il jeta un coup d'œil à Gol. Planté de l'autre côté de la pièce, le colosse tenait une autre bougie allumée. Cery fronça les sourcils en le voyant se dandiner et approcher dangereusement la flamme d'une languette de papier retardatrice. Il entendait le souffle rapide de son ami. Sa propre respiration lui semblait trop bruyante. Il tenta de la calmer, de forcer son cœur à ralentir afin que le tonnerre de ses battements ne couvre pas l'approche d'un intrus éventuel.

Skellin – si c'est bien lui – nous entendra, et il saura que nous l'attendons. La seule raison pour laquelle nous resterions ici, sachant qu'il arrive, c'est que nous lui avons tendu un piège. À sa place, je m'en rendrais compte, et il n'est pas plus bête que moi.

Plusieurs des façons dont ce plan pouvait mal tourner traversèrent l'esprit de Cery. Le voleur savait que son piège n'était pas parfait. Le feu de mine pouvait se déclencher avant que Gol et lui réussissent à se mettre en sécurité. Ou bien, il pouvait se déclencher trop tard pour faire le moindre mal à Skellin. Même si Cery espérait que l'explosion tuerait son rival, son objectif premier était d'ouvrir un trou dans les jardins situés au-dessus, et de révéler le renégat à la Guilde. Mais si son plan échouait ? S'il n'y avait pas de trou, et que Skellin survivait ?

Et si Skellin ne venait pas personnellement pour s'occuper de Cery ? Et si Cery et Gol créaient un trou dans les jardins – s'ils se faisaient sauter eux-mêmes – pour ne révéler que de simples sous-fifres à la Guilde ?

Gol dévisageait Cery en secouant la tête. Dans ses yeux, le voleur lisait une question. Combien de temps allaient-ils rester ainsi avant de décider qu'Anyi s'était trompée, et qu'il n'y avait pas d'intrus dans les souterrains ? Cery baissa les yeux vers sa chandelle. Ne devraient-ils pas plutôt se relayer ? Ou… ?

À l'entrée du couloir, quelqu'un prit une inspiration sifflante. Cery jeta un coup d'œil à Gol, puis suivit le regard surpris du garde du corps vers le seuil de la pièce.

Un homme se tenait là. *Non*, rectifia Cery. Un homme flottait là. Un homme qu'ils ne connaissaient que trop bien.

— Alors, c'est là que vous étiez planqués pendant tout ce temps, lâcha Skellin.

Il siffla, et quelqu'un lui répondit de la même façon depuis les profondeurs du réseau souterrain.

Cery déplaça sa main vers l'endroit qu'il cherchait à éviter un instant plus tôt, et entendit un grésillement comme la languette de papier s'enflammait. Il vit une étincelle s'allumer du côté de Gol, puis fit volte-face et s'élança vers la porte de la chambre voisine.

Et percuta un mur de plein fouet.

Non, pas un mur : une barrière de force. Cery jura en voyant que Gol avait heurté le même obstacle. De la lumière inonda la pièce, la lumière reconnaissable entre toutes d'un globe magique. Son ami lui jeta un regard effrayé. Cery grimaça. *Notre compte est bon. On aurait peut-être eu le temps de s'enfuir si on avait entendu Skellin approcher, mais…* Mais le renégat avait lévité pour ne pas qu'on entende le bruit de ses pas.

Comme Cery se tournait vers son ennemi, il vit la bandelette de papier allumée par Gol disparaître dans le mur. Il ferma les yeux et retint son souffle. *Au moins, Anyi sera épargnée.*

— Allons, allons. Inutile de vous préparer à mourir. Je ne vais pas vous tuer avant d'avoir eu une petite conversation avec vous. Mmmh. Pas terrible, comme planque.

Rouvrant les yeux, Cery vit le renégat s'approcher de lui. Cette fois, il marchait bien par terre. Deux autres hommes, jeunes et musclés, apparurent sur le seuil derrière lui.

Skellin regarda autour de lui, puis jeta un coup d'œil à la pièce voisine par-dessus l'épaule de Cery.

— D'après ce que m'a dit ma mère, votre planque précédente était autrement plus confortable. Mais peut-être était-ce grâce au bon goût de ta femme. Peut-être as-tu repris les habitudes du rongeur dont tu portes le nom depuis sa mort.

Ma femme… Notre planque précédente… Choqué, Cery sentit son sang se glacer dans ses veines, puis s'embraser de haine. *Donc, Lorandra a bel et bien assassiné ma famille. Mais pourquoi a-t-elle fait ça, alors que Skellin et moi n'étions pas ennemis à l'époque ?*

— Qui sait ? Tu étais peut-être même content qu'on te débarrasse d'elle. J'espérais que tu serais suffisamment en colère pour conclure une alliance avec moi afin que je trouve le Traque-voleurs pour toi, révéla Skellin.

Cery le dévisagea. *Il a tué ma famille pour m'inciter à joindre mes forces aux siennes. S'il avait abattu le Traque-voleurs – ou un pauvre bouc émissaire –, j'aurais eu une dette envers lui.*

Il jeta un coup d'œil à l'autre mur, cherchant la flamme de la languette qu'il avait allumée. Mais il ne vit rien. Cette mèche-là aussi s'était rétractée dans le mur, en direction des tubes de feu de mine. Bientôt, l'explosion effacerait Skellin de la surface de…

Gol jura et baissa la tête.

— Désolé, Cery, marmonna-t-il. Ça aurait déjà dû sauter.

Le voleur jura à son tour en comprenant que son piège avait échoué. Gol lui avait montré que le feu de mine fonctionnait : alors, pourquoi pas maintenant ?

— De quoi parlez-vous, tous les deux ?

Skellin se rapprocha en plissant ses yeux étranges. Il se pencha vers Cery, et un sourire dénué de bonne humeur étira les coins de sa bouche.

— Il manque quelqu'un, n'est-ce pas ? Où est ta fille, Cery ?

Le voleur sentit un étau lui comprimer le cœur, mais il se força à rire.

— Tu crois vraiment que je vais te le dire ?

Skellin haussa les épaules, puis redressa le dos et regarda autour de lui.

— Non. Mais mes sources à la Guilde m'ont informé qu'elle était ici avec vous. Je me demande où elle se cache.

— Hors de ton atteinte, répliqua Cery.

Ses sources à la Guilde ? Donc, les rumeurs étaient vraies. Mais comment savaient-elles qu'Anyi était ici ?

— Vraiment ? (Skellin avait dû dissiper sa barrière de force, car il passa dans la pièce voisine, son globe lumineux flottant devant lui.) Qui dort dans le troisième lit, alors ?

— Quelqu'un que tu n'as aucune envie de rencontrer.

Le renégat ne répondit rien. Il observait la porte du passage qui conduisait au quartier des magiciens. Même s'il tournait le dos à Cery, la tension de ses épaules suggérait qu'il tendait l'oreille, comme s'il guettait un bruit.

Anyi et Lilia ? Cery éprouva un brusque espoir qui fut très vite remplacé par de la peur. *J'espère que Lilia est prête à affronter Skellin, et qu'Anyi aura le bon sens de rester à l'écart.*

Skellin fit un pas vers la porte, puis un autre. Cery sentit que Gol s'était accroupi. Tournant la tête vers lui, il vit que son garde du corps avait ramassé une bougie toujours allumée. Mais les deux sbires de Skellin s'étaient avancés dans la pièce. Ils empêcheraient Gol de déclencher les autres tubes de feu de mine enfoncés dans les murs.

Skellin se mit à rire, et Cery reporta son attention sur lui. Le renégat s'était avancé dans le passage. Il tendit une main vers quelque chose que Cery ne pouvait voir. Une voix hélas familière jura. Anyi apparut, se débattant contre la force invisible qui la poussait vers Skellin.

Le cœur de Cery fit un bond dans sa poitrine et se tordit tel un animal cherchant à s'échapper. La douleur fut atroce. Les poings serrés pour l'endurer, il fit un pas en avant, mais quelque chose lui saisit les jambes afin de le retenir. Gol aussi sursauta et s'arrêta.

Où est Lilia ?

Lorsque Skellin tendit un bras pour se saisir d'Anyi, la jeune femme cessa de résister et lui bondit dessus.

Elle n'a pas pu revenir sans Lilia.

Mais la main qui s'abattait sur le renégat se tordit au contact de son torse, et Anyi jura de douleur. Skellin lui prit le poignet et la délesta de son couteau.

À moins qu'elle n'ait pas réussi à la trouver.

Le renégat leva les yeux vers Cery avec un sourire narquois.

— Hors de mon atteinte, hein ? On dirait qu'une fois de plus, tu n'as pas réussi à protéger ta famille, Ceryni.

Le voleur serra les dents. *A-t-elle au moins pu lui faire passer un message ? Lilia est-elle en route ?* Il voulait poser la question à Anyi, mais la douleur dans sa poitrine l'empêchait de respirer correctement, et il ne voulait pas avertir Skellin que des renforts arrivaient. *Il faut le retarder, laisser à Lilia le temps de nous rejoindre.*

Anyi se débattait toujours, mais ne pouvait rien faire pour blesser Skellin ou le déséquilibrer. Pris de vertige, Cery tituba. La pièce s'assombrit brièvement. Lorsque sa vision s'éclaircit, le voleur constata que Skellin avait poussé Anyi contre un mur. La jeune fille resta plaquée là, immobilisée par un champ de force. Skellin siffla. Ses hommes s'approchèrent de lui.

— Fouillez-la et ligotez-la, ordonna-t-il.

Anyi serra les dents comme les deux malfrats lui ôtaient son manteau et la palpaient en quête d'armes. Cery enveloppa sa poitrine douloureuse de ses bras et lutta pour inspirer un peu d'air.

— C'est moi que tu veux, pas elle, articula-t-il péniblement.

Skellin éclata de rire.

— Je vous veux tous les trois. Mais vous devez mourir dans l'ordre. Et... (Il leva les yeux au plafond comme s'il pouvait voir les magiciens au-dessus d'eux.) Pas ici.

Il se tourna vers eux, son regard faisant la navette entre Cery et Gol. Il fronça le nez et secoua la tête.

— Vous ne valez pas la peine que je m'attire ce genre d'ennuis.

Il étrécit les yeux, et Cery entendit un craquement sinistre. Avec un cri de surprise et de douleur, Gol s'écroula.

Non ! Je dois l'empêcher de tuer Gol, le ralentir.

Cery tenta de réfléchir malgré le feu qui lui embrasait la poitrine. Il devait trouver un moyen de retarder Skellin encore un peu. Il ouvrit la bouche pour parler, mais ne parvint à émettre qu'un râle. Une autre vague de ténèbres le submergea, et il sentit ses genoux flancher. Il soupçonnait que seule la magie de Skellin le tenait encore debout. *Que m'a-t-il fait ?*

— Attendez un peu, entendit-il Skellin dire. Il a un problème.

Avec une frayeur grandissante, Cery comprit que son ennemi avait raison. *Ce n'est pas lui, c'est moi. Mon corps... Mon cœur...* Il avait les yeux ouverts, mais l'obscurité rongeait son champ de vision. Il éprouva un triomphe amer. *Au moins, Skellin n'aura pas la satisfaction de me tuer. Mais... Anyi...*

La force qui maintenait Cery debout s'évanouit, et le voleur s'écroula lourdement sur le sol. Puis Skellin dit quelque chose, mais de si loin qu'il ne distingua pas ses paroles. Après un moment de silence, il sentit des mains fraîches sur son visage et entendit Gol dire d'une voix étouffée par la distance :

— Ne t'en fais pas. Il ne tuera pas Anyi. Il veut faire un échange. Lilia la délivrera... à moins qu'Anyi ne le tue d'abord. Ces deux-là veilleront toujours l'une sur l'autre. Tu le sais. Ne t'en fais pas. Tout va s'arranger. Anyi s'en sortira. Nous y veillerons.

Lilia fonçait dans le passage, un minuscule globe de lumière flottant devant elle.

Je devrais peut-être l'éteindre. Si l'intrus le voit, il saura que j'arrive. Mais je serai obligée de tâtonner dans le noir, et ça me ralentira. Qu'est-ce qui est le plus important : la rapidité ou la discrétion ?

Ses pas résonnaient très fort dans l'espace clos. L'intrus l'entendrait approcher de toute façon. Lilia décida de conserver sa lumière.

Devant elle, la jeune fille n'entendait aucun bruit. L'entrée secrète qu'Anyi avait rouverte se trouvait de l'autre côté de l'université, aussi Lilia avait-elle dû contourner les fondations du bâtiment. Par chance, les souterrains n'avaient rien de labyrinthique à cet endroit ; ils allaient tout droit et tournaient à quatre-vingt-dix degrés en arrivant sous les jardins. Le temps que Lilia atteigne le premier mur courbe, son cœur battait la chamade.

Je ne crois pas avoir déjà eu aussi peur de toute ma vie, songea-t-elle. *Si quelqu'un m'offrait du poerri maintenant, j'envisagerais même d'en prendre.*

L'intrus pouvait très bien être quelqu'un d'inoffensif : un novice ou une servante qui s'était aventuré là où il n'avait rien à faire. Anyi pouvait aussi s'être trompée ; peut-être n'y avait-il pas d'intrus du tout. Mais ça pouvait également être les sbires de Skellin, venus fouiller en quête de Cery. Dans ce cas, Lilia espérait que le voleur, Gol et Anyi pourraient rester cachés jusqu'à son arrivée.

Par contre, si c'était Skellin ou Lorandra, voire Skellin et Lorandra… *Pourvu que j'aie pris assez de pouvoir à Kallen, et suffisamment développé mes compétences pour les affronter !*

Lilia avait longuement réfléchi à cette éventualité. Il semblait peu probable que les deux renégats aient eu beaucoup de formation au combat magique. Lorandra avait pu apprendre quelques trucs avant de quitter son pays, mais en Kyralie, ni elle ni son fils n'avaient pu bénéficier d'aucune instruction. Au mieux, ils s'étaient entraînés ensemble.

Lilia n'était plus très loin des chambres souterraines où vivaient ses amis. En s'engageant dans le dernier passage, elle ralentit et scruta l'obscurité devant elle.

Dois-je siffler pour les prévenir ? Mais si Skellin est déjà là, il m'entendra aussi. D'un autre côté, s'il l'était, je devrais voir de la lumière et entendre des voix, non ?

La jeune fille renforça son bouclier et s'avança prudemment. Un léger bruit parvint à ses oreilles, un murmure. L'entrée de la pièce était plongée dans le noir, mais en s'approchant, Lilia distingua une faible lueur vacillante.

Elle passa la tête à l'intérieur. Calée entre deux pierres, une chandelle solitaire éclairait une silhouette assise par terre. Celle-ci avait les épaules voûtées. Elle émit un son étranglé qui noua le ventre de Lilia.

Puis elle leva la tête, et l'ombre qui dissimulait son visage battit en retraite devant la lumière du globe de Lilia. C'était Gol. Des larmes brillaient sur ses joues.

— Lilia, dit-il.

La jeune fille intensifia son globe et découvrit à côté de quoi il était assis.

— Oh, non !

Elle le rejoignit très vite et s'agenouilla par terre. Le visage de Cery était blême, et il avait les yeux clos. Pourtant, elle ne voyait aucune trace de blessure sur son corps. Posant une main sur son front, elle projeta ses perceptions à l'intérieur de l'organisme du voleur – et eut un mouvement de recul.

— Oh, non, répéta-t-elle.

— Il est trop tard, n'est-ce pas ? gargouilla Gol.

Le cœur serré, Lilia regarda autour d'elle. *Où est Anyi ?*

— Oui. Que s'est-il passé ?

— Je ne sais pas. Skellin ne lui a rien fait. Je crois qu'il voulait l'emmener. Mais… Cery s'est effondré.

À contrecœur, Lilia toucha de nouveau le corps du voleur et se força à l'examiner. Jamais encore elle n'avait utilisé ses dons de guérison sur un cadavre. Le silence mental, l'absence d'une présence ou d'une barrière naturelle pour repousser la volonté d'autrui la choquaient. Mais si c'était Skellin qui avait fait ça…

Non. Lorsqu'elle trouva la source des dégâts, Lilia n'eut plus aucun doute. Le cœur de Cery avait tout simplement lâché. *Non que Skellin ne soit pas indirectement responsable : c'est lui qui a forcé Cery à vivre ici et à avoir toujours peur pour sa sécurité… et celle d'Anyi.*

Anyi. Lilia retira ses perceptions du corps de Cery, rouvrit les yeux et regarda Gol. Affaissé sur lui-même, le colosse respirait trop vite. Son visage était tordu par la souffrance, et pas seulement la souffrance morale du chagrin, comprit brusquement Lilia.

— Que… Vous êtes blessé ?

Elle lui prit le bras et sursauta comme un flot de douleur submergeait ses perceptions. Il venait de plus bas – des jambes de Gol. Lâchant le bras du colosse, Lilia se traîna jusqu'à lui et le prit par les épaules.

— Allongez-vous.

Il obtempéra sans discuter, mais en prenant des inspirations sifflantes à chaque mouvement. Lorsqu'il fut dans la bonne position, Lilia fit flotter son globe lumineux au-dessus de ses jambes.

— Non, protesta faiblement Gol. Va… la chercher. Trouve… Anyi.

Lilia se figea tandis qu'une angoisse terrible jaillissait des tréfonds de son être.

— Où est-elle ?

— Skellin… l'a emmenée.

— Quand ?

L'esprit en ébullition, elle se leva. Cery était mort depuis peu. Skellin se trouvait peut-être encore dans les souterrains. Si elle se lançait immédiatement à sa poursuite, elle le rattraperait peut-être. Elle pourrait sauver Anyi.

— Mais pourquoi l'emmener au lieu de la tuer ?

— À cause de toi. (Gol hoqueta de douleur et retint son souffle.) Il te veut. Il t'enverra… un message. Un rendez-vous.

Lilia se vit rattrapant Skellin et se battant contre lui. Elle secoua la tête. *Il ne m'affrontera pas. Il mettra un couteau sur la gorge d'Anyi, ou il fera un truc magique. Il l'utilisera pour s'enfuir et pour m'emmener avec lui. Il me forcera à lui apprendre la magie noire.*

Les choses se passeraient-elles autrement si Lilia attendait son message ? Peut-être Skellin torturerait-il Anyi entre-temps.

Non, il ne lui fera pas de mal. Pas s'il veut que je coopère.

Et si elle se jetait sur lui maintenant, peut-être blesserait-il accidentellement la jeune femme. Si, en revanche, elle attendait son message, Lilia aurait le temps de chercher un moyen de sauver Anyi sans enseigner la magie noire à Skellin. Elle aurait le temps d'absorber du pouvoir. *Et de décider comment je vais annoncer à Anyi que son père est mort.*

Mais elle le sait peut-être déjà. Oh, Anyi, je suis désolée de n'être pas arrivée plus vite.

Jamais elle n'avait dû faire preuve d'autant de volonté que pour ne pas se lancer à la poursuite d'Anyi. Au lieu de ça, elle se força à s'agenouiller près de Gol et, sans tenir compte de ses protestations, elle s'attela à réparer ses os brisés. En espérant désespérément qu'elle avait pris la bonne décision.

24

Esprits dangereux

Le ciel était strié d'orange et de noir lorsque Saral et Temi quittèrent la grand-route pour se diriger vers un nouveau domaine. Sonea et Regin les suivirent. Ils logeaient dans des propriétés libérées chaque soir depuis que leur escorte les avait rejoints. À la demande de Saral, on leur avait fourni des chevaux le matin du deuxième jour, même s'ils n'avaient guère pu galoper depuis lors.

Je suis surprise que nous n'ayons pas encore rattrapé le groupe de Savara. Affronter et neutraliser les ashakis doit prendre du temps. Mais c'est peut-être pour ça que nous nous déplaçons si lentement. Savara ne veut pas que nous la rejoignions, ou que nous arrivions à Arvice avant elle.

Pour l'essentiel, ils voyageaient en silence. Saral et Temi étaient de toute évidence mécontents de devoir servir d'escorte à deux étrangers indésirables. Ni l'un ni l'autre ne se plaignaient, mais ils ne cherchaient pas non plus à engager la conversation.

Aux domaines, c'était une autre histoire. L'euphorie des esclaves fraîchement libérés les rendait bavards. Ils bombardaient Saral et Temi de questions, et supposaient que Sonea et Regin étaient des visiteurs bienvenus.

Comme ils approchaient du mur d'enceinte, d'anciens esclaves sortirent pour les accueillir.

— Bienvenue, Traîtresses ! s'exclamèrent-ils. Vous voulez dormir ici ?

Ils s'avancèrent à leur rencontre, puis ceux de tête ralentirent à la vue de Sonea et de Regin.

— Je suis Saral, et voici Temi. Ces gens sont la magicienne noire Sonea et le seigneur Regin, de la Guilde des Magiciens de Kyralie. Nous les escortons.

Un des esclaves se détacha du groupe.

— Je suis Veli, le chef désigné par mes camarades. (Il leva les yeux vers Sonea.) Bienvenue au Sachaka.

— Merci, Veli, répondit Sonea en inclinant respectueusement la tête.

L'homme reporta son attention sur Saral.

— Voulez-vous dormir ici ? Nous avons logé la reine Savara et son groupe la nuit dernière.

— Oui, nous voulons bien, et nous aimerions également avoir de leurs nouvelles.

Saral jeta un coup d'œil à Sonea et parut sur le point de sourire. La magicienne inclina la tête avec reconnaissance. Dans chaque domaine où Savara et ses compagnons avaient fait halte, elle demandait des nouvelles de Lorkin.

Les esclaves affranchis les conduisirent dans la cour du domaine, où ils mirent pied à terre, et emmenèrent leurs chevaux. Une femme d'âge mûr et ses deux filles s'approchèrent pour saluer les nouveaux venus.

— Tiatia est l'épouse de l'ancien propriétaire, expliqua Veli. Elle a accueilli la reine Savara à bras ouverts.

— Et son mari ?

Il se trouve dans l'est. C'est un brave homme, et nous ne voulions pas qu'il meure. Nous savions qu'il existait un risque qu'il soit forcé de se battre au côté des autres ashakis, ou que nous n'ayons pas le temps de le sauver quand vous attaqueriez ; aussi avons-nous pris nos dispositions pour l'envoyer à l'étranger.

— Qu'en a pensé la reine ?

— Elle a dit qu'elle était impressionnée par notre loyauté. Mais ce n'était pas que ça.

Saral fronça les sourcils.

— Non ? Alors, qu'est-ce que c'était ?

— De l'amitié, répondit Veli. (Sous le regard scrutateur de Saral, il baissa d'abord les yeux, puis les releva et regarda la Traîtresse bien en face.) C'est un brave homme, répéta-t-il, sur la défensive. Si vous voulez une preuve, allez voir nos quartiers. Ils sont propres et bien chauffés. Notre maître laissait les hommes et les femmes se choisir, vivre ensemble et garder leurs enfants. Et il ne nous demandait de nous prosterner qu'en présence de visiteurs.

Saral haussa les sourcils.

— Remarquable, lâcha-t-elle. Que va-t-il devenir ?

— Les esclaves de son bateau lui diront tout d'ici quelques jours, et le préviendront qu'il devra peut-être réclamer une permission pour revenir. Pensez-vous qu'on la lui accordera ?

Saral et Temi échangèrent un regard. Temi haussa les épaules.

— Peut-être. Mais il n'aura plus de terres, et il devra vivre sur un pied d'égalité avec vous.

— Il en sera honoré, lança Tiatia.

Saral la dévisagea, puis reporta son attention sur Veli et acquiesça.

— La reine Savara nous avait prévenus que ce genre de chose pourrait se produire, et que nous devrions trouver un juste équilibre entre prudence et compassion.

— Venez à l'intérieur, dit Veli en souriant. Nous sommes en train de vous préparer un repas et des chambres.

Comme dans tous les autres domaines, une porte d'entrée d'aspect étonnamment humble s'ouvrait sur un couloir qui menait à une grande pièce autrefois utilisée pour recevoir les visiteurs. Selon les endroits, elle servait désormais de placard, de dortoir ou de salle de réunion.

— Asseyez-vous, dit Veli. Le repas ne sera pas prêt tout de suite.

Sonea et Regin s'installèrent sur des tabourets. *Les coussins par terre, c'est bon pour les jeunes*, songea la magicienne. Veli, Saral et Temi firent le même choix.

— En attendant, puis-je vous offrir du raka ? demanda Tiatia.

Saral regarda Veli, les sourcils levés. L'homme opina du chef.

— Oui, merci ; ce serait bien, répondit Saral.

Tiatia sourit, et s'installa avec ses filles sur des coussins au centre de la pièce. Sous l'un des tabourets se trouvaient un pot à raka et une boîte de poudre. D'autres anciens esclaves apportèrent de l'eau et des tasses, et Tiatia se mit au travail.

Pendant que Saral et Veli parlaient de la production et de l'avenir du domaine, Sonea observa la femme de l'ashaki, amusée d'assister à un rituel si familier dans un environnement qui l'était si peu. Elle fut surprise de voir de la fumée s'échapper du bec du pot.

— Vous êtes magicienne ? demanda-t-elle à Tiatia.

Toute conversation s'interrompit brusquement. Sonea regarda autour d'elle. Veli se mordait les lèvres et fronçait les sourcils. Saral et Temi dévisageaient Tiatia avec étonnement. L'estomac de Sonea se noua comme elle comprenait que Veli avait tenté de garder ce secret, et qu'elle avait peut-être condamné Tiatia aux yeux des Traîtresses en le révélant.

— Oui, murmura la femme. Mon mari m'a appris.

Saral relâcha sa respiration.

— Maintenant, je suis prête à croire que votre mari est un homme aussi bon que vous le dites.

Veli se rembrunit.

— Vous la croyez, elle, et pas nous ?

— Oui, parce que traiter correctement ses esclaves ne pouvait pas menacer le pouvoir d'un ashaki. Par contre, enseigner la magie à sa femme…

Il ne lui a pas nécessairement enseigné la haute magie, songea Sonea. Elle savait que les Sachakaniens méprisaient les magiciens qui ne la connaissaient pas. Même si le mari de Tiatia la lui avait pas apprise, elle resterait de toute façon inférieure à lui en termes de statut et de pouvoir.

Comme Regin, si lui et moi étions…

Brusquement consciente de la proximité de son collègue, Sonea repoussa cette idée. Elle trouvait étrange et perturbant qu'une simple pensée puisse modifier sa perception de la sorte – une seconde auparavant, elle savait où se trouvait Regin, mais là, elle entendait sa respiration, et elle croyait presque sentir la chaleur qui émanait de sa peau.

— De la part de toutes les personnes présentes ici, commença Veli, je vous offre notre force. (Son ton solennel ramena l'attention de Sonea sur lui.) Nous l'avons déjà donnée à la reine Savara ce matin, mais nous serons suffisamment remis pour faire de même avec vous demain.

Son regard était fixé sur Saral. La Traîtresse sourit et baissa les yeux.

— Vous êtes très généreux.

Veli haussa les épaules.

— Nous voulons que vous gagniez.

Saral opina.

— Moi aussi. Temi est fort, mais au moment où je me lancerai dans la bataille, un peu de pouvoir supplémentaire fera peut-être la différence. J'accepte votre offre avec gratitude.

Du coin de l'œil, Sonea vit Regin se tourner vers elle. Chaque matin, avant de se mettre en route, il lui touchait le bras et lui transmettait son pouvoir. Saral et Temi pouvant les entendre, Sonea n'avait pas osé protester.

Je ne devrais pas, de toute façon. C'est pour ça que je l'ai emmené avec moi. Mais s'il n'était pas si décidé à le faire, je n'arriverais pas à le lui demander. Surtout pas maintenant.

Elle ne pouvait pas non plus critiquer le moment choisi par Regin. Depuis qu'ils avaient une escorte, effectuer le transfert le matin était plus judicieux que l'effectuer le soir. Une fois qu'il avait transmis son pouvoir à Sonea, Regin se retrouvait vulnérable. Mais tant qu'ils chevauchaient en compagnie de Saral et de Temi, il y avait peu de risques que Sonea et lui soient séparés, et Saral était sans doute obligée de les protéger.

Si quelqu'un s'en prenait à Regin, ce serait plus vraisemblablement durant leur séjour dans un domaine. Et ce serait probablement un esclave qui, comme le premier qu'ils avaient rencontré, en voulait à la Guilde de ne pas les avoir libérés après les Guerres sachakaniennes. Ou une épouse, une mère ou une fille d'ashaki, qui penserait que la Guilde s'était alliée avec les Traîtresses. Le soir venu, le pouvoir de Regin s'était presque entièrement reconstitué, et il était davantage en mesure de se défendre seul.

— Parlez-nous du groupe de la reine Savara. (Saral jeta un coup d'œil à Sonea.) Pour commencer, dites-nous si Lorkin, le jeune homme à la peau pâle, se porte bien ?

Veli haussa les épaules.

— Pour ce que j'ai pu en voir, oui. (Il regarda Sonea et fronça les sourcils.) Il est kyralien ?

— Oui, répondit Saral. C'est le fils de la magicienne noire Sonea.

Surpris, Veli écarquilla les yeux.

— Un Kyralien qui se bat avec les Traîtresses ?

Saral sourit.

— Il s'est rallié à notre cause. C'est un Traître maintenant. Et les autres ? Combien étaient-ils ?

— Le groupe de la reine comptait trente-deux personnes, répondit Veli.

— Une autre équipe les a rejointes entre-temps, calcula Saral. C'est bon de savoir que tout se déroule plus ou moins comme prévu. Y a-t-il eu de nouvelles pertes ?

Veli acquiesça. Comme il récitait une liste de noms, Sonea tenta de calmer les battements soudain paniqués de son cœur. *C'est déjà assez difficile d'entendre les mots « Lorkin » et « guerre » dans la même phrase, mais c'est encore pire d'imaginer que les Traîtresses qui l'ont formé et entraîné à se battre sont en train de mourir. Sois prudent, Lorkin. Je t'en prie : ne m'oblige pas, toi aussi, à porter ton deuil.*

Les yeux fixés sur le plafond, Lorkin jura en silence. Une fois de plus, il n'arrivait pas à trouver le sommeil.

La bâtisse dans laquelle ils logeaient était de taille moyenne pour un domaine de campagne, mais deux autres groupes de Traîtresses avaient rejoint celui de Savara, et il n'y avait pas assez de lits pour tout le monde. Désormais, la plupart des rebelles dormaient par terre. Mais ni l'inconfort ni la respiration de ses camarades n'auraient dû empêcher Lorkin de s'assoupir : il était épuisé après une longue journée de voyage.

C'est le fait d'être si proche d'une grande quantité d'esprits, se dit le jeune homme. Mais ce n'était pas tout à fait ça non plus. Il ne captait qu'une pensée superficielle par-ci par-là, et seulement s'il se concentrait très fort. Non, ce qui le gardait éveillé, c'était les ruminations auxquelles son esprit se laisser aller dès que Lorkin n'avait plus rien d'autre pour l'occuper.

Quand je ne suis pas en train de penser à cette esclave à qui j'ai donné de l'eau empoisonnée, et de me demander si c'était bien une Traîtresse, je m'inquiète pour Tyvara et j'imagine qu'elle se fait tuer au combat. Ou que je meurs, moi. Ou que Mère est prise dans la bataille. Si seulement elle était rentrée à la maison!

Et puis, il y avait Kalia.

L'ancienne oratrice avait cessé de marmonner « Espion »... du moins, à portée d'ouïe de Lorkin. Elle continuait à lancer au jeune homme et à sa compagne des regards remplis de haine, mais il s'en moquait bien. Non : c'était son comportement vis-à-vis de Savara qui le préoccupait.

Elle ne manifeste jamais d'antipathie envers elle. Quand Savara peut la voir, elle se montre humble et obéissante, mais dès que Savara détourne l'attention, elle plisse les yeux et sourit comme si elle était en train de manigancer quelque chose. Et quand je me concentre sur elle, je sens qu'elle attend... quoi, au juste?

Pour le moment, il n'avait pas réussi à capter de pensées superficielles distinctes. Kalia semblait aussi sournoise d'esprit que de nature. Elle ne projetait rien, sinon des impressions lapidaires et généralement critiques. Lorkin avait perdu le compte du nombre de fois où il l'avait entendue s'exclamer mentalement : « Imbécile ! »

Je voudrais bien savoir ce qu'elle attend. Espère-t-elle que Savara échoue, ou qu'elle se fasse tuer? Complote-t-elle activement dans ce sens?

Kalia dormait à l'autre bout de la pièce. Même s'il savait qu'il ne réussirait sans doute pas mieux à lire dans son esprit que les fois précédentes, Lorkin calma sa respiration et se concentra. Tout plutôt que de ressasser ses mauvais souvenirs et ses angoisses.

Lentement, il fit basculer ses perceptions vers l'extérieur. De la plupart des Traîtresses n'émanait rien d'autre que leur présence. Même si quelques-unes tardaient à trouver le sommeil, leurs pensées étaient trop diffuses pour qu'il puisse les capter.

Puis Lorkin entendit une voix mentale familière, et son sang se glaça dans ses veines. C'était la même voix qui avait résonné dans sa tête des mois plus tôt au Sanctuaire, la même présence en quête d'informations qu'il ne voulait pas lui donner.

... C'est elle qu'ils tiendront pour responsable de toutes ces morts. Je ferai en sorte que... Ne peux pas laisser Savara régner... Mieux qu'elle meure pendant la bataille... M'arranger pour que... Mais comment? Quand elle sera affaiblie... Les oratrices ne pourront pas... Tyvara est trop jeune, ce serait

idiot de la choisir. Personne ne la suivra… Mieux qu'elle meure aussi… Mais comment?

Lorkin se rendit compte qu'il retenait son souffle. Il se força à expirer lentement et discrètement. *Je me trompais. Maintenant qu'elle ne les dissimule plus inconsciemment, ses pensées sont fortes et claires, amplifiées par sa malveillance. Elle va faire en sorte que Savara meure au cours de la bataille à venir – et Tyvara aussi, si elle peut.*

Savara le savait-elle? Elle se doutait forcément que Kalia tirerait parti de toute situation qui lui permettrait d'affaiblir sa rivale ou de se débarrasser d'elle. Mais devinait-elle jusqu'où Kalia était prête à aller?

Si je le lui dis, je devrai lui révéler que je suis capable de lire les pensées superficielles des gens. Mère m'a conseillé de ne pas le faire. Et Lorkin devait admettre qu'elle avait raison. Il détesterait savoir que quelqu'un pouvait lire aussi facilement dans ses pensées, fût-ce quelqu'un qu'il aimait bien. Même s'il savait que les capacités de cette personne étaient très limitées, il se demanderait toujours lesquelles elle avait réussi à entendre. Du coup, il se mettrait à l'éviter pour ne pas prendre le risque de trahir un secret.

Tyvara réagirait-elle ainsi? Et moi: comment réagirais-je si j'apprenais qu'elle pouvait lire mes pensées superficielles? Il regarda la jeune femme allongée près de lui. Elle avait les yeux clos, et sa respiration était régulière. *J'ai confiance en elle.* Alors, pourquoi ne lui avait-il pas parlé de l'esclave qu'il avait tuée? *Je ne veux pas qu'elle me croie capable d'une chose pareille.*

Une chose qu'il avait pourtant bel et bien faite. Peut-être était-il temps qu'il lui dise tout. *Non. Une seule révélation fracassante à la fois. Il est plus important de la prévenir au sujet de Kalia. Et pour la prévenir, je dois lui révéler mon pouvoir. Parce que si le plan de Kalia fonctionne, Savara et elle mourront toutes les deux.*

Lorkin tendit la main et toucha le bras de sa compagne. Celle-ci fronça les sourcils mais n'ouvrit pas les yeux.

— *Tyvara.*

Elle battit des paupières. Lorsque leurs regards se croisèrent, Lorkin éprouva une bouffée d'affection. Elle était si belle, même dans la pénombre! Sa réaction dut être perceptible, car il sentit de la surprise et du plaisir émaner de Tyvara, suivis par un mélange d'affection et de désir gratifiant.

— *Lorkin? Qu'y a-t-il?*

Sa voix mentale était embrumée par le sommeil.

— *Kalia a l'intention de trahir Savara.*

Les yeux de Tyvara s'écarquillèrent. La jeune femme se raidit sous la main de Lorkin, et son affection céda aussitôt la place à de l'inquiétude.

— Comment le sais-tu ?

— Je ne pourrai te le dire que si tu me promets de n'en parler à personne d'autre.

Elle regarda fixement Lorkin.

— Je promets, mais à condition que ça ne mette pas mon peuple en danger.

— Ne t'en fais pas pour ça.

Lorkin lui révéla son pouvoir et lui rapporta ce qu'il avait entendu. L'inquiétude de Tyvara grandit et se mêla de stupéfaction.

— Tu peux… depuis quand ?

— Depuis mon incarcération au palais royal. Selon ma mère, on disait que mon père en était capable lui aussi, mais elle pense que c'était une exagération, qu'il avait juste un très grand sens de l'observation.

— Combien de fois as-tu capté mes pensées superficielles ?

— Pas très souvent. Quand nous nous sommes retrouvés, j'ai entendu quelques mots. C'est alors que j'ai compris que mon imagination ne me jouait pas de tours. Depuis… je ne l'ai jamais fait délibérément, et une fois ou deux seulement sans le vouloir. En principe, je dois me concentrer très fort, et ça ne me semble pas très poli d'espionner les pensées d'autrui.

— Excepté celles de Kalia, répliqua Tyvara, amusée.

— En effet. Je soupçonnais qu'elle mijotait quelque chose. Maintenant, j'en suis sûr. Savara est en danger, et toi aussi.

— Et toi aussi. Si les autres t'ont accepté dans le groupe, s'ils te font confiance aujourd'hui, c'est essentiellement parce que tu as l'approbation de Savara.

La jeune femme se rembrunit comme si elle venait juste de penser à quelque chose.

— Qu'y a-t-il ?

— Comment peut-on se concentrer très fort sans le vouloir ?

Le cœur de Lorkin fit un bond dans sa poitrine, et il sentit de la méfiance émaner de Tyvara. Allait-elle prendre ses distances avec lui ? Il chercha une réponse satisfaisante à lui faire.

— Quand on s'intéresse particulièrement à quelqu'un.

Le visage de Tyvara s'éclaircit, et elle sourit.

— Avoir un compagnon qui sait exactement ce que je veux pourrait présenter certains avantages.

Lorkin leva les yeux au ciel.

— Et si, au lieu de chercher des moyens subtils de me donner des ordres, tu réfléchissais plutôt à ce qu'on va faire au sujet de Kalia ?

Le sourire de Tyvara s'évanouit.

— Il faut parler à Savara.

—Je ne veux pas lui révéler mon pouvoir. Mais… on pourrait peut-être lui dire qu'on a surpris Kalia pendant qu'elle en parlait.

—Mentir à Savara ? Je ne crois pas que j'en serais capable. Et puis, elle voudrait savoir à qui s'adressait Kalia.

—Je ne veux pas lui mentir, juste éviter de lui en dire plus que nécessaire pour le moment. On n'aura qu'à raconter que Kalia parlait toute seule.

—Kalia, parlant de trahison à voix haute ? Elle n'est pas si stupide. Pour intervenir, Savara va avoir besoin d'une preuve.

—Il faudra donc démontrer à tout le monde que je suis réellement capable de lire dans les pensées superficielles, et qu'on peut se fier à ma parole. Kalia en profitera pour souligner que je vous ai caché quelque chose pendant longtemps, et que ça me désigne comme un espion.

Tyvara poussa un soupir frustré. Lorkin lui prit la main et la pressa.

—Au moins, on sait que Kalia mijote quelque chose. On peut la garder à l'œil. Guetter le moment où elle passera à l'action, et s'interposer.

— Ça ne passera pas bien auprès des autres. Savara sera furieuse qu'on ne l'ait pas prévenue. Kalia prétendra qu'on lui a tendu un piège. Non. Il faut tout dire à Savara. Je ne vois pas d'autre moyen. Mais je ne crois pas qu'elle en parlera aux autres. Ils se méfieraient de toi, et ça engendrerait trop de problèmes à un moment où nous n'avons vraiment pas besoin de complications supplémentaires.

Lorkin repensa à l'avertissement de sa mère et soupira.

—J'espère que tu as raison. Quand veux-tu le faire ?

—Maintenant. On n'aura jamais de meilleure chance de la trouver seule.

Comme Tyvara se levait, Lorkin l'imita. Il la suivit vers la porte en résistant à l'envie de jeter un coup d'œil à Kalia. *Pourvu que je n'aie pas à le regretter !*

Savara était dans la cuisine, assise à une longue table en bois en compagnie de deux des anciennes esclaves du domaine. Elle congédia ces dernières avant d'inviter les jeunes gens à s'installer face à elle. Puis elle écouta Tyvara lui raconter ce que Lorkin avait découvert. Elle fixa le jeune homme d'un regard pénétrant tandis que, petit à petit, ses yeux se plissaient.

—Alors, dit-elle d'une voix calme mais légèrement tendue, que nous as-tu caché d'autre, Lorkin ?

Lorkin pensa aussitôt à l'esclave morte. Il frémit et le regretta dans l'instant comme Tyvara s'écartait de lui pour le dévisager.

—Il y a autre chose ?

Le regard de Lorkin fit la navette entre les deux femmes, qui croisèrent leurs bras d'un même geste et attendirent en le toisant sévèrement.

C'eût été drôle si Lorkin n'avait pas été acculé à un aveu qu'il redoutait depuis des semaines.

Baissant les yeux vers la table, il prit une grande inspiration et se força à laisser remonter les souvenirs des tréfonds de sa mémoire où il les avait enfouis.

— Quand j'étais en prison, les ashakis ont torturé une esclave pour essayer de me faire parler. Je… je lui ai donné de l'eau qui était empoisonnée – je le savais, parce que la carafe portait l'un des glyphes que vous m'aviez dit de guetter. Je pensais que c'était une Traîtresse, et qu'elle savait ce qu'elle faisait.

Il entendit Tyvara hoqueter, mais ne put se résoudre à lever les yeux pour voir si elle était horrifiée ou compatissante.

— Tu veux savoir si c'était bien une Traîtresse, devina Savara.

Lorkin se força à soutenir son regard.

— Oui.

— Dans un cas comme dans l'autre, ça ne changera rien, fit remarquer Savara.

Lorkin haussa les épaules.

— Mais je ne me poserai plus la question.

La reine soupira et secoua la tête.

— Pour ce que j'en sais, la réponse est non. Tu as eu un choix terrible à faire, et tu ne sauras jamais si ta décision était la bonne.

Tendant une main au-dessus de la table, elle prit celle de Lorkin et la pressa.

— Nos espionnes sont constamment confrontées au même genre de choix, ajouta Tyvara. Nous pouvons difficilement te le reprocher.

Savara lâcha la main de Lorkin et lui sourit.

— Tu as autre chose à confesser ? demanda-t-elle sur un ton léger.

Le jeune homme pensa à la pierre que sa mère lui avait donnée. *Ou je lui en parle tout de suite, ou je me résous à ne jamais lui demander de comptes. Si les Traîtresses découvrent plus tard que j'étais au courant et que la Guilde l'était aussi, ça les mettra en colère pour de bon. Vu que Kalia essaie déjà de les monter contre moi, et que Savara a désormais une raison de se méfier puisque je suis capable de lire les pensées superficielles…*

— Dis, tu n'es quand même pas en train de chercher des crimes à confesser ? lança Tyvara en secouant la tête.

— Pas tout à fait. (Lorkin regarda Savara.) Il est des choses que je ne peux pas vous dire. Des choses qui concernent la Guilde. Je n'en fais peut-être plus partie ; ça ne signifie pas pour autant que je souhaite m'attirer l'inimitié de ses membres. Ou la vôtre.

Savara opina.

— Je comprends.

— Je ne veux pas non plus qu'il arrive malheur aux Traîtresses parce que j'aurai refusé de vous dire quelque chose.

— Je suis ravie de l'entendre.

Plongeant une main dans sa poche, Lorkin en sortit la pierre trouvée dans le désert. Lorsqu'il la posa sur la table devant Savara, celle-ci prit un air consterné.

— Ah.

Lorkin regarda Tyvara et se réjouit de voir qu'elle semblait penaude.

— C'est ma mère qui me l'a donnée, expliqua-t-il.

Tyvara jura.

— Comme tu dis, opina Savara. Mais nous avons eu beaucoup de chance que personne ne comprenne à quoi ces pierres servaient jusqu'ici. Et nous en aurions encore plus si personne ne découvrait jamais ce qu'ont fait nos ancêtres. (Elle dévisagea Lorkin.) Tu comprends pourquoi elles l'ont fait, n'est-ce pas ?

— Pour affaiblir le Sachaka en maintenant une partie de ses terres stériles, comme la Guilde a été accusée de vouloir le faire, devina le jeune homme.

Savara acquiesça.

— Mais pas de façon permanente. Le désert redeviendra fertile un jour.

— Et c'est à vous qu'on en attribuera le mérite.

Elle tendit la main pour prendre la pierre.

— Maintenant que la Guilde est au courant, j'en doute. (Posant les coudes sur la table, elle cala son menton dans ses mains.) À long terme, peu importe. Nous allons gagner, réparer les dégâts, et tout le monde nous pardonnera. Ou bien, nous allons perdre ; les ashakis répareront les dégâts eux-mêmes, et tout le monde nous haïra à jamais. Dans un cas comme dans l'autre, ce sera la fin du désert.

— Qu'allons-nous faire pour Kalia ? intervint Tyvara. Pouvons-nous la forcer à passer à l'action ?

Savara redressa le dos.

— Non. Sinon, elle prétendra que nous lui avons tendu un piège en tirant parti de ses doutes. Nous n'allons rien faire.

— Mais…

La reine leva les yeux vers Tyvara.

— Ne crois pas pour autant que je vais l'oublier ou lui faire confiance. (Elle secoua la tête et soupira.) Quand tu offres une chance de rédemption à quelqu'un, tu ne peux pas le forcer à la saisir.

— Et pour le pouvoir de Lorkin ?

— N'en parlez à personne non plus. Les Traîtresses sont tolérantes, mais ce serait un peu trop leur demander. (Elle se leva.) Halana est toujours en train de me dire que j'ai besoin de gardes du corps. C'est vous deux que je choisis. Vous devrez rester à mes côtés en permanence, et même dormir près de moi ; mais au moins, vous pourrez garder un œil sur Kalia quand mon attention sera dirigée ailleurs.

Tyvara sourit.

— Vous savez que je serai la première à me porter volontaire. Et que vous ne vous ennuierez pas avec nous.

— En effet. (Savara soupira, puis regarda Lorkin et plissa les yeux.) Mais interdiction de lire mes pensées superficielles.

Le jeune homme secoua la tête.

— Je n'oserais pas.

Comme de nouvelles pages se détachaient de la reliure du vieux registre, Dannyl soupira. Il aurait dû abandonner, mais il avait besoin d'une occupation pour remplir ses longues journées solitaires. Aussi relisait-il certains des documents acquis au Sachaka.

Plusieurs jours s'étaient écoulés depuis la visite d'Achati. Personne d'autre n'avait rendu visite aux occupants de la Maison de la Guilde. Tayend n'avait reçu aucune invitation, et Merria n'avait pas eu de nouvelles de ses amies.

Une atmosphère d'attente anxieuse planait sur les lieux. Dannyl, Tayend et Merria prenaient leurs repas ensemble et discutaient longuement, ne se séparant que lorsqu'ils se rendaient compte qu'ils ressassaient les mêmes craintes et les mêmes spéculations.

Désormais, Dannyl consultait Osen deux fois par jour. L'administrateur lui relatait la progression de Sonea et de Regin, et le tenait au courant des affaires de la Guilde – affaires qui lui auraient paru plus importantes s'il ne s'était pas trouvé dans une ville étrangère sur le point de basculer dans le chaos d'une guerre civile.

— Ambassadeur Dannyl.

Levant les yeux de son registre, Dannyl vit Kai debout sur le seuil de son bureau.

— Oui, Kai. Que puis-je faire pour toi ?

L'esclave sourit, et Dannyl en éprouva une étrange confusion. C'était comme si Kai était devenu un étranger. Alors, il se rendit compte qu'il ne l'avait encore jamais vu sourire. Ni s'adresser à lui en l'appelant par son nom et en restant debout au lieu de se prosterner.

— Vous autres Kyraliens, vous êtes vraiment bizarres, déclara Kai. Mais dans le bon sens du terme.

L'esprit de Dannyl était en ébullition. Qu'est-ce que ça signifiait? *Tu le sais très bien*, se morigéna-t-il.

— Elles sont là, n'est-ce pas? Les Traîtresses.

Kai secoua la tête.

— Pas encore. Demain. Mais nous avons décidé de partir tout de suite. Les ashakis sont au courant. Ils ont commencé à éliminer les esclaves.

Dannyl fronça les sourcils.

— Mais vous serez plus en sécurité ici, non? Nous ne vous ferons pas de mal.

— Je sais, acquiesça Kai en souriant de nouveau. Mais vous ne pourrez pas non plus empêcher les ashakis de nous en faire. Ils viendront ici pour se venger, ou pour chercher du pouvoir, voire les deux. Vous devriez partir vous aussi.

— Nous avons reçu l'ordre de rester, répliqua Dannyl en réprimant une peur frémissante.

— Dans ce cas, je vous souhaite bonne chance.

— Et moi de même. (Il se força à soutenir le regard de l'esclave.) Et de la part de tous les magiciens qui ont séjourné ici, je m'excuse si nous vous avons... Ah, quel idiot! (Il écarta les mains.) Toute cette histoire de maître et d'esclave était contre nature. Et nous nous y sommes habitués à une vitesse perturbante.

Kai haussa les épaules.

— C'est notre faute. Nous ne connaissions pas d'autre manière de nous comporter. Mais c'est fini.

— Oui. (Dannyl sourit.) J'espère que les Traîtresses gagneront.

— Et moi, j'espère que vous survivrez et qu'il ne vous arrivera rien de fâcheux. (Kai fit un pas en arrière, puis parut se raviser.) Avez-vous déjà exploré les parties de la maison réservées aux esclaves?

— Pas vraiment, admit Dannyl.

— Faites-le, l'encouragea Kai. Ne vous contentez pas de vous rendre à la cuisine quand vous aurez faim. Il y a des tas de cachettes, et d'autres issues si vous devez fuir. Elles vous sauveront peut-être la vie.

Dannyl opina du chef.

— Entendu. Merci.

Kai lui adressa un large sourire avant de se détourner et de sortir, le dos bien droit.

Un long moment, Dannyl continua à regarder le seuil désert de son bureau. Puis il se leva. *Inutile de perdre du temps pour suivre le conseil de Kai. Après tout, il n'a pas dit à quel moment de la journée les Traîtresses arriveraient demain. Les ashakis pourraient très bien nous attaquer de bon matin, voire cette nuit. Je ne peux m'empêcher de penser que si Achati et les esclaves pensent tous que nous sommes en danger, ils doivent avoir raison. Mieux vaut prendre nos dispositions pour nous enfuir en cas de besoin.*

Quittant ses appartements, Dannyl partit à la recherche de Tayend et de Merria.

25

Avant la bataille

En approchant des appartements de Sonea, Lilia allongea le pas. Les jours écoulés depuis que Skellin avait enlevé Anyi lui paraissaient interminables. Elle avait du mal à faire comme s'il ne s'était rien passé, du mal à se conduire comme si ses cours avaient encore la moindre importance – mais surtout, du mal à supporter la présence de Kallen. Elle ne pouvait s'empêcher de penser que s'il avait débusqué Skellin et qu'il lui avait réglé son compte comme prévu, Cery serait toujours vivant et Anyi en sécurité.

Lilia saisit impatiemment la poignée de la porte. Une fois à l'intérieur, elle pourrait cesser de faire semblant. Déjà, elle sentait les larmes lui picoter les yeux. Tous les soirs, une fois qu'elle n'avait plus besoin de dissimuler ses émotions, elle se recroquevillait sur son lit pour pleurer.

C'est ma faute. Si j'étais arrivée plus tôt, j'aurais pu sauver Cery, et empêcher Skellin d'enlever Anyi.

Gol et Jonna lui avaient affirmé le contraire. Le garde du corps avait révélé que Cery et lui avaient piégé leur cachette avec du feu de mine. À peine Lilia avait-elle fini de ressouder les os de ses jambes, en le prévenant qu'il ne devrait pas mettre de poids dessus avant un bon moment, que le colosse s'était levé et approché des murs pour en sortir les tubes de poudre.

— Pourquoi ça n'a pas marché ? avait-il maugréé pendant un moment.

Puis il a juré. Il m'a demandé de le rejoindre avec mon globe lumineux, et il m'a montré que le papier était taché. L'humidité des murs avait gâché la poudre. Certains tubes restaient intacts, mais ce n'était pas ceux-là que Cery et lui avaient allumés.

Lilia soupçonnait que Cery avait des problèmes cardiaques depuis un bon bout de temps, et que son cœur aurait pu céder n'importe quand.

Mais si elle avait été près de lui, il aurait survécu. Elle l'avait dit à Gol en espérant que ça l'aiderait à se sentir un peu moins coupable.

Jonna s'était lamentée de n'avoir pas trouvé la jeune fille assez vite. Un magicien l'avait arrêtée, inquiet, parce qu'elle semblait bouleversée. Quand elle lui avait dit qu'elle cherchait Lilia, il lui avait indiqué la mauvaise salle de classe. C'était une erreur compréhensible : l'emploi du temps de la novice avait beaucoup changé ces derniers mois. Le magicien avait dû essayer de deviner pour se rendre utile – et il s'était trompé.

Tournant la poignée de la porte, Lilia entra et découvrit le seigneur Rothen dans le salon. Elle cligna des yeux pour chasser ses larmes et déglutit péniblement.

— Seigneur Rothen, dit-elle en s'inclinant.

Gol était assis dans l'un des fauteuils, et Jonna se tenait derrière lui. Le soir de l'attaque de Skellin, Lilia et elle avaient déguisé le garde du corps en serviteur pour le faire monter discrètement dans les appartements de Sonea. Puis Jonna avait persuadé la jeune fille de tout raconter à Rothen.

— Vous avez besoin d'un allié parmi les magiciens. On peut faire confiance à Rothen : il a gardé des tas de secrets pour Sonea au fil des ans.

Au grand soulagement de Lilia, le vieil homme s'était montré aussi discret que promis. Il avait d'abord voulu parler à Kallen, jusqu'à ce que Gol lui répète les propos de Skellin selon lesquels le renégat avait des informateurs au sein de la Guilde.

Comme Lilia refermait la porte derrière elle, un sourire compatissant étira les lèvres de Rothen.

— Dame Lilia.

Il jeta un coup d'œil à Jonna, puis baissa le nez vers la table. Lilia suivit la direction de son regard et découvrit un bout de papier avec son nom marqué dessus. Son cœur fit un bond dans sa poitrine.

— C'est... ?

— Un message de Skellin ? (Rothen grimaça.) Probablement. Nous ne l'avons pas ouvert. Nous avons pensé que tu voudrais en prendre connaissance la première. Assieds-toi donc.

La jeune fille se glissa dans une des chaises vacantes, tandis que Jonna en prenait une autre. D'une main tremblante, elle saisit la missive et la retourna. Le sceau, nota-t-elle, était une simple couronne au-dessus d'un couteau. *Roi des voleurs*. Le dégoût et la colère raffermirent sa main. Elle brisa le sceau et ouvrit le message. Ses yeux le parcoururent, et comme elle s'imprégnait de sa signification, elle le laissa retomber sur la table.

— C'est une adresse, révéla-t-elle. Il y a marqué « demain », et une heure de rendez-vous. Il me dit de n'en parler à personne et de venir seule.

— Rien de très surprenant, marmonna Gol.

— Cette adresse, c'est où ? s'enquit Jonna.

— Dans le quartier nord.

L'ancien territoire de Cery. Il nous provoque. Lilia regarda Rothen.

— Je dois y aller. Je dois essayer de sauver Anyi.

Le vieil homme acquiesça, et curieusement, cela mit la novice en colère.

— Vous ne devriez pas me l'interdire ? Vous savez très bien ce qu'il veut. C'est déjà assez terrible qu'un magicien renégat règne sur les bas-fonds. Un magicien noir renégat serait bien pire.

— Ce n'est peut-être pas ce qu'il veut, argua Rothen. Si ça se trouve, il s'est déjà procuré un livre sur la magie noire, et il a appris tout seul comme toi – même si ça semble peu probable. Si de tels ouvrages existent encore, ils doivent être bien cachés. (Le vieil homme soupira.) Néanmoins, nous avons réfléchi à ce que nous ferions si Skellin apprenait la magie noire. (Il eut un sourire pincé.) Ça ne nous empêchera pas de l'attraper et de le neutraliser : ça nous rendra juste la tâche un peu plus difficile. Un peu plus spectaculaire, aussi.

— Mais beaucoup d'autres innocents mourront avant que vous puissiez lui régler son compte, et nous ne savons même pas si Anyi est toujours vivante.

Lilia sentit sa gorge se serrer et ravala de nouveau ses larmes.

— Il ne l'aura pas tuée, lui assura Gol. Il sait que tu demanderas à la voir avant de lui enseigner quoi que ce soit.

Lilia prit quelques grandes inspirations pour se calmer.

— Même si elle est vivante, comment puis-je savoir qu'il la libérera après avoir eu ce qu'il voulait ?

— Tu devras faire en sorte qu'elle puisse s'échapper avant d'enseigner quoi que ce soit à Skellin, répondit Rothen.

— Ce serait plus facile si je pouvais y aller avec un autre magicien.

— Skellin n'acceptera jamais, répliqua Jonna. Vous ne pouvez même pas emmener un magicien déguisé en serviteur, puisqu'il vous demande d'y aller seule.

Rothen opina du chef.

— De toute façon, s'il a des informateurs au sein de la Guilde, un déguisement ne servirait à rien. (Il soupira.) Sans ces fameuses sources, je te suggérerais de tout raconter aux hauts magiciens. Ils pourraient demander à Kallen de fabriquer une bague de sang grâce à laquelle nous resterions en contact avec toi. Comme ça, si l'échange tournait mal, nous serions assez prêts pour intervenir.

Lilia le dévisagea, surprise. *Une bague de sang ! Pourquoi n'y ai-je pas pensé ?*

—Je peux fabriquer des bagues de sang. Kallen m'a appris.

Rothen écarquilla les yeux.

—Vraiment? Dans ce cas... (Il redressa le dos et se frotta les mains.) Nous tenons peut-être le début d'un plan.

Gol détourna la tête.

—Ne me demandez pas de vous aider. Le dernier que j'ai mis au point n'était pas fameux.

—Vous avez fait ce que vous pouviez avec le peu de ressources dont vous disposiez, lui dit gentiment Rothen. C'était incroyablement audacieux. Je n'avais jamais entendu parler de ce feu de mine auparavant. Je trouve ça très intriguant. Si votre plan avait fonctionné, vous nous auriez livré Skellin sur un plateau d'argent... façon de parler, bien sûr. (Il eut un bref sourire.) Vos conseils seront les bienvenus, Gol. Vous connaissez les bas-fonds de la ville bien mieux que nous.

Le garde du corps se renfrogna.

—Ben... Cette idée d'utiliser une gemme de sang... Si j'ai bien compris comment elles fonctionnent, ça ne nous sera utile que si tu reconnais les endroits où on t'emmène, Lilia, fit-il remarquer. Et si tu ne sais pas où tu es? Ou si on t'a mis un bandeau sur les yeux?

—Dans les deux cas, ça poserait un problème, convint Rothen en pianotant sur les accoudoirs de sa chaise, le front barré par un pli de réflexion.

—Skellin sait-il à quoi sert une bague de sang? s'inquiéta Jonna. Il pourrait l'identifier et demander à Lilia de l'enlever.

Lilia secoua la tête.

—Je ne suis pas censée porter une bague faite avec le sang de quelqu'un d'autre, excepté celui de Sonea ou de Kallen.

Rothen opina du chef.

—Évidemment. La personne qui fournira son sang pourra lire dans tes pensées; elle risque d'y voir le secret de la magie noire. Donc, c'est Gol qui devra porter une bague fabriquée avec ton sang.

Lilia se tourna vers le colosse.

—Et vous devrez la détruire si quelqu'un tente de s'en emparer.

—Sans ça, elle pourrait être utilisée contre elle. (Rothen soupira et reporta son attention sur Lilia.) Si seulement il existait un autre moyen de savoir où Skellin t'emmènera. C'est rare que nous ayons à suivre des magiciens... (Il prit une inspiration sifflante et haussa les sourcils.) Mais bien sûr! Sonea! Avant qu'elle rejoigne la Guilde, nous l'avons repérée en sentant qu'elle utilisait sa magie! (Il dévisagea Lilia.) Tout ce que tu auras à faire, c'est te servir de ton pouvoir sans chercher à le dissimuler, contrairement à ce qu'on vous enseigne lors d'une de vos premières leçons.

La jeune fille acquiesça. Chaque année, lorsque de nouveaux étudiants arrivaient à la Guilde, elle en sentait quelques-uns utiliser leur magie avant d'apprendre à la cacher.

— Mais Skellin ne s'en rendra-t-il pas compte lui aussi ?

— Seulement s'il essaie. Choisis quelque chose qui consommera peu de pouvoir, mais en continu : alimenter un bouclier, par exemple. Ça diminuera le risque qu'il s'en aperçoive.

— Donc, récapitula Lilia, vous vous servirez de ma magie pour me suivre à la trace, pendant que Gol portera ma bague de sang parce que, de nous tous, il est le plus susceptible de reconnaître l'endroit où on m'emmènera.

— Une fois que vous aurez rejoint Lilia, serez-vous capable d'affronter Skellin si les choses tournent mal ? demanda Jonna à Rothen.

— Skellin et Lorandra, rectifia Gol.

Le vieil homme se rembrunit et secoua la tête.

— J'en doute. Mais à nous deux, Lilia et moi, nous y parviendrons peut-être. Nous ne pouvons pas prendre le risque de recruter un autre magicien au cas où il serait l'informateur de Skellin. Je regrette que Dannyl ne soit pas là, ajouta-t-il dans un murmure.

— Je peux être aussi puissante que nécessaire, fit remarquer Lilia en plantant son regard dans celui de Rothen.

Ce dernier grimaça.

— Mieux vaudrait que tu évites d'enfreindre la loi qui t'interdit d'utiliser la magie noire sans permission. D'un autre côté... nous pouvons peut-être la contourner. En tant que haut magicien, je peux te donner cette permission – même si ça ne suffit pas tout à fait, car en principe, nous devons tous être d'accord.

Lilia baissa les yeux.

Si les choses tournent mal et que le reste de la Guilde désapprouve son initiative, il perdra son statut.

— Vous êtes sûr de vouloir faire ça ?

— Oui. Te laisser aller à ce rendez-vous, sachant qu'il y a un risque que tu sois forcée d'enseigner la magie noire à un renégat, est bien pire que t'autoriser à renforcer tes pouvoirs en absorbant la force de volontaires. Je peux te donner la mienne ce soir.

— Moi aussi, dit Jonna.

— Et moi aussi, ajouta Gol.

Rothen acquiesça.

— Je récupérerai dans la nuit.

— Nous aussi ? s'enquit Jonna.

— Absolument.

— Dans ce cas, Lilia n'aura qu'à prendre ma force demain aussi. Ce n'est pas comme si j'en avais l'usage. Et si nous lui en donnons suffisamment, elle pourra peut-être ramener Skellin ici avec elle.

— Concentrons-nous en priorité sur le sauvetage d'Anyi, dit Rothen.

— Bien entendu, acquiesça Jonna. Mais si nous avons une chance de capturer Skellin du même coup, saisissons-la. Il est temps que le soi-disant roi des bas-fonds devienne le prisonnier du Guet !

Le crépuscule assombrissait lentement le ciel, dans lequel aucun nuage ne flânait pour que le soleil couchant le peigne de couleurs flamboyantes.

Debout sur le toit, Lorkin regardait les rues en contrebas. Il se demandait comment cette ville pouvait être celle où il était arrivé avec Dannyl si longtemps auparavant, tout excité par son nouveau poste d'assistant de l'ambassadeur de la Guilde au Sachaka. *Il me semble que plusieurs années se sont écoulées depuis lors ; en réalité, ça n'en fait pas même une.*

Même si les bâtiments n'avaient pas changé depuis que le jeune homme avait quitté Arvice à bord de la voiture du marchand d'esclaves, la population, elle, se comportait différemment. Autrefois, des esclaves allaient et venaient d'un pas rapide, en évitant les voitures qui transportaient leurs maîtres. Désormais, les rues grouillaient d'hommes libres qui fuyaient le centre-ville, certains à pied, d'autres en s'accrochant à des voitures et des carrioles volées.

Un petit groupe attendait Savara au manoir choisi comme lieu de rassemblement avant le début de la bataille. Après avoir pris la force offerte par les anciens esclaves, la reine les avait renvoyés. Puis elle avait divisé ses Traîtresses – une soixantaine, à présent – en deux équipes : une qui monterait la garde, et une autre qui s'occuperait des repas et du couchage. Tandis que tout le monde s'affairait, elle était montée sur le toit.

— Pourquoi les ashakis ne tentent-ils pas de les retenir ? se demanda Lorkin à voix haute.

— Parce que l'esclave de leur voisin est le problème de leur voisin, cita Savara. Ils sont probablement trop occupés à empêcher leurs propres esclaves de s'enfuir pour se soucier de ceux des autres.

— Dans la plupart des domaines, les esclaves vont et viennent tout le temps, ajouta Tyvara. Sans ça, comment pourraient-ils rapporter la nourriture et les autres choses nécessaires à leur maître ? La seule chose qui les forçait à revenir jusqu'ici, c'est qu'ils n'avaient nulle part ailleurs où aller. Ceux qui tentaient de s'enfuir finissaient par être capturés et renvoyés à leur maître.

— À moins de pouvoir rassembler et emprisonner tous ses esclaves au même endroit, aucun ashaki ne peut éviter que certains d'entre eux s'échappent à présent. (Les yeux plissés, Savara balaya les toits du regard.) Et beaucoup sont loin de chez eux, en train de combattre nos forces.

Lorkin scruta lui aussi les rues de la ville. *Dans combien de ces manoirs des ashakis se préparent-ils à nous affronter au combat ? Et dans combien d'autres n'y a-t-il aucun magicien en ce moment ?*

Jusque-là, le groupe de Savara n'avait eu affaire qu'à un très petits nombre d'ashakis. Lorkin s'en était étonné, mais les rapports transmis par les pierres messagères parlaient d'une armée plus grande et mieux organisée à l'ouest de la ville. Après qu'elle avait surpris et vaincu un de ses groupes, Savara avait ordonné aux autres d'éviter cette armée en la contournant, et de rejoindre le reste des Traîtresses au nord et au sud d'Arvice.

Le roi Amakira devait s'attendre à ce que les rebelles se rassemblent pour former une seule armée aux abords de la ville. Et Savara avait confirmé que c'était ce qu'elles finiraient par faire, à terme. Mais pour l'instant, elles restaient divisées en plusieurs unités, tirant parti du fait que le plus gros de la populace était de leur côté. Pendant que les ashakis les cherchaient, elles se planquaient et accroissaient leurs forces en prenant celles des esclaves volontaires.

Même si Lorkin comprenait l'intérêt de cette tactique, il s'inquiétait qu'une telle dispersion rende les Traîtresses vulnérables. L'armée du roi n'aurait aucun mal à mettre en déroute une des unités de rebelles. Elle serait affaiblie par le combat, mais recouvrerait rapidement ses forces – alors qu'une fois mortes, les Traîtresses le resteraient. *D'un autre côté, si les ashakis comptent sur leurs esclaves pour reconstituer leurs forces, ils vont très vite avoir un problème, puisque les esclaves se sont enfuis.*

Néanmoins, il serait préférable qu'aucune des unités de Traîtresses n'affronte l'armée ennemie seule, de crainte qu'une partie de ses membres se fasse capturer. Torturés sur l'ordre d'Amakira, les prisonniers risquaient de révéler les plans de Savara et la menace constituée par les pierres magiques. Sans compter que certaines de ces dernières tomberaient ainsi entre les mains des ashakis.

— La ville sera déserte d'ici demain, murmura Savara. Il ne restera plus que les ashakis. Ceux qui reviennent de l'ouest rejoindront ceux qui sont restés ici. Alors, nous verrons si toute notre stratégie, toute notre préparation et toutes les pertes que nous avons subies suffisent pour acheter la liberté que nous visons.

Avec un soupir, elle leva les yeux au ciel. Lorkin suivit la direction de son regard. Dans la fraîcheur du crépuscule, des étoiles commençaient à saupoudrer le firmament. Lorkin fronça les sourcils en les voyant onduler, comme si elles se reflétaient dans de l'eau.

Puis quelque chose le percuta par la droite, le jetant contre Tyvara.

Les deux jeunes gens s'écroulèrent. Tyvara se redressa aussitôt en position accroupie et Lorkin l'imita, bien que plus maladroitement. Une douleur vive lui transperçait le bras droit. *Il doit être cassé,* songea-t-il.

Instinctivement, il déploya son pouvoir de guérison pour atténuer la douleur, mais résista à la tentation de réparer l'os. Il aurait peut-être besoin de ses forces pour des choses plus importantes, comme éviter une seconde attaque potentiellement fatale.

Si je n'avais pas eu de bouclier au moment de la frappe, je serais déjà mort. Sur cette pensée, il restaura le bouclier en question – qui s'était dissipé, mais non sans avoir absorbé le plus gros de l'impact.

Savara était toujours debout. Le menton fièrement levé, elle regardait quelque chose sur la droite de Lorkin. L'air ondula comme elle décochait une salve de frappes en réponse à une nouvelle attaque.

Tyvara se tenait entre Lorkin et leur agresseur invisible. Elle posa une main sur le bras de Savara, sans doute pour lui fournir du pouvoir si besoin. Lorkin se rapprocha d'elles et regarda par-dessus l'épaule de sa compagne.

Quatre ashakis se tenaient sur un toit voisin. Le feu magique qu'ils décochaient baignait leur visage d'une lumière rouge. Aucun d'eux ne semblait beaucoup plus âgé que Lorkin. *Trop impatients pour attendre que leurs aînés les rejoignent ?*

En contrebas, des esclaves affranchis remarquèrent ce qui se passait. Certains prirent leurs jambes à leur cou tandis que d'autres restaient pour observer la bataille.

Lorkin se rendit compte que son cœur battait la chamade. Durant les confrontations précédentes entre le groupe de Savara et les ashakis, il s'était toujours trouvé entouré par un grand nombre de personnes. Cette fois, ils étaient à trois contre quatre.

Le jeune homme tenta de ne pas penser au pouvoir déchaîné entre les deux toits, et il échoua. Ses genoux mollirent. Il posa une main sur l'autre épaule de Savara en se disant qu'il ne cherchait pas juste à se retenir. Un souvenir de ses leçons de combat lui revint à l'esprit : *« Il est normal d'avoir peur pendant une bataille. L'important, c'est de ne pas oublier votre entraînement. »*

Mais je n'ai jamais été formé à utiliser la magie noire pour me battre.

Un cri résonna en contrebas, puis un éclair jaillit entre les bâtiments. Les guetteuses postées dans la rue venaient en renfort. Les ashakis baissèrent les yeux et, se voyant en infériorité numérique, battirent en retraite. Trois d'entre eux disparurent par une trappe, mais le dernier, forcé de se défendre seul, chancela. Une frappe de Savara le repoussa en arrière, jusqu'au bord du toit, et le fit basculer dans le vide.

Soudain, l'air redevint immobile. Savara, Tyvara et Lorkin restèrent figés et silencieux tandis qu'un mélange de cris étouffés, de claquements de porte et de détonations montait depuis le niveau de la rue. Une lumière clignotante attira le regard du jeune homme vers une fenêtre de la maison à l'intérieur de laquelle avaient disparu les ashakis. La bâtisse brûlait.

Savara se détourna brusquement et se dirigea vers la trappe située derrière eux. Comme elle descendait l'échelle de corde, Tyvara agrippa le bras de Lorkin – celui qui n'était pas cassé, par chance – et l'entraîna à sa suite.

— Toi d'abord, dit Lorkin lorsqu'ils atteignirent la trappe. Laisse-moi un moment pour me soigner.

Sa compagne écarquilla les yeux.

— Tu es blessé ?

— Mon autre bras est cassé.

— Dans ce cas, je vais rester et de protéger jusqu'à ce que...

— Ne sois pas idiote. Les ashakis sont partis, et je n'en ai pas pour longtemps. Et puis, il faut que quelqu'un veille sur Savara.

Le regard de Tyvara fit la navette entre Lorkin et la trappe. Puis la jeune femme soupira et entama la descente en grognant :

— Fais vite.

Lorsqu'elle eut disparu, Lorkin renforça son bouclier, s'assit au bord de la trappe avec les jambes dans le vide et se concentra sur ses pouvoirs de guérison. Il avait juste besoin que ses os et ses tissus se ressoudent suffisamment pour lui permettre de descendre par l'échelle.

Bientôt, il lâcha le dernier barreau. La trappe refermée et verrouillée au-dessus de lui, il s'engouffra dans l'escalier pour rejoindre Tyvara et la reine au plus vite.

Arrivé en bas, il poussa la porte du couloir et découvrit que celui-ci faisait désormais partie du grand salon, le mur qui séparait les deux ayant été réduit à l'état de gravats. Les Traîtresses se tenaient en cercle autour de leur reine. En s'approchant, Lorkin vit que Savara toisait trois cadavres avec une expression funeste. Deux d'entre eux étaient des ashakis, mais le troisième...

Le souffle de Lorkin s'étrangla dans sa gorge comme il reconnaissait l'oratrice Halana.

La pièce tangua autour de lui. Dans sa tête, il entendit Halana réclamer des volontaires pour le premier tour de garde. Il se souvint de l'époque où elle lui avait enseigné la fabrication des pierres, de la façon dont elle l'avait encouragé. Elle comprenait le sacrifice qu'il consentait en apprenant la magie noire. Elle était un puits de connaissances et de compétences désormais perdues.

Tyvara rejoignit Lorkin et se pencha vers lui.

— Halana et quelques autres étaient en train de disposer des pierres barrières et des pierres d'avertissement autour de la maison, murmura-t-elle. Les autres l'ont perdue de vue au moment où les ashakis attaquaient. Elle en a tué trois avant qu'ils la…

— Il faut bouger, déclara Savara. Si nous avons laissé s'échapper un seul d'entre eux, il est peut-être en train de rapporter notre position et notre nombre estimé en ce moment même. Les ashakis pourraient revenir en force. Avec un peu de chance, nous pourrons nous installer ailleurs sans qu'ils réussissent à nous suivre. Il est probable que nous ne dormions pas cette nuit. Mais l'important, c'est d'éviter un nouveau combat contre les ashakis tant que nous n'aurons pas rejoint les autres groupes. (Levant les yeux, elle balaya les Traîtresses rassemblées du regard.) Allez réunir vos affaires. Emportez de la nourriture facile à transporter et à manger en route.

Les Traîtresses se dispersèrent. Tyvara prit la main de Lorkin et l'entraîna vers la chambre qu'ils avaient l'intention de partager avec Savara. Comme ils n'avaient pas eu l'occasion de défaire leurs paquetages, il ne leur restait qu'à hisser ceux-ci sur leur dos. Tyvara prit celui de Savara par les bretelles, et ils regagnèrent le grand salon.

— … que l'on fasse de son corps ? demandait une femme.

— Laissez-le ici, répondit Savara. Si nous gagnons, nous reviendrons le chercher.

Elle prit son paquetage et le mit sur son dos mais, comme elle se détournait, Lorkin vit des larmes briller dans ses yeux.

Les autres Traîtresses revinrent elles aussi. L'une d'elles sortit d'un passage latéral près de Lorkin. Le jeune homme pivota, et son visage s'assombrit. Kalia le dévisagea sans réagir, puis fit un large détour pour l'éviter.

Ce qui est… bizarre. Je m'attendais au minimum à ce qu'elle me foudroie du regard. Plissant les yeux, Lorkin se concentra sur l'ancienne oratrice. Il ne capta aucune pensée superficielle : juste un atroce sentiment de culpabilité.

— C'est sa faute, haleta-t-il.

Personne ne leva les yeux. Personne ne l'avait entendu : il y avait trop de bruit dans la pièce. Lorkin se tourna vers Tyvara, qui l'observait d'un air alarmé. Puis une main lui saisit le bras. Savara se tenait près de lui, son autre main posée sur le bras de Tyvara.

— *Ne dis rien*, lui ordonna-t-elle mentalement. *Ce n'est pas le moment.*

Ravalant une protestation, Lorkin acquiesça et suivit la reine des Traîtresses dans la rue.

Lorsque Saral et Temi s'arrêtèrent devant le portail et l'ouvrirent d'une poussée magique, Sonea laissa échapper un soupir de soulagement. Le soleil était couché depuis des heures, et elle commençait à se demander si son escorte avait l'intention de voyager toute la nuit.

Saral et Temi guidèrent leurs montures à l'intérieur de la cour. Dès que Sonea et Regin les eurent suivis, Temi glissa à terre et rebroussa chemin pour refermer le portail, scrutant la rue à droite et à gauche avant de battre en retraite.

Saral descendit de cheval et tendit les rênes de sa monture à Temi, puis indiqua à Sonea et à Regin d'en faire autant.

— Il faut vérifier si la voie est libre, dit-elle à voix basse. Apparemment, les esclaves sont partis, mais quelques-uns pourraient être restés ici par loyauté envers leur maître. Et l'ashaki lui-même a sans doute rejoint l'armée du roi, mais il a aussi pu rester en arrière, ou revenir chercher quelque chose, ou envoyer un ami surveiller sa maison. Restez ici.

— Vous n'avez pas besoin d'aide ? demanda Sonea.

— Non.

Saral se redressa, jeta un coup d'œil à Temi et se dirigea vers une porte voisine. Celle-ci n'était pas verrouillée, et la Traîtresse disparut à l'intérieur.

Sonea regarda autour d'elle. Autant rester près de Temi : en cas d'attaque, il serait plus facile de protéger tout le monde avec un seul bouclier. Mais comme elle s'approchait du Traître, elle vit que celui-ci tenait un petit objet dans sa main. Elle perçut une légère vibration dans l'air et se rendit compte que Temi et les chevaux étaient déjà à l'abri derrière un bouclier. L'objet devait être une pierre magique.

Donc, à nous de nous débrouiller pour nous protéger. Pourquoi gaspiller du pouvoir dont ils auront peut-être besoin au combat pour deux étrangers qu'ils n'ont même pas invités ? Mais je suppose que c'est logique. Après tout, nous pouvons parfaitement nous protéger tout seuls.

Avec un soupir, elle infléchit sa trajectoire et se dirigea vers l'ombre d'un mur voisin. Sous le couvert de l'obscurité, elle étendit sa barrière autour de Regin. Celui-ci lui jeta un coup d'œil et se rapprocha d'elle, mais ne fit aucun commentaire.

Une longue attente s'ensuivit. Temi ne disait rien, mais son anxiété était évidente. La tête basse, les chevaux épuisés ne faisaient pas le moindre bruit. Ils avaient marché toute la journée sans faire beaucoup de pauses. *Jamais encore nous n'avions couvert une telle distance. Je me demande si nous sommes enfin à Arvice...*

Les murets et les champs qui entouraient les domaines de campagne avaient été remplacés par de hauts murs d'enceinte protégeant des maisons dressées beaucoup plus près de la route. La plupart des bâtisses étaient de plain-pied, mais une petite tour dépassait du toit de quelques-unes d'entre elles.

Sonea ne pouvait pas estimer leur superficie, ni dire ce qui s'étendait derrière. Elle ne voyait que la cour dans laquelle ils se tenaient. De l'autre côté des bâtiments, il pouvait aussi bien y avoir des champs que d'autres domaines. *Mais l'atmosphère ne ressemble pas à celle d'une ville. Tout est trop calme.*

Regin se dandina d'une jambe sur l'autre, et son épaule frôla celle de Sonea en y laissant une trace de chaleur. La magicienne fut parcourue par un frisson qui n'avait rien de désagréable.

Arrête ça, se morigéna-t-elle.

Une porte s'ouvrit sur leur gauche, et son cœur fit un bond dans sa poitrine. Puis un globe lumineux apparut, précédant Saral.

— C'est vide, annonça la Traîtresse. Les écuries sont par là.

Temi acquiesça et entraîna les chevaux dans la direction qu'elle indiquait. Saral regarda Sonea.

— Venez à l'intérieur.

Ils entrèrent par la première porte que la Traîtresse avait utilisée. Comme dans beaucoup de demeures sachakaniennes, un petit couloir menait à une grande salle. De chaque côté, d'autres passages conduisaient à plusieurs appartements privés, à une salle de bains, aux cuisines et autres pièces utilitaires.

— Si vous prenez un bain plus tard, dit Saral, tâchez de faire vite. Au cas où Tovira reviendrait, il serait fâcheux qu'il vous surprenne là-dedans.

— En effet, acquiesça Sonea. Ce serait plutôt déstabilisant de devoir combattre un ashaki toute nue.

Du coin de l'œil, elle vit Regin se couvrir la bouche. Saral hésita et détourna les yeux.

— Sans compter que la pièce n'a qu'une seule issue, ajouta-t-elle sobrement.

Sonea ne vit pas si elle souriait, et n'entendit pas d'amusement dans sa voix. *Une bataille toute proche, ça a de quoi vous faire perdre le sens de l'humour.* Puis ils se rendirent aux cuisines, où Saral se servit dans le garde-manger et dit à Sonea et à Regin d'en faire autant.

—Vous n'avez pas peur que les esclaves aient empoisonné la nourriture dans l'espoir de se débarrasser de l'ashaki ?

Saral secoua la tête.

—S'ils l'avaient fait, ils auraient laissé un avertissement, un des glyphes qu'utilisent nos espionnes. Maintenant, je vais monter à la tour. Vous pouvez rester ici si vous voulez.

—Je vous accompagne, dit fermement Sonea. Je veux voir où nous sommes.

Saral eut l'air de vouloir protester, mais se ravisa et secoua la tête.

—Très bien. Suivez-moi.

Pour atteindre la tour, elles traversèrent ce qui devait être les appartements de l'ashaki. Sonea remarqua des vêtements féminins mélangés aux vêtements masculins.

—Je me demande où est son épouse.

—Il l'a probablement envoyée en lieu sûr, répondit Saral. Nous sommes à la lisière de la ville. Un domaine plus central serait plus facile à défendre.

Ainsi, songea Sonea, *nous avons bien atteint Arvice.*

En haut d'un escalier en colimaçon, les deux femmes trouvèrent une petite pièce ronde.

—Restez de chaque côté des fenêtres, pour que personne ne puisse vous voir de l'extérieur, ordonna Saral.

Elle approcha une des ouvertures par la gauche et jeta un coup d'œil à l'extérieur. Sonea regarda par la droite. Des toits s'étendaient devant elle. Plusieurs centaines de pas sur le côté, un bâtiment brûlait. Un assez grand nombre d'autres bâtiments à deux étages se dressaient en face, précédant ce qui ressemblait à des dômes.

—Bienvenue à Arvice, dit Saral. Savara nous a donné l'ordre de rester ici jusqu'à ce qu'elle nous demande de la rejoindre – à moins, bien sûr, que nous ne soyons forcés d'évacuer les lieux avant. Et vous, quelles sont vos instructions ?

Rien d'aussi spécifique, songea Sonea. *Mais puisqu'elle a la politesse de s'en enquérir...*

—Je vais demander.

Plongeant une main dans la poche de sa robe, elle en sortit la bague d'Osen et l'enfila à son doigt.

—Osen ?

— Sonea.

— Nous sommes arrivés en ville. Pour l'instant, nous nous cachons dans la propriété déserte de l'ashaki Tovira, qui a sans doute rejoint l'armée du roi. D'après notre escorte, nous devons rester ici jusqu'à ce que la reine Savara nous fasse signe.

— Les Traîtresses veulent sûrement s'assurer que vous n'interviendrez pas.

— Que faisons-nous ?

— Vous obéissez.

— D'ici, je ne verrai pas la bataille.

Autrement dit, elle ne verrait pas ce qui arriverait à Lorkin, et elle ne pourrait donc pas l'aider.

— Mmmh. Si Dannyl et vous portez tous deux mes bagues de sang, peut-être pourrez-vous voir ce qu'il me communiquera. Même si je lui ai dit de ne pas quitter la Maison de la Guilde. Je devrais plutôt lui demander de trouver un endroit depuis lequel observer les affrontements.

— Du moment qu'il ne se met pas en danger.

— C'est toujours risqué de se trouver à proximité d'une bataille magique. Mais la Guilde a besoin de connaître l'issue de celle-là.

— Vous êtes certain de vouloir que nous restions ici ?

— Oui. Vous avez un statut supérieur à celui de Dannyl, et en tant que magicienne noire, vous seriez considérée comme une plus grande menace par les deux camps. Sans Lorkin, nous vous aurions déjà rappelée à Imardin.

— Ah. Je vous suis très reconnaissante de ne pas l'avoir fait.

— Ceux qui étaient pour que vous restiez au Sachaka ont argué qu'une fois la guerre terminée, vous pourriez convaincre Lorkin de rentrer – ou du moins, vous assurer que les Traîtresses remplissent leur part du marché.

— Dans ce cas, espérons qu'elles n'utilisent pas toutes leurs pierres pendant la bataille. Maintenant, je dois vous laisser, Saral attend ma réponse.

— Soyez prudente, Sonea.

— Promis.

Elle ôta la bague de son doigt et la remit dans sa poche.

— Nous devons rester ici pour l'instant, rapporta-t-elle à Saral.

La Traîtresse acquiesça, puis rebroussa chemin jusqu'aux cuisines. Sonea la suivit.

Temi était arrivé ; il bavardait avec Regin. Les deux hommes se tenant côte à côte, leurs différences étaient encore plus évidentes. Regin était plus grand et Temi plus mince. Mais la peau de Temi n'était pas beaucoup plus foncée que celle de Regin : il avait le teint plus clair que beaucoup de Sachakaniens, tandis que le Kyralien avait bronzé pendant leur voyage. *Ça lui va bien.*

Lorsque Sonea et Saral entrèrent, ils se turent. Et quand Temi offrit de monter la garde pendant la première moitié de la nuit, Regin proposa de lui tenir compagnie.

— Non, contra Saral. C'est moi qui prendrai le premier tour de garde. Seule.

Regin haussa les épaules.

— Très bien. Où voulez-vous que nous dormions ?

— Dans la deuxième suite, répondit Saral. Si Tovira revient pendant la nuit, il se rendra sans doute tout droit dans ses appartements.

Regin acquiesça, jeta un coup d'œil à Sonea et se dirigea vers la porte. Sonea le suivit, amusée qu'il soit passé devant elle alors que, depuis que leur escorte les avait rejoints, il attendait généralement qu'elle prenne les initiatives.

Trois des pièces de la deuxième suite étaient des chambres à coucher. Sonea en choisit une au hasard et s'assit sur le lit. Regardant autour d'elle, elle vit une petite tenue d'ashaki – gilet incrusté de joyaux par-dessus un pantalon tout simple – pendue à une patère.

— Qu'a dit Osen ?

Elle leva les yeux. Regin se tenait sur le seuil.

— Comment savez-vous que je l'ai contacté ?

Il haussa les épaules.

— C'était facile à deviner.

— Saral a dit que nous devions rester ici jusqu'à nouvel ordre de Savara, et m'a demandé si ça irait. Osen a répondu que oui. Les Traîtresses veulent être sûres que nous n'interférerons pas.

— Si Lorkin avait des ennuis, vous n'hésiteriez pas une seconde, répliqua Regin avec un sourire entendu.

— Seulement pour le sauver, tempéra Sonea.

— Ce serait quand même une interférence. Cela dit, je comprendrais tout à fait.

— Osen pense que si Dannyl et moi portons tous les deux ses bagues de sang, je pourrai peut-être voir la bataille à travers les yeux de Dannyl.

Regin prit un air pensif.

— Ce serait un bon moyen de contourner les restrictions imposées par les Traîtresses. (Il se rembrunit.) Si elles sont en difficulté, nous le saurons parce que Saral partira les aider. La suivrez-vous ?

Sonea détourna les yeux.

— Peut-être. Sans doute. Mais vous devriez rester ici.

— Partout où vous irez, je vous suivrai.

Le cœur de la magicienne fit un bond dans sa poitrine. *En d'autres circonstances, ce serait terriblement romantique.*

— Non. Vous vous mettriez en danger pour rien.

— Vous serez une cible plus recherchée que moi, répliqua Regin. Ce qui me rappelle que… (Il s'approcha et s'assit sur le lit près d'elle.) Vous devriez prendre mon pouvoir.

Consciente de sa proximité, Sonea se tourna vers lui.

— Et si Tovira revient cette nuit? Vous ne pourrez même pas dresser un bouclier pour vous défendre.

— Avec ou sans bouclier, je ne tiendrai pas longtemps face à un magicien noir.

Regin lui tendit ses mains. Sonea les regarda sans les prendre, en proie à un malaise grandissant. *C'est trop intime. Et s'il sentait quelque chose? Ça ne risquait pas d'arriver sur la route, où on ne se touchait pas plus longtemps que strictement nécessaire parce que d'autres gens nous regardaient.*

— Il faut vraiment que vous surmontiez votre peur de la magie noire, dit gentiment Regin.

— Je n'ai pas peur, protesta Sonea.

Ce qui n'était pas un mensonge – mais pas tout à fait la vérité non plus.

— Si vous prenez mon pouvoir, je vous promets de ne pas vous accompagner en ville, offrit Regin.

Sonea le regarda bien en face. L'air grave, Regin ne cilla pas, et elle en conçut un bref amusement.

— Vous ne m'accompagnerez pas en ville parce que je vous ai ordonné de rester ici, lui rappela-t-elle.

Il haussa les épaules.

— Alors, c'est d'accord?

Avec un soupir, Sonea prit ses mains en s'efforçant de ne pas prêter attention à leur chaleur. Fermant les yeux, elle absorba le pouvoir qui s'écoulait de Regin et le stocka au fond d'elle.

26

Des commencements et des fins

Le regard braqué sur le plafond, Dannyl cligna des yeux et se dressa sur les coudes. *Que… ? Quelque chose m'a réveillé.* Il fronça les sourcils. *Quelqu'un m'a peut-être appelé. À moins que j'aie rêvé.* Il créa un globe de lumière et, par la porte de sa chambre, jeta un coup d'œil dans le salon de ses appartements.

Était-ce Tayend ou Merria ? Quelqu'un s'est-il introduit par effraction dans la Maison de la Guilde, comme Achati et Kai le craignaient ?

— Dannyl.

L'appel mental le fit sursauter. *Osen !* Il soupira de soulagement en comprenant que le bruit n'avait résonné que dans sa tête. Puis il se rendit compte que l'administrateur l'avait appelé ouvertement, de sorte que n'importe quel autre magicien avait pu l'entendre. Il n'aurait pas fait ça à moins d'avoir quelque chose de très important à lui apprendre ou à lui demander.

Dannyl se leva, fouilla dans les poches de sa robe de la veille, trouva la bague d'Osen et l'enfila.

— Osen. Désolé : je dormais.

— Dans ce cas, je m'excuse de vous avoir réveillé. Mais vous ne m'aviez pas contacté à l'heure convenue.

Dannyl hésita. Faute de fenêtres dans ses appartements, il ne voyait même pas s'il faisait jour dehors, et puisqu'il n'avait plus d'esclaves pour le réveiller, il aurait aussi bien pu être midi que minuit.

— Quelle heure est-il ?

— Ici, une heure avant le début des cours.

Comme le soleil se levait toujours un peu plus tôt au Sachaka, ce devait être le milieu de la matinée à Arvice. La bataille était-elle déjà finie ? Ou n'avait-elle pas encore commencé ?

Dannyl était stupéfait d'avoir réussi à dormir. D'un autre côté, Tayend, Merria et lui avaient veillé très tard et bien entamé les réserves de vin de la Maison de la Guilde pour atténuer leur angoisse d'être coincés dans une ville en guerre, où ils risquaient d'être tués par des gens qui voulaient se venger ou s'emparer de leur magie.

— *J'ai parlé à Sonea hier soir*, poursuivit Osen. *Regin et elle logent dans une propriété à la lisière de la ville. Les Traîtresses leur ont ordonné de rester là jusqu'à nouvel ordre – ordre qui n'arrivera sans doute qu'une fois la bataille terminée.*

Savoir Sonea toute proche rassurait Dannyl, même s'il n'aurait pu dire pourquoi. Peut-être pourrait-elle venir à leur secours si la Maison de la Guilde était attaquée.

— *Malheureusement, cela signifie qu'elle ne verra pas comment Lorkin s'en sort, et qu'elle ne saura pas non plus qui est le vainqueur. J'ai repensé à la mise en garde d'Achati et de votre ancien esclave, qui craignaient qu'on vous prenne pour cibles. Avez-vous un autre endroit où aller ?*

— *Un autre endroit depuis lequel nous pourrions observer la bataille, par exemple ?*

— *Si possible sans compromettre votre sécurité ou celle de Tayend et de Merria.*

Dannyl réfléchit. Le navire qui les attendait grâce à Achati serait un lieu sûr, mais uniquement parce que le port était excentré – donc, il ne ferait pas un bon poste d'observation. Où la bataille avait-elle le plus de chances de se dérouler ? *Je suppose qu'elle finira par atteindre le palais. Et le manoir d'Achati donne sur l'esplanade juste devant. Si nous grimpions sur le toit, peut-être…*

— *Pouvez-vous vous y rendre sans difficulté ?* s'enquit Osen.

Dannyl frissonna en se souvenant que grâce à la bague de sang, ses pensées étaient ouvertes à l'administrateur.

— *Désolé*, s'excusa celui-ci. *J'ai du mal à réprimer mon impatience. Merin réclame des nouvelles, et j'espérais que vous ou Sonea pourriez m'en donner.*

Dannyl eut un sourire compatissant. Si le roi kyralien mettait une pression directe sur l'administrateur, c'est que les rapports du haut seigneur Balkan ne lui suffisaient plus. Il devait être très inquiet au sujet de la situation au Sachaka.

— *Atteindre la propriété d'Achati sera sans doute la partie la plus dangereuse de ce plan. Mais je vais voir si je peux m'arranger*, répondit Dannyl.

— *Ne prenez pas de risques inutiles. Oh, et Sonea portera une de mes bagues de sang. Nous espérons qu'elle pourra aussi voir ce que vous voyez.*

— *Et venir à ma rescousse si nécessaire ?*

— *Diplomatiquement, ce serait plus facile à justifier que si elle devait intervenir pour sauver Lorkin. Mmmh. Ça pourrait être un bon prétexte pour demander aux Traîtresses la permission d'entrer en ville. Elles pourraient difficilement lui interdire de venir en aide à l'ambassadeur de la Guilde.*

Le cœur de Dannyl fit un bond dans sa poitrine.

— *Vous voulez que je me mette en danger pour permettre à Sonea d'entrer en ville ?*

— *Non. Mais si nous pouvions prétendre que vous l'êtes...* (Osen soupira avec regret.) *Non. Pas à moins d'y être obligés. Commencez par vous rendre chez Achati, puis nous réfléchirons à la suite.*

— *Entendu.*

— *Bonne chance, Dannyl.*

— *Merci, Osen.*

Dannyl ôta la bague et enfila rapidement une robe propre. Il regarda autour de lui. Que devait-il emporter d'autre ? *Mes notes ? Non, elles seront plus en sécurité ici qu'avec moi. Si je suis tué, la Maison de la Guilde sera peut-être pillée, mais mes carnets n'intéresseront pas les voleurs. Et plus tard, quelqu'un fera peut-être un inventaire plus soigneux de mes possessions. Avec un peu de chance, un magicien de la Guilde qui comprendra leur valeur. Ou Achati, s'il survit.*

Mettant cette pensée de côté, Dannyl se détourna et sortit de ses appartements en quête de Tayend et de Merria.

Lorkin était assis en tailleur, dos à un mur. Le grand salon de la propriété où les Traîtresses s'étaient réunies était bondé, mais les rebelles prenaient garde à laisser un étroit passage d'un couloir à un autre afin que les messagers puissent se déplacer rapidement et sans trébucher sur personne.

C'était le troisième refuge du groupe de Savara depuis le début de la nuit. Le deuxième était un manoir abandonné, mais trop difficile à défendre pour qu'ils y séjournent longtemps. Peu avant l'aube, les Traîtresses s'étaient faufilées dans les rues silencieuses jusqu'à ce qui serait leur lieu de rassemblement avant la confrontation finale avec les ashakis.

Lorkin n'avait pas dormi, et il doutait qu'aucun de ses compagnons soit mieux loti sur ce plan. *De toute façon, même si j'avais eu le temps ou la place de m'allonger, je n'aurais pas pu fermer l'œil.*

Une Traîtresse entra dans la pièce et regarda dans sa direction. Lorkin tourna la tête, et son pouls s'accéléra à la vue de Tyvara. La jeune femme lui sourit et se fraya un chemin jusqu'à lui. Comme il n'y avait pas assez de place pour qu'elle s'asseye, ce fut Lorkin qui se leva. Tyvara lui tendit un gilet.

— C'est pour toi, dit-elle en haussant la voix afin de se faire entendre dans le brouhaha ambiant.

L'estomac de Lorkin fit un petit saut périlleux au contact du vêtement que portaient toutes les Traîtresses. Il était pourvu de nombreuses poches dont chacune contenait une pierre magique sertie dans du bois, de la pierre ou du métal précieux. Jusque-là, Lorkin supposait qu'il se battrait sans, étant donné qu'il n'avait pas appris à s'en servir au combat.

— C'est plus facile à utiliser si tu l'enfiles, fit remarquer Tyvara.

— Laisse-moi une seconde.

Lorkin glissa ses bras dans les manches, qui étaient un peu serrées pour lui.

— Je me doutais que ce serait trop petit, dit Tyvara en essayant de l'attacher sur le devant – sans succès. Mais c'était le seul qui nous restait.

— L'important, c'est son contenu, la rassura Lorkin.

— La disposition des pierres aide à les trouver plus facilement quand on ne peut pas quitter l'ennemi des yeux. Si les revers pendouillent, tu risques d'attraper la mauvaise. D'un autre côté, comme tu ne sais pas où elles se trouvent de toute façon… (Tyvara soupira et dévisagea Lorkin, l'air grave.) Souviens-toi juste que les pierres défensives sont à gauche et les pierres offensives à droite. Les plus puissantes au milieu, les plus faibles sur les côtés. Si tu enlèves le gilet, tâche de ne pas le retourner avec les poches déboutonnées : si les pierres tombent, tu ne sauras plus les distinguer.

Lorkin répéta ce qu'elle venait de dire. Jusque-là, il n'avait encore jamais vu les Traîtresses utiliser des pierres au combat. Il devina qu'elles les gardaient pour la bataille finale, ou que les pierres étaient plus utiles dans le cadre d'une confrontation à grande échelle.

Les seules qu'il avait vues à l'œuvre pour le moment étaient de nature défensive ; par exemple, les pierres barrières qu'Halana avait disposées quand elle était tombée dans une embuscade. Ces pierres créaient un bouclier tout simple ; d'autres s'en servaient comme d'une alarme, en projetant un champ de force insuffisant pour bloquer le passage d'un intrus, mais qui émettait un bruit lorsqu'on le franchissait. Lorkin avait également vu une pierre activée accidentellement produire un bouclier opaque non résistant, et Savara avait une pierre capable de bloquer les sons.

— Les plus grandes poches contiennent des pierres boucliers et des pierres de frappe basiques, expliqua Tyvara en tapotant la rangée du bas. Les boucliers sont tous assez puissants pour encaisser quelques attaques, mais leur nombre et leur force exacts dépendent des limites de chaque pierre. Tu dois toujours te préparer à les trouver vides en maintenant un bouclier avec ta propre magie.

Soulevant le rabat d'une des poches, la jeune femme en sortit une pierre dont la monture ressemblait à une cuillère à manche court.

— Ça se tient comme ça.

Joignant le geste à la parole, elle prit le manche entre deux doigts et tourna la partie creuse, au fond de laquelle était sertie la pierre, vers l'extérieur.

— Pour activer la gemme, il suffit d'appuyer derrière. Surtout ne la dirige pas vers toi, sinon, tu te frapperas tout seul.

— Ce qui serait assez embarrassant, convint Lorkin.

Les yeux de Tyvara pétillèrent.

— Et potentiellement fatal. Donc, embarrassant pour moi aussi. Je resterai à jamais la Traîtresse qui se sera choisi un idiot pour partenaire.

Lorkin gloussa.

— Et les autres pierres ?

— Ça va être plus difficile à mémoriser. Les pierres boucliers ont une monture en pierre, et les pierres de frappe une monture en bois. Pour les autres, c'est du bronze, du cuivre, de l'or ou de l'argent, avec une texture différente sur le manche pour qu'on puisse les identifier au toucher.

Tyvara les sortit une par une en décrivant ce qu'elles faisaient. La première bloquait les sons, la deuxième produisait un bruit assourdissant. Certaines émettaient de la lumière – simple éclairage ou signal visuel. Une des pierres fournissait une flamme constante qui pouvait servir à couper ou à brûler, tandis qu'une autre projetait tout missile de petite taille placé dans la partie creuse. Deux d'entre elles étaient conçues pour exploser à retardement, même si Tyvara prévint Lorkin que le délai pouvait aller de dix à plusieurs centaines de secondes.

Puis elle sortit une poignée de bagues de ses poches.

— La plupart des pierres contenues dans les gilets sont à usage unique. Celles-ci sont à usage multiple, donc, ne les jette pas une fois que tu les auras vidées. Les plus petites servent à la communication, dit-elle en glissant deux gemmes irisées aux auriculaires de Lorkin. Elles ne s'activent que si tu pousses dessus pour les enfoncer dans la monture. Celle de ta main gauche est reliée à la mienne ; celle de droite devait te permettre de contacter Halana, mais puisqu'elle est morte, c'est Savara qui portera ses bagues. N'utilise cette pierre qu'en cas d'urgence : sans quoi, tu risques de distraire Savara à un mauvais moment.

» Les rouge foncé sont des pierres de frappe. Les bleu pâle, des pierres boucliers. (Tyvara les enfila aux index et aux majeurs de Lorkin, puis montra les deux dernières bagues au jeune homme.) Ces pierres-là sont encore toutes nouvelles pour nous, et nous n'en avons pas beaucoup. La transparente... c'est toi qui en as donné l'idée à Halana. Jamais encore nous n'avions créé des pierres dont l'unique but serait de stocker de la magie récupérable à l'état pur plutôt que modelée pour servir un dessein précis.

— Une pierre de réserve, souffla Lorkin.

— Oui. Nous en avons une vingtaine. Chacune d'elles contient la force de trois magiciennes ordinaires. Halana ne voulait pas prendre le risque de les rendre plus puissantes, sachant que de toute façon, la plupart des forces disponibles au Sanctuaire étaient déjà prélevées par nos magiciennes, qui pouvaient en disposer directement au lieu de passer par l'intermédiaire d'une bague. Si nous les alimentions en temps de paix, ces pierres nous seraient beaucoup plus utiles.

Lorkin prit le cristal transparent et le glissa au dernier doigt libre de sa main droite.

— Et l'autre ?

— La violette, sourit Tyvara, est une pierre de guérison.

— C'est Kalia qui l'a faite ?

— Non. Une fabricante de pierres a lu dans son esprit et a effectué des tests sur un volontaire avant de se mettre au travail. Ces pierres sont conçues pour décupler les efforts du corps lorsqu'il cherche à se soigner lui-même.

Lorkin saisit la bague et l'examina.

— Très ingénieux. Comme ça, si ça fonctionne, peu importe le type de la blessure à guérir. Le porteur a juste besoin de savoir comment utiliser la magie pour maintenir les os dans la bonne position afin qu'ils ne se ressoudent pas de travers, ou pour rapprocher les bords d'une plaie, ou pour évacuer un poison, une infection ou le sang accumulé d'une hémorragie interne. Par contre, ça ne peut pas servir pour remédier à des états naturels tels que la douleur ou la fatigue. Combien de ces bagues existe-t-il ?

— Cinq. Attends... Tu as parlé de fatigue ? (Tyvara fronça les sourcils.) On peut utiliser la magie pour la dissiper ?

— Euh, oui. Je n'en ai pas parlé quand j'étais au Sanctuaire, de crainte que les gens me trouvent encore plus antipathique.

— Ça demande beaucoup de magie ?

— Non.

— Tu pourrais faire disparaître ma fatigue ou celle de Savara ?

— Oui.

Tyvara agita une main comme Lorkin tentait de lui rendre la bague. Le jeune homme vit qu'elle-même n'en portait aucune.

— Tu as une de ces pierres de guérison ?

— Non.

— Alors, prends celle-là. Je n'en ai pas besoin, puisque je suis capable de faire toutes ces choses par moi-même.

— Savara m'avait prévenue que tu dirais ça, mais elle a quand même insisté pour que je t'en propose une.

— Et j'apprécie, mais je préférerais de loin que ce soit toi qui la portes.

— Pourquoi en aurais-je besoin alors que je t'ai, toi ? (Mais Tyvara accepta la bague en souriant.) Savara veut te voir.

Prenant la main du jeune homme, elle l'entraîna à travers la pièce et dans un couloir.

Savara se trouvait dans les appartements du maître de maison, entourée de gens qui parlaient en petits groupes ou qui allaient et venaient. Regardant autour de lui, Lorkin reconnut toutes les oratrices – à l'exception d'Halana, évidemment. Savara le vit ; elle leva une main pour interrompre son interlocutrice, puis se porta à la rencontre du jeune homme.

— Lorkin, dit-elle, jetant un bref coup d'œil à son gilet avant de lever les yeux pour le regarder en face. Prêt à te battre ?

Le jeune homme se tapota la poitrine.

— Oui, grâce à vous et à la personne qui a préparé ça pour moi.

Tyvara présenta la pierre violette dans sa paume. La reine sourit et acquiesça.

— Donne-la à l'oratrice Lanna.

Comme la jeune femme s'éloignait, Savara se rapprocha de Lorkin, et soudain, tous les bruits se turent comme elle déployait une barrière de silence autour d'eux. Son expression se durcit.

— Elle a laissé échapper autre chose ?

Devinant qu'elle parlait de Kalia, Lorkin se rembrunit.

— Non. Je ne perçois que de la culpabilité. Plus d'une fois, je l'ai surprise à se traiter mentalement d'idiote.

— Tu n'as pas eu l'impression qu'elle préparait quelque chose ?

Le jeune homme secoua la tête.

— Mais à votre place, je ne baisserais pas ma garde, ajouta-t-il.

Savara eut un sourire pincé.

— En effet. Nous la maintiendrons loin de moi, et nous la surveillerons de près. (Elle soupira.) J'imagine que c'est sa faute si Halana a été tuée, que c'était un accident et qu'elle ne veut pas commettre une deuxième erreur du même genre.

— Je l'espère, même si du coup, il sera impossible de prouver sa culpabilité. (Lorkin hésita.) Sauf si vous voulez que je révèle mon pouvoir.

— Pas tant que je suis sa seule cible. (Savara baissa les yeux et eut un petit rire amer.) Mais je risque de devoir t'obliger à la surveiller jusqu'à la fin de ses jours… à supposer que nous remportions cette bataille.

Lorkin haussa les épaules.

— Je le ferais de toute façon – pour ma sécurité et celle de Tyvara à défaut de la vôtre. Et…

La reine leva une main pour l'interrompre. Le brouhaha de la pièce les assaillit de nouveau comme Tyvara revenait.

— Lorkin vient de m'apprendre qu'il peut dissiper la fatigue avec son pouvoir de guérison, révéla-t-elle. Partir au combat l'esprit et le corps reposés vous donnerait un sacré avantage.

Savara haussa les sourcils.

— En effet.

— Est-ce bien sage ?

Lorkin se retourna et vit approcher l'oratrice Lanna. Elle semblait embarrassée, mais aussi déterminée.

— Quelques heures à peine avant la bataille finale, pouvez-vous vous permettre d'accorder une telle confiance à quelqu'un qui n'est pas né parmi nous ?

Comme Tyvara la foudroyait du regard, Lorkin posa une main sur le bras de sa compagne.

— C'est une inquiétude légitime.

Savara opina du chef.

— Légitime, mais tout à fait inutile. Après avoir appris les rudiments de la guérison auprès de Kalia, Halana s'est livrée à quelques expériences avec mon aide. (Une expression chagrinée passa sur son visage.) Il y a quelques jours, elle a trouvé le moyen de dissiper la fatigue.

Redressant le dos, la reine s'adressa à Lorkin.

— Mais si ce n'était pas le cas, j'accepterais ton offre. Le jeu en vaut la chandelle, et si ma décision s'avérait mal inspirée, il existe des gens compétents prêts à prendre ma place. (Son regard se porta sur quelque chose derrière le jeune homme.) Ah, voici un autre messager.

Pivotant, Lorkin découvrit un homme à l'air épuisé. Il sursauta en le reconnaissant.

— Evar ! s'exclama-t-il.

Le nouveau venu grimaça un sourire.

— Lorkin. J'espérais bien te revoir une dernière fois. (Se tournant vers la reine, il posa une main sur son cœur.) Les ashakis se rassemblent sur l'esplanade, Votre Majesté. Ils seront bientôt prêts à se mettre en marche.

Savara écarquilla légèrement les yeux, puis carra les épaules et leva le menton.

— C'est l'heure. (Elle regarda autour d'elle.) Rassemblez tout le monde devant le portail. Je vais dire quelques mots à notre peuple, puis… nous affronterons enfin notre ennemi face à face.

Lilia suivit son sixième guide de la matinée hors d'une venelle encombrée, derrière plusieurs échoppes minuscules, et dans une ruelle plus large qui passait entre deux gros bâtiments. Il faisait sombre, et la jeune fille tenta de ne pas frémir sous le regard insistant du groupe d'hommes adossés au mur. Elle portait une tenue de servante usée jusqu'à la corde, et avait sans doute l'air aussi fatiguée, nerveuse et vulnérable qu'elle se sentait l'être.

Son périple avait commencé avant l'aube. Ses guides l'avaient promenée à travers toute la ville, n'omettant aucun des quartiers principaux. Au début, ils n'avaient croisé presque personne. Puis, seulement des serviteurs et des gens dont le métier exigeait qu'ils se lèvent tôt. Mais peu à peu, les rues de la ville s'étaient remplies.

Quelques heures seulement s'étaient écoulées – mais pour Lilia, c'était une éternité. Elle avait hâte que cette longue marche prenne fin. Elle voulait rencontrer Skellin tout autant qu'elle redoutait cette confrontation.

Elle avait passé la plus grande partie de la nuit les yeux grands ouverts, à imaginer toutes les façons dont leur plan pourrait mal tourner. Les quelques fois où elle s'était assoupie, elle s'était réveillée en sursaut de rêves dans lesquels Anyi l'appelait, mais n'entendait pas ses réponses. Rien que d'y penser, elle en frissonnait encore. Alors, elle se remémora la discussion qu'elle avait eue avec Rothen, Gol et Jonna avant d'aller se coucher la veille.

— Une fois, Sonea a tué un Ichani avec son pouvoir de guérison, avait révélé Rothen. Il l'avait emprisonnée dans son bouclier, pensant qu'elle était trop affaiblie pour le menacer. Il ne se rendait pas compte que la magie de guérison peut franchir la barrière naturelle du corps. Sonea a arrêté son cœur. Mieux vaudrait que tu ne tues pas Skellin, même si tu dois pour cela le laisser s'échapper. Ainsi, plus tard, nous aurons l'opportunité de le capturer et de découvrir qui sont ses alliés et ses sources. Cela dit, si tu n'as pas le choix…

Pour tuer avec sa magie de guérison, Lilia devrait toucher la peau nue de Skellin et avoir le temps de projeter son esprit dans le corps du renégat. Si ce dernier détectait l'intrusion, il n'aurait qu'un petit effort à faire pour l'éjecter. L'Ichani que Sonea avait tué ignorait tout de la magie de guérison, mais ce n'était pas le cas de Skellin. Dans tous les cas, il se méfierait si Lilia essayait de le toucher, de crainte qu'elle tente d'utiliser sa magie noire sur lui.

Non, mon plan est meilleur. Mais pas de beaucoup. Et, contrairement à la magie de guérison, je n'ai aucune certitude qu'il fonctionnera.

Son bouclier lui aurait valu les moqueries de n'importe quel novice de première année, mais pas pour son manque de puissance. Lilia avait mis un moment à comprendre comment ne pas le dissimuler de façon que Rothen puisse le sentir.

Le magicien se trouvait quelque part au centre de la ville. Pour ne pas que les hommes de Skellin le surprennent en pleine filature, il attendait, en compagnie de Gol, que la jeune fille les informe qu'elle était sur le point de rencontrer le renégat. Alors, il se rapprocherait autant que possible sans attirer l'attention, afin de pouvoir voler à sa rescousse si quelque chose tournait mal.

Lilia percevait l'esprit de Gol à la lisière du sien. C'était moins perturbant qu'elle ne l'avait d'abord cru. Rothen et lui se trouvaient au calme dans la maison d'un ami du magicien – une maison plutôt jolie et confortable, d'après les impressions de Gol. Les pensées du colosse lui étaient totalement ouvertes ; du coup, Lilia avait tendance à oublier que ça n'était pas réciproque, et qu'elle devait s'adresser consciemment à lui pour lui communiquer des informations.

En sortant de la ruelle, Lilia fut assaillie par une bouffée d'air nauséabond. Elle regarda autour d'elle, et l'anxiété lui noua les entrailles. Elle venait de déboucher sur le port d'Imardin. Des quais s'étendaient devant elle et sur les deux côtés.

Remarquant qu'elle s'était arrêtée, son guide lui fit signe impatiemment. Lilia prit une grande inspiration et le suivit vers une longue jetée. Ils contournèrent des dockers qui s'affairaient autour de tas de marchandises. Les navires à l'ancrage tanguaient doucement. Lorsque le guide s'engagea sur la jetée, Lilia projeta une question mentale.

— *Gol ! Et s'il veut me faire monter sur un bateau ?*

Quelques secondes s'écoulèrent avant la réponse du colosse.

— *Rothen dit qu'il réfléchit.*

Après avoir dépassé quatre navires, le guide s'arrêta devant la passerelle qui conduisait à bord du cinquième et la désigna à Lilia. La jeune fille leva les yeux vers le bastingage. Les marins qui y étaient accoudés lui rendirent son regard comme s'ils attendaient quelque chose.

— *Ils ont l'air prêts à larguer les amarres*, s'inquiéta Lilia *Qu'est-ce que je fais ?*

— *Tu y vas*, répondit Gol. *Tu n'auras peut-être pas d'autre chance de sauver Anyi.*

Une chance, c'était mieux que pas de chance du tout. Lilia prit une grande inspiration, la relâcha et entreprit de gravir la passerelle. Personne ne lui adressa la parole. Dès qu'elle eut pris pied sur le pont, les marins se détournèrent et se mirent au travail.

Comment Rothen va-t-il me suivre ? La Guilde a-t-elle un bateau ? Pourra-t-il l'emprunter sans devoir révéler aux hauts magiciens ce que je suis en train de faire ?

Elle longea le pont en scrutant les visages. Skellin n'était pas là. Lorandra et Anyi non plus. L'équipage devait l'emmener à son lieu de rendez-vous avec Skellin… mais à quelle distance le renégat se trouvait-il ? Pas dans un autre pays, quand même. Il faudrait des semaines pour s'y rendre.

Lilia imagina ce qu'elle ressentirait si elle était une jeune servante seule au milieu de ces hommes rudes. Toutefois, leur expression n'était pas lubrique, mais glaciale. Ils évitaient son regard, et ne lui prêtaient aucune attention sinon pour la contourner quand elle était sur leur chemin.

Ce qui arrivait souvent. Il n'y avait pas beaucoup de place sur le pont d'un bateau, et certainement pas sur celui d'un bâtiment de petite taille conçu pour transporter des marchandises plutôt que des gens. Lilia repéra les mouvements des marins et finit par trouver un endroit où elle pourrait se tenir sans les gêner. De là, elle regarda le bateau s'éloigner du quai, sortir de la marina et prendre le large.

Le pont se mit à tanguer sous elle, et la jeune fille dut se retenir pour ne pas tomber. Beaucoup d'autres navires les entouraient, arrivant ou repartant de l'embouchure du Tarali. Mais bientôt, ils eurent distancé la plupart d'entre eux, à l'exception d'une embarcation aux voiles ferlées. L'homme qui aboyait des ordres à l'équipage – ce dont Lilia déduisit qu'il était le capitaine – tendit un doigt dans leur direction.

Lilia détailla les silhouettes minuscules à bord de l'autre bateau. Comme ils se rapprochaient, la jeune fille put distinguer plus de détails. Hormis les marins qui s'affairaient sur le pont, trois personnes se tenaient côte à côte contre le bastingage. Bientôt, Lilia vit qu'il s'agissait d'un homme et de deux femmes. Elle identifia Anyi la première – comment aurait-il pu en être autrement ?

Je la reconnaîtrais à son ombre. À sa seule présence. Son cœur se serra. *Je ne peux pas échouer ; sinon, elle mourra. Je devrais peut-être renoncer à mon plan et obéir à Skellin quoi qu'il me demande. Mais si je fais ça, la libérera-t-il vraiment ? Ou la gardera-t-il pour me forcer à rester et à lui enseigner tout ce que je sais sur la magie noire ?*

Carrant les épaules, Lilia détailla les deux autres personnes. Les bateaux étaient désormais assez proches l'un de l'autre pour qu'elle identifie la femme comme étant Lorandra. Autrement dit, l'homme devait être son fils.

Alors, voilà le fameux Skellin. Il était grand comme un Lan, mais avec le teint sombre d'un Lonmar. *Cela dit, ces deux peuples étant réputés pour leur honneur et leur morale très stricte, je doute qu'ils apprécieraient la comparaison. Skellin n'est sans doute pas un exemple.*

Je me demande… Il a fallu un étranger, quelqu'un qui était prêt à enfreindre nos règles et nos lois, pour que nous prenions conscience de nos faiblesses. Qu'aurions-nous appris sur nous-mêmes si nos premiers visiteurs venus d'Igra avaient été honnêtes et respectueux des lois ?

Le bateau ralentit et pivota pour présenter son flanc à l'autre. Lilia entendit l'équipage s'affairer autour d'elle – baissant l'ancre et ferlant les voiles, supposa-t-elle –, mais ne put détacher son regard du trio qui lui faisait face. Vingt ou trente pas seulement les séparaient.

— *Rothen te dit de faire le nécessaire pour permettre à Anyi de s'échapper*, lui dit Gol mentalement.

Lilia hocha la tête, puis espéra que si Skellin avait vu son geste, il le prendrait pour un simple salut. Le renégat agita la main.

— Venez nous rejoindre, Lilia, appela-t-il.

La jeune fille baissa les yeux vers l'espace entre les deux navires. Les marins ne faisaient pas mine de bouger pour mettre un canot à la mer. Comment était-elle censée passer d'un bord à l'autre ?

— *Tu peux léviter ?* lui demanda Gol.

— *Oui, mais ça va saper une partie de mon pouvoir.*

Ce qui était probablement le but. Néanmoins, la distance à couvrir était assez réduite pour que ça n'en consomme pas trop, si Lilia faisait vite.

Mobilisant son pouvoir, la jeune fille créa un petit disque de force sous ses pieds, le souleva et le fit avancer. Skellin, Lorandra et Anyi s'écartèrent du bastingage pour lui faire de la place.

Lorandra tenait le bras d'Anyi. Dès que ses pieds eurent touché le pont, Lilia leva les yeux et vit que la renégate appuyait un couteau sur la gorge de son amie. Son estomac se noua, et un frisson parcourut sa peau. Très raide, les pieds écartés pour garder son équilibre malgré le roulis, Anyi la dévisageait avec un mélange de contrition, de colère et de peur.

— Dame Lilia, lança Skellin. Je suis ravi que vous ayez accepté mon invitation.

La jeune fille se força à soutenir son regard sans frémir. *Tu te prends peut-être pour le roi des bas-fonds*, songea-t-elle. *Mais je suis une magicienne noire, défenderesse de la Guilde.* Elle en éprouva une fierté surprenante et peut-être un peu déplacée – mais qu'importe, du moment que ça lui donnait l'assurance nécessaire pour affronter Skellin.

Contrairement à sa mère, le renégat n'avait pas d'accent étranger. Il parut attendre une réponse, et comme Lilia gardait le silence, il sourit.

— Bien. Vous êtes déjà debout depuis un moment, et nous ne sommes pas tous matinaux. Commençons sans attendre. J'ai une proposition à vous faire. Enseignez-moi la magie noire, et je vous remettrai cette ravissante jeune femme. Il me semble que vous la connaissez ?

Comme Skellin désignait Anyi, la main de Lorandra imprima un léger mouvement à son couteau, qui renvoya l'éclat d'un rayon de soleil dans les yeux de Lilia.

La jeune fille ne réagit pas.

— Relâchez-la immédiatement.

Skellin secoua la tête et éclata de rire.

— Comment puis-je savoir que vous ne la tuerez pas une fois que je vous aurai donné ce que vous désirez ? l'interrogea Lilia.

— Comment puis-je savoir que vous ne me tuerez pas une fois que je l'aurai laissée partir ? Après tout, c'est vous la magicienne noire.

— Et c'est vous le renégat voleur et assassin, répliqua Lilia.

Skellin haussa les sourcils.

— Allons, allons. Quand m'avez-vous vu tuer quelqu'un ?

Lilia ouvrit la bouche pour répondre et la referma. En vérité, elle n'avait rien vu de tel. Et Cery non plus. Le père d'Anyi avait succombé à une attaque cardiaque, même si c'était probablement dû à la tension de son affrontement avec Skellin. Lorandra s'était chargée d'éliminer les rivaux de son fils. Car c'était ainsi que fonctionnaient les voleurs : ils faisaient faire leur sale boulot par quelqu'un d'autre, pendant qu'eux-mêmes gardaient les mains propres.

Lilia croisa les bras sur sa poitrine.

— Finissons-en.

Skellin grimaça.

— Quelle impatience ! (Il fit un pas vers elle, puis s'arrêta.) Mais d'abord, déshabillez-vous.

Lilia le dévisagea.

— Quoi ? s'exclama-t-elle.

Le sourire de Skellin s'évanouit.

— Je me suis renseigné, dame Lilia, dit-il à voix basse. Je sais que pour pratiquer la magie noire, il faut entailler la peau. Donc, je veux m'assurer que vous ne portez aucun objet tranchant sur vous. Vous pouvez être certaine que je n'en porte pas sur moi : je ne veux pas courir le risque que vous le retourniez contre ma personne. Je pourrais demander à un matelot de vous fouiller, mais vous seriez capable de le tuer, et vous préférez sans doute éviter qu'on vous tripote. J'ai seulement besoin que vous enleviez assez de vêtements pour me prouver que vous n'êtes pas armée.

Lilia déglutit avec difficulté. Puis elle ôta sa tunique et son pantalon usés. Cela fait, elle foudroya Skellin du regard comme pour le mettre au défi de lui faire enlever les simples sous-vêtements que les magiciennes de la Guilde portaient sous leurs robes. Les marins sifflèrent tout bas, mais Skellin promena un regard sévère à la ronde, et ils se turent.

— Poussez vos vêtements vers moi et retournez-vous, ordonna Skellin.

Lilia obtempéra en soupirant.

— Maintenant, apprenez-moi à lire dans les esprits.

La jeune fille se figea, puis jura en son for intérieur. Si elle protestait que leur marché concernait seulement la magie noire, Skellin lui rirait au nez. Elle n'était pas en position de négocier.

— Vous aurez besoin de quelqu'un sur qui vous entraîner, dit-elle.

— Vous ferez l'affaire, répliqua-t-il comme elle s'y attendait.

Malgré elle, Lilia éprouva de l'admiration pour le renégat. *Il n'est pas stupide. Il a tout planifié bien mieux que moi. Je n'avais même pas envisagé qu'il puisse me demander une chose pareille. Si j'obéis, il verra l'intégralité de mon plan, et ça ne fonctionnera jamais.*

— Je n'ai encore jamais essayé d'enseigner la lecture dans les esprits de cette façon, dit-elle avec une hésitation non feinte.

En fait, elle n'avait jamais essayé de l'enseigner de quelque façon que ce soit.

— Dans ce cas, rien ne vous dit que ça ne marchera pas.

Skellin fit un pas vers elle, puis un autre. *Je dois me décider. Lui donner tout ce qu'il veut, tenter de le tuer avec mon pouvoir de guérison, ou mettre mon plan à exécution.* Elle frémit comme le renégat tendait une main vers elle, mais se força à ne pas bouger. Jetant un coup d'œil par-dessus son épaule, elle croisa le regard effrayé et furieux d'Anyi. Elle espéra de tout son cœur ne pas avoir l'air aussi peu sûre d'elle-même qu'elle se sentait l'être.

Pourvu que ça marche !

27

Vieilles batailles, nouvelles armes

Être tout de noir vêtue s'était révélé un avantage quand Sonea s'était faufilée hors du manoir aux petites heures du jour. Mais à présent que le soleil était levé, elle se sentait bien trop repérable contre les murs clairs de la capitale sachakanienne.

Au moins, je suis plus près du centre de la ville.

À l'aube, elle avait choisi un autre manoir muni d'une tour pour s'y cacher. La porte latérale par laquelle elle s'était faufilée n'était pas verrouillée, mais en entendant des voix à l'intérieur, Sonea avait compris que la propriété n'était pas à l'abandon. Elle avait voulu partir, mais un rapide coup d'œil à l'extérieur avait révélé la présence d'un groupe d'hommes qui remontaient la rue d'un pas vif. Aussi avait-elle battu en retraite dans la maison le plus discrètement possible.

Elle avait localisé et gravi l'escalier de la tour en se disant que, si elle entendait monter quelqu'un d'autre, elle n'aurait qu'à sortir par une des fenêtres et s'enfuir le long du toit.

Plusieurs heures s'étaient écoulées depuis lors. Sonea n'entendait toujours que des bruits lointains et étouffés. Les fenêtres de la tour étaient ouvertes, peut-être pour laisser entrer la fraîcheur de la brise matinale. Des pas et des voix résonnaient de temps à autre dans les rues en contrebas, mais globalement, un calme étrange planait sur la ville.

Les fenêtres donnaient sur une mer de toits. Sonea était très tentée de quitter sa cachette pour se mettre en quête d'un meilleur point de vue. *Mais le risque d'être repérée est trop grand. D'autant que j'ignore où va avoir lieu la bataille.*

Dès que celle-ci aurait commencé, Sonea pourrait se fier aux bruits et aux explosions de lumière pour la guider. *Et personne ne fera attention à moi si je me rapproche. Je pourrais passer par les toits, comme je le faisais avec Cery quand nous n'étions encore que deux gamins des taudis…*

— La vue n'est pas meilleure ici, lança une voix derrière elle.

Sonea sursauta et fit volte-face. Regin se tenait à deux ou trois marches du haut de l'escalier, les bras croisés sur sa poitrine. Elle fut d'abord embarrassée qu'il l'ait découverte, puis égoïstement soulagée qu'il soit là, et enfin, inquiète et agacée à la fois.

— Regin ! siffla-t-elle. Que faites-vous ici ?

Il haussa les épaules et décroisa les bras.

— Je vous ai suivie, évidemment, même si j'ai été obligé de me cacher au rez-de-chaussée ces dernières heures à cause des gens qui étaient encore là. Au fait, ils viennent juste de partir.

— Vous m'aviez promis de ne pas m'accompagner. Nous avions conclu un marché.

— J'ai menti. (Il gravit les dernières marches de l'escalier.) Je savais que vous ne prendriez pas mon pouvoir si je n'acceptais pas de rester en arrière. Mais vous avez menti aussi. Vous avez dit aux Traîtresses que vous ne bougeriez pas.

— C'est différent. Je devrais pouvoir compter sur un autre magicien de la Guilde pour tenir sa parole. Et puis, les Traîtresses sont parties sans nous prévenir.

— Si les hauts magiciens étaient au courant, le fait que vous risquiez de vous attirer l'inimitié des Traîtresses leur poserait plus de problèmes que ma désobéissance. J'essaie seulement de vous protéger.

Sonea mit les mains sur ses hanches.

— Vous ne pouvez pas. Si nous sommes attaqués, c'est moi qui devrai vous protéger. Vous ne serez qu'un boulet. À cause de vous, nous pourrions être tués tous les deux !

Regin sourit sans se laisser désarçonner par sa franchise brutale, et Sonea se demanda si la raison pour laquelle il l'attirait, c'est qu'elle ne l'impressionnait absolument pas.

— Protéger deux personnes ne consommera pas plus de pouvoir qu'en protéger une seule. (Il tourna son regard vers la fenêtre, et Sonea ne put s'empêcher d'en faire autant.) Dannyl est-il déjà en place ?

Elle chercha la bague d'Osen dans sa robe.

— Je n'en sais rien.

— Vous n'avez pas encore contacté Osen ?

— Si, il y a déjà un petit moment. Mais il ne se passait rien, et je n'ai pas voulu garder la bague au doigt de peur que quelqu'un monte l'escalier et que je sois trop distraite pour m'en apercevoir.

— Inutile de vous en faire pour ça maintenant : je peux monter la garde. (Regin gloussa.) Vous voyez bien que vous avez besoin de moi.

Ravalant une réplique mordante, Sonea referma ses doigts sur la bague, la sortit de sa poche, l'enfila et tâtonna mentalement en quête de l'esprit d'Osen et de Dannyl.

Passant la tête à l'angle d'une rue, Dannyl scruta cette dernière et fut soulagé de la trouver vide. Il fit signe à Tayend et Merria de le suivre, puis se remit en marche d'un pas vif. Le bruit de pas et le souffle de ses deux compagnons lui apprirent qu'ils n'étaient pas loin derrière.

Jusqu'ici, les seules personnes qu'ils avaient croisées dans les rues de la ville étaient des esclaves et une voiture conduite par un homme trop bien habillé pour en être un. Tous semblaient très pressés. Tous s'éloignaient du centre d'Arvice, tandis que Dannyl et ses compagnons progressaient en sens inverse.

Malheureusement, ce qui rendait la maison d'Achati intéressante – sa vue sur l'esplanade devant le palais – était aussi ce qui la rendait dangereuse. Se rapprocher suffisamment pour observer la bataille signifiait aussi se rapprocher des gens qu'on leur avait recommandé d'éviter.

Mais une fois que nous serons sur place et hors de vue, tout devrait bien se passer.

Dannyl avait toujours eu conscience de l'emplacement prestigieux de la demeure d'Achati, mais jamais il n'avait pénétré dans les pièces qui donnaient sur l'esplanade. Le grand salon et les appartements privés d'un ashaki se trouvaient généralement au centre de sa maison, et ne possédaient pas de fenêtres. Les Sachakaniens aimaient leur intimité, et ils préféraient se protéger contre la chaleur du soleil estival plutôt que bénéficier d'une jolie vue.

Les chaussures de Tayend ne faisaient presque pas de bruit, remarqua Dannyl. Mais comme pour compenser, les boutons et les boucles de sa tenue de courtisan cliquetaient au moindre de ses gestes. En temps normal, personne n'y aurait fait attention, mais dans le calme étrange qui régnait ce matin-là, on aurait dit… Dannyl fronça les sourcils en cherchant une comparaison appropriée. *Un vacarme de couverts manipulés sans douceur.*

Une porte s'ouvrit de l'autre côté de la rue. Dannyl se figea. Il entendit Merria s'arrêter et, du coin de l'œil, vit Tayend chercher une cachette du regard. Trop tard. Un homme sortit de chez lui, leva les yeux et sursauta à la vue des trois compagnons.

Un ashaki. Le cœur de Dannyl battait la chamade. L'homme les détailla, puis redressa le dos et se dirigea vers eux.

— On court ? demanda Merria à voix basse.

Dannyl secoua la tête. Cela leur donnerait l'air coupable. *En laissant voir votre peur, vous révélez que vous avez des raisons d'avoir peur.* Les leçons de combat reçues dans sa jeunesse résonnaient dans son esprit. *Vous ne pouvez pas deviner la puissance d'un autre magicien, et réciproquement. Une attitude confiante donnera à votre adversaire des raisons de douter qu'il est plus fort que vous, quand bien même il le serait pour de bon.* Imitant l'ashaki, Dannyl redressa donc le dos et se porta à sa rencontre.

L'homme avait une soixantaine d'années, estima-t-il. Des mèches grises striaient sa chevelure, et sa large carrure de Sachakanien était adoucie par un peu d'embonpoint.

— Vous êtes les ambassadeurs de la Maison de la Guilde ? lança-t-il sans ambages.

Il était tendu, remarqua Dannyl. Pressé. *Je peux peut-être en profiter.*

— Oui, confirma-t-il lentement, sur un ton formel. Je suis l'ambassadeur de la Guilde Dannyl. (Il désigna Tayend.) Voici l'ambassadeur d'Elyne Tayend. (Il se tourna vers Merria.) Et...

L'homme l'interrompit.

— Vous devriez être à la Maison de la Guilde. Ignorez-vous ce qui est sur le point d'arriver ? Vous vous dirigez peut-être vers une bataille magique.

— J'ai été informé de la situation, acquiesça Dannyl. Je vous assure que nous n'avons aucune intention de nous mêler de...

— Dans ce cas, que faites-vous ici ?

— On a offert de nous abriter dans un lieu plus sûr que la Maison de la Guilde.

Ce qui était la vérité, puisque grâce à Achati, un bateau les attendait sur le port.

L'ashaki fronça les sourcils.

— Ici, près du palais ? Comment pourriez-vous être davantage en sécurité ?

Dannyl haussa les épaules.

— Il est peu probable que les Traîtresses arrivent jusqu'ici.

Sa remarque produisit l'effet désiré. L'homme leva le menton.

— Oui, bien sûr. D'accord. Puisque nous ne sommes pas loin du palais et que je vais justement dans cette direction, je vous accompagne.

Oh oh. Le dernier endroit où Dannyl voulait se trouver, c'était au milieu des ashakis s'ils commençaient à perdre du terrain et avaient besoin de reconstituer leurs réserves de pouvoir. Il baissa la tête d'un air contrit.

— Malheureusement, nous n'allons pas au palais. Nos souverains ne veulent pas donner l'impression d'interférer dans la bataille par notre intermédiaire.

Puis, devinant que l'homme ne les laisserait pas partir sans s'enquérir de leur destination, il ajouta :

— Nous nous rendons chez ashaki Achati.

L'homme haussa les sourcils, puis hocha la tête.

— Très bien. Je vous laisserai donc sur le pas de sa porte.

Il s'éloigna à grandes enjambées rapides. Dannyl le suivit, se fiant au bruit des pas de Merria et au cliquetis des boutons de Tayend pour savoir qu'ils faisaient de même. La tentation de tourner la tête vers Tayend était forte, mais Dannyl résista. Pour paraître confiant, il devait donner l'impression de diriger leur petit groupe sans avoir besoin de l'avis de personne.

Par-dessus l'épaule de l'ashaki, il vit du mouvement. Une foule assez nombreuse pour bloquer toute la large rue s'était rassemblée là, et sans doute sur l'esplanade. Des hommes en pantalon et manteau court observaient quelque chose que Dannyl ne pouvait pas voir. Des pierres précieuses étincelaient au soleil.

Des ashakis. Des dizaines, des centaines d'ashakis. D'un instant à l'autre, l'un d'eux va nous voir et nous désigner aux autres. Que se passera-t-il alors ? Dannyl ne put se défendre contre l'image d'une horde de magiciens noirs se ruant sur eux pour absorber le pouvoir des trois étrangers. Mais personne ne leur prêta la moindre attention.

Comme ils atteignaient la porte de la demeure d'Achati, la foule se mit en mouvement. L'armée des ashakis s'en allait. Dannyl espéra que cela persuaderait leur escorte de les abandonner, mais l'homme se contenta de froncer les sourcils et de s'approcher de la porte. Il frappa.

Au terme d'un long silence, il frappa de nouveau. Et comme les secondes s'écoulaient, Dannyl sentit son cœur battre de plus en plus fort. Achati devait être auprès du roi. Ses esclaves avaient dû s'enfuir. Que ferait leur escorte quand il se rendrait compte qu'il n'y avait personne ?

L'homme frappa une troisième fois, attendit encore un peu, puis se tourna vers Dannyl. Puis, alors qu'il ouvrait la bouche pour parler, la porte s'ouvrit vers l'intérieur. Un esclave jeta un coup d'œil dehors.

— Ambassadeur Dannyl.

Tayend et Merria poussèrent un soupir de soulagement. L'ashaki regarda l'esclave, puis Dannyl, puis l'esplanade. L'armée était en train de disparaître derrière le bâtiment d'en face.

— Merci, ashaki…

L'homme ne se présenta pas, mais il fit un pas en arrière.

— Restez cachés, leur conseilla-t-il.

Puis il se détourna et s'élança pour rejoindre ses camarades.

Dannyl reporta son attention sur Tayend et Merria qui le dévisageaient, les yeux légèrement écarquillés.

— Entrons.

L'esclave ne protesta pas comme ils franchissaient le seuil de la demeure. Lorsqu'ils furent dans le grand salon, il se jeta à terre. Dannyl entendit un mouvement à l'entrée d'un des couloirs et vit un autre esclave prosterné. Son regard perplexe fit la navette entre les deux hommes. Pourquoi n'étaient-ils pas partis ?

— Relevez-vous, ordonna-t-il.

Les esclaves obtempérèrent.

— Comment vous appelez-vous ?

— Lak.

— Vata.

— Pourquoi n'êtes-vous pas partis avec les autres ?

Lak jeta un coup d'œil à Vata avant de répondre :

— Il pourrait avoir besoin de nous.

« Il » : autrement dit, Achati. Dannyl trouva leur loyauté admirable.

— Quel est le meilleur endroit depuis lequel observer l'esplanade ? s'enquit Tayend.

Vata leva les yeux.

— Le toit.

Tayend haussa les sourcils et consulta Dannyl du regard. Celui-ci opina.

— Emmenez-nous là-haut.

La rue était bondée de Traîtresses massées devant le portail du manoir. Lorkin et Tyvara sortirent par une porte de service qui donnait sur une ruelle latérale et gagnèrent très vite l'avant de la bâtisse pour rejoindre leurs camarades.

Regardant autour de lui, Lorkin remarqua qu'une moitié des combattants étaient des femmes et l'autre moitié des hommes. Les magiciennes et leurs sources. Tous portaient des gilets identiques au sien. *Pour la plupart des hommes, les pierres seront leur seule source de magie. Des non-magiciens participant à une bataille magique. Ce sera une première.*

Juste avant que la foule achève de remplir l'espace entre les maisons, Lorkin aperçut la rue qui filait vers le centre de la ville. C'était peut-être son imagination, mais dans le lointain, elle semblait bloquée par une ombre. Une ombre qui bougeait.

Des appels au silence firent taire la foule. Une voix familière s'éleva depuis le cœur de celle-ci.

— … les protéger tous. Nous devons rester ensemble. Notre force réside dans notre unité et notre détermination. Nous sommes soudées. Les ashakis ne le sont pas. Nous nous préparons depuis des siècles – pas eux. Nous bénéficions du soutien des esclaves – pas eux. Et nous avons nos pierres.

Plus grand que la plupart de ses compagnons, Lorkin regarda par-dessus leur tête dans la direction d'où provenait la voix. Savara se tenait au-dessus de la foule pour mieux se faire entendre.

— Tu la vois ? Nous devons la rejoindre, chuchota Tyvara à l'oreille du jeune homme.

— Elle est du côté du portail.

Saisissant la main de Lorkin, sa compagne l'entraîna à travers la foule vers le mur d'enceinte. La voix de Savara enfla comme ils s'approchaient. Elle vibrait de passion et d'assurance.

— N'économisez pas vos pierres. C'est pour ça qu'elles ont été conçues. Ce sont des instruments destinés à briser nos chaînes, à modeler notre avenir et à rendre tous les individus égaux – à apporter la liberté au Sachaka.

— La liberté ! hurlèrent les Traîtresses.

Lorkin, qui ne s'attendait pas à ça, sursauta. Lorsque les vivats retentirent de nouveau, son pouls s'accéléra sous l'effet de l'excitation grandissante qui l'entourait.

Ayant atteint le mur d'enceinte, Tyvara se faufila parmi les gens qui contemplaient leur reine d'un air béat. Enfin, Lorkin et elle rejoignirent Savara au moment où celle-ci achevait son discours. Elle était juchée sur une carriole, et entourée par toutes les oratrices.

— Aujourd'hui, nous unissons les Sachakaniens dans la liberté ! clama-t-elle.

— La liberté ! reprit la foule en chœur. La liberté ! La liberté !

Tandis que les rebelles scandaient ces mots, Savara descendit de la carriole et s'avança. Les Traîtresses s'écartèrent pour la laisser passer. Les oratrices emboîtèrent le pas à leur reine, et Tyvara plongea en entraînant Lorkin à sa suite avant que la brèche ne se referme.

Ils rattrapèrent Savara au moment où celle-ci émergeait de la foule. Les oratrices se placèrent des deux côtés de leur reine, formant une ligne en travers de la rue. Le chaos s'ordonna rapidement comme les Traîtresses se mettaient en rangs derrière leur chef de groupe désignée. Tyvara regarda autour d'elle en se tordant le cou.

— Je ne vois pas Kalia, siffla-t-elle. Et toi ?

Lorkin la chercha des yeux et secoua la tête.

— Moi non plus.

— Oh, elle reste en arrière, lança une voix sur leur gauche. (Chari, la femme qui les avait aidés à s'échapper et à rejoindre le Sanctuaire, venait d'apparaître près d'eux.) Prête à soigner les blessés.

— Ça fait toujours un souci de moins, marmonna Tyvara. Nous n'avons plus qu'à nous occuper d'eux.

Suivant la direction de son regard par-dessus l'épaule de la reine, Lorkin vit qu'il n'avait pas halluciné : un peu plus loin, la rue était bloquée par une autre foule qui se rapprochait rapidement. Le soleil se reflétait sur des gilets incrustés de gemmes.

Je me demande... Les ashakis d'autrefois décoraient-ils leurs vêtements avec des pierres magiques ? La tradition a-t-elle persisté même après qu'ils ont perdu le secret de leur fabrication ? songea Lorkin.

Même si elles avançaient au pas, les deux armées semblaient se précipiter l'une vers l'autre. Lorkin se rendit compte que son cœur battait la chamade. *Cette fois, nous y sommes. À la fin de cette bataille, je serai vivant ou mort.*

Malédiction ! J'ai oublié de contacter Mère ! Tout autour de lui, les Traîtresses sortaient déjà des pierres de leurs poches. *Trop tard maintenant.* Prenant une grande inspiration, Lorkin les imita, prenant une pierre bouclier et une pierre de frappe. Comme Tyvara se plaçait du côté droit de la reine, il s'avança sur sa gauche.

La distance qui séparait les deux armées se réduisit de quelques centaines de pas à quelques dizaines. La reine brandit une pierre, prête à frapper. Les oratrices firent de même. Scrutant les rangs ennemis, Lorkin vit l'expression déterminée des ashakis, leurs grimaces de haine et leurs regards brillants d'impatience. Puis il aperçut le roi, et son sang se glaça. Le vieil homme toisait les envahisseurs d'un air hautain. *Je voudrais bien l'effacer personnellem...*

À un signal qui avait échappé à Lorkin, les deux camps attaquèrent.

Le jeune homme ne vit pas qui avait frappé le premier. La seconde d'avant, l'espace qui les séparait vibrait d'excitation ; la seconde d'après, il crépitait d'énergie magique. Lorkin activa machinalement sa pierre bouclier et sentit son champ de force rebondir contre celui de la reine et de l'oratrice qui se tenait sur sa gauche avant de s'ajuster entre eux. Savara attaquait, mais Tyvara se contentait de tenir prête sa pierre de frappe, comme elle avait conseillé à Lorkin de le faire. Ils se battraient plus tard ; pour l'instant, ils devaient protéger la reine.

Les deux camps firent halte. Lorkin réprima son envie instinctive de reculer devant les forces dangereuses qui se déchaînaient entre eux.

Ils n'ont pas essayé de parlementer. Ils n'ont pas échangé le moindre mot, pas même des insultes, songea-t-il, un peu choqué. Selon les livres d'histoire, les généraux invitaient toujours leur ennemi à se rendre – mais pas cette fois.

Et ce n'est pas parce qu'ils sont convaincus que les autres refuseraient. C'est parce qu'ils ne veulent pas le proposer. Chaque camp a l'intention d'éradiquer l'autre. De massacrer les Traîtresses ou les ashakis jusqu'au dernier. Lorkin frissonna. *Même les Ichanis ont offert à la Guilde de se rendre pour éviter une bataille.*

Ne pas frapper signifiait que le jeune homme avait tout loisir d'observer. Les ashakis restaient immobiles, tandis que les Traîtresses étaient toujours en mouvement. Fasciné par la méthode de combat qu'elles avaient développée, Lorkin était curieux de la voir en action. La reine et les oratrices restaient au premier rang, avec Tyvara et Lorkin qui protégeaient Savara. Les autres Traîtresses formaient des colonnes derrière chacune des oratrices. Arrivées en tête de ces colonnes, si elles se plaçaient à gauche de l'oratrice concernée, elles utilisaient leur pierre bouclier pour couvrir la première ligne, et si elles se plaçaient à droite, elles utilisaient leur pierre de frappe. Quand leur pierre était vide, elles cédaient leur place à la Traîtresse suivante et battaient en retraite en queue de colonne.

Ainsi, la plupart des Traîtresses s'affaiblissaient au même rythme, et la plupart des pierres étaient utilisées avant que les magiciennes commencent à puiser dans leurs réserves de pouvoir. Il était beaucoup plus facile de riposter à une attaque imprévue avec sa propre magie qu'avec des pierres ; aussi valait-il mieux l'économiser pour plus tard.

Des cris d'avertissement s'élevèrent à l'arrière. Lorkin regarda par-dessus son épaule. Il se passait quelque chose sur la droite de l'armée des rebelles.

— Qu'y a-t-il ? demanda Savara.

Les Traîtresses les plus proches de l'incident transmirent des informations qui remontèrent jusqu'à l'avant. Lorkin entendit des bribes de leur rapport.

— Une attaque de flanc, répéta Tyvara. Sept ashakis. Ils ont tous été tués.

Lorkin vit Savara sourire de soulagement et de satisfaction mêlés. Il en éprouva un frisson de triomphe. *Si les ashakis pensent que nous ne sommes pas prêts à contrer ce genre d'attaque, ce sont des idiots !*

— Lorkin, siffla Tyvara.

Se tournant vers sa compagne, il vit qu'elle avait l'air sombre et inquiet. Du menton et du regard, elle désigna un point derrière elle tout en articulant un mot. Le sang de Lorkin se glaça dans ses veines.

Kalia.

Pivotant, il scruta la colonne sans voir le moindre signe d'elle. *Tyvara a peut-être aperçu quelqu'un qui lui ressemblait un peu. Non, elle a l'air sûre d'elle. Alors, où est Kalia ?*

Pas derrière Tyvara. Lorkin pivota encore pour balayer du regard les Traîtresses qui se tenaient derrière lui, et l'angoisse lui étreignit le cœur. À quelques pas de lui, Kalia venait de se glisser près d'un Traître distrait, occupé à fouiller dans les poches de sa veste. Lorkin hoqueta, puis dressa hâtivement un bouclier derrière Savara, Tyvara et lui. Son champ de force buta sur un autre, et le jeune homme comprit que Tyvara avait déjà fait la même chose.

— Kalia ? appela Savara, surprise.

Elle fit face à l'ancienne oratrice. Autour d'elle, les Traîtresses écarquillèrent les yeux en la voyant détourner son attention de l'ennemi. Des frappes magiques explosèrent contre son bouclier, mais Savara n'en tint pas compte.

— Que fais-tu ici ?

Kalia promena un regard à la ronde et vit que tout le monde les observait. Elle blêmit.

— Je suis venue vous aider.

— Je t'ai donné un ordre, lui rappela Savara avec une patience forcée.

Mais l'agacement perçait dans sa voix.

Kalia hésita. La bataille faisait rage. L'air vibra devant Savara comme l'attaque contre son bouclier s'intensifiait, les ashakis prenant sa distraction pour un signe de faiblesse. Les Traîtresses qui s'avançaient pour se battre le faisaient très vite tandis que celles qui reculaient traînaient un peu, observant la scène avec intérêt.

— Mais vous avez besoin de toutes les…, commença Kalia.

— Ce dont j'ai besoin, c'est que tu m'obéisses, coupa froidement Savara. Comment t'attends-tu à regagner notre confiance si tu refuses de faire ce qu'on te demande ? (Elle se détourna.) Retourne à l'arrière des lignes, et restes-y.

Comme Kalia battait en retraite, Savara se pencha vers Lorkin.

— Que pense-t-elle ?

Le jeune homme se concentra. Cette fois encore, il capta quelques mots, mais surtout une vive déception qui n'était pas celle d'un plan mis en échec, et à laquelle se mêlaient de la peur et de la honte. Lorkin percevait toujours de l'antipathie en Kalia, mais pas d'intentions meurtrières.

— Je ne crois pas qu'elle comptait faire un mauvais coup, rapporta-t-il.

Savara acquiesça.

— Protégez-moi.

— Je le fais déjà, répliqua Tyvara à voix basse. Mais quelqu'un devrait accompagner Kalia pour garder un œil sur elle.

Savara secoua la tête.

— Non. C'est nous qu'elle déteste. Elle ne fera pas délibérément de mal à d'autres Traîtresses.

De nouveau, elle observait les ashakis. Elle fit un pas en avant, et la seconde d'après, les oratrices l'imitèrent. Lorkin vit leurs adversaires reculer en traînant les pieds. Un frisson d'excitation parcourut les rangs des Traîtresses.

Savara gloussa.

— Ou bien ils s'affaiblissent et perdent confiance, ou bien ils tentent de nous attirer dans un piège.

— Que faisons-nous ? s'enquit Tyvara.

— Nous attendons de voir laquelle des deux hypothèses est la bonne. Il est temps que vous fassiez usage de vos pierres de frappe. Si nous repérons un piège et que vous attaquez immédiatement, ils sauront que nous avons éventé leur plan. Je préfère qu'ils se demandent le plus longtemps possible si nous avons remarqué quelque chose ou pas.

Souriant, elle fit un grand pas en avant, puis un autre.

28

Victoire et défaite

Lorsque les doigts de Skellin lui touchèrent le front, Lilia ne put réprimer un mouvement de recul. Le renégat tendit de nouveau la main vers elle en la transperçant du regard.

— Si j'ai l'impression que tu cherches à gagner du temps, ou si tu me fais le moindre mal, ma mère coupera le nez et les oreilles de ta copine, gronda-t-il.

Le cœur battant la chamade, Lilia baissa les yeux. *Mais quand je l'aurai laissé faire, il en exigera davantage. Il menacera Anyi jusqu'à ce que je lui aie appris tout ce que je sais. Puis il nous tuera toutes les deux. Autant m'en tenir à mon plan. Si j'échoue, au moins, nous ne souffrirons pas longtemps. Mais je dois être rapide, ne pas lui laisser le temps de réagir.*

Saisissant les poignets de Skellin, la jeune fille le laissa presser ses paumes sur ses tempes. Puis elle prit une grande inspiration et ferma les yeux. Puisant en elle assez de pouvoir pour faire éclater un bouclier robuste, elle le projeta depuis sa paume droite selon une trajectoire pareille à celle d'un coup de couteau.

Sous ses doigts, elle sentit la barrière naturelle de la peau de Skellin céder sous l'attaque aussi inattendue que précise. *Ça a marché!* Surprise, Lilia se mit à absorber le pouvoir du renégat en comptant sur l'effet paralysant de la magie noire pour l'empêcher de se débattre ou d'appeler à l'aide. Comme il tournait le dos à Lorandra, avec un peu de chance, celle-ci ne remarquerait rien.

La pression sur les tempes de Lilia se relâcha peu à peu tandis que Skellin s'affaiblissait, mais la jeune fille maintint les mains du renégat en place. Rouvrant les yeux, elle déploya sa magie pour le tenir debout malgré ses jambes de plus en plus molles. Skellin la regardait, les pupilles dilatées par la colère et la peur.

Oui, songea Lilia. *Tu as bien raison de me craindre. Cette fois, tu as sous-estimé ta victime. Tu étais trop impatient de t'emparer de ce que tu convoitais.*

Mais elle-même ne devait pas le sous-estimer – ni sous-estimer sa mère. Pour le moment, Lorandra était plus dangereuse que Skellin. Elle finirait par remarquer que quelque chose clochait, et elle tenait un couteau contre la gorge d'Anyi. Saisie par le doute, Lilia ralentit le flot de pouvoir qu'elle absorbait. Elle ne savait pas combien de temps il mettrait à se tarir, et elle devait décider de ce qu'elle ferait ensuite.

Je dois trouver un moyen de protéger Anyi avant que Lorandra comprenne ce qui se passe. Lilia tourna légèrement la tête afin de voir son amie. Puis elle projeta ses perceptions et sa magie. D'une façon ou d'une autre, elle devait dresser une barrière entre la lame du couteau et la peau d'Anyi, sans que ni son amie ni Lorandra ne s'en aperçoive. Utiliser du pouvoir en même temps qu'on en absorbait était une tâche difficile. *Kallen aurait dû m'apprendre à faire ça…*

La magie de Lilia rencontra une résistance. *Un bouclier ! Ça ne peut être que celui de Lorandra. Skellin n'est plus en état d'utiliser son pouvoir.*

La jeune fille comprit qu'elle avait commis une erreur en voyant Lorandra froncer les sourcils. *Elle sait que je ne devrais pas être en train de faire quoi que ce soit avec ma magie. Skellin m'en empêcherait.* Horrifiée, elle vit la renégate écarquiller les yeux, puis les plisser d'un air furieux.

Lilia projeta une décharge de pouvoir vers Lorandra au moment où la main de celle-ci bougeait. Du rouge balafra la gorge d'Anyi.

Non ! Lilia laissa tomber Skellin. Tandis que la barrière de Lorandra éclatait, elle rattrapa Anyi et pressa une main sur sa plaie. Du sang se déversa entre ses doigts. Elle créa un bouclier autour d'elle et de son amie, déposa celle-ci sur le pont et envoya ses perceptions à l'intérieur de son corps.

Refermez-vous ! ordonna-t-elle aux vaisseaux sectionnés. Son pouvoir de guérison se déversa d'elle, ressoudant les chairs. Les vaisseaux se refermèrent. L'espoir envahit Lilia, mais alors que la peau se reconstituait, la jeune fille se demanda : *Ai-je été assez rapide ? N'a-t-elle pas perdu trop de sang ?*

Anyi gisait immobile, les yeux rivés sur les voiles et le ciel qui les surplombait. Son visage était pâle, et elle avait les lèvres bleues. *Mais elle est vivante. Son cœur bat. Elle respire encore. C'est juste que…*

Un cri résonna non loin d'elles. Lilia sursauta et pivota à temps pour voir Lorandra se relever. Skellin gisait à ses pieds, et lui non plus ne bougeait pas. Lorandra fit face à Lilia. Voyant la fureur qui déformait ses traits, Lilia renforça instinctivement son bouclier. Mais la renégate ne frappa pas.

Au lieu de ça, l'air ondula devant elle. Lilia sentit de la chaleur, et vit brièvement de la chair et du tissu virer au noir. Des flammes soulignèrent la silhouette de Lorandra. La femme hurlante tituba en arrière et bascula par-dessus le bastingage.

Choquée par l'image qui brûlait encore dans son esprit, Lilia demeura figée un moment. Puis elle se rendit compte que les marins criaient, et qu'une pluie d'objets tombait du ciel : des voiles, des cordes... Un morceau de poutre s'écrasa sur le bouclier de Lilia. Quelque chose était en train de détruire le gréement du navire – probablement le même « quelque chose » qui avait mis le feu à Lorandra.

Se redressant et tordant le cou, Lilia regarda autour d'elle. Un autre bateau approchait du côté opposé. Une silhouette en robe violette se tenait à sa proue.

— Lilia ?

Le souffle coupé, la jeune fille baissa les yeux vers Anyi. Celle-ci la regardait. Le cœur de Lilia se gonfla de soulagement et de joie.

— Tu es vivante ! Tu es vivante... (S'allongeant près de son amie, elle la serra dans ses bras.) Comment te sens-tu ?

— Pas bien du tout. Mais probablement mieux que cette garce... si elle est toujours en vie.

— Tu as vu ce qui s'est passé ?

— Oui. J'ai cru que je rêvais. (Anyi avait encore les lèvres bleuâtres. Elle se rembrunit.) Skellin est mort ?

Lilia jeta un coup d'œil au voleur, qui gisait toujours quelques pas plus loin.

— Il en a l'air, mais il pourrait être simplement épuisé. Dans tous les cas, il ne peut plus nous nuire.

— Rends-moi service et vérifie, réclama Anyi.

Regardant autour d'elle, Lilia vit que les marins les évitaient soigneusement. À contrecœur, elle se leva et s'approcha de Skellin. Le visage du renégat était figé dans une expression de douleur et de surprise. Il ne respirait plus. Lilia le toucha et ne sentit aucune énergie émaner de lui.

Il est plus mort que mort. Pourtant, je n'avais pas fini de le drainer quand Lorandra a tranché la gorge d'Anyi.

Se souvenant de quelle façon elle avait puisé du pouvoir pour défoncer le bouclier de Lorandra, la jeune fille comprit où elle l'avait pris. Elle avait vaincu la mère avec la magie du fils.

Lilia jeta un coup d'œil par-dessus bord. Elle s'attendait à voir le corps de Lorandra flotter non loin de là, mais elle n'en vit aucune trace. Elle retourna auprès d'Anyi et s'assit à côté d'elle.

— Oui, il est mort. La Guilde ne va pas être contente.

Anyi émit un bruit grossier.

— Pas à cause du poerri, précisa Lilia. Les hauts magiciens voulaient découvrir qui étaient ses alliés, et notamment ses informateurs au sein de la Guilde.

— Ne t'en fais pas, grogna Anyi. Père les démasquera.

Le souffle de Lilia s'étrangla dans sa gorge. *Elle n'est pas au courant…*

Anyi écarquilla les yeux.

— Il… il ne faisait pas semblant, c'est ça ?

Lilia se mordit la lèvre et secoua la tête.

La douleur contracta le visage d'Anyi, qui jura. Mais comme Lilia lui ouvrait les bras pour la réconforter, elle fit un signe de dénégation, et son expression se durcit.

— Plus tard. Il nous reste beaucoup à faire, et nous ne pouvons pas laisser… Père a fait en sorte que l'assassinat de sa famille le rende plus fort au lieu de l'affaiblir. Je dois être à sa hauteur.

Elle se redressa sur les coudes, blêmit et se laissa retomber sur le pont.

— Repose-toi, lui enjoignit Lilia. Tu as perdu beaucoup de sang, et ton corps a besoin de temps pour le reconstituer.

— Combien exactement ? voulut savoir Anyi.

Lilia haussa les épaules.

— Je ne sais pas. Quelques jours, sans doute.

La grimace dépitée d'Anyi la fit sourire. *Son cœur, lui, mettra plus longtemps à récupérer, je le crains.*

— Tu as besoin de boire et de manger. Rothen sera bientôt là.

Elle se tordit le cou pour voir l'autre bateau qui se plaçait parallèlement au leur.

Anyi acquiesça. Regardant autour d'elle, Lilia repéra les vêtements usés avec lesquels elle était montée à bord.

— Il vaudrait mieux que je me rhabille.

— Pourquoi Skellin t'a-t-il demandé de te déshabiller ? (Anyi haussa un sourcil.) Non que je m'en plaigne, précisa-t-elle.

— Il voulait s'assurer que je n'avais pas de couteau.

— C'est bizarre qu'un magicien s'inquiète d'un couteau alors que les gens qui portent des couteaux redoutent généralement la magie. Mais je suppose que la magie noire change la donne.

— Plus maintenant.

Anyi fronça les sourcils. Lilia secoua la tête.

— Je t'expliquerai plus tard.

— Osen ? La bataille a commencé. J'entends les bruits, et je vois des éclairs à quelques rues d'ici.

— Et le combat lui-même ?

— Non, je suis trop loin. Où en est Dannyl ?

— Il m'a contacté pour me dire que Tayend, Merria et lui étaient arrivés chez Achati, mais depuis, je suis sans nouvelles. La maison donne sur l'esplanade, donc, il ne verra quelque chose que si les ashakis doivent battre en retraite.

— Vous voulez que j'essaie de me rapprocher ?

— Non. Restez où vous êtes, et gardez ma bague au doigt. Dannyl ne tardera sans doute pas à remettre la sienne, et ça risque d'être un peu perturbant pour moi... même si la bague de Naki semble me protéger contre vos pensées.

Sonea baissa les yeux vers l'autre pierre qui ornait sa main. Elle n'avait pas dit à Osen qu'elle s'était enfuie de la maison où les Traîtresses lui avaient ordonné de rester. Si tout se passait bien, elle n'aurait pas à le faire.

Les rebelles ont juste peur que nous interférions. Tant que je ne m'en mêle pas, elles me pardonneront sûrement d'avoir voulu savoir ce que devenait mon fils.

Le problème, c'est qu'elle n'était pas mieux placée qu'avant pour voir ce qui arrivait à Lorkin. Elle allait devoir se fier à Dannyl pour le lui montrer. Et Dannyl ne pourrait rien lui montrer à moins que les ashakis battent en retraite. S'ils ne le faisaient pas, ça signifierait qu'ils étaient en train de gagner.

Non pour la première fois ce matin-là, Sonea sentit l'anxiété la submerger. Prenant une grande inspiration, elle la repoussa et examina les choix qui s'offraient à elle. Pouvait-elle se rapprocher un peu sans mettre en danger Regin ou les relations futures entre les Terres Alliées et le Sachaka ?

Depuis le toit de la maison d'Achati, Dannyl voyait la ville étalée autour de lui – ses toits, essentiellement, mais il pouvait deviner où la bataille avait lieu. Le grondement et le tonnerre des frappes sur les boucliers ou la pierre résonnaient à travers les rues. De la fumée s'élevait en bouillonnant d'un bâtiment situé à mille pas au moins ; des éclairs de magie illuminaient constamment le ventre du nuage.

— Vous croyez que les esclaves d'Achati s'en sortiront si les Traîtresses gagnent, ou qu'ils seront tués pour être restés loyaux envers leur maître ? interrogea Merria.

— Je crains que la seconde hypothèse soit plus probable, répondit Tayend.

— Pourrions-nous les protéger ?

— Il faudrait demander à la Guilde. Dannyl ?

— Pas tout de suite, répondit l'interpellé sans quitter des yeux les signes lointains de la bataille. Osen doit être avec le roi Merin et les hauts magiciens. Je ne veux pas le distraire avant d'avoir quelque chose à lui raconter.

Mais ce n'était pas la seule raison pour laquelle il temporisait. Une fois qu'il aurait enfilé la bague de sang d'Osen, il ne devrait plus du tout penser à Achati, et il ne savait pas combien de temps il parviendrait à réprimer son inquiétude. *Surtout si Tayend et Merria se mettent à parler comme si la victoire des Traîtresses était assurée.*

— Ils se rapprochent, lâcha Merria.

Non, songea Dannyl en regardant le nuage de fumée. *Il n'est pas plus proche qu'avant. Achati est en sécurité.* Mais... et Lorkin ? L'anxiété étreignit le cœur de Dannyl. *Comme l'a dit Tayend, quelle que soit l'issue de cette bataille, nous aurons forcément une raison de pleurer*, se dit-il amèrement. *Ça n'a aucune chance de bien se finir.*

— Je crois que vous avez raison, murmura Tayend. Jusqu'ici, les éclairs illuminaient le ventre du nuage de fumée. Maintenant, ils illuminent le côté qui se trouve vers nous.

L'estomac de Dannyl se noua comme il comprenait que Tayend avait raison. *Les ashakis vont peut-être contre-attaquer et regagner du terrain. À moins que les Traîtresses tombent à court de magie.*

Pendant un long moment, rien n'indiqua de changement dans le cours de la bataille, et les trois compagnons gardèrent le silence. Puis un bâtiment situé à mi-chemin entre l'esplanade et le nuage de fumée s'affaissa sur lui-même. L'explosion et le grondement suivirent un battement de cœur plus tard, juste avant que ne s'élève une colonne de poussière. Merria hoqueta. Tayend jura entre ses dents.

— S'ils viennent jusqu'ici, dit-il d'une voix étranglée, nous risquons d'être assez exposés.

— Tout ira bien, affirma Merria avec un tremblement qui démentait ses propos. Nous n'aurons qu'à nous éloigner en lévitant.

— Dans ce cas, je ferais mieux de rester près de vous.

— Oui, restons groupés tous les trois.

Comme Tayend et Merria venaient se placer de part et d'autre de lui, Dannyl leur jeta un regard amusé. Il était normal que Tayend recherche sa protection plutôt que celle de Merria : ils avaient été proches pendant très longtemps. Mais en tant que magicienne, la jeune femme aurait dû avoir suffisamment confiance en elle pour se sentir capable de se protéger toute seule.

Dannyl reporta son attention sur l'endroit où le bâtiment s'était écroulé. *Contrairement à moi, elle se fiche d'observer la bataille ou non. Mais moi… je voudrais avoir une excuse pour aider Achati – ne serait-ce que pour m'assurer qu'il survive en cas de défaite des ashakis.*

— Ils sont là ! s'exclama Merria.

Dannyl eut l'impression que son cœur lui tombait dans l'estomac lorsqu'il vit des gens émerger d'une rue en courant. Tous étaient des hommes, tous portaient la tenue traditionnelle des ashakis, et tous étaient couverts de poussière. En atteignant l'esplanade, ils s'arrêtèrent pour former une ligne, puis deux, puis trois en travers de l'entrée de la rue, tandis que d'autres ashakis les rejoignaient. Dannyl estima leur nombre à une centaine.

— C'est le roi Amakira ? lança Tayend.

Dannyl plissa les yeux. Un homme âgé se tenait au centre, mais il y avait beaucoup d'autres Sachakaniens aux cheveux gris parmi les défenseurs, et il était impossible d'identifier Amakira à cette distance.

Des ashakis continuaient à se déverser des rues latérales. Peut-être avaient-ils tenté de contourner les Traîtresses pour les prendre à revers. Quoi qu'ils aient fait, cela n'avait visiblement pas suffi à affaiblir leurs adversaires.

La première ligne des rebelles arrivait en vue. Ses frappes forçaient les ashakis à reculer toujours davantage. Les hommes placés sur les côtés titubèrent en arrière et s'écroulèrent. Ils ne se relevèrent pas.

Puis les ashakis ripostèrent à l'unisson. Mais les Traîtresses ne se laissèrent pas désarçonner. Elles redoublèrent d'ardeur, ouvrant de grosses brèches dans le mur des défenseurs. Comme des ashakis s'avançaient pour les combler, leur formation ne compta bientôt plus que deux rangs. Puis un seul.

Un cri résonna dans le lointain. Les défenseurs battirent très vite en retraite, cessant d'attaquer pour se concentrer sur leurs boucliers.

Ils sont en train de perdre. Ils ont perdu. À moins qu'ils aient eu le temps de préparer quelque chose au palais…

— Dannyl, appela Merria.

— Quoi ? aboya-t-il.

Il s'en voulut aussitôt d'avoir répondu sur ce ton.

— La bague d'Osen ? suggéra la jeune femme.

Dannyl jura, puis s'excusa tout en cherchant la bague dans les poches de sa robe. Prenant une grande inspiration, il l'enfila à son doigt.

— *Dannyl ?*

— Oui, Osen. C'est moi. Les deux camps sont arrivés en vue. Les ashakis ont formé une ligne défensive à l'entrée de l'esplanade, mais à présent, ils se replient.

— Sonea, vous y voyez ?

— *Oui*, répondit la magicienne.

Sa voix mentale était claire, mais Dannyl ne percevait ni sa présence ni ses pensées.

En contrebas, les ashakis ne se trouvaient plus qu'à cinquante pas de la maison d'Achati, et cette distance diminuait rapidement. Bientôt, Dannyl pourrait voir autre chose que l'arrière de leur crâne – voir si Achati se trouvait toujours parmi eux.

Une frappe magique projeta deux des hommes contre leurs camarades de derrière. Dannyl aperçut des visages pulvérisés, réduits à l'état de bouillie sanglante.

— *Les ashakis sont en train de perdre*, commenta Osen.

— *Ils ont peut-être encore des renforts en réserve au palais*, tempéra Dannyl.

— *Vous voyez Lorkin ?* demanda Sonea.

Dannyl se força à tourner son regard vers les Traîtresses. Il retint son souffle. Des centaines d'entre elles envahissaient l'esplanade. Elles avançaient en colonnes, dans une formation ordonnée qui contrastait avec le chaos de la retraite ennemie. Tandis que Dannyl les observait, quelques-unes des magiciennes de tête s'écartèrent pour laisser leur place à celles qui les suivaient.

Dannyl supposait qu'il serait facile de repérer Lorkin au milieu de toutes ces femmes. Mais apparemment, les Traîtresses comptaient aussi beaucoup d'hommes dans leurs rangs, des hommes vêtus de la même façon qu'elles. Des hommes qui, comme elles, plongeaient la main dans les poches de leur gilet et en sortaient quelque chose qu'ils brandissaient à bout de bras. Dannyl aperçut un éclat de lumière, puis un autre, et comprit soudain ce qu'ils faisaient.

Des pierres magiques. Ils utilisent des pierres magiques.

Puis son regard se posa sur un visage familier, et le soulagement l'envahit. Lorkin se tenait à l'avant-garde de l'armée des Traîtresses, un peu en retrait d'une femme d'âge mûr et de petite taille. *Tyvara ? Non. Aucune des esclaves de la Maison de la Guilde n'était aussi vieille.* Alors, qui était-ce ?

— *C'est la reine*, répondit Sonea.

Détaillant l'inconnue, Dannyl remarqua qu'elle se tenait au centre de la première ligne et qu'elle affichait une expression incroyablement déterminée. *La reine Savara. À moins que les ashakis sortent un tour de leur manche et parviennent à renverser la situation au dernier moment, c'est devant elle que je devrai bientôt m'agenouiller, avec elle que je devrai bientôt négocier.*

Les ashakis arrivaient au niveau de la maison d'Achati. Ils étaient beaucoup moins nombreux à présent. Se préparant au pire, Dannyl scruta leurs rangs en quête de son ami.

Une tête se tourna et se leva vers lui. Toute la peur et l'affection qu'il voulait cacher à Osen et à Sonea le submergèrent. Achati sourit comme s'il se doutait depuis le début que Dannyl observerait la bataille depuis le toit de sa maison. Puis il reporta son attention sur les Traîtresses.

Dannyl était comme paralysé. Son cœur battait à tout rompre dans sa poitrine tandis que les ashakis poursuivaient leur repli vers le palais. *Il ne peut pas mourir.* Le roi Amakira était flanqué par Achati et par un autre de ses conseillers. D'autres ashakis s'écroulaient à chaque seconde. *Non, il ne mourra pas. S'ils parviennent à atteindre le palais, il s'en sortira.*

— Oh, lâcha Merria. Regardez.

Détournant son regard d'Achati à contrecœur, Dannyl vit qu'elle désignait l'entrée du palais, qui vomissait un flot de gens sur l'esplanade. *Des renforts!* songea Dannyl dans un élan d'espoir et de triomphe. Puis Tayend siffla tout bas, comme toujours quand il était impressionné. Au même moment, Dannyl vit que les nouveaux venus ne portaient pas la tenue des ashakis.

— Les Traîtresses ont déjà pris le palais. (Tayend soupira.) Et les ashakis ne s'en sont même pas aperçus.

Pris de nausée, Dannyl baissa les yeux et attendit des signes indiquant que les ashakis avaient compris, eux aussi. *Ils vont se rendre. Ils n'ont pas d'autre choix.*

Les défenseurs se regroupèrent autour de leur roi. Ils n'étaient plus qu'une vingtaine à présent. Certains jetaient des coups d'œil vers le palais. Ceux qui se trouvaient à l'arrière crièrent un avertissement. Le roi se retourna et se figea. Dannyl vit ses lèvres remuer, et Achati hocher la tête. Le roi et son autre conseiller continuèrent à battre en retraite, mais Achati demeura sur place.

Les frappes des Traîtresses s'intensifièrent soudain, peut-être pour empêcher le chef ennemi de leur échapper. Achati vacilla. Puis il fit un bond impossible en arrière, se tordit dans les airs et s'écrasa sur le sol.

Dannyl crut que son cœur allait cesser de battre comme il contemplait, horrifié, la silhouette brisée et inerte de son ami.

Mais… pourquoi ? Pourquoi ne s'est-il pas replié avec le roi ? Pourquoi se sacrifier alors que rien ne l'y obligeait ? Le roi devait se rendre compte qu'ils avaient perdu. Il aurait dû se rendre. Et moi, j'aurais dû faire quelque chose. Si j'avais su que ça se passerait ainsi, j'aurais fait quelque chose…

Des mains se crispèrent sur ses bras. Baissant les yeux, il vit que Tayend et Merria le retenaient. Il en fut d'abord surpris. Puis il vit combien il était près du bord du toit.

— Je suis désolé, murmura Tayend.

Et dans les yeux de l'Elyne, Dannyl vit une compassion sincère.

Merria avait dit quelque chose en même temps. Dannyl mit un moment à réagir.

— Ne faites pas quoi ?

La jeune femme le regarda intensément.

— N'essayez pas de les sauver.

Dannyl recula en se dégageant.

— Un instant, j'ai cru que vous vous inquiétiez pour moi, dit-il amèrement.

Le ton de sa propre voix le fit frémir. Puis la colère l'envahit, et un autre sentiment – un sentiment qui menaçait de le submerger. Il ne pouvait pas rester là. Il devait s'éloigner du spectacle horrible en contrebas. Il fit quelques pas vers la trappe par laquelle ses compagnons et lui avaient accédé au toit.

— Attendez.

Merria lui courut après et lui prit la main. Dannyl repoussa la jeune femme et sentit quelque chose glisser le long de son doigt. *La bague d'Osen.* Il l'avait complètement oubliée. *Sonea et lui ont dû voir et ressentir tout ce que je…* Mais il n'en avait cure. Achati était mort. *Mort. Et moi, je l'ai regardé tomber sans rien faire.*

Tayend s'approcha et posa doucement une main sur son épaule. C'était un geste à la fois malvenu et réconfortant.

— Retournons à l'intérieur pour attendre, suggéra-t-il. Merria peut continuer à surveiller toute seule.

Le ressentiment de Dannyl s'évapora. Tayend comprenait. Il le suivit dans la maison, le long des couloirs et jusqu'au grand salon. Là, ils s'arrêtèrent, regardèrent autour d'eux puis se dévisagèrent. Des larmes brillaient dans les yeux de Tayend. Il s'approcha de Dannyl et le prit dans ses bras.

— Je croyais que tu ne l'aimais pas, souffla Dannyl.

— Si. Mais pas autant que toi.

Non, pas autant que moi. Dannyl inclina la tête et s'autorisa à pleurer.

Quand le pire fut passé, il fut surpris de se rendre compte qu'il pouvait éprouver de l'affection et de la gratitude en même temps que du chagrin et de l'horreur. *J'ai de la chance que Tayend soit avec moi. Il m'a toujours compris mieux que quiconque. Même si nous ne sommes plus que de simples amis désormais, j'espère qu'il en sera toujours ainsi.*

Avec Tayend à ses côtés, il ne pleurerait pas Achati seul. Avec Tayend à ses côtés, il serait capable de traiter avec les assassins d'Achati. Avec Tayend à ses côtés, quelqu'un d'autre que lui se rappellerait quel homme bon et courageux Achati avait été.

Et maintenant que j'ai vu à quel point les Traîtresses peuvent se montrer impitoyables, je dois faire en sorte qu'elles ne décident pas que les Terres Alliées ont besoin d'être « libérées », elles aussi.

Sans quitter les ashakis des yeux, Lorkin fouilla dans les poches de sa veste au cas où il lui resterait encore une pierre bouclier ou une pierre de frappe. Mais il n'en trouva aucune. Ses anneaux bleus et rouges étaient vides, aussi utilisait-il son propre pouvoir depuis quelques minutes. Il ne voulait pas recourir à la pierre de réserve avant d'y être obligé.

Et il soupçonnait que ça ne serait pas nécessaire. Les Traîtresses sorties du palais rejoignaient le gros de l'armée pour encercler les ashakis survivants. Il n'en restait guère plus d'une dizaine qui encerclaient et protégeaient leur roi.

Lorkin ne savait pas depuis combien de temps la bataille avait commencé. Quelques heures, peut-être ? D'après l'angle et la longueur de son ombre, ce devait être l'après-midi, mais la fumée des maisons qui brûlaient donnait à la lumière un éclat doré trompeur, faisant paraître le jour plus avancé qu'il ne l'était.

La bataille s'était étonnamment bien déroulée, et les Traîtresses n'avaient eu à déplorer que peu de pertes. Une seconde attaque de flanc avait fait une vingtaine de victimes. Si les Traîtresses de droite avaient réussi à se défendre, celles de gauche avaient été surprises quand le bâtiment voisin avait explosé et que des ashakis avaient surgi parmi elles.

Mais les défenseurs n'avaient jamais cessé de reculer, et les Traîtresses d'avancer vers le centre de la ville. Les ashakis avaient commencé à tomber comme des mouches bien avant de l'atteindre. Le temps qu'ils arrivent à l'esplanade, un tiers d'entre eux seulement restait debout.

Aucune des batailles magiques dont Lorkin avait lu le récit ne s'était jamais déroulée de la sorte. *Les paramètres ont changé. Les gemmes ont complètement bouleversé la donne. La Guilde voudrait bien en avoir pour assurer sa défense, mais elle ne se rend pas encore compte combien elle en a besoin. Si elle ne s'adapte pas, elle sera très vite larguée.*

Néanmoins, la bataille n'était pas encore finie. Lorkin avait bien conscience qui n'était pas le seul à court de pierres dans les rangs des Traîtresses. Grâce à leur tactique, et à moins d'une attaque surprise, l'ensemble des forces restait protégé jusqu'à ce que toutes aient épuisé leur magie. Seule Savara connaissait la puissance actuelle de son armée, à travers ses communications avec les oratrices auxquelles chaque Traîtresse faisait son rapport avant de se retirer pour laisser sa place à une autre.

Nous pourrions aussi bien être pratiquement à court de pierres mais toujours débordants de pouvoir, songea Lorkin. *Savara ne manifeste aucune inquiétude, mais elle est très douée pour rester calme et garder l'air confiant en toutes circonstances.*

Il dévisagea la reine qui, les yeux plissés, balayait le champ de bataille du regard. Redressant les épaules, elle leva un bras, paume tournée vers l'extérieur. Aussitôt, les Traîtresses cessèrent de s'acharner sur les ashakis. Le bourdonnement de pouvoir se tut, tout comme les piétinements et les voix. Lorkin n'entendit bientôt plus que des bruits étouffés, comme assourdis.

Des Traîtresses firent cercle autour des derniers ashakis, qui leur rendirent un regard de défi. Lorkin attendit la réaction de Savara.

Que va-t-elle faire ? Jusqu'ici, nos ordres étaient de tous les tuer, et je n'en ai vu aucun tenter de se rendre. Parmi eux, les rares qui ne s'opposaient pas à l'abolition de l'esclavage et ne voulaient pas combattre les Traîtresses ont quitté le pays.

L'ordre de tuer systématiquement les ashakis visait à assurer leur défaite. À présent qu'ils étaient vaincus, les rebelles les épargneraient-elles s'ils se rendaient ? Lorkin songea aux pierres qui empêchaient le désert de redevenir fertile. Les Traîtresses pouvaient se montrer si impitoyables parfois…

Savara fit un pas en avant, puis un autre. Lorkin vit Tyvara se raidir. Il fit tourner la pierre de réserve autour de son doigt pour pouvoir refermer la main dessus et l'activer en cas de besoin.

Savara s'arrêta.

— Roi Amakira, appela-t-elle.

Les ashakis ne bougèrent pas. Lorkin chercha à apercevoir leur souverain parmi eux. Le silence se prolongea.

— Vous êtes vaincu, insista Savara. Avancez… sauf si vous avez trop peur pour nous montrer votre visage.

Lorkin entendit les ashakis échanger quelques mots à voix basse, puis il vit un mouvement au milieu de leur groupe.

— Vous croyez vraiment que je vais me rendre ?

La voix le fit frissonner. Des images défilèrent dans sa tête : un vieil homme sur un trône, la prison du palais, l'esclave torturée… Il cligna des yeux pour les chasser et se concentrer sur le présent.

Les ashakis s'écartèrent, et Amakira s'avança.

— Jamais nous ne nous inclinerons devant les Traîtresses, clama-t-il.

Tout en parlant, il porta une main à sa ceinture et la referma sur le manche d'un couteau. Des pierres précieuses scintillèrent au soleil comme il dégainait. Il tendit son bras vers Savara et lâcha son arme. Celle-ci demeura suspendue dans les airs.

Amakira laissa retomber son bras.

Alors, presque trop vite pour que l'œil humain puisse le suivre, le couteau se retourna et plongea dans la poitrine du vieil homme.

Lorkin prit une inspiration sifflante et entendit des hoquets de stupeur autour de lui. *Ça, je ne m'y attendais pas*, songea-t-il comme le roi s'écroulait. L'ashaki qui se tenait derrière lui le rattrapa et le déposa respectueusement sur le sol. *Vient-il juste de se suicider, ou a-t-il demandé à un de ses hommes de… ?*

Les autres ashakis reculèrent précipitamment comme une vive lumière enveloppait la dépouille du roi. Un craquement sec, suivi par un rugissement pareil à celui d'un brasier assailli par une bourrasque, se répercuta entre les bâtiments. *Le pouvoir résiduel d'Amakira, libéré par sa mort.* Lorkin frissonna.

Puis la lumière disparut, et du roi sachakanien, il ne resta qu'un tas de cendres.

L'air devant Savara se mit à vibrer. Levant les yeux, Lorkin vit que les ashakis restants fixaient la reine du regard. Les Traîtresses comprirent qu'ils attaquaient leur reine, et elles ne perdirent pas de temps pour riposter. Chocs sourds et bruits d'os qui se brisent firent frémir Lorkin tandis que les derniers ashakis s'écroulaient.

Ils ne se sont même pas donné la peine de se protéger. Ils ont utilisé les derniers vestiges de leur magie pour tenter une attaque finale – et vaine – contre leurs ennemies, et pour s'assurer qu'ils n'y survivraient pas.

Les frappes des Traîtresses s'interrompirent aussi rapidement qu'elles avaient commencé, et un drôle de silence s'abattit sur la scène, un silence mêlé de soulagement et d'horreur.

Les épaules de Savara se soulevèrent et retombèrent ; elle inclina la tête. Elle resta un long moment ainsi, sans rien dire, de sorte que les Traîtresses froncèrent les sourcils et échangèrent des regards perplexes. Tyvara s'avança, l'air inquiet, et Lorkin l'imita, restant quelques pas en retrait. Il était prêt à l'aider si nécessaire, mais il préférait la laisser parler.

Savara leva les yeux vers la jeune femme et secoua la tête.

— Ashakis et Traîtresses. Nous sommes si différents, et pourtant, nous sommes pareils : intimement convaincus d'avoir raison. Désormais, ni les uns ni les autres n'existent plus. Nous aurons bientôt détruit ce contre quoi nous nous sommes soulevées. Nous devrions renoncer à nous appeler Traîtresses pour devenir simplement des Sachakaniennes.

— Nous ne sommes pas pareils, protesta Tyvara.

Savara jeta un coup d'œil à Lorkin.

— Qu'en penses-tu ? Sommes-nous comme les ashakis ?

Le jeune homme secoua la tête.

— Non. C'est vrai que vous êtes déterminées, mais ce n'est pas une mauvaise chose en soi. Pour triompher de leur détermination à s'accrocher au pouvoir, vous deviez faire preuve d'une détermination encore plus grande à le leur arracher.

Savara leva les sourcils.

— Une observation intéressante, venant d'un Kyralien et d'un ancien magicien de la Guilde.

Lorkin haussa les épaules et se força à sourire.

— Mais ne me dites pas que vous avez réussi là où la Guilde a échoué avant de vous être accrochées au pouvoir pendant quelques décennies – et sans devenir aussi dures que les ashakis.

Un léger sourire flotta sur les lèvres de Savara. Puis elle se redressa et promena un regard à la ronde.

— La bataille est finie, claironna-t-elle. C'est maintenant que commence le plus difficile. Vous savez ce que vous avez à faire.

Lorkin vit des expressions de résignation amère sur les visages tandis que les Traîtresses rompaient leur cercle. Les oratrices s'avancèrent, et Savara se porta à leur rencontre. Les autres rebelles se répartirent en équipes. Écoutant les plus proches de lui, Lorkin entendit leur chef demander combien de pierres il leur restait. Puis, tandis que tout le monde comptait, Savara demanda un volontaire pour prévenir les anciens esclaves et leur dire qu'ils pouvaient maintenant regagner la ville.

Lorkin sentit un doigt s'enfoncer dans ses côtes. Il se retourna. Tyvara lui désignait Savara du menton. La reine s'éloignait en compagnie des oratrices. Tyvara lui emboîta le pas, et Lorkin l'imita. *Savara aura encore besoin d'être protégée un petit moment*, comprit-il. Il secoua la tête. *Jamais je n'aurais imaginé devenir un jour le garde du corps d'une reine.*

— Il y a beaucoup d'esclaves morts dans le palais, rapportait l'oratrice Shaiya. Impossible de dire combien de temps il faudra pour évacuer les corps. Même si nous pouvions le faire ce soir, nous ne serions pas certaines qu'il ne reste aucun danger avant d'avoir fouillé toutes les pièces.

— Et les serviteurs libres ? s'enquit Savara.

Shaiya secoua la tête.

— La plupart d'entre eux ont résisté. Les autres se sont enfuis.

— Ils ont été éduqués à rester loyaux. Et contrairement aux esclaves, ils avaient quelque chose à perdre. Nous n'avions aucune chance de les rallier à notre cause. (Savara soupira.) Nous avons besoin d'une base sûre pour nous organiser. Un endroit central. Pourquoi pas une de ces maisons ?

Shaiya regarda autour d'elle.

— Je vais envoyer des éclaireuses.

29

Une liberté nouvelle et effrayante

Malgré l'agitation constante des marins, rien n'arrivait rapidement à bord d'un bateau, songea Lilia. Mais comme ils entraient dans le port, la jeune fille jeta un coup d'œil à Anyi et décida que ça n'était pas un problème. Rothen avait ordonné qu'on leur apporte de l'eau et de la nourriture, et bien que toujours très fatiguée, Anyi avait repris quelques couleurs et réussi à s'asseoir.

Elle avait l'air distant et souffrant, ce qui serrait le cœur de Lilia. Mais soudain, elle secoua la tête, et la détermination durcit son visage. *Elle se contrôle bien mieux que je ne le ferais à sa place*, songea Lilia. *On dirait son père.* Cery se comportait souvent de la même façon : distrait un instant, et hyper concentré la seconde d'après. Lilia n'avait jamais compris pourquoi.

Mais il pensait sans doute à sa famille assassinée quand il était seul ou avec Gol. Lilia fronça les sourcils. *Tôt ou tard, Anyi finira par encaisser le choc de sa disparition. Et quand ça arrivera, je serai là pour elle, même si je dois sortir de la Guilde en douce.*

En silence, elle regarda les marins effectuer les dernières manœuvres pour les amener à quai. Rothen parlait à voix basse avec le capitaine. Les deux magiciens qu'il avait recrutés dans le port surveillaient l'équipage prisonnier du bateau de Skellin. Lilia avait été stupéfaite de les voir exécuter les ordres du vieil homme sans discuter, même s'ils en ignoraient la raison. D'ordinaire, les magiciens ne se montraient pas si coopératifs, pour ce qu'elle avait pu constater. Puis elle avait remarqué leur expression respectueuse et s'était souvenue. En plus d'être un haut magicien, Rothen avait été le tuteur et le professeur de Sonea, et avait joué un rôle important durant l'invasion ichanie.

C'est facile de l'oublier, parce qu'il ne se montre jamais ni autoritaire ni méprisant. Il est resté simple. D'ailleurs, je parie qu'il ne se trouve pas si important.

Rothen jeta un coup d'œil aux deux filles, puis s'approcha d'elles et sourit à Anyi.

— Comment te sens-tu ? Prête à y aller ?

Anyi acquiesça. Mais alors qu'elle se levait, elle baissa les yeux et grimaça.

— Un vertige ? demanda Rothen en tendant une main pour la soutenir.

La jeune femme secoua la tête.

— Non, ça va.

Rothen acquiesça, puis fit signe aux deux filles de le suivre et se dirigea vers la longue planche que l'équipage venait de jeter entre le pont du bateau et le quai. Anyi fit quelques pas vacillants.

— Tu es sûre que ça va ? demanda Lilia à voix basse.

— Je suis affreuse. Et je me sens affreusement mal. En plus, je crois que mon manteau est foutu, se lamenta la jeune femme.

Lilia frissonna. Les vêtements d'Anyi étaient raides de son propre sang. Lilia passa son bras sous celui de son amie.

— Je t'en achèterai un autre.

— Je vais le garder sur moi pour l'instant. Ça fera peut-être culpabiliser les hauts magiciens de ne pas s'être bougés plus tôt pour capturer Skellin. (Anyi soupira.) Au moins, toi, tu es propre.

Lilia baissa les yeux vers les robes que Rothen lui avait apportées pour ne pas qu'elle rentre à la Guilde avec son déguisement piteux. *Au cas où je rentrerais bel et bien. Parce que cette histoire aurait pu très mal tourner.*

Elle n'arrivait toujours pas à croire que son plan ait fonctionné. Jetant un coup d'œil à la dépouille de Skellin, qui avait été recouverte d'un vieux sac en toile, la jeune fille frissonna. *J'ai tué quelqu'un. Avec ma magie noire.* Mais elle préférait ne pas y penser pour le moment.

Anyi et elle rattrapèrent Rothen près du bastingage.

— Vous pensez que les hauts magiciens voudront nous voir tout de suite ? demanda Lilia au vieil homme.

Celui-ci opina du chef.

— Je crains que…

— Qu'est-ce qu'il fait là ? gronda soudain Anyi.

Suivant la direction de son regard, Lilia sentit son cœur se serrer à la vue du magicien en robe noire qui les attendait sur le quai.

— Kallen est… était chargé de retrouver Skellin, lui rappela Rothen.

— Et il s'est drôlement distingué dans cette mission, cracha Anyi.

— Allons-nous lui raconter ce qui s'est passé ? demanda Lilia. Et si c'était lui, la source de Skellin ?

Rothen plissa les yeux.

—Ne dites rien avant la réunion. (Il eut un sourire sans joie.) Et ne vous inquiétez pas. Nous découvrirons l'identité de l'informateur de Skellin. Si c'est un haut magicien… eh bien, ce ne sera pas la première fois que l'un de nous cache un noir secret. Nous nous occuperons de lui.

Comme ils descendaient la passerelle, Lilia adressa un petit signe de tête rassurant à Anyi.

—Il a l'air de savoir ce qu'il fait.

Son amie haussa les épaules et la suivit.

Lorsqu'elles prirent pied sur le quai, Kallen s'avança pour les saluer. Lilia s'inclina, mais Anyi demeura très droite, le regard noir et les dents serrées.

—Seigneur Rothen. Dame Lilia. Anyi. (Kallen se tourna vers Rothen.) Vous m'avez demandé de vous rejoindre ici ?

—Oui, magicien noir Kallen. Je vous en dirai davantage une fois que nous serons rentrés à la Guilde, mais je peux déjà vous informer que Skellin est mort, et sa mère aussi. Son cadavre se trouve à bord, au cas où vous voudriez l'examiner. Quant à Lorandra, elle gît quelque part au fond de l'eau.

Kallen haussa les sourcils. Sans rien ajouter, il monta la passerelle et se dirigea vers le corps du renégat. Il s'accroupit et souleva le sac en toile. Comme il leur tournait le dos, Lilia ne put voir la tête qu'il faisait. *Dommage*, songea-t-elle.

Kallen redescendit sur le quai. Il planta son regard dans celui de Lilia et sourit.

—Vous avez des explications à nous fournir, dit-il.

Mais son ton n'était pas désapprobateur, remarqua la jeune fille.

—Pas avant que nous soyons rentrés à la Guilde, décréta fermement Rothen. J'ai pris mes dispositions pour que les marins restent sous surveillance jusqu'à ce que nous puissions les interroger, et pour que le corps soit transporté à la Guilde.

Kallen acquiesça et désigna le bout du quai.

—La voiture qui m'a amené est toujours là, si vous voulez la prendre.

Rothen hocha la tête. Ils se dirigèrent vers le véhicule en silence.

Jetant un coup d'œil à la ronde, Lilia nota que les dockers s'interrompaient pour regarder passer Kallen. Ils avaient l'air curieux et mal à l'aise à la fois. *D'un autre côté, les novices réagissent pareil à la vue de Sonea. Ils sont à la fois impressionnés et intimidés.* Puis la jeune fille se fit la réflexion que les gens l'observeraient de la même façon un jour, lorsqu'elle serait diplômée et obligée de porter une robe noire. *Avant, j'avais hâte d'abandonner ma robe de novice. Maintenant, je redoute le moment où je devrai le faire.*

Le trajet du retour fut bref, car une large route conduisait directement de la marina à l'entrée de la Guilde, ne décrivant une courbe que pour contourner le palais. Pourtant, il parut très long à Lilia. Personne ne pipait mot dans la voiture. Kallen dévisageait tour à tour Lilia, Anyi et Rothen, mais essentiellement ce dernier.

Il semble perplexe. Et inquiet. Je m'attendais à ce qu'il se fâche en apprenant que nous nous étions occupés de Skellin sans le consulter. Chaque fois que le regard du magicien noir se posait sur elle, la jeune fille détournait les yeux.

Lorsqu'ils furent arrivés, Rothen se dirigea vers l'entrée de l'université tandis que Kallen demeurait en arrière pour donner ses instructions au cocher.

— L'administrateur est au palais, lança-t-il dans le dos du vieil homme.

Celui-ci s'arrêta et regarda par-dessus son épaule.

— Et le haut seigneur Balkan ?

— Aussi.

— Doivent-ils rentrer bientôt ?

Kallen haussa les épaules.

— Nous ne les attendons pas avant ce soir.

Rothen cligna des yeux, puis les écarquilla brusquement.

— Vous aussi, vous étiez au palais quand je vous ai envoyé chercher, n'est-ce pas ? C'est arrivé aujourd'hui ?

Kallen acquiesça.

— Mais je savais que vous ne m'appelleriez que si c'était important. Je peux vous dire un mot en privé ?

Laissant les deux filles sur les marches, Rothen rejoignit Kallen. Lilia vit l'expression soupçonneuse d'Anyi. Elle jeta un coup d'œil aux magiciens par-dessus son épaule. Leurs lèvres remuaient, mais elle n'entendait rien. Ils devaient utiliser un bouclier coupe-sons. *Ça a l'air d'être quelque chose d'important, quelque chose auquel Rothen s'attendait.*

— Vous êtes sûr que c'était lui ? demanda soudain Rothen d'une voix forte et claire.

Kallen acquiesça.

— Bon. Malheureusement, je dois quand même informer l'administrateur et le haut seigneur en premier. Donc, nous devrons attendre leur retour.

— Ils ne seront peut-être pas libres avant demain ou après-demain.

— En effet, c'est probable. Pensez-vous que le roi convoquera tous les hauts magiciens au palais ?

— Non. Il n'aime pas que nous soyons trop nombreux autour de lui. Voulez-vous que je dise à Osen et à Balkan que vous avez retrouvé Skellin, et que vous souhaitez vous entretenir avec eux ?

— Oui, merci.

Rothen attendit que Kallen soit remonté en voiture et que le cocher ait fait claquer ses rênes. Lilia remarqua que le véhicule prenait de la vitesse avant même d'être ressorti de l'enceinte de la Guilde.

— Il est pressé, dit Anyi à voix basse. (Elle regarda Rothen.) Qu'est-ce qui peut bien être plus important que la mort de Skellin et la découverte de ses informateurs au sein de la Guilde ?

— Vous le saurez bientôt, répondit Rothen d'un air grave. Et croyez-moi, c'est vraiment *très* important.

Anyi prit un air pensif.

— Nous ne sommes pas sur le point de subir une nouvelle invasion, j'espère ?

Rothen secoua la tête.

— Ou d'envahir un de nos voisins ?

— Non plus. N'essayez pas de deviner. Je vais vous conduire toutes les deux aux appartements de Sonea, puis je ramènerai Gol ici. Je lui ai dit de nous attendre à...

— Gol est vivant ? coupa Anyi.

Lilia sourit.

— Oui. Il nous a aidés à te retrouver. Il sera très content que nous t'ayons délivrée.

Anyi frémit.

— Il doit être tellement... (Elle soupira sans achever sa phrase.) Bref. Allons nous nettoyer.

Lilia sourit.

— Ce délai a au moins un avantage.

Oh, Dannyl. Sonea ôta la bague d'Osen de son doigt et essuya les larmes de ses yeux. *Perdre quelqu'un que vous aimiez autant...* Cela avait fait resurgir en elle un flot de souvenirs et d'émotions, et elle s'était réjouie que la bague de Naki empêche Osen de les percevoir. L'administrateur était déjà assez choqué par la réaction de Dannyl. Il savait que celui-ci était proche d'Achati, mais visiblement, Dannyl avait réussi à lui dissimuler jusqu'à quel point.

Osen ne pensait sans doute pas que ce soit possible – pas que Dannyl aime un autre homme, puisqu'il était au courant pour Tayend, mais qu'il puisse s'attacher à un Sachakanien. À plus forte raison un ashaki. Et il devait encore moins imaginer qu'un Sachakanien si influent puisse s'éprendre de Dannyl.

Sonea éprouva un élan de compassion en se remémorant la colère de Dannyl. Si elle avait su qu'il risquait d'assister à la mort de son amant, jamais elle n'aurait suggéré qu'il observe la bataille pour leur permettre, à Osen et à elle, de voir ce qui se passait à travers ses yeux. *Mais il ne s'attendait sans doute pas à ce que les Traîtresses gagnent. À mon avis, c'est pour Lorkin qu'il s'inquiétait.*

— Je suis désolé, Sonea, lança une voix familière. Je suis vraiment désolé.

Regin. Elle devrait lui raconter ce qui s'était passé. Levant la tête, elle aperçut des yeux brillants de larmes contenues et se retrouva soudain pressée contre une poitrine chaude tandis que des mains lui caressaient le dos.

— Vous ne pouviez rien faire de plus, dit Regin. Il a fait un choix courageux, et je l'admire pour ça.

Sonea, qui s'était d'abord raidie sous l'effet de la surprise, se détendit alors. La sollicitude et la proximité de Regin l'apaisaient, même si elle se rendait compte de sa méprise. *Il m'a vue pleurer, et il croit que Lorkin est mort. Non, c'est pire que ça : il croit que Lorkin est mort, et ça lui fait de la peine.* Elle devait le détromper, mais une part égoïste d'elle-même voulait prolonger ce moment. *Il se soucie de Lorkin. Et de moi…*

Arrête ça ! se morigéna-t-elle. *Sinon, tu finiras par vouloir ce que tu ne peux pas avoir.*

— C'est bon, bredouilla-t-elle. Il va bien. (Elle se força à s'écarter de Regin pour pouvoir le dévisager.) Lorkin va bien. (Elle soutint son regard pour lui prouver qu'elle ne mentait pas.) Les Traîtresses ont gagné.

Une lueur de compréhension passa dans les yeux de Regin. Il rougit légèrement et eut un sourire penaud. Puis il se rembrunit.

— Alors, pourquoi… ? (Il écarquilla les yeux.) Dannyl ?

— Il va bien aussi. Tout comme Merria et Tayend. C'est juste que… (Sonea secoua la tête.) Je vous expliquerai plus tard.

Elle sentit Regin relâcher son étreinte. Il voulut faire un pas en arrière ; elle lui prit les mains et les pressa avant de le lâcher.

— Merci.

Les yeux de Regin brillèrent ; puis il détourna le regard et redevint sérieux.

— Que fait-on maintenant ?

Sonea se tourna vers la fenêtre.

— Osen veut que nous rejoignions Dannyl. Puis nous sommes censés féliciter la reine, lui dire que nos guérisseurs ne sont pas loin et voir si elle nous laissera maintenir un ambassadeur de la Guilde à Arvice.

— Comment les trouverons-nous ? interrogea Regin.

— Ils sont par là. (Sonea tendit un doigt.) Nous ne devrions pas avoir de mal à reconnaître la rue où a eu lieu la bataille : elle est probablement jonchée de cadavres d'ashakis. Si j'en crois les observations de Dannyl, elle débouche sur l'esplanade devant le palais. Dannyl, Tayend et Merria sont dans l'une des maisons qui bordent cette esplanade.

Regin lui emboîta le pas.

— La nuit va bientôt tomber.

Tout en descendant, Sonea s'étonna de l'allégresse qu'elle ressentait. *Une bataille terrible vient d'avoir lieu. Je ne devrais pas être aussi gaie.* Mais Lorkin avait survécu, et son soulagement était indicible. Peut-être parviendrait-elle à le persuader de rentrer à Imardin, maintenant.

Cette pensée raviva son inquiétude. *Non, il voudra rester avec Tyvara. S'il est aussi amoureux d'elle que je l'étais d'Akkarin, il la suivra n'importe où. Je ne devrais pas vouloir l'en empêcher.* Mais elle le voulait quand même. *Et d'un autre côté, je désire qu'il soit heureux. Jamais je ne lui souhaiterais de souffrir autant que moi.*

Lorsqu'ils atteignirent le rez-de-chaussée, Regin précéda Sonea à travers la maison, se déplaçant en silence et vérifiant qu'il n'y avait personne avant de s'engager dans un couloir ou une pièce. Une fois dans la cuisine, ils jetèrent un coup d'œil par la porte de service. La rue sur laquelle elle donnait était déserte.

— De toute façon, elles finiront bien par nous repérer, dit Sonea avant de sortir d'un pas décidé.

Pour toute réponse, Regin gloussa.

Si des Traîtresses les aperçurent, elles ne s'inquiétèrent pas de leur présence. Aucune d'elles ne quitta son poste pour arrêter les deux Kyraliens.

Au carrefour suivant, Sonea vit un couple de rebelles qui s'éloignait d'eux, bras dessus, bras dessous. D'après la façon dont l'homme et la femme s'appuyaient l'un sur l'autre, ou ils étaient épuisés, ou ils avaient déjà bien arrosé leur victoire. Haussant les épaules, Sonea et Regin poursuivirent leur chemin dans la même direction.

Ils n'avaient fait qu'une vingtaine de pas quand deux hommes sortirent de sous une porte cochère que le couple venait juste de dépasser. Regin s'arrêta net, et Sonea l'entendit hoqueter en même temps qu'elle-même se figeait, reconnaissant la veste des deux individus et l'éclat du couteau dans leurs mains.

Des ashakis.

— Attention ! cria-t-elle.

L'homme et la femme regardèrent par-dessus leur épaule, aperçurent les deux ashakis et firent volte-face pour les affronter. Un des ashakis jeta un coup d'œil à Sonea et à Regin puis, avec un geste désinvolte, reporta son attention sur ses cibles. Déjà, son compagnon avait frappé la femme. Celle-ci frémit et poussa son compagnon derrière elle. Ils commencèrent tous deux à reculer.

— Ils n'ont plus beaucoup de pouvoir, commenta Regin.

Sonea sut qu'il ne parlait pas des ashakis, qui ne semblaient guère s'inquiéter de la présence de deux magiciens de la Guilde. *Il doit leur rester assez de force pour penser que nous ne constituons pas un danger. Comme nous sommes kyraliens, ils doivent supposer que nous ne connaissons pas la magie noire.*

— Vous comptez faire quelque chose ? demanda Regin. Parce que je ne peux pas les regarder tuer ces gens. Pas alors que les Traîtresses ont gagné de toute façon.

— J'aimerais bien, soupira Sonea. Mais ce serait une interférence.

— Je suis sûre que les Traîtresses vous pardonneront d'avoir sauvé deux des leurs.

— Mes actions seront considérées comme celles de la Guilde et de l'ensemble des Terres Alliées.

— Tant mieux. Je ne voudrais pas appartenir à une organisation capable d'abandonner des gens en danger. Et puis, rien ne vous oblige à tuer les ashakis : il vous suffit de les mettre en fuite.

Les deux hommes s'étaient séparés de manière à prendre le couple en tenailles. La femme jeta un regard à Sonea et à Regin, les yeux écarquillés par la peur.

Regin a raison. Les Traîtresses et la Guilde géreront les conséquences plus tard. Rassemblant son pouvoir, Sonea projeta deux décharges vers les ashakis. Touchés, ceux-ci titubèrent en se tournant vers elle. Le couple en profita pour s'enfuir et disparaître dans une rue perpendiculaire.

Les ashakis échangèrent un regard. Puis l'un d'eux s'avança vers Sonea et Regin. Après une hésitation, l'autre l'imita.

— Ils n'ont pas l'air effrayés, remarqua Sonea.

Regin gloussa.

— Ils ne savent pas qui vous êtes.

Des éclairs fusèrent vers Sonea, qui renforça son bouclier. Ils n'étaient pas particulièrement puissants – juste destinés à la tester, sans doute. Elle riposta avec un barrage de feu pour les intimider. Les ashakis s'interrompirent et échangèrent quelques mots à voix trop basse pour qu'elle comprenne ce qu'ils se disaient.

Puis le couple réapparut au coin de la rue… suivi par quatre autres Traîtresses. Frappés par-derrière, les ashakis titubèrent en avant. Ils se retournèrent, virent leurs victimes putatives lever les bras et brandir quelque chose vers eux, puis jetèrent un nouveau coup d'œil à Sonea et à Regin.

Coincés, se dit la magicienne. *Mais les Traîtresses peuvent se débrouiller seules maintenant.* Elle les regarda forcer les ashakis à dépenser tout leur pouvoir jusqu'à ce que leur bouclier se dissipe, et frémit comme un dernier coup jetait les deux hommes à terre. Regin poussa une exclamation de surprise, mais se ressaisit très vite et haussa les épaules.

— Elles ne font pas de quartier, hein ?

Sonea secoua la tête en se remémorant le suicide du roi Amakira.

Les Traîtresses dépassèrent le corps des ashakis pour rejoindre Sonea et Regin. Une des nouvelles venues était à leur tête.

— Vous êtes la magicienne noire Sonea ? demanda-t-elle.

— Oui, et voici le seigneur Regin.

— Je suis l'oratrice Lanna. Vous auriez dû rester là où nous vous avions emmenés. (La femme fit un geste impérieux.) Suivez-moi.

Comme elle se détournait, Sonea jeta un coup d'œil à Regin, qui semblait mi-amusé mi-agacé. Elle emboîta le pas à l'oratrice, et réprima un sourire en voyant les autres Traîtresses se déployer pour flanquer les deux magiciens de la Guilde qu'elles allaient escorter vers le centre de la ville.

Entendant des pas approcher dans le couloir, Tayend leva les yeux vers Dannyl. Une heure environ s'était écoulée depuis qu'ils étaient descendus du toit. Assis de part et d'autre du siège d'Achati dans le grand salon, les deux ambassadeurs n'avaient pas échangé plus de quelques mots.

— Le retour du devoir et des responsabilités, soupira Tayend. Te sens-tu prêt à affronter les gens qui l'ont tué ? Sinon, on pourrait prendre son bateau et rentrer à Imardin par la voie maritime.

Dannyl secoua la tête.

— Non. Ce serait la fin de nos deux carrières. Les Traîtresses… J'aurais voulu qu'elles l'épargnent, mais elles ne le connaissaient pas. Elles ne savaient pas qu'il méritait de vivre. Comment l'auraient-elles pu ? Il conseillait le roi, qui représentait tout ce qu'elles haïssent. Et… malgré tout ce qui s'est passé, j'ai envie de rester ici, à Arvice. Pas pour toujours, mais…

Merria entra dans la pièce. Elle avait quelque chose de différent, et Dannyl mit un moment à comprendre quoi. *Elle semble plus âgée. Pas plus vieille, mais plus mature. Presque sévère. Elle me fait penser à dame Vinara. Mmmh. Les responsabilités lui vont bien.*

Mais il était temps que Dannyl reprenne sa place.

— Dame Merria, dit-il en se levant et en lui tendant la main. Merci pour votre aide.

Son assistante hésita, puis plongea une main dans sa poche et en sortit la bague d'Osen. Comme Dannyl la prenait, elle le jaugea du regard – pour s'assurer qu'il était en état de recommencer à jouer son rôle d'ambassadeur ? Cette pensée le fit presque sourire.

— Le roi Amakira est mort, tout comme le reste des ashakis, rapporta-t-elle. Il s'est suicidé, et sa garde rapprochée a forcé les Traîtresses à l'éliminer en attaquant leur reine. Sonea et Regin sont en route pour vous rejoindre. Osen dit que nous devons réclamer ensemble une audience à la reine des Traîtresses.

— Que font-elles en ce moment ?

— Elles fouillent les maisons voisines. Elles ont déjà débusqué et éliminé un ashaki qui s'était caché pendant la bataille.

Tayend prit une inspiration sifflante.

— Les esclaves d'Achati !

Dannyl sentit son cœur se serrer.

— Elles vont les tuer.

— Pas forcément, contra Merria.

— Nous ne pouvons pas prendre ce risque. Nous devons les prévenir.

Tayend fit un pas vers le couloir.

Merria fronça les sourcils.

— S'ils pouvaient s'enfuir, ils ont dû le faire.

Tayend hésita et regarda Dannyl.

— Mais s'ils n'ont pas pu…

— Dans ce cas, nous les emmènerons avec nous, déclara l'historien. S'ils veulent venir. Ce sont des hommes libres à présent.

— Vous les engageriez comme serviteurs ? S'ils sont obligés d'accepter, ce n'est pas très différent de l'esclavage, non ? objecta Merria.

Dannyl secoua la tête.

— C'est toujours mieux que la mort. Mais nous ne leur forcerons pas la main. Nous leur proposerons juste de les emmener avec nous. La décision leur appartiendra.

— D'abord, nous devons les trouver, leur rappela Tayend. S'ils sont encore ici, ils doivent se cacher. Et nous n'avons pas beaucoup de temps.

— Dans ce cas, séparons-nous, suggéra Dannyl. Tu vas avec Merria, pour qu'elle te protège. S'ils ne vous voient pas, ils risquent de vous prendre pour des Traîtresses et de vous attaquer. Je fouille l'étage ; vous vous chargez du rez-de-chaussée ?

Il se dirigea vers l'escalier. En explorant la maison d'Achati, il découvrit des pièces qu'il n'avait jamais vues auparavant. Toutes étaient décorées dans les couleurs sourdes qu'Achati préférait au blanc traditionnel des demeures sachakaniennes. Dannyl eut l'impression d'être entouré par la présence de son amant, et son cœur se serra.

Arrivé à l'arrière de la bâtisse, il poussa une porte et sursauta à la vue de ce qui l'attendait de l'autre côté.

Pourquoi ne m'en a-t-il jamais parlé ?

Dannyl avait vu la bibliothèque d'Achati. C'était une pièce modeste située dans les appartements du maître des lieux, où livres et parchemins étaient rangés dans des présentoirs finement ouvragés. Mais la pièce dans laquelle Dannyl se tenait à présent faisait plusieurs fois sa taille, et ses murs étaient couverts d'étagères. Une grande table se dressait au centre, sa surface nue à l'exception d'une feuille de papier pliée et scellée.

Deux hommes se tenaient derrière cette table. Lak et Vata, les esclaves d'Achati. Ils ne portaient plus leur pagne, mais une tunique et un pantalon tout simples. Comme Dannyl les dévisageaient, ils baissèrent les yeux.

— Notre maître a laissé ceci pour vous, dit l'un d'eux en désignant la lettre.

Dannyl ouvrit la bouche pour parler, puis se ravisa. *Vois d'abord ce que dit cette lettre.* Il s'approcha de la table pour la prendre. Son estomac se noua à la vue de son nom élégamment calligraphié de l'écriture d'Achati. Prenant une grande inspiration, il brisa le sceau, déplia le papier et lut.

« Pour l'ambassadeur Dannyl, de la Guilde des magiciens de Kyralie

Le problème quand on collectionne le meilleur, c'est qu'on a besoin du médiocre et du pire à titre de comparaison. Je me suis efforcé de me débarrasser du pire dans la plupart des domaines, mais cela n'a pas toujours été possible concernant ma famille, mon roi ou ma bibliothèque.
Si les rebelles vous y autorisent, je souhaite que vous héritiez de mes livres. Elles s'empareront probablement du reste de mes biens, ou elles les détruiront. J'espère juste qu'une partie reviendra à mes esclaves.

Ashaki Achati, anciennement conseiller
du roi Amakira du Sachaka »

Dannyl ferma les yeux, déglutit péniblement, puis se racla la gorge et regarda les esclaves.

— Lak, Vata… Je n'ai pas beaucoup de temps pour vous expliquer, aussi vais-je me montrer direct. Votre maître est…

La gorge serrée, il ne put finir sa phrase.

— Nous le savons déjà, dirent les esclaves d'une même voix.

— Les Traîtresses sont en train de fouiller les maisons autour de l'esplanade. Elles considéreront sans doute le fait que vous soyez restés comme un signe de loyauté envers votre maître. L'ambassadeur Tayend et moi-même nous proposons donc de vous emmener.

— Faut-il vraiment que nous partions ? demanda Vata, les yeux écarquillés.

— Je le crains. (Dannyl secoua la tête.) Honnêtement, j'ignore ce que les Traîtresses feront. Je ne sais pas non plus s'il vaut mieux que vous deveniez nos compagnons ou nos serviteurs, et si vous trouverez ça acceptable. Mais je vous promets que nous ferons notre possible pour vous protéger.

Les deux hommes se regardèrent, et Lak acquiesça.

— Notre maître nous a dit de faire ce que vous nous demanderiez.

— Dans ce cas, je vous demande de venir avec moi, dit Dannyl en leur faisant signe et en rebroussant chemin vers le couloir. Mais je ne vous l'ordonne pas, précisa-t-il, et vous n'avez plus à obéir comme des esclaves. Désormais, vous devrez vous comporter en hommes libres. Pas à la façon des ashakis, évidemment – je doute que les Traîtresses apprécieraient.

— Je ne sais pas comment me comporter en homme libre, avoua Vata à voix basse.

— Tu apprendras, lui assura Dannyl.

Fourrant la lettre d'Achati dans sa poche, il entraîna ses esclaves affranchis hors de la bibliothèque, dans la lumière crue d'une liberté nouvelle et effrayante.

30

Négocier le futur

Une fois de plus, Savara occupait la suite maîtresse du manoir qu'elle avait réquisitionné comme base opérationnelle. C'était donc dans le grand salon qu'elle recevait ceux qu'elle avait convoqués et ceux qui lui avaient réclamé une audience. Assis à sa gauche, Lorkin et Tyvara montaient la garde tandis qu'elle écoutait ses éclaireuses rapporter à quelle vitesse les Traîtresses prenaient le contrôle de la ville.

Toutes les maisons qui bordaient l'esplanade avaient été fouillées. Les rebelles y avaient trouvé quelques ashakis tapis en embuscade, et elles les avaient éliminés impitoyablement. Elles avaient également découvert quelques femmes libres et leurs enfants. Leurs maris, leurs pères ou leurs fils étaient tellement persuadés de gagner qu'ils ne s'étaient pas donné la peine de les envoyer en lieu sûr. Dans certaines demeures, le sol était jonché par les corps des esclaves qui n'avaient pas réussi à s'enfuir avant que leur maître ne les tue pour s'approprier leur force.

Les Traîtresses avaient choisi un manoir pour abriter les femmes et les enfants indemnes jusqu'à ce que Savara décide quoi faire d'eux. *Probablement la même chose que pour les autres familles rencontrées sur le chemin d'Arvice*, songea Lorkin. *Elle leur dira de trouver leur place parmi les esclaves affranchis, ce qui signifie sans doute qu'ils devront travailler pour la première fois de leur vie.*

— Certains esclaves ont attaqué la famille de leur ancien maître avant de quitter la ville, expliquait l'oratrice Shaiya à la reine. Et certaines femmes libres ont attaqué leurs esclaves après avoir eu vent de la défaite des ashakis. Nous avons regroupé tous les blessés dans un autre manoir, de l'autre côté de l'esplanade. Par ailleurs, une poignée d'esclaves et une femme libre sont en train d'accoucher. Toutes les Traîtresses possédant une expérience de soigneuses ont été envoyées auprès d'elles.

— Sont-elles assez nombreuses ? interrogea Savara.

Shaiya secoua la tête.

— Il nous en faudrait plus. Quand les guérisseurs kyraliens doivent-ils arriver ?

— Demain, sans doute.

— Je peux y aller, offrit Lorkin.

— Non. (Savara tourna la tête vers lui.) J'ai besoin de toi ici, pour le moment.

Shaiya baissa les yeux.

— Je sais ce que vous pensez de Kalia, mais…

Savara se rembrunit et secoua la tête.

— Je n'ai pas confiance en elle.

— Vous n'en avez pas besoin. Laissez-la juste faire son métier.

Lorkin retint son souffle tandis que Savara dévisageait l'oratrice. Elle ne pouvait pas révéler la culpabilité de Kalia sans révéler également la capacité du jeune homme à lire les pensées superficielles. *J'imagine que je ferais bien de me préparer aux conséquences…*

— Amène-la ici, réclama Savara.

Lorsque les bruits de pas de Shaiya se furent tus dans le couloir, elle se tourna vers Lorkin.

— Ton pouvoir pourrait m'être très utile, Lorkin. Es-tu prêt à l'utiliser au service des Traîtresses ?

Surpris, le jeune homme cligna des yeux.

— Je… je suppose que oui. Vous voulez que je m'en serve sur Kalia ? Je ne peux pas vous promettre que je capterai grand-chose d'intéressant.

Savara sourit.

— Dis-moi juste si tu détectes un mensonge. Ne précise pas comment tu as fait, et ne parle de ton pouvoir à personne jusqu'à nouvel ordre.

Un bruit de pas se fit entendre dans le couloir. Shaiya revenait, et elle n'était pas seule. En entrant dans la pièce, Kalia regarda Savara, puis baissa les yeux et posa une main sur son cœur.

— Laisse-nous, Shaiya.

L'oratrice hésita, puis acquiesça et sortit.

Savara se leva et s'approcha lentement de Kalia. Celle-ci ne leva pas la tête. Elle avait les yeux écarquillés, et elle respirait vite. Lorkin se concentra sur elle jusqu'à ce qu'il perçoive une présence et une culpabilité familières.

— Je sais ce que tu as fait, dit Savara. (Elle jeta un coup d'œil à Lorkin et à Tyvara.) Nous savons ce que tu as fait.

Un élan de peur et de honte émana de Kalia.

— Ce que je ne comprends pas, c'est : pourquoi Halana ? poursuivit Savara. Tout le monde l'aimait. Elle n'avait pas d'ennemies. (La reine secoua la tête.) Et elle possédait une telle expérience de la fabrication de pierres, un tel talent… Même si tu la détestais, comment as-tu pu nous priver de ça ?

— Je ne la détestais pas, protesta Kalia. Je…

Elle leva les yeux et, très vite, les baissa de nouveau.

— Tu quoi ?

— Je ne voulais pas qu'elle se fasse tuer.

— Seulement nous. (Savara revint vers son siège.) Je n'ai pas de preuve de ça, mais j'ai une preuve que tu es impliquée dans la mort d'Halana. Si tu parviens à me convaincre qu'il s'agissait d'un accident, je… (Elle soupira.) Bien que ça me peine de l'admettre, nous avons besoin de toi, Kalia. Convaincs-moi, soigne les blessés, et j'éviterai de démoraliser notre peuple en ce moment crucial avec des accusations de tentative de meurtre contre l'une des nôtres.

Kalia déglutit et acquiesça.

— Quand vous étiez sur le toit la nuit dernière, commença-t-elle, j'ai vu qu'il n'y avait personne d'autre avec vous que… (Du regard, elle désigna Lorkin et Tyvara.) Autrement dit, personne d'autre ne serait blessé si on vous attaquait. Il suffisait que j'attire l'attention sur vous. Donc, je me suis faufilée dehors par une porte de service, j'ai trouvé des ashakis et je les ai ramenés. Ils vous ont vue, mais au moment où j'allais rentrer par la même porte de service, Halana est sortie par une autre. Je crois qu'elle voulait poser des pierres bouclier. Elle… n'a pas remarqué les ashakis. Elle… (Un sanglot s'échappa de sa gorge.) J'ai tenté de la prévenir, mais tout s'est passé si vite ! Je ne voulais pas qu'elle se fasse tuer.

Savara jeta un coup d'œil à Lorkin, qui secoua la tête. Kalia disait la vérité.

La reine reporta son attention sur l'accusée. On aurait dit qu'elle venait de mordre dans quelque chose de répugnant. Mais elle n'était pas seulement dégoûtée par les actions de Kalia. *Elle veut la punir, et elle ne va pas le faire. À sa place, j'enfermerais Kalia, et c'est moi que j'enverrais soigner les blessés.* Les talents de soigneuse de l'ancienne oratrice n'étaient pas uniques. Puis Lorkin comprit. *Mais ma capacité de lire dans les pensées superficielles l'est, elle.*

— Dans ce cas, jure que tu n'en parleras jamais à personne, à moins que je t'en donne l'ordre, dit Savara. Et jure que tu ne tenteras plus jamais de nous nuire – à Tyvara, à Lorkin ou à moi.

Kalia inclina la tête.

— Je le jure.

— Tu peux y aller. Shaiya t'emmènera là où nous avons rassemblé les blessés.

Tandis qu'elle s'éloignait hâtivement, Savara se frotta les mains sur les genoux comme pour les essuyer.

— Au moins, nous avons un moyen de pression sur elle désormais.

Un bruit de pas précipités retentit dans le couloir. Cette fois, ce fut l'oratrice Lanna qui entra dans la pièce.

— Êtes-vous prête à recevoir les Kyraliens ?

Savara prit une grande inspiration et la relâcha lentement.

— Bonne question.

Lanna fronça les sourcils.

— D'abord, je dois vous dire quelque chose.

— Quoi donc ?

L'oratrice eut un sourire pincé.

— Quand j'ai trouvé la magicienne noire Sonea, elle tenait deux ashakis en respect. Tayvla et Call m'ont dit que les ashakis les avaient attaqués en premier, et que Sonea était intervenue pour leur permettre de s'enfuir.

Tournant la tête vers Savara, Lorkin s'étonna de la voir se rembrunir. La reine lui jeta un coup d'œil et grogna tout bas.

— Voilà qui gâche tous mes plans. (Elle se tourna vers Lorkin en décroisant les bras.) Ta mère a désobéi à mon ordre de rester là où son escorte l'avait conduite. Je comptais en parler avec elle, et voir ce que je pouvais obtenir à titre d'excuse.

Lorkin haussa les sourcils.

— Je doute que vous auriez réussi.

— Dans ce cas, comment me suggères-tu de m'y prendre pour lui soutirer une faveur ?

— Je suis la dernière personne à qui vous devriez demander ça. Elle me connaît beaucoup trop bien.

— Mais tu es son fils, insista Savara. Je devrais peut-être me servir de toi.

Lorkin frémit.

— Seulement si vous vous sentez très courageuse. Je, euh, je vous conseille d'en apprendre davantage sur elle avant de pousser le bouchon trop loin.

Savara le dévisagea avec une moue pensive, puis acquiesça.

— Tu aimerais retourner en Kyralie pour la revoir.

— Un jour, oui. Et j'aimerais emmener Tyvara avec moi. Donc, ça m'arrangerait que le Sachaka et les Terres Alliées restent en bons termes.

Savara se tourna vers Lanna.

— Fais entrer les Kyraliens. Et l'Elyne, aussi.

Le cœur de Lorkin se mit à battre un peu plus vite. *Mère, Dannyl et tous les autres ne peuvent plus avoir aucun doute sur ma nouvelle allégeance. Je ne vais pas tarder à découvrir ce qu'ils en pensent.*

Sonea précéda les autres dans la pièce. Ils formèrent une ligne devant Savara et s'agenouillèrent. Il y eut un silence surpris et quelque peu embarrassé. Lorkin sentit un curieux petit frisson lui parcourir l'échine. En Kyralie et en Elyne, la génuflexion était une attitude normale face à un souverain, mais les Traîtresses n'en demandaient pas autant.

— Relevez-vous, dit Savara à voix basse. (Comme les cinq étrangers obtempéraient, elle leur sourit.) Plus tard, Lorkin vous apprendra l'étiquette en vigueur chez les Traîtresses. (Elle parcourut la ligne du regard.) Je suis la reine Savara, et voici Tyvara et Lorkin. Et vous, qui êtes-vous ?

— Comme vous le savez depuis notre rencontre précédente, je suis la magicienne noire Sonea de la Guilde des magiciens de Kyralie, commença la mère de Lorkin.

Puis elle présenta les autres par ordre décroissant de statut.

Dannyl a l'air... pas mal à l'aise, mais on dirait qu'il a un problème et qu'il tente de le cacher, songea Lorkin. *Une blessure, peut-être ? Non, c'est autre chose. Il a sûrement des sentiments ambivalents envers les Traîtresses, après les avoir vues tuer un tas de gens qu'il...*

Ce fut comme si une pierre tombait au fond de l'estomac du jeune homme. Dannyl, Tayend et Merria avaient tous trois noué des liens avec les ashakis. *Ils viennent peut-être de voir leurs amis se faire massacrer.*

Lorsque sa mère présenta Regin, Lorkin se souvint de ce que Tyvara avait suggéré : qu'il était davantage que l'assistant de Sonea et sa source de pouvoir. Regin vit que le jeune homme l'observait et, l'air grave, lui adressa un léger signe de tête auquel Lorkin répondit par la pareille. *Impossible de dire si elle a raison.*

— Bon, dit Savara en se levant et en s'approchant de Dannyl. Avez-vous l'intention de rester au Sachaka, ambassadeur Dannyl ? J'imagine que nous aurons besoin d'un représentant de la Guilde à Arvice lorsque les guérisseurs seront arrivés.

Lorkin vit sa mère froncer les sourcils d'une fraction de millimètre. Elle était la plus haut placée au sein de cette délégation de la Guilde ; c'était donc à elle que Savara aurait dû adresser sa question. En la posant directement à Dannyl, la reine des Traîtresses indiquait peut-être qu'elle préférait traiter avec lui plutôt qu'avec Sonea.

— Si la Guilde m'y autorise, et avec votre permission, Majesté, répondit l'historien.

Savara acquiesça.

— Vous conviendrez du moment. (Elle se tourna vers Tayend.) Et vous, ambassadeur Tayend, continuerez-vous à représenter l'Elyne ?

— J'ai déjà reçu des ordres de mon roi, qui souhaite que je demande à être maintenu dans mon poste, Votre Majesté. Il m'a également fait mémoriser un court message que je suis censé vous répéter en attendant l'arrivée ultérieure d'une plus longue missive.

— Vraiment ? Je vous écoute.

Il s'inclina respectueusement.

— Le roi Lerend d'Elyne vous félicite pour votre conquête réussie du Sachaka. Il espère avoir l'occasion de vous rencontrer pour discuter des nombreuses façons dont nos pays pourraient développer des relations mutuellement profitables. Puisse votre avenir être paisible et prospère.

Savara sourit.

— Transmettez-lui mes remerciements pour ses vœux la prochaine fois que vous communiquerez avec lui. J'attends sa missive avec impatience. Et je ne vois aucune raison pour laquelle vous ne pourriez pas rester ambassadeur de votre pays à Arvice.

Elle passa devant Merria et Regin, puis s'arrêta.

Lorkin observa sa mère tandis que la reine des Traîtresses se tournait vers elle. Il vit son changement familier d'expression, depuis l'air pensif et légèrement chagriné qu'elle arborait la plupart du temps vers cette mine perspicace et ce regard pénétrant qu'il n'avait jamais réussi à soutenir bien longtemps.

— Magicienne noire Sonea, dit Savara sur un ton qui n'était plus aussi amical, mais pas non plus hostile. Vous avez désobéi à mon ordre de rester dans la maison où votre escorte vous avait conduite.

— Effectivement, Votre Majesté.

— Je n'ai pas été contente de l'apprendre.

— Je ne m'attendais pas à ce que vous m'en félicitiez.

— Pourquoi avez-vous fait ça ?

— Les ambassadeurs Dannyl et Tayend, ainsi que dame Merria, se croyaient en danger. Saral et Temi étaient partis ; je ne pouvais donc pas solliciter la permission de rejoindre mes collègues pour les aider, ni vous demander de les protéger. Je m'en suis tenue aux conditions que les Terres Alliées et vous m'aviez imposées : je ne suis pas intervenue dans la bataille, et je n'ai pas aidé les ashakis.

— Mais vous êtes intervenue plus tard.

Sonea haussa les sourcils.

— Auriez-vous préféré que je m'abstienne ?

Savara pencha légèrement la tête sur le côté.

— Qu'en pensent les Terres Alliées ?

— Je n'ai pas encore eu l'occasion de le leur demander. Nos dirigeants savent que certaines décisions doivent être prises sur le moment. Vous aviez déjà remporté la bataille, et ils veulent être sûrs que nos guérisseurs ne courront aucun danger ici.

— Ce sera le cas. (Savara recula d'un pas, puis regagna son siège.) Toutefois, ils se trouvent encore à une journée de cheval d'ici. En attendant leur arrivée, accepteriez-vous, vous et les autres magiciens de la Guilde, de soigner nos blessés les plus graves ?

Sonea leva le menton, et ses yeux brillèrent d'un éclat que Lorkin ne connaissait que trop bien. Il retint son souffle, puis expira dans un soupir discret.

— Évidemment, répondit sa mère.

Savara hocha la tête.

— Lorkin va vous conduire à notre dispensaire improvisé, dès que j'aurai fini de lui parler en privé. Vous pouvez vous retirer.

Lorkin regarda sa mère et ses anciens collègues et amis sortir de la pièce. Lorsqu'ils eurent disparu dans le couloir, Savara se tourna vers lui.

— Penses-tu qu'il était imprudent de ma part de leur demander ce service ?

Donc, sa réaction ne lui avait pas échappé. Lorkin haussa les épaules.

— Mère a créé les dispensaires d'Imardin. Confiez-lui ce travail, et elle risque de ne jamais repartir.

Savara fronça les sourcils.

— Et moi qui pensais que c'était à cause de toi qu'elle tenterait de rester. Je n'avais aucune intention de te compliquer la tâche.

— Quelle tâche ?

— Persuader ta mère de rentrer chez elle. Ce n'est rien de personnel, et je n'ai pas de grief contre elle, mais je ne pense pas que j'aimerais l'avoir dans mes pattes au jour le jour.

— Probablement pas, convint Lorkin. (Il réfléchit.) Le meilleur moyen de la pousser à rentrer, c'est que Dannyl fasse une recommandation dans ce sens à la Guilde. Il acceptera peut-être pour me rendre service, ou si j'arrive à le convaincre que c'est une bonne idée. Mais le simple fait que je lui en parle risque de lui mettre la puce à l'oreille et de lui donner des soupçons quant à nos motivations véritables. Cela dit… avec votre accord, nous pourrions lui offrir quelque chose pour lui prouver que nos intentions sont pacifiques.

Savara se pencha vers lui.

— Quoi donc ?

Comme Lorkin les entraînait dehors, Sonea l'examina d'un œil critique. Il avait maigri – à moins que ce soit juste une impression due à ses vêtements de Traître. Les robes de magicien dissimulaient beaucoup de choses ; elles étoffaient la carrure et soulignaient la taille de leur porteur, mais masquaient tout le reste. À l'inverse, le nouveau gilet de Lorkin moulait son torse. Sa tunique et son pantalon étaient en toile grossière, même pas teinte. Par contraste avec cette tenue très humble, il portait des bagues à tous les doigts, ce qui aurait produit un faux effet de luxe et de richesse si Sonea n'avait pas deviné que les pierres étaient magiques.

Lorkin commença à traverser l'esplanade. Sa démarche était confiante et détendue, remarqua Sonea, mais le jeune homme restait en alerte, et son regard balayait constamment les alentours. *Il se sent en sécurité ici, parmi les Traîtresses, et il sait qu'il n'a rien à craindre de la Guilde à part peut-être sa désapprobation, mais il se rend compte que la ville n'est pas encore complètement sûre.*

Jetant un coup d'œil à sa mère par-dessus son épaule, Lorkin ralentit pour lui permettre de le rattraper.

—Je voulais te contacter avant la bataille, lui dit-il. Mais tout s'est passé si vite... La seconde d'avant, nous étions encore en train de peaufiner notre plan, et tout à coup, nous nous sommes rués dehors à la rencontre des ashakis.

—Qu'as-tu fait de ma bague de sang ? demanda Sonea.

Son fils eut une grimace d'excuse.

—Je l'ai sur moi. J'aurais dû le cacher, mais...

—Non, je préfère que tu l'aies gardé pour l'utiliser en cas de besoin.

—Mmmh. Si j'avais été tué, j'imagine qu'il aurait été détruit avec moi.

Un frisson parcourut l'échine de Sonea.

—Ne parlons pas de ça.

Lorkin eut un sourire grimaçant.

—Bonne idée.

—Alors, que comptes-tu faire maintenant ?

Le jeune homme redevint sérieux.

—Tout dépendra de Savara. Et de Tyvara. Il est évident que Savara a de grands projets pour elle. Et dans la mesure où chez les Traîtresses, les femmes détiennent toutes les responsabilités et tout le pouvoir, leurs partenaires sont censés suivre le mouvement. Je ferai comme les autres hommes.

—Et ça ne te posera pas de problème ?

— Pas tellement. J'aime Tyvara. J'aime que ce soit normal pour elle de prendre des initiatives et de donner des ordres, même s'il m'arrive de trouver ça frustrant. Et j'aime être celui qui la contredit à l'occasion.

Sonea réprima un soupir.

— Donc, tu ne rentres pas à Imardin.

Lorkin secoua la tête.

— Pas avant un bon moment, sans doute. Savara sait que j'aimerais pouvoir te rendre visite – à toi, et à mes amis de la Guilde. D'autant que j'aimerais vous transmettre les bases de la fabrication de pierres, selon le vœu de la défunte reine Zarala. Les hauts magiciens pourront peut-être faire quelque chose de ces connaissances. Imagine qu'on découvre des cavernes gemmifères dans les Terres Alliées ! L'endroit le plus probable serait la partie nord des montagnes elynes, où…

Des cris s'élevèrent d'un groupe de gens qui venaient de déboucher sur l'esplanade depuis une rue voisine. Lorkin s'arrêta et se plaça instinctivement devant sa mère, puis se tourna vers elle en souriant.

— On dirait que ça va être la fête ce soir.

Derrière son fils, Sonea vit que les nouveaux arrivants transportaient des meubles. Ils n'arboraient pas la tenue traditionnelle des Traîtresses, aussi devina-t-elle qu'il s'agissait d'esclaves affranchis.

Regardant autour d'elle, Sonea vit plusieurs autres groupes qui se rassemblaient le long de l'avenue. Plus loin, un feu brûlait déjà. Elle entendit Dannyl marmonner un juron comme les nouveaux arrivants jetaient les meubles à terre et commençaient à les démanteler.

Deux esclaves affranchis rebroussèrent chemin vers une maison toute proche. Un de leurs camarades cria :

— Rapportez de l'amadou !

— Et du vin !

Sans leur prêter attention, Lorkin se remit en marche à travers l'esplanade.

— Ils vont piller toutes les demeures des ashakis, n'est-ce pas ? lança Dannyl à la cantonade.

— Probablement, convint Merria.

Dannyl soupira.

— J'aurais dû fermer la bibliothèque à clé, marmonna-t-il.

Le manoir auquel Lorkin les conduisit était l'un des plus imposants. Deux Traîtresses montaient la garde devant la porte. Elles dévisagèrent les étrangers, mais ne tentèrent pas de les arrêter.

À l'intérieur, ils furent assaillis par le bruit et le chaos. Le couloir était bondé, tout comme le grand salon auquel il conduisait. Certains patients étaient allongés, leurs blessures pansées maladroitement ou pas du tout. D'autres gens, visiblement indemnes, s'affairaient auprès d'eux. Parfois, ils étaient quatre à se masser autour du même patient.

Des Traîtresses allaient et venaient d'un pas rapide entre les couloirs de gauche et de droite, trébuchant sur les jambes des blessés et sur la multitude d'objets qui s'entassaient dans la pièce, depuis les paniers de nourriture jusqu'aux bouteilles de vin. Une femme dont la plaie à la jambe saignait abondamment serrait contre elle un gros coffret doré. Des cris étouffés résonnaient plus loin dans les entrailles de la demeure.

— Quel bordel ! s'exclama spontanément Sonea. Il n'y a donc pas de responsable ?

Le brouhaha ambiant diminua d'un cran. Des têtes se tournèrent vers elle. Une Traîtresse qui venait juste d'entrer s'arrêta et la foudroya du regard. Sonea jura par-devers elle. Elle ne voulait pas parler si fort.

— Où est Kalia ? demanda Lorkin à la Traîtresse.

— En train de soigner quelqu'un.

— Qui s'occupe de l'accueil des nouveaux patients ?

La femme haussa les épaules et regarda autour d'elle.

— Quelqu'un…

Lorkin lui fit signe qu'elle pouvait y aller.

— D'accord, vas-y. Je m'occupe de mettre un peu d'ordre.

La femme s'éloigna rapidement. Lorkin examina ses bagues et appuya sur la pierre de l'une d'elles. Son regard se fit lointain. Pendant un moment, il demeura immobile et silencieux. Puis il hocha la tête et redressa le dos avant de se tourner vers Sonea.

— Savara nous envoie une oratrice. Elle fera en sorte que tout le monde ici t'obéisse. C'est Kalia qui s'occupait des malades au Sanctuaire, mais elle a enfreint quelques lois et… disons qu'elle n'est pas elle-même en ce moment. Elle n'est ici que parce que nous avons besoin de son expertise.

Il était évident que cette femme n'inspirait qu'antipathie à son fils, nota Sonea.

— Elle connaît un peu de magie de guérison. Le meilleur moyen de l'employer, c'est de lui donner des patients à traiter mais aucune décision à prendre, acheva Lorkin.

Sonea haussa des sourcils incrédules.

— Savara me confie la gestion de son dispensaire ?

— Juste pour cette nuit. (Lorkin grimaça.) J'ai eu du mal à la persuader. Nous pensions pouvoir compter que sur Kalia, mais… (Il haussa les épaules.) Je ne peux pas tout te raconter ; disons juste qu'elle a pris une mauvaise décision et que ça a anéanti la confiance que Savara avait en elle. Mais c'est une bonne soignante. Elle aime ce qu'elle fait, et elle le fait bien. (Il fit un pas vers l'entrée.) L'oratrice Yvali sera ici dans quelques instants. Je dois y aller. Et l'ambassadeur Dannyl est prié de m'accompagner.

L'intéressé leva les sourcils, mais emboîta le pas à Lorkin sans paraître inquiet. Sonea se tourna vers Merria, qui regardait autour d'elle en secouant la tête.

— Il ne nous faudra pas longtemps pour remettre de l'ordre, lui assura-t-elle. Du moment que les gens nous obéissent.

Merria opina du chef avec enthousiasme.

— J'ai toujours eu envie de créer un dispensaire après avoir exploré le monde.

Sonea la dévisagea avec un intérêt nouveau. *Où cachiez-vous cette fille, dame Vinara ?* songea-t-elle. Elle avait toujours soupçonné la chef des guérisseurs de garder pour elle les meilleures nouvelles recrues. *D'un autre côté, je ferais pareil à sa place. Mais apparemment, elle a laissé Merria lui filer entre les doigts. Un jour peut-être, après avoir étanché sa soif de voyages, elle reviendra à Imardin pour travailler avec moi.*

Une Traîtresse sortit de l'ombre du couloir bondé, et son regard croisa celui de Sonea. Celle-ci redressa le dos et sourit. Mettant de côté ses plans pour l'avenir de Merria, elle s'avança et commença à expliquer ce dont elle avait besoin pour traiter les blessés d'Arvice.

Les feux de joie ne brûlaient pas seulement sur l'esplanade, découvrit Dannyl lorsque Tayend, Lorkin, les anciens esclaves d'Achati et lui se rendirent à pied jusqu'à la Maison de la Guilde. Les vainqueurs en avaient allumé partout à travers la ville. La pensée de toutes les sublimes antiquités qu'ils utilisaient pour les alimenter lui faisait mal au cœur.

Ce ne sont que des objets, se raisonna-t-il.

Néanmoins, cela l'attristait de les voir partir en fumée, et il devinait qu'un savoir précieux devait être détruit en même temps que leur simple beauté. Comment des esclaves affranchis, dont la plupart ne savaient même pas lire, pouvaient-ils se rendre compte qu'ils brûlaient des choses susceptibles de leur servir, à eux et à leurs descendants ?

Mais Lak et Vata le pourraient peut-être, eux. Après tout, ils s'étaient cachés dans la bibliothèque d'Achati. *A-t-elle déjà été mise à sac ? Et dans le cas contraire, pourrai-je persuader les Traîtresses de la protéger ?*

Dannyl regarda le jeune homme qui marchait près de lui. Lorkin comprendrait. Il ne serait peut-être pas en position de faire quoi que ce soit, mais Dannyl devait lui poser la question, juste au cas où.

Ce qui l'avait empêché d'essayer jusque-là, c'était le souvenir que Lorkin avait combattu au côté des Traîtresses. L'image d'Achati tombant sous les frappes des rebelles. L'idée que, peut-être, c'était Lorkin lui-même qui l'avait tué.

D'après le silence gêné qui planait entre eux, Lorkin était tout à fait conscient que son choix avait compromis ses relations avec Dannyl et le reste de la Guilde. *Mais dans mon cas personnel, il ne peut pas deviner pourquoi. Seul Tayend savait qu'Achati et moi étions plus que des amis.* Et Tayend ne disait rien.

— Vous avez progressé sur votre livre ? demanda Lorkin.

— Pas depuis un moment, répondit Dannyl.

— Les copies que vous avez faites sont-elles parvenues à la Guilde ?

— Pas encore.

Ils poursuivirent leur chemin en silence pendant quelques minutes, évitant un autre groupe de joyeux fêtards. Enfin, ils tournèrent à l'angle d'une rue et arrivèrent en vue du portail de la Maison de la Guilde. Ici, il n'y avait pas de feux de joie, mais du coup, il faisait très noir.

Comme ils se rapprochaient, Dannyl entendit Tayend prendre une inspiration sifflante. Au même moment, il prit conscience que les battants du portail pendaient bizarrement. Quelqu'un les avait forcés.

Lorkin plongea une main dans la poche de son gilet et en sortit quelque chose. Le tenant à deux doigts au niveau de sa poitrine, il se pencha pour examiner le métal tordu et poussa un petit grognement.

— Ça n'a pu être fait que par magie. (Il se redressa, les sourcils froncés, et scruta la bâtisse qui se dressait au fond de la cour.) La porte est ouverte.

Ils restèrent plantés là un moment.

— Je crois qu'on devrait rebrousser chemin et aller chercher…, commença Lorkin.

— Je vais voir, annonça Lak en s'avançant, suivi par Vata.

— Attendez, protesta Lorkin. Vous ne…

Mais sans lui prêter la moindre attention, les esclaves affranchis traversèrent la cour et pénétrèrent dans la Maison de la Guilde. Avec un soupir, Lorkin reporta son attention sur Dannyl.

— Ils doivent bien vous aimer.

L'historien soutint son regard.

— C'était les esclaves d'Achati.

Lorkin cligna des yeux, et son expression se fit chagrine.

— Il n'a pas survécu, n'est-ce pas ?

— Bien sûr que non, répondit sèchement Dannyl. C'était l'un des plus proches conseillers du roi.

— Quel beau moyen de le récompenser pour m'avoir aidé à m'échapper d'Arvice, lâcha Lorkin sur un ton plein de regret.

— Il t'aurait tout aussi facilement livré au roi, s'il avait pensé que c'était la meilleure chose à faire pour le Sachaka, intervint Tayend.

Dannyl jeta un regard mécontent à l'Elyne, qui le soutint sans ciller. *Il me met au défi de nier*, songea Dannyl, chagriné. *Mais je ne peux pas. Même si j'aime à penser qu'Achati aurait eu des remords.*

Lorkin baissa les yeux vers ce qu'il tenait et secoua la tête. En y regardant de plus près, Dannyl vit de la lumière se refléter sur le centre de l'objet.

— Ce n'est pas normal qu'ils prennent ce risque pour nous. Restez ici. Et cachez-vous.

Lorkin se dirigea vers la porte. Dannyl jeta un coup d'œil à Tayend, et tous deux se hâtèrent de rattraper le jeune homme. Celui-ci soupira.

— Très bien. Alors, restez près de moi, à l'intérieur de mon bouclier.

Comme ils pénétraient dans la bâtisse, Dannyl sentit la vibration d'un champ de magie les envelopper. Il faisait noir à l'intérieur. Lorkin créa un globe de lumière et le fit flotter devant lui.

Ils entrèrent dans le grand salon désert. Lorkin s'engagea dans le couloir de droite. *Si les intrus cherchaient de la magie ou des objets précieux à voler, ils ont dû filer droit vers les appartements de la personne la plus haut placée.*

En atteignant la suite occupée par Dannyl, ils virent que quelqu'un avait fouillé les malles et les placards, jetant le plus gros de leur contenu sur le sol. Mais les pillards eux-mêmes avaient disparu. Ils allaient ressortir quand Lak entra, une lampe à la main.

— Il n'y a personne dans la maison, rapporta-t-il. Vata est en train de vérifier l'écurie et le quartier des esclaves. Mais ça m'étonnerait beaucoup qu'un ashaki se cache là.

Lorkin poussa un soupir de soulagement et se tourna vers Tayend.

— Voulez-vous que je vous accompagne pour aller chercher la bague de sang ?

L'Elyne secoua la tête.

— Je reviens tout de suite.

Il fit signe à Lak, et tous deux disparurent dans le couloir.

Tout était silencieux dans la maison. Dannyl inspecta sa chambre. *Ils ont emporté peu de choses. Qui voudrait de mes robes de magicien ou de mes vieux bouquins ? Dois-je prendre mes notes et mes documents d'archives ? Mais où les mettrais-je ? Il ne reste aucun endroit sûr à Arvice. À moins que…*

Jetant un coup d'œil à Lorkin, il sortit la lettre d'Achati de sa poche et la lui tendit. Le jeune homme la prit, la déplia et la lut. Il frémit avant de la rendre à Dannyl.

— Les Traîtresses me laisseront-elles la bibliothèque d'Achati ? demanda Dannyl. Si elle n'a pas déjà été pillée…

Les sourcils froncés, Lorkin joua avec ses bagues tout en réfléchissant.

— Savara dit que vous pourrez y avoir accès. Si vous lui indiquez où elle se trouve, elle enverra des gens pour la garder.

« Savara dit ? » Baissant les yeux, Dannyl vit que Lorkin touchait la pierre d'une de ses bagues. *Intéressant…*

Le jeune homme laissa retomber ses bras le long de ses flancs.

— En échange, pouvez-vous me rendre un service ?

Dannyl haussa les épaules.

— Tout dépend du service.

— Faites en sorte que ma mère rentre à Imardin le plus vite possible. (Lorkin grimaça.) Elle ne va pas interférer délibérément, mais sa simple présence sera source de problèmes. Pas pour moi, mais pour les Traîtresses. Elles ont besoin de diriger les choses elles-mêmes ici.

— Les choses, ça comprend aussi les guérisseurs envoyés par la Guilde ?

— Les hauts magiciens ont-ils demandé à ma mère de les chapeauter ?

— En fait, non, admit Dannyl. Ils rendront compte à leur chef de groupe, puis à moi.

Lorkin parut soulagé.

— Donc, elle n'a pas de raison de rester ici ?

— Mis à part pour s'assurer que toi, moi et Merria sommes en sécurité… non. Mais Savara vient de lui confier la gestion du dispensaire, fit valoir Dannyl.

— Seulement pour cette nuit, dit fermement Lorkin. (Il se massa les tempes et soupira.) Pouvez-vous dire à Osen que la prolongation de son séjour serait source de tensions entre le Sachaka et les Terres Alliées ?

— Je peux lui faire part de tes inquiétudes et des souhaits de la reine, répondit Dannyl.

Lorkin secoua la tête.

— Si elle comprend que ça vient de moi, ça ne fera que renforcer sa détermination à rester. Il faut que ça vienne de vous, Dannyl. Et… je ne suis plus un magicien de la Guilde.

Dannyl dévisagea le jeune homme qu'il avait emmené au Sachaka comme assistant. *Il a vraiment l'intention de rester avec les Traîtresses. Il a renoncé à tout pour elles. Et par amour pour l'une d'elles, aussi, sans doute. Je ne crois pas que j'en aurais été capable, pas même pour Achati. L'aurais-je fait pour Tayend, à l'époque où nous étions jeunes et si dévoués l'un envers l'autre ?* Il perçut un écho de ce sentiment tout au fond de lui. *Oui, je crois que oui.*

Lorkin ôta une de ses bagues et la tendit à Dannyl.

— Voilà pourquoi vous devez renvoyer ma mère à Imardin. Et voilà pourquoi les Terres Alliées doivent absolument établir de bonnes relations avec le Sachaka.

Dannyl prit le bijou et l'examina. La monture était en argent, sertie d'un cristal transparent.

— Qu'est-ce que c'est ?

— Une pierre de réserve.

Son souffle s'étrangla dans sa gorge. Il se souvint de ce qu'Achati lui avait dit : « S'il en existait encore une, ou si on pouvait en créer une nouvelle, les conséquences pourraient être terribles pour les nations du monde entier ».

— Elle ne renferme le pouvoir que de trois magiciennes, révéla Lorkin. Le problème des pierres de réserve, c'est qu'on ne sait jamais quelle quantité de magie elles peuvent absorber. Si on en verse trop à l'intérieur, elles éclatent et libèrent tout leur contenu. Il est plus sûr d'avoir une grande quantité de pierres qui reçoivent un peu de pouvoir chacune, plutôt que deux ou trois qui en reçoivent beaucoup. Mais même ainsi, ce pourrait être un moyen pour les Terres Alliées de se défendre sans recourir à la magie noire.

— Donc, les Traîtresses ont menti. Elles savaient comment les fabriquer, souffla Dannyl.

— Non, même si elles possédaient des pierres assez similaires lorsque je suis arrivé au Sanctuaire. Je crains que ce soit nous… que ce soit moi qui leur en ai donné l'idée. Pour l'instant, elles n'en ont produit que quelques-unes, mais je ne vois pas pourquoi elles ne pourraient pas augmenter leur rendement. (Lorkin examina la bague, puis leva les yeux vers Dannyl.) Savara dit que vous pouvez la garder.

Dannyl fronça les sourcils.

— Un pot-de-vin ?

— Non : le premier paiement pour les services des guérisseurs de la Guilde.

— Comment fonctionne-t-elle ?

— Il suffit de la toucher et d'aspirer son pouvoir comme si vous preniez celui d'un autre magicien. Mais comme vous ne savez pas stocker de la magie, vous devrez l'utiliser immédiatement. Pour la recharger, c'est pareil : envoyez-lui du pouvoir comme vous l'enverriez à un autre magicien.

— Mais pas en trop grande quantité.

— C'est ça.

Dannyl referma sa main sur la bague et laissa retomber son bras. Il dévisagea Lorkin en réfléchissant à tout ce que son ancien assistant venait de lui dire. Puis il hocha la tête.

— Ça suffira certainement à persuader les hauts magiciens de rappeler ta mère à Imardin.

Lorkin sourit.

— Tant mieux. Même si je ferai en sorte de passer du temps avec elle avant son départ. Elle m'a manqué. Et mes amis me manquent aussi – sans parler du seigneur Rothen. Oh, et je voulais vous demander quelque chose à propos du seigneur Regin. Est-ce que ma mère et lui… ? (Il s'interrompit et se tourna vers la porte.) Ambassadeur. Vous l'avez trouvé ?

Tayend venait d'entrer, flanqué de Lak et de Vata. Il brandit une petite bague de sang, celle dont il se servait pour communiquer avec le roi elyne.

— Exactement là où je l'avais laissée.

— Parfait. Et maintenant, voulez-vous rester ici ou revenir au quartier général des Traîtresses avec moi ? (Il se tourna vers Dannyl.) Le temps d'arriver, nous saurons si la bibliothèque d'Achati est intacte. Le meilleur moyen d'empêcher qu'on la pille, ce serait d'occuper le bâtiment. Et je crois que Savara appréciera de garder sous la main ses contacts principaux avec la Guilde et les Terres Alliées.

Dannyl poussa un soupir de soulagement et vit les yeux de Tayend briller d'espoir.

— Laisse-moi prendre quelques affaires, et nous te suivrons avec joie.

31

Récompenses

Anyi a de nouveau ce regard hanté, remarqua Lilia en sortant de sa chambre à coucher. Elle s'agenouilla près du fauteuil où son amie était assise et l'entoura de ses bras. Anyi renifla et se tourna vers elle.

— Je sais que tu l'as enterré dans la forêt, mais ça ne va pas. Nous devons le mettre avec sa famille.

— Sa deuxième femme et ses fils ? Où ont-ils été inhumés ?

— Je ne sais pas trop. Il faudra demander à Gol.

Lilia embrassa Anyi. Comme celle-ci lui rendait son étreinte, quelqu'un frappa à la porte, et les deux filles se figèrent. Lilia se dégagea en soupirant. Elle se leva et projeta un peu de magie vers la porte pour l'ouvrir.

— Gol, dit Anyi avec un soulagement évident à la vue du colosse qu'accompagnait le seigneur Rothen. Comment ça s'est passé ?

— Les choses reviennent rapidement à la normale, répondit Gol en s'asseyant. Les voleurs ont cessé de se faire appeler « princes » dès l'annonce de la mort de Skellin. Ils reprennent le contrôle de leurs affaires d'avant, et de tout ce sur quoi ils peuvent mettre la main par ailleurs. Si tu veux t'emparer du territoire de Cery, tu dois le faire maintenant.

Anyi fronça les sourcils.

— Tu crois que ses gens accepteront de bosser pour moi ?

Gol acquiesça.

— Ceux à qui j'ai posé la question étaient plus que d'accord – enthousiastes, je dirais. Ils te préfèrent à n'importe lequel des autres voleurs. D'un côté, être la fille de Cery joue en ta faveur ; d'un autre côté, ce sera un handicap pour toi. Plus personne ne lui devait de faveurs, et il en devait à beaucoup de gens. Mais il avait de l'argent de côté, et tout le monde le respectait parce qu'il tenait ses promesses.

Lilia observait Anyi. Elle sentit son estomac se nouer comme l'expression de son amie se durcissait.

— Je vais le faire. Mais seulement si tu m'aides, dit-elle à Gol.

Le colosse sourit.

— J'espérais bien que tu me le demanderais. Non pas que je détesterais prendre ma retraite.

— Oh, mais tu vas la prendre, grimaça Anyi. Tu ne seras pas mon garde du corps mais mon bras droit, comme tu étais celui de mon père. Je ne sais pas pourquoi il ne t'avait jamais donné ce titre.

— Pour ne pas que je devienne davantage une cible.

— De toute façon, tu ne peux plus faire semblant. Personne ne voudra croire que j'aurais choisi pour me protéger un type deux fois plus vieux que moi.

Gol croisa les bras sur sa poitrine.

— Je peux encore te battre très facilement, gamine.

Anyi se leva.

— Tu crois ? C'est ce qu'on va…

— Navré de vous interrompre, coupa Rothen, mais puis-je vous suggérer de vous bagarrer ailleurs que dans les appartements de Sonea ? D'autant que les hauts magiciens n'apprécieraient pas que nous arrivions en retard, surtout après que nous eûmes autant insisté pour organiser cette réunion au plus vite.

Anyi lui jeta un regard pensif, puis adressa une grimace d'excuse à Lilia.

— Je suis désolée, mais si je dois succéder à mon père, je ne peux pas assister à cette réunion.

— Mais… il faut que tu racontes votre histoire ! protesta la jeune fille.

— Le seigneur Rothen ou toi pouvez le faire à ma place. Skellin avait des informateurs au sein de la Guilde, lui rappela Anyi, l'air grave. Qui sait quel voleur a hérité d'eux ? Si ces espions ne savent pas encore à quoi je ressemble, je préfère qu'ils continuent à l'ignorer. Et s'ils le savent déjà, je ne tiens pas à le leur rappeler.

Le cœur de Lilia battait très vite.

— Mais… comment me rendras-tu visite ? Je ne suis pas censée sortir de l'enceinte de la Guilde. Quand les hauts magiciens apprendront qu'un voleur vivait sous leurs pieds et que Skellin est venu l'y chercher, ils feront combler tous les souterrains.

Anyi s'approcha de son amie et la serra dans ses bras.

— On trouvera un autre moyen. Tu ne pensais quand même pas qu'on pourrait vivre ici ensemble ?

— Je suppose que non, concéda Lilia.

— Tu seras bientôt diplômée. À ce moment-là, on te laissera sortir – et peut-être même habiter en ville, comme le font d'autres magiciens. Quoi qu'il arrive, on continuera à se voir. Personne ne nous séparera. (Anyi s'écarta de Lilia et se tourna vers Gol.) Je vais sortir de l'autre côté. Tu ne passeras jamais par le conduit, et des gens t'ont peut-être vu entrer ; il vaut mieux que tu repartes avec le seigneur Rothen. On se rejoint chez Donia.

— Tu es sûre de vouloir passer par là ?

— Ne t'en fais pas, ça ira.

— Alors, couvre bien la flamme de ta lampe, lui recommanda Gol. Il pourrait rester des résidus de feu de mine.

Anyi acquiesça, puis regarda Lilia comme si elle attendait quelque chose. Saisissant l'allusion, la jeune fille se dirigea vers la porte. Elle laissa sortir Gol et Rothen avant elle. Avant que la porte se referme derrière eux, elle jeta un coup d'œil en arrière et vit Anyi agiter la main pour lui dire au revoir. *J'espère qu'elle n'aura pas de problèmes en retournant en ville toute seule.*

Elle continua à s'inquiéter pour son amie tout le long du chemin. Rothen lui fit faire un détour par l'entrée de l'université, où la voiture qu'il avait réclamée attendait Gol. Une fois le colosse parti, le vieux magicien et la novice se dirigèrent vers le bureau d'Osen.

Ils trouvèrent Jonna plantée dans le couloir. Bien qu'un peu pâle, la servante sourit et pressa la main de Lilia tandis que Rothen frappait à la porte.

— Ce n'est pas la première fois que je fais ça, lui chuchota la jeune fille.

— Mais moi, si, répliqua Jonna.

La porte pivota vers l'intérieur, et ils entrèrent dans la pièce déjà bourrée de hauts magiciens.

— Très bien, dit Osen comme Lilia et Jonna s'inclinaient devant lui. (Puis il fronça les sourcils.) Ne devions-nous pas entendre d'autres témoins, seigneur Rothen ?

— Non, administrateur, répondit le vieil homme. Vous souhaiterez peut-être interroger les marins que j'ai fait placer sous surveillance avant-hier, mais pour l'instant, dame Lilia, Jonna, la servante de Sonea, et moi-même devrions suffire à vous raconter l'ensemble des événements sans répétition inutile.

— Soit. Qui veut commencer ? demanda Osen.

— Je pense que dame Lilia est la mieux placée pour nous dévoiler les racines du problème, répondit Rothen en se tournant vers elle.

La jeune fille prit une grande inspiration.

— Depuis un certain temps déjà, Anyi – mon amie et la garde du corps du voleur Cery – me rendait visite à la Guilde en passant par les souterrains…

Elle vit les hauts magiciens plisser les yeux et contracter les mâchoires, mais comme elle racontait l'arrivée de Cery et de Gol blessé, l'expression de certains d'entre eux se radoucit. Kallen se renfrogna, mais Lilia n'aurait su dire s'il était mécontent qu'elle lui ait caché ce secret, ou s'il se sentait coupable que son incapacité à trouver Skellin ait engendré cette situation.

Quelques-uns des hauts magiciens sourirent du piège imaginé par Cery pour leur livrer Skellin. Puis tous redevinrent graves en apprenant que ce piège avait échoué, que Cery était mort et qu'Anyi avait été enlevée. Quand Lilia rapporta que Skellin se vantait d'avoir des informateurs au sein de la Guilde, tous affichèrent un vif déplaisir très satisfaisant pour la jeune fille.

Rothen prit le relais. Ce fut lui qui expliqua leur plan pour sauver Anyi sans l'aide ni l'approbation de la Guilde, de crainte d'alerter Skellin à travers ses fameux informateurs. Il s'arrêta au moment où Lilia montait à bord du navire, et lui jeta un coup d'œil pour lui faire signe de continuer.

Décrire de quelle façon elle avait vaincu Skellin et Lorandra se révéla plus difficile que la jeune fille ne s'y attendait. *J'ai tué quelqu'un avec ma magie noire. Et pourtant, la mort de Skellin n'a pas été aussi terrible que celle de Lorandra.* De temps à autre, Lilia entendait encore les hurlements de la renégate. Son agonie, facilement oubliée le jour même, s'était changée en un souvenir qui refusait de s'estomper.

Lorsque Lilia se tut, les inévitables questions fusèrent.

— Vous avez quitté l'enceinte de la Guilde et utilisé la magie noire sans autorisation, lança dame Vinara.

Lilia acquiesça et inclina la tête d'un air dûment contrit.

— Ce n'est pas tout à fait exact, intervint Rothen. Je lui ai donné la permission de faire les deux.

— Une permission qui aurait dû être demandée à l'ensemble des hauts magiciens, ou tout du moins au haut seigneur, fit remarquer Osen. (Puis il sourit et écarta les mains.) Toutefois, vous aviez des raisons de soupçonner un ou plusieurs d'entre nous d'être corrompus. Dans ces circonstances, la prudence était de mise.

— Pour remplir correctement son futur rôle de magicienne noire, Lilia ne doit pas nous faire aveuglément confiance, approuva Kallen.

Balkan opina.

— Je suis d'accord. Il est beaucoup plus important de découvrir qui sont les informateurs de Skellin.

— Nous avons un nouvel indice : le magicien qui a retardé Jonna quand elle cherchait Lilia, rappela dame Vinara. (Elle se tourna vers la servante.) Qui était-ce ?

Jonna écarquilla les yeux comme tout le monde la regardait en attendant sa réponse. Puis elle jeta un coup d'œil à un homme assis dans le fond de la pièce.

— Le seigneur Telano.

Tous les regards se tournèrent vers le chef des études de guérison. Celui-ci leva les mains en signe de protestation.

— Ce n'était qu'une coïncidence malheureuse, se défendit-il. J'ai voulu l'aider à trouver dame Lilia, et je me suis trompé de salle. Ça ne prouve rien !

— Mais c'est assez intéressant au regard de votre comportement des derniers mois, insinua dame Vinara. Ça expliquerait pourquoi…

— Attendez, coupa Osen. Dame Lilia, Jonna, avez-vous quelque chose à ajouter ? (Elles secouèrent la tête.) Dans ce cas, veuillez attendre dehors, je vous prie.

— Il vaudrait mieux que Lilia reste, objecta Kallen. Nous aurons peut-être besoin d'elle.

Surprise, la jeune fille le dévisagea. *S'il était l'un des espions de Skellin, il n'essaierait pas de me retenir.*

Osen consulta les autres hauts magiciens du regard, et Lilia fut encore plus étonnée de voir la plupart d'entre eux acquiescer – à l'exception du seigneur Telano. Qu'avait dit dame Vinara ? « Au regard de votre comportement des derniers mois… » Qu'avait-il donc fait ?

— Très bien. Dame Lilia, vous restez.

Jonna sortit sans demander son reste. Rothen se dirigea vers un siège libre et s'assit, laissant Lilia seule debout face aux hauts magiciens. L'attention générale se reporta sur Telano.

— Seigneur Telano, commença dame Vinara. Étiez-vous l'informateur de Skellin au sein de la Guilde ?

— Non, répondit fermement l'intéressé.

— Dans ce cas, comment se fait-il que la piste du poerri acheté par la plupart de nos magiciens et de nos novices remonte jusqu'à vous ?

— Et pourquoi mes assistants vous ont-ils vu rendre visite à des criminels notoires, et repartir avec des paquets suspects ? demanda Kallen.

— J'aime fumer du poerri, c'est vrai. Mais je ne suis pas le seul. Et ce n'est pas interdit par la loi, répliqua Telano.

— Ça le sera bientôt, murmura Vinara.

— Et il y a bien une loi qui interdit de s'associer à des criminels, ajouta Osen.

— Je ne me suis associé à personne. J'ai juste acheté leur marchandise. Beaucoup d'entre vous le font aussi, souvent sans le savoir. (Telano désigna Lilia.) Cette novice a sciemment collaboré avec un voleur ; pourtant, personne ne la met sur la sellette.

— Nous y viendrons, lui assura Vinara. Vous vous abritez derrière ces arguments depuis un bon moment, seigneur Telano, mais ça n'explique pas vos tentatives pour détruire notre récolte de poerri. De la part de quelqu'un qui aime en fumer, c'est louche, non ?

Telano secoua la tête.

— Je pensais que les voleurs s'étaient installés quelque part dans les souterrains.

— Vraiment ? Ce n'est pas l'excuse que vous avez invoquée lorsque nous vous avons surpris.

— J'ignorais à qui je pouvais faire confiance. Vous auriez pu être de mèche avec eux. Après tout, il y a bel et bien un ou plusieurs espions parmi nous.

— Une simple sonde mentale permettrait d'établir votre innocence, fit remarquer le seigneur Peakin.

Tout le monde se tut. Regardant autour d'elle, Lilia vit à la fois de l'espoir et de la réticence sur les visages. *Ils veulent le faire depuis un moment, mais ils redoutent les conséquences au cas où Telano serait innocent. Dans le meilleur des cas, il leur en voudrait de l'avoir soupçonné.*

Mais s'il était coupable… ce serait encore pire.

— Acceptez-vous… ? commença Osen.

— Non, dit tout net Telano, d'une voix qui résonna à travers la pièce.

— Votre manque de coopération pourrait sembler suspect, fit remarquer l'administrateur.

— Dans ce cas, vous n'avez qu'à me rétrograder, s'entêta Telano sur un ton maussade.

— Non.

Tous les regards se tournèrent vers Balkan. Le haut seigneur avait posé les coudes sur les accoudoirs de son fauteuil et joint le bout de ses doigts devant lui.

— Les Traîtresses viennent de s'emparer du Sachaka. Nous ne pouvons pas nous laisser distraire en ce moment. Cette affaire doit être réglée sans attendre. Kallen, lisez dans son esprit.

La surprise fut générale. Telano écarquilla les yeux, puis se ressaisit très vite. Comme Kallen se levait, il fit de même.

—Si vous ne me laissez pas le choix… Au moins, nous avons quelque chose en commun, marmonna-t-il.

Lilia prit une inspiration sifflante.

—Je… Je ne suis pas sûre que ce soit une bonne idée, se força-t-elle à dire en baissant les yeux tandis que les hauts magiciens reportaient leur attention sur elle. Il m'est arrivé de penser que le magicien noir Kallen était… celui que vous cherchez.

Il y eut des exclamations et des jurons étouffés.

—On pourrait attendre le retour de Sonea, suggéra quelqu'un.

Levant la tête, Lilia se força à soutenir le regard de Kallen. Celui-ci lui sourit.

—Comme je vous le disais tout à l'heure, nous avons besoin de dame Lilia. Se méfier de moi fera bientôt partie de ses devoirs. Je suggère qu'elle lise également dans mon esprit, pour dissiper tous les doutes à mon égard.

Lilia le dévisagea, hésitante et vaguement coupable. *S'il est innocent, je vais me sentir très moche d'avoir suggéré qu'il travaillait pour Skellin, après tout ce qu'il m'a enseigné. Mais s'il est coupable… en profitera-t-il pour me faire chanter secrètement ?*

Osen acquiesça, et Balkan aussi. Kallen fit signe à Lilia. La jeune fille ne pouvait pas se dérober. S'il avait tout manigancé depuis le début, elle était tombée dans son piège tête baissée. La bouche sèche, elle s'approcha de lui. Kallen lui prit les mains et, sans se départir de son sourire, les posa sur ses tempes.

—Vous vous souvenez comment faire ?

Lilia hocha la tête. Puis elle ferma les yeux.

Elle n'aurait pas su dire combien de temps s'était écoulé lorsqu'elle laissa retomber ses bras et recula. Elle se sentait coupable d'avoir soupçonné Kallen, mais surtout, elle se sentait soulagée. *Je comprends pourquoi la Guilde l'a choisi. Il préférerait mourir que de nous trahir. Il s'en veut énormément de s'être laissé piéger par le poerri – et je ne me doutais pas que l'addiction pouvait être aussi insurmontable. J'ai eu beaucoup de chance de ne pas y être sujette.*

Elle avait vu que Kallen l'admirait d'avoir risqué sa vie pour sauver Anyi, et elle avait vu aussi sa honte et sa frustration de ne pas avoir réussi à trouver Skellin pour le neutraliser. *Il a vraiment essayé. Je le sais maintenant, et je peux lui pardonner son échec.*

Pendant qu'elle fouillait son esprit, Kallen l'avait prévenue que si le seigneur Telano était coupable, elle passerait un sale quart d'heure en lisant dans ses pensées. Lilia se tourna vers le magicien. Celui-ci promena un regard à la ronde puis se leva, les sourcils froncés. Très raide, il attendit que Lilia lui pose les mains sur les tempes.

Ce ne fut pas une expérience plaisante. Telano tenta de la bloquer. Il s'efforça de penser à d'autres choses, des choses susceptibles de choquer suffisamment Lilia pour détourner son attention. Il invoqua des images mensongères. Mais la jeune fille vit au travers de toutes ses manœuvres.

Elle vit où tout avait commencé – dans les fumoirs. Elle vit les fournisseurs qui lui avaient suggéré de se passer d'intermédiaire et de leur acheter directement du poerri. Elle vit son inquiétude que la Guilde désapprouve l'usage de cette drogue, et la façon dont il avait encouragé ses confrères à en fumer, afin qu'ils soient assez nombreux pour s'opposer à une éventuelle interdiction. Toutes ses pensées étaient sous-tendues par un manque brûlant. Il craignait de ne plus pouvoir se procurer du poerri maintenant que Lilia avait tué Skellin, et il la haïssait pour ça. Sa seule consolation, c'était que beaucoup d'autres souffriraient les mêmes tourments.

Lilia fut soulagée de mettre un terme à sa sonde mentale et de revenir à elle. Tout en rapportant ses découvertes aux hauts magiciens, elle se demanda comment le poerri avait pu transformer de la sorte un homme qui avait dû être intègre autrefois – sans ça, jamais il n'aurait été nommé haut magicien. Kallen ne s'était pas laissé corrompre, lui, et Lilia n'était même pas devenue accro. *Il aurait été plus facile de prendre une décision au sujet du poerri s'il produisait les mêmes effets sur tout le monde.*

— Elle ment, affirma Telano. Pourquoi lui feriez-vous davantage confiance qu'à moi ? Elle a déjà admis avoir travaillé pour un voleur.

— Nous vous avons offert de vous soumettre à une sonde mentale ordinaire, fit remarquer Osen. Avez-vous changé d'avis ?

Telano le dévisagea un moment, puis redressa le dos.

— Non. Je prouverai mon innocence d'une manière plus convaincante.

— Vous en aurez l'occasion durant l'audience que nous tiendrons pour vous juger. (Osen se tourna vers Kallen.) Emmenez-le.

Le magicien noir sortit en poussant devant lui son confrère qui arborait une mine orageuse. Lilia se dandina, gênée, tandis que le reste des hauts magiciens échangeaient un regard.

— Dame Lilia, avez-vous trouvé des indices laissant à penser qu'il y aurait d'autres espions au sein de la Guilde ? demanda Osen d'une voix atone.

Elle secoua la tête.

— Vous m'en voyez soulagé. (L'administrateur reporta son attention sur les autres.) Nous devrions attendre le retour de Sonea pour tenir cette audience, mais rendre le poerri illégal dès que possible et annoncer notre intention de trouver un remède. Dame Vinara, je souhaite que Sonea participe à ces recherches.

La vieille femme se rembrunit et ouvrit la bouche pour protester, mais Osen l'arrêta d'une main levée.

— C'est elle qui a identifié le problème à la base, et il est temps qu'on vous voie collaborer toutes les deux. Par ailleurs, je ne vois pas de meilleur moyen d'occuper Sonea et de l'empêcher de se mêler de la situation au Sachaka.

Lilia fronça les sourcils. *Pourquoi veulent-ils… ?* Puis Vinara la désigna du menton, et Osen se tourna vers elle.

— Merci, dame Lilia. Nous vous demanderons de témoigner durant l'audience, mais pour aujourd'hui, ce sera tout.

La jeune fille s'inclina et se dirigea vers la porte. Lorsqu'elle passa devant Rothen, celui-ci lui sourit et hocha la tête.

C'est fini, songea-t-elle. *En quelque sorte. Anyi est en sécurité – du moins, autant que peut l'être une nouvelle voleuse, c'est-à-dire pas particulièrement, mais davantage que du vivant de Skellin. Je peux terminer mes études, et même si je n'aurai pas le choix de ma spécialité, ça ne m'ennuie pas tant que ça. Du moment que je continue à voir Anyi…*

Elle ne savait pas comment elles s'y prendraient, mais elle était sûre d'une chose : Anyi trouverait un moyen.

Sonea ôta la bague d'Osen de son doigt et la rangea dans sa poche.

— Ça alors… C'était très intéressant.

Regin, qui regardait par la fenêtre de la voiture, se tourna vers elle.

— Quelles sont les nouvelles de la Guilde ?

— Le renégat Skellin est mort – tout comme sa mère, Lorandra. Je n'ai pas d'autres détails pour le moment. Osen dit que ça peut attendre mon retour.

— C'est une très bonne nouvelle !

— Il y en a aussi de mauvaises, tempéra Sonea. Le seigneur Telano espionnait pour le compte de Skellin, et il s'était arrangé pour devenir le principal fournisseur de poerri de la Guilde. Ses pouvoirs ont été bloqués, et il réside désormais au Guet.

Regin haussa les sourcils.

— Telano ? Le chef des études de guérison ?

— Oui. Moi non plus, je n'aurais jamais cru ça de lui. (Sonea secoua la tête.) L'avantage, c'est qu'ils se sont enfin décidés à interdire le poerri.

— Comment feront les magiciens déjà accros ?

— Vinara a réussi à se procurer des graines de poerri, afin que la Guilde puisse les sevrer progressivement. Et elle a commencé à chercher un remède à l'addiction. Osen veut que je l'aide. (Par la fenêtre, Sonea balaya le désert du regard.) Maintenant, je comprends pourquoi il a tellement insisté pour que je rentre.

Regin sourit.

— À mon avis, ce n'était pas la seule raison.

— Vous croyez qu'il y en a une autre ?

Il haussa les épaules et détourna les yeux.

— Lilia n'est pas encore tout à fait l'égale de Kallen. Vous seule êtes capable de le surveiller.

— Ah, Kallen. (Sonea grimaça.) Jusqu'à ce que vous me fassiez penser à lui, j'étais contente de rentrer chez nous.

Regin pivota, posant un bras sur le dossier de la banquette.

— J'ai eu l'impression que vous vouliez vous occuper du développement de la guérison au Sachaka. Ouvrir un dispensaire, peut-être.

Sonea secoua la tête.

— Non, pas vraiment. J'aimerais que les conditions de vie s'améliorent là-bas, mais je pense que les Traîtresses se débrouilleront très bien sans mon concours. C'est juste que… ça ne me plaît pas d'être aussi loin de Lorkin. (Elle soupira.) Et vous, n'avez-vous pas hâte de retrouver vos filles ?

Regin eut un geste désinvolte.

— Si, mais elles n'ont pas besoin de moi. En fait, je n'avais pas du tout envie de rentrer.

— Non ? Vous auriez voulu rester au Sachaka ?

— Pas particulièrement. Mais… (Il plissa les yeux.) Je ne suis pas encore sûr de vous avoir cernée.

Sonea cligna des yeux.

— Moi ? Qu'y a-t-il à cerner ?

Regin haussa les sourcils.

— Oh, des tas de choses.

Croisant les bras, elle lui fit face.

— Vraiment ? Et qu'avez-vous compris de moi jusqu'ici ?

Il sourit.

— Que je vous plais.

Sonea le dévisagea, le cœur battant soudain très fort. *Qu'il soit maudit ! Comment a-t-il deviné ?* Elle prit une grande inspiration, la relâcha lentement et envisagea toutes les façons possibles de le repousser sans lui faire trop de peine.

— Seigneur Regin, je…

— Je sais aussi que vous avez compris que vous me plaisez, coupa-t-il. Vous avez mis du temps, mais je suppose que vous deviez d'abord me pardonner de m'être conduit comme un petit con vicieux et arrogant quand nous étions novices.

Ça n'allait pas être facile, se dit Sonea. *Ni pour lui ni pour moi.*

—Regin, vous ne me...

—Je ne vous plais pas? (Il haussa les sourcils.) Sérieusement, vous niez?

Sonea hésita, puis se tint bien droite et se força à le regarder en face

—Oui.

Regin plissa les yeux.

—Menteuse.

Qu'est-ce que je fais de travers? Décroisant les bras, elle voulut poser les mains sur ses hanches, mais c'était un peu difficile dans une voiture en mouvement, aussi se contenta-t-elle de lui agiter un index sous le nez.

—Ne me traitez pas de menteuse alors que...

Regin éclata de rire.

—Ah, Sonea. Si j'avais su que ce serait aussi amusant de vous taquiner, j'aurais commencé plus tôt.

La panique qui grandissait en elle se mit à refluer. *Il s'amuse à mes dépens, c'est tout. Il n'est pas sérieux.* Mais son soulagement se mua aussitôt en déception. *Ne sois pas bête*, s'admonesta-t-elle. Avec un soupir, elle se radossa à la banquette.

—Vous n'êtes peut-être plus un petit con vicieux et arrogant, mais vous restez un sacré manipulateur.

Regin haussa les épaules.

—Rien de nouveau sur ce plan. Mais avouez que mes manœuvres servent toujours une bonne cause. (Il se pencha vers elle.) Cela dit, j'aimerais bien savoir ce que vous avez contre l'idée d'être en couple avec moi.

Elle hésita avant de répondre. *Au moins, il veut qu'on en discute comme deux adultes raisonnables. Et c'est peut-être ce qu'on devrait faire pour se sortir cette idée de la tête.*

—Ce serait... Disons que des tas de gens désapprouveraient. Je suis une magicienne noire, et vous êtes... marié.

—C'est tout? (Regin secoua la tête.) Quelle réaction affreusement conformiste. Sonea, celle qui a transformé la Guilde, la société kyralienne et la façon dont nous considérons la magie noire, s'inquiète de l'opinion publique?

—Évidemment! Il m'a fallu des années pour gagner la confiance des gens. Je ne veux pas risquer de la perdre.

—Ça n'arrivera pas. Ils se réjouiront de vous savoir en ménage avec un autre magicien.

Elle détourna les yeux.

—Vous n'en savez rien.

—Je connais les mauvaises langues de Kyralie mieux que vous, répliqua Regin. J'ai le douteux plaisir de les fréquenter personnellement.

Il soupira. Sonea lui jeta un coup d'œil et sentit son cœur se serrer. Il avait l'air si déçu ! *Il a peut-être raison. Non. Il ne sait pas comment j'ai vécu ces vingt dernières années, avec tous ces gens qui jugeaient le moindre de mes gestes, qui se mêlaient de toutes mes relations amicales ou amoureuses.*

Mais elle devait admettre que Regin avait raison au moins sur un point : oui, il lui plaisait. Beaucoup, même. *Aussi fou que ça puisse paraître.*

—Et si j'étais divorcé, dit-il à voix basse, serait-ce plus acceptable ?

—Non ! protesta Sonea, sans savoir si c'était une réponse à sa question ou si elle protestait juste contre le fait qu'il insiste.

—Laissez-moi reformuler ça. Si j'étais divorcé, serait-ce plus acceptable pour vous ? (Il se pencha en avant, et elle se tourna vers lui.) Si l'opinion d'autrui ne comptait pas, voudriez-vous de moi ?

Il la regardait droit dans les yeux. Ça n'allait pas être facile de lui mentir. Sonea hésita, puis ouvrit la bouche pour essayer.

Mais les mots ne franchirent jamais ses lèvres, parce que tout à coup, Regin l'embrassa. Comme elle se figeait de surprise, il l'entoura de ses bras, l'attirant contre lui, et elle se rendit compte qu'elle n'arrivait pas à coordonner suffisamment ses gestes pour le repousser. Son corps fit ce qu'il avait envie de faire : se laisser aller contre la chaleur de Regin.

Ce fut, dut-elle admettre, un très bon baiser. Lorsqu'il se termina, elle se sentit déçue, bien qu'un peu essoufflée. Regin la dévisagea, mais pas avec la même assurance que quelques instants plus tôt. *Si je lui demande de ne plus jamais recommencer, il obéira.*

Mais je n'ai pas envie de lui demander ça.

Elle chercha quelque chose d'autre à dire.

—Vous n'avez pas encore obtenu votre divorce.

Regin sourit.

—Oh, mais si. Le roi me l'a accordé avant notre départ.

—Quoi ? Vous ne m'en avez jamais parlé !

—Bien sûr que non. Je vous connais trop bien. Vous auriez pu deviner mes intentions et me tenir à distance. Je veux dire, encore plus que d'habitude.

—Vous aviez tout prévu ! Espèce de sale manipulateur !

—C'était pour une bonne cause, affirma-t-il.

Puis il l'embrassa de nouveau.

Quand Lorkin entra dans les appartements de Savara, la reine leva le nez des papiers qu'elle lisait et lui sourit. Il s'arrêta et posa une main sur son cœur, mais elle agita la main en grimaçant.

— Arrête ça. Personne ne te regarde, et Tyvara t'attend.

Il se dirigea vers la chambre qu'il partageait avec sa compagne et frappa doucement à la porte. Une voix étouffée lui répondit. Il entra. Allongée sur le lit étroit, Tyvara lisait elle aussi. Elle ne portait qu'une tunique courte. Lorkin referma la porte et s'y adossa en espérant qu'il n'aurait pas à bouger avant un moment.

Tyvara le regarda et leva les yeux au ciel.

— Arrête ça.

— Impossible.

— Comme tu veux. Tu finiras bien par te lasser.

— J'en doute, grimaça Lorkin.

Elle tenta de ne plus lui prêter attention, mais il vit qu'elle n'arrêtait pas de relire la même ligne. Elle finit par pousser un soupir et par lever la tête vers lui.

— Je suppose qu'il existe un moyen de te faire arrêter qui serait mutuellement profitable.

Lorkin écarquilla les yeux avec une naïveté feinte.

— Mutuellement profitable ?

— Oui. Viens ici, qu'on teste ton nouveau pouvoir. J'ai plein d'idées sur la façon la plus agréable de l'utiliser.

Un peu plus tard, Lorkin se retrouva par terre, allongé à côté de Tyvara sur les couvertures qui ne parvenaient pas tout à fait à remplacer un matelas. Il était un peu fatigué en arrivant, et il l'était encore plus maintenant, mais c'était une fatigue plaisante ; aussi résista-t-il à la tentation de la dissiper magiquement.

— Il nous faut vraiment un plus grand lit, commenta Tyvara.

— Absolument.

— Et comment vont « nos » ambassadeurs ?

Lorkin réprima un sourire. Depuis le lendemain du jour où elle les avait rencontrés, c'était ainsi que Savara appelait Dannyl et Tayend.

— Bien. Ils étaient dans la bibliothèque d'Achati, aussi heureux que des gosses devant une malle pleine de jouets neufs. Je crois qu'ils viennent de trouver quelque chose d'intéressant pour le livre de Dannyl.

— Tous les deux… c'est bien ce que je pense ? Ils sont en couple ?

— Ils l'étaient. Ils l'ont été pendant très longtemps, en fait, jusqu'à ce que Dannyl vienne ici. J'ignore pourquoi ils se sont séparés.

— Mais ils ont fini par se remettre ensemble ? insista Tyvara.

Lorkin haussa les épaules.

— Je ne sais pas. Ils ont l'air très proches, mais ils l'étaient aussi avant le départ de Dannyl pour le Sachaka – donc, ça ne veut rien dire. (Il fronça pensivement les sourcils.) Encore que... à l'époque, il y avait une tension entre eux que je ne perçois plus maintenant.

Tyvara roula sur le flanc pour le regarder.

— Tu ne vas pas me demander de quoi voulait discuter Savara ?

Lorkin fit de même.

— De quoi voulait discuter Savara ?

— De ses projets pour le Sachaka.

— Quelle surprise.

Tyvara lui enfonça un doigt entre les côtes.

— Écoute-moi. Nous pensons que les domaines de campagne arriveront à se gérer seuls pour le moment. Il nous en reste encore quelques-uns à libérer, qui étaient trop à l'écart pour que nous nous en occupions durant notre marche sur Arvice. Mais lorsque nous en aurons terminé avec eux, notre plus grand défi sera de faire revivre le désert.

» Avant ça, nous devrons organiser la vie en ville. Les structures actuelles ne sont pas adaptées aux changements que nous voulons effectuer. Il n'y a pratiquement que des manoirs, et même si chacun d'eux pourrait abriter plusieurs familles, les esclaves affranchis finiront par vouloir leur propre chez-eux. Par ailleurs, nous désirons rassembler les gens par corps de métier, afin qu'ils puissent travailler ensemble. Autrement dit, nous allons devoir démolir pas mal de bâtiments pour en construire d'autres à la place.

— Ça prendra des années, fit remarquer Lorkin.

Tyvara acquiesça.

— En attendant, nous devons établir de bonnes relations avec les Terres Alliées. Savara craint que d'autres nations aient vent de notre soulèvement et qu'elles tentent d'en profiter. Pas forcément en envahissant le Sachaka – nos pierres devraient avoir un effet assez dissuasif. Mais il existe d'autres moyens, notamment politiques et commerciaux, de déstabiliser un pays déjà fragilisé.

Lorkin retint son souffle. C'était la mission que lui avait confiée la reine défunte des Traîtresses, ce pourquoi il était le plus qualifié parce qu'il connaissait à la fois le fonctionnement des Terres Alliées et la société des Traîtresses.

— Savara a décidé de m'envoyer en Kyralie pour continuer à explorer les options commerciales et la possibilité d'une alliance.

Lorkin la dévisagea, d'abord perplexe, puis déçu et consterné.

— Tu ne veux pas dire... ?

— Si. (Tyvara sourit.) Nous allons en Kyralie. Tu seras mon guide et mon assistant.

Il soupira. *Ce n'était pas ce à quoi je m'attendais, mais je suppose que ça n'est déjà pas si mal.*

— Ah, Lorkin. (Sa compagne lui toucha la joue.) Nous ne pouvions pas te confier ce rôle. Tu n'es pas l'un des nôtres depuis assez longtemps pour négocier en notre nom à toutes.

— Sans compter que je suis un homme.

— Aussi.

— Tu te rends compte qu'aucune autre nation ne partage votre point de vue. Tout ce que vous pensez les hommes incapables de faire, c'est ce qu'on pense les femmes incapables de faire partout ailleurs.

— Je sais. Les autres nations devront s'habituer à nous, et réciproquement. (Tyvara rit.) Et puis, si je dois être reine un jour, comme Savara le prévoit, je ne peux pas être vue en train de suivre un homme. Et surtout pas un Kyralien.

L'estomac de Lorkin fit la culbute.

— Tu… Tu comptes devenir reine ?

— Non, c'est Savara qui aimerait que je lui succède un jour. (Tyvara haussa les épaules.) Moi, je ne suis pas certaine de le vouloir. Mais beaucoup de choses peuvent changer d'ici là. Et si ça arrive, ça ne sera pas avant très, très longtemps, j'espère. Avec un peu de chance, Savara vivra aussi vieille que Zarala. Être reine, c'est beaucoup de responsabilités, et je voudrais faire un tas d'autres choses avant. Avoir des enfants, par exemple. (Elle inclina la tête sur le côté.) C'est le genre de vie que tu voudrais aussi ?

La tête de Lorkin lui tourna. *C'est presque incroyable. Moi, je veux juste rester avec elle. Et… oui, des enfants un peu plus tard, ça serait bien.* Il dévisagea Tyvara, et une douce chaleur lui emplit la poitrine.

— Je trouverais ça merveilleux. Même si je ne suis pas sûr de vouloir diriger un pays entier. Mais si les Traîtresses peuvent supporter d'avoir un Kyralien pour roi… je m'y ferai du moment que ça me permet de passer le reste de ma vie avec toi.

Tyvara leva les yeux au ciel.

— Tu ne seras pas roi. Les Traîtresses n'ont pas de roi.

— Pas même par alliance ?

— Non. Tu espérais vraiment être roi ?

— Bien sûr que non. Je trouverais ça détestable. (Lorkin grimaça.) Mais ça semble quand même un peu injuste. Je parie que le mari de la reine doit travailler très dur, sans espoir de prendre sa retraite un jour, parler à plein de gens pénibles, assister à des tas de cérémonies et d'événements ennuyeux, écouter sa femme se plaindre qu'elle est surmenée, tout en devant satisfaire le moindre de ses caprices – et s'occuper des enfants pendant qu'elle vaque à ses activités royales. Tout ça, sans la moindre reconnaissance.

Ce qui était sans doute ce qu'endurait la reine de Kyralie, songea Lorkin.

Tyvara haussa les épaules.

—Aucun d'eux ne s'est jamais plaint.

Lorkin ricana.

—Votre société n'est pas aussi égalitaire que vous l'affirmez. Mais, comme tu viens de le dire, beaucoup de choses peuvent changer.

De nouveau, Tyvara lui enfonça un doigt entre les côtes.

—Pas à ce point. Maintenant, refaisons le lit et tâchons de dormir un peu. Beaucoup de travail nous attend demain.

Épilogue

— Tu as encore rêvé de Cery, pas vrai ?

Sonea leva les yeux vers Regin, qui lui tendait une tasse fumante de raka. Elle se redressa en position assise et la prit. La bonne odeur du raka sachakanien emplit ses narines, et elle sentit les derniers lambeaux de son rêve s'effilocher.

— Il me manque. (Elle soupira et s'essuya les yeux. Savoir qu'elle ne reverrait jamais son vieil ami, c'était comme découvrir qu'on lui avait dérobé un organe vital.) Même si je ne le voyais plus très souvent avant la mort de sa famille. J'aurais voulu pouvoir faire quelque chose. (Elle vit Regin ouvrir la bouche et secoua la tête.) Non, je n'ai pas besoin que tu me rappelles que ça n'était pas ma faute. Les choses ne se seraient peut-être pas passées différemment, même si j'avais été là.

— Et de toute façon, tu ne pouvais pas être à deux endroits à la fois, acheva Regin. En tout cas, aucun magicien de la Guilde n'a encore trouvé un moyen de se dédoubler.

— Je crains que chercher un remède au poerri et découvrir comment fabriquer des pierres magiques sans cavernes gemmifères soit beaucoup plus urgent. (Sonea but une gorgée de raka, puis regarda les écrans qui masquaient les fenêtres.) Quelle heure est-il ? On dirait que le soleil se lève à peine. Pourquoi es-tu déjà debout ?

— Un message vient d'arriver. Le roi a convoqué tous les hauts magiciens au palais, annonça Regin.

Sonea pivota pour poser les pieds par terre et se leva.

— Quand ?

— Oh, j'ai encore le temps de faire ça, dit Regin en l'attirant à lui pour l'embrasser.

— Mmmmh. (Sonea lui passa les bras autour de la taille comme il tentait de s'écarter.) Et un peu plus, peut-être ?

— Je crains que non. Le roi m'a rendu un grand service. Ce serait mal le remercier que de te mettre en retard.

Regin la poussa vers la penderie et se recoucha.

Sonea s'habilla rapidement et avala encore quelques gorgées de raka avant de se glisser hors des appartements de Regin. Elle avait emménagé avec lui pour mettre un terme aux rumeurs selon lesquelles ils étaient amants : désormais, c'était un fait établi. Et Lilia appréciait sûrement d'avoir ses anciens appartements pour elle toute seule.

Avec l'aide de Jonna, Anyi lui rendait visite de temps en temps, déguisée en servante. La Guilde avait fini par remédier au problème des tunnels souterrains en les faisant combler. Et même si Sonea continuait de surveiller les progrès de Lilia, c'était essentiellement parce qu'elle s'inquiétait pour la jeune fille. Lilia avait subi tant d'épreuves en l'espace de quelques mois…

Après tout, elle a tué quelqu'un avec sa magie noire. Ce n'est pas aussi facile qu'on pourrait le croire de vivre avec un tel souvenir, même quand la victime était un criminel.

Une porte s'ouvrit plus loin dans le couloir. Reconnaissant dame Indria, qui remplaçait le seigneur Telano, Sonea attendit qu'elle la rejoigne.

— Vous savez quel est l'objet de cette réunion ? interrogea Indria.

— Pas encore. (Sonea sourit.) Vous vous faites bien à votre nouveau poste ?

Indria haussa les épaules.

— C'est à la fois plus facile et plus dur que je ne l'imaginais. J'enseigne depuis longtemps, donc je comprends les préoccupations des professeurs. Mais je ne suis pas ravie d'avoir à gérer toute cette paperasse.

Sonea gloussa.

— Je comprends. Si vous voulez un conseil, engagez donc un assistant… ou trois.

— Je n'y manquerai pas. (Comme elles sortaient du quartier des magiciens, Indria regarda autour d'elle.) Évidemment, Telano a laissé un tel bordel que ça n'aide pas. Je crois qu'à la fin, il se fichait vraiment de tout. Vous progressez dans vos recherches d'un remède ?

Sonea secoua la tête.

— Pas vraiment.

Indria soupira.

— C'est toujours un travail de longue haleine. Et comment se portent les dispensaires ?

— Ils sont pleins de drogués que nous tentons de sevrer. La guérison donne des résultats sur certains, mais pas sur tous. Par chance, les magiciens résistants au poerri se sont complètement remis, et il ne nous reste plus à traiter que les autres – une quarantaine environ.

Elles continuèrent à discuter du problème du poerri tout en traversant les jardins. Arrivées devant l'université, elles virent Osen, Balkan et Kallen debout près d'une voiture, derrière laquelle attendait un second véhicule. Osen leva les yeux, les aperçut et leur fit signe.

— Il reste une place pour vous dans cette voiture, dame Indria, dit-il. Les autres sont déjà parties. Nous prendrons la dernière.

Tandis qu'Indria montait dans le premier véhicule, Osen entraîna Sonea, Balkan et Kallen vers le second. Lorsqu'ils furent tous installés et que la voiture s'ébranla, Sonea le regarda en haussant les sourcils. L'administrateur secoua la tête.

— Non, je ne sais pas exactement de quoi Merin veut nous parler, mais son conseiller m'a assuré que nous n'étions pas envahis et que Lorkin allait bien.

Sonea sourit. *Ils ont peur que je retourne en courant au Sachaka au premier signe de trouble. Tout de même, c'est bon de savoir que cette convocation ne concerne pas Lorkin.*

— Vous avez déjà lu les notes de Dannyl ? demanda Kallen à Osen.

— J'en suis à la moitié. Je les trouve assez fascinantes, avoua l'administrateur, surtout la partie consacrée aux histoires des Dunas. J'ai hâte de lire le livre en entier, une fois qu'il sera fini et imprimé.

— Dannyl devra d'abord rédiger un chapitre supplémentaire sur la guerre civile sachakanienne et les gemmes magiques, fit remarquer Kallen.

— Et j'ai le pressentiment qu'il en restera encore un à ajouter après ça, déclara Balkan.

Osen plissa les yeux en dévisageant le haut seigneur.

— Vous vous inquiétez toujours au sujet du feu de mine et de cet engin qui a été construit à Igra, selon l'espion du roi ?

— Le lance-boulets, oui. Dargin pense que c'est ce qui a permis aux prêtres igraniens de conquérir tous les pays voisins.

— Je pense plutôt que les magiciens auxquels ils ont eu affaire n'étaient ni très puissants ni très doués. Je ne vois pas comment un boulet lancé à l'aide d'un tube de métal peut menacer un magicien si son bouclier est assez solide.

— À mon avis, ça fonctionne comme l'idée de Lilia d'utiliser la magie au lieu d'un véritable couteau pour entailler un adversaire. Une force rapide et concentrée peut franchir quasiment n'importe quelle défense.

— Selon cet espion, il est peu probable qu'une armée igranienne survive à la traversée du désert, leur rappela Kallen. Et nous savons qu'ils n'ont ni magie noire, ni pierres magiques.

Comme Balkan secouait la tête, Osen se tourna vers la fenêtre et leva les yeux au ciel.

— Ce ne sont pas les Igraniens qui m'inquiètent, dit Balkan. Le feu de mine dont s'est servi le voleur Cery ne ressemblait pas du tout à…

— Cette discussion devra attendre un peu, lança l'administrateur. Nous arrivons.

La voiture ralentit et s'arrêta. La portière s'ouvrit, et Osen poussa un petit soupir de soulagement lorsque Balkan descendit. Puis il lui emboîta le pas. Kallen et Sonea l'imitèrent.

Ils se trouvaient dans la petite cour intérieure du palais où on les conduisait toujours quand le roi voulait s'entretenir avec eux sans s'embarrasser des formalités habituelles. La voiture précédente rebroussait chemin ; ses occupants avaient déjà disparu à l'intérieur.

Un domestique en livrée les introduisit dans un hall à la décoration somptueuse, puis les entraîna le long du couloir qui menait à une salle à manger. Sonea avait déjà dîné là à plusieurs reprises avec ses confrères, parfois en tant qu'invitée du roi, parfois pour rencontrer des dignitaires étrangers. Ce jour-là, il n'y avait autour de la table que les hauts magiciens et quatre des conseillers non magiciens de Merin.

Comme les nouveaux venus se dirigeaient vers les quatre chaises vacantes, un homme entra dans la pièce, et tous se levèrent pour le saluer.

— Votre Majesté, dit Osen.

Le roi agita une main.

— Asseyez-vous. Vous avez d'importantes décisions à prendre, et connaissant la vitesse à laquelle vous faites ces choses-là, mieux vaut que vous commenciez sans tarder.

Sonea réprima un sourire. Le roi se planta à une extrémité de la table et posa ses mains dessus.

— La nouvelle ambassadrice du Sachaka est arrivée hier. Comme vous le savez, c'est une magicienne noire – ou une haute magicienne, selon ses propres termes qui ne désignent pas du tout la même chose qu'ici. Comme vous le savez également, le fait qu'elle n'appartienne pas à la Guilde fait d'elle une renégate. Sa présence ici constitue donc une infraction à deux de nos lois les plus fondamentales.

» Par conséquent, ou je la renvoie chez elle, ou nous modifions nos lois.

Merin marqua une pause et regarda tour à tour chacune des personnes présentes.

— Je n'ai pas l'intention de la renvoyer chez elle. C'est pourquoi je vous ai convoqués, afin que nous modifiions nos lois. Vous en discutez depuis des mois ; maintenant, il est temps de conclure. Avec l'aide de mes conseillers, et d'ici la fin de la journée, vous mettrez au point un texte de loi qui autorisera les magiciens étrangers non membres de la Guilde à vivre et à faire du commerce en Kyralie, dans des limites raisonnables. Vous déterminerez des restrictions efficaces – et facilement applicables – sur l'usage de la magie noire et la possession de gemmes magiques. Vos prédécesseurs avaient de bonnes raisons de craindre la magie noire, mais l'interdire purement et simplement n'est plus possible. À vous de trouver un meilleur moyen de la contrôler.

» Par ailleurs, on m'a fait remarquer que des gemmes comme celles des Traîtresses rendaient la magie accessible aux non-magiciens. Je préférerais qu'ils n'entendent pas parler des Igraniens, pour éviter qu'ils ne décident de faire le ménage en débarrassant les Terres Alliées de vous et de vos semblables. Je doute qu'ils réussiraient, mais je n'ai aucune envie de me retrouver avec une guerre civile sur les bras. Il faut donc réguler la circulation et l'usage de ces pierres, ne serait-ce que pour empêcher que les voleurs s'en procurent. Que l'histoire du renégat Skellin nous serve de leçon : la magie et le crime ne font pas bon ménage.

» J'escompte également que ces nouvelles lois permettent d'améliorer le comportement des membres de la Guilde. La corruption provoquée par le poerri nous a montré que certains magiciens n'étaient pas immunisés contre le vice, et qu'ils ne répugnaient pas tous à s'enrichir au détriment d'autrui. Il est temps de mettre un terme à leurs activités comme à leurs excès personnels.

Le roi se redressa.

— Vous avez beaucoup de pain sur la planche. Je vais donc vous laisser. J'attends un rapport sur l'avancement de la discussion à midi.

Il jeta un dernier regard à la ronde, puis se détourna et sortit de la pièce.

Pendant un moment, personne ne dit rien. Tous écoutaient le bruit des pas royaux s'éloigner dans le couloir. Puis Osen se racla la gorge et s'adressa aux conseillers :

— Si cela vous convient, je mènerai les débats.

Les conseillers acquiescèrent, et Sonea fut assaillie par une tristesse inattendue. *Et voilà. Tout va changer de nouveau. Comme après l'invasion ichanie, quand nous avons compris que nous devions accepter la magie noire comme notre unique forme de défense et reconstituer les effectifs de la Guilde en acceptant des novices issus des classes inférieures. Il y a eu tant de conséquences que nous n'avions pas prévues, comme les affrontements entre voleurs ou la disparition des taudis. Nous pouvons essayer de mettre au point des lois pour contrôler les changements qu'apporteront les pierres magiques et une alliance avec le Sachaka, mais elles auront forcément des effets que nous n'anticipons pas.*

Ils ne pouvaient que faire de leur mieux. Et, en ce qui concernait Sonea, se débrouiller pour que Lorkin soit le bienvenu lorsqu'il reviendrait en Kyralie – fût-ce pour une simple visite avec la famille qu'il aurait peut-être un jour.

Glossaire de l'argot des Taudis, par le seigneur Dannyl

À la bonne place : digne de confiance, quelqu'un au cœur là où il faut
Aller à la pêche : chercher des informations (un « poisson » est aussi quelqu'un recherché par la garde)
Aller dehors : chercher quelque chose de précis
Argent du sang : paiement obtenu pour un assassinat
Boulet : quelqu'un qui trahit les voleurs
Caniveau : revendeur d'objets volés
C'est fait : l'assassinat est réussi
C'est réglé : l'affaire est réussie
Chope : bouche (en référence au contenant habituel du bol)
Clan : les proches de confiance d'un voleur
Client : personne en affaires avec les voleurs
Corde : évasion
Coureurs : terme générique pour les traîne-ruisseau
Couteau : assassin, tueur à gages
Cueillir : reconnaître, comprendre
Dans la peau : avoir un faible pour quelqu'un (je l'ai dans la peau)
Encapuchonnés : clients des bordels
Étiqueter : reconnaître (une « étiquette » est aussi un espion)
Eu : attrapé
Face d'égout : abruti notoire
Gantelet : garde pouvant être corrompu ou travaillant pour les voleurs
Garder l'œil ouvert : rester attentif à une cible
Grand-maman : maquerelle
Hey ! : expression de surprise ou cri pour attirer l'attention
Hic : des ennuis (Y a un hic !)
Huiles : bourgeois
Mandrin : passeur

Messager : voyou qui porte des messages à travers la cité
Mine d'or : homme préférant les garçons
Monté : furieux (être monté contre quelqu'un)
Montrer : présenter
Mou dans la corde (avoir du) : avoir la permission de faire quelque chose
Museler : persuader quelqu'un de garder le silence
Repousser : refuser / refus (Ne nous repousse pas !)
Style : façon de mener ses affaires avec classe
Sur du velours (c'est) : le plan est facile
Surveiller : cacher (Surveille ce que tu fais. Je vais surveiller ça pour toi !)
Tarte : facile (C'est pas de la tarte !)
Tirelire : prostituée
Vigile : celui qui observe quelqu'un ou quelque chose
Visiteur : quelqu'un qui dérobe dans les maisons
Voleur : meneur d'un groupe de criminels

Glossaire

Animaux

Anyi : mammifère marin doté de petites épines
Ceryni : petit rongeur
Enka : animal domestique à cornes, élevé pour sa chair
Eyoma : sangsue de mer
Faren : terme générique pour les arachnides
Gorin : gros animal domestique élevé pour sa viande et utilisé pour haler les barges et tirer les chariots
Harrel : petit animal domestique élevé pour sa chair
Inava : insecte dont on croit qu'il porte bonheur
Limek : chien sauvage, prédateur
Mite aga : petit insecte se nourrissant de tissu
Mullook : oiseau nocturne sauvage
Quannea : coquillage rare
Rassook : oiseau de basse-cour élevé pour sa chair et ses plumes
Ravi : rongeur, plus gros qu'un ceryni
Reber : animal domestique, élevé pour sa viande et sa laine
Sapfly : insecte des forêts
Sevli : lézard venimeux
Squimp : créature proche de l'écureuil, connue pour voler sa nourriture
Yeel : petite race domestique de limeks utilisée pour traquer
Zill : petit mammifère intelligent, parfois élevé comme animal de compagnie

Plantes/nourriture

Anivope (vigne) : plante sensitive, réceptive aux ondes psychiques
Boinuit : bois dur
Bol : alcool fort extrait du tugor (veut aussi dire « boue de rivière »)
Brasi : végétal vert feuillu et à petits bourgeons

Cabbas : légume creux en forme de cloche
Chebol (sauce) : sauce riche à la viande faite à partir de bol
Clochépice : épice qui pousse au Sachaka
Cône : petit gâteau qu'on mange en une seule bouchée
Crémille : fleur aux vertus soporifiques
Crots : gros haricots violets
Curem : épice douce au goût de noisette
Curren : épice à la saveur robuste
Dall : long fruit à la chair granuleuse et orange vif
Dégonflette : écorce aux vertus décongestionnantes
Doucette : bonbon
Dunda : racine que l'on mâche pour ses vertus stimulantes
Eaublanche : liqueur pure à base de tugor
Gan-gan : buisson fleuri originaire de Lan
Hussine : herbe utilisée pour nettoyer les plaies
Iker : drogue stimulante, réputée pour ses propriétés aphrodisiaques
Jaunade : plante cultivée au Sachaka
Jerras : longs haricots jaunes
Kreppa : herbe médicinale à l'odeur nauséabonde
Marin : agrume rouge
Monyo : bulbe
Myk : drogue psychotrope
Nalar : racine piquante
Nemmin : drogue somnifère
Pachi : fruit doux et croquant
Papea : épice proche du poivre
Piorre : petit fruit en forme de cloche
Poerri : plante dont on tire un parfum et une drogue soporifique
Pourri : terme d'argot désignant le poerri
Raka/suka : boisson stimulante faite de grains grillés, originaire du Sachaka
Shem : plante comestible ressemblant au roseau
Sumi : boisson amère
Telk : grain duquel on extrait de l'huile
Tenn : graine pouvant être consommée telle quelle, coupée, ou réduite en farine
Tiro : noix comestible
Tugor : racine ressemblant à une carotte
Ukkas : plantes carnivores
Vare : baie dont on fait la plupart des vins

Armes et habillement

Combinaison : sous-vêtement des femmes kyraliennes
Incal : symbole carré, proche d'un blason, cousu sur une manche ou un revers
Kebin : barre de fer munie d'un crochet à une extrémité ; permet de désarmer un adversaire muni d'un couteau ; utilisé par les gardes
Quan : minuscules perles de nacre, en forme de disque

Établissements publics

Brasserie : endroit où l'on fabrique le bol
Gargote : établissement qui vend du bol et où l'on peut faire des séjours de courte durée
Maison de bains : établissement où l'on peut se baigner et acheter différentes prestations ayant trait à l'hygiène
Pension : bâtiment à louer où l'on loge une famille par chambre
Trou : bâtiment construit à l'aide de matériaux de récupération

Pays et peuples

Duna : tribus qui vivent dans le désert volcanique dans le nord du Sachaka
Elyne : pays voisin de la Kyralie et du Sachaka ; autrefois gouverné par le Sachaka
Igra : contrée située loin au nord des Terres Alliées, et où la magie est interdite
Kyralie : pays voisin de l'Elyne et du Sachaka ; autrefois gouverné par le Sachaka
Lan : pays montagneux peuplé de tribus guerrières
Lonmar : pays désertique et foyer de la très stricte religion mahga
Sachaka : berceau du jadis très puissant Empire sachakanien, où presque toute la population est esclave des nobles
Vindos : îles dont les habitants sont réputés pour leurs talents de marins

Titres et positions

Administrateur : magicien qui s'occupe de la gestion de la Guilde
Ashaki : propriétaire terrien sachakanien
Conseillers du roi : magiciens qui conseillent, soignent et protègent le roi de Kyralie
Dame : épouse d'un propriétaire terrien kyralien

Directeur : magicien chargé de veiller sur les novices, dans l'enceinte de l'université comme au-dehors
Chef d'une discipline : responsable des membres d'un des trois ordres de la Guilde : les guérisseurs, les guerriers et les alchimistes
Responsable d'études : responsable de l'enseignement d'une des trois disciplines à l'université
Haut seigneur : dirigeant officiel de la Guilde des magiciens de Kyralie
Ichani(e) : homme ou femme libres sachakaniens qui ont été déclarés hors la loi
Magicien noir : un des deux magiciens de la Guilde autorisés à connaître la magie noire
Maître : Sachakanien libre
Seigneur : propriétaire d'une Maison ou d'un fief kyraliens, ou son héritier

Autres termes

Approche : couloir principal menant à la salle de réception dans les demeures sachakaniennes
Bêcheur : terme d'argot utilisé au sein de la Guilde, désignant les novices et les magiciens issus des Maisons
Crapoteux : peuple qui vit caché dans les passages souterrains d'Imardin
Gemme de sang : joyau artificiel qui permet à son créateur d'entendre les pensées du porteur
Grand salon : pièce principale d'une demeure sachakanienne où l'on reçoit les invités
Obin : maison séparée de la demeure principale, mais reliée à elle, dans une propriété de la vallée de Naguh
Pierre de réserve : gemme dans laquelle on peut stocker de la magie
Pouilleux : terme d'argot utilisé au sein de la Guilde, désignant les novices de basse et moyenne extraction
Quartier des esclaves : partie d'une demeure sachakanienne où les esclaves vivent et travaillent
Salle de réception : pièce dans laquelle sont reçus les visiteurs d'une demeure sachakanienne
Sang de la terre : expression utilisée par les Duna pour désigner la lave
Sclavine : maladie sexuellement transmissible
Vyer : instrument à cordes originaire de l'Elyne

CPI
AUBIN IMPRIMEUR

Achevé d'imprimer en octobre 2012
N° d'impression 1208.0183
Dépôt légal, novembre 2012
Imprimé en France
35294608-1